Yılmaz Özdil

gaslight

Sia Kitap: 250
Güncel: 19

gaslight
Yılmaz Özdil

1. Basım: Ekim 2023
ISBN 978-625-8129-82-3
ISBN 978-625-8129-83-0 (CİLTLİ)
Yayıncı Sertifika No: 45101

Genel Yayın Yönetmeni: ***İlknur Özdemir***
Grafik Tasarımı ve Uygulama: ***Ebru Aydın***
Kapak Tasarımı: ***Ebru Aydın***

Baskı ve Cilt:
Optimum Basım San. ve Tic. Ltd. Şti.
Tevfikbey Mah. Dr. Ali Demir Cad. No: 51/1 39295
Tel: 0(212) 463 71 25 Küçükçekmece - İstanbul
Sertifika No: 41707

Sia Kitap, Günötesi Yayıncılık İletişim Ltd. Şti.'nin tescilli bir markasıdır.

SİA KİTAP
Feneryolu Mah. Bağdat Cad. No: 115/2
C Blok D: 2 Kadıköy - İstanbul 34724
Tel: 0(216) 550 1881 Faks: 0(216) 337 81 81

www.siakitap.com.tr | bilgi@siakitap.com

Yılmaz Özdil

gaslight

Benim yüzümden başlarına gelen zorluklara
gülümseyerek katlanan sevgili eşim ve kızıma...

Gaslighting.
Türkiye Cumhuriyeti 100'üncü kuruluş yıldönümünü kutlamaya hazırlanırken, dünyada yılın kelimesiydi.
ABD'nin en köklü sözlük yayıncısı Merriam-Webster tarafından belirlenmişti. Çünkü, dilbilim dünyasının en saygın adresi kabul edilen Merriam-Webster'ın internet sitesinde, dünya çapında en çok aranan, anlamı en çok merak edilen kelimeydi.

Kabaca "gaz lambası ışığı" olarak tercüme edilebilir ama, aslında içerdiği anlam itibarıyla Türkçe karşılığı yoktu. Kelimenin kökeni, İngiliz yazar Patrick Hamilton'ın 1938'de kaleme aldığı "Gaslight" isimli tiyatro oyununa dayanıyordu.
Eşine duygusal şiddet uygulayan bir adamla talihsiz eşinin hikayesi anlatılıyordu. Adam yanıltıcı telkinlerde bulunup kadının gerçekle bağını koparıyor, aşağılayarak özgüvenini yerle bir ediyordu, gaz lambasını kısıyordu mesela, sonra da kısılmadığını, kadının hayal gördüğünü söylüyordu, ev her geçen gün biraz daha loşlaşıyordu ama, halüsinasyon gördüğünü düşünen kadıncağız kendi aklından şüphe ediyor, yavaş yavaş delirdiğine ikna oluyordu.
Hollywood'da filme çekilen, yedi dalda Oscar'a aday olan, İngrid Bergman'a en iyi kadın oyuncu Oscar'ı kazandıran bu tiyatro eserindeki manipülasyon tekniği, psikoloji biliminde aynı isimle, "gaslighting" olarak tanımlanıyordu.

Kişinin kendi çıkarı için başkalarını manipüle etmesine, yanıltıcı telkinlerde bulunmasına, kişiyi kendi aklından şüphe eder hale getirmesine, kurbanın duygularını istismar ederek, gerçekle bağını koparmasına, kurbanını yalnızlaştırıp, aciz hissettirip, körü körüne kendine bağımlı hale getirmesine "gaslighting" deniyordu.
İnsan zihninde gerçeğin yerine gerçek olmayanı koymaya, ikna ederek yanlışı doğruymuş gibi inandırmaya deniyordu.
Bireylerin, toplumun... Satılık gazetecilerle, binbir suratlı medya mutantlarıyla, twitter trolleriyle, bot hesaplarla, deepfake tabir

edilen dijital fotomontajlarla, uydurulmuş komplo senaryolarıyla dezenformasyon bombardımanına maruz bırakılmasıydı.

İşte bu ürkütücü kelime, otoriter yönetimlerin artması, popülizmin tırmanması ve hayatımızda giderek daha fazla yer kaplayan sosyal medya atmosferi nedeniyle, dünya çapında en çok merak edilen kelime haline gelmişti; dünya çapında gaslighting hissediliyordu.
Türkçede karşılığı bile yoktu, entelektüel merakı olanlar dışında kimsenin henüz ruhu bile duymamıştı ama, Türkiye de aslında yıllardır iliklerine kadar gaslighting etkisinde yaşıyordu. Rejim bile gaslighting'le değiştirilmişti.

Son 20 yıldır sistematik olarak yayılan asılsız bilgilerle kafa karışıklığı yaratılıyordu, gerçekler bilinçli olarak deforme ediliyor, gerçeğin yerine sahte gerçek monte ediliyordu.
Öyle bir yalan rüzgarı estiriliyordu ki, aklı başında insanlar bile kendinden şüphe etmeye başlıyordu.
Uganda seviyesine düşmüşken, şahlandığımıza inanılıyordu.
Çöpten marul toplayanlar, dünya lideri olduğunu zannediyordu.
Bankalarını, madenlerini, limanlarını, santrallerini, barajlarını, hatta toprağını yabancılara satmışlarken, memleketin hiç bu kadar "yerli" olmadığını, tank fabrikasını bile elaleme vermişlerken, devlet adamlarının hiç bu kadar "milli" olmadığını düşünüyordu.
Zihinlere şüphe tohumları ekiliyor, beyin'ler sisleniyordu.
Ahlaksızlar dürüst kabul edilirken, namuslu insanlar hakkında acaba'lar oluşuyordu.Duygular, aidiyetler öylesine vahşi şekilde istismar ediliyordu ki, sahtekarlara inananlar, doğru söyleyenden işkilleniyordu.

Cumhuriyetimizin yüzüncü yılında, hepimizin gözünün içine baka baka, usul usul, sinsi sinsi, adım adım, bambaşka bir cumhuriyeti işte böyle monte etmişlerdi.

Türkçe karşılığı yoktu.
Ama aslında, Türkiye'nin özetiydi.

1 Ekim 2023, Kadıköy, Yılmaz Özdil

2023.
Türkiye Cumhuriyeti'nin yüzüncü yılıydı.
Her gününü gururla, mutlulukla, coşkuyla hissetmemiz gerekirken, adeta duygularımızın üstüne umutsuzluk fanusu çökmüştü.
Cumhuriyet'i kuran kuvvacı bağımsız ruh, yüz yıldır ilk kez Meclis'te azınlığa düşmüştü. Yüz yıldır ilk kez, karşıdevrimcilerin, tarikatların, cemaatlerin, ikinci cumhuriyetçilerin, bölücülerin, hatta terör örgütü bağını inkar etmeyenlerin çoğunlukta olduğu bir Meclis oluşmuştu.

Şeriat isteyen milletvekilleri vardı.
Şeriat için referandum isteyen milletvekili vardı.
"Kemalizm ırkçılıktır" diyen milletvekili vardı.
Sözde soykırımı savunan milletvekilleri vardı.
Anayasa'ya aykırı olduğu için partileri defalarca kapatılan siyasal dinciler, farklı farklı postlara bürünerek Meclis'e sızmışlardı.
Tarikatçı milletvekilleri vardı.
PKK'cı milletvekilleri vardı.
Hizbullahçı milletvekilleri vardı.
Türklük anayasadan çıkarılsın diyen milletvekilleri vardı.
Kürdistan isteyen milletvekilleri vardı.
İmam nikahı resmi nikah olmalı diyen milletvekilleri vardı.
Fethullah Gülen'i öve öve bitiremeyen milletvekilleri vardı.
Öcalan'ı özgürlüğüne kavuşturacağız diyen milletvekilleri vardı.
İstiklal Madalyalı Gazi Meclis mutasyona uğramıştı.
Genetiği değiştirilmişti.
Meclis'i kuran, Cumhuriyet'i kuran CHP bile tanınmaz haldeydi.

Huninin ağzına yaklaştıkça hızlanan girdap misali, Türkiye'nin döne döne sürüklendiği yer, işte burasıydı.

Yüz yıl önce saraydan alınıp halk'a verilen egemenlik, bizzat halk eliyle saray'a geri verilmişti. Fikri hür, vicdanı hür, irfanı hür vizyonuyla özgür bireyler hedeflenirken, gönüllü kulluğa geri dönülmüştü.

Yüz yıl önce akıl, bilim, kültür sanat, hukuk, emek, sevgi saygı, hoşgörü temelleri üstüne inşa edilen rejim, zevksizlik, sakillik, kabalık, görgüsüzlük, arsızlıktan ibaret, sosyolojik enkaza dönüşmüştü.
Yüz yıl önce yabancılardan alınarak millileştirilen madenlerimiz, limanlarımız, fabrikalarımız, enerji işletmelerimiz, babalar gibi satılarak, yeniden sebil gibi dağıtılmıştı.
Yüz yıl önceki tarım hamlesiyle kendi kendine yeten yedi ülkeden biri olurken, yüz yıl sonra ithal ineği ithal samanla besler hale getirilmiştik.
Yüz yıl önce Duyun-u Umumiye'yi lağvedip, Osmanlı'nın bugünkü döviz kuruyla 500 milyar dolar borcunu ödemişken, yüz yıl sonra yeniden 500 milyar dolar borca batırılmıştık. Merkez Bankamızın kasası adeta silahsız soygunla boşaltılmıştı, bir cent bile yoktu, eksi 62 milyar dolara düşürülmüştü.
Yüz yıl önce yabancılara toprak satışı durdurulmuşken, yüz yıl sonra Arap emlakçılar memleketimizi pazarlıyordu, parayı bastırana tapusuyla beraber vatandaşlık satılıyordu.
Ordinaryüs yüzyılından, Suriyeli Afgan yüzyılına savrulmuştuk.
Cumhuriyet ilan edildiğinde Alman ordinaryüsler, profesörler Türkiye'yi yüz yıl ileriye sıçratan bir kariyer birikimiyle gelmişlerdi, üniversitelerimizin kuruluşunda görev yapmışlardı. Cumhuriyet'in yüzüncü yılında ise, okuma yazma bile bilmeyen, mesleksiz, ne idiği belirsiz milyonlarca Suriyeli kaçak olarak Türkiye'ye sokulmuştu, yürüye yürüye sınırımızı geçen kaçak Afgan taburları, kamyon kasalarına yükleniyor, şehirlerimize boşaltılıyordu, kaçak Afrikalılar, kaçak Asyalılar, karanlık oligarklar, karaparacılar, uyuşturucu baronları, "demografik bomba" olarak Türkiye'ye yerleştirilmişti.

Tarikat-cemaat-zırcahil atmosferinin, emperyalizm maşası siyasal dincilerin, empati pozlarına bürünen sömürge solcularının, yabancı fonlardan beslenen ikinci cumhuriyetçilerin, çakma aydınların, sivil toplum kisvesi altında faaliyet gösteren kukla derneklerin, parayı verenin düdüğünü çalan satılık medyamızın, devlete ve siyasi partilere yerleştirilen guguk kuşlarının eseriydi.

Cumhuriyet, en savunmasız olduğu yerden vurulmuştu.
İçerden işgal edilmişti.
Ve, bu hazin noktaya usul usul nasıl geldiğimizi, sinsi sinsi nasıl getirildiğimizi ibretle hatırlamak için, makarayı taa en başına sarmak gerekiyordu.

2002.
Ramazan ayıydı.
Ankara Hilton Oteli'nde iftar vardı.
Türkiye Genç İş Adamları Derneği organize etmişti. Manevi atmosferden ziyade iş yemeği gibiydi, bir hafta önceki seçimde tek başına iktidar olan partiye şirin görünmeye çalışıyorlardı. Seçimden bir gün önce bağıra bağıra Onuncu Yıl Marşı söyleyenler, seçimden bir gün sonra aniden hidayete ermişti.
Demokrasi tarihimiz boyunca hep böyleydi.
Sağcı solcu farketmezdi.
Hükümetler yolcu, menfaatler hancıydı.
Yine öyle olacak zannediliyordu.
Sakıp Sabancı mesela, cebinden başka hiçbir şey düşünmeyen patronların duygularını dile getiriyor, o meşhur gevrek gevrek kahkahasıyla "ikinci Özal trenine biniyoruz" diyordu.
O trenin herkesin üstünden geçeceğini idrak edemiyorlardı.
Ezan okundu.
Huşu içinde dinlediler.
Medine hurmalarıyla oruç açıldı.
Sonra?
Sonrası, Cumhuriyet'in başkentinde milattı.
AKP milletvekilleri düğmeye basılmış gibi hep birlikte ayağa kalktı, korumalar koşturdu, makam otomobillerinin bagajlarına istiflenen seccadeler getirildi, beş yıldızlı otelin lobisine serildi, Ferragamo, Prada marka ayakkabılar çıkarıldı, resepsiyonun önüne adeta cami avlusu gibi yığıldı, lobide çoraplarıyla dolaşmaya başlayan takım elbiseli milletvekilleri kameralara poz vere vere topluca namaz kıldı.
Şükür namazıydı.
Türkiye ilk kez böyle bir manzaraya tanık oluyordu.
AKP'den önce bu memleketi yönetenler sanki budistmiş gibi, nihayet alnı secdeye değenler iktidar oldu deniyordu.

Aynı dakikalarda İstanbul'da Lütfi Kırdar Kongre Merkezi'nde dört bin kişilik iftar vardı, AKP organize etmişti, güya iftardı ama, tıpkı Ankara'daki gibi tarihte ilkti, şarkılı türkülüydü, su böreği ve tas

kebabı eşliğinde, Mevlevi semazenlerin sema gösterisi izleniyordu, bir yandan kongre merkezinin koridorlarında namaz kılınıyor, beri yandan sahneye çıkan müzik grupları alkışlanıyordu, Yemen Türküsü, Hani Benim Recebim, Üsküdar'a Gider İken, hep bir ağızdan Beraber Yürüdük Biz Bu Yollarda söyleniyordu.
Cafcaf renkli parlak türbanlar, kadınların elini bile sıkmayan badem bıyıklılar, tavanda ışık oyunlarıyla ezan, tasavvuf müziğiyle şarkılar, hurma üstü tiramisu, tuvalette abdest kuyruğu, koridorda seccadeler, kapıda ultralüks Mercedesler, adeta İslami bienal'di.

AKP genel başkanı Tayyip Erdoğan'dı.
48 yaşındaydı.
"Elhamdülillah şeriatçıyım"
"İstanbul'un imamıyım"
"İktidar için papaz elbisesi giymem gerekiyorsa giyerim"
"Türkiye kendisine din olarak Kemalizm'i almış"
"Ata'ya saygı duruşunda sap gibi ayakta durmaya gerek yok"
"Demokrasi tramvaydır, gittiğimiz yere kadar gider, ineriz"
"Bu anayasa ırkçıdır" gibi veciz sözleri vardı!
Seçime katılamamıştı.
Çünkü... "Halkı ırk, din, dil farkı gözeterek, kin ve düşmanlığa tahrik etmek" suçundan hüküm giymişti, hapis yatmıştı, siyasi yasaklıydı.
Bu özelliğiyle, o da tarihte ilkti.
Sayın ahalimiz, dünya demokrasi tarihinde bu suçtan hüküm giymiş birini kendi elleriyle iktidara getiren, ilk ve tek ahaliydi.
E, perşembenin gelişi çarşambadan belliydi.
Bu suçu işlemiş biri tarafından yönetilen milletin, birbirine karşı ırk, din, dil farkı gözeterek kin gütmesi elbette kaçınılmaz olacaktı.

AKP'nin ilk grup toplantısı "mübarek cuma" günü yapıldı.
Attıkları her adımda "din" vurgusu vardı.
Tayyip Erdoğan partisinin temel ilkesini açıkladı:
"Tayyip Erdoğan ve arkadaşları dinsiz değildir" dedi.
Daha ilk cümlesinde rakiplerinin "dinsiz" olduğunu ima etmişti.

Abdullah Gül başbakan oldu.
Davul onun omzunda, tokmak Erdoğan'ın elindeydi.

Bu yüzden, ilk resmi davet Beyaz Saray'dan geldi ama, başbakan değil, henüz milletvekili bile olmayan Tayyip Erdoğan çağırıldı.
AKP'liler dahil Türkiye'de herkes AKP'ye AKP derken, Beyaz Saray'ın davet mektubunda "Ak Parti" yazıyordu, o gün itibarıyla kimse farkında değildi, AKP'ye "Ak" diyen ilk kişi ABD başkanıydı.
Reuters ajansı bu ziyareti şu cümlelerle haber yaptı:
"Geçen yıl Washington'a geldiğinde konuşacak adam bulamayan Tayyip Erdoğan, film yıldızları gibi limuzinlerle karşılandı."

Şak...
Yüksek Seçim Kurulu, Siirt seçimini iptal etti.
"Jet Fadıl" olarak tanınan Fadıl Akgündüz, Interpol tarafından dolandırıcılıktan aranmasına rağmen Siirt'ten bağımsız aday olmuş, milletvekili seçilmişti. O güne kadar hiç sesini çıkarmayan, hatta Jet Fadıl'ın adaylığına izin veren, milletvekilliğini onaylayan Yüksek Seçim Kurulu, sihirli bir el değmişçesine aniden fikir değiştirdi.
"Siirt Pervari'nin bir köyünde bir oy sandığı kırılmış halde bulundu" denilerek, bu komik gerekçeyle seçim iptal ediliverdi.
TBMM'ye girdim diye sevinen Jet Fadıl hapse atıldı!
Siirt'te yeniden seçim kararı alındı.
Hukuk guguk haline getirilmeye başlanmıştı.
Ama henüz iş bitmemişti.
Jet Fadıl'ın jet hızıyla tasfiye edildiği gün, TBMM jet hızıyla toplandı, jet hızıyla yasa çıkarıldı, Tayyip Erdoğan'ın siyasi yasağı kaldırıldı.
Cumhurbaşkanı Ahmet Necdet Sezer veto etti, nafile.
CHP'nin AKP'ye tam desteğiyle yasa onaylandı.

(Tayyip Erdoğan 1997 yılında Siirt'te düzenlenen mitingde Ziya Gökalp'in Asker Duası isimli şiirini değiştirerek okumuştu.
Minareler süngü, kubbeler miğfer
Camiler kışlamız, müminler asker
Bu şiir nedeniyle dava açılmıştı.
Halkı kin ve düşmanlığa tahrik etmekten hüküm giymişti.
Siyasi yasaklı haline gelmişti.
Şimdi?
Aynı Siirt'ten milletvekili seçilecek, başbakan olacaktı.
Adres bile manidardı.
Minareli şiirden yasaklanmış, minare kılıfına uydurulmuştu.)

(Siyasi yasaklı Tayyip Erdoğan'ın seçilebilmesi için Siirt seçimini iptal eden Yüksek Seçim Kurulu'nun başkanı Tufan Algan'dı. Yargıtay Cumhuriyet Başsavcısı Sabih Kanadoğlu itiraz etmiş, Tufan Algan dinlememiş, Tayyip Erdoğan'ın yolunu açmış, "aday olmasında sakınca yok" demişti.

Aradan 21 yıl geçti.

Tayyip Erdoğan, Anayasa'ya aykırı olarak üçüncü kez cumhurbaşkanı adayı oldu, Yüksek Seçim Kurulu onay verdi. Hukuki tartışma çıktığı için Yüksek Seçim Kurulu'nun eski başkanlarına görüşlerini sordular.

21 yıl önce Erdoğan'a onay veren Tufan Algan ne dedi biliyor musunuz...

"Aday olamaz" dedi!

21 yıl önce yenilen hurmalar, 21 yıl sonra bile tırmalayacaktı.)

PKK terörü neredeyse sıfıra inmişti.

2002 boyunca sadece iki şehit verilmişti.

1987'den beri uygulanan Olağanüstü Hal kaldırıldı.

Olağanüstü bir suikast gerçekleşti.

Ankara Üniversitesi öğretim üyesi Necip Hablemitoğlu evinin önünde öldürüldü, yakın mesafeden gözüne kurşun sıkılmıştı, tetikçi kayıptı.

"Ampul" partisiyle yönetilen ülkenin ilk "karanlık" olayıydı.

> *(Necip Hablemitoğlu, Fethullah Gülen cemaatinin casusluk örgütü olduğunu söylüyordu, devlete sızdıklarını söylüyordu, bununla alakalı makaleler yazıyordu.*
>
> *Ankara DGM savcısı Nuh Mete Yüksel de Fethullah Gülen hakkında terör örgütü iddianamesi hazırlıyor, Necip Hablemitoğlu'ndan aldığı bilgileri "delil" olarak dosyaya koyuyordu.*
>
> *2002 yılında tam dava açılmıştı ki, savcı Nuh Mete Yüksel'in seks kaseti patladı! İstanbul polisi güya Çağdaş Eğitim Vakfı'nda arama yaparken bu kaseti bulmuştu, yatak odasında çekilmiş gizli kamera görüntüleriydi. Derhal el altından basına servis edildi, savcı Nuh Mete Yüksel'in ipi çekildi, davadan el çektirildi.*
>
> *Bu kumpas gelişmesi üzerine, Necip Hablemitoğlu "Köstebek" isimli kitabını yazmaya başlamıştı. Tam baskı aşaması gelmişti ki, öldürüldü!)*

Necip Hablemitoğlu, vefatından sonra bitirilmemiş haliyle yayınlanan *Köstebek*'in önsözünde bangır bangır uyarıyordu:
"Fethullahçı kadrolar, Türk Devleti'nin istihbarat birimlerine sızdı, devletimizin altı oyuluyor. Şeyhleri ABD'de yaşayan, CIA, MI6 ve BND gibi yabancı istihbarat örgütlerine taşeronluk yapan bir cemaate mensup müritlerin, Türk Devleti'nin istihbarat birimlerinde kadrolaşabileceğini, devletin gücünü, devleti savunanlara karşı kullanabilecek düzeye gelebileceklerini kim tahmin edebilir ki?
Köstebek işte bu ihanet öyküsünün adıdır.
Siz hiç, Fethullahçıları devlete karşı bir tehdit olarak algılayan bakan veya başbakan gördünüz mü? Siz hiç, Fethullahçıları tehdit odağı olarak tanımlayan bir emniyet genel müdürü veya MİT müsteşarı gördünüz mü? Göremezsiniz. Gösteremezsiniz.
Önünüzde iki tercih vardır.
Ya çoğunluğun yaptığı gibi başınızı çevirir, farketmemiş gibi yaparsınız, ya da risk üstlenerek araştırmaya ve mücadeleye başlarsınız.
Fethullahçılar Türkiye'de Mevleviler, Bektaşiler, Cerrahiler gibi salt dinsel inancını yaşamaya çalışan bir cemaat değildir. Uluslararası alanda at koşturan, son derecede tehlikeli bağlantılarıyla, ekonomik kaynakları ve eğitim kurumlarıyla, Türkiye'nin yüzyüze olduğu en tehlikeli tehdit odağıdır.
Örgütlenme modeli itibarıyla Türkiye'de bir eşi yoktur.
Örgütlenme modeli tamamen CIA denetimindedir.
Fethullahçılar mevcut ekonomik kaynaklarını, yapılabilecek en akılcı ve en değerli alana, eğitim yatırımına tahsis ediyorlar. Bu özellikleriyle, diğer şeriatçı yapılanmalara kıyasla, ülkemizin sadece bugününü değil, daha çok geleceğini tehdit ediyorlar."

Gayet netti.
Tee 2002 yılında haykırıyordu.
Susturuldu.

(Fethullah Gülen hakkında açılan dava, 2007'de beraatle sonuçlandı, 2008'de Yargıtay tarafından onandı. Fethullah Gülen'in beraatinden sadece bir ay sonra Ergenekon davası başlayacaktı!)

2003 yılına faciayla girdik.
THY uçağı Diyarbakır'a inerken düştü.
75 insanımız hayatını kaybetti.
"Pilot hatası" deyip örttüler.
AKP zihniyetinin bu tür felaketler karşısında nasıl davranacağı daha ilk felakette belli olmuştu, ak parti sütten çıkmış ak kaşıktı, uçak düşerse pilotun, tren çarpışırsa makinistin, sel basarsa yağmurun suçuydu, sorumluluk daima başkalarının olacaktı!

(Halbuki, düşen uçak RJ-100 tipiydi, uçan tabut olarak tanınıyordu. Kazayı rahmetli pilota yıkmışlardı ama, THY bu uçaklardan kurtulduğunda apronda deve bile kesecekti.)

Abdüllatif Şener ekonomiden sorumlu başbakan yardımcısıydı.
AKP'nin kalkınma planını açıkladı.
Limanlar satılacak, Tüpraş, Petkim, Telekom, Tekel satılacak, madenler satılacak, bankalar satılacak, köprüler, otoyollar satılacaktı.
Bunların hepsi millete aitti. Hepsinin satılacak olmasını millet alkışlıyordu.
Üreterek değil, satarak kalkınacağına inanan tek millettik!

(Hadi buna inandık diyelim... O günlerde biri çıkıp "bu Abdüllatif Şener AKP'den istifa edecek, CHP'den milletvekili olacak, dünyanın en büyük yolsuzluklarının AKP iktidarında yapıldığını, yolsuzluk ve kokainden elde edilen paraların Türkiye'de aklandığını söyleyecek deseydi, herhalde Abdüllatif Şener bile inanmazdı!)

Maliye bakanı Kemal Unakıtan'dı.
"Satamaz diyorlar, babalar gibi satarım" diyordu.
2003'te dış borcumuz 130 milyar dolardı.
Elde avuçta ne varsa babalar gibi satacaktık...
2023'te dış borcumuz 500 milyar doları geçecekti.
Adalet ve Kalkınma Partisi'nin "kalkınması" işte bu olacaktı.

Çabucak kalkınalım diye "vergi barışı" yasası çıkarıldı.
İlk faydalanan Tayyip Erdoğan oldu.
Haksız malvarlığından yargılanıyordu.
Kendi çıkardığı yasayla beraat etti.

Kurban Bayramı başladı.
Dana etinin kilosu 8 milyon liraydı.
Bugünkü parayla 8 liraydı.
Çeyrek altın 21 liraydı.
2023 yılında 21 liraya anca yarım kilo soğan alınabilecekti.
Dolar 1.6 liraydı.
Benzinin litresi 1.6 liraydı.
200 gram ekmek 25 kuruştu.

Ahmet Davutoğlu'na büyükelçi unvanı verildi.
Kimse tanımıyordu, tek sütun haber bile yapılmadı.
Milli görüş kökenli değildi, imam hatip kökenli değildi, Tayyip Erdoğan'la önceden tanıştıklarına dair emare bile yoktu, Malezya İslam Üniversitesi'nde öğretim görevlisiydi, Malezya'dan Beykent Üniversitesi'ne gelmişti, *Yeni Şafak* gazetesinde makale yazıyordu, Harp Akademileri'nde kurmay subaylarımıza ders veriyordu.
AKP'de bile kimse tanımıyordu ama, AKP'nin dışişleri bakanı olacak, AKP'nin genel başkanı olacak, AKP'nin başbakanı olacaktı, hiç kimse çıkıp "kim bu yahu, gücü nereden geliyor" diye merak etmeyecekti.

(Yıllar sonra çıkıp "ben 28 Şubat mağduruyum" diyecekti. 28 Şubat sürecinde Harp Akademileri'nde ders verdiğini kimse hatırlamayacaktı!)

(AKP'den ayrılacak, parti kuracak, CHP'yle ittifak yapacak, henüz seçime bile girmeden Kılıçdaroğlu'ndan cumhurbaşkanı yardımcılığı kapacak, hâlâ kimse çıkıp "bu gücü nereden geliyor" diye merak etmeyecekti!)

İncirlik'te vızır vızır hareketlilik başlamıştı.
Dev kargo uçakları inip kalkıyordu.
Sayın medyamız yazmıyordu ama, Amerikan medyası manşetten duyuruyordu, "Irak'a müdahale yapılacak, Ankara'yla Washington el sıkıştı, 40 bin Amerikan askeri Türkiye'de konuşlanacak" deniyordu.
Bir hafta kadar geçti.

Abdullah Gül "bugünden itibaren stratejik ortağımızın yanındayız" dedi, o günden itibaren sayın medyamıza sihirli değnek değdi, koro halinde "Irak'ta kitle imha silahları var" haberleri çıkmaya başladı. Türk medyasının maalesef ne kadar "kullanışlı" olduğunun kanıtıydı. Türk medyası Türk halkına Saddam korkusu pompaladı, kimyasal silahı olduğu, biyolojik silahı olduğu anlatıldı, dumanı tüten füze rampası görüntüleri yayınlanıyor, Amerikan askerlerinin Türkiye'ye yerleşmesinin "mantıklı" ve "gerekli" olduğu izah ediliyordu!
Gerçekleri yabancı medyadan takip ediyorduk.
İngiliz gazeteleri mesela, Washington'ın Türkiye topraklarını kullanmak için 27 milyar dolar verdiğini, Ankara'nın 4 milyar dolar daha istediğini yazıyordu. ABD başkanı Bush "Türkler at pazarlığı yapıyor" diyordu. ABD kuklası Barzani'nin internet sitesi "Türkiye pahalı fahişe rolünde" diye yazıyordu.

1 Mart tezkeresi'nin oylanmasına saatler kalmıştı.
Bu meclis tezkeresiyle "yabancı silahlı kuvvetlerin Türkiye'de bulunması için hükümete yetki verilmesi" isteniyordu.
Tayyip Erdoğan "evet" için bastırıyordu.
Deniz Baykal "mutlaka hayır" diyordu.
Türkiye nefesini tuttu, oylama yapıldı.
Sonuç evet, karar ret'ti.
Tam bize göre bir kafa karışıklığıydı.
Dünya algılamakta güçlük çekiyordu.
Evetler fazlaydı, 250 hayır'a karşılık 264 evet çıkmıştı.
Ama salt çoğunluk sağlanamamıştı.
CHP'yle beraber 71 AKP milletvekili "hayır" demişti.
O güne kadar sırtımızı sıvazlayan Amerikan medyasında aniden hava döndü, Türkiye'yi "dansöz" kıyafetiyle tasvir etmeye başladılar.
Pentagon öfkeliydi.
Kore Savaşı'ndaki, Soğuk Savaş'taki katkılarımız nedeniyle Türkiye'ye sempati gösteren Amerikan devleti, aniden gerçek yüzünü gösterdi, Türkiye'ye açık açık "size bunun hesabını soracağız" diyorlardı.
Tezkereyi bize yedirecekleri anlaşılmıştı.

Türkiye'yi defterden sildiler.
Kara harekatına Irak'ın güneyinden başladılar.

ABD başkanı Bush açık açık tehdit ediyordu, "Türkler sakın Irak'a adım atmaya kalkışmasın, biz Kürtlerle birlikte çalışacağız" dedi.
O gün için farkında değildik...
Türk Silahlı Kuvvetleri'ne "Balyoz" o gün inmişti!

(Peki niye bu kadar öfkelenmişlerdi?
ABD'nin Ankara büyükelçisi hiç eğip bükmeden söyledi.
"Türk hükümeti bize kuzey cephesi için garanti vermişti" dedi.
Evet... Tayyip Erdoğan henüz milletvekili bile değildi ama, Türkiye'yi kafasına göre yönetmek istiyordu, meclisteki tezkere oylamasından çoook önce Beyaz Saray'a "tamamdır bu iş" diye söz vermişti.
AKP'nin dış politikadaki vahim hatalar zincirinin ilk halkasıydı.)

Siirt seçimi tekrarlandı.
Tayyip Erdoğan milletvekili oldu, başbakan oldu.
Bismillah ilk iş, hava sahamızı açtı.
Ama artık Washington'ın izin falan istediği yoktu.
Amerikan uçakları, Amerikan füzeleri vızır vızır üstümüzden geçiyordu, hatta Şanlıurfa'ya yanlışlıkla tomahawk düştü, Mersin limanına savaş gemileriyle malzeme indiriyor, İskenderun limanına helikopter yığıyor, Batman'a, Mardin'e asker indiriyorlardı.
"Sıkıyorsa dokun" diyorlardı.

AKP hükümeti dünyadan öylesine habersizdi ki, "bizim desteğimiz olmadan başaramazlar, bataklığa saplanırlar, Irak yeni Vietnam olur" deniyordu. Amerikan tankları üç günde Bağdat'a girdi!
Her akşam çerezleri alıp, ekran karşısına geçiyor, Amerikan füzelerinin hava karardıktan sonra ışıklar saça saça Bağdat'ı nasıl vurduğunu seyrediyorduk, Amerikan iletişim dehaları düpedüz katliamı "bilgisayar oyunu" seviyesine indirmişti, ülke yıkılıyor, yüzbinlerce insan ölüyor, Hollywood filmi gibi pazarlanıyordu.
Memlekete demokrasi geldi zanneden zavallı Iraklılar, Amerikan askerlerine tezahürat yapıyorlar, şıpıdık terliklerle döve döve Saddam heykellerini yıkıyorlardı. Cehalet ibret vericiydi.

AKP'nin direkt müdahale ettiği ilk devlet kurumu diyanet'ti.
Mehmet Nuri Yılmaz istifa etti.
11 yıldır diyanet işleri başkanıydı.
"İlk defa bu hükümetten baskı gördüm" dedi.
"Dini siyasete alet etmek istiyorlar" dedi.

AKP döneminde yaptırılan ilk cami Bursa'da açıldı.
İnegöl'e bağlı Cerrah beldesi üç bin nüfusluydu.
Üç bin kişilik cami yapılmıştı!
İsraf tartışması başladı.
İsraf diyenlere "dinsiz" yaftası yapıştırıldı.

İki bin kişilik kadro isteyen diyanete 15 bin kadro verildi.
2003 yılında 70 bin cami vardı.
2023 yılında 90 bine çıkacaktı.
Cami sayısı arttıkça, diyanetin itibarı azalacaktı.

Kamu Bankaları Ortak Yönetim Kurulu'nun başına Faisal Finans'tan, Ziraat Bankası'nın başına Family Finans'tan genel müdür atandı.
Devlet bankaları faizsiz bankacılığa geçiriliyordu.

Bingöl'de 6.4 büyüklüğünde deprem oldu.
176 insanımız hayatını kaybetti.
Çadır dağıtımı becerilemedi, vatandaşlar valilik binasını taşladı, Bingöl valisine toz kondurulmazken, Bingöl emniyet müdürü derhal görevden alındı.
Çünkü... Bingöl emniyet müdürü, eskiden Siirt emniyet müdürüydü, Tayyip Erdoğan'ın minareli/süngülü şiirini kayda aldırıp, savcılığa gönderip, mahkum olmasına, hapse girmesine sebep olan emniyet müdürüydü. Deprem vesile olmuştu, fırsat bu fırsat ipi çekildi.
Peki, çadır dağıtımını beceremediği halde, valilik binası taşlandığı halde görevden alınmayan, sırtı sıvazlanan vali kimdi?
Tayyip Erdoğan'ın belediye başkanlığı dönemine ait yolsuzluk iddiasını araştıran mülkiye müfettişiydi. Yolsuzluk yok demiş, ilk kararnamede vali yapılmış, iki ay önce Bingöl'e atanmıştı!
AKP'yi aklıyorsan baştacıydın, AKP'ye karşıysan imhaydın.
20 yıl önce böyleydi, 20 yıl sonra da böyle olmaya devam edecekti.

Kayseri'de yatılı Kuran kursunda tüp patladı.
İki katlı bina çöktü, 10 çocuk hayatını kaybetti.
Takdiri ilahi denildi geçildi.
Dedim ya, bundan sonra böyleydi.

Uzan Ailesi'ni yoketme operasyonu başladı.
Türkiye'nin en zengin beş ailesinden biriydi.
Çukurova Elektrik ve Kepez Elektrik'in sahibiydiler, jandarma eşliğinde basıldı, sözleşmeleri feshedildi, İmar Bankası ve Adabank'ın sahibiydiler, el konuldu, Telsim'in sahibiydiler, el konuldu, Star televizyonunun, *Star* gazetesinin sahibiydiler, el konuldu.
Hukuk rafa kaldırılmıştı. Resmen gasp'tı.
Cem Uzan 2002 seçiminden üç ay önce Genç Parti'yi kurmuştu, sadece üç ayda yüzde 7'den fazla oy almıştı, AKP'ye en sert muhalefeti yapan kişiydi, Tayyip Erdoğan'ı Taliban lideri Hikmetyar'ın dizinin dibinde otururken gösteren fotoğrafı *Star* gazetesinde yayınlamıştı.

> *(Peki, Uzan Ailesi'nin imha sebebi sadece siyasi miydi?*
> *Elbette değildi.*
> *Amerikan Motorola şirketi Telsim'e ortaktı, Uzan Ailesi sermaye artırımıyla Motorola hisselerini küçültmüştü. Vay sen misin bunu yapan... Motorola şirketi 2002 yılında New York'ta dolandırıcılık davası açmış, "Uzanlardan üç milyar dolar istiyoruz" demişti.*
> *İşte o andan itibaren sayın medyamıza sihirli bir el değmişti.*
> *Cem Uzan'ın rakibi olan gazete ve televizyonlarda karalama kampanyası başlatılmış, Uzanların "dolandırıcı" olduğuna dair bangır bangır yayınlar yapılmıştı, rakip köşe yazarları Motorola'nın avukatı gibiydi, Türk halkına Uzanların "hırsız" olduğu anlatılmış, Uzanların malvarlığına el konulması için zemin hazırlanmıştı.*
> *Motorola davasından birkaç ay sonra seçim yapıldı, AKP iktidara geldi, Uzanlara el kondu, Telsim derhal İngiliz şirketine satıldı, elde edilen parayla Motorola'nın istediği para ödendi.*
> *Amerikan şirketi AKP eliyle muradına ermişti.)*

(Cem Uzan 2009 yılına kadar hukuk mücadelesini Türkiye'de sürdürdü, ülkeden ayrılmadı, sesini kesip bir kenarda oturmak yerine, servetini geri alabilmek için davalar açtı.
E, kaşınıyordu.

2009 yılında Ergenekon kapsamında ifadeye çağırıldı.
Bu defa cemaat devreye girmişti, kumpas savcısı olarak bilinen Zekeriya Öz tarafından sorgulandı, alakasız sorular yöneltildi.
Cem Uzan iftirayla tutuklanacağını anlamıştı.
Yurtdışına çıkmaya karar verdi, Fransa'ya gitti.
2023 itibarıyla, hukuk mücadelesini oradan sürdürüyordu.)

Cem Uzan'ın hükümet eliyle tasfiye edilmesi, en başta medyadaki rakibi Aydın Doğan olmak üzere, neredeyse tüm iş dünyasını memnun etmişti. Halbuki bu işler sıraylaydı.

Binali Yıldırım ulaştırma bakanıydı.
22 yaşındaki oğlunun 445 bin euroya gemi aldığı ortaya çıktı.
Binali Yıldırım doğuştan armatörlük yeteneği olan oğlunu savundu, "ne var yani bunda, 445 bin euro büyük para sayılmaz" dedi.

O sırada herkes Kütahya'daki aksakallı dedeyi konuşuyordu.
Dört Direkli Cami'nin ışıklarının kendiliğinden yandığı, imamın kefen dikerken aksakallı dede gördüğü, aksakallı dedenin imamı uyardığı söylentisi yayıldı. Kulaktan kulağa "bayramın dördüncü günü büyük felaket olacak, aksakallı dede söylemiş, 40 bin kişi ölecek" deniyordu.
Bayramın dördüncü günü onbinlerce kişi evine girmedi.
Geceyi sokaklarda geçirdiler.
Somut gerçekleri duymazdan gelen toplumda, hurafe kültürünün ne kadar hakim olduğunun hazin bir göstergesiydi.

Antalya Öğretmenevi'nde harem-selamlık düğün yapıldı.
Öğretmenevleri tarihinde ilk'ti.
Kadınlar alt katta, erkekler üst katta oturdu, müzik yoktu.
Gelinin nikah şahidi AKP'nin içişleri bakanıydı.

Cumhuriyet gazetesi "Genç Subaylar Tedirgin" manşeti attı.
Gündeme bomba gibi düştü.
Mustafa Balbay imzalı habere göre "genelkurmay başkanı Hilmi Özkök, Tayyip Erdoğan'ı uyarmış, irticai gelişmelerden sadece genç subayların değil, ordunun tamamının kaygı duyduğunu" söylemişti.
Peki gerçekten söylemiş miydi?

Hilmi Özkök üç gün sustu.
Başkent fokur fokur kaynadı.
Üç gün sonra çıktı, "yalanlamaktan öte lanetliyorum, bu dedikoduları çıkaranların vatan millet sevgisinden şüphe etmek lazım" dedi.

(Böyle demişti ama... 9 yıl sonra Ergenekon davasında ifade verirken, subayların tedirgin olduğu konusunda Tayyip Erdoğan'ı uyardığını anlatacak, yalanladığı, lanetlediği haberi doğrulayacaktı. Hilmi Özkök silahlı kuvvetlerin başına daha çooook işler açacaktı.)

Tayyip Erdoğan ise "gazeteciler cebimize dinleme cihazı mı koyuyor, kiminle ne konuştuğumuzu nereden biliyorlar" demişti.
Aklına ilk önce "dinleme cihazı" gelmesi enteresandı.
O dinleme cihazları daha neler neler yapacaktı!

~

4 Temmuz 2003.
Amerika'nın Bağımsızlık Günü'ydü.
AKP milletvekilleri AKP bakanları koştura koştura ABD'nin Ankara Büyükelçiliği'ne gitmişlerdi, bağımsızlık günü resepsiyonu vardı.
Bizimkilerin Amerikalıları tebrik ettiği dakikalarda...
Irak'ta kafamıza çuval geçirdiler.

Süleymaniye'deki irtibat büromuz ağır silahlı Amerikan askerleri tarafından basıldı, bordo bereli 11 subay ve astsubayımızın kafasına çuval geçirildi, kelepçe takıldı, dipçiklenerek tutuklandılar.
Sayın medyamız o zamanlar da yalancıydı.
ABD'ye derhal nota verdiğimiz yazıldı.
Tayyip Erdoğan derhal yalanladı.
"Müzik notası değil bu, her aklına estiğinde verilmez" dedi.
AKP'nin gıkını bile çıkarmaya niyeti yoktu.

(Aynı Tayyip Erdoğan, Irak işgali başladığında The Wall Street Journal gazetesine makale yazıp, "kahraman Amerikan askerlerinin en az kayıpla evlerine dönmeleri için duacıyım" demişti. Amerikan "kahramanları"na dua edilirken, o "kahraman" Amerikan askerlerinin bizim evlatlarımızın kafasına çuval geçirmesi sineye çekilmişti.)

57 saat esir tuttular, lütfedip bıraktılar.
Binbaşımızın kaburgası kırılmıştı.
Tezkerenin bedelini ödetmeye böyle başlamışlardı.

Türk milletinin onuru kırılmıştı.
Amerikan mallarını boykot başladı.
Sayın ahalimiz kargadan başka kuş, Coca Cola'dan başka Amerikan malı tanımadığı için, boykotun en büyük hedefi Coca Cola olmuştu.
Tesadüfe bakın, tam o sırada çooook büyük bir sürpriz yaşandı.
"New York'ta bir morning" sloganıyla reklam bombardımanı başladı, gazetelerde sayfa sayfa, televizyonlarda bangır bangır yayınlanıyordu, Cola Turka'ydı, Ülker ürünüydü.
Reklam için kesenin ağzı açılmıştı, reklam filmi New York'ta çekilmişti, başrolünde Hollywood'un o dönemki en ünlü yıldızlarından Chevy Chase oynuyordu. Amerikalının biri cafeye giriyor, tespihli bir kovboyla karşılaşıyor, Cola Turka'dan bir yudum tadıyor, şırrak diye bıyığı çıkıyordu, sohbet ederken "yenge nasıl, çoluk çoluk" gibi, Türk usulü cümleler kuruyor, hesap ödenirken "bendensin" diyordu, eşi akşam yemeğinde biber dolması yapıyordu, Cola Turka'dan bir yudum alınca Amerikan şarkılarını bırakıp "dağ başını duman almış"ı söylemeye başlıyorlardı, anne babasının elini öpüyor, uğurlarken tıpkı bizim gibi arkalarından su döküyordu.
Özetle, Cola Turka içen Amerikalılar Türkleşiyordu.
Adeta mucizeydi, mucizevi tesadüftü.
Tam kafamıza çuval geçirilmişken, tam Amerikalılara uyuz olmuşken, tam Coca Cola boykotu başlamışken, nasıl olmuştu da böylesine muhteşem bir zamanlamayla, tam oraya Cola Turka denk gelmişti?
Kimse buna kafa yormadı.
Cola Turka milliydi, gerisi hiç önemli değildi.
Amerikan cola'yı içmek istemeyenlere Türk cola sunulmuştu.
Olsa olsa takdiri ilahiydi!
Cola Turka piyasaya fırtına gibi girdi. Hayatında cola içmemiş olanlar bile "milli" diye gidip Cola Turka alıyordu, iki litre kesmiyor, inadına üç litre alıyordu. Sayın ahalimiz ne kadar çok Cola Turka içerse Amerikalıları o kadar haşat ettiğini düşünüyordu.

(Acaba mesela... Cola Turka'nın perde arkasında bizzat Coca Cola olabilir miydi? Boykot sırasında gazlı içecek pazarı daralmasın

diye, cola alışkanlığı körelmesin diye, Türkiye'deki öfke geçene kadar, Coca Cola yeniden sahneye geri dönene kadar, cola lezzeti unutulmasın diye örtülü ortaklık yapılmış olabilir miydi?
Dünyanın en tanınmış markası olan, 200 ülkede varolan, her gün iki milyar şişe satılan, süper kariyerli profesyoneller tarafından yönetilen, 60 milyar dolar değerindeki Coca Cola şirketinin, bizden daha zeki olabilmesi mümkün müydü?
Elbette mümkün değildi!
Bu nedenle, kimse zahmet edip kafa yormadı.
Gel zaman git zaman, sayın ahalimizin dalgınlığına geldi herhalde, Cola Turka'nın neden aniden ortadan kaybolduğuna da dikkat edilmedi! Hatta, neden sessiz sedasız Japonlara satıldığına da pek alaka gösterilmedi. Cola Turka unutuldu, Coca Cola'ya eskisi gibi devam edildi.)

(Tayyip Erdoğan Cola Turka'nın ne kadar yerli ve milli olduğunu gösterebilmek için helikopterle Adapazarı'na gitmiş, Cola Turka fabrikasının bahçesine inmiş, kafasına Cola Turka şapkası takmış, zaten açık olan fabrikanın kurdelesini keserek açılışını yapmış, reklamını pek beğendiğini anlatmış, Cola Turka içerken poz vermişti.
Gel zaman git zaman, Cola Turka unutulacak, gazlı içecek pazarında eski tas eski hamama dönülecek, aynı Tayyip Erdoğan bu defa Isparta'ya gidecek, Coca Cola fabrikasının kurdelesini keserek açılışını yapacaktı!)

Irak savaşı nedeniyle seferberlik bekleniyordu.
Tam tersi yapıldı, 18 ay askerlik 15 aya indirildi.
90 bin kişi erken terhis oldu.
O gün için kimse farkında değildi ama, Mete Han'dan başlayan 2 bin 200 yıllık "asker millet" geleneği, ufak ufak törpülenmeye başlamıştı, ordumuzun asker sayısı azaltılıyor, sayın ahalimiz alkışlıyordu.

Tayyip Erdoğan'ın başbakan olarak katıldığı ilk yüksek askeri şura toplantısında, Özden Örnek deniz kuvvetleri komutanı, İbrahim Fırtına hava kuvvetleri komutanı, İlker Başbuğ genelkurmay ikinci başkanı, Şükrü Sarıışık milli güvenlik kurulu genel sekreteri oldu, Şener Eruygur jandarma genel komutanı olarak kaldı.
Pek yakında, istisnasız hepsi hapse tıkılacaktı.

Tayyip Erdoğan Almanya'ya gitti.
"En geç 8 senede AB'ye üye oluruz" dedi.
AB'ye uyum adı altında beş dakkada beşiktaş yasaları çıkarılmaya başlandı, TBMM pazar günleri bile geceyarılarına kadar çalışıyordu, milletvekili uyukluyor, eller otomatik inip kalkıyordu. "Hangi yasaya oy verdiniz?" diye sorulduğunda cevap veremiyorlardı, bilmiyorlardı, yasa taslaklarının satır aralarına Türkiye aleyhine maddeler sokuşturuluyor, anca *Resmi Gazete*'de yayınlanınca farkediliyordu.

TBMM Yolsuzlukları Araştırma Komisyonu kuruldu.
AKP milletvekilleri yolsuzlukları araştırdı.
Neticede resmi rapor yayınlandı.
"Yolsuzluklar laik ahlakla ilişkili bir sorundur" denildi.
"Yolsuzluklar laik ahlakla ilişkili bir sorundur" dediler.
Türkçe meali, laikler ahlaksızdı, yolsuzlukları laikler yapıyordu.

Tayyip Erdoğan cuma namazına gitti, cami kapısında demeç verdi, "Türkiye şahlanacak" dedi. Bilahare, Bayrampaşa parkının açılış törenine katıldı, çocukları gezdirmek için kiralanan "Cihan" isimli ata binmeye kalkıştı, Cihan şaha kalktı, Tayyip Erdoğan kovboylar tarafından mıhlanan apaçi gibi yere yapıştı.
20 yıl boyunca habire "şahlanacağız" demeye devam edecekti ama, Cihan'dan başka şahlanan görülmeyecekti.

Tayyip Erdoğan'ın küçük oğlu Bilal evlendi.
Gelin 17 yaşındaydı, reşit değildi, ebeveynleri resmi nikah izni için dava açmış, mahkemeden "sakınca yok" kararı çıkarmıştı.
Lütfi Kırdar Kongre Sarayı'ndaki düğün miting gibiydi, dokuz bin kişi katıldı, Bilal'in nikah şahidi İtalya başbakanıydı, Berlusconi salona girerken jest yapıldı, klasik Türk müziği yayını kesildi, Pavarotti'den arya çalındı. Geline evlilik cüzdanını Berlusconi verdi, geline kolye, damada saat, Emine Erdoğan'a bilezik hediye etti.
Bilal'in asıl adı Necmettin Bilal'di.
Necmettin Erbakan'ın Necmettin'iydi.
Ama, Necmettin Erbakan davet bile edilmemişti.
Dört bin polis görevliydi. Salonda sadece TRT ve Anadolu Ajansı çekim yaptı, medyaya topluca servis edildi, medya takip merkezinin 19

televizyon kanalındaki ölçümlerine göre, düğün için toplam 27 saat 56 dakika yayın yapıldı.
Davetlilere gümüş kutucuklar hediye edildi, içinde çikolata vardı.
Guinness Rekorlar Kitabı "el sıkma rekoru" kırılacağı beklentisiyle ekip göndermişti, Tayyip Erdoğan'ın tokalaşması tek tek sayıldı, 4 bin 815'te bitti, hayal kırıklığıydı, Türkiye rekoru kırılmıştı ama, dünya rekoru kırılamamıştı. Dünya tokalaşma rekoru, ABD New Mexico Valisi'ne aitti, 8 saatte 13 bin 392 kişinin elini sıkmıştı.
İngiliz gazeteleri "Türbanlı Diana" başlığını attı. Gelinin annesi "Kızımı Harvardlı'ya verdim" dedi. Genç çift, balayını Beylerbeyi Bosphorus Palace'ta geçirdi, Boğaz'a sıfırdı, moda dergisi Vogue tarafından dünyanın en romantik oteli seçilmişti.
Tayyip Erdoğan çiçek gönderilmemesini, Çocuk Esirgeme Kurumu'na bağışta bulunulmasını istedi. Salon çiçekten doldu taştı. Kamyon kamyon götürüldü. Gazeteciler düğünden sonra Çocuk Esirgeme Kurumu'na sordu. Bağış miktarı sıfırdı!
Tayyip Erdoğan düğün yorgunluğunu çocuklarının eğitim sponsoru olarak tanınan Remzi Gür'ün Ekinlik Adası'ndaki villasında attı.

"AKP sanatçısı" kavramı yeni yeni ortaya çıkıyordu.
Adnan Şenses ilkti.
AKP'nin kuruluş yıldönümünde Tayyip Erdoğan'ın dizinin dibine oturarak "deli gibi sevdim" şarkısını okudu. Ancak... "Görüyorum ki her gün meyhanedesin, yaşamaya küstürüp içtiren mi var" dizelerini değiştirmişti, "görüyorum ki her gün işte güçtesin, yaşamaya küstürüp seni üzen mi var" şeklinde okudu!
Meyhane/içki falan artık sansürlü kelimelerdi.

Üniversite yasası hazırlandı.
Aslında düpedüz imam hatip yasasıydı, imam hatip öğrencilerinin üniversiteye girişini kolaylaştırmak için hazırlanmıştı. Türkiye Cumhuriyeti'ni imam cumhuriyeti haline getirmenin işaret fişeğiydi.

Dokuz Eylül Üniversitesi rektörüne ne düşündüğünü sordular.
"Atatürkçü düşünce için Kubilay olmaya hazırız" dedi.
Vay sen misin bunu diyen... Tayyip Erdoğan bu açıklamayı terbiyesizlik olarak yorumladı, "edep dışına çıkıyorlar" dedi.
Bunun üzerine "edepsiz rektörler" isyan etti.

▪ ODTÜ rektörü "Başbakan'ın bu lafı Adnan Menderes'in kara cüppeliler lafı gibi, tarihe kara leke olarak geçecek" dedi. ▪ Ankara Üniversitesi rektörü "Cumhuriyet'in temel ilkelerini savunmak bizim görevimizdir, bu edepsizlikse, edepsizliğe devam edeceğiz" dedi. ▪ Uludağ Üniversitesi rektörü "daha çok konuşmaya kararlıyız" dedi. ▪ İTÜ rektörü "tarih boyunca kimsenin emrine girmedik, girmeyeceğiz" dedi. ▪ Karadeniz Teknik Üniversitesi rektörü "parolamız açık, Atatürk ilke ve devrimlerine bağlılık" dedi. ▪ Kırıkkale Üniversitesi rektörü "Bizler başkaları gibi demokrasiyi araç olarak değil, amaç olarak görüyoruz" dedi. ▪ Trakya Üniversitesi rektörü "Atatürkçülükte tarafız" dedi. ▪ Marmara Üniversitesi rektörü "bu çomak rektörlere değil, ülkenin geleceğine sokuluyor" dedi. ▪ Yüzüncü Yıl Üniversitesi rektörü "Başbakan'ın sözlerini kendisine aynen iade ediyoruz" dedi. ▪ İstanbul Üniversitesi rektörü "ürkütüp yıldıramazlar" dedi. ▪ Pamukkale Üniversitesi rektörü "siyaseti üniversiteye sokuyorlar" dedi. ▪ Harran Üniversitesi rektörü "üniversitelerin çok ciddi sorunları var, önce onları çözün" dedi. ▪ Çukurova Üniversitesi rektörü "Başbakan'ın sözleri yüzyıllarca zihinlerden silinmeyecek bir ifadedir" dedi. ▪ Çanakkale Üniversitesi rektörü "edepsiz lafı çok yakışıksız" dedi. ▪ Adnan Menderes Üniversitesi rektörü "sıcak tehlike karşısında sessiz kalmayacağımız bilinmeli" dedi. ▪ Süleyman Demirel Üniversitesi rektörü "üniversiteler siyasi gücün kontrolüne bırakılamaz" dedi.

Üniversitelerimiz işte bu kadar laik, işte bu kadar cumhuriyetçi, işte bu kadar özgürdü, iktidara biat edilmiyordu.
Ama, pek yakında hepsi görevinden alınacaktı.
Hatta bazıları hapse atılacaktı.

Türkiye Diyanet Vakfı Sendikası Konya şube başkanı çıktı, YÖK başkanı Profesör Kemal Gürüz'le İstanbul Üniversitesi rektörü Profesör Kemal Alemdaroğlu'nu açık açık tehdit etti, "imam hatiplere saldırmaya devam ederlerse, iki Kemal'in cenazeleri yıkanmayacak, cenaze namazları kılınmayacak" dedi.
İnsanları ikiye ayırmışlardı.
Ölüsü yıkanacaklar.
Ölüsü yıkanmayacaklar.
Aynı sendikanın Gaziantep şube başkanı, "Allah'ı inkar ediyor" iddiasıyla, YÖK başkanı hakkında savcılığa suç duyurusunda bulundu.

Aynı gün, TBMM'de bir ilke imza atıldı, milletvekillerinin rahat abdest alabilmeleri için, TBMM tuvaletlerindeki lavaboların boyu kısaltıldı.

Üniversite öğretim üyeleri Ankara'da Cumhuriyete Saygı Mitingi düzenledi, biliminsanlarının arasına karanlık kişiler katıldı, "Ordu Göreve" pankartı açıldı, elbette provokasyondu, ama sinsi amacına ulaşmıştı, bütün öğretim üyeleri "darbeci" ilan edildi.

Dinci kışkırtmalar artıyordu.
Rektörlerle birlikte TSK'ya savaş açıldı, köktendinci *Akit* gazetesi "onbaşı bile olamayacakların general olduğu ülke" diye başlık attı. Aralarında kuvvet komutanlarının da bulunduğu 312 general, bu sözde gazeteye dava açtı. Hilmi Özkök hariç... Sadece o dava açmadı. Ordudaki bütün generaller mahkemeye başvurmuş, en birinci general, genelkurmay başkanı hiç üstüne alınmamıştı!

(Atatürkçü generallerimiz Ergenekon/Balyoz kumpaslarıyla hapse atılacak, rütbeleri sökülecek, tetikçi Akit gazetesi sevinç çığlıklarıyla "onbaşı bile olamazlar dedik, er oldular" manşeti atacaktı.)

Cumhurbaşkanı Ahmet Necdet Sezer'di.
AKP'nin karşıdevrimci yasalarını veto ediyor, tek başına hukuk mücadelesi veriyordu, yetkileri sınırlıydı ama en azından AKP'nin anayasaya aykırı davrandığını tarih huzurunda kayda geçiriyordu.

(Liyakat odaklı atamalar yapıyordu. AKP yüzünden istifa eden diyanet işleri başkanının yerine mesela, bir başka aydın din adamını Profesör Ali Bardakoğlu'na atadı. Bardakoğlu sadece ilahiyatçı değil, İstanbul Üniversitesi hukuk fakültesi mezunuydu, kara cüppeyi çıkardı, fildişi renkli cüppe dönemini başlattı.
Atatürk devrimlerine sahip çıkan, sık sık Atatürk'e atıfta bulunan, İslamiyet'in aydınlık yüzünü temsil eden, aklı/bilimi referans alan saygın bir dini otoriteydi. 2010 yılında AKP tarafından görevinden alınana kadar dinin siyasete alet edilmesine karşı çıktı, AKP'ye hep mesafeliydi, parti rozeti takmaya niyeti yoktu, cemaatlere, tarikatlara yüz vermedi, kadın hakları konusunda çağdaş adımlar attı.)

İmamlarla birlikte Kürtçülüğün de önü açılıyordu.
Kürtçe isim koyma yasağı kaldırıldı.

(Kürtçe isim acaba ilk olarak nerede kullanılacak diye merak ediliyordu, Kürtçe erotik film video kaset olarak piyasaya sürüldü, Xaşhiki Kaliki, dedenin fantezileri anlamına geliyordu. İstanbul'da yaşayan yaşlı bir adamın cinsel maceraları anlatılıyordu. Başrolde, seks filmlerinin popüler yıldızı Yasemin Ünlü vardı. Satış rekoru kırdı, bir ayda 100 binin üzerinde sattı.)

---

15 Kasım 2003.
İstanbul'da bombalar patladı, Neve Şalom Sinagogu ile Beth Israel Sinagogu'na cumartesi duası sırasında, gübre bombası yüklü kamyonetlerle eşzamanlı intihar saldırıları düzenlendi. 27 insanımız öldü, hayatını kaybeden Musevi vatandaşlarımız Ulus Musevi Mezarlığı'nda Türk bayrağına sarılı tabutlarla toprağa verildi.
Bombacılar Bingöl doğumluydu.
Pakistan'da El Kaide tarafından eğitilmişlerdi.

Sadece beş gün sonra, 20 Kasım 2003.
Gene sıfır istihbarat, gene sıfır önlemdi, gene İstanbul'da, bu defa HSBC bankasıyla İngiltere Başkonsolosluğu, gene gübre bombası yüklü kamyonetlerle, gene eşzamanlı olarak havaya uçuruldu. 30 kişi daha öldü, hayatını kaybedenlerden biri İngiltere Başkonsolosu'ydu.
Bombacılar gene Türk vatandaşıydı.
Gene El Kaide üstlenmişti.
Güya İslamiyet adına kan döküyorlardı, o gece Kadir Gecesi'ydi.

(AKP döneminin ilk terör faciasıydı, sebepleri karanlıkta kalan ilk saldırıydı. 74 kişi tutuklandı, 7'sine müebbet hapis verildi, onlardan biri Baki Yiğit'ti. Aradan 10 yıl geçti... İstanbul'u havaya uçuran ve güya müebbete çarptırılan Baki Yiğit, Halep'te Suriye ordusuyla çatışırken öldürüldü.
Meğer, AKP hukuku tarafından 2010 yılında, kimsenin ruhu bile duymadan serbest bırakılmıştı, Suriye'ye geçmiş, El Kaide saflarına katılmıştı. Genelkurmay başkanımız "terörist" diye hapse tıkılırken, katliam bombacısı sokağa salınmıştı.)

Tayyip Erdoğan "bombacıların Türk olması bizi teselli etti, böylece ülkemize yabancı terörist sızmadığını anladık" dedi iyi mi... Yerli teröristlerimizle ne kadar gurur duysak azdı yani!

(Halbuki, El Kaidecilerin Türk vatandaşı çıkması, dünyadaki bütün Türklere şüpheyle bakılmasına yol açıyordu. Bunun hazin bir örneği İngiltere'de yaşandı. Londra-İstanbul seferini yapmak üzere kalkışa hazırlanan British Airways uçağı son anda pistten döndü, terminale yanaştı, terörle mücadele ekipleri uçağa daldı, yedi Türk yolcu gözaltına alındı. Niye? Meğer, o Türk yolcular oturdukları koltukta namaz kılmaya başlamışlardı. İstanbul'daki bombacıların Türk olduğunu bilen hostesler paniğe kapılmıştı, "bunlar uçakta namaz kılıyorsa kesin intihar bombacısıdır" diye düşünmüşlerdi, pilotlar derhal kuleye haber vermiş, operasyon ekibi istemişti.

Dünyadaki Türk algısı aniden bu hale gelmişti!)

Saddam Hüseyin yakalandı.
24 yıldır ülkeyi demir yumrukla yönetiyordu, saç sakal perişan halde bir evin bodrumundaki sığınağa saklanmıştı, Iraklılar pek sevindi, Amerikan bayraklarıyla sokaklarda zafer turu atıyorlardı.

Tam o günlerde, Celal Talabani İstanbul üzerinden Moskova'ya gidiyordu, tee Turgut Özal tarafından kendisine hediye edilen Türkiye Cumhuriyeti pasaportunu iade etti, artık ihtiyacı yoktu. Ülkelerinden dışarı adım atabilmek için yıllarca Türk pasaportunu kullanan Talabani ve Barzani, artık Amerikan pasaportuna sahipti.

Mardin'de askeri araca mayınlı pusu kuruldu. Yıllar sonra ilk defa beş şehit birden verdik. Irak'taki Amerikan varlığı artınca, Kuzey Irak tamamen peşmergelerin kontrolüne geçince, bölücü terör hortlamıştı.

Memleketin haraç mezat satılmasına Trabzon'dan başladılar.
Trabzon Limanı satıldı.

TEKEL, cumhuriyetin tek taş pırlantalarından biriydi.
1925 yılında yabancı imtiyazları kaldırılmış, kamulaştırılmıştı.

AKP tarafından yeniden, yok pahasına yabancılara verildi.

(Rakı ve sigara diye ikiye ayrıldı. Rakı bölümü sadece 292 milyon dolara, AKP yandaşı müteahhit Nihat Özdemir'e satıldı, boş şişe bile daha pahalıya satılırdı, aradan az biraz geçti, uyanık müteahhidimiz aynı rakıyı üç katına 810 milyon dolara Amerikan şirketine sattı, aradan az biraz geçti, Amerikalılar aynı rakıyı üç katına 2.1 milyar dolara İngiliz şirketine sattı. "Babalar gibi satıyoruz" diyorduk ama, sırf rakıda bile üst üste 3'ün 1'ini alıyorduk.)

İbret verici bir gelişme yaşandı.
ANAP'ın seçim otobüsüne haciz konuldu.

(Turgut Özal'ın Anavatan Partisi, tıpkı AKP gibi tek başına iktidardı, kendisinden 20 yaş büyük işadamlarımız bile eğilip elini öperdi, kendisini yalamaktan dillerinde pütür kalmamıştı.
Mitinglerini organize eden meşhur bir danışmanı vardı, "Turgut beyin en büyük yağcısı benim, benim mesleğim yağcılıktır, kimse benim gibi yağlayamaz" diye övünürdü, Özal'a padişah muamelesi yapmak için sadrazam kılığına girerdi, maniler söylerdi.
Papatyalar vardı, Semranımın etrafında pervaneydiler.
Hasbahçe geceleri düzenliyorlardı, Osmanlı sultanlarının rengarenk ipekli kaftanlarını giyerek, Yıldız Sarayı'nda balolar yapıyorlardı, kaplumbağaların sırtına mum koyup, gezdiriyorlardı, Göksu Deresi'nde incesaz eşliğinde saltanat kayıklarıyla sefa sürüyorlardı.
Ultralüks yatlarda partiler veriyorlardı.
Jaguarlarla pozlar veriyorlardı.
Pırlantalar gırla gidiyordu.
Turgut Özal'ın eşi Semranımın tombik parmaklarına şiir yazan papatyalar bile vardı: "Konuşan gülen eller, düşünen coşan eller, üzülen her kişinin peşine düşen eller / ana eller yar eller, Allah'a açık gibi, duaya hazır eller / dostça sıkılan eller, huzurlu dobra eller, kahkahayı atarken secdeye yatan eller / Turgut beye cereyanı veren eller, kalem tutan taç takan, her şeyi yakıştıran, tuttuğunu koparan, cesur mübarek eller" diyorlardı.
Yalakalık işte bu seviyedeydi.
Devletin uçaklarına doluşup, resmi gezi ayaklarıyla dünyayı dolaşıyorlardı, dönüşte o kadar çok bavul dolduruyorlardı ki, uçaklar

havalanamıyordu, bavullar arkadan başka uçakla geliyordu, adeta semt pazarının tezgahından domates alır gibi, kürk alıyorlardı, marketten poşet alır gibi, Hermesler, Diorlar alıyorlardı.
Turgut Özal'ın İcraatın İçinden adında televizyon programı vardı, tükenmez kalemini gözümüze sokar gibi anlatırdı, o tükenmez kalemi açık arttırmayla satışa sundular, bildiğin kırtasiyede satılan sıradan tükenmez kaleme 20 bin dolar ödeyen oldu.
Namaz kıldığı seccadesini devletin müzesinde sergiliyorlardı, ihale kapmak isteyen işadamlarımız seccadeyi ziyarete gidiyordu, seccadeyle fotoğraf çektiriyordu.
Sonra?
Sonra, devran döndü, musluk kesildi.
Maskeli balolarda pırlantalara boğanlar, selamı sabahı kesti.
Debdebeli günlere tanık olan seçim otobüsüne bile haciz konuldu.
Hem de, alacaklarını tahsil edemeyen partinin çaycıları tarafından haciz konuldu. Tükenmez kaleme 20 bin dolar ödeyenler, artık çay borcunu bile ödememek için telefona çıkmıyordu. Demokrasi tarihimiz açısından ibret vericiydi.)

Artık moda AKP'ydi.
Sosyetemiz hidayete ermişti.
"VIP umre" için beş yıldızlı otellerde seminer düzenleniyordu. Gerçi umreden dönerken free shop'ta viski alırken yakalanıyorlardı ama, o kadarcık kusur kadı kızında bile olurdu!
Sağ elde gümüş yüzük trend olmuştu.
Ekonomi sayfalarında manşet yapılıyordu, altın alyanslarını çıkarıp, gümüş yüzüğe dönen işadamı sayısında patlama yaşanıyordu.

Tayyip Erdoğan Davos'a davet edildi, Soros'la görüştü.
Yahudi kökenli Amerikalı dolar milyarderiydi. Hırvatistan, Gürcistan, Ukrayna gibi eski Sovyet cumhuriyetlerinde hayata geçirilen turuncu/gül/üzüm gibi romantik isimlere sahip Batı yanlısı devrimlerin "hayırsever" sıfatlı sponsoruydu.

(2002 yılında Sabancı Üniversitesi'nde konferans vermişti, "Türkiye'nin en iyi ihracat ürünü ordusudur" demişti. Savaş bölgelerine Amerikan askeri yerine Türk askeri gönderilmesini öneriyordu, Mehmetçik'in canına fiyat biçiyordu, Türkiye'nin

savaş bölgelerine asker göndererek "güzel para kazanacağı"nı anlatıyordu.)

Tayyip Erdoğan'la başbaşa görüşünce, doğal olarak "Soros acaba Türkiye'de de sponsorluk yapıyor mu?" sorusu gündeme gelmişti.
Tesev başkanı Can Paker cevap verdi.
"Soros'un Türkiye'de maddi yardımları var, Tesev, Açık Radyo, Açık Site, Bianet, Umut Vakfı, Açev, Tarih Vakfı ve Avrupa Hareketi'ne maddi destek veriyor" dedi.
Tesev, Türkiye Ekonomik ve Sosyal Etüdler Vakfı'ydı. AKP iktidara gelene kadar ekonomi politikaları üzerine kafa yorarken, AKP iktidara gelir gelmez her nedense aniden demokratikleşme üzerine yoğunlaşmıştı, demokratikleşme adı altında azınlıklar, etnik kökenler, mezheplerle alakalı araştırmalar yapıyordu.

(Tesev'in kurucularından biri Kemal Kılıçdaroğlu'ydu.
Tesev 1994 yılında kurulurken, SSK genel müdürüydü.
2002 seçiminde CHP milletvekili olmuştu.
Tayyip Erdoğan'la Soros görüşürken, Kılıçdaroğlu sıradan milletvekiliydi, kamuoyu henüz tanımıyordu, Tesev kurucusu olduğu filan bilinmiyordu, tee 1994 yılında devletin bürokratıyken, niçin ve kimler tarafından Tesev kurucusu yapıldığı merak edilmiyordu.
Ama, özellikle 2010 yılından itibaren Tesev'in ne olduğu, Kemal Kılıçdaroğlu'nun kim olduğu gayet net ortaya çıkacaktı!)

Tayyip Erdoğan Davos'tan New York'a geçti.
Musevi Komitesi'nden "Yahudi cesaret ödülü" aldı.
Bilahare, düşünce kuruluşu Council on Foreign Relations'a gitti.
Bu konseyin başkanı, Türkiye başbakanını şöyle tanıttı:
"Hayata 15 yaşındayken futbolcu olarak atıldı, en büyük kulüpten teklif aldı, babası izin vermedi, izin verseydi, Türkiye milli takımının başkanı olurdu, babası iyi ki izin vermemiş, yoksa kendisini başbakan olarak göremezdik, babasına teşekkür borçluyuz."
Pohpohlama böyle tuhaf bir seviyedeydi.
Konsey başkanı anlatmaya devam etti: "Aynı zamanda başarılı bir şarkıcı, Türk klasik müziği ve Türkçe pop söylüyor, isterseniz bir şarkı söyleyebilirsiniz!"

Resmi geziyi takip eden Türk gazetecilerin yüreği ağzına geldi, kürsüye fırlayıp "beraber yürüdük biz bu yollarda"yı söyler mi acaba diye endişelendiler, neyse ki söylemedi.
Bilahare, Katolik üniversitesi St. Johns'da cüppe giydi.
"Hukuk" alanında fahri doktora unvanı aldı, kep taktı, poz verdi.

(Tayyip Erdoğan'a doktora unvanı veren üniversitenin dekanı 2012 yılında intihar etti, rektörü istifa etti. Çünkü, bu ikisi hakkında yolsuzluk davası açılmıştı, rüşvet karşılığında diploma ve unvan dağıttıkları ortaya çıkmıştı. Yargılama sırasında, Tayyip Erdoğan'a 300 bin dolar karşılığında hukuk doktorası verildiği iddia edildi.)

ABD başkanı Bush, Tayyip Erdoğan'ı oval ofiste ağırladı.
Alay edercesine "Türkiye'nin nüfusu ne kadar?" diye sordu.
Bizimki tersleyeceğine "72 milyon" diye cevap verdi.
Bush güldü, "bayağı kalabalıkmışsınız" dedi.
Bu saçma sapan sohbet üzerine, sayın basınımız "başbakanımız ayak ayak üstüne attı, çok rahattı, Türkiye bütün istediklerini aldı" gibi hamaset dolu manşetler attı. Ama ne aldığımızı kimse yazmadı.
Bizimki Türkiye'ye döndü, ne aldığımızı (!) izah etti.
"Biliyorsunuz, Kürtler benim canım ciğerimdir, ABD'nin Büyük Ortadoğu Projesi kapsamında Diyarbakır yıldız olacak" dedi.
Büyük Ortadoğu Projesi ilk kez resmen telaffuz edilmişti.

Abdullah Öcalan'a askerlik celbi geldi.
Prosedür komedisiydi, Halfeti Askerlik Şubesi'nden Bursa Savcılığı'na gönderilen resmi yazıda, asker kaçağı olan Abdullah Öcalan'ın tahliye edilmesi halinde, serbest bırakılmayıp, askere alınması istendi.

(Öcalan'ın serbest bırakılması fikri, o zamanlar anca matrak bir fıkra gibiydi. Ama pek yakında bunu TBMM çatısı altında bile talep edeceklerdi, Öcalan'la pazarlık masasına bile oturulacaktı.)

Türkiye, Öcalan'ın askerliğini filan konuşurken, Washington Post gazetesinde Watergate Skandalı'nı ortaya çıkararak Başkan Nixon'ın devrilmesine yol açan Amerikalı gazeteci Bob Woodward'un, Irak savaşını anlattığı kitabı piyasaya çıktı.
"Saldırı Planı" isimli kitapta, bizimle alakalı bölüm çok enteresandı.

CIA'in paramiliter güçleri, savaş başlamadan bir yıl önce Türkiye üzerinden Kuzey Irak'a geçmişti, peşmergeleri organize etmek için, kafamıza çuval geçirilen Süleymaniye'de üs kurmuşlardı. Üssün kodadı, yeşil badanalı duvarları nedeniyle "antepfıstığı"ydı, kendilerine "kırık oyuncaklar grubu" diyorlardı, dünyanın pek çok ülkesinde görev yapmış, savaş tecrübesi çok yüksek bir ekipti.
ABD Kongresi bu gizli operasyon için 189 milyon dolar ödenek vermişti, bu parayla Saddam'ın ordusundan altı bin vatan hainini devşirmişlerdi, hepsine uydu telefon vermişlerdi, mükemmel istihbarat ağı kurmuşlardı, Saddam'ın askeri faaliyetlerini saniye saniye, konum konum takip etmeye başlamışlardı, Saddam tuvalete bile gitse Pentagon'un haberi oluyordu.
Türkiye üzerinden Kuzey Irak'a geçen zırhlı kamyonlarda, karton kutuların içinde 100 dolarlık banknotlar vardı, elden nakit dağıtıyorlardı. Hatta bir ara Talabani rica etmişti, "100'er dolarlık vermeyin, mümkünse 1'er dolarlık, 5'er dolarlık banknotlar halinde verin, herkeste 100'er dolar var, kimsede 100 doların altında para yok, mesela kahve bile içseler 100 dolar veriyorlar, kahvecilerin elinde bozukluk olmadığı için üstünü veremiyorlar" demişti.
Rüşvetin bonkörlüğü ekonomik sıkıntı yaratmıştı!
Peki, bu arada Türkiye ne yapıyordu?
CIA raporlarına göre, Süleymaniye'deki CIA üssünü takip etmeleri için görevlendirilmiş dört Türk istihbaratçı vardı, maalesef, Amerikalıları takip etmek yerine, bir odaya kapanıp film seyrediyorlardı. CIA ekibinin lideri şu hazin notu düşmüştü: "Ne yaptığımıza dair en ufak bilgileri bile yoktu, onlar film seyrederken, biz Kürtlerle işbirliğini geliştiriyorduk."

Türk medyasında ilk açılımı CnnTürk yaptı.
İlk Kürtçe klibi yayınladı.
Kardeş Türküler'in şarkısıydı, Mirkut, Tokmak'tı.

Abdullah Gül dışişleri bakanlığına kaydırılmıştı.
Eşi Hayrünnisanım kocasının yönettiği memleketle mahkemelikti. 1998 yılında Ankara Üniversitesi Arap Dili Edebiyatı bölümünü kazanmıştı, türbanlı fotoğraf verdiği için kaydı yapılmamıştı, Abdullah Gül o zamanlar Fazilet Partisi milletvekiliydi, Avrupa İnsan Hakları Mahkemesi'nde Türkiye aleyhine dava açmışlardı.

Abdullah Gül başbakan olduğunda, Hayrünnisanım bu davayı geri çekmemişti, "nefsim için bir şey yapmam, insanlığı düşünürüm, davayı çekersem makam mevki için geri çekti demezler mi?" demişti.
Gel gör ki, kocası dışişleri bakanı olunca davayı geri çekiverdi.
Çünkü, Avrupa İnsan Hakları Mahkemesi'nin teknik olarak muhatabı dışişleri bakanlığıydı, Abdullah Gül dışişleri bakanı olunca, Hayrünnisanım hem davacı hem davalı durumuna düşmüştü!

28 Mart 2004.
Yerel seçim yapıldı, AKP açık farkla kazandı.
İstanbul ve Ankara dahil, 57 şehirde belediyeyi aldı, liberal adayları vitrine çıkarmıştı, CHP'nin kalesi olarak bilinen Antalya, Gaziantep, Hatay ve Tekirdağ'ı bile yıkmıştı.
Seçim öncesinde en hararetli tartışma, Deniz Baykal'la alakalıydı.
Mersin belediyesinden rüşvet aldığı iddia edilmiş, rüşvete kanıt olarak Pentagon belgesi yayınlanmıştı, "Pentagon bile söylüyorsa kesinlikle doğrudur" deniyordu, ABD'den çıt çıkmıyordu.
CHP bu iftirayla inanılmaz oy kaybetmişti.
Seçim bitti.
ABD Büyükelçiliği o belgenin "düzmece" olduğunu açıkladı!

Annan Planı peyda oldu.
Birleşmiş Milletler Genel Sekreteri Annan tarafından hazırlanmıştı, Kıbrıs'ın komple Rum yönetimine verilmesi, KKTC'nin kepenklerinin kapatılması anlamına geliyordu. Tayyip Erdoğan bu planı hararetle destekliyordu. Milli kahramanımız Rauf Denktaş bizzat AKP hükümeti tarafından "kötü adam" haline getirilmişti.
Kuzey Kıbrıs'ta "yes be annem" mitingi yapıldı.
Rum zulmünü unutmayan yaşlılar hayır'cıydı.
Avrupa Birliği alenen yalan söylüyordu, "Rumlar hayır dese bile Türk tarafını AB'ye alırız, siz evet deyin ambargoyu kaldırırız" diyordu.
TÜSİAD, MÜSİAD, TÜGİAD, TESEV, TİM, TİSK, TÜRSAB, TZOB, TOBB gazetelere sayfa sayfa ilanlar verdiler, Kıbrıs'taki referandumda mutlaka "evet" oyu kullanılmasını istediler.
Tayyip Erdoğan "win-win" yani "kazan-kazan" diyordu.
Evet diyerek AB'ye üye olacağımızı söylüyordu.
Annan Planı gereğince referandum yapıldı.
Türk tarafı yüzde 65 evet dedi.

Rum tarafı yüzde 75 oranında hayır dedi.

Netice?

Rumlar hayır demelerine rağmen sadece bir hafta sonra AB'ye alındı. Türk tarafı evet demesine rağmen avucunu yaladı, AB'ye alınmadı. Bu kitabın yazıldığı 2023 yılında Türk tarafına ambargo hâlâ duruyordu. Tayyip Erdoğan tarafından evet'e ikna edilen Türk tarafı hiçbir şey kazanamamış, üstüne bağımsız millet olma onurunu kaybetmişti.

Devlet Güvenlik Mahkemeleri kaldırıldı.

AB'ye uyum reformu denildi.

Yerine, Özel Yetkili Mahkemeler getirildi.

Fethullah Gülen cemaatinin eline verilen yargı silahı'ydı.

Cemaat istemiş, AKP yapmıştı.

2014 yılında lağvedilecekti ama, Balyoz/Ergenekon başta olmak üzere, dünya hukuk tarihine geçen hukuksuzluklara imza atılacaktı.

Tayyip Erdoğan'ın büyük kızı Esra evlendi.

Pakistan devlet başkanı Müşerref, Ürdün kralı Abdullah, Yunanistan başbakanı Karamanlis, Romanya başbakanı Nastase nikah şahidi oldu.

Lütfü Kırdar Kongre Sarayı'ndaki düğüne yedi bin davetli katıldı.

İkram olarak sadece şişe suyu dağıtıldı.

Damat Berat Albayrak'tı. O zamanlar kimse tanımıyordu, gazetelerde yeralan düğün haberlerinde adeta figüran seviyesindeydi. Ama yakında başrole yükselecekti.

Cumhurbaşkanı Sezer'in oğlu evlendi.

Çankaya Köşkü'nde gayet sade bir nikahtı, basına kapalıydı.

Fırsat bu fırsat beş bin kişi çağırayım, nasıl olsa cumhurbaşkanıyım, işadamları koştura koştura gelsin, yalakalık olsun diye mücevherler taksınlar, pırlantalar, altınlar yağdırsınlar demedi. Takı töreni bile yapılmadı. Takı getirilmemesi için davetiyelerde özellikle rica edildi, illa getirenlere teşekkür edildi, nazikçe reddedildi. Bari hediye vereyim diyenler oldu, sizin gelmeniz zaten hediye denildi, hediye kabul edilmedi. Gece boyunca klasik müzik çalındı. Nikah şahitliği yapsın diye alakasız yabancı devlet adamları çağırılmadı, gelinle damadın şahitliklerini arkadaşları yaptı. Gelin, Olgunlaşma Enstitüsü'nde dikilen gelinliği giydi, janjanlı modacılara avantadan diktirilmedi.

Konukların çoğu taksiyle geldi. Yüksek yargı üyesi davetliler, topluca, servis minibüsüyle gelmeyi tercih ettiler, nizamiyede inip, tören salonuna kadar yürüdüler. Çünkü, Çankaya Köşkü'nün şoförleri o gece izinliydi, eşleriyle birlikte davetliydiler, konuklar arasındaydılar. Düğün yemeği Köşk'ün aşçılarına yaptırılmadı, dışardan sipariş edildi, Köşk'ün bütçesinden ödenmedi, aile bütçesinden ödendi. Diğer tüm ikramlar, masalara servis edilen su dahil, aile bütçesinden karşılandı. Cumhurbaşkanı Sezer, nikahtan önceki gün Çankaya Köşkü'nün su ve elektrik sayaçlarını not ettirdi, nikah günü kullanılan suyun ve elektriğin faturasını kendi maaşından ödedi.

(Ahmet Necdet Sezer gerçek manada ilk ve tek "sivil cumhurbaşkanı"ydı. İsmet İnönü'den Turgut Özal'a, Celal Bayar'dan Süleyman Demirel'e kadar, o güne kadar görev yapan tüm cumhurbaşkanlarımızın ya ordusu vardı, ya partisi vardı, Sezer ise ne ordu kökenliydi, ne de herhangi bir partinin mensubuydu.
Çocuklarının ismini bile kimse bilmiyordu, mütevazı yaşamlarını sürdürüyorlardı, babamız cumhurbaşkanı oldu diye devletin/milletin imkanlarını kendileri için kullanmamışlardı. Damatları gelinleri ihale kovalamamıştı.
First Lady emekli öğretmendi.
Emekli öğretmen maaşıyla kendi cebinden giyiniyordu.
Ahmet Necdet Sezer'e cumhurbaşkanlığı görevi boyunca mücevher, saat, tablo, heykel, gümüş tepsi, porselen, kaftan, hatıra para hediye edilmişti, bu hediyelerin hiçbirini evine götürmedi, 1243 parça çok değerli eşyanın 1243'ünü de demirbaşa kaydettirip, devlete bıraktı.
Cumhurbaşkanlığı için ayrılan ödeneği saçıp savurmuyordu, aksine, tasarruf ediyor, yıl sonunda devlete geri veriyordu, kendisine ayrılan her üç liranın bir lirasını kullanmadı. Yurtdışı gezilerinde kendisine tahsis edilen yasal harcırahı kabul etmedi, tek kuruş almadı.
Kendisine yeni yeni saraylar yaptırmak yerine, Çankaya Köşkü'nün personel sayısını bile azaltmıştı, emrine verilen danışman, aşçı, garson, memur, polis sayısını azaltmıştı.
Telefonlara kısıtlama getirmişti.
First lady dahil, özel konuşma yapan kendi kesesinden ödüyordu.
Geçiş üstünlüğünü asla kullanmıyordu.
Kırmızı ışıkta daima duruyordu.
14 makam aracını "fazla" diyerek geri vermişti.

Eşiyle birlikte normal insanlar gibi markete gidiyor, sivil plakayla gidiyor, kasada sıra bekliyordu, eşinin sağlık sorunu olduğunda ortalığı ayağa kaldırmıyor, sivil plakayla acil servise gidiyordu, röntgen çekilirken bile öncelik verilmesini kabul etmiyordu.
Annesi rahmetli oldu, cenazeye sivil plakayla gitti.
Camide flap flap flap fors yapmadı.
Devlet törenleri hariç, karşılama-uğurlama töreni yaptırmadı.
Köşk'te eşe dosta parti vermiyordu, özel misafir ağırlamıyordu.
Mutfakta yerli ürün kullandırıyordu. Özal ve Demirel döneminde pek moda olan şatafatlı iftarlara son vermişti, ramazanlarda personel yemekhanesine iniyor, Köşk'ün çalışanlarıyla iftar yapıyordu.
Gazetecileri devletin uçağına bavul olarak bile sokmuyordu, hiçbir gazeteciye özel röportaj vermiyor, hiçbir medya kuruluşuna ayrıcalık tanımıyordu.
Demokrasi kültürüne sahipti, seçilerek geldiği makamın yetki ve sorumluluklarına titizlikle uyuyordu, Türkiye Cumhuriyeti Devleti'nin onurunu koruyor, saygınlığını artırıyordu.)

Cumhurbaşkanı Sezer'in oğlunun mütevazı nikahından sadece iki gün sonra, ekonomi bakanı Ali Babacan'ın oğlu sünnet oldu.
Bilkent Oteli'ne çadır ve saltanat koltuğu kuruldu, sünnet çocuğu meşaleler eşliğinde palyaçoların taşıdığı tahtırevanla getirildi.
İki bine yakın davetli vardı. Tesettür sosyetesi adeta resmi geçit halindeydi. Dünya Bankası ve IMF temsilcileri konuklar arasındaydı. "IMF kirve oldu" esprisi yapılıyordu.
Aslına bakarsanız sünnet bir hafta önce yapılmıştı, buna rağmen salonun ortasına yatak konuldu, sünnet çocuğu sanki o anda sünnet olmuş gibi yatağa yatırıldı, yatağın ayak ucuna da sandık konuldu.
Davetliler kuyruğa girdi, takılar sandığa atıldı.
Hazineden sorumlu bakanın hazinesi gibiydi!

(Ali Babacan'ın halası Hatice Babacan, üniversite tarihimizin ilk türban eylemcisiydi. 1968'de Ankara Üniversitesi ilahiyat fakültesi öğrencisiydi, derslere türban takarak girmekte ısrar etmiş, kendisini derslere almayan öğretim üyelerini "kafir, mason, komünist" olmakla suçlamıştı, kendisi gibi düşünen erkek öğrencilerle birlikte boykot başlatmış, üniversiteden atılmıştı.

Türkiye'deki türban eylemlerinin miladıydı.
Hatice Babacan olayı nedeniyle dönemin tarikatçı dergileri tehditler savuruyor, aydın akademisyenleri hedef gösteriyordu. Onlardan biri, İslamiyet'te örtünmenin zorunlu olmadığını söyleyen Profesör Bahriye Üçok'tu. 1990 yılında bombalı paketle katledilmesine giden süreç böyle başlamıştı.)

Tayyip Erdoğan kafasına hareket memuru şapkası taktı, Ankara-İstanbul arasındaki "hızlı tren" seferlerini bizzat başlattı. "Hızlı tren" dedikleri, İkinci Dünya Savaşı'ndan kalma dandik raylardı, ilkel lokomotiflerdi, sistemi yenilemeden trenin hızını artırmışlardı.
Sakarya Pamukova'da raydan çıktı.
41 vatandaşımız hayatını kaybetti.
TCDD müdür vekili "her şey Allah'tan" dedi.
AKP milletvekili "kem gözlerin nazarı" dedi.
Ulaştırma bakanı Binali Yıldırım'dı.
"Niye istifa edeyim, treni ben mi kullanıyorum" dedi.
TCDD genel müdürüne soruşturma bile açılmadı.
Hatta, o TCDD genel müdürü yakında milletvekili yapılacaktı!

Avanta kömür dağıtımı başladı.
Tayyip Erdoğan valilere talimat verdi, "icabında sayın valim, atlayacaksın kamyonun şoför mahalline, sen gideceksin, kömürü sen dağıtacaksın, bunu yaptığın gün bu Türkiye uçar uçar" dedi.
Sayın ahalimiz avanta kömür için AKP'ye dua ederken, pırlantanın KDV'si sıfırlandı. Tezeğin KDV'si bile yüzde 18'ken, pırlantanın artık sıfırdı.

Savaş uçağı karşılığında jip alan dünyadaki ilk ve tek ülke olduk!
Çünkü... Türkiye 1995 yılında Mısır'a 46 adet F16 satmıştı, 20 milyon dolar alacağımız vardı, Mısır parayı ödeyemiyordu, pazarlık üstüne pazarlık yapıldı, Kahire yönetimi takas teklifinde bulundu, "Amerikan Cherokee jiplerin montajı Mısır'da yapılıyor, para yerine size bu jiplerden verelim" dedi, AKP hükümeti kabul etti.
630 adet Cherokee jip aldık.
Makam aracı yapılmak üzere komutanlıklara dağıtıldı.
Generallerimiz pek memnundu.
Pek yakında o generallerimizi jiplerinden alıp hapse tıkacaklardı!

30 Ağustos 2004... TBMM Camisi'ndeki Zafer Bayramı hutbesinde Atatürk'ten hiç bahsedilmedi. Tarihte ilkti. Atatürk düşmanlığını henüz diyanet işleri başkanlığına açık açık sokamamışlardı ama, AKP kontrolündeki TBMM camisine sokmuşlardı.

Milli Güvenlik Kurulu toplanacaktı, 29 Ekim arifesiydi.
Cumhuriyet Bayramı törenleri için prova yapan savaş uçağı fazla alçaktan uçtu, Tayyip Erdoğan'ın oturduğu mahalledeki Aksa Camisi'nin minaresini sıyırdı, alem'ini parçaladı.
Tayyip Erdoğan öfkeyle evinden çıkıp, Aksa Camisi'ne gitti, alem'in kırılmış parçalarını toplattı, bagajına koydurdu, Milli Güvenlik Kurulu toplantısına gitti, generallerin önüne koydu.
O toplantıda neler konuşulduğunu elbette bilmiyoruz ama, şurasını kesin olarak biliyoruz, Tayyip Erdoğan bunu asla unutmayacaktı.
İktidar, Balyoz'u indirmek için zamanını kolluyordu!

Cumhuriyet Bayramı'nda bir ilk daha yaşandı.
Tayyip Erdoğan ve Abdullah Gül, takvimde başka gün kalmamış gibi, tam 29 Ekim'de Roma'da Papa heykelinin önünde Avrupa Birliği Anayasası'na imza attılar.

("Dindar" hükümetimizin heykeli önünde imza attığı papa, 10'uncu Innocentus'tu, en büyük özelliği Türk düşmanı olmasıydı.)

Roma dönüşünde Ankara'da kilometrelerce uzunluğunda konvoyla karşılandılar, "Avrupa Fatihi" pankartları açıldı, AB bayrağını simgeleyen balonlar gökyüzüne bırakıldı, güpegündüz havai fişekler fırlatıldı.
Kamyonun üstünde şehir turu atan Tayyip Erdoğan, tarihi günün şerefine konuşma yaptı. "Hamdolsun başardık, bayramımız kutlu olsun, hedefimiz tam üyelikti, tam üyelik alındı, hamdolsun bizim hükümetimize nasip oldu, bunlar ilerde romanlarda yazılacak" dedi! Türkiye seninle gurur duyuyor diye tezahürat yapıldı.

(Tayyip Erdoğan muhalefetteyken AB karşıtıydı. "AB'ye girmek için koşturuyorlar, biz girmeyeceğiz, çünkü bunların asıl adı Katolik Hıristiyan Devletler Birliği'dir" diyordu. Şimdi, "hamdolsun" diyordu.
Aklı başında insanlar, olan biteni aklını yitirircesine seyrediyordu!)

Hint Okyanusu'nda 9.3 büyüklüğünde deprem oldu, 30 metrelik tsunamiler üretti, 14 ülkeyi vurdu, 230 bin kişi hayatını kaybetti.
Tayyip Erdoğan pek hayırseverdi.
Ama kendi cebinden para ödemeyi sevmiyordu.
Ne kadar kodaman patron varsa, alayını Dolmabahçe Sarayı'nda yemeğe çağırdı, pamuk eller cebe dedi, hayatlarının en pahalı yemek parasını ödetti, tsunamizedelere 10 milyon dolar bağış topladı.
Güney Asya turuna çıktı, Endonezya, Malezya, Tayland filan hepsine gitti, kendisine ait olmayan parayla hayırseverlik yaptı.

2005 yılına YTL'yle girdik.
Paradan altı sıfır atıldı.
Bir milyon lira bir lira oldu.
Hokus pokustu.
Sıfır atılmasını fiyatların ucuzlaması olarak kakalıyorlardı.
Tayyip Erdoğan bu ekonomik mucizeyi şöyle izah ediyordu: "Eskiden tuvalete bir milyon liraya gidiliyordu be, şimdi bir liraya gidiliyor."

Dışbank, Hollandalılara satıldı.
Türk Ekonomi Bankası, Fransızlara satıldı.
Adeta batan geminin mallarıydı, kapış kapıştı.

Yabancılara şakır şakır tapu gidiyordu.
Antalya, Moskovantalya olmuştu. Öylesine çok Rus yerleşiyordu ki, Rus gazetesi *Pravda*, Antalya'da 15 bin tiraja ulaşmıştı. İngilizler ise Ege'yi gözüne kestirmişti, tarihte bir ilk daha yaşandı, İngiliz emlakçı Clare Walker, Aydın Didim'de vergi rekortmeni oldu.

İthalat patlamıştı.
Ülkelerin ithalat artışı açıklandı, Türkiye yüzde 40 sıçramayla dünya şampiyonu oldu, ihracatımız ise ilk 30'a bile girememişti.

İthalat küçük gösterilip, böyle yazılıyordu, İHRACAT BÜYÜK GÖSTERİLİP, BÖYLE YAZILIYORDU, yine hokus pokustu!

AKP iktidara gelinceye kadar, tarikatların Kuran kursu açması yasal olarak suçtu. Bu tür yerleri gizli gizli açanlara, buralarda öğretmenlik yapanlara üç yıla kadar hapis cezası veriliyordu, kaçak kurslar tespit edildiğinde derhal kapısına kilit vuruluyordu.
Çünkü... Cumhuriyet ilan edilir edilmez, toplumu içten içe kemiren tarikatların üstüne yürünmüş, tekkeler zaviyeler kapatılmış, şeyhlik, müritlik, üfürükçülük filan yasaklanmıştı. 1950'den itibaren neredeyse bütün sağ partiler tarikatların sırtını sıvazlamış, hatta milletvekili kontenjanı bile vermişlerdi ama, sağ hükümetler dahil, hiçbir parti bu milletin çocuklarını tarikatların eline vermemişti.
AKP'ye kadar hukuki durum buydu.

AKP bunu değiştirmek için düğmeye bastı, tarikat yuvalarının kapatılmasını önleyen yasa çıkardı, kaçak kurs açanlara ceza indirimi getirdi, üç yıl hapsi üç aya indirdi, üstelik "hapis cezası paraya çevrilir" dedi.
Yani?
Para ödeyip, yırtacaklardı.
Kapatma cezası fiilen ortadan kalkmış olacaktı.
Cehennem kapısı aralanmıştı.
Tayyip Erdoğan sanki Kuran okumak yasakmış gibi "Teksas Tommiks okumak serbestken, Kuran okumak niye suç olsun?" diyordu.
Kıyaslama dediğin böyle olurdu!

> *(Cumhurbaşkanı Ahmet Necdet Sezer bu tarikatsever yasayı veto etti. "Anayasa'ya aykırıdır, Türkiye Cumhuriyeti'nin kuruluş felsefesine aykırıdır, sapkın yöntemlerle çağdışı eğitimin önünü açar" dedi. Yeniden görüşülmesi için TBMM'ye geri gönderdi. Nafile... AKP oylarıyla aynen iade edildi, yasalaştı.*
> *Bunun üzerine CHP hukuki mücadele başlattı. Bu tarikatçı yasanın iptal edilmesi için Anayasa Mahkemesi'ne başvurdu. Dava dilekçesinde "laik eğitime aykırıdır, Türk devriminin temel niteliklerine aykırıdır, sapkın eğitim anlayışının yolunu açar" denildi.*
> *2005... 2006.... 2007... 2008...*
> *Anayasa Mahkemesi dört yıl kulağının üstüne yattı.*

2009 yılında, iptal istemini reddetti.
Anayasa'ya aykırı kaçak tarikat kursları, bizzat Anayasa Mahkemesi'nin onayıyla serbest bırakıldı. Böylece, kaçak tarikat kursları salgın hızıyla kaçak yurtlara dönüştü.
2013 yılında AKP bir hamle daha yaptı, bir yasa daha çıkardı.
Kaçak tarikat kurslarını Türk Ceza Kanunu'ndan komple sildi.
"Kanuna aykırı eğitim kurumu" maddesini yürürlükten kaldırdı.
Kanuna aykırı tarikat yuvalarını kanunla serbest bıraktı!
Para cezasını bile kaldırdı.
Tarikat kursları hakkında soruşturma bile yapılmayacaktı.
Açın açabildiğiniz kadar dedi.
2013 yılında bu yasa Meclis'te görüşülürken, CHP adına Profesör Nur Serter konuşmuştu, tarihi bir konuşmaydı. "Kazdığınız kuyuya aslında kendiniz düşüyorsunuz, farkında değilsiniz, bu ülkede tertemiz yaşanan İslam dinini, dipsiz ve karanlık kuyularda tekke ve zaviyelerle yapılandırıyorsunuz, dipsiz ve karanlık kuyularda tarikat okullarının kapısını açıyorsunuz, sapkın gruplara hizmet edecek okulların kapısını açıyorsunuz" dedi.
E tabii, cumhurbaşkanı değişmişti.
Abdullah Gül şak diye onayladı.
Netice?
2013 yılından itibaren Türkiye habire "tarikat yuvasında tecavüz" haberleriyle karşılaşacaktı. Kimisinde gariban oğlan çocuklarının topluca tecavüze uğradığı ortaya çıkacaktı, kimisinde yoksul kız çocuklarının... Tam olarak AKP zihniyetinin neticesiydi.
2005 yılında idrak edilmiyordu.
2013 yılında çoook geç kalınmış olacaktı.

Ergenlik dönemindeki çocukları, yaşıtlarıyla sağlıklı arkadaşlıklar kurabilecekleri, şeffaf, gözlemlenebilir, denetlenebilir, laik eğitim kurumlarından koparıp, istismara açık, perdeleri sıkı sıkıya kapalı, toplumdan izole, kuytu, izbe odalara doldurursan... Cumhuriyet öğretmenleriyle fikri hür, vicdanı hür, irfanı hür nesiller yetiştirmek yerine, memleketin yoksul çocuklarını ne idiği belirsiz, zırcahil, örümcek kafalı yobazların kucağına itersen... İmbikten süzülmüş eğitim öğretim deneyimlerini yok sayarsan, pedagojik formasyon kavramından bile haberin yoksa... Akıldan, bilimden, çağdaşlıktan uzaklaşırsan... Olacağı buydu.)

Orhan Pamuk, İsviçre'de konuştu.
"Türkiye'de 30 bin Kürt, 1 milyon Ermeni öldürüldü" dedi.
Aslında "Kar" romanının tanıtım röportajıydı. Ama bu söylediklerinin romanın içeriğiyle alakası yoktu. Yazdıklarıyla değil, söyledikleriyle şöhret olan dünyadaki tek yazar'dı.
Peki, onca ülke varken niye bu sözleri İsviçre'de söylemişti?
Çünkü, ideal adresti. İsviçre'de "Ermeni soykırımı vardır" demek serbestti, "Ermeni soykırımı yoktur" demek yasaktı. İsviçre'de herhangi bir Türk vatandaşının veya bir Türk dostunun çıkıp, Orhan Pamuk'un söylediklerine karşı savunma yapabilmesi kanunen suçtu.
Ve, Orhan Pamuk bu sözlerinin ödülünü pek yakında alacaktı.

Tayyip Erdoğan İsrail'e gitti.
"Beyrut Kasabı"yla el sıkıştı, bu lakapla tanınan İsrail başbakanı Ariel Şaron'la askeri projeler imzaladı, Ankara'yla Tel Aviv arasında tıpkı Washington'la Moskova arasında olduğu gibi kırmızı telefon hattı kurulacağı açıklandı. Pek sevişiyorduk, aramızdan su sızmıyordu.
İsrail'de iki gün, Filistin'de sadece iki saat kaldı.
O zamanlar daha "van münüts" yoktu!

İsrail'den sonra gene ABD'ye gitti. Anti Defamation League'den, Yahudi lobisinin en büyük onur ödülünü, "Cesaret Ödülü"nü aldı.
Yahudilerden aldığı ikinci cesaret ödülüydü.
Bu törende yaptığı konuşmada, Yahudi düşmanlığının "utanç verici bir akıl hastalığının tezahürü" olduğunu "sapıklık" olduğunu söyledi.

Türk Hava Yolları'nda Kürdistan krizi yaşandı.
İsveç'ten Türkiye'ye uçmak isteyen Iraklı aile, Türk Hava Yolları'ndan bilet almıştı, Irak'ta savaş vardı, Irak'a uçuş yoktu, Suriye üzerinden İsveç'e gelmişler, Türkiye üzerinden geri dönüyorlardı, Stockholm'den Diyarbakır'a gideceklerdi.
Arlanda Havalimanı'na geldiler.
Anne, baba, üç çocuktular.
Çocuklardan birinin ismi Kürdistan'dı.
Bilet kontrolü sırasında Türk Hava Yolları görevlileri tarafından durduruldular, bu isimle Türkiye'ye giriş yapamayacakları söylendi, Kürdistan isimli çocuk uçağa alınmıyordu.

Aile mecburen Türkiye'ye uçmaktan vazgeçti, İskandinav Havayolları'na gidip, yine Suriye üzerinden evlerine döndüler. Gazetelerimizde "Kürdistan'a geçit yok" manşetleri atıldı. AKP'yi destekleyenlerin göğsü kabarmıştı. "Devlet dediğin işte böyle yönetilir" deniyordu.

(Halbuki, ismi Kürdistan olduğu için beş yaşındaki kız çocuğunun Türkiye'ye ayak basmasına izin vermeyen sayın hükümetimiz, takvimde başka gün kalmamış gibi tam 29 Ekim'de Kürdistan silahlı kuvvetlerini topuyla tüfeğiyle Türkiye'ye sokacak, topraklarımızda resmi geçit yaptıracaktı. İsmi Kürdistan olduğu için beş yaşındaki kız çocuğunu uçağa bindirmeyen Türk Hava Yolları, Kürdistan silahlı kuvvetlerini Erbil'den Şanlıurfa'ya bizzat taşıyacaktı.)

AKP o zamanlar etnik isimlere kafayı takmıştı. Orman bakanlığı mesela, "üniter devlet yapımıza zarar veriyor" diyerek, içinde Kürdistan ve Ermeni geçen Latince hayvan terimlerini değiştirdi. Vulpes Vulpes Kurdistanica olan tilkinin adı, kısaca Vulpes Vulpes yapıldı. Ovis Armeniana olan yabankoyunu, Ovis Orien Anatolicus oldu. Capreolus Capreolus Armenius olan karaca, Capreolus Caprelus Capreolus haline getirildi. Yalaka gazetelerimiz "bölücü tilki" manşetleri attı. "Devletin bekası işte böyle korunur" yorumları yapıldı.

(Halbuki, Latincesinde Kürdistan kelimesi geçiyor diye tilkiyi bile bölücü ilan eden sayın hükümetimiz, Türkçe ilçelerimizi Kürtçesiyle değiştirmeye başlayacak, Güroymak'ı Norşin yapacaktı.)

Tayyip Erdoğan karikatüre dava açan ilk başbakan oldu. *Cumhuriyet* gazetesinde kendisini yumağa dolanmış kedi şeklinde çizen Musa Kart'ı mahkemeye verdi, tazminat istedi, o tarihlerde henüz hukuk guguk olmamıştı, davayı kaybetti. Ama bu dava adeta kan davasına dönüşecekti. Musa Kart hapse atılana kadar devam edecekti.

Satışlar hızlanmıştı. Seydişehir Alüminyum satıldı.

Seydişehir Alüminyum sadece iki kelimeden ibaretti ama, satılan varlıkları arasında fabrikalar, makineler, 792 adet lojman, atık cevher barajları, sosyal tesisler, su havzaları, boksit sahaları, koskoca Oymapınar Barajı, turizm teşvikli arazi, Antalya'da liman ve yükleme tesisleri, kasalarında 17 trilyon lira, 10 bin ton külçe alüminyum, binlerce ton boksit vardı. Sadece 305 milyon dolara veriverdiler.

İskenderun limanı satıldı.
Yarımca limanı satıldı.
Telsim satıldı.
Türk Telekom, Lübnan şirketine satıldı.
"Türk" Telekom "Arap" Telekom olmuştu.
Kimseden çıt çıkmıyordu.
Evindeki kullanılmış boş vita tenekesini bile çöpe atmaya kıyamayan, yatağının altında saklayan ahalimiz, devlete ait malların ona buna peşkeş çekilmesini önemsemiyordu, aidiyet duygusu yitirilmişti.

Tüpraş, Koç Grubu'na satıldı.
Rezalet ortaya çıktı.
Çünkü, Tüpraş'ı ihaleyle satmadan önce, yüzde 14'lük hissesini, kamuoyuna açıklamadan, sessiz sedasız, İsrailli işadamı Sami Ofer'e verdikleri anlaşıldı. Tüpraş satılınca, Sami Ofer de hampadan 240 milyon doları cebine indirmişti.
Tayyip Erdoğan çıktı, "Ofer'le hiç görüşmedim" dedi.
Sonra çıktı, "Davos'ta görüştüm" dedi.
"Ne görüştünüz?" diye sordular.
"Kardeşim, Sami Ofer'in gemilerinde tornacıydı" dedi.

(Parayı bastıran Türkiye'yi satın alıyordu. Sadece devlete ait kuruluşlar değil, özel sektöre ait şirketlerimiz de birer birer yabancıların eline geçmeye başlamıştı. AKP iktidara geldiğinde Türkiye'deki yabancı şirketlerin toplamı sadece 5 bindi, 2023 yılında 80 bini geçecekti.
Yabancı sermaye geliyor maskesiyle Türkiye pazarı yabancılaştırılıyordu, Türk vatandaşları kendi vatanında yabancıların işçisi durumuna getiriliyordu.
2003 yılında Türkiye'de faaliyet gösteren yabancı banka sayısı sadece 4'tü, 2023 yılında 24 olacaktı. Türk sermayesi adeta bankacılık sisteminden atılacaktı. 2023 yılı itibarıyla sırf yabancı

bankalarda çalışan Türk vatandaşlarının sayısı, Koç Grubu'nda çalışanların sayısından fazla olacaktı.
2023 yılında Türkiye'nin en büyük 500 sanayi kuruluşunun 50'si yüzde 100 yabancı sermayeli olacaktı. Türkiye'nin en büyük 500 sanayi kuruluşunun 150'si yabancı ortaklı olacaktı.
"Yerli ve milliyiz" diye oy toplayanlar, yerli ve milli olan tüm markalarımızı işte böyle birer birer elaleme verecekti.)

TBMM Başkanı Bülent Arınç'tı.
Milletvekillerinin meclis muhasebesine sahte sağlık faturaları verdiğini açıkladı. "Her sene 100 bin faturayı kontrol ediyoruz, iki ayda bir gözlük değiştirilir mi, evet böylesi bile var, 32 dişine birden implant yapıldığını gösteren faturalar var" dedi.
Rezaletin daniskasıydı. Milletin vergileriyle çüküne mutluluk çubuğu taktıran milletvekili bile olduğu iddia ediliyordu.

Televizyonlarda en popüler konu türban'dı.
En popüler konuk da AKP politikalarını savunan avukat Kezban Hatemi'ydi. Türban meselesini Tayyip Erdoğan'ın eşi üzerinden izah etti, "Eminanımın başındaki türban değildir, tipik başörtüsüdür, türban olsaydı bone şeklinde olurdu" dedi.
Hadi bakalım, modacılara sordular.
Dilek Hanif "ben türban olarak algılıyorum" dedi.
Fevziye Çamer "tesettürdür" dedi.
Cengiz Abazoğlu "bence türban değil" dedi.
Neslihan Yargıcı "tabii ki türban, başörtüsü değil" dedi.
Vural Gökçaylı "türban da değil, başörtüsü de değil" diye yuvarladı.
AKP yandaşı gazetecilerden Nazlı Ilıcak, AKP şakşakçısı Mehmet Barlas'ın sunduğu televizyon programına "türban" takarak çıktı.
Mehmet Barlas, Brigitte Bardot'nun da türban taktığını söyledi.

(O günlerde birisi çıksa ve AKP hükümeti bu Nazlı Ilıcak'ı "silahlı terör örgütü üyeliği"nden ve "darbe girişimi"nden hapse atacak deseydi, herhalde kimse inanmazdı.)

Türkiye Barolar Birliği Başkanı Özdemir Özok'tu, alarm veriyordu, "AKP kendi dünya görüşüne yakın dört bin hakim ve savcı ataması yapıyor, gelecek 20 senede iktidarını güvenceye alacak" diyordu.

Türbanı magazinleştiren sayın medyamız, bu tarihi uyarıya kulak asmıyordu.

Tarikatlarda promosyon dönemi başlamıştı.
Kuran kurslarına katılan çocuklara bilgisayar, bisiklet, cep telefonu hediye ediliyordu, teşvik ödülleri cami avlularında sergileniyordu.
Duyuru pankartları minarelere asılıyordu.
İlk kepazelik Mersin Mezitli'de patladı... Bir imam, Kuran kursuna katılan 14 yaşındaki kız çocuğuna "en başarılı öğrencimsin" diyerek iç çamaşırı hediye etti. Anne babanın şikayeti üzerine imam tutuklandı ama, arkası çorap söküğü gibi gelecekti.

Tayyip Erdoğan, Kıbrıs'ta yes be annem dedirten Birleşmiş Milletler genel sekreteri Annan'ın önerisiyle aniden Madrid'e uçtu.
"İspanya'yla birlikte Medeniyetler İttifakı kurduk" dedi.
İspanya'dan direkt Diyarbakır'a geçti.
Bayram değil seyran değilken, "Türkiye'nin Kürt sorunu var, büyük devletler sorunlarıyla yüzleşmesini bilen devletlerdir" dedi.

Murat Karayılan, Kandil'den cevap verdi.
"Anayasal vatandaşlık sorunu var" dedi.
"Türkiyelilik üst kimliğiyle çözülür" dedi.
"Üst kimlik" ve "Türkiyelilik" lafları ilk kez telaffuz ediliyordu.
Mucidi Karayılan'dı.
AKP hükümeti "medeniyet" pozlarına bürünerek, PKK'yla masaya oturma pozisyonu almıştı, sayın ahalimizin henüz haberi yoktu.

Ürdün'de beş yıldızlı otele bombalı saldırı yapıldı.
El Kaide üstlendi.
Ölenlerden biri Mustafa Akad'dı.
"Çağrı" filminin yönetmeniydi.
İslamiyet'e sanat yoluyla çok büyük hizmet veren Suriye asıllı Amerikalı sinemacı, maalesef din eksenli terörün kurbanı olmuştu.

Muriel Degauque isimli kadın, Irak'ta intihar saldırısı yaptı.
Belçikalıydı, El Kaide militanıydı, dünya tarihinin Hıristiyanlıktan Müslümanlığa geçen ilk kadın canlı bombasıydı.
Bir Türk vatandaşıyla evlenip din değiştirmişti.

İTÜ'den emekli bir profesör, başbakanlığa mektup yazdı. "Rüyamda Nakşibendi şeyhini gördüm, evliyamız endişeliydi, YÖK'te yanlış işler yapıldığı konusunda ikaz etti, görevim size duyurmaktır" dedi. Başbakanlık bu mektubu resmi evrak olarak işleme koyup, gereğinin yapılması için Milli Eğitim Bakanlığı'na gönderdi. Milli Eğitim Bakanlığı da, gereğinin yapılması için YÖK'e gönderdi iyi mi!
Hacettepe Üniversitesi tıp fakültesi öğretim üyesi bir profesör, trenlere mescit yapılmasını istedi, devlet demiryolları bu talebi inceledi, virajlarda kıble denk getirilemeyeceği için olumsuz yanıt verildi.
Dumlupınar Üniversitesi fen fakültesinden bir doçentin evini dergaha çevirdiği ortaya çıktı, eşi kendi kendini "kadın peygamber" ilan etmişti, müritlerine ayaklarını öptürüyordu.
Selçuk Üniversitesi ilahiyat fakültesinden bir profesör fetva verdi, "kadının evden çıkması caiz değildir, parfüm haramdır, topuklu ayakkabı ayete aykırıdır, dekolte giyen kadınlar tecavüzü göze almalıdır" dedi.
Tarikat-cemaat-zırcahil atmosferi Türkiye'ye hakim oluyordu.

Avrupa İnsan Hakları Mahkemesi, İstanbul Üniversitesi tıp fakültesi öğrencisi Leyla Şahin'in 1998 yılında açtığı davada son noktayı koydu.
"Türban yasağı insan hakları ihlali değildir" kararı verdi.
Tayyip Erdoğan ateş püskürdü.
"Mahkemenin bu konuda söz söyleme hakkı yok" dedi.
"Söz söyleme hakkı din ulemasınındır" dedi!

(Tayyip Erdoğan, Avrupa'yı yerden yere vuruyordu ama, Leyla Şahin tıp okumak üzere Avrupa'ya gitti, Avusturya'da diploma aldı, AKP iktidara gelince siyasete girdi, AKP Konya milletvekili oldu, AKP genel başkan yardımcısı oldu. 2023 seçiminde AKP Ankara milletvekili oldu.)

Tayyip Erdoğan hukuka ulema baksın diyordu.
Hukuka artık Fethullah Gülen cemaati bakıyordu.
Van Yüzüncü Yıl Üniversitesi Rektörü Profesör Yücel Aşkın'ın lojmanı, polis tarafından basıldı, güya yolsuzluk iddiası vardı, 13 saat didik didik arandı, koleksiyoner kayıtlı tarihi eserler vardı, sanki tarihi eser kaçakçısıymış gibi işlem yapıldı, tutuklandı.

Görevi başında tutuklanan tarihteki ilk rektördü.
"Ermeni rektör tutuklandı" manşetleri atıldı.
Türk tiyatrosunun kurucularından, Darülbedayi'nin temel taşı Güllü Agop'un, Agop Vartovyan'ın torunuydu, Ermeni sıfatına özellikle vurgu yapıyorlardı, Ermeni kökenli olmak suçmuş gibi sunuyorlardı.
Bu baskın, peşpeşe gelecek baskınların ilkiydi.
Kumpasların miladıydı.

(Rektöre baskın yaptıran ve tutuklatan savcı, Ferhat Sarıkaya'ydı. AKP hükümetlerinin koruyup kollamak için yıllarca her şeyi yaptığı bu savcı, 15 Temmuz darbe girişiminden sonra meslekten atılacak, tutuklanacak, cemaatçi olduğunu itiraf edecek, Fethullah Gülen cemaatinden para aldığını, çocuklarının Fethullah Gülen cemaatinin Güney Afrika'daki okulunda okuduğunu, kumpas iddianamelerini cemaatçi polisler ve cemaatçi hakimlerle birlikte hazırladıklarını anlatacak, 10 yıl hapis cezasına çarptırılacaktı.)

YÖK Başkanı Erdoğan Teziç'ti, Profesör Yücel Aşkın'a destek olmak için 75 rektörle birlikte Van'a gitti. Tayyip Erdoğan çok sinirlendi, "rektörlerin oraya gitmesi çok çirkin" dedi.
TÜSİAD rektöre sahip çıktı, "uzun gözaltı süresini tasvip etmemiz mümkün değil" denildi. Tayyip Erdoğan onlara da ateş püskürdü, "TÜSİAD yargıya müdahale ediyor, devreye girilmelidir" dedi.
"Savcılar devreye girsin" demenin kibarcasıydı.
Savcılar devreye girdi.
Ankara Cumhuriyet Başsavcılığı, TÜSİAD Yüksek İstişare Konseyi Başkanı Mustafa Koç hakkında inceleme başlattı, Mustafa Koç'u neredeyse sanık yapacaklardı!

Üniversitenin genel sekreteri Enver Arpalı da tutuklanmıştı.
Tıbbi cihaz alımında yolsuzluk yaptığı iddia ediliyordu.
Bana iftira attılar diye kahroldu kahroldu kahroldu.
Cezaevi çamaşırhanesinde kendini astı.
Bu da ilk'ti.
Onur intiharlarının arkası gelecekti.

(Profesör Yücel Aşkın hakkında iki bin yıl hapis istendi, iki bin yıl... 76 gün sonra tahliye edildi. 14 yıl boyunca yargılanmaya devam etti. 14 yıl sonra beraat etti. 14 yıl süründürüp "pardon" denildi.)

Asya'yı kasıp kavuran kuş gribi Türkiye'ye sıçradı.
Sağlık bakanlığı "merak etmeyin insanlara bulaşmıyor" diyordu. Ama, tarım bakanlığı astronot gibi kıyafetler giyiyordu. Tavukları topluca imha edip, kireçli çukurlara gömüyorlardı.
Sayın hükümetimiz "gönül rahatlığıyla tavuk yiyebilirsiniz" diyordu ama, TBMM lokantasında istisnasız her gün yer alan tavuk yemekleri mönüden çıkarılmıştı, kendilerini garantiye almışlardı.
Cehalet yüzünden vahşet manzaraları yaşanıyordu.
Tavukları çuvallara doldurup, canlı canlı yakan köylüler vardı.
Korku öylesine bulaşıcıydı ki, marketlerdeki tavuk reyonlarının bile önünden geçilmiyordu. Apartmanın çatısına martı konuyor diye itfaiye çağıranlar oluyordu. Kaz tüyü yastık satışları bile durmuştu.
Yumurta ticareti dibe vurmuş, tavukçuluk sektörü iflas noktasına gelmişti. Tavukçuluk firmaları büyük reklamveren olduğu için, sayın medyamız kuş gribinden ölümleri sansürlüyordu, reklam geliri azalmasın diye insanlarımızın ölümü görmezden geliniyordu.
Sadece kendi çıkarını düşünen hükümet ve sadece kendi çıkarını düşünen medyamız sayesinde, kuş gribinin bulaşmadığı şehir kalmadı.
Hayatını kaybeden insanlarımıza "zatürree" raporu yazılıyordu.
Sabretmemizi telkin eden, kış mevsimi geçince kuş gribinin de geçeceğini söyleyen yandaş profesörler vardı.

Mehmet Ali Ağca serbest bırakıldı.
Papa suikastından 19 yıl İtalya'da yatmış, Türkiye'ye iade edilmişti.
Abdi İpekçi'yi öldürmekten 36 yıl hapis cezası olmasına rağmen, bunun sadece 5 yılını yatmış olmasına rağmen tahliye edildi.
Cezaevi kapısında Mercedes'le karşılandı, yollarına karanfiller döküldü, "Türkiye seninle gurur duyuyor" sloganları atıldı.
Çıkar çıkmaz gazetelere röportajlar verdi, hatıralarını anlattı, MİT müsteşarına mektup yazmıştı, "hemen uçağa atla, Washington'a git, CIA başkanıyla görüş, beni burdan çıkar, El Kaide lideri Usame bin Ladin'i ölü veya diri getireyim" filan demişti.
Türkiye bir hafta bu rezaleti konuştu.
Bir hafta sonra, sayın hükümetimiz "pardon" dedi, cezada "küçük bir yanlış hesaplama" yapılmış denildi, Ağca yeniden hapse atıldı.
8 yıl daha hapis yatacağı açıklandı.
Küçük bir yanlış hesaplama, 8 yıldı!

Danimarka gazetesi *Ijiland Posten*, Hazreti Muhammed'le alakalı karikatürler yayınladı, dünyada yangın çıktı, Batılı ülkelerin elçilikleri basılıyor, kundaklanıyordu, kaçınılmaz olarak bize de sıçradı.
Trabzon Santa Maria Kilisesi'nin İtalyan Katolik rahibi Andrea Santoro dua ederken sırtından iki kurşunla vurularak öldürüldü. "Allahuekber" diye bağırarak tetiğe basan katil henüz 16 yaşındaydı, "karikatürler yüzünden vurdum" dedi. İki eşli bir babanın oğluydu. Annesi, AKP Trabzon kadın kolları yönetim kurulu üyesiydi.

> *(16 yaşındaki katilin elinde Glock marka tabanca vardı. Kaynağı soruşturuldu, Irak işgal edildikten sonra ABD tarafından Irak ordusuna hibe edilen silahlardan biri olduğu ortaya çıktı. Amerikan istihbarat raporuna göre, Irak'ta kaybolan silahlardan 14 tanesi Türkiye'ye girmişti. Bunlardan biriyle rahip Santoro vuruldu, hemen birkaç ay sonra Danıştay basılacak, hakimler vurulacak, kullanılan tabancanın yine Irak'tan gelen silahlardan biri olduğu anlaşılacaktı.)*

(Lise öğrencisi katil, çocuk mahkemesi tarafından yargılanacak, 19 yıl hapse mahkum edilecek, henüz 10 yıl hapis yatmışken, 15 Temmuz darbe girişiminden bir ay sonra sessiz sedasız serbest bırakılacaktı.)

> *(Tahliye edildikten iki yıl sonra Bodrum'da çıkan bir tartışmada ayaklarından vurularak yaralanacak, hapisten çıktıktan sonra Bodrum'a yerleştiği, bir plajda koruma olarak çalıştığı anlaşılacaktı.)*

(İtalyan rahibin Trabzon'da öldürülmesinden sadece iki gün sonra, Koç Topluluğu'nun Roma'daki bayi toplantısında facia yaşandı. Kafileyi taşıyan otobüs yoldan çıktı, 25 metre yükseklikten uçtu, 12 vatandaşımız hayatını kaybetti. Freni kilitlenmiş denildi.
O güne kadar Roma şehir merkezinde böyle bir kazanın örneği yoktu. En çok ölümlü kaza taa 1980'de olmuştu, üç kişi ölmüştü. 12 ölümlü kaza Roma tarihinin rekoruydu.
Acaba, İtalyan papaz öldürülünce, İtalya'da karşılık mı almıştık?
Elbette böyle bir iddiada bulunamayız.
Ama tesadüf sınırlarını aşan bir tesadüftü.)

Danıştay türbanla alakalı tarihi bir karar aldı.
Dava konusu neydi?
Türbanlı bir öğretmen, anaokuluna "müdür" olarak atanmıştı ama, hemen görevden alınıp, bir başka okula "öğretmen" olarak gönderilmişti. Mahkemeye başvurmuş, müdürlük görevine iadesini istemişti, dava dönmüş dolaşmış Danıştay'a gelmişti.
Danıştay 2'nci Dairesi tarafından alınan kararda, okuldaki görevi sırasında türban takmadığını söyleyen öğretmenin, öğretmen kimliğinde türbanlı fotoğrafının bulunduğu belirtilmişti, kamu görevlisinin türbanla yöneticilik yapamayacağına, dolayısıyla müdür olamayacağına hükmedilmişti.
Dinci gazeteler bu kararı çarpıttı, o zamanlar adı Vakit olan *Akit* gazetesi "işte o üyeler" manşetiyle çıktı, karara imza atan Danıştay üyelerinin fotoğraflarını yayınladı. Açık açık hedef göstermişlerdi.
Bu yetmezmiş gibi, Tayyip Erdoğan çıktı, gene ulema resti çekti.
"Danıştay efendi, bu senin işin değil, Diyanet'in işi" dedi.
Tarihte ilkti.
Türkiye Cumhuriyeti Devleti'nin başbakanı, anayasal kurallara hukukçuların değil, ilahiyatçıların karar vermesi gerektiğini söylüyordu. Feci bir olayın kapısı aralanmıştı.

Türban tartışmalarına 9'uncu cumhurbaşkanı Süleyman Demirel de katıldı, "türban takmak isteyenler Arabistan'a gitsin" dedi.

(Halbuki, aynı Süleyman Demirel, başbakanlık yaptığı dönemde tam tersini söylüyordu, "Türkiye'de hakim kılınacak olan şeyler İslam'ın getirdiği ana kaidelerdir, sünneti seniyyedir" diyordu. "İmam hatip liseleri, imam yetiştirsin diye açılmadı, dinini bilen doktorlar, avukatlar, mühendisler olsun diye açıldı" diyordu. "Herkes korkmadan gitsin diye, başbakanlık arabasıyla cuma namazına giden ilk adam benim" diyordu. "İrtica diye bir suç yoktur, insanların lisanında vardır" diyordu. "1924 Anayasası'nda Türk Devleti'nin dini İslam'dır denildiğine göre, devlet de İslam Cumhuriyeti'dir, Atatürk'ün kurduğu devlet laik değildir" diyordu. Böyle oy topluyordu. AKP'yi iktidara getiren karşıdevrimci faaliyetlerin sırtını sıvazlayanlardan biriydi, tarikatlara kapıyı açanlardan biriydi. Şimdi çıkmış "Arabistan'a gitsinler" diyordu.)

AKP'liler çok öfkelendi.
Demirel'e "Hitler" dediler.
"Çok meraklıysan sen git Arabistan'a" dediler.
Siyasal dinciliğin temel taşlarını bizzat döşeyen isimlerden biri olan Süleyman Demirel, siyasal dincilerin en nefret ettiği kişi oluvermişti.

Siyasi literatürümüze "Ali Dibo" kavramı girdi.
AKP Hatay milletvekili Sadullah Ergin'in seçim bölgesindeki ihalelere müdahale ettiği, eşe dosta akrabaya verdirdiği öne sürülüyordu. Bu tür alengirli işlere yöresel dilde "Ali Dibo şirketi" deniyordu.

(Ali Dibo lakabıyla tanınan Sadullah Ergin pek yakında adalet bakanı olacak, Ergenekon/Balyoz kumpaslarına bile bile arka çıkacak, kumpasçı hakim ve savcıları koruyup kollayacak, CHP tarafından cemaatçi olmakla suçlanacaktı, Kılıçdaroğlu meclis kürsüsünden "sen bakan değil, milletvekili bile olamazsın" diye bağıracaktı. İnanılması gerçekten çok güç ama, 2023 yılında Kılıçdaroğlu tarafından CHP listesine yerleştirilecek, CHP oylarıyla milletvekili olacaktı.)

Van Yüzüncü Yıl Üniversitesi Rektörü Profesör Yücel Aşkın'ı hapse atan Van savcısı Ferhat Sarıkaya, çok çok daha büyük ses getirecek bir iddianame hazırladı, Kara Kuvvetleri Komutanı'nı "suç örgütü kurmak"la suçlayarak dava açtı.
Tarihte bir başka ilkti.
Türk Silahlı Kuvvetleri "çete" ilan edilmişti.

Gündeme bomba gibi düşen bu hadise, beş ay önce Şemdinli'de bir kitapçıya bomba atılmasıyla başlamıştı, ahali sokağa dökülmüş, bombayı bir astsubayın attığı öne sürülmüş, astsubayın sığındığı otomobil durdurulmuş, bagajında Kalaşnikoflar, bomba malzemeleri ve bazı krokiler bulunmuştu, şüpheli astsubay polise teslim edilmiş, polis tarafından serbest bırakılmıştı, Kara Kuvvetleri Komutanı Yaşar Büyükanıt söz konusu astsubay hakkında "tanırım, iyi çocuktur" demişti, cemaatçi savcı Ferhat Sarıkaya da iddianame hazırlamıştı.
Hakimler ve Savcılar Yüksek Kurulu acilen toplandı.
Savcı Sarıkaya meslekten ihraç edildi.

(Meslekten atılan bu savcı, beş yıl sonra AKP hükümeti tarafından yeniden savcılığa alınacak, Ankara Cumhuriyet Savcılığı'na atanacak, 15 Temmuz darbe girişiminden sonra örgüt üyeliğinden tutuklanana kadar AKP himayesinde savcılık yapmaya devam edecekti.)

(AKP hükümeti bu savcıyı yeniden göreve getirmekle kalmamıştı. Bu savcı tarafından suçlanan astsubaylar Ali Kaya ve Özcan İldeniz tee altı yıl sonra tutuklanmış, 40'ar yıl hapis cezasına çarptırılmışlardı. Bu savcı 15 Temmuz darbe girişiminden sonra cemaatçi olduğunu itiraf edince, kumpas açığa çıkacak, beş yıldır hapiste tutulan astsubaylar serbest bırakılacaktı. AKP'yle cemaatin ortaklığı bozulmasaydı, bu savcı savcılık yapmaya devam edecek, bu astsubaylar 2052 yılına kadar hapiste kalmaya devam edeceklerdi.)

(1984 yılıydı, 14 Ağustos'u 15 Ağustos'a bağlayan geceydi. Abdullah Ekinci adındaki terörist, kendisine bağlı militanları topladı, PKK kurucularındandı, kodadı gözlüklü Ali'ydi. "Silahlı propagandaya başlıyoruz, Şemdinli'yi basacağız" dedi. Planı detaylarıyla anlattı, grubu ikiye ayırmıştı, önce saldırı grubu hareket edecek, beş dakika sonra ajitasyon grubu devreye girecekti, eylem saati tam 21.30'du. Dağıldılar.
15 Ağustos saat 20'de Berarej mevkiinde ceviz ağacının altında toplandılar, gündüzün kavurucu sıcağı ayaza dönmüştü, hava zifiri karanlıktı.
Saat 21.10'da Şemdinli girişindeki trafonun yanına geldiler. "Hacı" kodadlı teröristle buluştular. "Hacı" denilen terörist, Şemdinli'yi avucunun içi gibi biliyordu, başka bölgelerden gelen teröristlere kılavuzluk yapacaktı, önlerine düştü.
Saldırı grubunun yarısını, karakolun karşısındaki caminin yanına, duvar kenarına yerleştirdi, geriye kalanları inşaat halindeki askerlik şubesine götürdü. İnşaata girdiler. İçerde beş altı işçi yatıyordu. Korkmayın, size bir şey yapmayacağız dediler, başlarına silahlı bir nöbetçi bırakıp, çatıya çıktılar. Ellerinde roketatar, Belçika yapımı NATO piyade tüfeği G1, Sovyet yapımı, ayaklı, uzun namlulu, Diktiriyof tabir edilen, makineli tüfek PK vardı.
En önce roketatarın tetiğine bastılar, subay gazinosu vuruldu. Ardından yaylım ateşe başladılar, aşağıdan yukardan, sınır tabur komutanlığı, ilçe bölük komutanlığı, subay gazinosu hedef alındı. Aralıksız beş dakika sürdü.

Saldırı grubu geri çekilirken, ajitasyon grubu kahvehanelere daldı, "Kürdistan'ı kurduk, yaşasın PKK" sloganları atarak, vatandaşlara bildiri dağıttılar.

Sonra hep birlikte geri çekildiler. Gene trafonun yanında buluştular. Her şey 10 dakika içinde olup bitmişti. Şemdinli'den ayrılmadan önce, bombalı pankart astılar. Üzerinde Kürtçe "halka duyuru, tüm yollar mayınlıdır" yazıyordu.

Milattı.

İhanetin miladı.

Türkiye Cumhuriyeti Devleti, 15 Ağustos 1984 gecesi saat 21.30'da, tarihinde ilk kez bölücü terör örgütü tarafından vuruldu.

Eruh ve Şemdinli eşzamanlı olarak basıldı.

Eruh'ta er Süleyman Aydın şehit oldu.

Bölücü teröre verdiğimiz ilk şehitti.

İlk şehidi Eruh'ta verdiğimiz için, Şemdinli baskını pek önemsenmedi, zamanla unutuldu, toplumsal hafızada sadece "Eruh baskını" kaldı.

Şemdinli'den pek bahsetmeyip, Eruh baskınını önemsemek, PKK'nın da işine geliyordu. Çünkü, Eruh baskınını PKK'nın rol model aldığı, heykelini bile diktiği Mahsum Korkmaz gerçekleştirmişti.

Halbuki, 15 Ağustos 1984 gecesi bir değil, iki şehit vermiştik. Şemdinli baskınında, jandarma astsubay çavuş Memiş Arıbaş ağır yaralanmıştı. 1963 doğumluydu. Aksaraylıydı. Helikopterle koma halinde Van'a götürüldü, oradan uçakla GATA'ya kaldırıldı ama, beş gün dayanabildi, son nefesini verdi, baba ocağında toprağa verildi.

Aradan 21 yıl geçti.

Şemdinli'de kitapçıya bomba atıldı.

Savcı Ferhat Sarıkaya kumpas davası açtı, Türk Silahlı Kuvvetleri'ni "çete" ilan etti, kara kuvvetleri komutanını "suç örgütü kurmak"la suçladı.

O kitapçının sahibi Seferi Yılmaz'dı.

21 yıl önce tarihteki ilk PKK baskınında, Şemdinli baskınında, teröristlere rehberlik yapan "hacı" kodadlı kişi, Seferi Yılmaz'dı!

Hacı kodadlı Seferi Yılmaz, 2006'da PKK'ya yardım ve yataklıktan tutuklandı, bir yıl hapis yattı, 2014'te PKK'nın siyasi uzantısı Demokratik Bölgeler Partisi'nden aday oldu, Şemdinli belediye başkanı seçildi, 2016'da yeniden tutuklandı, iki yıl hapis yattı, 2023 seçiminde HDP/Yeşil Sol Parti'den Hakkari milletvekili aday adayı oldu.)

(Şemdinli kumpası, Fetö ve PKK'nın Türkiye Cumhuriyeti Devleti'ne karşı, Türk Silahlı Kuvvetleri'ne karşı ortak hareket ettiği bir kumpastı.)

Süreyya Serdengeçti emekliye ayrıldı.
Merkez Bankası başkanı kim olacaktı?
Kriter belliydi, eşi illaki türbanlı olacaktı!
Hükümet, faizsiz banka Albaraka'nın genel müdürünü önerdi.
Cumhurbaşkanı Sezer veto etti.
Tayyip Erdoğan gene ulemaya sarıldı, İslam hukukundan örnek verdi, "Mecelle'de kaide var, uzlaşma sağlanamazsa, vekil asıl'dır, işler vekil üyeyle de yürür" dedi.
Atama krizi 35 gün sürdü.
Neticede, 1980 yılından beri Merkez Bankası'nda görev yapan Durmuş Yılmaz'ı aday gösterdiler, eşi türbanlıydı, hükümetin diğer seçeneklerini kabul etmeyen Cumhurbaşkanı Sezer derhal onayladı.
Aslına bakarsanız, AKP hükümeti Durmuş Yılmaz'ı istemiyordu, diğer adaylar Çankaya'dan veto edilince, türban kontenjanından elde kala kala Durmuş Yılmaz kalmıştı.

Cumhurbaşkanı Sezer'in ne kadar isabetli bir karar verdiği yıllar içinde daha net anlaşılacaktı. Durmuş Yılmaz, dürüst, namuslu, mütevazı, iktidara biat etmeyen, kamu görevini layıkıyla yapan bir başkandı.
İthal değil, yerel Müslüman'dı.
Görevi sırasında bir defa bile ideolojik tartışma yaşanmadı.
Türkiye'nin asıl meselesinin, türban değil, liyakat olduğunu kanıtladı.

(Emekli olduktan sonra MHP milletvekili oldu, İyi Parti kurulunca İyi Parti'ye geçti, İyi Parti milletvekili oldu. Eşi türbanlı olduğu halde AKP'ye katılmadığı için AKP tarafından adeta hain ilan edildi. AKP zihniyetine göre, başörtülüler mutlaka AKP demirbaşı olmalıydı!)

Finansbank, Yunan bankasına satıldı.
Tekfenbank, Yunan bankasına satıldı.
Denizbank, Belçika bankasına satıldı.
Şekerbank, Kazak bankasına satıldı.

Cumhuriyet tarihimizde ilk kez, devlet tahvili ve hazine bonosundaki vergi stopajı, yabancılar için kaldırıldı. Yerliysen vergi ödeyecektin, yabancıysan vergi ödemeyecektin. Resmen kapitülasyon'du.

(15 Mayıs 1919... Kurtuluş Savaşı'nın dönüm noktasıydı. Yunanistan, Truva Savaşı'ndan üç bin yıl sonra Anadolu topraklarına asker çıkarmıştı. İzmir metropoliti Hrisostomos etekleri uçuşa uçuşa koştu, altın sırmalı cübbesini giymişti, diz çöktü, işgal komutanının çizmesini öptü, tuz serpti, haçını havaya kaldırdı, askerleri takdis ederek o meşhur vaazını verdi. "Evlatlarım! Bugün İsa'nın en büyük mucizesini göstermiş oluyorsunuz. Bu uğurda ne kadar Türk kanı içerseniz, o kadar sevaba girmiş olacaksınız, ben de bir bardak Türk kanı içerek, kin ve nefretimi teskin etmiş olacağım" dedi.
Sonrası kabustu.
Kafaları kesip, yol kenarlarına bırakıyorlardı, insanları camilere doldurup ateşe veriyorlardı, bebelerini emzirmesinler diye yeni doğum yapan annelerin meme uçlarını kesiyorlardı.
Yunan ordusu elbette manyaklardan oluşan bir ordu değildi.
Bu yaratılan dehşetin stratejik bir amacı vardı.
Halkı göçe zorluyorlardı.
Ege bölgesini insansızlaştırıyorlardı.
Yüzbinlerce Türk, çoluk çocuk, bir gecede evini, tarlasını, bahçesini, eşyalarını terk etti, bir gecede kuru ekmeğe muhtaç hale geldi.
Aydın'dan, Uşak'tan Denizli'ye doğru, Manisa'dan, Balıkesir'den Bursa'ya doğru, insan seli akıyordu.
Türkler kendi vatanında "mülteci" olmuştu.
Ne yardım eli uzatacak bir devlet vardı, ne sığınacak bir ev vardı, yol kenarları kabristan haline gelmişti, son nefesini verenleri hemen oracıkta toprağa veriyorlardı.
Hamam yoktu.
Tuvalet yoktu.
Sıtma, uyuz, frengi salgını başlamıştı.
Bazı kayıtlara göre 600 bin kişiydi, bazı kayıtlara göre daha fazlaydı. O tarihte Türkiye nüfusunun 10 milyon kadar olduğunu düşünürsek, memleketteki her 15 kişiden biri evinden yurdundan olmuştu.
Türklerden boşaltılan bölgeye, Yunanistan'dan getirilen Rumlar taşınıyordu. Sadece iki ay içinde 125 binden fazla Rum, İzmir'de iskan edilmişti. Ege, Türk kimliğinden arındırılıyordu.

Yunan ordusunun bu kadar gaddar davranmasının sebebi, Türk nefreti değildi, stratejik bir karardı, halkı göçe zorluyor, Rum nüfus taşıyor, demografiyi değiştiriyorlardı, Rumlaştırıyorlardı.
Ama, sadece nüfus taşımak yetmiyordu, para gerekiyordu.
National Bank of Greece.
Yunan milli bankasıydı, İzmir'de şube açtı.
Yunanistan'dan İzmir'e taşınan Rumlara, ev, dükkan, arsa, tarla sahibi olmaları için çok çok düşük faizlerle kredi dağıtmaya başladı.
Böylece, Osmanlı parası yerine drahmi kullanımı yaygınlaştı.
Türk memurların maaşları bile drahmi'yle ödeniyordu.
Yunan milli bankasının verdiği sudan ucuz krediler sayesinde, İzmir'de Türklere ait olan gayrimenkullerin yüzde 90'ı Rumların eline geçti.
Yıllar akıp geçti.
AKP iktidar oldu.
National Bank of Greece, Türk bankasını aldı!
İşgal sırasında Türklere ait gayrimenkullerin Rumların eline geçmesini sağlayan, bunu finanse eden Bank of Greece, AKP iktidara gelir gelmez bastı parayı, Finansbank'ı satın aldı.
Sayın hükümetimiz pek memnundu.
Sayın medyamız ayakta alkışladı.)

(Yunan bankası baktı ki, sayın medyamız haysiyetsizlikte sınır tanımıyor, hepsini topladılar, Atina'ya gezmeye götürdüler.
Uçak paralarını ödediler.
Otel paralarını ödediler.
Yemek paralarını ödediler.
İki gün ağırladılar.
Minibar paralarını bile ödediler.
Önce kokteyl verdiler, Yunan şarapları ikram ettiler, sonra bindirdiler otomobillere, Türk bankasını satın alan Yunan milli bankasının merkez binasına götürdüler.
Aslında, kokteylde Türkiye'nin Atina büyükelçisi de vardı.
Sayın medyamızı uyarmıştı.
"Bu bankanın merkez binasında biz Türkleri aşağılayan tablolar var, Türkiye'ye bildirdim ama kimseden ses çıkmadı, sizi oraya gezmeye götürürlerse sakın gitmeyin, propaganda yapmalarına alet olmayın" demişti. Ama, sayın medyamızın umurunda bile değildi.
Tıpış tıpış gittiler.
Yunan milli bankasının merkez binasına getirildiler.

Yunan milli bankasının yönetim kurulu başkanı "parayı veren düdüğü çalar" içerikli bir konuşma yaptı, bizimkiler bu konuşmayı pek beğendi, önce bu lafları yediler, sonra yemekte servis edilen balığı yediler, üstüne dondurma geldi, onu da yediler.
"Artık doyduysanız, size binamızı gezdirelim" dediler.
Kaldırdılar hepsini masadan, koridorları gezdirmeye başladılar.
Duvarlarda dev boyutlu tablolar vardı.
Hepsinde aynı konu resmedilmişti.
Barbar Türk askeri, zavallı Yunan halkını katlediyor, kadınları çocukları kılıçtan geçiriyordu. Kahraman Yunan askeri de, vahşi Türk askerini postalıyla eziyor, yere yatırıp kafasına basıyordu!
Duvarlar bunlarla kaplıydı.
Hakaretin daniskasıydı.
Zaten, avanta gezinin amacı buydu. Bunları göstermek için, gözümüze sokmak için, suratımıza baka baka bizi aşağılamak için, sayın basınımızı Atina'ya getirmişlerdi. Sayın medyamız sineye çekti.
Tırıs tırıs geri döndüler.
Ve dönünce, bu geziyle alakalı olarak ne yazdılar biliyor musunuz...
"Müjdeler olsun, 50 Yunan şirketi daha geliyor" diye yazdılar!)

> *(Müjdeler olsun manşetlerinden kısa süre sonra, bir başka Yunan bankası, bir başka Türk bankasını satın almak üzere parayı bastırdı, anlaştılar, el sıkıştılar.*
> *Sayın medyamız gene çok mutlu olmuştu. Manşetlerinden gene havai fişekler fırlattılar. "Ekonomimiz büyüyor" başlıkları attılar, ne kadar çok bankamız yabancıya satılırsa, sayın medyamız o kadar çok seviniyordu.*
> *Ama bu defa küçük bir pürüz vardı.*
> *Sayın medyamızın ayakta alkışlamasına rağmen, ikinci Türk bankasının ikinci Yunan bankasına satışı bir türlü tamamlanmıyordu.*
> *İki gün sonra sebebi anlaşıldı.*
> *Meğer, yağlı müşteri olarak ayakta alkışlanan Yunan bankasının yönetim kurulu üyelerinden biri, Pavlos Apostolides'ti.*
> *Ethniki Ypiresia Pliroforion'un eski başkanıydı.*
> *Yani, Yunan milli istihbarat teşkilatının eski başkanıydı!*
> *PKK elebaşı Abdullah Öcalan Kenya'daki Yunan elçiliğinde saklanırken, bu arkadaş Yunan istihbarat teşkilatının başındaydı!*

80'li yıllarda Ankara'da casus olarak görev yapmıştı.
İşte bu yüzden, Milli İstihbarat Teşkilatımız, BDDK'yı resmi yazıyla uyarmıştı, "bankayı bu herife satarsanız, yarın öbür gün imzası olan herkes yüce divan'da yargılanır, haberiniz olsun" demişti.
Satış mecburen iptal edildi.
Sayın hükümetimize ve sayın medyamıza kalsaydı, Türk bankası Yunan istihbarat teşkilatına verilecekti!)

(National Bank of Greece'in, yani Yunan milli bankasının satın aldığı Türk bankasına dönersek... 2006 yılında 2.7 milyar dolara aldılar, 10 yıl kullandılar, 2.7 milyar euroya Katar milli bankasına sattılar!)

Galatasaraylı eski futbolcu Ümit Davala, AKP'li oldu.
Rozetini Tayyip Erdoğan taktı.
AKP İzmir il yönetim kuruluna girdi. AKP'nin siyaset sahasına sürdüğü ilk futbolcu Hakan Şükür olarak biliniyor ama, ilk Ümit Davala'ydı. İzmir'de müteahhitliğe başlamıştı. Belediye başkan adayı olmak istiyordu. "Muhafazakar bir yapım yok, imajımız AKP'yle uymuyor ama, illa AKP olacak diye bir şey yok, öbür partilerin tekliflerine de bakarım, önemli olan başkan adaylığı" diyordu!

23 Nisan 2006.
Ulusal Egemenlik ve Çocuk Bayramı'nda çocukları temsil etsin diye TBMM kürsüsüne güya çocuk çıkarıldı, çocuk denilen 21 yaşındaydı! İmam hatipliydi.

AKP milletvekilleri Antalya'da kampa girdi.
"Haşema" kavramı da siyasi tarihimize girdi.
Erkek milletvekilleri yağlı güreşçi kispetine benzer mayolarla denize giriyordu, ama görüntülenmek istemiyorlardı, fotoğraf çekmesinler diye otel personelinin cep telefonları bile toplanmıştı.

(80'li yıllarda İstanbul Üniversitesi hukuk fakültesinde okuyan bir grup muhafazakar erkek arkadaş vardı, havalar güzelleşince topluca denize gidiyorlardı, ama mayo giymeye utanıyorlardı, kimisi eşofmanla yüzüyor, kimisi kot pantolonu kesip bermuda haline getiriyordu. Kendi aralarında düşündüler taşındılar,

model icat ettiler, yağlı güreşçi kispetine benziyordu, özel dikim yaptırdılar, ortaya haşema çıktı.
Önceleri sadece erkekler için üretiliyordu, AKP iktidarıyla birlikte, ninja kıyafetine benzer şekilde, kadınlar için de üretilmeye başlandı. Bugün tesettür mayolarının hepsine birden "haşema" deniyor ama, aslında tescilli bir markanın adı Haşema... Anlamı nedir derseniz? Ha'kiki şe'riat ma'yosu olduğu iddia ediliyor. Haşemayı arkadaşlarıyla birlikte icat ederek ticari bir ürüne dönüştüren Mehmet Şahin ise, "Türkçede haşema diye bir kelime yok, literatüre biz soktuk, kafamda bir açılımı varsa bile söylemem" diyor.
Haşemayı icat eden hukuk fakültesi öğrencileri "Teklif" adıyla dergi çıkarıyordu, bu dergide haşema reklamlarını yayınlıyorlardı, İstanbul Üniversitesi iktisat ve edebiyat fakültelerinden sonra İTÜ'den talepler gelmeye başladı, satıştan elde ettikleri gelirle derginin masraflarını karşılıyorlardı. Bu dergide 50 civarında öğrenci çalışıyordu, çoğu AKP'den belediye başkanı oldu, milletvekili oldu.)

Cüneyd Zapsu, AKP kurucularından biriydi, Tayyip Erdoğan'ın danışmanıydı, Washington'da American Enterprise Institute'ta konuştu, İsrail lobisinin en etkili kuruluşlarından biriydi.
"Bu adam kendi inançlarında samimi, lütfen şunu yapmaya çalışın, bu adamdan yararlanın, onu delikten aşağı süpürmek yerine onu kullanın, bundan yararlanmalısınız, teklifim budur" dedi.
ABD karşısında tarih boyunca zor duruma düştüğümüz çok olay yaşamıştık ama, ABD karşısında bu kadar utanç verici bir duruma hiç düşmemiştik. Utanç verici bir pişkinlikti.

Sultanahmet Cami Koruma ve İhya Derneği'nin internet sitesinde, Atatürk'ün fotoğrafı, köpek vücuduna monte edilerek yayınlandı. Tarihte bir başka ilkti.
Atatürkçü Düşünce Derneği suç duyurusunda bulundu. Söz konusu dernek, internet sitesini hazırlayan kişinin sorumlu olduğunu söyledi. Siteyi hazırlayan kişi ise, korsan giriş olduğunu, o fotoğrafı dışardan birinin yüklediğini söyledi. Kapandı gitti.
Bu tür ufak tefek görülen olayların üstü örtüldükçe, köktendinciler cesaretleniyor, Atatürk'e ve Atatürkçülere yapılan saldırılar artıyordu.

Danıştay başkanlığına kadın hukukçu, Sumru Çörtoğlu seçildi.
"İrtica Türkiye Cumhuriyeti'nin varlığına tehdittir" dedi.
Tayyip Erdoğan "bu lafları hep dinliyoruz" karşılığını verdi.

Cumhuriyet gazetesine iki defa el bombası atılmıştı, patlamamıştı. Gene atıldı, bu defa patladı. Tayyip Erdoğan enteresan bir açıklama yaptı.
"İrtica haberlerinin artması nedeniyle zaten bekliyorduk" dedi.

Üç gün sonra Danıştay basıldı.
Alparslan Aslan isimli saldırgan, Danıştay 2'nci Dairesi'nin toplantı halindeki üyelerine 11 el kurşun sıktı, başkan Yücel Özbilgin hayatını kaybetti, Mustafa Birden, Ayla Günenç, Ayfer Özdemir ve tetkik hakimi Ahmet Çobanoğlu yaralandı.
Köktendinci *Akit* gazetesinin "işte o üyeler" manşetiyle açık açık hedef haline getirdiği heyetin tamamı vurulmuştu.
Saldırgan yakalandı. Marmara Üniversitesi hukuk fakültesi mezunuydu, avukattı, İstanbul Barosu'na kayıtlıydı. Vukuatları vardı, Marmara Üniversitesi'nde oruç tutmayan öğrencilere satırla saldırmıştı, Diyarbakır'da şeriat gösterisine katılmıştı, Kadıköy Göztepe Parkı'nda cami eylemine katılmıştı. İlk ifadesinde "türbanlı öğretmen kararının cezasını verdim" dedi. *Cumhuriyet*'e bomba atanlardan biri olduğunu itiraf etti.
Köktendinci tetikçinin bu açık itiraflarına rağmen, Tayyip Erdoğan hâlâ "bu saldırıya başörtüyle alakalı demek çok çirkin" diyordu!

Alparslan Aslan'ın babası ilköğretim müfettişiydi.
"Milletin değerlerine hakaret edenlere, bu millet dersini verir, bu memlekette İslam düşmanları var, Kuran düşmanları var, adı Mehmet, Mustafa olan birçok Ermeni ve Rum var, bunlar laiklik adı altında bu milletin değerlerine ihanet ediyor" diye bağırıyordu.
Bu korkunç ifadelerin sahibinin milli eğitim bakanlığında ilköğretim müfettişi olması, ifadelerinden bile daha korkunçtu.

Yücel Özbilgin'in cenaze töreni Kocatepe Camisi'ndeydi. "Katil hükümet" sloganları atıldı. Bakanlara şişe fırlatıldı. Bakanların kafasına koruma için polis kaskı takıldı. Caminin arka kapısından kaçmak zorunda kaldılar. Tayyip Erdoğan cenazeye gitmedi, Antalya'ya kavşak açılışına gitti, AKP gençlik şölenine katıldı.
Ankara'da cenaze, Antalya'da şölen vardı!

Tam olarak o gün, görünmez bir el basına servis yaptı.
"Ergenekon" başlıkları atıldı.
Neredeyse bütün gazeteler, muhabir imzası bulunmayan aynı haberi yayınlıyor, Danıştay saldırısının arkasında "Ergenekon" yapılanması olduğunu yazıyordu, kaynak belirtilmiyordu.

Ankara'da ev baskınları yapıldı.
"Bir ihbar üzerine" deniyordu.
Subaylar gözaltına alındı, el bombaları ele geçirildi.
"Atabey" yapılanması denildi.
Ergenekon'la bağlantılı olduğu iddia ediliyordu.
"Başbakan'ın evinin krokisi"nin bulunduğu öne sürülüyordu.

Tuhaf işler olmaya başlamıştı.
Kimliği belirsiz kişiler gazetecilere telefon ediyor, "elimizde müthiş belgeler var, yayınlamak ister misiniz?" diye soruyordu. Buluşmak için "genelkurmayın önünde" randevu veriliyordu. Randevuya her giden gazeteciye sarı zarflar teslim ediliyor, zarflardan Atabeylerle alakalı bilgiler, krokiler fışkırıyordu. Komediydi ama gülünecek tarafı yoktu, çünkü zarflarda adı geçen subaylar şakır şakır tutuklanıyordu.
Danıştay baskını askerlere yıkılıyordu.

Yüksek Askeri Şura'ya sadece 24 saat kala, Ankara'da dört bin cep telefonuna aynı anda mesaj geldi, Yaşar Büyükanıt'ın Yahudi olduğu, genelkurmay başkanı olursa, İsrail'e çalışacağı yazıyordu.
Yine aynı anda binlerce adrese e-posta gönderildi.
Büyükanıt'ın yolsuzluk yaptığı anlatılıyordu.
Altında "Genç Subaylar" imzası vardı.
Tarihimizde benzeri görülmemiş bir müdahaleydi.
Kaynağı meçhul kampanya üzerine, derhal kararname hazırlandı, cumhurbaşkanı derhal onayladı, tarihte ilk kez genelkurmay başkanının ismi, Yüksek Askeri Şura'dan önce kamuoyuna açıklandı.
Hilmi Özkök emekliye ayrıldı.
Yaşar Büyükanıt genelkurmay başkanı oldu.

Tam o günlerde, İzmir Alsancak'ta İkinci Kordon'da bir kafeye el bombası atıldı. Kafenin sahibi yeraltı dünyasında "çerkez" lakabıyla tanınan İbrahim Çiftçi'ydi, hayatını kaybetti.
Saldırgan 67 yaşındaydı, sabıkalıydı, İbrahim Çiftçi'nin eski şoförüydü, paraya ihtiyacı olduğunu, kendisinden istediğini, vermeyince öldürdüğünü söyledi.
El bombası kullanılmıştı.
Sıradışı bir olaydı.
Ama sıradan haber muamelesi gördü.
Alacak verecek meselesi denildi.
Gazetelerin anca üçüncü sayfalarında yer verildi.

(2006 yılında "sıradan" muamelesi gören bu haber, 2008 yılında bangır bangır manşetlere çıkarılacaktı. Çünkü, cemaate ait gazetelerin yazdığına göre, kafeye atılan el bombası MKE yapımıydı, kara kuvvetleri envanterindeydi, Cumhuriyet gazetesine atılan el bombalarıyla ve Ümraniye'de gecekonduda bulunan el bombalarıyla aynı kafile numarasına aitti. Yani? Ergenekon davasıyla İzmir Alsancak'taki bombalı saldırıyı birbirine bağlamışlardı.
Savcı Zekeriya Öz'ün dosyasına göre, Ergenekoncular Hablemitoğlu'nu İbrahim Çiftçi'ye öldürtmüş, sonra da el bombasıyla İbrahim Çiftçi'yi öldürterek ortadan kaldırmıştı.
Bilahare, savcı Zekeriya Öz yeni bir tanık icat edecek, Hablemitoğlu suikastını bu defa Veli Küçük'e yıkmaya çalışacak, İbrahim Çiftçi meselesi unutulacaktı.)

Kuş gribi bitmiş, kene kabusu başlamıştı.
Kırım Kongo Kanamalı Ateşi'nden ölen öleneydi.
1944'te ilk defa Kırım'da görülmüş, 1956'da Kongo'da görülmüş, literatürde Kırım Kongo adını almıştı. Kırım'da ve Kongo'da artık görülmüyordu ama, 2006 yılında Türkiye'de görülüyordu!
Çünkü, liyakatsizliğin, bilgisizliğin neticesiydi.
Kuş gribinden kurtulalım derken, bütün tavukları kontrolsüz şekilde imha etmiş, doğanın dengesini bozmuştuk, kene yiyerek beslenen tavuklar ortadan kaybolunca, kene nüfusunda patlama olmuştu.
AKP'nin sağlık bakanı bilimsel bir korunma yöntemi izah etti.
"Pantolon paçalarını çoraba sokun" dedi.

Ramazan geldi.
Parmak arası terlikli bir adam manşetlerdeydi. Kucağında genç bir kadın vardı. İstanbul Belediyesi'ne bağlı Belbim'in genel müdürüydü. Evliydi, eşi türbanlıydı. Kucağındaki kadının saçı başı açıktı. Derhal basın toplantısı düzenledi, "benim Alanya'da Dim Çayı'nın yakınında yazlığım var, Hatice hanımı Dim Çayı'nda karşı kıyıya geçirirken kucağıma aldım, yoksa herhangi bir gönül ilişkimiz yok" dedi.
Nefis bir izahattı.
Özel hayattır, elbette kimseyi ilgilendirmezdi ama, iktidarı ve parayı bulunca türbanlıyı boşayıp, türbansıza geçen mütedeyyin arkadaşların sayısında patlama vardı!

Balıkesir Dursunbey'de grizu patladı, 17 maden işçisi öldü.
Yevmiyeleri sadece 15 liraydı.
15'er liralık işçiler can verirken, milletten kuruş kuruş bağış toplayan Kızılay altın madalyalar yaptırdı, tanesi 54 bin liraydı, Cumhurbaşkanı Sezer'e takdim etmek istediler, kabul etmedi, Tayyip Erdoğan'a verdiler, hemen aldı.

Seda Sayan televizyon programına türban takarak çıktı, tesettür defilesi yaptı. Mazhar Alanson dört defa umre'ye gittiğini, kısmetse gene gideceğini açıkladı. Sanatçılarımız direksiyonu AKP'ye kırmıştı.

İsmailağa cemaatinin kafasında sarıkla dolaşan medyatik figürü cübbeli Ahmet'in, Malta'da jetski'ye bindiği ortaya çıktı.
Eski bir müridi, cübbesiz fotoğraflarını gazetelere servis etmişti, detay detay ispiyonladı; müritlerine bir lokma bir hırkayı tavsiye ederken, kendisi altın çerçeveli Versace gözlükler takıyordu, eşine İsviçre'den Chopard saat alıyordu, havuzlu villası vardı, havuzlu villasındaki muslukları bile Avrupa'dan getirmişti, Alplere tatile gidiyordu, beş yıldızlı otellerde kalıyordu, televizyon seyretmeyin derken, evinde dev ekrandan seyrediyordu, çocuklarınızı okula göndermeyin, medreseye getirin, kızlarınızı örtün derken, kızının başının açıktı, kızını koleje gönderiyordu.
Türkiye'deki din tüccarlığının somut örneğiydi.

Milli Eğitim'in tavsiye ettiği 100 Temel Eser'in, denetimsiz bırakılan yayınevleri tarafından ne hale getirildiği ortaya çıktı: Tolstoy'un kahramanı türbenin etrafında dolaşıyor, Tom Sawyer dua ezberliyor, Pollyanna Allah'ın bahşettiklerinin kıymetini bildiğini söylüyordu, Pinokyo "Allah rızası için" ekmek isterken, *Üç Silahşörler*'deki Aramis'in hidayete erdiği anlatılıyordu, Heidi dua ederek huzur bulduğunu izah ediyor, La Fontaine'in tilkisi bile "Allah yolunuzu açık etsin" diyordu.

Nobel Edebiyat Ödülü, Orhan Pamuk'a verildi.
Ülkesini soykırımla suçlayıp, takdirnamesini almıştı.

Tayyip Erdoğan ölümden döndü.
Evinden meclise gidiyordu, makam otomobilinin arka koltuğunda kendinden geçti, komaya girdi, hemen yanında Adana milletvekili Ömer Çelik vardı, derhal en yakındaki Güven Hastanesi'ne yöneldiler, hastaneye gelir gelmez şoför Harun Kandemir, koruma amiri Halit Özgül ve Ömer Çelik telaşla indiler, şoför böyle acil durumlar konusunda eğitimli olmadığı için, anahtarı kontakta unuttu, zırhlı aracın kapıları kilitlendi. Türkiye Cumhuriyeti Devleti'nin başbakanı, otomobilin içinde baygın halde mahsur kaldı... Yedek anahtarın konvoydaki bir başka korumada bulunması gerekiyordu, ancak korumalar da böyle acil durumlar konusunda eğitimsizdi, yedek anahtar başbakanlık binasındaydı, liyakatsizlik fışkırıyordu.
Otomobilin camları kurşun geçirmezdi.
Hastanenin yanında inşaat vardı.
İnşaattan balyoz bulundu.
Sol ön cam vura vura 10 dakikada zorla kırıldı.
Görüntüler hazindi.
Başbakan karga tulumba çıkarıldı.
Sağlık, güvenlik, eğitim, her konuda skandaldı.
Güya koruma olarak yüzlerce polis eşlik ediyordu ama, konvoyda ne ambulans vardı, ne doktor vardı. Şatafatta üstüne olmayan geri kalmış ülke, çok ağır bir tabloyla kendini göstermişti.
Başbakan iki saat sonra kendine gelebildi.
Oruçlu olduğu, kan şekerinin düştüğü açıklandı.
Elbette böyle değildi.

Ciddi sağlık sorunu vardı, gizleniyordu. Tayyip Erdoğan'ın sağlığı hakkında şeffaf olunmadığı için, kulaktan kulağa söylentiler yayılıyordu, epilepsi hastası olduğu iddia ediliyordu.

(Tayyip Erdoğan'ın içinde mahsur kaldığı, inşaat "balyoz"uyla çıkarıldığı makam aracı, Mercedes S600'dü. İki yıl sonra, Ergenekon ve "Balyoz" kumpaslarının savcısı Zekeriya Öz'e makam otomobili olarak tahsis edilecekti.)

Almanya'da ağır dolandırıcılık suçlamasıyla hakkında tutuklama kararı çıkarılan Yimpaş'ın sahibi Dursun Uyar, Yozgat'ta bir cenaze namazına katıldı, AKP bakanlarıyla birlikte omuz omuza saf tuttu.
Cami avlusundaki fotoğraf kabak gibi yayınlanınca, Yimpaş'la AKP'nin ilişkisi sorgulanmaya başlandı, Tayyip Erdoğan sinirlendi, "medya patronlarına sesleniyorum, elinizde belge varsa getirin" dedi. Yimpaş'ta yöneticilik yapan AKP milletvekili vardı, Dursun Uyar Avrupa'da aranıyordu, bizim başbakan hâlâ belge istiyordu!
Yimpaş mağdurları arasında intihar edenler vardı.
Kahrından felç olanlar vardı.
Çarşaf çarşaf öyküleri yayınlanıyordu. Hatta, AKP yandaşı *Yeni Şafak* gazetesi yazarı Fehmi Koru bile 70 bin dolarını kaptırmıştı, defalarca istemesine rağmen parasını geri alamadığını köşesinde yazıyordu.

TGRT, Rupert Murdoch'a satıldı.
Türkiye'nin yabancılara satılan ilk televizyonuydu.
Kanalın adı Fox olarak değiştirildi.
RTÜK yasasına göre, yabancıların Türk televizyonlarında yüzde 25'den fazlasına ortak olması yasaktı. Murdoch, Ahmet Ertegün'le ortak oldu, bu engeli aştı. Tee 1967 yılında kendi isteğiyle Türk vatandaşlığından çıkıp Amerikan vatandaşı olan Ahmet Ertegün, bu alışverişten sadece 10 ay önce gene Türk vatandaşlığına geçmişti!

(1915.
Çanakkale'de kan gövdeyi götürüyordu, tarih böyle kapışma görmemişti, Boğaz'ın suları kıpkırmızı akıyor, mermiler havada çarpışıyordu, geçmeye çalışanların kaybı 200 bini aşmıştı, geçilmez diyen dedelerimizin kaybı 250 binin üstündeydi.

Bu tarifi imkansız kıyıma rağmen, majestelerinin hükümeti gidişattan memnundu, çünkü gerçekleri bilmiyordu, İngiliz cephe komutanı "vaziyetimiz gayet iyi, bugün yarın geçeriz" raporları gönderiyordu. O sırada, Avustralyalı genç bir gazeteci vardı orada, Melbourne Age'in muhabiriydi, hadisenin hiç de öyle İngiliz cephe komutanının müjdelediği gibi olmadığını görüyordu. Üstelik, İngiliz subaylar cephe gerisinde klasik müzik eşliğinde şampanya patlatırken, ön saflara sürülen Anzaklar bozuk para gibi harcanıyordu, Türkler kafaya koymuştu, ölüyorlar ama geçirmiyorlardı. Üstelik, müthiş sansür vardı, yazdığı haberler İngiliz istihbaratı tarafından makaslanıyordu.

Baktı ki olacak gibi değil, sarıldı kaleme, sekiz bin kelimeden oluşan meşhur Gelibolu Mektubu'nu yazdı, gerçekleri tüm çıplaklığıyla anlattı, Avustralya başbakanı'na gizlice elden ulaştırdı.

Özeti, "Çanakkale geçilmez, derhal geri çekilin"di.

Avustralya başbakanı mektubu okudu, gözlerine inanamadı, acilen ve elden İngiltere başbakanı'na ulaştırdı, İngiltere başbakanı bu mektubu Savaş Kabinesi'ne okudu, derin sessizliğin ardından, gizlice araştırma kararı çıktı, araştırıldı, yazılanlar doğruydu, az bile yazılmıştı, cephe komutanları kendilerini kurtarmak için Londra'ya yanıltıcı bilgiler aktarmıştı. Hepsi görevden alındı. Çanakkale'den apar topar çekildiler.

Yazdığı bu mektupla İngiliz hükümetini uyandıran, binlerce gencin daha pisi pisine ölmesini önleyen gazeteci, Avustralya'da kahraman gibi karşılandı, "sir" unvanı verildi. Kapılar ardına kadar açıldı. Savaşa muhabir olarak gitmişti, savaştan sonra gazete patronu oldu. Oğlu oldu.

Oğlu henüz 21 yaşında kolları sıvadı, babasının gazetesinin başına geçti, Avustralya'ya sığamaz oldu, ABD'ye sıçradı, Avrupa'ya el attı, dünya medya imparatoru oldu. 75 televizyon kanalının, 175 gazetenin sahibi oldu. TGRT'yi satın alıp, Fox yapan Rupert Murdoch'tu! Her şeyin başladığı yere gelmiş, aile servetinin miladı olan Türkiye'de televizyon sahibi olmuştu. Dövüşerek asla geçilemeyen Çanakkale'nin parayla nasıl kolayca geçilebileceğini göstermişti.)

Bülent Ecevit vefat etti.

Karaoğlan efsanesiydi.

Muhteşem devlet adamıydı.

"Namuslu siyasetçi" denince ilk akla gelen isimdi.

1974'le 2002 yılları arasında dört kez başbakanlık yapan Ecevit'in vefatı, AKP'den öncesiyle AKP'den sonrasını kıyaslamak için hazin bir vesileydi. ▪ Ecevit, Atatürk'ten sonra toprak kazandıran tek liderdi. AKP döneminde vatan toprağı terkedilecekti. ▪ Ecevit, Kıbrıs Fatihi'ydi. AKP döneminde Ege adalarımıza Yunan askeri oturacaktı. ▪ Ecevit, ABD ambargosunu tınlamamıştı, Kıbrıs'a çıkarken ABD ordusuyla vuruşmayı göze almıştı. AKP döneminde aynı ABD kafamıza çuval geçirdi. ▪ Ecevit, Amerikan vatandaşı Merve Kavakçı'yı TBMM'ye sokmadı. AKP döneminde aynı Amerikan vatandaşı Türkiye Cumhuriyeti Devleti'ne büyükelçi yapılacaktı. ▪ Ecevit tüm zamanların en kibar başbakanıydı, herhangi bir vatandaşa hitap ederken "sayın"sız cümle kurmazdı. AKP döneminde vatandaşlara "ananı da al git, kelle, vampir, insan müsveddesi, ölü sevici, siyasi sapık, tasmalı, sürüngen, kemirgen, ayyaş, çöplük, sürtük, terörist" denilecekti. ▪ Ecevit tüm zamanların en mütevazı siyasetçisiydi, mütevazı makam aracı kullanırdı, kırmızı ışıkta asla geçmezdi, yedi defa suikasta uğramasına rağmen zırhlı araca binmedi. AKP döneminde makam uçakları filosu kurulacaktı, dünyanın en pahalı makam araçları kullanılacak, on binlerce polis ordusuyla dolaşılacaktı. ▪ Ecevit ömrü boyunca üç oda bir salon evinde oturdu. AKP döneminde saraylar yaptırılacaktı. ▪ Ecevit gazeteciydi. AKP döneminde tutuklu gazeteci sayısında dünya rekoru kırılacaktı. ▪ Ecevit şairdi. AKP döneminde "sanatın içine tükür"ülecek, heykel yıkılacaktı. ▪ Ecevit çiftçi dostuydu, bizzat çiftçi bir kadın ona "Karaoğlan" lakabını takmıştı, haşhaş üretimi dahil, Batı'nın Türk tarımına müdahale etmesine izin vermedi. ▪ AKP döneminde saman ithal edilecekti. ▪ Ecevit "toprak işleyenin, su kullananın" diyordu. AKP döneminde toprağımız bile elaleme satıldı. ▪ Maden işçileri başta olmak üzere, neredeyse tüm işçi hakları Ecevit döneminde kazanıldı. AKP döneminde işçi hakları tırpanlandı, maden işçileri çağdaş köle haline getirilecek, tarihin en ağır maden faciası yaşanacaktı. ▪ Ecevit terörle mücadele etti. AKP döneminde terörle müzakere edilecekti. ▪ Ecevit, terörist olarak Abdullah Öcalan'ı hapse tıktı. AKP döneminde "terörist" olarak, genelkurmay başkanı İlker Başbuğ, Profesör Mehmet Haberal, Profesör Erol Manisalı, başsavcı İlhan Cihaner, emniyet müdürü Hanefi Avcı hapse tıkılacaktı. ▪ Ecevit'in anne tarafından büyük dedesi Hacı Emin Paşa, Mekke'de 17 yıl şeyhülislam olarak görev yapmıştı, kutsal toprakları korumakla görevli olan Medine şeyhülharemi'ydi, vakıflar, medreseler kurdu, Hazreti Muhammed'in kabrinin de içinde bulunduğu Mescid'i Nebevi'nin 110 bin metrekaresinin tapusu, ona aitti. Kendisi rahmetli olunca, bu devasa mirası evlatlarına, torunlarına geçti. 2023 itibarıyla emlak değeri ne ediyor biliyor musunuz... 1 milyar 700 milyon dolar ediyor! Hacı Emin Paşa'nın 70 mirasçısı bulunuyordu, bunlardan biri de Bülent Ecevit'ti. Davalar açıldı, 2005 yılında sonuçlandı, Suudi Arabistan devleti istimlak bedeli olarak 340 milyon dolar ödemeyi kabul etti. Dünyanın en namuslu siyasetçilerinden biri olan Bülent Ecevit, bu muhteşem mirastan kendisine düşen payı almadı, Diyanet'e bağışladı! Evet, servet değerindeki dede mirasını "Türk hacıların yararına kullanılması için, Türk hacılara ücretsiz konaklama yeri yapılması için" Diyanet'e bağışladı. Ancak, Suudi kralı, mahkeme kararına rağmen, istimlak bedelinin ödenmesini onaylamadı.

AKP döneminde, aynı Suudi kralına şeref madalyası takılacaktı!

THY apronda deve kesti.

Her an düşme tehlikesi yaşayan RJ100 tipi yolcu uçaklarının seferden kaldırılması şerefine, İstanbul Atatürk Havalimanı'nın apronunda deve kurban edildi. Deveyi vince astılar. Hatıra fotoğrafı çektirdiler. 700 kilo et çıktı, çalışanlara dağıttılar. Dünya çapında rezil olduk.

Deve törenini organize eden THY bakım başkanının derhal görevden alındığı açıklandı, ancak, ödüllendirir gibi THY'nin Londra bürosuna tayin edildiği, lojman ve makam aracı tahsis edildiği ortaya çıktı.

Kurban bayramıydı.

Saddam asıldı.

AKP hükümetinden çıt çıkmadı.

2007 yılına Hrant Dink suikastıyla girdik.

Şişli'de, sokak ortasında başına kurşun sıkılarak katledildi.

Sözde soykırım tartışmalarının tırmandığı dönemde, genel yayın yönetmeni olduğu *Agos* gazetesinde çok ses getiren bir makale kaleme almıştı. "Türk'ten boşalacak o zehirli kanın yerini dolduracak temiz kan, Ermeni'nin Ermenistan'la kuracağı asil damarında mevcuttur" diye yazmıştı. Bu makaleden beri çok ciddi hedefti.

Suikasttan hemen önce yazdığı son makalesinde ölüm tehditlerinden sözetmiş, çarpıcı bir betimleme yapmıştı. "2007 benim açımdan zor bir yıl olacak, kendimi güvercinin ruh tedirginliği içinde görebilirim ama, biliyorum ki, insanlar güvercinlere dokunmaz" diye yazmıştı.

Ensesinden vuruldu.

Katil kaçmıştı, kaçarken sokak kameralarına yakalanmıştı. O görüntüler televizyonlarda yayınladı. Adamın biri Trabzon emniyet müdürlüğüne geldi, "haberlerde görünce tanıdım, o katil benim oğlum" dedi. Babası ihbar etmişti! Katil, Ogün Samast'tı.
Her "maşa" cinayetinde olduğu gibi 18 yaşından küçüktü.
32 saat sonra Samsun Otogarı'nda yakalandı. Şehirlerarası otobüse binmişti, Trabzon'a dönüyordu, suikast silahını atmamıştı, üzerinde ele geçirildi, tabancayı Yasin Hayal'den aldığını söyledi, Yasin Hayal üç yıl önce ramazan ayında Trabzon'da McDonald's'a bomba atan ve yakalandıktan sonra kendisini görüntüleyen gazetecilere "efsaneyi şimdiden çekin" diye bağıran saldırgandı, bombalı saldırıdan on ay sonra serbest bırakılmıştı, Hrant öldürülünce yeniden tutukladılar.
Ogün Samast birinin adını daha vermişti.
"Abi" dediği Erhan Tuncel de tutuklandı.
Erhan Tuncel'in polis muhbiri olduğu ortaya çıktı.

Hrant Dink İstanbul'un göbeğinde öldürüldüğünde, İstanbul emniyet müdürü, İstanbul emniyeti terörden sorumlu müdür, İstanbul emniyeti koruma şubesi müdürü, İstanbul emniyeti çevik kuvvet müdürü, İstanbul emniyeti istihbarat müdürü, İstanbul'da değildi.
Neredeydiler?
Hep beraber Hollanda'ya maça gitmişlerdi!
Peki ya, emniyet genel müdürü?
Yoktu!
Emniyet genel müdürlüğüne iki aydır atama yapılmıyordu. Emniyet genel müdürlüğü istihbarat daire başkanı ise, Ramazan Akyürek'ti.
Aynı Ramazan Akyürek, McDonald's bombalandığında, Rahip Santoro öldürüldüğünde, Trabzon emniyet müdürü'ydü.

(Ramazan Akyürek o günlerde tanınmıyordu ama, polis teşkilatı içindeki Fethullahçı yapılanmanın kilit isimlerinden biriydi, Erhan Tuncel'in kuklacısıydı, AKP'yle cemaat arasındaki "imam nikahı" bozulur bozulmaz tutuklanacak, müebbet hapse çarptırılacaktı. Halbuki, Şemdinli'deki kitapçı bombalamasını vesile yaparak, Sabri Uzun'u görevden alıp, Ramazan Akyürek'i emniyet istihbaratın zirvesine oturtan, cemaatçi yapılanmayla mücadele eden polis şefini imha edip, bir numaralı cemaatçiyi onun yerine monte eden, AKP hükümetiydi.)

Cenaze törenine 100 binden fazla insan katıldı. *Agos* gazetesinden Balıklı Ermeni Mezarlığı'na kadar sekiz kilometre boyunca sessiz sel gibi yüründü, Uğur Mumcu'dan beri, Türkiye'nin gördüğü en kalabalık cenaze töreniydi. Eşi Rakel Dink'in "Sevgiliye mektup" diye başladığı veda konuşması televizyonlarda naklen yayınlandı. "Sevdiklerinden ayrıldın, çocuklarından, torunlarından ayrıldın, burada seni uğurlayanlardan ayrıldın, kucağımdan ayrıldın, ülkenden ayrılmadın" diye haykırıyordu.
Türkiye tek yürek olmuştu.
Ancak, cenaze töreninde "Hepimiz Ermeni'yiz" pankartları taşınınca, bu birliktelik bozuldu. Üstelik, "Hepimiz Ermeniyiz" pankartına anlayış bekleniyordu ama, Türk Bayrağı açılmasına karşı çıkılmıştı.
Türk Bayrağı taşımak adeta provokasyondu!
"Hepimiz Ermeni değiliz" diyene, ırkçı damgası yapıştırılıyordu.
Bu tartışma futbol maçlarına bile yansıdı.
Tribünlerde "Hepimiz Türk'üz" pankartları açıldı.
Katilin posteri çıktı!
Yakalandığında cebinde Türk bayrağı vardı, bu bayrak eline tutuşturulmuş, jandarmaların arasında hatıra fotoğrafı çekilmişti. Fonda, duvarda, Türk bayraklı afiş vardı, Atatürk'ün "vatan toprağı kutsaldır, kaderine terk edilemez" sözü yazıyordu.
Bu rezalet televizyonlarda yayınlandı, ortalık karıştı. "İşte derin devlet" manşetleri atıldı, silahlı kuvvetlerin Hrant'ı öldürttüğü, gurur duyulması için bu fotoğrafın çektirildiği filan yazıldı.
Halbuki, bu fotoğraf jandarma karakolunda çekilmemişti.
Samsun emniyet müdürlüğünün çay ocağında çekilmişti.
Jandarmayla beraber polisler de hatıra fotoğrafı için kuyruğa girmişti, ancak, medyaya servis yapan sihirli el (!) polisli fotoğrafları saklamış, jandarmalı fotoğrafları vermişti.
"Askerin himayesinde"ymiş havası yayıyorlardı.
Fonda görülen "vatan toprağı kutsaldır" afişi ise, afiş falan değildi, TEMA Vakfı'nın erozyonla mücadeleyi teşvik için bastırdığı takvimdi.
Aslına bakarsanız, buna benzer Türk Bayrağı eşliğinde hatıra fotoğrafı çektirme merakı ilk değildi. Abdullah Öcalan'ın, Şemdin Sakık'ın, Avrasya feribotunu kaçıranların da yakalandıklarında Türk Bayrağı önünde fotoğrafları çekilmişti. Bu bayraklı mizansenleri hazırlayanlar, güya, kanunsuzlara karşı devletin gücünü gösteriyorlardı.
Ama bu defa medyadaki yansıması farklıydı.
Israrla "derin devletin işi" olarak sunuluyordu.

Kuvayı Milliye Derneği'nin kaseti çıktı.
Dernek başkanı emekli albaydı, üzerinde bayrak, Kuran ve tabanca bulunan masanın etrafında yemin ettiriyordu, "bu uğurda ölmek var, öldürmek var" diyordu. Hükümete yakın gazeteciler, videosu internete düşen bu yemin törenini Danıştay baskınına bağlıyor, Hrant Dink suikastına bağlıyor, ahalinin zihni allak bullak ediliyordu.

Katilin soyadı "marka" oldu iyi mi... Ogün Samast'ın akrabası Türk Patent Enstitüsü'ne başvurdu, Samast'a patent aldı, tescil ettirdi. Eğitim, kültür, eğlence ürünlerinde marka olarak kullanılabilecekti.

Adana'dan havalanan ve Türk inşaat işçilerini taşıyan kiralık uçak, Bağdat'a inerken düştü, 29'u Türk vatandaşı, 34 kişi öldü.
El Kaide'nin omuzdan fırlatılan füzesiyle vurulduğu iddia edildi.
Kimse üzerinde bile durmadı.
Nasıl olsa ölenler garibandı.
Üstünü örtmek kolaydı.

Arzuhan Doğan Yalçındağ, TÜSİAD'ın ilk kadın başkanı oldu.
Aydın Doğan'ın en büyük kızıydı.

(2007'den 36 yıl önce Türk Sanayicileri ve "İş Adamları" Derneği kurulurken, ilerde bir gün kadınların da iş dünyasında işveren seviyesine gelebileceğini tahmin etmemişlerdi. Kadın başkan olunca "işadamı" kelimesinden kurtulmayı düşündüler, TÜSİAD'a uygun olsun diye "Türk İş Dünyasının Sesi" gibi, "Türk İş Dünyası Sanayicileri" gibi alternatif isimler tartıştılar, baktılar ki komik oluyor, vazgeçtiler, "işadamları" olarak bıraktılar, ancak 2017 yılında Derneğin adı Türk Sanayicileri ve İş İnsanları Derneği olarak yeniden değiştirildi.)

Patronlar camiası Tayyip Erdoğan'ın hışmına uğramamak için daha düşük profilli bir döneme girerken, AKP sendikalara el attı.
Tayyip Erdoğan habire "biz partimizi Tes-İş salonlarında kurduk" diyordu, Tes-İş başkanı Mustafa Kumlu, Türk-İş başkanı oldu.
Aralarından su sızmıyordu.
Hak-İş zaten AKP'nin zihniyet kardeşiydi, özellikle AKP'li belediyelerde çalışanların Hak-İş'e üye olması, olmazsa olmaz gibiydi.

Memur sendikalarında da benzer bir durum yaratıldı.
Memur-Sen'in AKP iktidara gelene kadar sadece 40 bin üyesi vardı.
AKP iktidara geldi, Memur-Sen'in üye sayısı 500 bine fırladı!
Memur-Sen'i KESK'in karşısına dikmişlerdi.
Senden-benden başlamıştı.
AKP yanlısı sendikaya üye olursan, yürü ya kulum deniyordu, AKP karşıtı sendikaya üye olursan, ilk fırsatta kapının önüne konuyordun.

İstanbul Mimarsinan Belediyesi'nin AKP'li belediye başkanı Cuma Bozgeyik'in kahkahalı görüntüleri ortaya çıktı, televizyonlarda yayınlandı, otobüsle seyahat ederken güya fıkra anlatıyordu, Mustafa Kemal'in eşcinsel olduğunu ima ediyordu... "Atatürk şekerli kahve istemiş, Atatürk'e hayran olan efe bunu duyunca düşüp bayılmış, neden bayılmış, çünkü o yörede şekerli kahveyi ibneler içermiş" filan diye anlatıyordu, katıla katıla gülüyordu.

(Bu utanmazlığı nedeniyle göstermelik olarak yargılandı, 1 yıl 3 ay hapis cezasına çarptırıldı, cezası ertelendi, bir dakika bile yatmadı.)

İnternette "darbe günlükleri" yayınlandı.
Deniz kuvvetleri eski komutanı Özden Örnek'in tuttuğu günlük deniyordu, "Ayışığı" ve "Sarıkız" parolasıyla darbeler planlanmıştı.
Özden Örnek "bana ait değil" dedi, yayınlayanların derhal tespit edilmesi için savcılığa suç duyurusunda bulundu. ABD Utah'tan yüklenmişti, faili meçhul bir internet adresiydi.
Bilahare, aynı günlükler *Nokta* dergisinde yayınlandı.
Nokta dergisi sayesinde adeta meşru hale getirildi.
Böylece esrarengiz internet sitesi kamufle edildi, unutturuldu.

Üç gün geçti, Tayyip Erdoğan'ın kaseti çıktı, ses kaydıydı.
Henüz siyasi yasaklıyken Avustralya'ya gitmişti, SBS Radyosu'na röportaj vermişti, "sayın Öcalan düşüncelerinin değil, almış olduğu kelle'lerin hesabını veriyor" demişti. Kendisinin şiir okuduğu için hapse atıldığını, Öcalan'ın durumunun ise farklı olduğunu anlatıyor, teröristbaşına sayın, şehitlere kelle diyordu.
Ortalık ayağa kalktı.

Büyük Hukukçular Derneği Başkanı avukat Kemal Kerinçsiz, şehit aileleri adına Tayyip Erdoğan'a "üç kuruşluk" manevi tazminat davası açtı. Kazandı. Tayyip Erdoğan üç kuruş ödemeye mahkum oldu. Avukat Kerinçsiz bu üç kuruş'a karşılık ağır bedel ödeyecekti.

Şak...
Sayın (!) Öcalan'ın avukatları Roma'da basın toplantısı düzenledi. Saç örnekleri almışlar, yurtdışına çıkarıp tahlil ettirmişlerdi. "Krom" ve "stronsiyum" maddesi bulduklarını öne sürdüler.
Yani?
Yemeğine ufak ufak katılarak, zehirlendiğini iddia ediyorlardı.
Öcalan'a derhal profesör heyeti gönderildi.
Kan-idrar örnekleriyle saç telinden numune alındı.
Adli Tıp Kurumu açıkladı, zehirlenme filan yoktu.
Ancak, amaca ulaşılmıştı.
Yakalandığı günden bu yana haber bile yapılmayan, İmralı'da unutulmaya mahkum edilen Abdullah Öcalan, adeta siyaseten hortlamıştı, yeniden Avrupa'nın gündemine getirilmişti.

Şak...
Durup dururken Kenan Evren'e Kürt meselesini sordular.
"Eyalet sistemi"ne geçmek gerektiğini söyledi!
"Sekiz eyalet"e bölünmemizde fayda olduğunu izah etti.
Hangi eyaletlermiş bunlar? Ankara, İstanbul, İzmir, Adana, Erzurum, Diyarbakır, Eskişehir ve Trabzon'du.
Peki niye? "Bavyera'ya gitmiştim, baktım üç bayrak çekmişler, biri Türk, biri Alman, öbürü Bavyera eyalet bayrağıydı. Amerika da böyle yönetiliyor. 81 şehre Ankara'dan hakim olmak çok zor. Huzur bulmak istiyorsak, cesur adımlar atmalıyız" dedi.
Evet...
"Türkiye eyaletlere bölünmeli" önerisi getirmişti.
Aynı lafları başkası söyleyince "suç" oluyordu.
Kenan Evren söyledi, fiilen suç olmaktan çıkmış oldu.
Büyük Ortadoğu Projesi tıkır tıkır çalışıyordu.

2007 yılının Nisan ayı türbülans ayıydı.
Genelkurmay Başkanı Yaşar Büyükanıt, karargahta basın toplantısı yaptı, "Cumhuriyet'in temel değerlerine sözde değil, özde bağlı bir cumhurbaşkanı seçileceğine inanıyor, umut ediyoruz" dedi.

Cumhurbaşkanı Sezer, Harp Akademileri'nde konuştu, "rejim hiçbir dönemde bu kadar büyük tehdit altında olmadı, dış güçler sayfalar laik cumhuriyeti ılımlı İslam cumhuriyeti yapmak istiyor, TSK'ya karşı zaman ayarlı oyun oynanıyor" dedi.
Cumhuriyet mitingleri başladı, başkent tarihinin gelmiş geçmiş en kalabalık mitingi Tandoğan'da yapıldı. Atatürkçü Düşünce Derneği organize etmişti, 60'ın üzerinde sivil toplum kuruluşu destek verdi.
TBMM Başkanı Bülent Arınç "dindar cumhurbaşkanı seçeceğiz" dedi. Atatürk dahil, o güne kadar gelmiş geçmiş tüm cumhurbaşkanlarının "dinsiz" olduğunu ima etmişti.
Malatya'dan gelen haber Türkiye'yi sarstı. Beş saldırgan, Hıristiyanlık kitapları dağıtan Zirve Yayınevi'ni bastı. Alman vatandaşı Tilmann Geske, Necati Aydın ve Uğur Yüksel'i domuz bağıyla bağlayıp, işkenceyle katlettiler. Kurbanların otopsi raporu vahşetin boyutlarını anlatıyordu: Birini çamaşır ipiyle boğmuşlar, ölmeyince bıçaklamışlardı, gırtlağında boydan boya V biçiminde kesik vardı, ensesinde, kulağında, sırtında 16 bıçak darbesi tespit edilmişti, öbürünü önce dövmüşlerdi, suratında, ayaklarında, dirseklerinde kırıklar vardı, sonra göğüs kafesinden 16 defa bıçaklamışlardı, sonuncusuna da uzun uzun işkence etmişlerdi, kalçası, anüsü, beli, sırtı doğranmıştı, elinin parmakları uzunlamasına kemiğine kadar soyulmuştu, boğazı deşilmiş, yemek borusu, soluk borusu kesilmişti.
Peki, kimdi bu caniler?
19-20 yaşındaydılar, sabıkaları yoktu, üniversite hazırlık öğrencisiydiler, İhlas Vakfı'na ait erkek yurdunda kalıyorlardı, bir gün önce açık arazide tabancayla atış talimi yaparken yakalanmışlar, serbest bırakılmışlardı!
Alman kurban Tilmann Geske, eşi ve çocuklarıyla birlikte 2003 yılından beri Malatya'da yaşıyordu. Eşinin isteği üzerine Malatya Ermeni Mezarlığı'nda toprağa verildi. Necati Aydın 1999 yılında, Uğur Yüksel 2005 yılında Hıristiyanlık dinini seçerek, nüfus cüzdanlarına yazdırmışlardı, Uğur Yüksel islami kurallara göre toprağa verildi, Necati Aydın ise İzmir Karabağlar'daki Hıristiyan Mezarlığı'na defnedildi.
Necati Aydın, Protestan misyonerdi, Malatya'daki evini kiliseye çevirmişti, pastör unvanına sahipti, lisedeyken Kuran kursu yurdunda kaldığı, hafız olduğu, defalarca hatim indirdiği ortaya çıktı.

Tayyip Erdoğan toplumsal tepkilere direnemedi.
Cumhurbaşkanı olmaktan vazgeçti.
"Cumhurbaşkanı adayım, Abdullah Gül kardeşimdir" dedi.
Ancak, kardeş kardeşe aday olmak yetmiyordu. Yargıtay Onursal Başsavcısı Sabih Kanadoğlu uyarıda bulundu, "Anayasa'ya göre, cumhurbaşkanı seçiminin ilk turunda meclisin üçte iki çoğunluğu, yani en az 367 milletvekilinin katılımı gerekir" dedi.
367 şarttı.
AKP'nin 14 eksiği vardı.

Cumhurbaşkanlığı seçiminde birinci tur yapıldı.
361 oy kullanıldı, TBMM Başkanı Arınç oy kullanmadan salondan çıkan 7 CHP'linin adını tutanağa geçirdi, "368 sayısına ulaşıldı" dedi.
Ama, 357 kabul, 3 ret, 1 geçersiz oy vardı.
Abdullah Gül seçilemedi.

O gece... Genelkurmay Başkanlığı'nın resmi internet sitesinde sürpriz bildiri yayınlandı. Tarihe "27 Nisan e-muhtırası" olarak geçen bildiride "halkımızın dini duyguları istismar ediliyor, din kisvesi altında devlete meydan okunuyor, Türk Silahlı Kuvvetleri laikliğin kesin savunucusudur, bu konuda taraftır" deniyordu.
Bu bildiri, tüm siyasetini "mağduriyet" üstüne kuran Tayyip Erdoğan'ın gökte arayıp yerde bulduğuydu. Muhalefetteyken "mağdurum" diyordu, iktidarda gene "mağdur" olmayı başarmıştı.

İstanbul Çağlayan'da Cumhuriyet mitingi yapıldı. İki milyona yakın insan katıldı. Kadınlar ön plandaydı. "Çankaya yolları şeriata kapalı, ne şeriat ne darbe" sloganları atıldı. Atatürk posteri ve Türk Bayrağı seliydi. Tüm dünyada birinci haberdi. İran'da bile manşetti.

AKP 367'yi bulamıyordu.
Cumhurbaşkanı seçemeyeceği netleşmişti.
Şak...
Kasım'da yapılması gereken genel seçimi öne çektiler.
22 Temmuz'da sandık başına gidilecekti.
Temmuz ayında en son seçim teee 1946 yılında yapılmıştı. Laik kesimin tatilde/yazlığında olacağı hesap edilmişti. Sandığa gitmeye üşenirler diye düşünülmüştü.

Seçim kararı alınır alınmaz, sürpriz bir buluşma gerçekleşti. Tayyip Erdoğan'la genelkurmay başkanı Yaşar Büyükanıt, Dolmabahçe'deki başbakanlık ofisinde buluştu, iki saat başbaşaydılar.
Ne konuştular?
Büyükanıt açıklamadı. "Zamanı gelince açıklayacağım, şimdilik şunu söylüyorum, 27 Nisan bildirisinde ne söylendiyse, işte onlar konuşuldu" dedi.
Tayyip Erdoğan da açıklamadı. "Mahrem bir görüşme yapmışız, açıklamaya mecbur muyuz, bu benimle mezara gider ama, açıklamaya kalkarsa, o zaman ben de ilgili şeyleri açıklarım" dedi.
Türk siyasi tarihinin en büyük muammalarından biriydi.
Türk siyasi tarihinin en büyük muammalarından biri olarak kaldı.
Ama gerçek şuydu: 27 Nisan bildirisi AKP'nin ekmeğine yağ sürmüştü, seçimi kazanması için adeta doping etkisi yaratmıştı.
Darbecilere direnen hükümet pozlarına bürünmüşlerdi.

Dolmabahçe buluşmasından hemen sonra, AKP en büyük seçim kozunu masaya sürdü, "Cumhurbaşkanını 5+5 seneliğine halk seçsin" dedi, derhal yasa çıkarıldı, Köşk'e gönderildi.
Sezer veto etti ama, aynen iade edildi.
İkinci veto hakkı yoktu.
Ya onaylayacak, ya referanduma sunacaktı.
Referanduma sundu.
Rejim allak bullak edilmişti.

(Buraya parantez açmakta fayda var.
2007 yılında Tayyip Erdoğan'ın cumhurbaşkanı olmasına itiraz edilmeseydi, AKP böylesine yüksek oy oranlarıyla yoluna devam edebilir miydi?
27 Nisan e-muhtırasıyla seçmen duygularına müdahale edilmeseydi, pek yakında patlayarak Türk Silahlı Kuvvetleri'ni imha edecek olan Ergenekon/Balyoz kumpas davaları, topluma bu kadar kolay kabul ettirilebilir miydi?
Makarayı en başına sararsak, Tayyip Erdoğan şiir miir bahane edilerek hapse tıkılmasaydı, yasaklanmasaydı, AKP diye bir parti varolabilir miydi?
Bu soruların cevaplarını elbette bilemeyiz. Ama, Tayyip Erdoğan engellenmeye çalışıldıkça büyümüştü, kesin gerçek buydu.

Bu gerçek, Türkiye'yi adeta laboratuvar gibi kullanan uluslararası toplum mühendislerinin hesap edemediği netice miydi? Yoksa, toplum mühendislerinin tam olarak hesap ettiği netice bu muydu?)

İzmir'de cumhuriyet mitingi yapıldı.
Gündoğdu Meydanı'nda iki milyon kişi vardı.
İzmir'in tamamında balkonlara bayrak asılmıştı.
Dükkanının camına Atatürk posteri yapıştırmayan esnaf yoktu.
İzmir, AKP karşıtlığının kalesi olmuştu.

(Gün gelecek, kumpas davalarının tetikçisi olan Taraf gazetesi yazarı, Kemalizm ırkçılıktır diyen kişi, bizzat CHP tarafından İzmir milletvekili yapılacak denseydi, 2007 yılında bir kişi bile inanmazdı.)

Nisan ayında 16 şehit vardı.
Mayıs ayında 18 şehit vardı.
Haziran ayında 22 şehit vardı.
Ankara Ulus'ta bomba patladı, 8 kişi hayatını kaybetti.
Bölücü terör hortlamıştı.
Terörle mücadele koordinatörü Edip Başer isyan etti.
"Burada vazo gibi durmamın manası yok" dedi.
Görevden alındı.

(2006 yılının eylül ayında, Roma'da, NATO Savunma Koleji brifingi düzenlenmişti, NATO üyesi ülkelerin silahlı kuvvetleri oradaydı, sunum yapan Amerikalı albay Ortadoğu haritası açtı, Türkiye'nin yarısında alenen "Kürdistan" yazıyordu! Brifingi izleyen Türk subaylar topluca salonu terk etti.
Gayet açık seçikti.
Türkiye'de Kürdistan kurulması NATO projesiydi.
Bu vahim hadise basına yansıdı, Türkiye ayağa kalktı, AKP hükümeti milletin gazını almak için "terörle mücadele koordinatörlüğü" icat etti, başına da emekli orgeneral Edip Başer'i getirdi.
Güya, Amerikalı dostlarımızla birlikte terörle mücadeleyi koordine edecektik, PKK'nın faaliyetleriyle alakalı olarak bize anlık bilgiler vereceklerdi. Pentagon subayı Kürdistan haritası açıyordu, biz hâlâ Pentagon'dan medet umuyorduk!

Edip Başer iyiniyetle çalıştı, bir yıl boyunca ABD tarafıyla toplantılar yaptı, en son, Beyaz Saray'da ABD başkanının güvenlik başdanışmanıyla toplantı yaptı, Türk istihbaratı tarafından elde edilmiş bir görüntünün video kaydını verdi, PKK'ya malzeme taşıyan bir kamyon görülüyordu, kamyonun şoför mahallinde bir Amerikan askeri oturuyordu! Edip Başer bu görüntüyü izlettirmiş, sonra da "biz hâlâ Amerika bizim dostumuz diyebilir miyiz" diye sormuştu.
Edip Başer bu toplantıdan sonra Türkiye'ye döndü.
Döner dönmez görevden alındı!
Aslına bakarsanız, Türk istihbaratının gizlice görüntü kaydetmesine bile gerek yoktu, Kandil dağına giderek Murat Karayılan'la röportaj yapan İngiliz Daily Telegraph gazetesinin muhabiri Damien McElroy açık açık yazıyordu, "Kandil dağında helikopter pisti var, hava kararınca spotlarla aydınlatılıyor, Amerikalı subaylar helikopterle sık sık Kandil'e geliyor, örgütün lider kadrosuyla görüşmeler yapıyorlar, Amerikan hükümetinin Irak'ta çalıştırdığı özel güvenlik firmasına ait cipler de Kandil'deki kamplarda park halinde duruyor" diyordu.
Edip Başer görevden alındıktan sonra, Edip Başer'in yardımcısı emekli tümgeneral konuştu, terörle mücadele koordinatörlüğü denilen koordinatörlüğün, nasıl bir göz boyamadan ibaret olduğunu anlattı. "Başbakanlıktan oda istedik, vermediler, fotokopi makinesi istedik, anca 6.5 ay sonra verdiler, faksımız yoktu, yan odalardan faks çektik, bilgisayarımız bile yoktu, cep telefonu vermediler, başbakanlık müsteşarından defalarca randevu istedik, randevu vermediler, hatta selam bile vermediler, telefonla aradık, telefonumuza çıkmadılar, yaka tanıtma kartı bile vermediler, bir tane sim kart verdiler, onu da yedi ay sonra verdiler, hiç kullanmadan iade ettik, devletten beş kuruş almadık, içtiğimiz çayların parasını bile kendimiz ödedik, çaylarımızın şeker parasını bile Edip paşa cebinden ödedi" dedi.
Türk milletini sanki terörle etkin mücadele ediyorlarmış gibi tam bir yıl boyunca oyaladıkları terörle mücadele koordinatörlüğü işte buydu!)

Hakkari'de binbaşımız şehit düştü.
Bayrağa sarılı tabutu, İstanbul Atatürk Havalimanı'nda "kamyonet kasası"nda taşındı. Şehit naaşı "bavul" muamelesi görmüştü.
Tarihimizde ilkti.
"Kurallar böyle" denildi.

"Kurallara göre tören kıtaları aprona giremiyor" denildi.
Aprona "deve" bile girebiliyordu, tören kıtası giremiyordu!

Ümraniye'de bir gecekonduya polis baskını yapıldı.
"27 adet el bombası bulundu" denildi.
Emekli astsubay Oktay Yıldırım tutuklandı.
"Bombaların sahibi" denildi.
Seçim atmosferinde haber bile olmamıştı.
İç sayfalarda küçücük yeraldı.

(O bombaları, bombaları bulan polislerden başka kimse görmemişti. Güya baskınla bulundu, güya ertesi gün imha edildi. Elbette aslında bomba momba yoktu, her şey sahte tutanaktan ibaretti. Kumpas başlamıştı, henüz kimsenin haberi yoktu.)

Siyaset toz duman, satışlar süt liman'dı.
İzmir limanı satıldı.
Mersin limanı satıldı.
Antalya havalimanı satıldı.
Ordu Yardımlaşma Kurumu'nun bankası Oyakbank satıldı.
Hollanda bankası ING satın aldı.

(Bu Hollanda bankası bir yıl önce Türkiye'yle alakalı olarak "iktisadi yön" raporu hazırlamıştı, raporun kapağında çok çok enteresan bir fotoğraf vardı. Bir kadın fotoğrafıydı. Mutfaktaydı. Çok mutluydu. Gülümsüyordu. Elinde bir hindi vardı. Yolunmuş bir hindi, İngilizce hindi malum, Turkey, cillop durumdaydı. İnsanın iştahını kabartan bu lezzetli fotoğrafın başlığı neydi biliyor musunuz?
"Tamamıyla yolundu!"
Evet, aynen buydu, tamamıyla yolundu.
"İktisadi yön"ümüzü gösteriyordu.)

1970, Kasımpaşaspor ortada yoktu.
1980, yok.
1990, yok.
2000, yok.
2003, Kasımpaşalı başbakan oldu.
2004, üçüncü ligde.

2005, ikinci ligde.
2006, birinci ligde.
2007, Kasımpaşaspor Süper Lig'e çıktı!
Futbolun bile artık futbol olmadığının kanıtıydı.

Amiral battı.
Genelkurmay askeri mahkemesi, deniz kuvvetleri eski komutanı İlhami Erdil'e haksız mal edinmek ve yolsuzluktan üç yıl hapis cezası verdi. Rütbesi söküldü. Oramirallikten er'liğe indirildi, Tekirdağ Saray Cezaevi'ne konuldu. Zamanlaması muhteşemdi.
Tam seçim atmosferinde AKP'ye ilaç gibi gelmişti, "askere bile posta koyan, askere hesap soran hükümet" propagandası yapılıyordu.

Tayyip Erdoğan'ın büyük oğlu Burak'ın gemi aldığı ortaya çıktı.
Tayyip Erdoğan "gemicik" dedi.
"Gemi var, gemicik var, oğlumun aldığı gemicik" dedi.
Gemiciğin boyu 96 metreydi.
Erdoğan ailesinin gemicikleri pek yakında filocuk olacaktı!

Seçim arifesinin en kritik meselesi, Mehmet Ağar'la Erkan Mumcu arasında yaşananlardı. Demokrat Parti'yle Anavatan Partisi birleşmiş, anketlere göre yüzde 10'u aşan ortaklığa dönüşmüştü.
Seçime günler kala birbirlerine girdiler.
Erkan Mumcu çekildi.
Cemaat baskısından, akçeli mevzulara kadar pek çok iddia ortaya atıldı ama, bu kitabın yazıldığı tarihte bile hâlâ muammaydı.
Seçime birlikte girselerdi, meclisin sandalye dağılımı değişecek, cumhurbaşkanlığı seçimi dahil, tarih başka türlü akacaktı.
Bu ortaklığa son anda her kim dokunduysa, AKP açısından tam zamanında dokunmuştu. Zaten hep böyle olacaktı, AKP ne zaman sıkışsa, siyaset sahnesinde hiç umulmadık tuhaf işler olacaktı.

22 Temmuz 2007.
Türkiye sandık başına gitti.
Ampul, abajur oldu.
Dört yıl daha başımızda, başucumuzda duracaktı.
Her iki kişiden biri AKP'ye oy vermişti.
Yüzde 47'yle yine tek başına iktidardı.

103 gün devam eden itiş-kakış bitti.
Mecliste oylama yapıldı, sadece AKP milletvekilleri oy verdi.
Abdullah Gül cumhurbaşkanı seçildi.
Türban, devletin zirvesindeydi.
Hükümet medyasının manşetlerinde "Gül kokusu, Güller açtı, Gül döktüm yollarına, Başkomutana selam" başlıkları vardı, "halk çocuğu" manşeti atan bile vardı. Öbür cumhurbaşkanlarımızın ne çocuğu olduğunu siz düşünecektiniz artık!

(Tayyip Erdoğan'la Abdullah Gül arasında her zaman varolan, ama her zaman inkar edilen rekabetin, makamlararası miladıydı. Tayyip Erdoğan'ın siyasi yasağı sayesinde başbakan olan Abdullah Gül, şimdi de Tayyip Erdoğan sayesinde cumhurbaşkanı olmuştu. Oyları Tayyip Erdoğan topluyor, makamları Abdullah Gül topluyordu, her makama Tayyip Erdoğan sayesinde oturmasına rağmen, makam olarak Tayyip Erdoğan'ın üstünde yeralıyordu.)

Cumhurbaşkanı Gül'ün ilk icraatı, kızı Kübra'yı evlendirmek oldu. İstanbul Gösteri ve Kongre Merkezi'ndeki düğüne üç bin davetli katıldı, altı bin polis nöbet tuttu, şarkıcı Kıraç özel beste yaptı, nikah sırasında o çalındı, tavandan ışık şelalesi döküldü, takılar Derishow'un hazırladığı torbalarla toplandı.

Haşim Kılıç, Anayasa Mahkemesi başkanı oldu.
Tarihte ilkti, çünkü hukukçu değildi, iktisatçıydı.
Eşi türbanlıydı.

Sosyolog Şerif Mardin "mahalle baskısı" kavramını ortaya attı.
Kabaca özetlersek, "İslami hayat tarzının topluma dayatılacağını, laiklerin kendisini dışlanmış hissedeceğini" anlatıyordu.
Bunun üzerine "Malezya mı oluyoruz?" tartışması başladı.
Gazeteler Malezya'ya muhabirler gönderiyor, Malezya'yla alakalı röportajlar yayınlanıyordu, Malezya'da laiklik mücadelesi veren hukukçu Malik İmtiaz, *Hürriyet* gazetesine gayet güzel izah etmişti, "10 yıl önce bu hale geleceğimizi kimse tahmin etmiyordu, bu gidişle 10 yıl sonra Malezya İran olur, Türkiye de Malezya olur" diyordu.
Öngörüde tam isabetti.

Aslına bakarsanız, taaa Malezya'ya kadar gitmeye gerek yoktu, Malezya bayrağına bakmak yeterliydi, kırmızı beyaz şeritleriyle, sol üst köşesindeki yıldız figürüyle, ABD bayrağının ılımlı İslam versiyonuydu!

YÖK başkanlığına Yusuf Ziya Özcan atandı. Türkiye henüz Malezya olmamıştı ama, Malezya'dan YÖK başkanımız olmuştu, Malezya İslam Üniversitesi'nde öğretim üyesi olarak çalışmıştı. İşin matrak tarafı, YÖK başkanının YÖK'ü Malezya'daki bu üniversiteye denklik vermiyordu. Üstelik... Rektör değildi, dekan bile değildi, herhangi bir fakülteyi bile yönetmemişti ama, üniversitelerimizin tamamını yönetecekti.

"İkinci Cumhuriyet" tartışmaları başladı.
Hürriyet gazetesi yazarı Cengiz Çandar, futbol takımı gibi, İkinci Cumhuriyetçilerin ilk 11'ini yazdı: Cengiz Çandar, Mehmet Barlas, Hasan Cemal, Murat Belge, Etyen Mahçupyan, Orhan Pamuk, Mehmet Altan, Eser Karakaş, Şahin Alpay, Ali Bayramoğlu ve Mehmet Ali Birand'dı.
Buna karşılık, *Vatan* gazetesi yazarı Mehmet Tezkan da, Cumhuriyetçilerin ilk 11'ini yazdı: İlhan Selçuk, Özdemir İnce, Necati Doğru, Zülfü Livaneli, Ruhat Mengi, Bekir Coşkun, Hıncal Uluç, Ertuğrul Özkök, Emre Kongar, Emin Çölaşan ve Yılmaz Özdil'di.

Abdullah Gül'ün Çankaya Köşkü'ndeki ilk Cumhuriyet Bayramı resepsiyonuna, Hollywood yıldızı Kevin Costner katıldı.
Nerden tanışıyorlarmış derseniz, tanışmıyorlardı.
Konser vermek için İstanbul'a gelmişti, hazır gelmişken kolundan tutup, Ankara'ya cumhurbaşkanlığı resepsiyonuna götürmüşlerdi.
Böylece, Cumhuriyet tarihimizde ilk kez tamamen alakasız biri, sırf Hollywood yıldızı olduğu için devlet protokolüne dahil edilmişti.
Köşk'ün bir numaralı kapısında devlet erkanı biriktiği için, Kevin beklemesin diye, beş numaralı kapı özel olarak açıldı.
Tayyip Erdoğan'la tanıştırdılar, Tayyip Erdoğan "Atatürk filminde oynayacak mısınız?" diye sordu, Kevin herkesin kendisine bu soruyu sorduğunu, ama Atatürk filminden haberinin olmadığını söyledi.
Devlet erkanıyla boy boy fotoğraflar çektirdi.
Hollywood seferber olsa, böyle komedi filmi çekilemezdi.

Referandum yapıldı.
42 milyon seçmen vardı, 27 milyonu sandığa gitti.
Yüzde 69 evet çıktı.
Bundan böyle, cumhurbaşkanı halk tarafından seçilecekti.
Sandık başında anket yapıldı, evet oyu verenlerin yüzde 60'ı "hangi konuda evet dediklerini bilmediklerini" açıkladılar!

Referandum günü Dağlıca karakolu basıldı.
12 şehit verdik, 8 askerimiz kaçırıldı.
Rehin alınan askerlerimizi Kuzey Irak'ta DTP milletvekilleri Aysel Tuğluk ve Fatma Kurtulan'a teslim ettiler. Masa kurmuşlardı, üstüne PKK bayrağı ve Apo posteri koymuşlardı, askerlerimizi dizmişler, teslim tutanağı imzalayarak törenle serbest bırakmışlardı.
DTP milletvekillerinin tutanakla teslim aldığı askerlerimiz, Erbil'e götürüldü, Amerikan askerlerine devredildi, memlekete Amerikalılar getirdi. Hazindi.

Nurettin Demirtaş, DTP genel başkanı seçildi.
Sahte çürük raporu aldığı, asker kaçağı olduğu anlaşıldı. Apar topar tutuklandı, cezaevine tıkıldı, dört ay yattı. Tahliye olur olmaz, askere alındı. Safranbolu ve Tokat'ta 15 ay jandarma olarak askerlik yaptı.
Terhis olur olmaz, Kuzey Irak'a geçti. PKK'nın dağ kadrosuna katıldı.
2015 yılından itibaren, İçişleri Bakanlığı'nın "kırmızı kategori" tabir edilen, en çok aranan teröristler listesinde yeralacaktı.
Pek yakında kendisi unutulacak, kardeşi konuşulacaktı.
Selahattin Demirtaş'ın ağabeyiydi.

Suudi Arabistan kralı, takvimde başka gün yokmuş gibi, tam 10 Kasım'da Ankara'ya geldi, Anıtkabir'e gitmedi, Çankaya Köşkü'ne gitti, Abdullah Gül tarafından kendisine madalya takıldı, Türkiye Cumhuriyeti Devlet Nişanı verildi.
Protokol tarihinde bir ilk yaşandı, Türkiye Cumhuriyeti'nin cumhurbaşkanıyla başbakanı, Suudi kralı'nın ayağına, kaldığı otele gittiler, yan yana oturup poz verdiler, kral da bunlara madalya taktı.

İstanbul'dan havalanan Atlasjet uçağı, geceyarısı 01.30'da Isparta'da düştü. 50 yolcu ve 7 mürettebatın tamamı hayatını kaybetti.

Yaklaşma cihazı bozuktu, piste iniş yapmak üzere sola dönmesi gerekirken, tam tersi istikamete dönmüş, Türbetepe'ye çakılmıştı. Sık sık arızalandığı, periyodik bakımlarının yapılmadığı, buna rağmen denetlenmediği, bu halde uçmasına göz yumulduğu ortaya çıktı.
Kurbanlar arasında, İsviçre CERN'deki deneylere Türkiye adına katılan Profesör Engin Arık da vardı, ekibiyle birlikte Isparta'ya konferansa gidiyordu.
Faciadan sadece bir hafta sonra Yılın Başarılı Havacılık Ödülleri dağıtıldı. Yılın Başarılı Havacılık Yöneticisi Ödülü kime verildi biliyor musunuz... Kazadan sonra hakkında inceleme başlatılan Sivil Havacılık Genel Müdürü'ne verildi! Ödülü kim takdim etti biliyor musunuz... Ulaştırma Bakanı takdim etti!
AKP hep buydu.
Facialarn üstü örtülüyor, sorumlular ödüllendiriliyordu.

Çanakkale'den sebze-meyve ticareti yapan Yunan işadamı Anestis Milonays, bastırdı parayı, Çanakkale Yağlı Pehlivan Güreşleri'nin ağası oldu! 70 bin lira vermiş, er meydanı ağası olmuştu, davul zurna eşliğinde omuzlara alındı, çayırda şeref turu attı. Raki, caciki, lokumi derken, Koca Yusuf geleneği Yusufaki olmuştu!

Petkim satıldı.

Bursa Çelik Palas Oteli satıldı.
Cumhuriyet'in ilk beş yıldızlı oteliydi.
1935 yılında Atatürk'ün talimatıyla inşa edilmişti.
Özelleştirme adı altında Cumhuriyet tasfiye ediliyordu.

Dinç Bilgin'in Etibank borçlarının tasfiyesi için 2001 yılında el konulan *Sabah* gazetesi ve atv televizyonu, Çalık Grubu'na satıldı. Tayyip Erdoğan'ın damadı, Çalık Holding'in genel müdürüydü. 750 milyon dolarlık kredi, devlet bankalarından sağlanmıştı. AKP'yi destekleyen çok sayıda gazete ve televizyon vardı ama "yandaş medya" kavramı, işte bu satıştan sonra literatüre yerleşti.

Adalet bakanı Mehmet Ali Şahin'di.
Silivri Cezaevi'nin 2008 yılında hizmete gireceğini müjdeledi.

"11 bin mahkum sığacak" diye reklamı yapılıyordu.

(Mehmet Ali Şahin'in eşi Saniye hanım böbrek hastasıydı, diyalize bağımlı olarak yaşıyordu, beyin ölümü gerçekleşen Ukraynalı bir kadının dokuları uyum sağlamış, Başkent Üniversitesi Hastanesi'nde Profesör Mehmet Haberal tarafından böbrek nakli yapılarak, hayatı kurtarılmıştı. Türkiye'nin dünya çapındaki gururu Profesör Mehmet Haberal, pek yakında tutuklanacak, Mehmet Ali Şahin hâlâ adalet bakanıyken, Mehmet Ali Şahin'in müjdelediği Silivri cezaevine gönderilecekti.)

Direksiyonu iktidara kıranların sayısı hızla artıyordu.
Artık AKP'li olmak modaydı.
Modacı Cemil İpekçi izah etti.
"Eşcinselim, muhafazakarım, Abdullah Gül sıcacık, Tayyip Bey babacan, parka giyerim, şalvar severim, sürme çekerim, kadın olsam türban takarım, büyükdedem Zaza, ninem Bağdatlı, anneannem yörük, babam Endülüslü Sabetay dönmesi, TC vatandaşıyım, Osmanlı çocuğuyum, AKP'ye yakınım" dedi.
Gülüyorduk ama, memleketin hali tam olarak Cemil İpekçi gibiydi.

Popstar Alaturka isminde şarkı yarışması vardı, Bülent Ersoy jüri üyesiydi, laf döndü dolaştı, terörle mücadeleye geldi, Bülent Ersoy dobra dobra konuştu, "vatan bölünmez, bilmem ne olmaz falan ama, analar doğursun, toprağa versin, bu mudur yani? Başkalarının masabaşı savaşı için evladımı harcayamam, oyun oynanıyor, oyuncağı oluyoruz" deyiverdi. Vay sen misin bunu diyen... "Halkı askerlikten soğutma suçu"ndan soruşturma açıldı.
"Oğlum olsa askere göndermezdim" diyen Bülent Ersoy'un, askerliğini 1976 yılında bahriyeli olarak Gölcük'te yaptığı ortaya çıktı, asker arkadaşları bulundu, askerlik hatıraları anlattırıldı.
Terörle mücadeleyi bile magazinleştirmeyi başarmıştık.

AKP türban yasası çıkardı.
MHP milletvekilleri oylamada tam destek verdi.

1967 yılında Ankara Üniversitesi İlahiyat Fakültesi'ndeki eylemle Türkiye'nin gündemine giren, 1997 yılında Anayasa Mahkemesi kararıyla yasaklanan türban, üniversitede yeniden serbest bırakıldı.

Şok...
Yargıtay Cumhuriyet Başsavcısı Abdurrahman Yalçınkaya, AKP'nin kapatılması için Anayasa Mahkemesi'nde dava açtı. Tayyip Erdoğan ve Abdullah Gül dahil, 71 kişiye siyaset yasağı isteniyordu.
İddianameye göre "dindar cumhurbaşkanı" lafı ve "üniversitede türban" bardağı taşıran damlalardı, AKP'nin demokrasiyi araç olarak kullanıp, şeriat düzeni getirmeyi hedeflediği, takiye yaptığı öne sürülüyordu. Tayyip Erdoğan'ın "ben İstanbul imamıyım, elhamdülillah şeriatçıyım, yılbaşına karşıyım, Ata'ya saygı duruşunda sap gibi ayakta durmaya gerek yok" gibi sözleri deliller arasındaydı.
Başsavcı Yalçınkaya açık açık "AKP'nin kapatılması, Almanya ve Avusturya'daki Nazi Partisi'nin, İtalya'daki Faşist Parti'nin kapatılması kadar hukuka uygundur" diyordu.
Aynı Başsavcı, bölücü faaliyetleri nedeniyle DTP'nin kapatılması için de dava açmıştı, Tayyip Erdoğan o dava açıldığında hukuka saygı gösterilmesi gerektiğini söylemiş, "yargıya intikal eden konularda konuşmamız yanlış olur" demişti. Şimdi aynı Tayyip Erdoğan, aynı hukuka "garabet" diyordu!
Başsavcı'ya hakaret yağmuru başladı.
"Dinsiz" olduğunu yazıyorlardı.
Kaderin cilvesi... "Dinsiz" denilen Başsavcı'nın adı bile Abdurrahman'dı, rahmet sahibi olan, Allah'ın kulu demekti.
Başörtüsü düşmanı ilan edilmişti ama, annesi başörtülüydü.
Hatta, sekreteri bile türbanlıydı.
Sabih Kanadoğlu'nun başsavcılığı döneminde işe alınan sekreter, özel hayatında türbanını takıyor, mesaisine başlarken saçını açıyordu.
İftira kampanyası öylesine çirkinleşmişti ki, Başsavcı Abdurrahman Yalçınkaya'nın –sanki suçmuş gibi– Abdullah Öcalan'ın hemşehrisi olduğuna dikkat çekiliyordu. Kimisi de "ırkçı" olduğunu öne sürüyor, DTP'ye kapatma davasını Kürt düşmanlığına bağlıyordu. Ama gene ıskalıyorlardı, çünkü Başsavcı baba tarafından Kürt kökenliydi.

Şak... Emekli tuğgeneral Veli Küçük tutuklandı, Tayyip Erdoğan'ı üç kuruşa mahkum ettiren avukat Kemal Kerinçsiz tutuklandı.
"Ergenekon" manşetleri atılıyordu.

Peşpeşe olaylar zinciriydi.
Bir kapatma davası haberi, bir Ergenekon haberi patlıyordu.
Cumhuriyet gazetesi başyazarı İlhan Selçuk gözaltına alındı.
Profesör Kemal Alemdaroğlu gözaltına alındı.
Doğu Perinçek tutuklandı.

Mezarda emeklilik çıktı!
O toz duman arasında güya sosyal güvenlik reformu yapıldı.
Bundan böyle 65 yaşında emekli olunacaktı.
Yeni yasa yürürlüğe girmeden önce sigortalı olanlar paçayı kurtaracaktı, reform öncesindeki gibi, prim gününü doldurduğunda yaş sınırına takılmadan emekli olacaktı.
Kepazeliğe dönüştü.
Bebekler bile sigortalanmaya başlandı.
Mezarda emeklilik, kundakta sigortaya dönüşmüştü.
Hatta, Tayyip Erdoğan gazetecilerin bulunduğu bir ortamda Ankara Ticaret Odası başkanı Sinan Aygün'e seslendi, "bizim Memo'nun kaydını yaptın mı?" diye sordu. Bizim Memo dediği, cumhurbaşkanı Abdullah Gül'ün oğluydu, 14 yaşındaydı, ekonomi bakanı Ali Babacan'ın aile şirketinde sigortalı olmuştu.
E, koskoca cumhurbaşkanı koskoca başbakan koskoca ekonomi bakanı kendi çocuklarını sigortalı yaparsa, millet ne yapmaz? Bakkallarda berberlerde bile kağıt üstünde çırak patlaması yaşandı.
Televizyonların ana haber bültenlerinde, bebek arabalarıyla emzikli bebeklerini sigortalatmaya giden ailelerle röportajlar yapılıyordu.
Okuduğunuzda gözlerinize inanamayacaksınız ama, henüz doğmamış çocuğunu ultrason fotoğrafıyla sigortalatmaya çalışanlar bile vardı.
Sadece bir ayda 1 milyon 400 bin çocuk sigortalı yapıldı.
Bunların 200 bini 0-2 yaş grubundaydı.
Sosyal güvenlik sahtekarlığında dünya rekoruydu!

(CHP'liler 14 yaşındaki oğlunu sigortalattıran Abdullah Gül'ü eleştirirken, CHP'nin yolsuzluklarla mücadele kahramanı Kemal Kılıçdaroğlu'nun 10 aylık torununu iki gün çalışmış gibi göstererek, sigortalı yaptığı ortaya çıktı iyi mi... Üstelik, biraz daha kurcalanınca, bu yasa çıkmadan yıllaaaar önce, çalışma bakanlığında müsteşar yardımcısı olduğu dönemde 14 yaşındaki oğlunu sigortalı yaptığı ortaya çıktı. Ama dedim ya, sihirli bir el

Kılıçdaroğlu'nu koruma altına almıştı, medyada neredeyse haber bile yapılmadı, Abdullah Gül'ün etik dışı davranışı manşetlere çıkarılırken, Kılıçdaroğlu'nun üstü örtüldü.)

Recep İvedik vizyona girdi.
Şahan Gökbakar'ın canlandırdığı komedi filmiydi.
Lümpenliğin, seviyesizliğin, magandalığın sembolüydü.
"Yeni Türkiye kültürü"nde karşılık buldu.
Tüm zamanların gişe rekorunu kırdı.

1988 yılında Arabesk isimli komedi filminde, gelinlikle otostop yapmaya kalkışan genç kız, yollarda tecavüze uğruyor, memleketin trajikomik haline gülmekten kırılıyorduk. 20 yıl sonra 2008'de...
Dünyaya barış mesajı vermek için gelinlik giyerek İtalya'dan yola çıkan ve otostopla İsrail'e giden İtalyan sanatçı Pippa Bacca, Gebze'de ölü bulundu, manyağın biri tecavüz edip öldürmüştü.
Biz bu filmi görmüştük ama, bu defa memleketin gerçeğine gülmüyor, utancımızdan yerin dibine giriyorduk.

Paris'te Expo 2015 oylaması yapıldı, İzmir adaydı.
İzmir'de belediyeyi kazanmak isteyen AKP var gücüyle bu işe yükleniyordu, "Expo'yu hükümetin çabaları sayesinde aldık" dedirtmek istiyordu.
TRT oylamayı naklen yayınladı.
İzmir'in kazandığı açıklandı.
Havai fişekler fırlatıldı.
İzmir valisi Cumhuriyet Meydanı'nda kutlama yaptı.
Yarım saat sonra rezalet ortaya çıktı, Milano kazanmıştı!
Tıpkı Avrupa Birliği'ne girdik diye havai fişek fırlatılması gibi, Expo'yu aldık diye havai fişek fırlatılması da, palavradan ibaretti.

Diyanet işleri başkanlığı Kutlu Doğum Haftası'nı değiştirdi.
Normalde 20-27 Nisan arasında kutlanıyordu.
14-20 Nisan arasına alındı.
Genelkurmay'ın e-muhtırasında "özellikle 23 Nisan'a denk getirildiği"ne dikkat çekilmişti. Ramazan bayramı, kurban bayramı, üç aylar, mübarek geceler, hac, bunların hepsi hicri takvime göre her yıl

10 gün kayıyor, Hazreti Muhammed'in doğumu, Kutlu Doğum Haftası miladi takvimle 23 Nisan'a sabitleniyordu!
Fethullah Gülen'in doğum tarihi 27 Nisan'dı.
Kutlu Doğum Haftası'nın Hazreti Muhammed için değil, aslında Fethullah Gülen'e atfen 27 Nisan'a bağlandığı iddia ediliyordu.

Türkçe Olimpiyatları AKP himayesinde büyüdükçe büyüyordu.
Fethullah Gülen cemaatinin organizasyonuydu.
AKP iktidara gelir gelmez, 2003 yılında başlamıştı.
23 Nisan'ın yerine monte edilmişti.
Alternatif çocuk bayramı yaratmışlardı. TRT'nin 23 Nisan Çocuk Şenliği'ne davet edilen ülke sayısı sürekli azaltılırken, cemaatin olimpiyatlarına katılan ülke sayısı hızla artıyordu.
En başta Tayyip Erdoğan, AKP'li bakanlar, AKP'li milletvekilleri Türkçe Olimpiyatları'nın açılış törenlerine katılıyor, Fethullah Gülen'e methiyeler düzüyordu, organizasyon heyetleri Çankaya Köşkü'nde cumhurbaşkanı Abdullah Gül tarafından ağırlanıyordu, Türkçe Olimpiyatları'nın Türkiye'ye "en büyük hizmet" olduğu anlatılıyordu.
Güya Atatürkçü kimliğiyle tanınan sahtekar gazeteciler, cemaat organizasyonu olduğunu bile bile övgüler yağdırıyordu, direkt olarak cemaate yalakalık yaptıkları belli olmasın diye "Türkçe'ye Türk kültürüne büyük katkı sağlıyor" filan diye yazıyorlardı, Fethullah Gülen'den teşekkür mektubu aldıklarını "gururla" anlatıyorlardı.

TRT'nin Kürtçe kanalı açıldı, TRT Şeş.
Diyarbakır müftülüğü, Hazreti Muhammed'in doğumu vesilesiyle tarihte ilk kez Ulucami'de Kürkçe mevlit okuttu, TRT Şeş naklen yayınladı.
Kürtçe -dolaylı olarak- devletin resmi dilleri arasına girmişti.

İngiltere Kraliçesi Elizabeth, Türkiye'ye geldi.
TBMM'de yemin ederken bile smokin giymeyen cumhurbaşkanı Abdullah Gül, smokin giydi, papyon taktı. Kraliçe de buna şövalye nişanı taktı. "Dindar" cumhurbaşkanı "şövalye" oldu!
Kraliçe, cumhuriyetin başkentine gitmek yerine, Osmanlı'nın başkentine gitmeyi tercih etti, Bursa'ya gitti, vermeye çalıştığı mesaj gayet açıktı. Yeni Cami'de sandalyeye oturdu, Kuran dinledi. İskender döner yedirmeye kalkıştılar, yemedi, zeytinyağlı enginar yedi.
İngiliz uçak gemisi HMS Illustrious'u getirmişlerdi.

İşgal günlerinde olduğu gibi İstanbul Boğazı'na demirlemişti. İngiltere Kraliçesi, elçilik binası yerine, bu savaş gemisinin güvertesinde davet verdi. Dindar cumhurbaşkanı ve AKP şürekası koştura koştura İngiliz zırhlısına koştu, sırıtarak poz verdi.

La diva Turca, Leyla Gencer vefat etti.
Dünyaca ünlü sopranomuzun bedeni vasiyeti üzerine yakıldı, külleri Dolmabahçe Sarayı'nın önünden Boğaz'a serpildi. Yandaş medyanın yazarları "küllerinizle suyumuzu kirletmeyin" diye yazdı.
Çünkü, Leyla Gencer'in annesi Polonyalı Katolik'ti.
"Dindar" dedikleri cumhurbaşkanının Boğaz'a demirleyen İngiliz zırhlısına gitmesinden gurur duyuyorlar, Türkiye'nin onuru Leyla Gencer'in küllerinin Boğaz'a serpilmesinden rahatsız oluyorlardı.
Hastalıklı bir zihniyetti.
Kendilerinin yaptığı her şey mubahtı.
Kendilerinden olmayan herkese kin kusuyorlardı.

16 Mayıs 1919 cuma günü, Mustafa Kemal'in Bandırma vapuruyla Samsun'a gitmek üzere yola çıktığı gündü.
16 Mayıs 2008 cuma günü, takvimde başka gün yokmuş gibi tam o tarihe denk getirdiler, Bandırma limanıyla Samsun limanı satıldı!
Karadeniz, Marmara, Ege, Akdeniz, satılmayan liman kalmamıştı.

Euro 2008 başladı. Türk milli takımı, tarihimizde ilk kez kırmızı beyaz yerine "turkuaz" renkli formayla sahaya çıktı.
Turkuaz aslında bir taş, firuze, Türkiye'de yok, Çin'de çıkarılıyor, İran'da çıkarılıyor, geçmiş yüzyıllarda Türk toprakları üzerinden Avrupa'ya gittiği için Fransızlar "Turquoise" demişti, hepsi buydu, Türkiye'yle başkaca alakası yoktu.
O halde milli formamız neden "turkuaz" haline getirildi?
Kimse cevap veremiyordu.
Tayyip Erdoğan öyle istiyordu, öyle oluyordu.
Eminanımın turkuaz rengi çok sevdiği öne sürülüyordu.

Anayasa Mahkemesi aylardır beklenen kararı açıkladı.
Türbanı üniversitelerde serbest bırakan yasayı iptal etti.

Şak... İptal kararının açıklandığı gün, gazetelerin Ankara temsilcilerine imzasız birer zarf geldi, İstanbul'dan postalanmıştı. Zarflarda iki adet fotoğraf vardı. Kara kuvvetleri komutanı İlker Başbuğ'u gösteriyordu. Sivil kıyafetliydi, Kudüs'teydi, Ağlama Duvarı'nın önündeydi. Genelkurmay başkanı olmasın diye Yaşar Büyükanıt'ın Yahudi olduğunu iddia eden karanlık el, şimdi de genelkurmay başkanlığının önünü kesmek için İlker Başbuğ'un Yahudi olduğunu ima ediyordu. Halbuki, İlker Başbuğ aynı seyahatte Mescid-i Aksa'ya da gitmişti, orada da fotoğraf çektirmişti, onlardan hiç bahsedilmiyordu.
Artık tescillenmişti.
TSK hedefti.
Türbana dair, AKP kapatma davasına dair her gelişmenin peşinden, TSK'ya yönelik yeni bir imzasız haber servisi yapılıyor, Ergenekon'dan yeni yeni tutuklamalar yapılıyordu.

Yargıtay Cumhuriyet Başsavcısı, Anayasa Mahkemesi'ne esas hakkındaki görüşünü sundu, "açık tehlike var, AKP mutlaka kapatılmalı" dedi.
Şak... Bu görüşün sunulduğu gün, beş şehirde polis baskınları yapıldı, emekli orgeneraller Şener Eruygur ve Hurşit Tolon tutuklandı. Ankara Ticaret Odası başkanı Sinan Aygün tutuklandı. *Cumhuriyet* gazetesi yazarı Mustafa Balbay gözaltına alındı.

Sinan Aygün'ün "Ergenekon'un kasası" olduğu iddia ediliyordu. Sinan Aygün "kasa" olarak tutuklanınca, bir yıl önce "Ergenekon'un kasası" diye hapse tıkılan Kuddusi Okkır tahliye edildi. Ama, Kuddusi Okkır artık ölüm döşeğindeydi, kanserdi, tedavi imkanları engellenmişti, canlı cenazeydi, bırakıldıktan üç gün sonra vefat etti, "Ergenekon'un kasası" deniyordu, beş kuruşu yoktu, cenaze aracının parasını bile haberi takip eden gazeteciler ödedi, eşine miras olarak 19 bin lira borç bıraktı. Ergenekon kumpasının ilk kurbanıydı. Arkası gelecekti.

ABD'nin İstanbul Başkonsolosluğu'na terörist saldırı oldu.
Üç polis şehit düştü, üç terörist öldürüldü.
ABD resmen açıkladı, "El Kaide" dedi.
AKP medyası "Ergenekoncuların işi" diye yazdı!

Ankara'da sürpriz bir buluşma oldu, genelkurmay eski başkanı Hilmi Özkök, cumhurbaşkanı Gül'ü ziyaret etti, çıkışta gazeteciler mikrofon uzattı, "paşaların tutuklanması"yla alakalı görüşünü sordular.
"Kasaptaki ete soğan doğramam" dedi.
Herhalde kozmik özdeyişti!
Çünkü ne anlama geldiğini kimse bilmiyordu. Dereyi görmeden paçaları sıvamam, doğmamış çocuğa don biçmem, fol yok yumurta yok biliniyordu ama, kasaptaki ete soğan doğramam"ı bugüne kadar ne duyan vardı, ne bilen.
Koskoca genelkurmay başkanı bile aman kendisine bulaşmasınlar diye böyle kenardan kenardan açıklamalar yapıyordu, Türk Silahlı Kuvvetleri'nin ayvayı yediği net olarak belli olmuştu!

TBMM başkanı Bülent Arınç, partisinin düşüncesini net olarak izah etti, "Türkiye bağırsaklarını temizliyor" dedi.
Türk ordusuna "bok" olarak bakıyorlardı.

Ergenekon iddianamesi kabul edildi.
Ergenekoncuların aslında Agarta diye bir tarikata mensup oldukları, bu tarikatı kuranların milattan önce 9 bin yılında Atlas Okyanusu'nda batan Atlantis kentinden karaya çıktıkları, Asya'ya gelip Tiyenşan dağlarının mağaralarına yerleştikleri gibi, akılalmaz saçmalıklar vardı. 2006 yılındaki Danıştay baskınını filan boşverdik, 1930 yılında Menemen'de Kubilay'ın kafasını kesenlerin bile Ergenekoncu olduğu öne sürülüyordu.

Türkiye ilk kez "gizli tanık" kavramıyla tanıştı.
17 gizli tanık vardı, kimlikleri kodlanmıştı.
Dava, Silivri Cezaevi'nde görülecekti.
Cezaevine mahkeme kurulmuştu.
İddianamenin eklerinde yüzbinlerce sayfa telefon dinleme kaydı vardı, kimisinde Mehmet Ağar'ın Tayyip Erdoğan'dan 60 milyon dolar aldığı iddia ediliyordu, kimisinde Deniz Baykal'a 5 milyon dolar götürüldüğü öne sürülüyordu, saçma sapan kahvehane muhabbetleri "delil" kabul edilmişti, birbirini hiç tanımayan insanlar, kimliği belirsiz ihbar mektuplarıyla "örgüt üyesi" haline gelivermişti.

Ergenekon'un örgüt şeması Tuncay Güney diye birinin evinde bulunan altı çuval belgeye dayandırılıyordu. Tuncay Güney, 2001 yılında polis şefi Adil Serdar Saçan tarafından dolandırıcılıktan gözaltına alınmış, evinden bu belgeler çıkmış, serbest bırakılmış, o saçma sapan belgelerle alakalı herhangi bir işlem yapılmamıştı.

Şimdi aynı Tuncay Güney, Kanada'daydı.

Kipa takmış, zülüf uzatmıştı, haham'ım diye dolaşıyordu.

Lise terkti, *Milliyet, Sabah, Akşam* gazetelerinde, Fethullah Gülen cemaatinin Samanyolu televizyonunda muhabir olarak çalışmıştı. 1997'de askere gitmiş, dört ay sonra eşcinsel olduğu gerekçesiyle askerlikten muaf tutulmuştu. ABD, İran, Irak, Lübnan ve Suriye'ye gitmişti, Kahire'de görülen bir casusluk davasında, gıyabında yargılanan ve 15 yıl hapse mahkum edilen Tuncay Bubay isimli Mossad ajanının, aslında Tuncay Güney olduğu öne sürülüyordu. Karmakarışık, kapkaranlık bir tipti. Tarikatlara, cemaatlere yakındı, Emekli Sandığı'ndan maaş aldığı söyleniyordu. *Sabah* gazetesi MİT ajanı olduğunu yazdı, kod adı İpek'ti. İsminin geçtiği resmi bir kontrterör belgesi bile yayınlandı. MİT bu belgeyi doğruladı ama, "elemanımız değil" dedi. *Yeni Şafak* gazetesine röportaj verip, "babamın kim olduğunu MİT'çi Mehmet Eymür'e sorun" demişti. Dolandırıcılıktan sabıkalıydı. ABD'ye nasıl gittiği, Kanada'ya nasıl gittiği, 10 yıllık vizeyi nasıl aldığı, Toronto'da hangi parayla geçimini sağladığı, hangi adreste yaşadığı muammaydı. Üstelik "çakma haham"dı. Toronto'daki sinagoglarda kaydı bile yoktu.

İstanbul Güngören'de peşpeşe iki bomba patladı, 18 kişi can verdi. Suçluyu aramaya hiç gerek yoktu. Yandaş basın anında bulmuştu. "Ergenekon'un işi" manşetleri atıldı.

Kısa süre sonra bombacılar yakalandı, PKK'lı oldukları ortaya çıktı, "Ergenekon'un işi" diye yazan gazeteler PKK'lılardan hiç bahsetmedi.

Anayasa Mahkemesi tarihi kararı açıkladı.

AKP'nin laiklik karşıtı eylemlerin odağı olduğu ilan edildi.

Ama, kapatılmadı.

Hazine yardımının kesilmesine hükmedildi.

Altı üye kapatılsın demişti.

Dört üye hazine yardımı kesilsin demişti.

Kapatılması için yedi oy gerekiyordu.

Laiklik ilkesi, Anayasamıza göre değiştirilmesi teklif bile edilemeyen hükümler arasındaydı. Ama, laiklik karşıtı eylemlerin odağı ilan edilen AKP, devleti yönetmeye devam edecekti.
E, bundan sonra olacakları tahmin etmek hiç de zor değildi.

İlker Başbuğ genelkurmay başkanı oldu.
Emekliye ayrılan Yaşar Büyükanıt'a zırhlı Audi alındı.
400 bin euroydu, Almanya'dan askeri uçakla getirilmişti.
Güya, Yaşar Büyükanıt e-muhtırayla AKP'yi tehdit etmişti.
O halde bu Audi hediyesi, ne perhiz ne lahana turşusuydu?

Konya'nın Balcılar beldesinde kaçak Kuran kursunun yurdunda gaz kaçağından patlama oldu, bina çöktü, 17'si kız çocuğu, 18 insanımız can verdi.
Ne milli eğitimin izni vardı, ne diyanetin izni vardı, ne deprem raporu vardı, ne itfaiye raporu vardı, gariban çocuklar kaderlerine terk edilmişti. Takdiri ilahi deyip geçtiler. 18 cenaze, sıfır şikayetti.

Suriye lideri Beşar Esad, ailece Bodrum'a geldi.
Tayyip Erdoğan tarafından ailece karşılandı.
Canciğer kuzu sarmasıydılar.
Hep beraber Rixos Oteli'nde kaldılar.
Bu tatil sırasında özel villada kalan Tayyip Erdoğan'ın ilk kez "şortlu" fotoğrafı çekildi, paparazziler çoook uzaktan çaktırmadan yakalamıştı.
Şak... Rixos Oteli'ne 8 metre yüksekliğinde 70 metre uzunluğunda perde çekildi. Perde arkasında tatil yaptılar.

Tayyip Erdoğan'ın tatili nedeniyle Rixos Oteli'nin sahibi Fettah Tamince gündeme geldi, kim bu diye merak edildi.
Fettah Tamince kendi kendini tanıttı.
"Hanutçuluktan servet kazandım, Kürt'üm, Türklüğümle gurur duyuyorum, Atatürk'e sevgim her gün artıyor, Fethullah Hoca benim için idoldür, sık sık Pensilvanya'ya gidip ziyaret ediyorum, 12 yaşımdayken Van'da hocaefendi'nin misyonunu temsil eden insanlarla görüşmeye başladım, lisedeyken vaazlarını dinlemek için Antalya'dan İzmir'e giderdim, hocaefendi'nin önderlik ettiği Türk-Rus dostluk

derneği olan Tolerans Eğitim Vakfı'nın kurucularındanım, okullarına gönülden destek oluyorum" dedi.

Abdullah Gül, cumhurbaşkanı yetkisiyle Erbakan'ı affetti.
27 defa hacca giden Necmettin Erbakan, genel başkanı olduğu Refah Partisi'nin bir trilyon liralık hazine yardımını zimmetine geçirmekten yargılanmıştı, 2 yıl 4 ay hapse mahkum olmuştu, sürekli hastalık raporu almış, bu raporla mahkumiyeti ev hapsine çevrilmişti. Abdullah Gül tarafından komple affedilince, Erbakan hakkındaki siyaset yasağı da kaldırılmış oldu, Saadet Partisi genel başkanlığına seçildi.
AKP ne yapıp edip Erbakan'ı hoş tutmaya çalışıyordu.
Çünkü, Erbakan kendisini adeta sırtından hançerleyerek, Refah Partisi'nden ayrılarak AKP'yi kuran eski çırakları hakkında çok ağır konuşuyordu.
"AKP'ye oy vermek kendini bıçaklamak demektir" diyordu.
"AKP'ye oy vermek cehenneme bilet almak gibidir" diyordu.
"AKP'ye oy vermek İsrail'e oy vermektir" diyordu.
"AKP'yi siyonistler iktidara getirdi" diyordu.
"Tayyip Erdoğan siyonizmin kasiyeridir" diyordu.

Almanya'da Deniz Feneri davası patladı.
Frankfurt Mahkemesi'ne kelepçeyle getirildiler, şakır şakır itiraf ettiler, derneğin başkanı Mehmet Taşkan "gurbetçilerden topladıkları bağışlarla kendilerine arsa aldıklarını, gemi aldıklarını" söyledi, muhasebe sorumlusu Firdevsi Ermiş, paravan şirketler kurduklarını, Almanya'dan tokatladıkları paraları kuryelerle Türkiye'ye götürüp, RTÜK başkanı Zahid Akman'a teslim ettiklerini anlattı. Dernekle işbirliği yapan Euro 7 televizyonunun genel müdürü Mehmet Gürhan "arsalar aldık, şirketler kurduk, bağış paralarını kâr amacıyla kullandık" diyordu.
Alman savcının iddianamesinde açık açık "Türk hükümeti siyasi etki yapmaya çalıştı, tutukluluğa engel olmaya çalıştı" deniyordu.
Almanya Deniz Feneri'nin İstanbul'daki vekalet işlemlerini İstanbul 10'uncu Noteri İsmet Büyükkılınç hallediyordu, bu noter arkadaş AKP'li büyükşehir belediyesinin sattığı konutların kura çekilişini de organize ediyordu, AKP'den milletvekili aday adayıydı.

Hürriyet gazetesi bu davayı manşet yaptı. Vay sen misin yapan...
Tayyip Erdoğan küplere bindi, Aydın Doğan'a yüklendi, "iftira kampanyası yapıyorlar, Hilton Oteli'nde istediği tadilatları belediyeme yaptıramadığı için bu adımları atıyor" dedi.
Aydın Doğan cevap verdi. "Başbakana gittim, Ceyhan'da rafineri yapmak istiyorum dedim, orayı bizim Çalık'a söz verdik dedi, sonra bana Hilton'u sordu, orayı ne yapacaksın dedi, şu anda ne yapacağımı bilmiyorum, yenilenmesi lazım dedim, o da bana belediye başkanıyla konuşayım dedi, yani Hilton için gitmedim, konuyu kendisi açtı, şantaj başbakanlara yakışan bir şey değildir" dedi.
Bunun üzerine, Tayyip Erdoğan boykot çağrısı yaptı.
"Bu gazeteleri evinize sokmayın" dedi.
Deniz Feneri davasının haber yapılmasını istemiyordu.
Deniz Feneri'ni niye savunduğunu kimse soramıyordu!
Yandaş medyada koro halinde yayın başladı.
Aydın Doğan'ın vergi kaçırdığı yazılıyordu.
Hürriyet birinci sayfasından cevap verdi.
"Cüce, yandaş, sahibinin sesi, besleme basın" dedi.
"Kalleşçe pusu kuruyorlar" dedi.
"Babıali'nin DNA'sı bozuldu, genlerine fesat yerleştirildi" dedi.
Çarşı karışmıştı.
Şak...
Aydın Doğan'a vergi kaçırdığı gerekçesiyle, dünya basın tarihinde görülmemiş oranda, o günkü döviz kuruyla 500 milyon dolar ceza kesildi. Halbuki, vergi kaçakçısı denilen Aydın Doğan, son 10 yılda 8 defa Türkiye vergi rekortmeni olmuştu.
Uzun lafın kısası, yazmayacaksın.
Mesaj buydu.

Travesti kraliçesi Sisi, Ergenekon'dan gözaltına alındı.
Muvazzaf teğmenler tutuklandı.
Tuncay Özkan tutuklandı.
Eski polis şefi Adil Serdar Saçan tutuklandı.
Deniz Feneri gündemi değişiverdi!
Bundan böyle, böyle devam edecekti, bir Deniz Feneri, bir Ergenekon, bir kapatma davası, bir Ergenekon diye gidecekti, AKP aleyhine tek kelime haber çıktığında, Ergenekon'la gündem saptırılıyordu.

Ermeni açılımı yapıldı.
Dünya Kupası elemelerinde Ermenistan'la aynı gruba düşmüştük. Cumhurbaşkanı Abdullah Gül milli maç için Ermenistan'a gitti, tribünden seyretti. Hrant Dink cinayetinin hassasiyeti çok tazeydi. Bu hassasiyet "açılım fırsatı" olarak alet edilmişti. "Türkiye'yi soykırımla suçlayan Ermenistan'a niye gidiliyor?" diye soranlara, anında "ırkçı" damgası yapıştırılıyordu, susturuluyordu.
Kendi kendilerini "aydın" ilan eden bazı tipler "Ermenilerden Özür Diliyorum" kampanyası başlattı, utanmasalar "soykırımı tanıyoruz" diyeceklerdi. Cumhurbaşkanı Gül derhal destek verdi, bu tür kampanyaların doğal karşılanması gerektiğini söyledi.
CHP İzmir Milletvekili Canan Arıtman, ortalığı ayağa kaldıran bir iddiayı dile getirdi, "Abdullah Gül'ün anne tarafından etnik kökenini araştırın, neden bu kampanyaya destek verdiğini görürsünüz, Gül'ün annesinin Ermeni olduğunu İzmir'deki dayısı Doktor Ahmet Satoğlu asistanlarına söylemiş" dedi. Buyrun burdan yakın... Abdullah Gül açıklama yaptı, "ailemizin kayıtlı geçmişi Müslüman ve Türk'tür" dedi. Canan Arıtman'a bir liralık tazminat davası açtı, kazandı.

Can Dündar'ın yazıp yönettiği "Mustafa" belgeseli 29 Ekim'de vizyona girdi. Mustafa Kemal'i sarhoş, hoyrat, kalpsiz, itiraz edeni asan, milleti küçümseyen, Batı hayranı, dinsiz, megaloman, bencil, basiretsiz, psikolojik bunalımda bir adam olarak gösteriyordu.

Mustafa belgeselinin vizyona girdiği hafta, CIA casusu Graham Fuller'ın "Yeni Türkiye Cumhuriyeti" isimli kitabı piyasaya çıktı. İkinci cumhuriyetçiler bu kitabı yere göğe sığdıramıyordu, televizyonlarda ballandıra ballandıra reklamını yapıyorlar, herkesin okumasını tavsiye ediyorlardı. Bu kitapta, AKP'ye övgüler düzülüyor, Kemalist Türkiye'nin Müslümanlığa zarar verdiği anlatılıyordu.

Obama, ABD başkanı seçildi.
Beyaz Saray'a ilk kez "siyah" oturuyordu.
AKP hemen siyah'larla türban'lılar arasında paralellik kurdu, Türkiye'de olduğu gibi ABD'de de mazlumların kazandığını filan anlatıyorlardı. Utanmasalar, Harvardlı Obama'ya "Arap Bacı" muamelesi yapacaklardı. Yalaka medyamız, Obama'nın müslüman olduğunu, o yüzden Türk dostu olduğu palavralarını yazıyordu.

Bush, başkanlığı devretmeden Irak'a gitti.
İşgal ettiği ülkeye veda ziyareti yapıyordu.
Iraklı gazeteci Muntazır el Zeydi, basın toplantısında ayakkabılarını çıkardı, Bush'un kafasına fırlattı. Amerikalılar geldi diye sevinip, Saddam heykellerini şıpıdık terlikleriyle döven Iraklılar anca uyanmıştı ama, iş işten çoktaaan geçmişti.

York Düşesi Sarah Ferguson, kurucusu olduğu İngiliz Çocuk Esirgeme Vakfı adına Türkiye'ye geldi, Ankara Saray Rehabilitasyon Merkezi'nde gizli kamerayla çekim yaptı, zihinsel engelli kimsesiz çocuklarımıza nasıl kötü davranıldığını görüntüledi, İngiltere'de ITN televizyonunda yayınladı. İçler acısıydı. Çocuklar karyolalara bağlanıyor, itilip kakılıyor, kafes benzeri yerlere tıkılıyordu.
Hem kahrolmuştuk, hem dünyaya rezil olmuştuk.
AKP derhal diplomatik kriz çıkardı.
Düşes, Türk düşmanı ilan edildi.
Mahkemeye verildi, 22 yıl hapsi istendi.
Netice?
Neticede elbette rezaletin üstü örtüldü, sayın ahalimiz unuttu, Düşes hakkında açılan dava düşürüldü, dünyaya rezil olmamız hiç önemli değildi, yeter ki sayın ahalimiz bu tür gerçekleri görmesindi!

Yerel seçim yaklaşırken, adrese dayalı kayıt sistemine geçildi.
Yeni seçmen kütüğü oluşturuldu.
Şak, seçmen sayısı aniden 6 milyon kişi arttı. 2007 seçiminde, yani sadece bir yıl önce 42 milyon olan seçmen sayısı, 48 milyona çıkıvermişti.
Üstelik, bu seçimde ilk kez parmak boyası kullanılmayacaktı.

(Hile yapılmasını engellemek için 1987'den beri "seçim mürekkebi" kullanılıyordu, Hindistan'dan ithal ediliyordu, oy kullanıldıktan sonra sandık görevlisi tarafından bir parmağa sürülüyordu, ne kadar yıkanırsa yıkansın en az üç gün çıkmıyordu. AKP hükümeti 2009 seçimi öncesinde bu uygulamaya son verdi. 2009 seçiminden itibaren artık her seçimde "sahte oy, mükerrer oy" tartışması yaşanacaktı.)

Mezardan seçmen fışkırmaya başladı.
20 yıl önce vefat etmiş vatandaşlar bile seçmen listelerinde görünüyordu, 30 yıldır aynı mahallede oturan, aynı sandıkta oy kullanan vatandaşlar seçmen listelerinde görünmüyordu, yaşayanlar buhar olmuş, ölüler seçmen oluvermişti. Komple yok kabul edilen, bir kişisi bile seçmen yazılmayan mahalleler, köyler vardı.
Şak... Türkiye İstatistik Kurumu genelge yayınladı, 60 günlük yasal süre doldu dedi, seçmen kütüklerinin hukuki dayanağı olan Adrese Dayalı Nüfus Kayıt Sistemi belgelerinin imha edilmesini istedi. Belgeleri derhal kıyma makineleriyle imha ettiler.
Bu saatten sonra "kanıt" görmek isteyen, rüyasında görürdü.
Yerel seçimin akıbeti belli olmuştu!

Hakkari Aktütün karakolu basıldı, 17 şehit verdik.
Şehitlerimizi defnettiğimiz gün, hava kuvvetleri komutanı Aydoğan Babaoğlu'nun Antalya Serik'te turnuvaya katılıp, golf oynadığı ortaya çıktı. Komutan özür dileyeceğine, pişkin pişkin savundu, "saldırının hemen sonrasında hava harekatının emrini bizzat buradan verdim, Aktütün'e mi gitseydim?" dedi.
Mustafa Kemal "istikbal göklerdedir" demişti ama...
Artık istikbal "golflerde"ydi!

Memlekette kan gövdeyi götürürken, neredeyse kimsenin can güvenliği kalmamışken, Birleşmiş Milletler "Güvenlik" Konseyi geçici üyeliğine seçildik.
AKP, tarihi başarı olarak anlatıyordu.
Yalaka medyamız "gurur günümüz" manşetleri atıyordu.
Halbuki... Afrika'dan sadece Uganda aday olmuş, Uganda seçilmişti. Asya'dan Japonya ve İran aday olmuştu, İran'ı seçecek halleri yok, Japonya seçilmişti. Latin Amerika'dan sadece Meksika aday olmuş, Meksika seçilmişti. Avrupa'dan sadece Türkiye, Avusturya ve İzlanda aday olmuştu, İzlanda o yıl ekonomik olarak iflas etmişti, geriye kala kala Türkiye ve Avusturya kalmıştı, Türkiye ve Avusturya'yı seçmişlerdi, başka aday yoktu. Çünkü, veto hakkı bile olmayan, tırışkadan bir makam olduğunu dünya alem biliyordu.
Buna rağmen, sayın ahalimize "tarihi başarı, gurur günümüz, dünya bize hayran, dünyanın güvenliği bize emanet" diye kakalanıyordu.

Dünyayı koruyoruz ayaklarıyla, Somali'ye savaş gemisi gönderdik. Somalili korsanlar, Aden Körfezi'nde geleni geçeni kaçırıyor, fidye pazarlığı yapıyordu. İki de Türk gemisi kaçırmışlardı.
NATO deniz gücü kapsamında, Gökova ve Gaziantep fırkateynleri bölgeye gitti. Komutanları, Ender Kahya ve Cem Okyay'dı.
Türkiye'nin gurur duyduğu bu iki kurmay albayımızı, üç yıl sonra Maltepe Askeri Cezaevi'nde ziyaret edeceğim, hiç aklıma gelmezdi.
Balyoz kumpasına gün sayılıyordu.

Ergenekon tsunami gibiydi, dalga dalga vuruyordu.
Yargıtay Onursal Başsavcısı Sabih Kanadoğlu'nun evi basıldı. Henüz evi basılmadan, evinin basıldığını TRT'den öğrenmişti. Devletin televizyonu "kahin" gibiydi! Neler olacağını önceden duyuruyordu.

Bir yarbayın evi basıldı. "Kroki bulduk" denildi, güya krokiden iz sürüldü, Ankara Zir Vadisi'ndeki metruk bir evin kuyusundan el bombaları ve plastik patlayıcılar çıkarıldı. Yarbay isyan etti, "kroki benim değil, el yazımı TÜBİTAK incelesin, karşılaştırsın, polisin bulduğu malzemeyi oraya aynı polisler koydu" dedi. Dinleyen yoktu. Peşpeşe krokiler ele geçiriliyor, topraktan adeta cephanelik fışkırıyor, kazı çalışmaları TRT'den naklen yayınlanıyordu. Her akşam televizyon karşısına oturuyor, dizi seyreder gibi, cephanelik kazılarını, lav silahlarını, el bombalarını seyrediyorduk.

(Ergenekon definecileri bile türemişti. Üç uyanık mesela, fırsat bu fırsat diyerek, Ankara Altındağ'da "krokiden cephane arıyoruz" ayağıyla şakır şakır kaçak kazı yaptı. Kazı faaliyetleri olağan hale geldiği için kimse şüphelenmedi, ihbar edilmedi. Üç metre derine indiler, Roma dönemine ait 50 milyon dolarlık sikkeler-yüzükler buldular. Neyse ki, satmaya çalışırken polis tarafından enselendiler.)

Emekli albay Levent Göktaş tutuklandı. Bordo bereli efsane subaydı, TSK'da üç tane üstün cesaret madalyasına sahip tek askerdi, emekli olduktan sonra avukatlık yapmaya başlamıştı. Bürosu basıldı. "DVD bulduk" denildi, o DVD'den devlete ait gizli belgelerin çıktığı öne sürüldü. Albay Göktaş yalanladı, "kesinlikle bana ait değil, büroma nasıl geldi bilmiyorum" dedi ama, o esrarengiz DVD, Ergenekon davasının omurgasını oluşturacaktı.

(Levent Göktaş, Ergenekon'dan 5 yıl hapis yatacak, çıkacak, 13 yıl sonra, 2022 yılında, Hablemitoğlu cinayetinden tutuklanacaktı.)

Sahte haham Tuncay Güney, devletin televizyonu TRT'ye çıkarıldı. "Ergenekon'un kara kutusu" diye sunuldu. Genelkurmay başkanlarına çeteci, Deniz Baykal'a MİT ajanı dedi, ne belgesi vardı, ne kanıtı, bulaştırabildiği kadar bulaştırıyordu.

(Bu karanlık sahte haham, 2009'da ortadan kaybolacak, 2013'te yeniden piyasaya çıkacak, pişman olduğunu anlatacak, "Ergenekon davası bir projeydi, vicdanen rahatsızım, verdiğim ifadeler geçersizdir, devlet beni kullandı" diyecekti.)

Haysiyet cellatlığı başlamıştı.
İsimler ortaya atılıyor, manşetlerden infaz ediliyordu. Köşe yazılarında tutuklanması gerekenlerin (!) listeleri yayınlanıyordu. Adeta Nazi Almanyası'ndaki gibi kapılar işaretleniyordu.
PKK itirafçısının biri, Güneydoğu'daki faili meçhul cinayetlerin sorumlusu olarak emekli Albay Abdülkerim Kırca'yı gösterdi, AKP medyası derhal "Ergenekoncu" ilan etti, albay bu iftiraları okudu, onuruna yediremedi, beylik tabancasıyla canına kıydı.
PKK tanıklığıyla ölüme gönderilen bu albay, PKK kurşunuyla tekerlekli sandalyeye mahkum olmuştu, teröristlerle çatışırken yaralanmış, felç kalmış, Cumhurbaşkanı Sezer'in elinden "Devlet Övünç Madalyası" almıştı. Madalyalı kahramanlarımız işte böyle imha ediliyordu.

Türk Metal Sendikası başkanı Mustafa Özbek tutuklandı. Gözaltına alınan Profesör Uçkun Geray ağır hastaydı, tedavi gördüğü hastanede vefat etti. Akademisyen, başsavcı, işadamı, sendikacı, gazeteci, subay, polis, her mesleğe, her işkoluna gözdağı veriliyordu. "Sabahın köründe polis kapımın zilini çalar mı" korkusu, salgın haline gelmişti.
Herkes sırada kim var'ı merak ediyordu.
Hatta, basına açık bir toplantı sırasında tesadüfen kameralara yakalanan Rahmi Koç bile yanında oturan kişiye "acaba bizi de alırlar mı?" diye fısıldıyordu. Rahmi Koç'u almayacaklardı ama, pek yakında Rahmi

Koç Müzesi'nde sergilenen denizaltıda patlayıcı madde bulunacak, Ergenekon davasına dahil edilecekti!
Koç Ailesi bile işte böyle üstü kapalı tehdit ediliyordu.

CHP lideri Baykal, İstanbul büyükşehir belediye başkanlığına Kemal Kılıçdaroğlu'nu aday gösterdi. Aslında Ankara'dan aday olması bekleniyordu. Çünkü, kısa süre önce Melih Gökçek'i yolsuzlukla suçlamıştı, Uğur Dündar tarafından Melih Gökçek'le birlikte Star Haber'de yüzleşmeye davet edilmiş, canlı yayında karşı karşıya gelmişlerdi. Elbette biri ak demiş, öbürü kara demiş, tartışma neticeye bağlanmamıştı ama, Kılıçdaroğlu'nun özellikle Ankara'daki popüleritesi tavana vurmuştu.
Melih Gökçek'ten önce de yine Uğur Dündar'ın sunuculuğunda TBMM çatısı altında AKP genel başkan yardımcısı Dengir Mir Mehmet Fırat'la yüzleşmişti, o canlı yayında da şöhreti yükselmişti.
Adeta sihirli bir el düğmeye basmıştı, o güne kadar silik bir profil çizen Kılıçdaroğlu parlatılmaya başlanmıştı, gazetelerde televizyonlarda en çok haberi yapılan CHP milletvekili haline gelmişti. Yolsuzlukla mücadele kahramanı gibi sunuluyordu, AKP'yle başa çıkabilen tek milletvekili gibi pazarlanıyordu.

(İsveç'te Amerikan John Hopkins Üniversitesi'yle ortak çalışan İpekyolu Enstitüsü adında bir düşünce kuruluşu var. Washington'da ve Stockholm'de ofisleri bulunan bu kuruluş, Amerikan Dış Politika Konseyi'ne bağlı olarak faaliyet gösteriyor. Orta Asya ve Kafkasya üzerine analizler yapıyor, olası senaryolar üzerine raporlar hazırlıyor.
Bu dolaylı Amerikan kuruluşunun 2008 yılında yazdığı bir senaryo raporu vardı. Söz konusu senaryoya göre, Deniz Baykal'ın parti genel başkanlığından ayrılmaya mecbur edileceği, onun yerine Kılıçdaroğlu'nun geleceği, Kılıçdaroğlu'nun parti politikalarını tamamen değiştireceği anlatılıyordu. Özetle, Türkiye'de ana muhalefetin nasıl dizayn edileceğini anlatıyordu. 2008 yılında Türkiye'de çok çok az kişinin haberdar olduğu bu tuhaf rapor, o dönemde elbette hiç önemsenmemişti. Ama... Sayın medyamız 2009 başından itibaren adeta sihirli bir el değmişçesine Kılıçdaroğlu'nu parlatmaya, kamuoyunu hazırlamaya başlamıştı. 2010'da, senaryo denilenler birebir gerçek olacaktı.)

(Kılıçdaroğlu'nu CHP milletvekili yapması için Deniz Baykal'a öneren kişi, Ethem Sancak'tı, o güne kadar CHP üyesi bile değildi, Ethem Sancak'ın referansıyla partiye üye kaydı yapılmıştı.
Kılıçdaroğlu'nun siyasi hayatı boyunca sakladığı, saklamaya çalıştığı bir sırdı bu... AKP yandaşı işadamı Ethem Sancak'a Tayyip Erdoğan tarafından BMC verilecek, tank fabrikası verilecek, Ethem Sancak defalarca Türkiye gündemine gelecek, CHP tarafından kıyasıya eleştirilecekti ama, Kılıçdaroğlu bu kayıt meselesinden hiç bahsetmeyecekti, Ethem Sancak'ı tanımazlıktan gelecekti.)

Obama yemin etti, Beyaz Saray'ı devraldı.
Bir hafta sonra "van münüts" patladı.

Tayyip Erdoğan Davos'a gitmişti, Ortadoğu Barış Modeli adıyla panel düzenlenmişti, aniden yanında oturan İsrail cumhurbaşkanı Şimon Peres'e döndü, "çocukları nasıl öldürdüğünüzü biliyorum, siz öldürmeyi iyi bilirsiniz" diye bağırdı, salon buz kesmişti, panelin moderatörü *Washington Post* yazarı David Ignatius'tu, müdahale etmeye kalktı, Tayyip Erdoğan "van münüts" dedi, moderatörün elini ittirdi, "daha da gelmem Davos'a" diyerek kalktı, gitti.

> *(Aslında, Davos programında böyle bir panel yoktu. Sürpriz şekilde son saniyede programa ilave edilmişti. Kim istemişti bu panelin düzenlenmesini biliyor musunuz... Tayyip Erdoğan istemişti. Çünkü, Cumhuriyetçi Bush'tan Demokrat Obama'ya geçişle birlikte, Türkiye'nin dış politikadaki rolü belli olmuştu, Tayyip Erdoğan'ın İsrail karşıtı Arap ülkelerindeki itibarı artırılacaktı. Arap ülkeleri pek yakında Arap Baharı'yla karmakarışık hale gelecek, o ülkelerde ABD dışişleri bakanı yerine "müslüman" Tayyip Erdoğan kullanılacaktı.)*

İstanbul'da coşkulu kalabalıkla karşılandı.
"Davos Fatihi" pankartları açıldı.
Hem İsrail'den "cesaret madalyası" vardı.
Hem de İsrail'e fırça kaydığı için "kahraman" ilan edilmişti!

(Türk heyetinin Davos organizasyonunu Ahmet Davutoğlu yürütüyordu, o zamanlar sadece büyükelçi sıfatı taşıyordu, perde arkasındaydı, iyi iş başarmıştı, ödüllendirildi, van münüts'ten üç ay sonra milletvekili bile olmadığı halde dışişleri bakanı yapıldı.)

(Obama iktidarı boyunca, 8 yılda, Arap Baharı ayaklarıyla Tunus, Libya, Mısır, Suriye domino taşları gibi devrilecekti, Tunus'ta yönetim değişecek, Kaddafi linç edilecek, Mısır'da darbe üstüne darbe olacak, Suriye'de iç savaş çıkarılacak, IŞİD icat edilecek, iki milyondan fazla müslüman ölecek, 10 milyondan fazla müslüman mülteci olacaktı. Tüm bunlar yaşanırken, bir yanda "selamünaleyküm" dediği için müslüman zannedilen Obama olacak, bir yanda Davos Fatihimiz olacaktı. Ve, Obama'nın görev süresi bitince, van münüts de derhal sona erecek, Türkiye yeniden İsrail'le "dost" olacaktı.)

(Van münüts meselesinde gözden kaçan bir nokta daha vardı. Hiç kimse yabancı dil bilmek zorunda değildir, yabancı dil bilmemek ayıp değildir, küçültücü değildir, imkanı olan öğrenir, imkanı olmayan öğrenemez. Ancak... TBMM'nin milletvekili albümünde, Tayyip Erdoğan'ın özgeçmişinde "İngilizce bildiği" yazıyordu. Tayyip Erdoğan'ın bildiği İngilizce, van münüts kadardı.)

İstanbul'dan havalanan THY uçağı, Amsterdam'a inerken, pistin başındaki tarlaya düştü, üçü pilot, dokuz kişi hayatını kaybetti. İrtifa cihazı arızalanmıştı, uçak 594 metre yüksekteyken, sanki iki metreye inmiş gibi göstermişti, otomatik pilot da tekerlekler yere değmek üzere diye algılayıp, gazı kesmişti. Kaptan pilot derhal müdahale etmeye çalışmıştı ama, aniden gazı kesilen uçak toparlayamamış, gövde üstü yere yapışmıştı.

Sonra?

Sonra, tuhaf olaylar silsilesi yaşandı.

Uçağın enkazı balina gibi yatıyor, yaralı yolcular sürüne sürüne çıkmaya çalışıyor, televizyonlar canlı yayınlıyor, ama kimse yardıma gitmiyordu. Dakikalar geçiyor, ambulanslar ısrarla bekliyordu, sağlık ekipleri bile aprona girmiyordu.

Çünkü...

Pistin ve apronun çevresi Amerikalılar tarafından sarılmıştı!

Silahlı Amerikalı ajanlar kimseyi yaklaştırmıyordu.

Hatta, THY'nin Schiphol havalimanında görevli bir Türk personeli yaralılara yardım etmek için koşmuştu, yakasında aprona giriş kartı bulunmasına rağmen, Amerikalılar tarafından engellenmiş, ısrar edince, yere yatırılmış, kelepçelenmiş, bir saat depoda tutulmuştu.
Bir saatten fazla bölgeye kimse sokulmadı.
Bilahare vaziyet anlaşıldı.
Hayatını kaybeden yolculardan dördü, Amerikalıydı.
Boeing etiketiyle seyahat ediyorlardı.
Boeing'de çalışıyor görünüyorlardı.
CIA ajanıydılar.
Türkiye'de görevliydiler.
Amsterdam üzerinden Seattle'a gidiyorlardı.
Hollanda basını detayları duyurmaya başlamıştı. Amerikalıların dizüstü bilgisayarlarında "yeni bir radar sisteminin askeri üssüne ait planlar, teknik bilgiler" vardı!
THY uçağı düşer düşmez, ABD'nin Lahey büyükelçiliği alarm vermişti, acilen havalimanına yönlendirilen silahlı CIA ekipleri, Hollanda polisini bile devre dışına çıkarıp, pisti-apronu kapatmış, havalimanına giriş çıkışı durdurmuşlardı. Eşzamanlı olarak, Almanya Frankfurt'tan acilen özel uçak kalkmış, uzman CIA ekibi Amsterdam'a inmişti.
Frankfurt ekibi yoldayken, Schiphol havalimanındaki CIA ekibi, gövdesi üçe bölünmüş halde yatan THY uçağına girmiş, hayatını kaybeden Amerikalı yolcuları bulmuş, dizüstü bilgisayarlarına el koymuştu.
Dizüstü bilgisayarları, Frankfurt'tan gelen ekibe teslim edildi.
Bu kritik işlem bitene kadar yaralılara bile müdahale edilemedi.
Amsterdam havalimanı uçuşa kapatılmıştı. Olay yerinde muhabiri bulunmayan Türk basınının doğal olarak ilk birkaç saat içinde yaşananlardan haberi yoktu. Ama Hollanda basını oradaydı, merakla kurcalıyorlardı. Neler oluyor diye soruyorlardı.
Hollanda savcılığı kısacık iki cümleyle kestirdi attı.
"Amerikalı yolcuların dizüstü bilgisayarlarında gizli askeri bilgiler vardı, ABD'nin iade istemi yerine getirildi" açıklaması yapıldı.

(Acaba gerçekten kaza mıydı?
Yoksa asıl hedef, askeri sırları taşıyan Amerikalılar mıydı?
Pilotlar ve kabin görevlisi haricinde sadece beş kişi ölmüştü, bu beş kişiden dördünün CIA personeli olması talihsizlik miydi?
Bilemeyiz.

Bildiğimiz şu...
Kürecik radar üssü'nün planlarını taşıyorlardı!
Çünkü, kazanın yaşandığı şubat 2009 tarihi itibarıyla Türk milletinin henüz haberi yoktu ama, Büyük Ortadoğu Projesi'nin eşbaşkanı olan AKP hükümeti, ABD'yle gizli gizli iş tutuyordu. Malatya Kürecik'e radar üssü kuruluyordu.)

(Aslına bakarsanız, Amerikalılar, Malatya Kürecik'e tee 1965 yılında radar istasyonu kurmuştu. Neden illa Kürecik derseniz... Coğrafyadaki yeri eşsizdi, görüş alanı idealdi.
Soğuk Savaş boyunca Sovyetler'e karşı kullandılar.
Soğuk savaş sona erince, füzelere yönelik hassas teçhizatı söktüler, Kürecik'i boşalttılar, Türkiye'ye devrettiler, Türk Silahlı Kuvvetleri tarafından 226 numaralı hava radar komutanlığı olarak kullanılıyordu, Kürecik defteri kapanmıştı.
Ama, 2008 yılında Pentagon pozisyon değiştirdi.
NATO bünyesinde "füze kalkanı" kurulması için düğmeye basıldı.
Sayın hükümetimiz NATO zirvesinde kuzu kuzu imzaladı, Türkiye topraklarında erken uyarı radar sistemi kurulmasına onay verdi.
2009 yılında hâlâ Türk milletinden gizleniyordu ama, THY uçağı Amsterdam'da düştüğünde, Kürecik'in inşaatı başlamıştı.)

(Kürecik radar üssü'nü iğneden ipliğe Amerikan askeri personeli kurdu. 2012 yılında açıldı. Kağıt üzerinde NATO'ya aitmiş gibi görünür ama, Amerikan Ordusu'nun malıdır. Komuta merkezi Diyarbakır hava üssü'nde konuşludur. ABD Avrupa Ordusu'na bağlıdır.
2 bin 300 kilometre hassas menzile sahip olduğu söyleniyor.
Elbette uzaydan da görüyorlar ama, özellikle İran'dan İsrail'e yönelen füzelerin rotasını buradan takip etmek çok daha garantili bulunuyor. Kürecik'ten elde edilen veriler, anbean Polonya ve Romanya'da konuşlu radar üslerine iletiliyor.
Kürecik radar üssü'nde, teknik işleri yönetmek üzere, 50'den fazla Amerikalı asker görev yapıyor. İç güvenlik de Amerikan askerleri tarafından sağlanıyor. Yani, Türkiye topraklarında ama, Türkiye'nin içeri girmesi yasak... İçerde neler oluyor, sadece Amerikalılar biliyor.
Türkiye Cumhuriyeti, anca tel örgülerin dışında nöbet tutuyor, aman ha tel örgülerden içeri kimse girmesin diye koruma görevi yapıyor.)

Kazaya geri dönersek... Uçağımızın düştüğü haberi geldi. THY hemen acil durum merkezi kurdu. Ailelere haber vermek üzere yolcu listesi hazırlandı. THY kayıtlarına göre 127 yolcu ve yedi personel vardı. Türk basınına açıklama yapıldı. "127 yolcu ve yedi personel" denildi. Türk basınının tamamı aynı bilgiyi kullandı. "127 yolcu ve yedi personel" diye haber yapıldı.

Gel gör ki, otopsiler bir türlü bitmiyordu.

Cenazeler bir türlü teslim edilmiyordu.

Niye?

Niyesi şuydu... Hollanda'nın elindeki listeye göre, uçakta 127 değil, 128 yolcu olması gerekiyordu, ölenler, yaralı kurtulanlar tek tek sayılıyor, bir kişi eksik çıkıyordu, bir kişi kayıptı!

Bu mümkün müydü?

Nasıl oluyor da THY listelerinde görünmüyordu?

Nasıl oluyor da, Hollanda'nın elindeki listede bulunuyordu?

Kimdi bu esrarengiz kayıp yolcu?

THY yönetimi çelişkili listeleri netleştirmeye çalışırken, sürpriz bir gelişme oldu, THY yönetim kurulu başkanı Hamdi Topçu'ya sürpriz bir ziyaretçi geldi, Amerikalıydı, CIA ajanıydı!

Hamdi Topçu çok şaşırmıştı, toplantı odasına buyur etti.

CIA ajanı gayet rahat şekilde "sayın başkan" dedi...

"Sizin aradığınız kişi, sizin uçaktan çıktı, Los Angeles'a uçtu!"

THY yöneticileri şoke olmuştu, duyduklarına inanamıyorlardı.

CIA ajanının kimliğini istediler.

"Sakıncası yoksa, fotokopisini alabilir miyiz?" dediler.

Ajan gayet rahattı.

"Hay hay buyrun alın" dedi.

Kimlik fotokopisi devletin ilgili birimlerine iletildi.

Acilen sorgulatıldı, teyit edildi, evet, sürpriz konuk CIA ajanıydı.

Hepsi iyi de... THY uçağının Amsterdam'a düşmesiyle, Amsterdam'dan Los Angeles'a gitmek üzere havalanan uçak arasında sadece 45 dakika vardı, Amsterdam havalimanı uçuşa kapatıldığı için, Los Angeles uçağının havalanmadığını herkes biliyordu. Üstelik, Los Angeles uçağının vaktinde havalandığını bile kabul etsek, düşen uçaktan çıkan yolcunun, koşa koşa terminale girip, yeni bilet alıp, Los Angeles uçağına binmesi mantıklı mıydı?

CIA ajanı büst gibi oturuyordu.

Esrarengiz yolcunun aranmasından vazgeçildi.

Cenazeler teslim edildi.
Filmlere, romanlara, belgesellere konu edilmesi gereken sırlarla dolu uçak kazası, hay Allah talihsizlik işte denildi, geçildi!

Cemaate yakın internet sitelerinde imzasız bir haber patladı.
Kayseri garnizon komutanı Tümgeneral Rıdvan Ulugüler'in, Ergenekoncu olduğu, halkı fişlediği iddia ediliyordu.
Genelkurmay soruşturma açtı.
İki astsubay tutuklandı.
Tutuklanan astsubaylardan biri itiraf etti, Fethullah Gülen cemaatinin Işık Evi'nde kaldığını, Işık Evi'ndeki ağabeylerinin isteğiyle tümgeneral adına sahte emir yazdığını söyledi, kendisine flash bellek verildiğini, yüzbaşının şifresini kırarak garnizon bilgisayarına giriş yaptığını, flash bellekteki word dosyasını sisteme kopyaladığını, bilgisayarı kapatıp, flash belleği iade ettiğini anlattı.
Hadise kabak gibi ortadaydı.
TSK'nın neredeyse bütün komuta kademesini Silivri'ye gönderecek olan bilgisayarlı komplolar zincirinin ilk halkasıydı, işaret fişeğiydi.
Ama seçime sadece üç gün kalmıştı, herkes seçimle meşgul olduğu için bu kumpas arka sayfalarda küçücük haberlerle kaynadı gitti, basınımızda saman alevi kadar değer bulmadı.
İki yıl sonra...
Bu astsubay serbest bırakılacak.
Bu tümgeneral hapse tıkılacaktı!

Savcılık emriyle tüm bankalara yazı gönderildi. Ergenekon sanıklarının kiralık kasası olup olmadığı soruldu. Gayet normaldi. Anormal tarafı şuydu... Savcılığın 143 kişilik listesinde, Ergenekon davasında sanık olmayan Profesör Türkan Saylan ve Profesör Mehmet Haberal'ın isimleri vardı! Perşembenin gelişiydi.

Seçime iki gün kala, ikinci Ergenekon iddianamesi kabul edildi. Sarıkız, Ayışığı, Yakamoz, Eldiven isimleriyle darbe planları yapıldığı, Hilmi Özkök'ün son anda önlediği, darbeci kadrolaşmanın bugün de devam ettiği öne sürülüyordu.
Seçime işte bu atmosferde gidiliyordu.
AKP güya gene mağdur'du.
Oy'a tahvil etmek için zamanlama gene mükemmeldi.

Seçime iki gün kala, BBP genel başkanı Muhsin Yazıcıoğlu'nu taşıyan helikopter, Kahramanmaraş'tan Yozgat'a gelirken, dağlık alana düştü.
İhlas Haber Ajansı muhabiri İsmail Güneş helikopterdeydi. Cep telefonuyla 112'yi aradı. "Herkes öldü galiba, diğerlerinden ses yok, burada donacağız, her taraf sis, kar, kötüyüm, ayağım kırık, yerimizi hala tespit edemediniz mi?" diye yardım istedi.
Yürekleri parçalayan bu çaresiz telefon kaydı televizyonlarda yayınlanıyordu ama, nereye düştükleri bir türlü bulunamıyordu.
Geceyarısı saat ikiye kadar üç ayrı telefondan sinyal alındı.
11 helikopter, bir uçak, 2 bin askerle arama yapılıyordu.
Keş Dağı'nın ısrarla kuzeyi aranıyordu.
Canlı yayınlara çıkan köylüler "dağın yanlış tarafında arama yapıyorlar, olsa olsa güneyindedir" diye bağırıyor, dinletemiyorlardı.
Türkiye'de hemen herkesin telefonu dinleniyor, kimin hangi saniyede nerede olduğu biliniyor, hatta kapalı haldeki telefonlardan bile mikrofon gibi kayıt yapılabiliyordu ama, muhabir İsmail'in 112'yi aramasına rağmen, üç ayrı telefondan sinyal alınmasına rağmen, her nasılsa helikopterin yeri bulunamıyordu.
Köylüler baktılar ki dinletemiyorlar, arama yapılan bölgenin tam aksi istikametine kendileri gittiler ve enkazı tam olarak söyledikleri yerde buldular.
47 saat geçmiş, iş işten geçmişti.
Cenazelerin üstünde iki parmak kalınlığında buz vardı.
Helikopterin burnu parçalanmıştı.
Ama, gövdesi komple sağlam duruyordu.
Muhsin Yazıcıoğlu'yla birlikte dört cenaze, helikopterin yakınında bulundu, gazeteci İsmail Güneş'in cesedi anca ertesi gün bulunabildi, kopan koltuğu kızak yapıp, kırık bacağıyla yokuş aşağı kaymaya çalışmış, 500 metre kadar gidebilmiş, bir kaya dibine sığınmaya gayret etmişti. Diğerleri ilk darbede hayatını kaybettiyse bile, düzgün arama yapılsaydı, en azından İsmail'in kurtulması mümkündü.

Anadolu Ajansı, helikopterin düştüğü gün, "kurtarma ekipleri olay yerine ulaştı, Muhsin Yazıcıoğlu yaralı, şuuru açık, henüz hastaneye kaldırılmadı" şeklinde bir haber servis etmişti, bu haberi Kayseri Valisi Mevlüt Bilici'nin açıklamasına dayandırmıştı.

Sekiz gün sonra, aynı Anadolu Ajansı "haberimiz teyit edilmemiştir" diyerek, söz konusu haberi iptal ettiğini duyurdu.
Bu kitabın yayınlandığı 2023 yılında bile hâlâ muammaydı.

---

29 Mart 2009.
AKP'nin sloganı "Sen Türkiyesin Büyük Düşün"dü.
Türkiye düşündü, yerel seçim için sandığa gidildi.
AKP iki yıl önceki genel seçime oranla yüzde 8 oy kaybına uğradı, Ege ve Akdeniz sahilleri komple CHP olmuştu, MHP yükselmişti, Adana, Balıkesir, Manisa, Uşak, Isparta, Osmaniye'yi almıştı.

CHP ülke genelinde oy patlaması yapmıştı ama, İstanbul'a aday olan Kemal Kılıçdaroğlu kaybetmişti, kaybettiği ilk seçimdi.
Kaybetmesine rağmen medyada korunuyordu, İstanbul'da CHP'nin oylarını arttırdığı söyleniyor, başarı hikayesi olarak sunuluyordu, seçim kaybeden herkes tarihten silinirken, seçim kaybeden Kılıçdaroğlu'nun kredisi yükseliyordu!

Kabine revizyonu yapıldı.
Mehmet Şimşek maliye bakanı oldu.
Majestelerinin vatandaşıydı.
Batman Gercüş'ün Arıca köyünde doğmuştu, imam hatip mezunuydu, Etibank bursuyla İngiltere'ye gitmiş, Exeter'de ekonomi yüksek lisansı yapmış, Amerika Birleşik Devletleri'nin Ankara Büyükelçiliği'nde işe girmiş, dört yıl burada çalışmış, ABD'de oturma izni alıp, New York'a taşınmış, UBS Bank'ta çalışmış, yatırım danışmanlık şirketi Merill Lynch'e geçerek, Londra'ya yerleşmişti.
Cumhuriyet tarihinin ilk ve tek "İngiliz vatandaşı" bakanıydı.

Ahmet Davutoğlu, dışişleri bakanı oldu.
Milletvekili bile değildi, hariciye'ye hariçten gazel olmuştu.

Tayyip Erdoğan'a yeni uçak alındı.
55 milyon dolarcıktı.

Obama Türkiye'ye geldi.
ABD Başkanı sıfatıyla yaptığı ilk yurtdışı gezisiydi. "İslam'la savaşta değiliz, ailemde Müslümanlar var, Türkiye ziyaretini mesaj vermek amacıyla yapıp yapmadığımı soruyorlar, cevabım evet" dedi.
Evet'i Türkçe söylemişti.
Mesaj açıktı.
Ortadoğu filminde üstleneceğimiz "ılımlı İslam rolü" tescillenmişti.
Anıtkabir'e uğrayacak diye Misak-ı Milli kulesine oda parfümü sıkıldı, Çankaya Köşkü'nde dip köşe temizlik yapıldı. Cumhurbaşkanı Gül, vişneli yaprak sarması, peynirli suböreği, içliköfte, tava lagos, deniz börülcesi, enginarlı mantı, safran sosu gezdirilmiş limon kremalı fıstıklı baklava, nevzine ve kaymaklı ayva tatlısıyla, corvus teneira ve sarafin cabernet sauvignon şarapları ikram etti. TBMM'ye geçen ABD başkanına bizzat TBMM başkanımız tarafından gümüş tepside çifte kavrulmuş lokum tattırıldı, turkuaz çini tabak hediye edildi.
Normalde Meclis'e pek uğramayan milletvekillerimiz, iki saat önceden yerlerine oturdu, ABD başkanı girer girmez ayağa fırlayarak dakikalarca alkışladılar, coşkuyla alkışlamaktan avuçları kızardı, çıkışta hatıra fotoğrafı çektirmek için kuyruğa girdiler.
İstanbul'a geçen ABD başkanına Dolmabahçe Sarayı Müsabihan Köşkü'nde sanat musikisi dinletisi sunuldu. ABD başkanıyla Tayyip Erdoğan müzik dinlerken elele oturdular, duygulu anlar yaşandı.
ABD başkanı nezaketen müziği dinliyormuş gibi yaptı, şu enstrümanın ismi ne diye sordu, kanun dediler, ağırlama heyetinden biri sırıtarak espri yaptı, kanun ama mecliste çıkardığımız kanunlardan değil dedi, ABD başkanı gülmedi.
Havayı yumuşatmak için ud'la country parça çalmaya başladılar.
ABD başkanı daha fazla dayanamadı, kalkalım artık dedi.
Sultanahmet Camisi'ne geçen ABD başkanı, kapıda ayakkabılarını çıkardı, Müslüman aleminin gönlünü fethetti, sayın ahalimizden ağlayanlar oldu.
ABD başkanının çoraplı ayakları akşam ana haber bültenlerinde azz sonra'yla duyuruldu, kapıda çıkardığı ayakkabılarının önden, yandan, yukardan, her açıdan görüntüleri yayınlandı, 45 numaraydı, ayakkabıları mobese kamerasından gösteren televizyon bile oldu.
ABD başkanı Ayasofya'ya girerken, sütunun kenarında oturan sokak kedisinin kafasını okşadı, şırrak, kediyi canlı yayına çıkardılar!
"Gli" isimli mübarek kedinin şaşı olduğu, daha önce Ayasofya'yı ziyaret eden Papa tarafından okşanarak kutsandığı anlaşıldı.
Ntv'ye bir emekli diplomat çıkardılar.

ABD başkanının hayvan sevgisini anlattı.
Tophane-i Amire'ye geçerek, üniversite öğrencilerine konuşan ABD başkanı, sanki beş vakit namaz kılıyormuş gibi "ezandan önce bitirelim" dedi, duygu sağanağı yaşandı, ABD başkanının ezana hürmetinden ötürü gözyaşlarına boğulanlar oldu.
Habertürk'e bir ilahiyatçı çıkardılar.
ABD başkanlarının namaza olan saygısını anlattı.
Adanalı kebapçılar beş koyun keserek yaptıkları beş metrelik kebabı ABD başkanına ithaf edip, Beyaz Saray'a gönderdi. Bartınlı ev kadınları, belediye binası önünde basın açıklaması yaparak, ABD başkanının eşi first leydiye tel kırma işlemeli şal postaladı. Ceyhanlı bir vatandaşımız, haber ajansları aracılığıyla duyurdu, ABD başkanının kızlarına cooker cinsi yavru köpek hediye edeceğini müjdeledi.
Ama, Sivas esnafı daha atik davranmıştı, kangal yavrularının çoktan gönderildiği açıklandı. Van'ın Gürpınar ilçesine bağlı Çavuştepe köyünde 44'üncü ABD başkanı şerefine 44 kurban kesildi, alınlarına sürüldü, davul zurnayla halay çekildi, Çavuştepe sakinleri adına Cnntürk'e konuşan Abdülkerim Kulaz "Obama'nın her zaman arkasındayız, çocuklarına da bir gözü mavi, bir gözü sarı Van kedisi hediye edeceğiz" dedi. Samsunlu yerel sanatçı, gövdesine "Mister Obama" kazıttığı kemençeyi ABD büyükelçiliğine gönderdi. Konyalı kunduracı ABD başkanına özel ayakkabı imal etti, seçimi kazanırsa bir çift göndereceğim diye kendi kendime söz vermiştim dedi.
Vezirköprülü el sanatları öğretmeni, ABD başkanının ailesine seccade, yemeni ve Osmanlı yeleği tasarladı. Beyşehirli balıkçılar, buğulama yapsınlar diye, Air Force One uçağına 6.5 kilo sazan gönderdi.
"İyi de bu balıklar yolda kokmaz mı?" diye sorulunca, "bi şeycik olmaz, strafor kutularda buzladık" dediler. Zonguldaklı emekli işçi, Devrek bastonu kargoladı. Deri konfeksiyoncuları derneği, ABD başkanına siyah deri ceket yaptırdı, Susurluk kuzu derisinden yapılan ceketin astarı şile bezinden, düğmeleri buffalo boynuzundandı. Halı ihracatçıları birliği, ABD başkanına özel halı dokuttu, sekiz ayda hazırlandı, düğümleri Bursa ipeğinden yapıldı. Bir baklava firması, ABD başkanı için özel, kuş üzümlü, fıstıklı, çikolatalı baklava icat etti, "Obama Baklava" ismini Türk Patent Enstitüsü'ne tescil ettirdi, ABD başkanının kaldığı otele gönderdi. Bir aydınlatma firması, ABD başkanına abajur hediye etti, abajarun ismi "umudun ışığı"ydı, ABD başkanının dünyayı aydınlatmasını sembolize ediyordu. Vakko, ABD başkanına kadife kumaştan, lale motifli kravat hediye etti, first leydi

için de Kanuni Sultan Süleyman tuğralı, Haliç desenli eşarp tasarlandı. Uzaylı sanatçımız Mustafa Topaloğlu şarkı yazdı, "Hello Obama, hoşgeldin başkanlığa, durdur bu savaşları, bitsin artık gözyaşları, geri getir umutları" şeklindeki klibini yayınladı, hit oldu. Siirt valisi, ABD başkanına İngilizce tweet attı, "ben Türkiye'de valiyim, sizi seviyorum, hayatınız ve başkanlığınız çok başarılı, sizin gibi olmayı umut ediyorum" diye yazdı. Akp yağdanlığı yalaka gazetelerimiz "I love Obama" başlıklarıyla çıktı.

Gerçekten utanç vericiydi.

Obama'yı uğurladık.
Profesör Mehmet Haberal, Profesör Fatih Hilmioğlu, Profesör Ferit Bernay, Profesör Mustafa Yurtkuran, Profesör Erol Manisalı, Profesör Ayşe Yüksel tutuklandı. Mustafa Balbay tutuklandı. Çağdaş Yaşamı Destekleme Derneği Başkanı Profesör Türkan Saylan'ın evi basıldı, Profesör Osman Metin Öztürk gözaltına alındı.
Çağdaş Yaşamı Destekleme Derneği, Atatürkçü Düşünce Derneği, Çağdaş Eğitim Vakfı adeta "terörist yatağı"ymış gibi aranıyordu. Atatürk posterine, Nutuk'a "delil" diye el konuluyordu. Çağdaş Eğitim Vakfı'ndan burs verilen öğrencileri bile gözaltına alıyorlardı.
Deniz Feneri'ne öyle, Çağdaş Eğitim'e böyleydi.

O gün... Genelkurmay Başkanı İlker Başbuğ, harp akademilerinde konuştu, dinleyiciler arasında genelkurmay eski başkanları İsmail Hakkı Karadayı, Hüseyin Kıvrıkoğlu ve Yaşar Büyükanıt vardı, Hilmi Özkök gelmemişti. İlk defa "irtica" yerine "cemaat" vurgusu yaptı. "Bazı din eksenli cemaatler, güçlü konuma geldiğine inanıyorlar, bu tip cemaatler hedeflerine ulaşmakta en büyük engel olarak TSK'yı görüyor, TSK aleyhine faaliyette bulunuyorlar" dedi.

Yine o gün... Genelkurmay'ın bilgisayarları hacker saldırısına uğradı, üç ayrı adresten bilgisayarlara girilmiş, bilgiler kopyalanmıştı, giriş yapılan adreslerden biri basıldı, Deniz Baykal'ın şoförünün evi çıktı iyi mi... Uzmanlar inceledi, elbette şoför kopyalama filan yapmamıştı, haberi bile yoktu, kablosuz ağ üzerinden sanki onun bilgisayarından giriş yapılmış gibi gösterilmişti. Esrarengiz işler oluyordu.

Hukuk guguk haline getirilirken, Anayasa Mahkemesi'nin yeni binası hizmete girdi, kapısındaki hukuk sembolü heykel değiştirilmişti, gözü bağlı adalet tanrıçası Themis kaldırılmış, onun yerine gözleri açık, şalvarlı, gerdanlıklı bir Anadolu kızının heykeli konulmuştu.
Tarafsız kalsın diye, adaletinin terazisi şaşmasın diye gözü bağlı olan hukuk, "açıkgöz" hukuka dönüşmüştü!
İstanbul Poyrazköy'de SAT komutanlığının eğitim alanında kazı yapıldı, toprağa gömülü halde lav silahları, el bombaları bulundu, Ergenekon'a ait denildi, Kardak krizinde adaya Türk bayrağını diken albay Ali Türkşen dahil, onlarca SAT subayı tutuklandı.
Poyrazköy'deki arazi, Bedrettin Dalan'ın kurucusu olduğu İstek Vakfı'na aitti, SİT alanı olduğu için boş duruyor, 15 yıldır SAT komutanlığı tarafından kullanılıyordu. "Dalan'ın cephaneliği bulundu" manşetleri atıldı. Artık mahkemeye, savcıya-hakime filan gerek yoktu, medyada idam sehpaları kurulmuştu.

İstanbul Bostancı'da hücreevi basıldı, bir emniyet amiri ve yoldan geçen bir vatandaş vurularak hayatını kaybetti, yedi polis ve bir gazeteci yaralandı. Operasyon skandalıydı. Alt tarafı bir terörist vardı, öldürülene kadar altı saat çatışma olmuştu.
Devrimci Karargah diye, o güne kadar adı sanı duyulmamış bir örgüttü, çok yakında gündeme bomba gibi düşecekti.

Ergenekon savcıları İzmir'e gitti.
Hilmi Özkök'ün ifadesini aldılar, beraber yemek yediler. Herkesin evini basıp, yaka paça adliyeye götürürlerken, Hilmi Özkök'ün ayağına gidiliyordu. Herkesin ifadesi yandaş medyada çarşaf çarşaf yayınlanırken, Hilmi Özkök'ün ifadesinden kelime bile sızmıyordu.

İlker Başbuğ basın toplantısı düzenledi.
"Ahlaksızca yayınlar yapılıyor, TSK'nın hiçbir yerde gömülü silahı veya mühimmatı yoktur, kazılarda bulunan silahların hiçbiri TSK envanterine dahil değildir, MKE'nin ürettiği el bombaları sadece TSK'ya verilmiyor, Emniyet'e de veriliyor, kafile numaralarından takip ediyoruz, bizim mühimmat eksiğimiz yok" dedi.
Boş bir lav silahını gazetecilere gösterdi.
"İşe yaramaz, niye paketlenip gömülmüş?" diye sordu.
Türk ordusu, terörist olmadığını kanıtlamaya çalışıyordu!

TSK'nın iftiralarla kolu bükülürken, "başkomutan" sıfatını taşıyan cumhurbaşkanı Gül sürpriz bir açıklama yaptı, "Kürt meselesinde tarihi fırsat var, ümitliyim, çözüm hiç bu kadar yakın olmamıştı" dedi.
TSK'yla mücadele, PKK'yla müzakere yapılıyordu.

ABD eski başkanı Reagan'ın anıları kitap olarak yayınlandı. Bizimle alakalı bölüm hazindi. "Bir Türk askeri yılda 6 bin dolara mal oluyor, onun yerine Amerikan askeri koymak zorunda kalırsak, maliyet 90 bin dolara çıkıyor" diyordu. Savaş bölgelerine Conilerin yerine neden Mehmetlerin sürüldüğü bundan daha net izah edilemezdi!

Profesör Türkan Saylan vefat etti.
Ömrünü gariban kız çocuklarının eğitim almasına adamıştı, 36 bin kız çocuğunun hayatına dokunmuştu, okumalarını, meslek sahibi olmalarını sağlamıştı, 29 bin üniversite öğrencisine burs vermiş, 28 kız yurdu, 56 okul yaptırmıştı, Atatürk ilke ve devrimlerini korumak amacıyla kurulan Çağdaş Yaşamı Destekleme Derneği'nin başkanıydı, Kardelen projesiyle, Baba Beni Okula Gönder kampanyasıyla toplumsal bilinci artırmıştı.
Gözaltına alındığında kemoterapi görüyordu.
Cenaze töreni çok kalabalıktı, adeta miting gibiydi.
Sadece AKP hükümeti katılmadı.
Hatta, kızlarımızın eğitimine ömrünü veren "kadın"ın cenazesine "kadın milli eğitim bakanı" bile katılmadı. Muammer Güler İstanbul valisiydi, katılmadı. Çiçek bile göndermediler. Başsağlığı bile yayınlamadılar. Toprağa verildiği gün, yandaş medyada utanmadan "lezbiyen, terörist, fahişe, dinsiz, Ergenekoncu, misyoner, Amerikan ajanı, komünist" diye yazdılar.
Sadece Türkan Saylan gibi bir büyük değerini değil, örfünü adetini de kaybetmişti Türkiye, musalla taşında bile senden-benden ayrımı yapıyorlardı.
Zincirlikuyu'da defnedildi. Kabristandaki belediye işçisi Halil Düldül her gün mezarını sulayıp, başucunda dua ediyordu. Çünkü, kızı üniversitede okuyordu, Türkan Saylan'ın bursu sayesinde okuyordu.

Suriye sınırımızdaki mayınlar temizlenmeye başladı.
Niye?

"Ottawa Sözleşmesi'ne imza attık, o yüzden" deniyordu.
İran sınırımızda da mayın var, niye oradan başlanmıyor?
"Suriye sınırımızda organik tarım yapılacak" deniyordu.

(Organik tarımla kaçak mülteci hasat edilecekti! Mayınsız, tehlikesiz güzergah yaratılıyordu. Suriye'de iç savaş çıkartılacak, milyonlarca Suriyeli o temizlenen araziden yürüye yürüye Türkiye'ye girecekti.)

"Dersim 1938 ve Zorunlu İskan" isimli kitap piyasaya çıktı; Atatürk ve İnönü döneminde Tunceli'de vahşetler yaşandığını iddia ediyordu. Kitabın yazarı henüz ünlü değildi, Hüseyin Aygün'dü.

(Pek yakında CHP'de kaset bombası patlayacak, "ben Dersimli Kemal'im" diyen Kılıçdaroğlu genel başkan olacak, Hüseyin Aygün'ü Dersim dedikleri Tunceli'den CHP milletvekili yapacaktı.)

Taraf gazetesinin manşeti gündeme bomba gibi düştü.
Genelkurmay karargahında "AKP ve Fethullah Gülen'i bitirme planı" hazırlandığını yazdılar, kurmay albay Dursun Çiçek imzalı bir belge yayınladılar.
Bu belgenin Ergenekon'dan tutuklanan gazi üsteğmen Serdar Öztürk'ün avukatlık bürosunda ele geçirildiği söyleniyordu. Serdar Öztürk gerçek bir kahramandı, 1994'te PKK'yla çatışırken sol gözünü kaybetmiş, Devlet Övünç Madalyası almıştı, iki yıl hastanede yatmış, defalarca ameliyat olmuş, malulen emekli edilmiş, hukuk fakültesini kazanıp, avukat olmuştu. "Benim böyle bir belgeden haberim yok, o belgeyi oraya cemaatçi polisler koymuştur" diyordu. Ama, psikolojik ortam çoktaaan hazırlanmıştı, subay söylüyorsa yalan söylüyordur, polis söylüyorsa kesinlikle doğru söylüyordur diye inanılıyordu.

(Balyoz/Ergenekon kumpaslarının tetikçiliğini yapan Taraf gazetesi, 2007 yılında yayın hayatına başlamıştı. Psikolojik harp gazetesiydi. Alkım Yayınevi'ne aitti. Genel yayın yönetmeni Ahmet Altan, yardımcısı Yasemin Çongar'dı. Washington'da gazetecilik yapan Yasemin Çongar'ın eşi Amerikalıydı, elbette yalanlanıyordu ama, CIA personeli olduğu iddia ediliyordu. Etyen Mahçupyan, Murat Belge, Sevan Nişanyan, Halil Berktay, Elif Çakır, Alper Görmüş, Oral Çalışlar,

Amberin Zaman, Leyla İpekçi gibi, Fethullah Gülen cemaatinden –polis kökenli– Emre Uslu, Önder Aytaç gibi yazarları vardı. Entelektüel faaliyet kisvesiyle, İkinci Cumhuriyet pazarlıyorlardı.)

Genelkurmay başkanı İlker Başbuğ, kuvvet komutanlarıyla birlikte karargahta basın toplantısı düzenledi, *Taraf* gazetesinin yayımladığı fotokopi belge için "kağıt parçası" dedi. "TSK'ya karşı medya üzerinden asimetrik psikolojik harekat yürütülüyor" dedi.

İşte tam bu atmosferde, Tayyip Erdoğan polis eğitim merkezi'ne gitti, "rejimin güvencesi polistir" dedi. Askerin karşısına polisi koymuştu.

O geceyarısı... Muvazzaf subayların sivil mahkemede yargılanmasını sağlayan yasa çıkarıldı, cumhurbaşkanı Gül anında onayladı. Subaylarımızı kanıtsız/belgesiz iftiralarla, cemaatçi savcıların cemaatçi hakimlerin önüne atmanın yolunu açmışlardı.

Tayyip Erdoğan "Kürt açılımı başlatıyoruz" dedi.
Kürt açılımı her nedense Polis Akademisi'nde açılmıştı.
Kürt açılımının "yol haritası" toplantısı yapıldı. Hasan Cemal, Cengiz Çandar, Oral Çalışlar, Mümtazer Türköne, Mustafa Karaalioğlu, Fehmi Koru gibi gazetecilerle AKP'li akademisyenler katıldı.

O gün, Tayyip Erdoğan'ın küçük oğlu Bilal, bedelli askerliğini tamamladı. Döviz ödemişti, 21 gün askerlik yapmıştı. Terhis oldu, sırtına Türk Bayrağı bağlayarak kışladan çıktı, sanırsın vatan kurtaran aslandı, Burdur valisi tarafından uğurlandı, başbakanlık koruma ekibi eşliğinde Antalya'ya gitti.

(Bilal'i törenle uğurlayan Burdur valisi İbrahim Özçimen, AKP tarafından vali yapılmıştı, 15 Temmuz darbe girişiminden sonra tutuklandı, çünkü cemaatçiydi, 8 yıl hapse mahkum edildi. Madalyalı subaylarımızın kumpaslarla hapse tıkıldığı dönemde, Türk Bayrağı'yla pozlar veren sözde vatanseverler (!) işte bunlardı.)

Cumhurbaşkanı Gül, Bitlis'e gitti.
Açılıma anadil açılımını ilave etti.
Güroymak ilçesine "Norşin" dedi.

AKP medyasında ve cemaat medyasında büyük baskı yapılıyordu, açılımı kayıtsız şartsız desteklersen "demokrat" diyorlardı, bu neyin açılımı kardeşim diye sorarsan "ırkçı" damgası yapıştırıyorlardı.
Açılımın sloganı "analar ağlamasın"dı. Detayları belirsiz açılıma itiraz edenlere "analar ağlasın mı istiyorsun" deniyor, susturuluyordu.
Sezen Aksu mesela, Tayyip Erdoğan'ı telefonla aradı, "annemle babamla konuştum, bu sürecin karşısında duranları iki cihanda lekeli kabul ediyoruz" dedi, yandaş *Sabah* gazetesinde manşet oldu.

("Baba" vurgusu çok önemliydi. Çünkü, kamuoyunun haberi yoktu ama, Sezen Aksu'nun babası, Fethullah Gülen cemaatinin en önemli okulu, İzmir Yamanlar Koleji'nin kurucu müdürüydü.)

Açılım başladığından beri yoğun şehit geliyordu. Birinci sayfalarda yer verilmiyordu. Şehit haberleri alenen sansürleniyordu. Şehit aileleri Edirnekapı Şehitliği'nde buluşup, ortak basın açıklaması yapmak istedi, valilik yasakladı iyi mi... Açılım, şehitliği kapatmıştı.

Ramazan ayı geldi. Her ramazanda binlerce insanımızın sirke ve ekmekle gittiği Oruç Baba'nın çakma Oruç Baba olduğu ortaya çıktı. Ziyaret edildiği Şehremini'deki türbesinde değil, Eyüp'teki dergahta yattığı anlaşıldı. Ama, çakma adresi ziyaret edenlerin sayısında bir kişi bile azalma olmadı.
Diyanet işleri başkanı, hacılarımızın kargoya yüklediği zemzem sularının Suudi Arabistan izin vermediği için sınırda döküldüğünü, Türkiye'de yeniden doldurulduğunu, insanlarımızın "zemzem" diye Şekerpınar suyu içtiğini açıkladı. Ama, Suudi Arabistan'dan zemzem diye getirilen sularda bir litre bile azalma olmadı.

AKP'den tarihi vergi cezası yiyen, AKP tarafından imha edilmekten korkan *Hürriyet* gazetesinde, AKP'ye şirin görünmek için tuhaf gelişmeler yaşanıyordu.
Hürriyet yazarı Ayşe Arman türban taktı, sokaklarda türbanla dolaştı, haşemayla denize girdi, gözlemlerini yazdı. Türk basınının amiral gemisi hidayete ermişti!
Hürriyet genel yayın yönetmeni Ertuğrul Özkök, *Hürriyet* yazarı Ahmet Hakan'la birlikte umre'ye gitti, Kabe'yi tavaf ettiler, hicret yolunu katettiler, "Peygamber'in İzinde" başlığıyla yazı dizisi yaptılar.

(İmam hatip lisesi ve ilahiyat fakültesi mezunu olan Ahmet Hakan, daha önce de kutsal topraklara gittiğini, o günkü yol arkadaşının Ahmet Davutoğlu olduğunu açıklamıştı. Ahmet Davutoğlu'nu siyaset dünyası tanımıyordu ama, Yeni Şafak gazetesinden transfer edilen Ahmet Hakan hacca gidecek kadar yakından tanıyordu.)

Ertuğrul Özkök deveye bindi, Ahmet Hakan kafasına kefiye taktı, deveyi ipinden çekerek Ertuğrul Özkök'ü dolaştırdı.
Ertuğrul Özkök, hurma, takke ve tespih aldı, Ahmet Hakan da *Hürriyet* başyazarı Oktay Ekşi'ye hediye etmek üzere seccade getirdi.

Maalesef, olmayacak duaya amin gibiydi. "Peygamber'in İzinde" yazı dizisinin bittiği gün, Aydın Doğan'a 3.7 milyar liralık yeni vergi cezası kesildi. Uzan Ailesi hukuk dışı yöntemlerle linç edilirken keyifli manşetler atan Doğan Grubu, şimdi yandım Allah diyordu. Tayyip Erdoğan hızını alamadı, Aydın Doğan'ı gangster Al Capone'a benzetti. Ayşe Arman türbanı boşuna takmıştı!

Grip salgını başladı, domuz gribiydi.
Meksika'da peyda olmuş, ABD'den Avrupa'ya sıçramıştı.
Sağlık bakanı Recep Akdağ çıktı, "domuz gribi salgını çok ciddi, aşı yapılmazsa beş bin kişi ölecek, aşı yapılırsa bile 400 kişi ölecek" dedi.
Kırım Kongo kanamalı ateşi hastalığından onlarca insan ölürken "pantolon paçalarını çoraba sokun" diyecek kadar rahat olan sağlık bakanımız, domuz gribinden henüz ölüm bile yokken, her nedense "43 milyon aşı almamız lazım, 21 milyon kişiye bulaşacak, 5 bin kişi ölebilir" diyordu.
Panik başladı.
Nezle olan, ölüyorum diye hastaneye koşuyordu.
Doktorlar ikiye bölünmüştü, kimisi "mutlaka aşı yaptırın" diyordu, kimisi "hiç gerek yok" diyordu, kafalar allak bullaktı. Gripten daha çok, korku salgını yaşanıyordu.
Sağlık bakanımız yangına körükle gidiyordu.
"Beş ay kimseyle öpüşmeyin" diyordu.

(Milli eğitim bakanlığı dezenfekte etmek için Türkiye'deki bütün okulları dört günlüğüne tatil etti, takvimde başka gün yokmuş gibi tam o tarihe denk getirdiler, okullarda 29 Ekim törenleri yapılamadı!)

Sağlık bakanlığı 43 milyon doz aşı sipariş etmişti, tamamı ithaldi. MHP'li eski sağlık bakanı Osman Durmuş çıktı, bu aşılarda "adjuvan" diye bir madde olduğunu, öldürücü yan etkileri olabileceğini söyledi, "Türk milleti kobay olarak kullanılıyor" dedi.
Hakikaten öyle görünüyordu, ABD Federal İlaç Dairesi domuz gribi aşılarında söz konusu maddeye kesinlikle izin vermiyordu, Türkiye'ye Fransa'dan getirilen aşılarda ise o madde vardı. Hatta Almanya başbakanı Merkel'in bile ABD'deki aşıyı tercih ettiği ortaya çıkmıştı, özellikle hamileler ve çocuklar için riskten bahsediliyordu.
Bunlar yetmezmiş gibi, dinci basın "domuz gribi aşısında domuz hücreleri bulunduğunu" iddia etti, çarşı iyice karıştı. Diyanet'in telefonları kilitlendi, "aşı caiz mi?" diye soruyorlardı.
Sağlık bakanı aşı oldu.
Cumhurbaşkanı ve başbakan'ın da aşı olacağı duyuruldu.
Tayyip Erdoğan'ın tepesi attı, sağlık bakanını fırçaladı. "Ben aşı olmayı düşünmüyorum, bu iş cebren olmaz, kimseyi zorlayamazsın, hemen açıklamalarını düzelt" dedi.
Tayyip Erdoğan "aşı olmam" deyince, yalaka basınımızdaki domuz gribi haberleri bıçak gibi kesildi. O dakikadan itibaren domuz gribinden ölenleri gizliyorlar, zatürreeden öldü diyorlardı.
Niye 43 milyon doz aşı ithal edildi?
Kaç euro ödendi?
Bu tarihi skandal, ihalesiyle/ithalatıyla muamma olarak kaldı.
Halının altına süpürüldü.
Sadece 4 milyon kişi aşı olmuştu.
Aşıların gerisi çöp oldu.
Bir bölümü Filistin'e gönderildi.
Tayyip Erdoğan'ın reddettiği aşılarla Filistin'e jest yapmıştık!

Ve... Açılımın PKK açılımı olduğu ortaya çıktı.
Kandil'den ve Kuzey Irak'taki Mahmur Kampı'ndan gelen 34 terörist, Habur sınır kapısından yürüye yürüye giriş yaptı. Üniformalıydılar. Sadece silahları yoktu. 50 bin kişiyle karşılandılar. Cumhurbaşkanı, Başbakan ve TBMM Başkanı'na birer mektup getirmişlerdi, Kürt haklarının Anayasal güvence altına alınmasını istiyorlardı.
Türkiye Cumhuriyeti Devleti için çok hazin bir gündü.
Savcılar ve hakimler, teröristlerin ayağına gitti, sınır kapısına çadır mahkemesi kuruldu, "pişmanlık yasasından yararlanabilirsiniz" dediler,

hiçbiri kabul etmedi, "önderlik çağırdı, biz de geldik, herhangi bir konuda pişman değiliz" diyorlardı.
Sıkıysa tutuklayın demeye getiriyorlardı.
Hepsi serbest bırakıldı.
Televizyonlar canlı yayın yapıyordu.
Türk milleti gördüklerine inanamıyordu.
DTP milletvekilleriyle birlikte otobüsün üstüne çıktılar, Diyarbakır'da şehir turu attılar, davullar zurnalar çalınıyor, halaylar çekiliyordu.
Tayyip Erdoğan ne dedi biliyor musunuz?
"Habur'daki manzara karşısında umutlanmamak mümkün mü? Çok güzel şeyler oluyor, umut verici, sevindirici gelişmeler oluyor" dedi.
Yani bi tek madalya takmadığımız kalmıştı!
Aynı gün... Savcılığa imzasız mektup geldi.
İrticayla Mücadele Eylem Planı'nın ıslak imzalı orijinaliydi.
Muhteşem zamanlamaydı.
Habur rezaleti unutuldu.
Gündem yine darbe'ye döndü.

Yandaş gazetelerde Türk Silahlı Kuvvetleri hakkında düşman ordularına bile edilmeyecek hakaretler ediliyordu. "Rezil, mezhep kışkırtıcısı, oligarşik arpalık, işkenceci, iftiracı, asker bu milleti ne zaman sevecek, inkarcı, vatan hainleri, ihanet planı yapıyorlar, pişkin, cunta, suçlu, bunlara silah emanet edilir mi, sahtekarlar, pespaye, mafyatik, lekeli, kepaze, suç şebekesi, ahlaksız sistem, zavallı general, zırva, illegal, saygısız, hastalıklı, şaşı, kör, beceriksiz, hallaç pamuğu gibi atılmalı, garabet, sorumsuz, yola döşenen mayından farksız, gırtlağına kadar battı, kaypak, kirli" diye yazılıyordu.
Kendi ordusundan bu kadar nefret eden gazetecilerin böylesi, İstiklal Savaşı'ndaki mütareke basınında bile görülmemişti.

PKK açılımı için TBMM'de oturum yapıldı.
Israrla 10 Kasım'a denk getirildi.
CHP genel başkan yardımcısı duayen diplomat Onur Öymen, bu oturumda konuştu. "Çanakkale'de Kurtuluş Savaşı'nda Şeyh Sait isyanında Dersim isyanında Kıbrıs'ta analar ağlamadı mı? Hiç kimse çıkıp, analar ağlamasın mücadeleyi durduralım dedi mi?" diye sordu.
Vay sen misin soran... Hedef haline getirildi. Tunceli'de "Hitler Onur Öymen" pankartları açıldı. "Kürt ve Alevi soykırımcısı" ilan edildi.

Kemal Kılıçdaroğlu o gün Tunceli'deydi.
Annesi vefat etmişti, cenaze töreni için oradaydı.
Protestoların merkezinden protestoya katıldı.
Onur Öymen'i istifaya davet etti.
AKP'ye DTP'ye hiç gerek yoktu.
Linç kampanyasında Kılıçdaroğlu başı çekiyordu.

PKK açılımına karşı çıkan CHP, bizzat en popüler milletvekili Kemal Kılıçdaroğlu tarafından köşeye sıkıştırılıyordu. Deniz Baykal, Onur Öymen'i savunurken, Kılıçdaroğlu, Onur Öymen'in CHP'den ayrılması gerektiğini söylüyordu, sayın medyamız Kılıçdaroğlu'nu alkışlıyordu.

(Önceki sayfalarda İpekyolu Enstitüsü'nden kısaca bahsetmiştim. İsveç'te, Amerikan Dış Politika Konseyi'ne bağlı olarak faaliyet gösteren, Kafkaslar ve Türkiye üzerine analizler yayınlayan bir düşünce kuruluşuydu. 2008 yılında Türkiye'yle alakalı bir senaryo raporu hazırlamıştı. Söz konusu senaryoya göre, Deniz Baykal istifaya mecbur edilecek, onun yerine Kemal Kılıçdaroğlu gelecek, parti politikaları tamamen değiştirilecek, bunun karşılığında Avrupa Birliği de CHP'ye destek verecekti. Özetle, zihin jimnastiği kisvesi altında, senaryo adı altında, CHP'nin yeniden dizayn edileceği anlatılıyordu.
İşte bu tuhaf senaryodan haberdar olan ilk kişi, Onur Öymen'di. İpekyolu Enstitüsü'nden bir heyet 2009 yılı başlarında CHP genel başkan yardımcısı Onur Öymen'i ziyaret etmiş, bu raporu sunmuş, CHP ve Türkiye'nin gidişatı hakkındaki görüşlerini sormuşlardı.
Onur Öymen bu tuhaf raporu hiç bekletmeden hem Deniz Baykal'a hem de Kılıçdaroğlu'na götürmüştü, Baykal ciddiye almamış, Kılıçdaroğlu okumuş, hiç tepki vermemişti.
O gün itibarıyla, o raporda senaryo diye anlatılanların, pek yakında birebir gerçek olacağını kimse bilmiyordu. Ama Kılıçdaroğlu, Onur Öymen'in bu tuhaf rapordan haberdar olduğunu biliyordu.
Dersim isyanı üzerinden Onur Öymen'i derhal istifaya davet etmesi, Onur Öymen'in linç edilmesine çanak tutması, bu açıdan çok çok çok önemliydi.
Herkes "ben Dersimli Kemalim" diyen Kılıçdaroğlu'nun duygusal bir tepki verdiğini zannediyordu. Halbuki gayet hesaplı bir tepkiydi.
CHP genel başkanı olur olmaz, adının üstünü çizerek, milletvekili listesine koymayacağı ilk kişi, Onur Öymen olacaktı.

İpekyolu Entstitüsü raporundan haberdar Onur Öymen, Kılıçdaroğlu tarafından imha edilecek, CHP'den uzaklaştırılacaktı.)

PKK açılımı nedeniyle toplumda öfke vardı.
Gazı almak gerekiyordu.
Güya DTP kapatıldı.
Güya diyorum çünkü, DTP tabelası indirildi, BDP tabelası asıldı.
Burası Türkiye'ydi, çaycı alırken bile temiz kağıdı isteniyordu ama, parti kurarken tescilli PKK'lı bile olsan ses çıkarılmıyordu, partinin adı değiştiriliyor, yola devam ediliyordu.
Diyarbakır belediye başkanı Osman Baydemir, belediye binasının önünde konuştu, "devlete mesajımız var, hastirin diyoruz" dedi!
Açık açık siktir çekti.
Daha ne desindi?

Deniz yarbay Ali Tatar canına kıydı.
Beylik tabancasını kafasına dayadı, tetiği çekti.
Amirallere suikast yapacak iddiasıyla tutuklanmış, 10 gün sonra bırakılmış, sonra tekrar yakalama kararı çıkarılmıştı, insanlarla kedinin fareyle oynadığı gibi oynuyorlardı, yarbay Tatar uydurma delilleri onuruna yedirememiş, bunalıma girmişti.
Bir veda mektubu bırakmıştı.
"Bu şekilde gidilirse, ne ordu kalır, ne yaşanacak Cumhuriyet kalır, ne ülke kalır, bu hukuksuzluğa isyan etmek için, bu karanlığa bir nebze olsun ışık olabilmek için, hayatıma son veriyorum" diyordu.
AKP yandaşı gazeteciler insanlıktan çıkmıştı, *Sabah* gazetesi yazarı Engin Ardıç mesela, "mermiye kafa attı" diye yazıyordu. Cemaatçi *Zaman* gazetesi, ölümünden sonra bile iftiralarını sürdürüyor, yarbay Tatar'ın deniz kuvvetlerindeki DHKP-C sorumlusu olduğunu, intihar etmediğini, öldürüldüğünü yazıyordu.

Yarbay Ali Tatar'ın intiharından bir gün sonra, Ankara polisi Çukurambar'da bir otomobili durdurdu, sivil kıyafetli iki subayı gözaltına aldı, biri albay, biri binbaşıydı, binbaşının bir kağıt parçasını yutmaya çalıştığı, o kağıtta Bülent Arınç'ın evinin krokisi olduğu iddia edildi, "Arınç'a suikast" manşetleri patladı.

Suikastçı diye yakalanan subaylar, Özel Kuvvetler Komutanlığı'na bağlı Seferberlik Tetkik Kurulu Başkanlığı'nda görevliydi. Savcılar, Seferberlik Tetkik Kurulu'nun "kozmik oda"sını aramak istedi.
Tayyip Erdoğan çıktı, "tarihi süreçteyiz, aziz milletimiz oynanan oyunu görüyor" dedi. Toplum, tamamen palavradan ibaret olan suikast iddiasına bizzat başbakan tarafından inandırılıyordu.
Hakim Kadir Kayan "kozmik oda"ya girdi. Suikast palavrası, kozmik oda'nın kapısını kırmak için levye olarak kullanılmıştı, Türkiye tarihinde ilkti.

> *(Hakim Kadir Kayan, 2006 yılında, anayasal düzeni değiştirme suçlamasıyla yargılanan Fethullah Gülen hakkında beraat kararı veren hakimlerden biriydi. Kozmik oda aramasından sonra kahraman ilan edildi, ödüllendirildi, Yargıtay üyesi yapıldı. Gel gör ki... 15 Temmuz darbe girişiminden sonra meslekten atıldı.)*

(Kozmik oda denilen yer, birinde evrak arşivi, diğerinde bilgisayar bulunan, 50 metrekarelik iki odadan oluşuyordu, retina taramasıyla giriliyor, 17 haneli kapı şifresi üç günde bir değiştiriliyordu, sadece 12 subayın girebilme yetkisi vardı. Türkiye düşman işgaline uğrarsa, direnişi örgütleyecek olan sivil/asker kişilerin isimleri ve direniş planları yeralıyordu. Devletin "nefsi müdafaası" anlamına gelen çağdaş Kuvayı Milliye'ye ait kozmik bilgilerin saklandığı yerdi.)

> *(İlker Başbuğ döneminde kozmik oda'dan belge çıkarılmasına izin verilmemişti. Aramayı yapan hakim sadece okuyor ve not alabiliyordu. Necdet Özel genelkurmay başkanı oldu, harddiskler savcıya teslim edildi. Böylece 125 milyon word sayfası ebadında "devlet sırrı" odadan çıkarıldı, çalındı. Kozmik oda soruşturmasını yürüten ve harddiskleri alan, savcı Mustafa Bilgili'ydi, 15 Temmuz darbe girişiminden sonra tutuklandı, 17 yıl hapse mahkum edildi.)*

(Seferberlik Tetkik Kurulu'nun 16 şehrimizde 16 bölge başkanlığı vardı. Kozmik oda kumpasından üç yıl sonra, 2013 yılında, AKP hükümetinin emriyle 11 bölge başkanlığı kapatıldı. Ankara, İstanbul, İzmir, Bursa, Trabzon, Konya, Gaziantep, Amasya, Malatya, Muğla ve Ağrı'daki bölge başkanlıklarına kilit vuruldu. Aradan birkaç ay geçti geçmedi, geriye kalan beş bölge başkanlığı da kapatıldı, İskenderun, Diyarbakır, Van, Kars ve Edirne'deki bölge başkanlıklarına da kilit vuruldu.

Böylece, 1952 yılında kurulan Seferberlik Tetkik Kurulu komple lağvedilmiş oldu, adeta Kuvayı Milliye'nin kökü kazındı.)

(Suikastçı diye yakalanan o iki subay, aslında Bülent Arınç'ı filan takip etmiyordu. Karargahtan dışarıya belge sızdırdığından şüphe edilen bir albayı takip ediyorlardı. Takipteki şüpheli albay, Bülent Arınç'ın eviyle aynı muhitte bulunan bir apartmanı sık sık ziyaret ediyordu, 15 numaralı daireye girip çıkıyordu, o dairede oturan kişiyle başbaşa yemeğe gidiyorlardı. Şüpheli albayın o dairede oturan kişiye belge aktardığı tahmin ediliyordu, bu yüzden takip ediliyordu.
O dairede oturan kişi, Nuri Pakdil'di.
Atatürk'e "firavun" diyen, Cumhuriyet dönemini "değerlerimizden kopma dönemi" olarak tanımlayan, "yaşasın şeriat" diyen, "ne mutlu Türküm diyene" kavramına karşı çıkan, siyasal dinci yazardı.)

(Gel zaman git zaman, 2017 yılında, genelkurmay başkanı Hulusi Akar, MİT müsteşarı Hakan Fidan'la birlikte, Nuri Pakdil'in o takip edilen evine ziyarete gidecek, birlikte poz vereceklerdi.)

Kozmik odadaki arama 27 gün sürdü.
Aramanın sona erdiği gün, *Taraf* gazetesi manşet attı:
"Fatih Camii bombalanacaktı!"
2003 yılında, birinci ordu komutanı Çetin Doğan liderliğinde "Balyoz" kodadıyla darbe planı yapıldığı iddia ediliyordu. Darbe kararının 29'u general 162 subayın katıldığı toplantıda alındığı öne sürülüyordu. Plana göre, camiler bombalanacak, F16'mız Ege Denizi'nde kasten düşürülecek, kaos yaratılacak, halka ateş açılacak, neticede darbe yapılacaktı.
Çetin Doğan isyan etti. "Düzenli olarak yapılan plan semineriydi, herhangi bir savaş anında çıkabilecek karışıklıkları önleme planıydı, cami bombalanması, uçak düşürülmesi filan, bunları hepsi sahte üretimdir, iftiradır, bunları hangi dinsiz imansız düşünebilir" dedi.
Genelkurmay başkanı İlker Başbuğ isyan etti. "Biz askere Allah Allah diye taarruz ettiriyoruz, bu ordu nasıl olur da Allah'ın evine bomba atmayı düşünür, hicap duyuyorum, lanetliyorum" diye bağırdı.
Öfkesinden kürsüyü yumrukluyordu.
Medyadaki ahlaksızlık seviyesi akılalmazdı.
Kim olduğu meçhul tipler "gazeteci" sıfatıyla ekranlara çıkarılıyor, *Taraf* gazetesinin haberi "gerçek darbe planı"ymış gibi anlatılıyordu.

İsim listeleri yayınlıyorlardı, şu da işin içinde bu da işin içinde diyerek, AKP muhalifi sivilleri bile "darbeci" ilan ediyorlardı. İşadamlarından profesörlere, sendikacılardan hukukçulara kadar, yüzlerce kişi "darbeyle alakası olmadığını" kanıtlamaya çalışıyordu.

Tayyip Erdoğan konuştu.
"Hazmedeceksin, ileri demokrasi bu" dedi!

Taraf gazetesinde "Balyoz" manşetini yazan muhabir, Mehmet Baransu'ydu. Elinde beş bin sayfa belge vardı. Bunları "bavul"la savcıya getirdi. O an itibarıyla, Balyoz'un yanısıra, Yakamoz, Sarıkız, Ayışığı, Eldiven, Kafes, Çarşaf, Sakal, Oraj, Suga isimleriyle darbe planlarımız olmuştu. Cemaat gazetelerinde, Altay, Atak, Barbaros, Alev, Fişek, Acar isimleriyle başka başka darbe planları olduğu da yazılıyordu.

> *(Balyoz kumpasının tetikçisi/bavulcusu Mehmet Baransu'ya, Türkiye Gazeteciler Cemiyeti tarafından "yılın gazetecisi ödülü" verildi!)*

Onur intiharlarına bir yenisi eklendi.
Güney Deniz Saha Komutanlığı'nda görevli kurmay albay Berk Erden, İzmir'deki lojmanında üniformasını giydi, beylik tabancasını çıkardı, kafasına ateş ederek canına kıydı.
20 gündür internetten alçakça yayın yapılıyordu. Eşinin bir başka albayla yasak aşk yaşadığı iddia ediliyordu. Ne fotoğraf vardı, ne şahit, ne de ses kaydı vardı. Kuru iftiradan ibaretti.
Kurmay albay Berk Erden hakkında geçen yıl yine internet üzerinden "bir kadınla ilişkisi var" diye yayın yapılmıştı, tutmamıştı. Sonra "suikastçı" diye yayın yapılmıştı, yine tutmamıştı. Ama bu defa, eşine saldırılmış, maalesef neticeye ulaşılmıştı.

Şak... 3'üncü Ordu Komutanı orgeneral Saldıray Berk, Ergenekon'dan ifadeye çağrıldı. Hakkında iddianame hazırlanmıştı. "Alevi köylerin ihtiyaçlarını gidermek için ordunun imkanlarını kullanmaktadır" deniyordu. "Mezhep" iddianameye girmişti. Alevilik suç delili'ydi!

Şak... Erzincan Başsavcısı İlhan Cihaner'in evi basıldı, tutuklandı. "Cemaat soruşturması açtım, başıma bunlar geldi" diyordu.

2007 yılında Fethullah Gülen ve İsmailağa cemaatlerine yönelik soruşturma açmıştı, bu soruşturma apar topar elinden alınmış, Erzurum Özel Yetkili Savcısı Osman Şanal'a verilmişti.
Başsavcı İlhan Cihaner'i şimdi içeri tıkan, işte bu özel yetkili savcıydı. Saldıray Berk'i ifadeye çağıran savcı da, aynı savcıydı.

AKP Kahramanmaraş milletvekili Avni Doğan olan biteni açık açık söyledi. "40 yıl onlar bizi fişledi, şimdi biz onları fişliyoruz" dedi!

Genelkurmay Başkanı İlker Başbuğ'un ses kaydı internete düştü. Toplumda kuşkuya yer bırakmamak için kozmik oda'da aramaya izin verdiğini anlatıyor, "giremezsin desek girebilirler mi, nah girerler" diyordu. Geçen ay NATO toplantısı için Brüksel'e gitmişti, yurtdışında görevli subaylara konferans vermişti, internete düşen konuşması gizli gizli orada kayda alınmıştı. Devletin güvenliği sıfıra inmişti.

TSK'ya balyoz indi.
Hava kuvvetleri eski komutanı İbrahim Fırtına, deniz kuvvetleri eski komutanı Özden Örnek gözaltına alındı. Çetin Doğan ve Engin Alan'la birlikte, muvazzaf amiraller/generaller tutuklandı.

Balıkesir Dursunbey'de grizu patladı.
14 madenci hayatını kaybetti.
"Ergenekon patlattı" diye yazdılar!
AKP açısından her derde devaydı.

Tayyip Erdoğan Lübnan'a gitti, İsrail'i yerden yere vurdu.
Ertesi gün, İsrail dışişleri bakan yardımcısı, Türkiye Büyükelçisi Oğuz Çelikkol'u makamına çağırdı, önce koridorda ayakta bekletti, sonra küçücük odaya aldırdı, kendisi yüksek koltuğa otururken, büyükelçimizi daha alçak koltuğa oturttu, tokalaşmadı, sehpaya İsrail bayrağı koydurttu, gazetecilere bu halde fotoğraf çektirtti, "görüyorsunuz, bizden aşağıda oturuyor" dedi.
Van münütsçü Tayyip Erdoğan'ın Arap alemindeki şöhreti artıyordu ama, arada olan Türk milletinin onuruna oluyordu.

ABD Temsilciler Meclisi, Ermeni soykırım tasarısını kabul etti. Güya çok sert tepki gösterdik, Washington büyükelçimizi derhal geri çektik.

Demeye kalmadan, İsveç parlamentosu soykırımı tanıdı. Güya çok sert tepki gösterdik, Stockholm büyükelçimizi geri çektik.
15 gün sonra sayın ahalimiz olan biteni unuttu, Stockholm büyükelçimiz sessiz sedasız görevine döndü. Stockholm büyükelçimiz geri dönünce, acaba Washington büyükelçimiz nerede diye merak edildi, onun zaten çoktan geri gönderildiği anlaşıldı!

Tayyip Erdoğan sanatçı açılımı yaptı.
Şarkıcıları türkücüleri Beşiktaş'taki ofisinde topladı, Kürt açılımına destek vermelerini istedi. İbrahim Tatlıses, Kayahan, Emel Sayın, Arif Sağ, Nuri Sesigüzel, Orhan Gencebay, Muazzez Ersoy, Ferdi Tayfur, Sertab Erener, Alişan, Demet Akalın, Nükhet Duru, Neşet Ertaş, Safiye Soyman, Bülent Ersoy, Cengiz Kurtoğlu, Fatih Kısaparmak, Ferhat Göçer, Işın Karaca, Kenan Doğulu, Mustafa Sandal, Yavuz Bingöl, Seda Sayan, Nihat Doğan, Kibariye filan vardı. Toplantının en güzel özetini Kibariye yaptı, "ben anlamam anacım, çağırdılar geldim" dedi.
Tarkan davetliydi, katılmadı.
"Ak Parti'yi reddetti" diye yazıldı.
Üç gün sonra kokainden gözaltına alındı.

Hemen peşinden artist açılımı yapıldı.
Tayyip Erdoğan sinemacıları tiyatrocuları dizi oyuncularını Dolmabahçe'de topladı, Kürt açılımına destek istedi. Hülya Avşar, Cem Yılmaz, İzzet Günay, Kenan Işık, Yılmaz Erdoğan, Ata Demirer, Mehmet Aslantuğ, Özcan Deniz, Ediz Hun, Kenan İmirzalıoğlu, Tamer Yiğit, Şener Şen, Metin Akpınar, Göksel Arsoy, Demet Akbağ, Gülse Birsel, Meltem Cumbul, Şahan Gökbakar, Mehmet Ali Erbil katıldı.
Kadir İnanır protesto etmişti, katılmamıştı.
"Halk açken, sarayda toplantı yapılmaz" demişti.
"Amerikan özentisi" demişti, "popülizm" demişti.
"Bu tür magazinel toplantılara hizmet etmem" demişti.
Gel gör ki, bu ilkeli duruşu sergileyerek büyük takdir toplayan Kadir İnanır, üç yıl sonra aynı sarayda AKP'nin akili olacaktı!

Van'da arbede çıktı.
Deniz Baykal'ı taşıyan CHP otobüsü taşlandı.
Samsun'da arbede çıktı.

Ahmet Türk'e yumruk atıldı, burnu kırıldı.
Açılım saçmalığı, toplumsal kutuplaşmayı bu hale getirmişti.

Elazığ'da deprem oldu.
Sadece 6 büyüklüğündeydi ama, Kovancılar ilçesine bağlı köyleri yerlebir etmişti. "57 vatandaşımızı kaybettik" diye açıkladılar. Ertesi gün "51 vatandaşımızı kaybettik" dediler. Üçüncü gün "42 vatandaşımız" olduğu anlaşıldı. Çünkü, sadece kerpiç evler çökmemişti, devletin üstüne liyakatsizlik çökmüştü. Alt tarafı 300 haneli üç köyde üç gündür kaç kişinin öldüğünü sayamıyorlardı.

Darbe yaygarasıyla yelkenlerini şişiren AKP, fırsat bu fırsat, Anayasa'yı değiştirmek için düğmeye bastı, "referanduma sunulması halinde tümüyle oylanır" şartı koydu.
Ya hepsine birden evet diyecektik.
Ya hepsine birden hayır diyecektik.
Tam şark kurnazlığıydı.
12 Eylül'e yargı yolunun açılması, memura toplu sözleşme hakkı verilmesi, kadına pozitif ayrımcılık, çocuk hakları gibi herkesin alkışladığı maddeleri "oltanın ucundaki balık yemi" gibi koymuşlardı. Bunların yanına, yüksek yargıyı komple iktidarın emrine sokacak, yargıyı komple fetoculara teslim edecek maddeleri eklemişlerdi.
Tayyip Erdoğan açıkça "hap gibi sunuyoruz" dedi.
Hapı yutmamızı istiyordu.

Kaşla göz arasında yönetmelik çıkardılar.
GDO ithalatını serbest bıraktılar, gümrük kapılarını açtılar, genetiği değiştirilmiş organizmaların Türkiye'ye girişine izin verdiler.

Emre Taner emekliye ayrıldı.
Hakan Fidan, MİT Müsteşarı yapıldı.
Astsubay başçavuştu, Almanya NATO'da görev yaparken, yurtdışındaki Amerikan askerlerinin eğitimi için kurulmuş olan Maryland Üniversitesi Avrupa Koleji'nde siyaset bilimi okumuş, ordudan kendi isteğiyle ayrılmış, Avustralya devletinin Ankara büyükelçiliğinde çalışmıştı, AKP iktidara gelir gelmez, 2003'te

başbakanlığa bağlı TİKA Başkanlığı'na atanmış, 2007'de başbakanlık müsteşar yardımcısı olmuş, 2009'da MİT müsteşar yardımcısı yapılmıştı. Devletteki kariyeri, AKP kariyeriydi.

Manevi suikast işlendi.
Deniz Baykal'ın kaseti çıktı.
Gizli kamera görüntüleriydi, internette yayınlanıyordu.
Yatak odasında kaydedilmişti, Baykal'ı giyinirken gösteriyordu, bir de giyinen kadın vardı, CHP Ankara milletvekili Nesrin Baytok olduğu öne sürülüyordu, Baykal ve kadın hiçbir karede yanyana değillerdi. Ancak, sanki bu görüntülerin devamı varmış da, şimdilik bu kadarı gösterilmiş havası estiriliyordu.
Demokrasi tarihimizin kırılma noktalarından biriydi.
CHP komployla "dizayn" ediliyordu.
Montajdır/gerçektir'in dışında, ortalama zekaya sahip her vatandaşın kendine şu soruyu sorması gerekiyordu: Baykal bu işi yapıyorsa, yıllardır yapıyordur, bu kaset niye şimdi ortaya çıktı?
Zamanlama neden önemliydi?
Elbette hiç kimse bu soruyla ilgilenmedi.
Hatta, gizli kamerayı kimin koyduğuyla bile ilgilenmedi.
Medyada linç kampanyası başlatıldı.
CHP liderinin derhal istifası isteniyordu.
Her seçim arifesinde "rüşvet aldı, İsviçre'de parası var" gibi asılsız suçlamalar yöneltilen Baykal'a, bu defa bitirici darbe vurulmuştu.

Zamanlama mükemmeldi.
15 gün sonra CHP kurultayı vardı.
Ulusalcı bir yönetim listesi hazırlamıştı.
Genel başkanlığı bırakmak zorunda kaldı.
Baykal alenen tasfiye edilmişti.

Kemal Kılıçdaroğlu için basın'ç başladı.
Basın bastırıyordu.
Mutlaka CHP'nin başına geçmesi gerektiğini, genel başkan olursa CHP'nin en az yüzde 50 oy alacağını, Avrupa Birliği'nin CHP'yi destekleyeceğini, kesinlikle iktidar olacağını yazıyorlardı.
İsveç'teki İpekyolu Enstitüsü'nün iki yıl önce "senaryo" olarak hazırladığı rapor, kelimesi kelimesine gerçek olmuştu.

Kaset soruşturması açıldı ama, soruşturma sonucu beklenmedi, kral öldü yaşasın kral devreye girmişti, eski genel başkanı boşverip, yeni genel başkanı omuzlara almaları iki saniye bile sürmemişti, komployu yapanların peşine düşeceklerine, koltuk kavgasına düşmüşlerdi, kim yaptıysa yaptı, ben yeni yönetimden pay kapayım duygusu hakim olmuştu... Türkiye Cumhuriyeti Devleti'nin kurucu partisi Cumhuriyet Halk Partisi hazin bir sınav veriyordu.

Kılıçdaroğlu sadece bir gün bekleseydi, aday olamayacaktı.
Çünkü, Kılıçdaroğlu adaylığını açıkladıktan sadece bir gün sonra, mahkemelere yeminli bilirkişi hizmeti veren Ulusal Kriminal Bürosu kaset raporunu açıkladı, görüntüler montajdı.
Dört dörtlük cemaat operasyonuydu.
CHP'nin yeni CHP haline gelmesinin önü açılmıştı.

Kemal Kılıçdaroğlu, CHP genel başkanı seçildi.
Kurultaya kravatsız katılmıştı, tarihte ilkti.
"Niye?" diye sordular.
"Kendimi halka yakın hissettiğim için kravat takmadım" dedi.
"Halkçı Kemalim" dedi.
Bu mantığa göre, kravat halk karşıtlığıydı.

Obama'nın TBMM'deki konuşmasını 365 gazeteci takip etmişti.
Tayyip Erdoğan'ın AKP kongresini 420 gazeteci takip etmişti.
Kemal Kılıçdaroğlu'nun "tek adam" olarak girdiği Chp kurultayını 811 gazeteci takip etti, Obama'yı da Tayyip Erdoğan'ı da ikiye katlamıştı.
CHP'nin İstanbul delegelerinin toplamı 140 kişiydi.
Sırf Doğan Grubu'nun akredite gazeteci sayısı 143'tü.
Delegeden fazlaydı.
Medyada öylesine Kılıçdaroğlu fırtınası yaratılmıştı ki, tarihte ilk kez kurultay salonunda değişiklik yapıldı, delegeleri tribüne alıp, delegelerin oturması gereken saha içindeki alanı gazetecilere tahsis ettiler. Sandalyenin üstüne çıkıp Kılıçdaroğlu'nu alkışlayan, parti genel başkanına tezahürat yapan gazetecileri ilk defa görüyorduk.

Kılıçdaroğlu gerçek soyadı değildi.
Ailenin soyadı Karabulut'tu.
1950'li yıllarda Kılıçdaroğlu olarak değiştirmişlerdi.

Kurultay konuşmasında "Yeni CHP" terimini kullandı.
Tarihte ilk'ti.
Cumhuriyet Halk Partisi demiyordu.
Yeni Cumhuriyet Halk Partisi diyordu.
Paradigma değişiminin açık açık ifadesiydi.
CHP'nin tasfiye edildiğinin açık açık ifadesiydi.
"Yeni CHP'den kastımız, CHP'nin yeni yönetimidir, bu yönetim halktan yana yönetimdir, özgürlükçü yönetimdir" diyordu. Böylece, kendisinden önceki CHP'nin, Mustafa Kemal'den bu yana süregelen CHP yönetimlerinin, halktan yana olmadığını, özgürlükçü olmadığını söylemiş oluyordu, AKP yıllardır CHP hakkında ne diyorsa onu diyordu!

(Guguk kuşu...
En tehlikeli, en sinsi kuş türüdür.
Gözüne kestirdiği yuvanın etrafında dolanır, saksağan yuvası, ispinoz yuvası, ötleğen yuvası fark etmez, yabancı türlerin yumurtlamasını, kuluçkaya yatmasını bekler, uygun zamanı kollar, hedef aldığı yuva boş bırakıldığında, anında gelir, kaşla göz arasında bir yumurtayı yuvadan atar, kendi yumurtasını onun yerine yerleştirir, pırrr, gider.
Yuvanın sahibi geri döner, kendi yumurtalarından birinin dışarı atıldığını, onun yerine kendisinden olmayan yumurtanın monte edildiğini fark etmez, kuluçkaya yatmaya devam eder.
Guguk yavrusu, kendisini oraya monte eden annesi kadar tehlikeli, annesi kadar sinsidir. Hangi yuvaya bırakılırsa bırakılsın, kabuğunu öbür yumurtalardan en az bir gün önce kırar, bir gün önce doğar.
Ve, doğar doğmaz, uygun zamanı kollar, yuva boş bırakıldığında ittirir kaktırır, öbür yumurtaları yuvadan dışarı atar.
Böylece, yuvanın gerçek evlatları imha edilir, guguk yavrusu kendisine ait olmayan yuvanın tek mirasçısı olur.
Kandırdığı, yuvasına yerleştiği ana'nın şefkatini, fedakarlığını, besleme, koruma kollama, büyütme içgüdüsünü sömürmeye başlar.
Vahametin farkında olmayan zavallı ana besler, besler, besler.
Guguk yavrusu, kendisini besleyen ana'dan daha iri hale gelir.
Artık işi bitmiştir.
Yuvaya ihtiyacı kalmamıştır.
Ne yapar biliyor musunuz?
Yuvayı dağıtır.
Öyle gider.)

(Yeni CHP denilen, düpedüz guguk kuşu operasyonuydu. Kendisini muhalif hisseden herkes AKP'ye odaklanmıştı, herkes cemaatçilere odaklanmıştı, Atatürk Cumhuriyeti'ne yönelik tehlikenin bu iki odaktan geldiği düşünülüyordu, CHP'ye de guguk kuşu monte edilebileceği kimsenin aklına gelmemişti. Devletin yargısından ordusuna, emniyetinden diplomasisine kadar her kurumu guguk kuşları tarafından işgal edilip, kurumların içi boşaltılırken, ana muhalefet partisinin de dizayn edilebileceği kimsenin aklına gelmemişti.
Yeni CHP'nin misyonu, yeni Türkiyeci AKP'yi iktidarda tutmaktı. Atatürkçüleri, yurtseverleri, ulusalcıları yuvadan dışarı atıp, ikinci cumhuriyetçileri, siyasal dincileri, Kürt milliyetçilerini, liboşları, cemaatçileri, soykırımcıları, tescilli ajanları, sorosçuları monte etmek, gözümüzün içine baka baka "guguk kuşu operasyonu"ydu.
Gaflet değildi.
Dalaletti.
Alt kadrolardaki insanlar Atatürk Türkiyesi ve devrimlerini korumak için çırpınırken, yeni CHP'nin tepesine paraşütle indirilecek olanların amacı, partiyi partisizleştirmekti. Kimliksizleştirmekti.
"Ne yaparsak yapalım kazanamıyoruz" duygusunu, "yenilgiyi kanıksama" duygusunu, Atatürkçü seçmenin zihninde kökleştirmekti. Üstelik tüm bunları, CHP'yi yuvası olarak bilenlerin, adeta ana şefkatiyle sahip çıkanların, sevgisini, fedakarlığını, sömürerek yapmaktı.)

> *(AKP marifetiyle 2002 yılından beri devletin kurumlarında, orduda, emniyette, yargıda yürütülen "guguk kuşu" operasyonu, şimdi artık Türkiye Cumhuriyeti'nin kurucusu Cumhuriyet Halk Partisi'nde yürütülecekti. Tıpkı liyakatli kadroların devletten dışlanması, imha edilmesi gibi, Atatürkçü, yurtsever, ulusalcı kadrolar da, bizzat genel başkan Kılıçdaroğlu tarafından tek tek yuvadan dışarı atılacaktı. CHP yakında tanınmaz hale getirilecek, kimliksizleştirilecekti. Sadece devlet kurumlarının dönüştürüldüğünü zannedenler yanılıyordu, muhalefetin omurgası da dizayn edilmeye başlanmıştı.)*

(Kılıçdaroğlu genel başkan olur olmaz bunları yazdığım ve söylediğim için, CHP yönetimi tarafından derhal hedef haline getirildim, meslekten atılmam için sistematik faaliyet başlatıldı, o günlerde kimse farkında değildi, herkes Kılıçdaroğlu'nu alkışlıyordu ama, CHP'yi geri almadan, Türkiye'yi geri alabilmek mümkün değildi.)

Zonguldak'ta grizu patladı, 30 işçi hayatını kaybetti.
Tayyip Erdoğan "kader" dedi.
Çalışma bakanı Ömer Dinçer yüreklere su serpti.
"Bedenlerinde yanık yok, güzel öldüler" dedi.
Karadon'dan çıkarılan kömürün tonu 354 liradan satılıyordu, hayatını kaybeden işçiler günde adam başı 5 ton kömür çıkarıyor, ayda 900'er lira maaş alıyorlardı, yani bir ay çalışıp, bir günde çıkardıkları kömürü bile satın alamıyorlardı, "kader" denilen buydu.
2002'de 17 madenci cenazesi vardı.
2003'te 22 madenci cenazesi vardı.
2004'te madenleri taşeronlaştırdılar.
Yıllık ortalama cenaze dörde katlandı.
"Güzel öldüler" denilen de buydu.

Mavi Marmara feribotu basıldı.
Helikopterle gelen İsrail komandoları Akdeniz'in uluslararası sularında sivillere kurşun yağdırdı, 9 vatandaşımız hayatını kaybetti, yaralıları bile kelepçelediler, kameraya kaydetmişlerdi, televizyonda yayınlıyorlardı, dehşet ve çaresizlik içinde seyrediyorduk.

(Mavi Marmara feribotu sadece iki ay önce AKP'li İstanbul büyükşehir belediyesi tarafından İnsani Yardım Vakfı İHH'ya satılmıştı, hadisenin nereye varacağını kavrayamayan medyamız, bu feribot satışının sebebini hiç merak etmemiş, tek sütun haber bile yapmamıştı, Türk halkı her zaman olduğu gibi anca testi kırıldıktan sonra öğreniyordu.)

İsrail, Gazze'ye ambargo uyguluyordu. Mavi Marmara yolcuları bu ambargoyu delmeye gidiyordu. 2007 yılında AKP tarafından TBMM Üstün Hizmet Ödülü verilen İnsani Yardım Vakfı organize ediyordu. Yardım filosunda Mavi Marmara'yla beraber, daha küçük ebatlarda altı gemi bulunuyordu, gıda maddesi, giyecek, ilaç götürüyorlardı.
Aslına bakarsanız, gıda maddesi, giyecek, ilaç filan, ambargo kapsamında değildi, yani AKP hükümetinin amacı gerçekten insani yardım olsaydı, İsrail hükümetiyle konuşup, gıda maddesi, giyecek, ilaç gönderebilirdi, bu mümkündü. Ama, özellikle öyle yapılmamıştı.
32 ülkeden 663 kişi vardı, sadece Türkler öldürüldü.

Kimlik kontrolü yapsan bu kadar denk getiremezsin.
İsrail belli ki aktivist listesini netleştirmişti, tek tek tanıyorlardı.
Alman vardı, İsveçli, İrlandalı, Yunan, İngiliz vardı, sadece Türkler öldürüldü. Böylece, diğer ülkelerle kriz yaşanmamış oluyordu.

Mavi Marmara bir haftadır Kıbrıs açıklarında bekliyordu.
İsrail resmen açıklamıştı, "yaklaşırsa vururuz" diyorlardı.
AKP hükümetinden çıt çıkmıyordu, facia bağıra bağıra geliyordu.
"Müdahale edin, çatışma olacak, kriz çıkacak" diyenlere, yandaş medyada "siyonist" damgası yapıştırılıyor, susturuluyordu.

Mavi Marmara, Türk bandıralıydı.
İstanbul'dan Türk bandırasıyla yola çıkmıştı.
Antalya limanına Türk bandırasıyla kayıt yaptırmıştı.
Baskına uğradığında Komor bandıralıydı!
Bandırayı değiştirmişlerdi. Değişmeseydi, uluslararası hukuk gereği savaş sebebiydi. Tam olarak minare kılıf meselesiydi, bandıra değişince Türkiye devletinin sorumluluğu ortadan kalkmıştı, Komor'da elçiliğimiz bile yoktu, İstanbul büyükşehir belediyesinin feribotu aniden elalemin gemisi oluvermişti!
Samimi duygularla, insaniyet namına o gemiye binen insanlarımıza yazık edilmişti, bile bile ölüme gönderilmişlerdi.

(Mavi Marmara basıldığında Tayyip Erdoğan Şili'deydi.
Başbakanlığa Bülent Arınç vekalet ediyordu, genelkurmay harekat başkanı korgeneral Mehmet Eröz ve deniz harekat dairesi başkanı tuğamiral Cem Aziz Çakmak'la acilen kriz toplantısı yaptı.
AKP hükümetinin "en önce akıl danıştığı" bu iki liyakat sahibi komutan, çok yakında "darbeci" yalanıyla tutuklanacaktı,
Cem Aziz Çakmak hapisteyken kansere yakalanacak, tedavisi engellenecek, neredeyse ölüm döşeğine kadar bırakılmayacaktı.)

Tayyip Erdoğan Şili gezisini yarıda kesti, yurda döndü, ateş püskürüyordu, "alçaklıktır, devlet terörüdür, bedelini mutlaka ödeyecekler" dedi. Cumhurbaşkanı Abdullah Gül esti gürledi, "asla affetmeyeceğiz, pişman edeceğiz" dedi. Dışişleri bakanımız Ahmet Davutoğlu alev saçıyordu, "barbarlıktır, korsanlıktır, haydutluktur, İsrail'i yalnızlaştıracağız, cezalandıracağız" dedi. Breh breh breh...

(AKP hükümeti İsrail'e terörist, korsan, haydut, katil diye saydırırken, Fethullah Gülen ilk kez Amerikan basınına demeç verdi, Wall Street Journal'a konuştu. "Bunlar yararlı şeyler değil, kimin suçlu olduğunu tayin etme işi Birleşmiş Milletler'e bırakılmalı" dedi, Gazze'ye gemi gönderilmesini açıkça eleştiriyordu. AKP'yle cemaat ters düşmüştü.)

Mavi Marmara'yı sürükleye sürükleye Aşdod limanına götürdüler, sabıka kaydı çıkardılar, insanları otobüslere bindirip Negev çölüne taşıdılar, Ela hapishanesi'ne tıktılar, iki gün orada tuttular, yeniden otobüslere bindirip Tel Aviv'e Ben Gurion havalimanına getirdiler, Türk Hava Yolları uçaklarına bindirip, sınırdışı ettiler.

Cenazeler İstanbul'a getirildi.
Türkiye'de müftü yokmuş gibi, Şam müftüsü getirildi.
Fatih Camisi'ndeki cenaze namazını Şam müftüsü kıldırdı.

(Tam o günlerde İsrail başbakanı Ariel Şaron öldü. Lakabı kasap'tı. İsrail'le küs olduğumuz için cenaze törenine Türkiye katılmadı. Taziye mesajı bile yayınlanmadı. Sayın gazetelerimiz "kasap geberdi" başlıkları attı. Halbuki... Tayyip Erdoğan 2005 yılında İsrail'e gitmiş, kasap'la görüşmüştü, hatta o kadar yakınlık göstermişti ki, kasap bile şaşırmıştı, "Tayyip Erdoğan'dan öyle enteresan şeyler duydum ki, hayli şaşırdım, Tayyip Erdoğan'ın yeteneklerinden faydalanacağım" demişti. Hatta, yine 2005 yılında Şaron beyin kanaması geçirmiş, felç olmuş, ilk geçmiş olsun telefonunu Tayyip Erdoğan açmıştı! Şimdi? "Hiç tanışmıyoruz, gebersin" ayağına yatılıyordu.)

(Mavi Marmara baskınıyla alakalı olarak gıyabi dava açıldı. İstanbul 7'nci ağır ceza mahkemesi, İsrail genelkurmay başkanı, İsrail deniz kuvvetleri komutanı, İsrail askeri istihbarat başkanı ve İsrail hava kuvvetleri istihbarat başkanı hakkında tutuklama kararı verdi, görüldükleri yerde yakalanacaklardı, 9'ar kez müebbet, 18'er bin yıl hapisleri istendi, "Osmanlı tokadını yapıştırdık" manşetleri atıldı.
Sonra?
Aradan biraz zaman geçti.
İsrail 20 milyon dolar verdi.
Öldürdüğü insan başına iki milyon dolar ödedi.

Sayın hükümetimiz dava dosyasını derhal kapattı. Hatta, Tayyip Erdoğan çıktı, "biz zaten Filistin'e edebi adabı içinde yardım yapıyoruz, Mavi Marmara'yla giderken bana mı sordunuz" dedi!)

Şemdinli'de sınır karakoluna saldırıldı, 11 şehit verdik.
Tayyip Erdoğan saldırıya uğrayan Gediktepe'ye gitti.
Çömeldi.
Kum çuvallarıyla çevrelenmiş siperden Kuzey Irak'a bakarken, hedef olmamak için hep birlikte çömelmişlerdi. Güya moral vermek için yapılan ziyaretin, moral bozucu fotoğrafıydı.
Davos'taki superman, Güneydoğuda siper'man olmuştu.

Yüksek Seçim Kurulu referandum tarihini açıkladı. 12 Eylül darbecilerini yargılayacağız dedikleri referandum, takvimde başka gün yokmuş gibi tam 12 Eylül günü yapılacaktı, "darbecilerden rövanş alacağız" diye pazarlanıyordu.
İkinci cumhuriyetçiler "yetmez ama evet" sloganını icat etmişti.
Fethullah Gülen tee okyanus ötesinden sesleniyordu, "imkan olsa mezardakileri bile kaldırıp evet oyu kullandırmak lazım" diyordu.

- Evet kampanyasını AKP milletvekili milli futbolcu Hakan Şükür başlattı, "ülkemizin geleceği için evet diyorum" dedi. *(Bunu diyen Hakan Şükür kısa süre sonra terörist olarak aranacak, yurtdışına kaçmak zorunda kalacaktı, malına mülküne el konacaktı.)*
- Nazlı Ilıcak evet'in en büyük destekçisiydi, "tahakküm edici havadan kurtulmak için evet diyeceğim" dedi. *(Bunu diyen Nazlı Ilıcak kısa süre sonra fetocularla işbirliği yapmaktan hapse atılacaktı.)*
- Ahmet Altan "evet" başlıklı makale yazdı, "evet çıkmasını ümitle bekliyorum, çünkü bu evet, zalim bir sistemin temeline şahmerdan gibi vurup, o temeli kıracak" diyordu. *(Ahmet Altan hapse atılacaktı.)*
- Mehmet Altan hayır diyenleri ayıplıyordu, "toplum ikiye ayrılmış, evet mi diyeceğiz, hayır mı diyeceğiz, ayıp bir şey, bu anayasanın bugüne kadar değiştirilmediğine isyan etmeliyiz" diyordu. *(Mehmet Altan hapse atılacaktı.)*
- Şahin Alpay "bin kere evet diyorum" diyordu. *(Hapse atılacaktı.)*
- Ali Bulaç "hayır diyenler aslında askeri darbeye evet demiş olurlar, demokrasi adına evet" diyordu. *(Hapse atılacaktı.)*

▪ Hasan Cemal evet demeyi tarihi bir fırsat olarak görüyordu, "referandum Türkiye için tarihi bir fırsat, hukukun üstünlüğü için tarihi bir fırsat, bu nedenle referandum sürecinin başından beri evet'i savunuyorum" diyordu. *(İşinden atılacaktı, tutuklanma korkusundan uzun süre yurtdışına çıkmak zorunda kalacaktı.)*
▪ Mümtazer Türköne hayır diyenleri darbe yanlısı olmakla suçluyordu, "bu berbat statükoyu tarihin çöp sepetine atmakta geç bile kaldık" diyordu. *(Hapse atılacaktı.)*
▪ Baskın Oran "yetmez ama evet" yazılı tişört giyiyordu, sokakta bu tişörtle dolaşıyordu, "ne kadar değişse o kadar sevaptır" diyordu, "Tayyip Erdoğan demokrasi kahramanı" diyordu. *(Aynı Baskın Oran kısa süre sonra bin pişman olacak, "hayatımda Türkiye'nin bu kadar bataklığa girdiği bir dönemi görmedim" diyecekti.)*
▪ HDP sandığa gitmeme kararı almıştı. Aslında, hayır demeyerek, AKP'nin değirmenine su taşıyorlardı. Selahattin Demirtaş AKP'ye verdikleri bu örtülü desteği ambalajlıyordu, "evet veya hayır çerçevesine sıkışmayarak, Türkiye'de başka umut var demek için boykot ediyoruz" diyordu. *(Hapse atılacaktı.)*
▪ Murat Belge evet'i savunurken Atatürkçülere hakaret ediyordu, "merkezinde Kemalizm'in yeraldığı cephe, sırf hükümete duyduğu nefret nedeniyle hayır diyor" diyordu. *(Aynı Murat Belge kısa süre sonra "doğrusu ben kendimi kandırılmış hissediyorum, elim kırılsaydı da oy vermeseydim diyecek halim yok ama, bizim desteklediğimiz adam uydurma bir Tayyip Erdoğanmış, aklımızı kullanmıyorduk, konu mankeniydik" diyecekti.)*
▪ Cengiz Çandar "Türkiye'nin önü açılıyor, hukukun üstünlüğüne evet demekten başka yol var mı?" diyordu. *(Kısa süre sonra "pişman mısın dersen, çok pişmanım, daha uyanık davranmalıydık" diyecekti.)*
▪ Ertuğrul Günay o zamanlar AKP bakanıydı, "hayır demek, bilerek veya bilmeyerek darbeci zihniyetle işbirliği yapmak demektir" diyordu. *(Kısa süre sonra AKP tarafından kapının önüne konulacak, "ülke ateşler içinde" diyecekti.)*
▪ Orhan Pamuk "evet diyeceğim, darbecilerle hesaplaşmanın yolu açılıyor, Ak Parti Türkiye'yi çok iyi yönetiyor" diyordu. *(Aynı Orhan Pamuk kısa süre sonra "insan hakları her gün ihlal ediliyor, otoriter askerlerin yerini otoriter ve İslamcı hükümet aldı" diyecekti.)*
▪ Aydın Engin "harbiden evet dedim, duraksamadan evet dedim, ülke demokrasisine çok yararlı olduğuna kanaat getirdim, hiçbir kuvvet beni evet demekten alıkoyamazdı, alıkoyamadı" diyordu. *(Hapse atılacaktı.)*

▪ Adalet Ağaoğlu sadece evet demekle kalmıyor, açık çek veriyordu, "evet diyerek hakkımızı arama hakkını elde ediyoruz, yetmez ama evet diyorum, atılan her adıma evet diyorum" diyordu. *(Kısa süre sonra "evet dediğim için çok pişmanım, enayilik etmişim, bunlara kandığım için hâlâ başımı duvarlara vuruyorum" diyecekti.)*
▪Sezen Aksu "tabii ki evet diyeceğim, evet demeye devam edeceğim" diyordu. *(Kısa süre sonra AKP tarafından linç edilecek, dinsiz ilan edilecekti.)*
▪ Modacı Cemil İpekçi "evet diyorum, buna hayır diyenlerin çoğunluğu eski diktanın, eski despotluğun sürmesini isteyenlerdir, hakiki kitap okumuşsanız buna hayır demeniz mümkün değil" diyordu. *(Kısa süre sonra "sanatçı olmamın hayaline kapılmışım, demokrasi diyorlar, bunun neresi demokrasi anlamadım, güzelim ülkemize yazık oluyor, bir daha Ak Parti'ye oy yok" diyecekti.)*
▪ Fethullah Gülen'e "büyük vizyoner" diyen Sinan Çetin "bir daha darbe olmamasını garanti altına almak adına evet" diyordu. *(15 Temmuz darbe girişiminden sonra hiç sesi çıkmayacaktı.)*

İbret vesikasıydı.

Tayyip Erdoğan, hem ülkücü hem devrimci açılımı yaptı.
İşine ne geliyorsa sonuna kadar kullanıyordu.
Meclis kürsüsüne çıktı, 12 Eylül darbesinde idam edilen Erdal Eren, Necdet Adalı ve Mustafa Pehlivanoğlu'nun ailelerine yazdıkları son mektupları okudu. Okurken ağladı. O güne kadar "cibilliyetsiz, katil, ırkçı, kafatasçı" dediği ülkücü ve devrimcilere iade-i itibar ediyordu.
Devrimci 78'liler Federasyonu anında tepki gösterdi, Erdal Eren ve Necdet Adalı'nın "kirli politikalara alet edilmemesi" istendi.
Ülkücülerin ise kafası karışıktı, Tayyip Erdoğan'ın duygusal konuşması, sol'da değil ama sağ'da işe yarıyordu. Doğma büyüme ülkücülere Habur rezaletini unutturmayı başarmıştı.

Yüksek Askeri Şura'ya bir hafta kala 28'i general 102 muvazzaf subay hakkında yakalama kararı çıktı. Bu subayların neredeyse tamamı, ne tesadüftür ki, terfi listelerinde birinci sıradaydı.
Kara kuvvetleri komutanlığı'na atanmasına kesin gözüyle bakılan 1'inci Ordu Komutanı Hasan Iğsız "acil" koduyla Ergenekon'dan ifadeye çağırıldı, şak, Hasan Iğsız emekliye sevk edildi.

Necdet Özel, jandarma genel komutanı yapıldı.
Jandarma genel komutanı Atilla Işık'ın kara kuvvetleri komutanlığı'na kaydırılması bekleniyordu, Atilla Işık tarihi protesto gerçekleştirdi, sürpriz şekilde emeklilik dilekçesi verdi, bıraktı.
Teamüller bozulmuş, komuta kademesi allak bullak olmuştu.
Yandaş medyada tuhaf bir telaş başladı.
"Necdet Özel'in önü kesiliyor" diye yazıyorlardı.
Atilla Işık bırakınca, Necdet Özel'in kara kuvvetleri komutanlığı'na atanma ihtimali doğmuştu, eğer o tarihte kara kuvvetleri komutanı olursa, genelkurmay başkanı olamadan mecburen emekli olacaktı.
Yandaş medya Necdet Özel'in üstüne titriyordu.
Çankaya Köşkü'nde zirve üstüne zirve yapıldı.
Kriz bir hafta sürdü. İlker Başbuğ emekli oldu, Işık Koşaner genelkurmay başkanı oldu, Erdal Ceylanoğlu kara kuvvetleri komutanı oldu, terfi sırasında Ceylanoğlu'nun önünde yer almasına rağmen, Necdet Özel jandarma'da kaldı.
Böylece, Genelkurmay Başkanlığı yolu açılmış oldu.
Ne yapıp edip, Necdet Özel'i bu koltuğa oturtmak istiyorlardı.

PKK ateşkes etti.
Murat Karayılan sebebini izah etti. "Abdullah Öcalan'la konuştular, ateşkes ilan ettik, aslında Öcalan aradan çekilmişti, karşı taraftan diyalog talebi gelince, önderimiz bir fırsat daha verdi" dedi.
Gayet netti.
PKK'yla masaya oturulmuştu.
Tayyip Erdoğan ağır bir dille reddetti.
"Bizim terör örgütüyle masaya oturduğumuzu söyleme şerefsizliğini yapanlar, bu alçakça iftirada bulunanlar, bunun hesabını her yerde verecek, eyy Kılıçdaroğlu, eyy Bahçeli, bu iddianızı ispatla mükellefsiniz, ispatlayamazsanız müfterisiniz" diye bağırdı.
"Türkiye seninle gurur duyuyor" diye alkışladılar.

"Haliç'te Yaşayan Simonlar" piyasaya çıktı.
Eskişehir emniyet müdürü Hanefi Avcı'nın yazdığı kitaptı.
Türkiye temellerinden sarsıldı.
Fethullah Gülen cemaatinin polis teşkilatı içinde nasıl örgütlendiğini, özel yetkili bütün savcı ve hakimlerin değiştirilmesi gerektiğini, aksi halde cemaate muhalif hiç kimsenin hayatının güvencede

olamayacağını, Ergenekon'un, Balyoz'un cemaatin işi olduğunu, Deniz Baykal'a yönelik kaset komplosunun cemaat tarafından yapıldığını yazıyordu. "Karşımızdaki kişiler polis, hakim veya savcı değil, cemaatin elemanlarıdır" diyordu.

Referandum için sandık başına gidildi.

Yüzde 58 evet çıktı.

Tayyip Erdoğan teşekkür konuşmasında Fethullah Gülen'i unutmadı, "okyanus ötesinden destek veren kardeşlerimi de kutluyorum" dedi.

Bu evet'le yargı komple cemaate devredilmişti.

CHP genel başkanı Kılıçdaroğlu'nun tarihi referandumda oy kullanamadığı ortaya çıktı iyi mi, eşi benzeri görülmemiş skandaldı.

Peki nasıl olmuştu bu iş?

Yerel seçimde İstanbul büyükşehir belediyesi başkan adayı olunca, ikametgah adresi olarak İstanbul Kağıthane'yi göstermiş, orada oy kullanmıştı, seçimi kaybedince, yeniden Ankara'ya taşınmıştı, ancak bu adres değişikliğini resmi olarak bildirmeyi unutmuştu.

İstanbul'dan silinmiş, Ankara'ya yazılmamıştı.

Askıya çıkan seçmen listelerini kontrol ettirmemişti.

Seçmen kağıdı gelmeyince jeton düşmüştü ama, YSK'ya yapılan itiraz nafileyle sonuçlanmış, iş işten geçmişti. Oy kullanamayacağını günlerdir biliyordu, halk bilmiyordu, kamuoyuna açıklamamıştı.

Hayır diyelim derken, kendine bile hayır'ı dokunmamıştı.

CHP alay konusu oldu.

Kılıçdaroğlu'nun CHP'ye ettiğini hiçbir AKP'li edemezdi.

Referandum bitti, zincirleme reaksiyon başladı.

Hanefi Avcı derhal tutuklandı.

Devrimci Karargah Örgütü'ne yardım ve yataklık yaptığı iddia ediliyordu, hayatı boyunca terör örgütleriyle, özellikle sol örgütlerle mücadele eden polis şefini, sol örgüte yamamışlardı.

Fethullah Gülen "Allah taksiratını affetsin" dedi!

YÖK, üniversitelere resmi yazı gönderdi, bundan böyle türbanlı öğrencilerin derslerden çıkarılmayacağını, çıkarmaya kalkışan öğretim üyeleri hakkında disiplin işlemi yapılacağını bildirdi.
Kılıçdaroğlu'nun "yeni CHP"si sessiz kaldı.
Üniversitelerdeki türban yasağı fiilen kalktı.

(Halbuki, daha bir yıl önce AKP hükümeti türbanı üniversitelerde serbest bırakmak üzere yasa çıkardığında, bu yasayı derhal iptal edilmesi için Anayasa Mahkemesi'ne götüren bizzat Kılıçdaroğlu'ydu. Genel başkan değilken, türbana itiraz ediyor, CHP'nin linç edilmesine sebep oluyor, genel başkan olunca, türbana sessiz kalıyor, yeni CHP'nin eski CHP'den farklı olduğunu göstermeye çalışıyordu.)

~

Milli Güvenlik Kurulu toplandı.
Cumhuriyet tarihinde bir ilk yaşandı.
"Kırmızı Kitap" olarak bilinen Milli Güvenlik Siyaset Belgesi temelinden değiştirildi, "irtica" iç tehdit olmaktan çıkarıldı.

~

Hakkari'de mayın patladı, yedi asker şehit oldu.
O mayının PKK değil, TSK tarafından döşendiği anlaşıldı.
Faciayla sonuçlanan bu vahim yanlışlık, bazı komutanların ses kayıtlarının internete düşmesiyle ortaya çıkmıştı.
Facia sebebinin ortaya çıkması iyiydi ama, komutanların telefonunu kimler dinliyor, kimler kaydediyor, medyaya kimler servis ediyor, bu sorulara kimse kafa yormuyordu.
Telekulak, devletin kılcal damarlarına kadar girmişti.

~

Emasya protokolü kaldırıldı.
Fethullah Gülen cemaati ve PKK'nın siyasi uzantısı olan BDP acilen kaldırılmasını istiyordu, AKP istediklerini yaptı.
Emniyet Asayiş Yardımlaşma'nın kısaltılmışı olan Emasya protokolü, polisin yeterli olmadığı durumlarda askerin toplumsal olaylara müdahalesini sağlayan düzenlemeydi. Sivas Madımak faciasından sonra yürürlüğe girmişti, asker devreye sokulmadığı için Madımak'taki katliama müdahale gecikmişti. Emasya protokolü aynı zamanda doğal afetlerde askerin etkin şekilde sahaya çıkmasını sağlıyordu, 1999

Marmara depreminde askerin hemen ilk gün bütün bölgeye yardım edebilmesinin sebebi, Emasya protokolüydü.

(Emasya protokolünün kaldırılması, 2023 yılındaki Kahramanmaraş depreminde çok çok ağır bedellerle ödenecekti. Herkes "neden deprem bölgesinde asker yok" diye merak edecekti. Olmamasının sebebi, 2010 yılında Emasya'nın iptal edilmesiydi.)

Profesör Ali Bardakoğlu görevden alındı.
Mehmet Görmez diyanet işleri başkanı yapıldı.
Soyadı gibiydi, AKP'den başka bir şey görmeyecekti.

Wikileaks depremi başladı.
"Bay Sızıntı" lakaplı Avustralyalı gazeteci Julian Assange, Amerikan büyükelçilerinin Washington'a gönderdiği kriptoları afişe etti, ABD'yle iş tutan ülkelerin ipliği pazara çıktı, peydeprey 251 bin belge yayınlandı.
Depremin merkez üssü Ankara'ydı.
8 bin civarında belge ABD Ankara Büyükelçiliği kaynaklıydı.
Amerikalı diplomatların kriptolarına göre, Türkiye "İslamcı bir geleceğe" doğru gidiyordu, AKP'nin önde gelen pek çok yöneticisinin Fethullah Gülen cemaati üyesi olduğu, Tayyip Erdoğan'ın çevresinin dalkavuk danışmanlarla doldurulduğu anlatılıyordu.

2004 tarihli kripto manşetlerde patladı.
Tayyip Erdoğan'ın İsviçre'de sekiz banka hesabı olduğu ima ediliyor, ABD eski büyükelçisi Eric Edelman'ın bu iddiayı iki kişiden duyduğu öne sürülüyordu.
Tayyip Erdoğan öfke krizine girdi, "benim İsviçre bankalarında bir Allah kuruşu param yok, bu tür iftiraları atıp ispatlamayanlar ne kadar alçaksa, bu iftiraları yayanlar, siyaset malzemesi yapanlar da aynı derecede alçaktır" dedi. Bir de hatırlatma yaptı. "İftira atanlar düşünsün, Tayyip Erdoğan'ın 1 milyar doları var diyen kişi, şu anda Ergenekon'dan içerde" dedi.
Şırrak, Wikileaks haberleri bıçak gibi kesildi!

TSK'da fuhuş ve casusluk operasyonu başlatıldı.
Deniz Kuvvetleri'nde çete bulunduğu, bu çetenin fuhuş yaptırdığı, sonra da fuhuş yaptırdığı subaylara şantajla casusluk yaptırdığı iddia ediliyordu. Onlarca muvazzaf subay tutuklandı.

(Poyrazköy baskınında ele geçirilen bir taşınabilir bellek, 15 ay sonra casusluk davasında tekrar ele geçirildi. Seri numarası aynıydı. Onu oraya bizzat polislerin sokuşturduğu gayet netti, ama ne fayda, dinleyen yoktu, itiraz edene Ergenekoncu deniyordu.)

Genelkurmay başkanlığı, deniz kuvvetleri komutanlığı ve sahil güvenlik komutanlığı'nda arama kararı çıkarıldı, TSK'yı hücreevi gibi arıyorlardı. Gölcük'teki donanma komutanlığı'nda döşemelerin altında sekiz çuval belge bulunduğu açıklandı.
Ertesi gün manşetler patladı.
Balyoz planının devamı niteliğinde belgeler ele geçirilmişti.
Enteresan ötesiydi, o güne kadar çürütülen ne kadar iddia varsa, onların yerine yenileri çıkmıştı, elbette hepsi dijitaldi.

Chp gene kurultay yaptı.
Kılıçdaroğlu parti yönetimini komple değiştirdi, Bülent Kuşoğlu, Sezgin Tanrıkulu, Muhammed Çakmak gibi dikkat çekici isimleri yönetime aldı.
Bülent Kuşoğlu'nun CHP'yle uzaktan yakından alakası bile yoktu, Kılıçdaroğlu'nun SSK genel müdürü olduğu dönemde SSK'daydı, o dönemden beri birlikteydiler, Doğru Yol Partisi'nin il başkanıydı, Doğru Yol Partisi'nden ayrılıp, Demokrat Parti'den milletvekili adayı olmuştu, bilahare, AKP'den istifa eden Abdüllatif Şener'le birlikte Türkiye Partisi'nin kurucusu olmuştu, Abdüllatif Şener'in genel başkan yardımcısı olmuştu, tekke ve zaviyelerin yeniden açılmasını öneren, tekke ve zaviyelerin irtica yuvaları değil, kültür yuvaları olduğunu söyleyen biriydi. Ve şimdi, Kılıçdaroğlu tarafından CHP yönetimine monte edilmişti, CHP'nin kasası Kuşoğlu'na verilmişti.
Sezgin Tanrıkulu, Diyarbakır Barosu eski başkanıydı, anadilde eğitim başta olmak üzere, pek çok konuda BDP'yle birebir görüşlere sahipti, Türk Silahlı Kuvvetleri'ni adeta "suçlu" ilan eden sözleri vardı.
Muhammed Çakmak ise, her fırsatta Fethullah Gülen'e hayranlığını dile getiren ilahiyat fakültesi akademisyeniydi.

Yeni CHP şekilleniyordu.
"Asıl şimdi lider oldu" manşetleri atıldı.
Gene basın'ç başlamıştı.
Yeni CHP'nin ilk seçimde yüzde 50 oy alacağı yazılıyordu.
Hürriyet gazetesi yazarı Ahmet Hakan mesela gayet keyifliydi, "ben mutlu olmayayım da kim mutlu olsun, Kemal'in lider oluşu yeni bir diriliştir, çok mutluyum çok" diye yazıyordu.
CHP'liler hiç merak etmiyordu...
AKP yandaşı gazeteciler Kılıçdaroğlu'nu niye alkışlıyordu?

Necmettin Erbakan vefat etti.
Kaderin cilvesi, 28 Şubat süreciyle başbakanlıktan indirilmişti, 27 Şubat'ta son nefesini verdi, ölüm haberi 28 Şubat'ta manşetlerdeydi.
Süleyman Demirel, Bülent Ecevit ve Alparslan Türkeş'le birlikte Türkiye'nin son 40 yılına damgasını vurmuştu, çok kurnaz bir politikacıydı ama öğrencileri tarafından tufaya getirileceğini, yanından ayrılıp AKP'yi kuracaklarını hissedememişti.
Tabutuna Türk bayrağı örtülmedi.
Cenaze töreninde bir tek Türk bayrağı bile yoktu.
TSK çelenk gönderdi.
Birinci Ordu Komutanı cenaze namazına katıldı.

> *(İktidar olduğundan beri habire "darbe mağduru" olduğunu söyleyen AKP hükümeti, Erbakan ölene kadar 28 Şubat'tan hiç bahsetmemişti. İktidar olduktan sonra üç seçim, iki referandum yapmışlardı, bu mevzuya hiç girmemişlerdi, hatta 12 Eylül referandumunda bile 28 Şubat'tan bahsetmemişlerdi. Gel gör ki... Erbakan ölür ölmez, aniden 28 Şubat'ı hatırlayıp, 28 Şubat davası açacaklardı! Erbakan yaşarken bu davayı açmaya kalksalar, Erbakan'ın karşı çıkacağını, kendisi üzerinden prim yapılmasına izin vermeyeceğini, kendisini sırtından bıçaklayan Brütüslerin safında yeralmayacağını biliyorlardı. 28 Şubat davası açmak için Erbakan'ın ölümünü beklemişlerdi.)*

Ulucanlar Cezaevi kapatıldı, restore edildi.
"Utanç Müzesi" ismiyle açıldı.
Deniz Gezmiş'in asıldığı, Bülent Ecevit'ten Muhsin Yazıcıoğlu'na, Nazım Hikmet'ten Necip Fazıl'a kadar, sağdan soldan pek çok kişinin

yattığı zulümhaneydi. Müzeye dönüştürülmesi takdire şayandı. Ama aslında herkes biliyordu ki, "tarihimizle yüzleşiyoruz" palavrasının süsüydü, insanların duyguları alet ediliyordu.

Tutukluluk süresiyle alakalı kanunda değişiklik yaptılar.
Hizbullahçıları sokağa saldılar.
"Mezar evler"le tanınıyorlardı. Fikirlerini beğenmedikleri insanları işkenceyle, domuz bağıyla öldürüp, bahçelerine, hatta evlerinin odalarına gömüyorlardı. 188 kişiyi katletmekten ömür boyu hapse mahkum edilmişlerdi, şırrak diye serbest bırakıldılar.
Hapishane kapısında davul zurnayla karşılandılar.
Tekbirler eşliğinde halaylar çektiler.

(Hizbullahçıların neden bırakıldığı, sırtlarının neden sıvazlandığı, 2014 yılındaki Kobani olaylarında gayet iyi anlaşılacaktı, 2023 seçiminde ittifak ortağı yapıldıklarında, daha iyi anlaşılacaktı!)

İnsanlık Anıtı "idam" edildi.
Tayyip Erdoğan Kars'a gitmişti, heykeltıraş Mehmet Aksoy tarafından yapılan 24 metrelik heykeli göstererek, "Hasan Harakani Hazretleri'nin yanına ucube koymuşlar" diye bağırdı.

(Bu heykel 2006 yılında AKP'li belediye başkanı tarafından yaptırılmıştı. AKP'li belediye başkanı 2008 yılında CHP'ye geçmişti. Mesele buydu. AKP'liyken insanlık anıtıydı, CHP'liyken ucube'ydi. Üstelik, bu anıt Ermeni açılımı sırasında ABD'ye şirin görünmek için Ermenistan'a jest olarak planlanmıştı, ABD sözde soykırımı resmen tanıyınca, şirin görünmenin manası kalmamıştı.
AKP zihniyeti açısından siyasetin/sanatın önemi bu kadardı.)

Darağacı kurar gibi vinçlerle İnsanlık Anıtı'nın boynuna halat doladılar, kafasını koparttılar, kazmalarla balyozlarla vura vura kırdılar, yokettiler.

(Mehmet Aksoy, Tayyip Erdoğan hakkında manevi tazminat davası açtı. Mahkeme, bilirkişi olarak Türk Dil Kurumu'ndan görüş istedi. Türk Dil Kurumu "ucube" kelimesinin hakaret anlamı taşımadığını bildirdi!)

Arap Baharı patladı.
Wikileaks'in ilk somut sonucuydu.
Tunus first leydisi Leyla'nın yolsuzluk belgeleri Wikileaks'te yayınlandı, halk ayaklanması başladı, ülkeyi 23 yıldır demir yumrukla yöneten Zeynel Abidin bin Ali uçağına atladı, Suudi Arabistan'a kaçtı.
ABD'nin ipliğini pazara çıkardı zannedilen Wikileaks, aslında ABD çıkarlarına gayet güzel hizmet ediyordu, belgelerde ismi geçen her ülkede karışıklık çıkarıyor, hasar yaratıyordu.
Tunus'tan 10 gün sonra Mısır patladı.
Tunus'a benzemedi, kanlıydı.
Sokak çatışmaları oluyor, sayısız insan ölüyordu.
AKP hükümetinin öngörüsü sıfırdı, Tunus'tan sonra Mısır'daki Türk vatandaşları da olayların ortasında sıkışmıştı. Attık mı mangalda kül bırakmıyorduk ama, o sırada Mısır'da bulunan "Atıcılık" milli takımımız bile mahsur kalmıştı!

Akp hükümeti, Mısır'da dinci muhaliflerin safındaydı.
Mübarek'e sırtımızı dönmüştük.
Oysa, aynı Mübarek, Abdullah Öcalan'ın Suriye'den çıkarılması konusunda Türkiye/Suriye arasında arabuluculuk yapmıştı, Türkiye Cumhuriyeti Devleti'nden "Üstün Hizmet Madalyası" bile almıştı.

> *(Vahdettin'in şeyhülislamı Mustafa Sabri, Kuvayı Milliye'den nefret ediyordu, Mustafa Kemal hakkındaki idam fetvasını o hazırlamıştı, sarıklı İngiliz kuklasıydı, İngiliz Muhipleri Cemiyeti'nin kurucularındandı, İslam Teali Cemiyeti'nin kurucularındandı.*
> *"Mustafa Kemal ve Ankara hükümeti kahpedir" diyordu.*
> *"Yunan ordusu halifenin ordusudur" diyordu.*

Kurtuluş Savaşı zaferle sonuçlanınca, bu haysiyetsiz yobaz da tıpkı Vahdettin gibi İngiliz gemisiyle kaçtı, Yunanistan'a sığındı.
Atina'da gazete çıkardı, "Allah'ın huzurunda Türklükten istifa ediyorum, tövbe yarabbi tövbe Türklüğüme" diye makale yazdı.
"Elimden gelse bütün Türkleri Arap yaparım" diye yazdı.
Yunanistan bu şerefsizi kovdu.
Önce Suudi Arabistan'a geçti, en son Mısır'a yerleşti.
1923'te Türkiye Cumhuriyeti kuruldu.

1924'te hilafet kaldırıldı.
1926'da Mekke'de uluslararası İslam Kongresi toplandı.
Türkiye Cumhuriyeti de katıldı.
Nüfusu Müslüman ülkelerin tamamı temsil ediliyordu, hilafet makamının geleceği konuşuldu, neticede, böyle bir makama gerek olmadığı görüşü ağır bastı, hilafet makamına dair herhangi bir karar alınmadı.
İngiliz istihbaratı böyle düşünmüyordu!
Hilafet makamı, Osmanlı padişahı Yavuz Sultan Selim tarafından Kahire'den alınıp, İstanbul'a getirilmişti, gene Kahire'ye taşımak için fıştıklamalar başladı.
1928'de Müslüman Kardeşler örgütü kuruldu.
Gayet netti.
Müslüman Kardeşler örgütü, Türkiye'de hilafeti kaldıran Atatürk Devrimi'ne karşı, bizatihi Türkiye Cumhuriyeti'ne karşı kurulmuştu.
Müslüman Kardeşler'in kurucusu Hasan el Benna, örgütünün kongresinde bunu açıkça dile getiriyor, "hilafeti sembolize ediyoruz" diyordu. Türkiye'de hilafetin kaldırılmasından söz ederken gözyaşlarını tutamıyor, mendiliyle gözlerini sile sile ağlıyordu.
Türkiye Cumhuriyeti'yle karşı cephede yeralan Müslüman Kardeşler örgütünün kuruluşunda en büyük destekçilerinden biri kimdi?
Elbette Mustafa Sabri'ydi.
Müslüman Kardeşler'in kurucusu Hasan el Benna, Mustafa Sabri'ye para verdi, kitaplarını yayınladı, hatta kitaplarının ismini bile koydu.
Mustafa Sabri, İstanbul'la Kahire arasında mekik dokuyan öğrencileri aracılığıyla, Müslüman Kardeşler'in Türkiye'ye taşınmasında köprü vazifesi gördü.
Aradan yıllar geçti, Müslüman Kardeşler'in fikriyatını anlatan ve bizzat yöneticileri tarafından kaleme alınan kitaplar, CIA yönlendirmesiyle, güya komünizmle mücadele ayaklarıyla, bizzat Milli İstihbarat Teşkilatımız tarafından tercüme ettirilerek Türkiye'ye sokuldu.
Hasan el Benna'yla başlayan Müslüman Kardeşler örgütü'nün liderlik koltuğuna 2011 yılında Mursi oturdu. Neredeyse bütün dinci siyasetçiler gibi, akademik yolu ABD'den geçmişti, doktorasını "burs"la Güney Kaliforniya Üniversitesi'nde yapmıştı, Kaliforniya Eyalet Üniversitesi'nde de doçent olmuştu.
AKP hükümeti, işte bu Müslüman Kardeşler'in safındaydı.)

Mısır'da ordu yönetime el koydu.
Aynı gün, Türkiye'de orduya el konuldu!
163 subay Balyoz'dan tutuklandı.
Sayın medyamız pek mutluydu.

▪ Kumpası başlatan *Taraf* gazetesinin başyazarı Ahmet Altan gurur duyuyordu, "Balyoz planını bin defa getirseler, bin defa basarım" diyordu. ▪ Cengiz Çandar, Türk ordusunu Hitler'in ordusuna benzetiyordu, "Nazilerin yargılandığı Nürnberg mahkemelerinden mülhem olarak, Balyoz davası Türkiye'nin Nürnberg'idir" diyordu. ▪ Hasan Cemal gayet emindi, "Balyoz planı Ak Parti'yi hedef alan, bal gibi darbe planıdır" diyordu. ▪ Fatih Altaylı henüz yargılama başlamadan, tutuklanan subaylar hakkında infaz kararı veriyordu, "darbe planladıklarından hiç kuşku duymuyorum" diyordu. ▪ Oral Çalışlar itiraz edenlerle alay ediyordu, "Balyoz'un darbe planı olmadığını ileri sürmek, komiktir" diyordu. ▪ Amberin Zaman, AKP'yi tebrik ediyordu, "Balyoz davası, Türkiye'de sivilleşmenin en önemli sembolüdür" diyordu. ▪ Hikmet Genç tıpkı Fatih Altaylı gibi, henüz yargılama başlamadan infaz ediyordu, "o kaldırdıkları Balyoz'un altında kendileri kaldı" diyordu. ▪ Hilal Kaplan, tarihin gördüğü en büyük hukuksuzluğu, hukuk olarak alkışlıyordu, "darbeciler ilk defa hukuka tabi kılınıp, cezalandırıldı" diyordu. ▪ Ali Bayramoğlu, Balyoz'la birlikte 28 Şubat davası açılması için çağrı yapıyordu, "28 Şubat'ın devamı olan bir kalkışma kuyruğundan yakalandı, darbeci neslin tasfiyesi tamamlanmıştır" diyordu. ▪ Mümtazer Türköne açık açık "TSK lağvedilsin" diyordu. ▪ Mustafa Ünal, "Balyoz millete değil, darbecilere indi" diyordu. ▪ Erhan Başyurt, "toprağın altı cephanelik, üstü darbe planı kaynıyor, Balyoz darbesi 12 Eylül kopyalanarak hazırlanmış" diyordu. ▪ Ergun Babahan sipariş veriyordu, "komuta kademesi baştan aşağı yenilenmeli, silahlı kuvvetler açılımı yapılmazsa, bu ülke yerinde saymaya devam eder" diyordu. ▪ İsmet Berkan adı gibi emindi, "güneş balçıkla sıvanmaz, gerçekten darbe hazırlığı var" diyordu. ▪ Ekrem Dumanlı, kendisi gibi düşünmeyen gazetecileri hedef gösteriyordu, "cuntacılar panik yaşıyor, suçüstü yakalananlar çareyi yargı ve medyadaki dostlarını yardıma çağırmakta buluyor, herkes cuntacıların uzantıları olan gazeteciler üzerine kafa yormalı" diyordu. ▪ Taha Akyol'un hiç şüphesi yoktu, "belgeler sahte bile olsa görmezden gelinebilir mi, darbe çalışması yapıldığından şüphe yok" diyordu. ▪ Yıldıray Oğur, "Balyoz cd'lerini dinledim, o ses kayıtlarında dinlediğimiz şeyin suç olduğunu anlamak için kriminal laboratuvara ihtiyaç yok, bir çift kulağa sahip olmak yeterli" diyordu. ▪ Rasim Ozan Kütahyalı, tutuklanan subaylar yetmez diyordu, "aslında TSK içine sızmış bir cunta yok, cuntalaşmış bir TSK var, TSK'da her yer cunta" diyordu. ▪ Nagehan Alçı, kanıt aramaya bile görmüyordu, "dijital veriler olmasa bile Balyoz darbe hazırlığıdır" diyordu. ▪ Engin Ardıç, "darbe falan yokmuş diyorlar, çünkü biz eşeğiz, bunlar nelerine güveniyor da göz göre göre postalcılığı sürdürüyor yahu?" diyordu. ▪ Emre Aköz, "bazı arkadaşlar, bu planı hazırlayan askerleri kastederek 'deli mi bunlar' diye sormuştu, ben de 'bunlar deli filan değil, vicdansız katiller' demiştim, az bile söylemişim" diyordu. ▪ Mehmet Barlas, "Balyoz mimarlarının, kendilerini Türkiye'de değil, Pakistan'da, Afganistan'da zannettikleri ihtimali kuvvetlidir" diyordu. ▪ Ahmet Kekeç, Balyoz'a inanmayanlara "güdülmüş"ler diyordu, "bu darbeyi yeraltına gizlenmiş silahlarla yapacaklardı" diyordu. ▪ Mustafa Karaalioğlu kanıt uyduruyordu, "2003'te, 2006'da, 2007'de, 2008'de yönetime el koymayı amaçladıklarını biliyoruz" diyordu. ▪ Abdülkadir Selvi isim isim hedef gösteriyordu, "Engin Alan'ın bulaşmadığı darbe planı kalmamış, Başbakan geldiğinde ayağa kalkmamıştı, darbecilik gözünü bürümüş" diyordu. ▪ Elif Çakır da tıpkı Ekrem Dumanlı gibi, tutuklamalara sivillerle devam edilmesini istiyordu, "asker tamam, şimdi geç kalınmadan darbelerin içinde yeralan İstanbul sermayesi ve gazeteciler yargı önüne çıkarılmalı" diyordu. ▪ Şahin Alpay uydurma delilleri canhıraş savunuyordu, "ortaya konan deliller yeterince güçlü, darbeden kuşkum yok" diyordu. ▪ Eser Karakaş çoktaaaaan mahkeme kararını vermişti, "darbe girişimi olmadığına kimse beni inandıramaz" diyordu. ▪ Alper Görmüş kriminal laboratuvarı gibiydi, "Balyoz davasının en önemli delilleri olan harddiskler darbecilerin özbeöz malıdır" diyordu.

Bir avuç namuslu gazeteci hariç, medya işte bu haldeydi.

Askerler hapse tıkıldı, polisler askerlikten kurtuldu.
Meslekte 10 yılını dolduran, muaf tutulacaktı.
Polis aileleri teşekküre geldi.
Tayyip Erdoğan "yırttınız" dedi.
Emniyet genel müdürü, Tayyip Erdoğan'a Osmanlı tuğralı 1903 yapımı tabanca ve polis rozeti hediye etti. AKP tarafından emniyet genel

müdürü yapılan Oğuz Kağan Köksal, ilk seçimde AKP milletvekili yapılacaktı.

(Polis evrensel bir kelime, İngilizce police, Fransızca police, İspanyolca policia, İtalyanca polizia, Almanca polizei, Rusça politsiya, Fince poliisi, Svahili dilinde polisi, Türkçe polis.
Dünyanın her yerinde polis araçlarında polis yazar.
Ama, 2010 yılında, dünyada ilk kez ve sadece Türkiye'de polis araçlarına "polis" kelimesi yerine "halk için emniyet adalet için hizmet" yazmışlardı.
Polis kelimesi yerine "hizmet" kelimesi konulduğunda, emniyet genel müdürü Oğuz Kağan Köksal'dı, içişleri bakanı Beşir Atalay'dı.
"Hizmet" kavramının, Fethullah Gülen cemaatini sembolize ettiğini bilmeyen yoktu, cemaatin kendisine "hizmet hareketi" dediğini bilmeyen yoktu.
Bütün polis araçlarına, bütün polis binalarına "halk için emniyet adalet için hizmet" yazdılar, aynı sloganla afişler yaptılar, reklam panolarına astılar, hediyelik anahtarlıklar yaptılar, bardaklar yaptılar, eşantiyon olarak dağıttılar.
Bu sloganla pastalar yaptılar, emniyet teşkilatının bütün kutlamalarında bu pastaların fotoğraflarını basına servis ettiler.
Balyoz gibi, Ergenekon gibi, Casusluk gibi kumpas davalarının tamamı, polis yerine "hizmet" yazdıkları dönemde yaşandı.
Sonra?
17/25 Aralık'ta yolsuzluk lağımı patlayacak, AKP'yle cemaat birbirine düşman olacak, AKP derhal polis araçlarındaki "hizmet" sloganını silecek, yeniden sadece "polis" yazacaktı.)

Soner Yalçın tutuklandı, Odatv'nin sahibiydi.
Odatv'nin yayınladığı son haber Ergenekon/Balyoz'la alakalıydı.
Operasyonları yürüten polislerin Amerikalılar tarafından eğitildiğini ortaya koyan bir videoydu. Amerikalı uzmanlar polislere bomba eğitimi veriyor, eğitilen polisler iki gün sonra Ergenekon cephaneliği diyerek kazı yapıyor, tam olarak o bombaları buluyordu!

Libya patladı, içsavaş çıktı.
AKP hükümetinin öngörüsü sıfır olduğu için, kabak yine bizim başımıza patlamıştı, kaç Türk vatandaşının Libya'da mahsur kaldığı bilinmiyordu, 25 binden fazla olduğu tahmin ediliyordu.
Deniz otobüsü, feribot, yüzebilen ne varsa Libya'ya göndermeye başladık, çoğunluğu Türk inşaat şirketlerinde çalışan insanlarımızı yurda getirmeye çalışıyorduk, yandaş medyada hükümetimizin muhteşem tahliye gerçekleştirdiği, dünyanın bize nasıl hayran kaldığı anlatılıyordu. Halbuki, rezaletin daniskasıydı.

(Libya'nın karışmasına sadece 48 saat kala Türkiye Cumhuriyeti Trablus Büyükelçiliği'nin resmi internet sitesinde "Libya'da yaşayan vatandaşlarımıza" başlığıyla duyuru yayınlanmıştı. "Bazı vatandaşlarımız asayiş hakkında sorular yöneltmektedir, Libya'da güvenlik ve istikrar bakımından sıkıntı yaşanmamaktadır, Libya'da iş yapan şirketlerimizin endişe duymalarını gerektirecek durum yoktur, vatandaşlarımızın müsterih olmaları tavsiye olunur" deniyordu.
Yani? Vatandaşlarımız "kaçalım mı" diye soruyor, Büyükelçiliğimiz "endişe edecek bir durum yok, müsterih olun" diyordu!)

Nedim Şener, Ahmet Şık tutuklandı.
Profeşör Yalçın Küçük tutuklandı.
MİT mensubu Kaşif Kozinoğlu hakkında tutuklama kararı çıkarıldı, Afganistan'daydı, kaçma şüphesi var diye gıyabi tutuklama kararı çıkarılan adam, koşa koşa geldi, tutuklandı.

Odatv Ankara muhabiri İklim Bayraktar, Ergenekon'dan gözaltına alındı, serbest bırakıldı. Savcı Zekeriya Öz'e ifade vermişti, "Meclisteki odasında Deniz Baykal'ın tacizine uğradım" demişti. "Kılıçdaroğlu'na gittiğini, cihaz verirseniz tacizi ispat ederim dediğini, Kılıçdaroğlu'nun da çek getir dediğini" anlatmıştı.
Gümbür gümbür manşet oldu.
Baykal "karalama kampanyasının parçası" dedi.
İklim Bayraktar'a dava açtı, kazandı.
Ama, karalama olduğunu mahkemede kanıtlayana kadar, itibarı yerden yere vuruldu. Kaset'le evine gönderilmesi yetmemişti, CHP'den tamamen elini çekmesi isteniyordu, genel seçim arifesiydi, milletvekili aday listelerinde etkisi olsun istenmiyordu.

MHP kasetleri piyasaya çıktı.
CHP dizayn edilmiş, sıra MHP'ye gelmişti.
Tam seçim öncesinde yine belaltı vuruluyordu, genel başkan yardımcılarının kadınlarla çekilmiş gizli kamera görüntüleri internete düşüyordu, mecburen milletvekili adaylığından çekiliyorlardı.
Herkes skandalın şehvetine kapılıyor, tıklıyor, seyrediyordu. Peki, milletvekillerinin yatak odasına gizli kamerayı kim yerleştirdi? Bu soruyla hiç kimse ilgilenmiyordu.
Gizli kamera görüntüleri "farklı ülkücülük" adıyla yayın yapan bir internet sitesinden servis ediliyordu, internet adresinin kaynağı ABD ve Portekiz olarak görünüyordu. Deniz Baykal meselesinde olduğu gibi, MHP'yi infaz eden internet sitesinin yayını da, her nedense (!) bir türlü durdurulmuyordu.

Harp Akademileri Komutanı Bilgin Balanlı tutuklandı.
Tutuklanan ilk muvazzaf orgeneral'di. Emekli albaylarla ufak ufak başlayan süreç, muvazzaf orgenerale kadar gelmişti.

Japonya'da 9 büyüklüğünde deprem oldu.
16 bin kişi hayatını kaybetti, nükleer santralda sızıntı oldu.
Bu nükleer facia nedeniyle Mersin'e kurulacak olan nükleer santral akıllara geldi, Tayyip Erdoğan'a sordular, "riski olmayan yatırım yoktur, evinize aygaz tüpü de koymamak gerekir" dedi.
Ha evine tüp bağlatmışsın.
Ha memlekete nükleer santral dikmişsin.
Tayyip Erdoğan'ın mantığına göre aynıydı!

İbrahim Tatlıses vuruldu, yaralı kurtuldu.
Husumeti olan biri saldırmıştı.
Bedri Baykam bıçaklandı, yaralı kurtuldu.
"Siyasi görüşlerini sevmiyorum" diyen biri saldırmıştı.
Emniyet teşkilatı, İbrahim Tatlıses olayı için dört tane özel ekip oluşturdu, İstanbul'dan Irak'a, Diyarbakır'dan Suriye'ye kadar arama yaptı, helikopterler, hatta dalgıçlar bile kullanıldı, MİT devreye sokuldu. Bedri Baykam olayında ise, polis zahmet edip arama bile

yapmadı, saldırganın arkadaşı telefonla ihbar etti, gene kimse aramadı, saldırgan kendi kendine teslim oldu.
İbrahim Tatlıses'i başbakan, başbakan yardımcıları, sağlık bakanı, kültür bakanı ziyaret etti, Bedri Baykam'ın ziyaretine kimse gelmedi.
Muhalifsen, sanatçı da değildin, insan da değildin.

NATO uçakları Kaddafi güçlerini vurdu.
NATO dediğin elbette ABD'ydi ama, Kaddafi'nin kafasına ilk bombayı atma şerefi (!) Fransa'ya bırakılmıştı. Böylece, Libya petrolüne kimin oturacağı da belli olmuştu.

> *(Tunus, Mısır ve Libya'nın patlayacağını öngöremeyen AKP hükümeti, nal toplayanlar arasında kalmıştı. Tayyip Erdoğan vaziyeti öylesine kavrayamamıştı ki, "böyle saçmalık olur mu, NATO'nun Libya'da ne işi var?" demişti. Figüran durumuna düştüğümüz anlaşılınca, apar topar tezkere çıkartacak, dört fırkateyn bir denizaltı göndererek NATO operasyonuna katılacak, İzmir'i NATO hava harekatı merkezi yapacaktı. Ama, iş işten geçecek, pasta paylaşılmış olacaktı.)*

(Fransa cumhurbaşkanı Sarkozy, askeri operasyona "dini boyut" kazandırarak "bu bir haçlı seferidir" demişti. Türkiye'nin de katıldığı denizden ablukanın komutası, İtalya'daydı. Komuta gemisinin ismi, Andrea Doria'ydı. Yani... Papa'nın talebiyle Osmanlı'ya savaş açıp Preveze'de Barbaros'a yenilen haçlı donanmasının komutanı Andrea Doria'nın ismini taşıyordu. Dini bütün hükümetimiz, bütün sembolik değerleriyle "haçlı seferi" olduğu ilan edilen operasyonda, Andrea Doria'nın safındaydı!)

Kaddafi linç edilerek öldürüldü.
Önce bacaklarından, sonra boynundan kurşunladılar.
Cesedini yerlerde sürüklediler.
Bütün dünya dehşetle izledi.

> *(Halbuki, kısa süre önce ekonomi bakanımız Ali Babacan gururla anlatmıştı, Kaddafi'yi deviren muhaliflere 100 milyon dolar yardımda bulunduğumuzu söylemişti. İşte bu 100 milyon dolar verdiğimiz Batı maşası tipler, şimdi Kaddafi'yi katletmenin gururunu yaşıyordu.)*

ÖSYM başkanı değişti, Ali Demir koltuğa oturdu.
Bismillah, daha ilk üniversite sınavında cevap şıklarına şifre konulduğu ortaya çıktı. Soruyu bile okumadan doğru cevap bulunabiliyordu.
Ali Demir şifreyi itiraf etti, "acemiliğimize geldi" dedi.
Sınavın mutlaka iptal edilmesi gerekiyordu. İptal edilmesini boşverin, savcılık soruşturmasının sonucunu bile beklemeden sınav sonucunu açıkladılar, hiçbir şey olmamış gibi üstünü örttüler gitti.
Milyonlarca çocuğun geleceğiyle oynandı.

Vergi cezalarıyla bunalan Aydın Doğan, küçülme kararı aldı, *Milliyet* ve *Vatan* gazetelerini Erdoğan Demirören'e sattı, pek yakında Star televizyonunu da Ferit Şahenk'e satacaktı. Bunları vererek AKP'den kurtulacağını sanıyordu, yakamı bırakırlar diye düşünüyordu.

12 Haziran 2011.
Türkiye kaderini oylamaya gitti.
Ampul, avize oldu.
AKP üst üste üçüncü seçimi kazandı, yüzde 49'a yükselmişti.

(Seçim sonuçlarını noktasına virgülüne kadar doğru tahmin eden kamuoyu araştırmacısı Adil Gür, seçimden önce sustu, seçimden sonra açıkladı: Habur rezaleti yüzünden AKP erimiş, yüzde 32'ye kadar inmişti, CHP 28'e, MHP 18'e fırlamıştı, AKP'nin iktidarda oturma ihtimali kalmamıştı, CHP tek başına veya MHP koalisyonuyla iktidara yürüyordu. Ancak... CHP'nin kasetle dizayn edilmesi, MHP'nin kasetle infaz edilmesi, AKP'nin iktidarda kalmasını sağlamıştı.)

Ergenekon davasından Silivri'de tutuklu bulunan Profesör Mehmet Haberal ve Mustafa Balbay, CHP milletvekili seçilmişlerdi, serbest bırakılıp bırakılmayacakları merak ediliyordu.
TBMM'de yemin töreni yapıldı, CHP yemin etmedi.
Kılıçdaroğlu niye yemin etmediklerini açıkladı, "onurlu mücadele başlattık, tutuklu milletvekillerimiz meclise gelene kadar yemin etmeyeceğiz, gerekirse dört yıl yemin etmeyiz" dedi.
Tayyip Erdoğan "tükürdüklerini yalayacaklar" dedi.

Şike bombası patladı.

Fenerbahçe başkanı Aziz Yıldırım tutuklandı. Cemil Turan, Bülent Uygun, Ümit Karan, İlhan Ekşioğlu, Mecnun Otyakmaz gibi, futbol dünyasının birbirinden şöhretli isimleri hapse tıkıldı.

Fenerbahçe'nin küme düşürüleceği iddia ediliyordu.

Gene muhteşem bir zamanlama tesadüfüydü.

Gündem değişivermişti.

Ve, bir başka tesadüf daha vardı.

Şike operasyonunu yürüten savcılar, Ergenekon/Balyoz savcılarıydı, şike davasında da Ergenekon/Balyoz taktiği uygulanıyordu, medyaya sızdırma bilgiler servis ediliyordu, daha ortada iddianame bile yokken, manşetlerde mahkemeler kuruluyordu.

(Aziz Yıldırım'ın tutuklanmasından sadece bir gün sonra, Zahid Akman ve Kanal 7'nin sahibi Zekeriya Karaman, Deniz Feneri'nden tutuklandılar. Şike haberleri gazeteleri ve televizyon ekranlarını öylesine kamufle etmişti ki, Deniz Feneri tutuklamaları haber bile yapılmadı. Futbolun tozu dumanı arasında gargaraya getirilmişti.)

Şike haberlerinin ardı arkası kesilmeyince, siyaset gündemden düşmüştü. CHP tıpış tıpış meclise gelip, yemin etti. "Göreceksiniz tükürdüklerini yalayacaklar" diyen Tayyip Erdoğan haklı çıkmıştı. Kılıçdaroğlu'nun yüzünde kıl oynamıyordu.

Komuta kademesini dizayn etmeye çalışanlar yine düğmeye bastı, Yüksek Askeri Şura'ya 48 saat kala, Ege Ordu komutanı, Genelkurmay istihbarat başkanı, Genelkurmay adli müşaviri ve emekli orgeneral Hasan Iğsız hakkında yakalama kararı çıktı.

Cumhuriyet tarihinde bir ilk daha yaşandı.

Genelkurmay Başkanı Işık Koşaner istifa etti.

Kara Kuvvetleri Komutanı Erdal Ceylanoğlu istifa etti.

Hava Kuvvetleri Komutanı Hasan Aksay istifa etti.

Deniz Kuvvetleri Komutanı Eşref Uğur Yiğit istifa etti.

Dünya tarihinde görülmemiş protestoydu.

Peki, Jandarma Genel Komutanı Necdet Özel?
O bana mısın demedi, istifini bozmadı.
Koltuğunda oturmaya devam etti.
Ertesi gün Kara Kuvvetleri Komutanı yapıldı.
Daha ertesi gün, Genelkurmay Başkanı yapıldı.
AKP'nin genelkurmay başkanı olmuştu.

Işık Koşaner'in ses kaydı internete düştü.
"İçimizden hainler çıktı, maalesef helal süt emmemiş arkadaşlarımız çıktı, neyimiz var neyimiz yok çaldırmışız, ne konuşuyorsak adamların elinde var, namerdin eline malzeme verdik" diyordu.

(17/25 Aralık lağımı patlayınca, ortalığa saçılan ses kayıtlarının "sahte" olduğunu söyleyen AKP'liler, Ergenekon/Balyoz döneminde ortalığa saçılan ses kayıtlarının "doğru" olduğunu söylüyordu. Genelkurmay başkanının bile gizli gizli kaydedilmesini alkışlıyorlardı. Aynı silahın kendilerine doğrultulacağının farkında değillerdi.)

Suriye'de kan gövdeyi götürüyordu.
Hükümetimizden çıt çıkmıyordu.
Obama, Tayyip Erdoğan'a telefon etti.
O gün... Beşar Esad kötü adam oldu!
Sayın medyamız düğmeye basılmış gibi, fotokopi gibi aynı cümlelerle Esad'ın diktatör olduğunu yazmaya başladı, Tayyip Erdoğan açık açık "Suriye bizim iç meselemiz, gereğini yapacağız" dedi.

Peki, nasıl oluyor da böyle oluyordu?
Mısır'da Libya'da niye ani dönüşler yapıyorduk?
Suriye'deki pozisyonumuz niye aniden değişmişti?
Hani şu, Davos'taki van münüts meselesinde moderatör vardı ya, Amerikalı gazeteci David Ignatius... İşte o gazeteci, Beyaz Saray tutanaklarından alıntılar yaparak, *Washington Post*'ta enteresan ötesi bir makale kaleme aldı.
"Arap Baharı'nı yönlendirmek için geri planda kalmayı tercih eden Amerikan yönetimi, bu işe en uygun kişi olarak, bu ülkelerdeki İslamcı partilerde saygın bir yere sahip olan Tayyip Erdoğan'ı seçti. Beyaz Saray yönetimi, Obama'nın ilk yurtdışı gezisi için Ankara'yı düşünürken, bunları hesapladı.

Obama ve Erdoğan, Mısır, Libya, Suriye ve İran olaylarıyla ilgili çok sıkı işbirliği yürütüyorlar. Sadece bu yıl içinde 13 defa görüştüler. Obama isteyince, Türkiye devreye giriyor. Bu yüzden, bir zamanlar Esad'ın en yakın müttefiki olan Tayyip Erdoğan, şimdi en keskin düşmanı oldu. Tayyip Erdoğan'da sıkça görüldüğü gibi, bu da kişisel bir durum... Çünkü, Tayyip Erdoğan aralarındaki dostluğa güvenerek Beşar Esad'ı 72 saatte ikna edebileceğini söylüyordu, Beşar Esad, Tayyip Erdoğan'a reformlar yapacağı konusunda söz verdi, ancak sözünü tutmadı. Tayyip Erdoğan Beyaz Saray'a karşı mahcup durumda kaldı, öfkelendi, bu öfke Türkiye'yi katı bir tavır izlemeye itiyor."

Kesilip, saklanması gereken makaleydi!

MİT'ileaks patladı.
Oslo rezaletinin ses kayıtları internete düştü.
Tayyip Erdoğan'ın bangır bangır bağırarak "bölücülerle masaya oturduğumuzu iddia edenler şerefsizdir" dediği günlerde, Milli İstihbarat Teşkilatı'nın PKK'yla resmen masaya oturduğu ortaya çıktı.

Norveç'in başkentindeki pazarlık görüşmelerine, o dönem Başbakanlık müsteşar yardımcısı olan Hakan Fidan ve MİT müsteşar yardımcısı Afet Güneş katılmıştı. Hakan Fidan kendisini teröristlere tanıtırken "sayın başbakanımızın özel temsilcisiyim" diyordu.
Ses kayıtlarını internete kimin sızdırdığı gene meçhuldü.
Diyaloglardan anlaşıldığına göre, Milli İstihbarat Teşkilatımız, İmralı'yla Kandil arasında kuryelik yapıyor, tarafların birbirine yazdığı mektupları taşıyor, elden teslim ediyordu.
Türk halkı gözlerine kulaklarına inanamıyordu.

(Emniyet istihbarat dairesi eski başkanı Sabri Uzun, 2015 yılında "İn" isimli kitap yazdı. PKK'nın Avrupa sorumlusu Sabri Ok'un 2006 yılında Ankara'ya geldiğini, MİT yöneticileriyle görüştüğünü, kendisinin de bu görüşmeye tanık olduğunu anlattı. Sabri Uzun'un bu tanıklığına göre, AKP-MİT-PKK pazarlıkları Oslo'dan iki yıl önce başlamıştı, üstelik tee Norveç'te değil, başkentimizde başlamıştı.)

(Türkiye tarafından kırmızı bültenle aranan ve Amed Dicle kodadıyla faaliyet gösteren gazeteci Vahdettin Tayfur, 2015 yılında "Türkiye-PKK

görüşmeleri" adıyla kitap yayınladı. Avrupa'da piyasaya çıkan bu kitapta, Sabri Uzun'un 2006 yılındaki tanıklığı doğrulanıyordu. Hatta, MİT'le PKK'nın Ankara'dan sonra 2007 yılında bu defa Brüksel'de buluştuğu öne sürülüyordu. Amed Dicle'nin iddiasına göre, 2008'le 2011 arasında Oslo'da toplam 10 görüşme gerçekleştirilmişti.)

> *(Oslo döneminde emniyet istihbarat daire başkanı olan Ömer Altıparmak da yine 2015 yılında gazetecilere açık açık anlatacaktı. MİT'le PKK arasındaki müzakereler, İngiliz istihbaratının hakemliğinde yürütülmüştü. İngilizler PKK yöneticilerine MİT'i sıkıştırmak için taktikler veriyordu. PKK'nın İngiliz avukatı Mark Muller Stuart, Londra'da bir düşünce enstitüsü kurulmasını sağlamıştı, bu enstitü arabuluculuk rolü üstlenmişti, bu enstitünün faaliyetlerine BDP milletvekillerinin yanısıra AKP milletvekilleri de katılıyordu. PKK yönetimi MİT'e taslak sunmuştu, taraflar karşılıklı askeri faaliyeti durduracak, Öcalan serbest bırakılacaktı.)*

Hapisteki altı kişi BDP'den milletvekili seçilmişti.
Serbest bırakılmıyorlardı.
BDP de bu yüzden, tıpkı CHP gibi yemin boykotu yapıyordu.
Oslo deşifre oldu, şak, boykottan vazgeçiverdiler.

BDP'nin yemin töreni sırasında herkesin gözü Leyla Zana'nın üzerindeydi. 20 yıl önce yine milletvekili seçilmiş, başında yeşil-sarı-kırmızı bandanayla meclis kürsüsüne çıkmış, yeminini Kürtçe sözlerle bitirerek krize yol açmış ve tutuklanmıştı.
Bu defa ne yapacaktı?
"Büyük Türk milleti önünde namusum ve şerefim üzerine ant içerim" diyeceğine, yeminin sözlerini değiştirdi, "büyük Türkiye milleti önünde namusum ve şerefim üzerine ant içerim" dedi.
"Türk milleti" demedi.
Yemin metnine sadık kalmadığı için mutlaka tekrar edilmeliydi, oturumu yöneten AKP'li meclis başkanı Cemil Çiçek tekrar ettirmedi.

Herkes AKP'ye öfkeleniyordu, PKK uzantısı BDP'ye böylesine taviz verilmesine, Meclis çatısı altında "Türk" kavramına sahip çıkılmamasına isyan ediliyordu.

Halbuki "yeni CHP"den de çıt çıkmıyordu.
Kılıçdaroğlu'nun "Türkiyeli" sessizliği gözden kaçırılıyordu.

(10 Aralık 2005... İstanbul Gayrettepe'deki Dedeman Oteli'nde DİSK başkanı Süleyman Çelebi'nin çağrısıyla toplantı düzenlenmişti, "arayış toplantısı" deniyordu, CHP konuşulmuştu, CHP'nin altı ok ilkeleri nedeniyle iktidar olamadığına vurgu yapılmış, yeni siyaset, yeni anayasa, yeni Türkiye gibi kavramlar üzerinde durulmuştu.
"Yeni anayasa" dedikleri anayasanın taslağında, Türk vatandaşlığı yerine, tıpkı Leyla Zana'nın söylediği gibi, Türkiye vatandaşlığı kavramı vardı.
Bu ilk toplantıdan sonra "10 Aralık Hareketi" adı altında faaliyet gösterenler arasında, Profesör İbrahim Kaboğlu, Profesör Burhan Şenatalar, Oğuz Kaan Salıcı gibi isimler yeralıyordu.
Kılıçdaroğlu CHP genel başkanı olur olmaz, 10 Aralık Hareketi partiye monte edildi; kimisi parti yöneticisi, kimisi milletvekili yapıldı. Sencer Ayata ve Süleyman Çelebi'nin yanısıra Bülent Kuşoğlu, Binnaz Toprak, İbrahim Kaboğlu, Sezgin Tanrıkulu, Selin Sayek Böke, Onursal Adıgüzel gibi isimler CHP milletvekili oldu.
Oğuz Kaan Salıcı, İstanbul il başkanlığına atanmış, yardımcılığına Canan Kaftancıoğlu getirilmişti, Burhan Şenatalar ise pek yakında genel başkan yardımcısı olacaktı.
Kılıçdaroğlu tarafından 2011 seçiminden itibaren CHP'ye ufak ufak monte edilen 10 Aralık Hareketi, pek yakında CHP yönetimini komple ele geçirecek, peşpeşe seçim yenilgilerine rağmen, 2023'e kadar Kılıçdaroğlu'nu genel başkan olarak tutmayı başaracaklardı.)

(Kılıçdaroğlu'nun genel başkan olur olmaz, 2010 yılında parti yönetimine aldığı, 2011 seçiminde milletvekili yaptığı isimlerden biri Aykan Erdemir'di. Önce parti meclisine almış, hemen ardından Bursa milletvekili yapmıştı. 2017 yılında Aykan Erdemir hakkında Fethullah Gülen cemaati soruşturması kapsamında yakalama kararı çıkarılacak, Aykan Erdemir yurtdışına kaçacaktı.)

Bitlis Güroymak'ta mayın patladı, beş polis şehit oldu.
Sayın medyamız "Güroymak'ta hain pusu" diye yazdı.
İyi de, cumhurbaşkanı Abdullah Gül aynı Güroymak'a Kürtçe "Norşin" dememiş miydi? Sayın medyamız alkışlamamış mıydı?

Şimdi utanmadan "Güroymak" diye yazıyorlardı.
Sayın medyamızın yüzsüzlüğü bu seviyedeydi.
PKK açılımı açılınca "Norşin"di.
PKK vurunca "Güroymak"tı.

Ramazan geldi.
AKP iktidarının memlekete en hayırlı tarafı, sosyetemizin aniden "mümin" olmasıydı, hükümetin gözüne girebilmek için göstere göstere iftarlar sahurlar düzenlemeye başlamışlardı.
Din adamlarına artık "kan versem orucum bozulur mu?" filan gibi klasik sorular yöneltilmiyordu. Taze müminlerimiz "oruçluyken güneş kremi sürebilir miyim, pedikür orucu sakatlar mı, sahurdan önce sevişebilir miyim?" gibi soruların cevaplarını merak ediyordu.
Televizyon kanalları da aniden hidayete ermişti, iftar vakitlerinde ana haber bültenleri minareden naklen ezan yayınına başlamıştı.
AKP iktidarından önceki kandil'lerde cep telefonundan mesaj bile atmayanlar, şimdi ne kadar şahane müslüman olduğunu göstermek istercesine mesaj yağdırıyordu. Üstelik eskiden sadece "hayırlı kandiller" gibi kısa mesajlar atılırken, hadise edebiyata dönüşmüştü, "nur ışıklarından sağanaklarda ıslanın, sevap kapınızın önüne gül yaprakları serpilsin" falan gibi ağdalı cümleler saydırılıyordu.
Kandillerde mesaj atmayanlar AKP karşıtı sayılıyordu.

Diyanet'in Kuran kurslarında yaş sınırı kaldırıldı.
Çocuklar eskiden, beşinci sınıftan sonra gidebiliyordu.
Şimdi artık, ilkokula başladığı gün gidebilecekti.
Henüz Türkçe okuma yazma bile bilmeyen bebeler, devlet eliyle Kuran kursuna gönderilmeye başlandı.

Marmara Depremi'nin simgesi, müteahhit Veli Göçer tahliye oldu. 195 kişinin ölümünden sorumlu tutularak 18 yıl hapse mahkum edilmişti, yedi yılda çıktı. Rahmetlilerin ruhunu ve yakınlarını rencide etmek istemem ama, Veli Göçer çok bile yatmıştı. Çünkü o depremde 30 bin insanımız hayatını kaybetmişti, Veli Göçer'den başka günah keçisi bulunmamıştı! Toplam 2 bin 100 dava açıldı, 1800'ü affa sokuldu, geriye kalanları da zamanaşımına sokuldu, kapatıldı.

(2023 yılında Kahramanmaraş depremi meydana gelince, Veli Göçer hatırlanacak, acaba ne yapıyor diye bakılacak, müteahhitlik ve arsa ofisi işine geri döndüğü ortaya çıkacaktı.)

Van'da 7.2 büyüklüğünde deprem oldu.
604 insanımız hayatını kaybetti.
Şehircilik bakanı Erdoğan Bayraktar yüreklere su serpti, "bugün itibarıyla en güvenilir yer Van'dır, fay kırıldı, enerjisi boşaldı, binalara girilebilir, büyük depremin olduğu yerde bir daha deprem olmaz, dünyada bunun örneği görülmemiştir" dedi.
17 gün sonra Van'da 5.6 büyüklüğünde deprem oldu, ayakta kalan binalar da yıkıldı, şehircilik bakanının "girilebilir" tavsiyesine kulak vererek hasarlı binalara giren vatandaşlarımız hayatını kaybetti.
Liyakatsizlik, depremden daha büyük afetti.

Tayyip Erdoğan deprem mevzusunu değiştirdi.
Bedelli askerlik çıkardı.
Halbuki, sadece iki ay önce bedelli askerliğe karşı olduğunu söylüyordu, "parası olan var olmayan var, parası olan bastıracak parayı askerlikten kurtulacak, olmaz öyle, ben böyle bir sorumluluğun altına girmem, referandum yaparım" diyordu, şimdi aniden "bedelli askerlik çıkarıyorum" diyordu.
Analar ağlamasın'la başlamışlardı.
Kaçanın anası ağlamaz'a bağlamışlardı.
Temel eğitim bile kaldırılmıştı, 30 yaşından gün alıp 30 bin lirayı bastıran, bir gün bile askerlik yapmayacaktı. Yurtdışındaysan, 10 bin euro ödeyip, kışlaya uğramayacaktın, taksit imkanı vardı, kredi imkanı vardı, dekontlu askerlik dönemiydi.
Ensen kalınsa, canın sağolsun.
Garibansan, vatan sağolsun'du.

Kaşif Kozinoğlu, Silivri cezaevinde vefat etti.
Henüz duruşmaya çıkmamıştı, sadece dokuz gün sonra ilk kez hakimlere ifade verecekti, ne diyeceği en fazla merak edilen sanıktı, "spor yaparken kalpten öldü" dediler.
55 yaşındaydı, sağlık sorunu yoktu, bordo bereli subaydı, Dünya Özel Kuvvetler Şampiyonası'nda teçhizatlı koşu, paraşütle atlama, sualtı dalışı,

hayatı idame'de dünya şampiyonuydu, vücudunda mermi izleri taşıyordu, gizli görevleri sırasında vurulmuş, ölmemişti. "Spordan öldü" dediler!

Tayyip Erdoğan'ın annesi vefat etti.
Kısıklı'daki villasının bahçesinde taziyeleri kabul etti.
İş dünyası kuyruk oldu, televizyonlardaki eğlence programları yayından kaldırıldı, adeta ulusal yas ilan edilmişti, gazetelere kim daha büyük başsağlığı ilanı verecek yarışı yapıldı.
Tenzile Erdoğan'ın tabutuna, Suudi kralı'nın gönderdiği ipek örtü örtüldü, Karacaahmet'te toprağa verildi, bilahare, Tayyip Erdoğan'ın 1988'de vefat edip Kasımpaşa Kulaksız Mezarlığı'na defnedilen babası Ahmet Erdoğan'ın naaşı çıkarıldı, annesinin yanına taşındı.
Van Erciş'teki depremde ağır hasar gören "Atatürk" ilkokulu yeniden inşa edildi, "Atatürk" levhası kaldırıldı, "Tenzile Ana ilkokulu" yapıldı!
Bu okul, Kemal Kılıçdaroğlu'nun da eğitim gördüğü okuldu.

Gene Dersim krizi çıktı.
Kılıçdaroğlu iki yıl önceki Dersim krizinde Onur Öymen'in üstünü çizmiş, yeniden milletvekili yapmamış, onun yerine rövanş alır gibi, Dersim kitaplarıyla tanınan Hüseyin Aygün'ü partiye davet etmiş, Tunceli'den milletvekili yapmıştı.
İşte bu Hüseyin Aygün, takvimde başka gün kalmamış gibi tam 10 Kasım'da, Fethullah Gülen cemaatinin gazetesi *Zaman*'a röportaj verdi, "CHP kendi tarihiyle yüzleşmeli, Atatürk'ün Dersim katliamından haberdar olmaması mümkün değil" dedi.
Atatürk, bizzat Atatürk'ün kurduğu Cumhuriyet Halk Partisi'nin milletvekili tarafından katliamla suçlanıyordu, tarihte ilkti.

Dersim ayaklanmasının elebaşı Seyit Rıza'yı PKK'ya benzettiği için Onur Öymen'i derhal istifaya davet eden Kılıçdaroğlu, Atatürk'e katliamcı diyen Hüseyin Aygün'e hiç sesini çıkarmadı.
CHP içten içe kaynıyordu ama, Kılıçdaroğlu aleyhinde ağzını açanlar derhal partiden tasfiye edildiği için, bile bile susuluyordu.
Yeni CHP'nin suskunluğundan faydalanan Tayyip Erdoğan, yeni CHP milletvekili Hüseyin Aygün'ün pasını gole çevirdi.
"1938 Dersim olayları için devlet adına özür dilemek gerekiyorsa, ben özür dilerim, diliyorum, CHP de özür dilesin" dedi.

13 bin kişinin öldüğünü, 11 bin kişinin sürgün edildiğini, çocukların kadınların katledildiğini söyledi, Dersim ayaklanmasının elebaşı Seyit Rıza'nın asılmasını "yürek burkucudur" diye tarif etti, gözleri doldu.

Atatürk katliamcı ilan edilirken, padişah açılımı yapıldı.
TBMM başkanlığı "Ölümünün 150'nci Yılında Sultan Abdülmecid" adıyla, Dolmabahçe Sarayı'nda anma sempozyumu düzenledi, milletvekillerine padişah tuğralı davetiyeler gönderildi.
Sultan Abdülmecid 25 Nisan'da doğmuştu, 26 Haziran'da ölmüştü, 1 Temmuz'da tahta çıkmıştı ama, anma töreni 17 Kasım'da yapılıyordu.
Çünkü...
Abdülmecid'le filan alakası yoktu.
17 Kasım, Mustafa Kemal için idam fermanı yazdıran, idam fetvası yazdıran Vahideddin'in memleketten kaçtığı gündü.
Elbette inkar ediliyordu ama, Vahideddin anılıyordu.

Tayyip Erdoğan üç gün ortadan kayboldu.
Üç gündür kendisiyle alakalı tek satır haber yoktu.
Aslında, Marmara Üniversitesi Pendik Hastanesi'ne yattığını, bağırsaklarından ameliyat olduğunu bütün medya biliyordu, yandaş medya zaten yazmıyordu, yandaş olmayan medya da Aydın Doğan'a kesilen vergi cezalarından tırstığı için haberi kullanmak istemiyordu, medya patronlarına "neme lazım" havası hakim olmuştu.
Başbakanlığın lütfedip resmi açıklama yapması beklendi.
Başbakanlık lütfedip açıklama yaptı.
Üç gün önceki ameliyat "son dakika" diye ekranlara taşındı!
Sindirim sistemi ameliyatı olduğu açıklandı.
Kalınbağırsağının 20-25 santimi alınmıştı.
Nesi vardı, kanser miydi?
Bu kitabın yazıldığı 2023 yılında bile Türk halkı bunu hâlâ bilmiyordu, gizlendi, öğrenilmesi engellendi, kulaktan kulağa dolaşan dedikodulardan başka bilgi yoktu.
Adeta Kuzey Kore'ye dönüşmüştük.
Soru sormak yasaktı.

Tayyip Erdoğan'ı şehitlere kelle demekten üç kuruşa mahkum ettiren avukat Kemal Kerinçsiz, bu defa "30 bin Kürt'ü ve 1 milyon Ermeni'yi

öldürdük" diyen Orhan Pamuk'a da şehit aileleri adına tazminat davası açtı, Orhan Pamuk altı bin lira ödemeye mahkum oldu.
"30 bin Kürt'ü ve 1 milyon Ermeni'yi öldürdük" lafından sonra Nobel'in yanında 1 milyon 360 bin dolar para ödülü kazanmıştı.
Karşılığında sadece altı bin lira ödedi.
Fena bir alışveriş değildi.

Uludere faciası yaşandı.
Kuzey Irak'tan katırlarla giriş yapan kaçakçılar, terörist grubu zannedildi, F-16'larla bombalandı, aralarında çocukların da bulunduğu 34 kişi hayatını kaybetti.
Genelkurmay başsağlığı mesajı yayınladı.
Ergenekon/Balyoz davalarında TSK'yı yerden yere vuran yandaş medya, şimdi aniden TSK avukatı kesilmişti, genelkurmay başkanı Necdet Özel'e toz kondurmuyorlar, talihsizlik olduğunu yazıyorlardı.
Ölenler Şırnak Uludere'nin Ortasu Köyü'ndendi, Kürtçe adı "Roboski"ydi, yolgeçen hanı gibi rahat rahat kaçakçılık yaptıkları, sınırdan ne zaman çıktıkları ne zaman girdikleri, bölgedeki bütün devlet görevlileri tarafından biliniyordu, hatalı istihbarat verilmişti, o hatalı istihbaratı kimin verdiği muammaydı.

İdris Naim Şahin içişleri bakanıydı.
"Kaçak malı veren PKK, o insanları katırlarla dolap beygiri gibi döndüren de PKK, ölenler bu olayın sadece figüranlarıdır, özür dilenecek mahiyette bir olay değildir" dedi.

Tayyip Erdoğan gündemi değiştirmeye çalışırken, gündem oldu. "Yatıp kalkıp Uludere diyorsunuz, her kürtaj Uludere'dir, sezaryene karşı bir başbakanım, bunu cinayet olarak görüyorum" dedi.
Uludere'nin sorumlusu kim diye merak edilirken, kürtaj yaptıran bütün kadınlar, sezaryenle doğum yapan bütün kadınlar, bizzat başbakan tarafından "katil" ilan edilmişti.

Türkiye Cumhuriyeti'nin 26'ncı Genelkurmay Başkanı İlker Başbuğ, terör örgütü kurmak ve yönetmek suçundan tutuklandı.
Genelkurmay başkanı "terörist" olmuştu.
Silivri'ye tıkıldı.

Cumhuriyet'le hesaplaşma süreci başlamıştı.
Cumhurbaşkanı Abdullah Gül, "Atatürkçü olmayı kendime hakaret sayarım, Atatürk ideolojisi darbeler ideolojisidir, Atatürk ideolojisi faşist ideolojidir" diyen Mümtazer Türköne'yi Atatürk Tarih Yüksek Kurumu yönetim kuruluna atadı.
Aynı Mümtazer Türköne, Kürt sorununun çözümü için Abdullah Öcalan'ın paşa yapılmasını, maaşa bağlanmasını önermişti.
Eşi, AKP milletvekiliydi.

(Fethullah Gülen cemaatinin gazetesi Zaman'ın yazarı olan Mümtazer Türköne, 15 Temmuz darbe girişiminden sonra tutuklanacak, müebbetle yargılanacak, 10 yıl hapse mahkum edilecek, 4 yıl yatacak, MHP lideri Devlet Bahçeli'nin girişimiyle güya yeniden yargılanıp, serbest bırakılacaktı.)

Deniz Feneri davasının savcıları "sanık" yapıldı.
Dünya tarihinde ilkti.
Sanıkları tanık yaptılar, savcıları sanık yaptılar.

(Görevlerini kötüye kullandıkları iddia edilen savcıların 11 yıl hapisleri istenmişti. Aylarca yargılanacaklar, neticede Yargıtay'da beraat edeceklerdi. Savcı Abdülvahap Yaren, beraat ettikleri gün şu tarihi konuşmayı yaparak, tarihe not düşecekti... "Zekat hırsızlarını koruma altına alan bir güç var. Ben bu güce hırsızların imparatoru diyorum. Bu imparator hem altındaki figüranları koruyor, hem kendisine ulaşılmasını engelliyor. Hırsızlar imparatorunun kim olduğu apaçık belli, halk arasında arife tarif gerekmez anlamında bir tabir vardır, damda gezer miyav der, isme gerek var mı?")

12 Eylül davası açıldı.
Kenan Evren bir numaralı sanıktı.
Tahsin Şahinkaya iki numaralı sanıktı.
Biri 94 yaşında, öbürü 86 yaşındaydı.
İşemeye gidecek halleri bile yoktu.
Zaten başka sanık da yoktu, adı geçen herkes çoktan ölmüştü.

12 Eylül 1980 darbesinde, 650 bin kişi gözaltına alınmış, 230 bin kişi yargılanmış, 50 kişi asılmış, 171 kişi işkenceyle öldürülmüş, 300 kişi şüpheli şekilde ölmüş, 14 bin kişi vatandaşlıktan çıkarılmış, 30 bin kişi sakıncalı diye işini kaybetmişti... Güya yargılıyorlardı.

Başkent'e adeta nükleer bomba düştü... PKK'nın şehir yapılanmasıyla alakalı soruşturma yürüten savcı Sadrettin Sarıkaya resmi yazı gönderdi, MİT müsteşarı Hakan Fidan, MİT eski müsteşarı Emre Taner ve MİT eski müsteşar yardımcısı Afet Güneş'i ifadeye çağırdı, "kendiniz gelmezseniz kolluk kuvveti göndereceğiz" denilmişti.

Niye?

BDP Diyarbakır İl Başkanlığı'na polis baskını yapılmıştı, arama sırasında mutabakat taslağı bulunmuştu. Oslo pazarlığında PKK'yla varılan mutabakatın metni olduğu iddia ediliyordu. MİT'çiler bu suçlamayla ifadeye çağrılmışlardı, "devlete ve anayasal düzene karşı anlaşma yapmak"la suçlanıyorlardı. Türkçesi, vatana ihanetle suçlanıyorlardı.

MİT'çiler ifade vermeye gitmedi.

Savcı yakalama kararı çıkardı.

Tayyip Erdoğan vaziyeti kavramıştı.

Cemaat polisleri ve savcıları, AKP kontrolünden çıkmıştı.

Hakan Fidan üzerinden kendisine uzanacakları belli olmuştu.

Jet hızıyla tek maddelik yasa çıkarıldı, MİT mensuplarına ve başbakanın özel temsilcilerine dokunulmazlık zırhı getirildi.

Tayyip Erdoğan kozmik odasını cemaatin elinden kurtardı.

Savcı Sadrettin Sarıkaya görevden alındı.

Hukuk iyice guguk olmuştu.

O gün düğmeye basıldı, AKP iktidara gelir gelmez AB'ye uyum ayaklarıyla kurulan "özel yetkili mahkeme"ler lağvedildi.

Ancak, lağvedilmelerine rağmen, Ergenekon/Balyoz/Casusluk davalarına bakmaya devam edecekler, bu davalar bittikten sonra kapatılacaklardı... Rezaletin daniskasıydı.

Hakan Fidan'ın kurtarılıp, savcının tasfiye edildiği gün, Tayyip Erdoğan gene hastaneye yattı, Medipol Hastanesi'nde gene ameliyat oldu, gene bağırsak sistemi ameliyatıydı.

MİT krizinin tam ameliyat gününe denk gelmesi Tayyip Erdoğan'ı kuşkulandırmıştı, hastaneye bir gün önce yatmış olsaydı, krize müdahale edebilmesi imkansız olacaktı. Ameliyat olacağını yakın çevresi dışında kimse bilmediğine göre, MİT hamlesi neden şimdi yapılmıştı? Yoksa telefonları mı dinleniyordu?
Başkent kulislerinde anlatılanlara göre... Bu şüpheyle "böcek" araması yaptırmıştı. Çalışma ofisini didik didik arayan polisler, dinleme cihazı bulunmadığını rapor etmişlerdi. Polislerden sonra MİT'e arama yaptırmıştı, portatif prizde iki adet böcek bulunmuştu.
Bu nasıl olabilirdi?
Polisler nasıl bulamazdı?
Tayyip Erdoğan, MİT'çilerle durum değerlendirmesi yapmış, böceklerle alakalı olarak polise bilgi verilmemesi kararı alınmıştı.
Bir hafta sonra, polisler yine çağırılmış, ofiste yine arama yaptırılmış, polisler yine "temiz" olduğunu söylemiş, polisler gittikten sonra MİT görevlileri arama yapmış, bu defa dört adet böcek bulunmuştu.
Kırılma anıydı.
Tayyip Erdoğan bundan böyle polislere güvenmeyecekti.
Toplumun henüz haberi yoktu.
Tayyip Erdoğan'la Fethullah Gülen arasında savaş başlamıştı.

Taburcu oldu.
MİT plağını değiştirdi, imam hatip plağını taktı.
"Dindar gençlik yetiştireceğiz, dininin, dilinin, beyninin, ilminin, ırzının, evinin, kininin davacısı bir gençlikten bahsediyorum" dedi.

> *(Necip Fazıl'ın Gençliğe Hitabesi'nden alıntıydı.*
> *Siyasal dincilerin rehber edindiği şair Necip Fazıl, 1975 yılında, aklınca, Atatürk'ün Gençliğe Hitabesi'ne alternatif olarak yazmıştı. Tuhaflıklarla dolu hitabede, Osmanlı'yı üç devreye ayırıyor, 1923'te kurulan Cumhuriyet'i "dördüncü devre" olarak nitelendiriyordu. Bu dördüncü devreyi "işgal ordularının bile yapamayacağı kadar cinayet, öldürücü küfür, çürük, süründürücü, helak edici" diye tarif ediyordu!*
> *"Beşinci devrenin kapısı önünde dimdik bekleyen bir gençlik" istediğini söylüyor, "dininin, dilinin, beyninin, ilminin, ırzının, evinin, kininin, öcünün davacısı bir gençlik" olarak tarif ediyordu.*
> *Açıkça "kindar nesil" istediğini söylüyordu.*
> *Başka?*

"Halka değil, hakka inanan, meclisin duvarında 'hakimiyet hakkındır' düsturuna hasret çeken bir gençlik" istediğini söylüyordu.
Türkçe'yi "kurbağa dili"ne benzetiyordu.
"Yıkmak" gerektiğini söylüyordu.
İşdünyasına "viski çeken devrimbaz kodamanlar" diyordu.
Açıkça tehdit ediyordu, "Allah buyruğunu kasanın kapısına kazımadıkça, serbest nefes bile alamazsın" diyordu, işdünyasına bunu zorla dayatacak bir gençlik istediğini söylüyordu.
Laik eğitim sistemine "komik üniversite, hokkabaz profesör, yalancı ders kitabı" diyordu, gençleri laik eğitim sistemiyle eğiten kurumlara "zehirli tesir" diyordu.
Laik Türkiye'yi savunan gazetelere "fuhuş albümü" diyordu.
Cumhuriyet'e bağlı aileleri "temeli yıkık" diye nitelendiriyordu.
"Annenizi, babanızı, ninenizi, dedenizi bile beğenmeyin, kendinizden büyük nesillere 'gerçek müslüman olsaydınız bunlar başımıza gelmezdi' diye hesap sorun" diye yönlendiriyordu.
Ve, nihayetinde lafı "dava taşı"na getiriyordu.
"Genç adam! Senden beklediğim, manevi babanın tabutunu musalla taşına, Anadolu kıtası büyüklüğündeki dava taşını gediğine koymandır, surda bir gedik açtık, mukaddes mi mukaddes, ey kahpe rüzgar, artık ne yandan esersen es" diyordu.
Türkçe mealiyle özetlersek... Fikri hür, vicdanı hür, irfanı hür gençler yerine, yaşadığı toplumdan nefret eden, demokrasiye inanmayan, Cumhuriyet'i dinsizlik olarak gören, öç almak isteyen "kindar" gençler olmalarını istiyordu.
Tayyip Erdoğan'ın bahsettiği gençlik, işte buydu.)

Dindar nesil yasası çıkarıldı.
Sekiz yıllık kesintisiz eğitim kaldırıldı. 4+4+4 kesintili eğitim haline getirildi. İmam hatip, ilkokula sokuldu. Kuran-ı Kerim seçmeli ders oldu. Kuran-ı Kerim dersi vesilesiyle, türban da ilkokula girmiş oldu.

Peki, çocuklar Kuran'ı nasıl okuyacaktı?
Arapça mı öğreteceklerdi?
Milli eğitim bakanı Ömer Dinçer, dünya eğitim tarihine geçen bir izahatta bulundu... "Arapça öğretmeyeceğiz, Türkçe öğretir gibi öğreteceğiz, Arap harfleriyle Türkçe gibi okuyacaklar ama

anlamayacaklar, zaten Türkiye'de Kuran-ı Kerim okuyanların çoğu anlamaz, Türkçe olduğunu varsayarlar, öyle yapacağız" dedi!

Ders Kitapları Yönetmeliği değiştirildi.
Bundan böyle, okullarımızın ders kitapları hazırlanırken "Atatürk ilkelerine, laik, sosyal, hukuk devletine uyumlu olma" kriterleri aranmayacaktı. Atatürk ilkeleri müfredattan çıkarılmıştı.

Stratfor'un iç yazışmaları Wikileaks tarafından yayınlandı.
CIA'in gölge kuruluşuydu.
Türkiye'nin kirli çamaşırları ortaya saçıldı.
Parayla veya gönüllü olarak istihbarat veren bürokratlarımız, akademisyenlerimiz, gazetecilerimiz vardı, sızmadıkları ne kamu kuruluşu kalmıştı, ne bakanlık kalmıştı.
"Guguk kuşu" kataloğu gibiydi.
Memleketi elaleme satmak isteyenler öylesine uzun kuyruk olmuştu ki, Türkiye için özel genelge yayınlamışlardı, "kaynakların koordine edilmesini, ufak tefek bilgilerle vakit kaybedilmemesini" istemişlerdi!
Tayyip Erdoğan'ın danışmanı İbrahim Kalın'ın Stratforcularla pek sıkı fıkı olduğu ortaya çıkmıştı. Stratfor başkanı "bu adam büyük kaynak, onunla yaptığım görüşme kesinlikle gizli kalmalı" diye not düşmüştü.
2023 yılında MİT Müsteşarı olacaktı.
Kılıçdaroğlu tarafından CHP'ye monte edilen, hem milletvekili hem genel başkan yardımcısı yapılan Sezgin Tanrıkulu, TR705 kod numarasıyla Stratfor'un kaynakları arasında gösteriliyordu.
Stratfor'un satın aldığı gazeteciler vardı, istedikleri haberi yayınlatıyorlardı. Akademisyenler vardı. Muhafazakar kimliğiyle tanınan bir profesörümüze mesela, 1666 dolar ödemişlerdi, dekont vardı. Sızmadıkları ne kamu kuruluşu kalmıştı, ne bakanlık kalmıştı, Stratfor'un gözüne girebilmek için otel ayarlayan vardı, şoför ayarlayan vardı, makam otomobili ayarlayan vardı.

CIA başkanı sürpriz şekilde Ankara'ya geldi.
Tayyip Erdoğan'ın günlük programında bile görünmüyordu.
Başbaşa görüştüler.
Bu ziyaretten itibaren başımıza gelmeyen kalmadı.
Şam Büyükelçiliğimiz boşaltıldı.
Esad, Eset oluverdi.

Aynı gün, Afganistan'da helikopterimiz düştü.
Dördü binbaşı 12 şehit verdik, teknik arıza denildi. Şehitlerimiz, metal, yandan kulplu, kilitli, US Army envanteri Amerikan tabutlarıyla getirildi.

Madımak davası zamanaşımından düştü.
İnsanlık, zamana yenilmişti.
Tayyip Erdoğan'a ne düşünüyorsunuz diye sordular?
"Milletimiz için hayırlı olsun" dedi!

28 Şubat defteri açıldı.
Erbakan'ın ölümünü beklemişlerdi.
Çünkü, Erbakan'ın 28 Şubat konusunda AKP'nin yanında saf tutması mümkün değildi, hatta "AKP iktidarı 28 Şubat ürünüdür" diyordu.
Emekli orgeneral Çevik Bir tutuklandı.
Herkesi Silivri'ye tıkarken, Çevik Bir'i Sincan'a tıktılar.
28 Şubat sürecinde Erbakan Hükümeti'ne gözdağı vermek için tankların geçirildiği yer Sincan'dı. Rövanşın kanıtıydı.
28 Şubat'ta genelkurmay genel sekreteri olan tümgeneral Erol Özkasnak tutuklandı. 28 Şubat'ta askeri istihbaratın başında bulunan orgeneral Fevzi Türkeri tutuklandı. 28 Şubat'ın jandarma genel komutanı orgeneral Teoman Koman tutuklandı. Üç beş arayla tutuklama yapılıyor, adeta intikamın zevki çıkarılıyordu.
Dönemin YÖK başkanı Profesör Kemal Gürüz tutuklandı.

Sadullah Ergin adalet bakanıydı.
Ahmet Hakan, Oral Çalışlar, Aslı Aydıntaşbaş, Ergun Babahan, Ruşen Çakır, Rahim Er, Bülent Korucu, Tuncer Köseoğlu, Emre Aköz, Utku Çakırözer, Nagehan Alçı gibi gazetecileri topladı, Silivri Cezaevi'ni gezdirdi. Hiç utanmadan Silivri Cezaevi'nin aslında ne kadar "yaşanabilir" bir yer olduğunu anlattı. Bu gazeteciler de köşelerinde yazdılar, Oral Çalışlar mesela "insan ruhuna uygun" olduğunu yazdı!

> *(Beton tabut Silivri Cezaevi'ni turistik tatil köyü gibi göstermeye çalışan Sadullah Ergin, 2023 yılında Kılıçdaroğlu tarafından CHP listesinden milletvekili yapılacak, CHP oylarıyla yeniden TBMM'ye girmesi sağlanacaktı.)*

İstanbul'daki askeri casusluk ve fuhuş davası 15 aydır devam ediyordu, ne casusluk vardı, ne fuhuş vardı, tamamı beraat etti.
Şak... İstanbul'daki dava beraatla sonuçlanır sonuçlanmaz, İzmir'de askeri casusluk ve fuhuş operasyonu başlatıldı. Sözde iddialar aynıydı, sözde deliller bile aynıydı, tutuklanan subaylar farklıydı.

Leyla Zana, *Hürriyet* gazetesine konuştu. "Asker çözer, yargı çözerle olmaz, bu işi Tayyip Erdoğan çözer, Başbakan'da bu cesaret var, hepimiz Başbakan'ın yanında olduğumuzu hissettirmeliyiz" dedi.
O akşam, Tayyip Erdoğan İstanbul'da Türkçe Olimpiyatı'nın finaline katıldı, isim vermeden Fethullah Gülen'e seslendi. "Gurbet hasrettir, hasretin bedeli ağırdır, gurbette olup vatan toprağı hasreti çekenleri aramızda görmek istiyoruz, bitsin artık bu hasret" dedi.
Aynı güne sığan bu iki mesaj, AKP'yle cemaat, AKP'yle PKK arasında pazarlıklar yürütüldüğünün kanıtıydı.

---

23 Nisan'da bir ilk daha yaşandı.
Başbakan, Anıtkabir'deki törene katılmadı.
Yine tarihte ilk defa, Genelkurmay Başkanlığı'nın resmi internet sitesindeki "Anıtkabir ziyaretçi sayısı" kaldırıldı. Kaç kişi ziyarete geldi, gün gün sayılıyor, gün gün açıklanıyordu, kaldırıldı.
Anıtkabir'deki kalabalıktan rahatsız olan hükümet görmüştük ama, Anıtkabir'deki kalabalıktan rahatsız olan Genelkurmay'ı ilk defa görüyorduk.

Bu atmosferde, Tayyip Erdoğan meclis kürsüsüne çıktı. 20 Nisan 1936 tarihli *Cumhuriyet* gazetesinden bir kupür gösterdi, "bak belge konuşuyor, CHP iktidarında camiyi ahır yaptılar" dedi.
Ayakta alkışlandı.
Kupürün başlığını göstermişti.
Sadece başlığını okumuştu.
Haberde ne yazdığını okumamıştı.
Kameralara sallaya sallaya gösterdiği kupürün başlığında "Bu ne insafsızlık, Seferihisar'da tarihi cami ahır yapılmış" yazıyordu.

(Peki aslında haberde ne yazıyordu?
Aynen şunlar yazıyordu: "Seferihisar'ın Hereke Köyü'nde bir cami tahrip edilmiş ve ahır haline getirilmiştir. Müze müdürü, tahkikat

yapmıştır. Verdiği malumata göre, kütüphane ve medresesi vardır. Kütüphanesinden eser kalmamıştır. Evrenoğullarından Kasım tarafından inşa ettirilmiştir. Üstündeki Arapça yazıya göre, 641 yıllık olduğu anlaşılmıştır. Osmanlı-Türk stilindedir. Tahribata rağmen, geriye kalan kısmı muhafaza edilirse, kıymettir."
Yani?
Caminin ahır haline getirilmesiyle CHP döneminin, Atatürk'ün filan alakası yoktu. Camiyi ahır haline getiren, Yunan işgali sırasındaki vandallıktı.
İşgal yıllarında bölgede hiç Türk kalmamıştı, Türklerin yokluğunda caminin ahır haline getirildiğini tespit eden ve bu bilgiyi Cumhuriyet gazetesine veren kişi, İzmir Müze Müdürü'ydü.
Zaten ortada cami falan kalmamıştı. Metruk haldeydi. Minaresi yoktu. Sadece antik ören yerlerinden araklanarak monte edilmiş sütun duvarı ayaktaydı. Bölgede arkeolojik sayım yapan İzmir Müze Müdürü bu antik sütun sayesinde caminin kalıntılarını farketmişti.
Üstelik...
"1936 yılında Mustafa Kemal döneminde ahır yapıldı" denilen cami, 1936 yılında Mustafa Kemal döneminde yeniden cami haline getirilmiş ve ibadete açılmıştı, Kasım Çelebi Camisi'ydi.)

(O zamanlar Aydın Doğan'a ait Hürriyet gazetesindeydim. İzmir çocuğu olarak hem bölgeyi araştırdım, hem Cumhuriyet gazetesi arşivini araştırdım, gerçeğin böyle olduğunu yazdım.
Yazım üzerine, istisnasız bütün gazeteler ve televizyonlar Seferihisar'a üşüştü, yandaş medya öylesine zehirlenmişti ki, Atatürk'ün camiyi ahır yaptığına tereddütsüz inanıyorlardı.
O caminin bulunduğu Düzce Köyü sakinleriyle konuştular.
Camiyi gördüler, ibadete açık olduğunu gördüler.
Tırıs tırıs geri döndüler.
Medyada utanmazlık öylesine kökleşmişti ki, cami yalanını yazanlar, cami gerçeğinden tek kelime bile bahsetmediler, yazmadılar.
Benim için gerçekten enteresan bir süreçti.
İsim vermeyeyim ama, mesleğimizin anlı şanlı duayenleri bile telefon açıp "yazdıkların doğru mu?" diye sorma gafletinde bulunuyordu.
Tayyip Erdoğan söyledi diye, sorgulamadan inanıyorlardı!)

Merkez Bankası yarışma açtı.
Türk Lirası'na itibar kazandırmak için simge seçildi.
Seçtikleri simge hem Tayyip'in T'siydi, hem de Ermenistan para birimi Dram'ın tersten çizilmiş haliydi. Tayyip Erdoğan simgenin tanıtım toplantısında konuştu, "paramızın tıpkı dolar gibi euro gibi simgesi oldu, paramızın artık haysiyeti var, paramız şahlanıyor, iktidarımızın özetini paramızın itibarında görmek mümkündür" dedi.

(Simgeyi tasarlayan kişiye 25 bin lira ödül verilmişti. O gün bu parayla 14 bin 700 dolar alınabiliyordu. Bu kitabın yayınlandığı 2023 yılında anca 925 dolar alınabiliyordu. Tıpkı Tayyip Erdoğan'ın o gün söylediği gibi, AKP iktidarının özetini paramızın itibarında görmek mümkündü!)

ABD, Şam Büyükelçiliği'ni kapattı.
Tayyip Erdoğan Kilis'e gitti.
Suriyeli mültecileri ziyaret etti.
"Ya Beşar, men dakka dukka" dedi.
Türkçe meali "vurana vururlar"dı.
Suriye, savaş uçağımızı vurdu!
Tayyip Erdoğan derhal pilot montu giydi, burundan pervaneli yerli eğitim uçağı Hürkuş'un kokpitine oturdu, başparmağıyla tamam işareti yaptı, "Türkiye'nin büyüklüğünü test etmeye kalkanlara haddini bildiririz" dedi. Fotoğraflar çekildi, canlı yayınlar yapıldı, tören bitti. Hürkuş'u ittire ittire hangara götürdüler. Çünkü uçaktı ama, sadece kaportası uçaktı, henüz uçmuyordu.
Maalesef bu höt zötler iftar topuna benziyordu.
Parça tesirsizdi.
Gürültü çıkarıyordu ama, neticede kurusıkıydı.

(Fantom savaş uçağımızın enkazı, 13 gün sonra, Amerikan gemisi Nautilus tarafından 1260 metrede bulundu, şehitlerimiz çıkarıldı. Türkiye'nin elinde o derinlikte arama kurtarma yapabilecek kabiliyette gemi yoktu, Amerikan Deniz Araştırma Vakfı'na ait Nautilus'tan yardım istenmişti. Dalgıç robotları, mini denizaltısı bulunan Nautilus, sadece 11 milyon dolardı. Makam uçaklarına milyar dolar dökülürken, böyle gemilere verilecek paramız yoktu!)

Saçma sapan dış politikamızın kullanma kılavuzu, dışişleri bakanı Ahmet Davutoğlu'nun yazdığı "Stratejik Derinlik" isimli kitaptı.
Kara'da kafamıza çuval geçirmişlerdi.
Deniz'de gemimizi basmışlardı.
Hava'da uçağımızı vurmuşlardı.
Geriye "derinlik" kalmıştı. Şehitlerimiz 1260 metre derinlikte bulununca, "stratejik derinlik" komple tamamlanmıştı!

(Peki, neydi bu Ahmet Davutoğlu'nun stratejik derinliği derseniz?
Kitabının 17'nci sayfasında izah etmişti.
G = (SV+PV) x (SZxSPxSİ) yazıyordu.
SV, sabit veriler
PV, potansiyel veriler
SZ, stratejik zihniyet
SP, stratejik planlama
Sİ, siyasi iradeydi.
SV = t+c+n+k sabit verilerin açılımıydı.
t, tarih
c, coğrafya
n, nüfus
k, kültürdü.
PV = e+t+a potansiyel verilerin açılımıydı.
e, ekonomik kapasite
t, teknolojik kapasite
a, askeri kapasiteydi.
Dolayısıyla...
G = {(t+c+n+k) + (e+t+a)} x (SZxSPxSİ) oluyordu.
Ahmet Davutoğlu'nun stratejik derinlik'i buydu.
Kitabının 17'nci sayfasında tane tane böyle izah ediyordu.
Türkiye işte bu dış politika formülüyle yönetiliyordu!)

Suriye sınırımız kevgire dönmüştü.
Kuzey Irak'taki 400 kilometrelik sorunlu sınırımıza, Kuzey Suriye'de 800 kilometre daha eklenmişti, giren çıkan belli değildi.
Barzani'ye bağlı binlerce üniformalı peşmerge, Kuzey Irak'tan Kuzey Suriye'ye geçti. Barzani güçleriyle birlikte PKK da bölgeye aktı, 13 yıl önce boşalttıkları kamplara geri döndüler. Otorite boşluğundan

faydalanan PKK'nın fırsat bu fırsat Suriye'ye yerleşmesi, AKP'nin yanlış Suriye politikasının kaçınılmaz sonucuydu.

(Abdullah Öcalan 1978 yılında PKK'yı kurmuş, altı ay sonra Suriye'ye geçmiş, 1998 yılında Türkiye'nin baskısıyla Hafız Esad tarafından sınırdışı edilene kadar Suriye'de yaşamıştı. 1982 yılında Barzani'yle anlaşıp, Kuzey Irak'ta kamp kurulmasını sağlamıştı. Ağırlıklı olarak Şam kontrolündeki Bekaa Vadisi'nde çöreklenen örgüt, Öcalan'ın sınırdışı edilmesiyle birlikte komple Kuzey Irak'a taşınmıştı. ABD sayesinde Saddam rejimi çökünce, Kuzey Irak'taki varlığını büyütmüştü. Şimdi, ABD ve AKP sayesinde Beşar Esad rejimi kontrolü kaybedince, Türkiye sınırına kantonlarla geri dönmüşlerdi.)

Tayyip Erdoğan tam "oldubittiye izin vermeyiz, haddini bildiririz" filan diyordu ki, ABD başkanı Obama telefonla aradı. Bizim hükümet sanki bu telefon konuşması hiç yaşanmamış gibi davranırken, Beyaz Saray'ın resmi internet sitesinde bu telefon konuşmasına dair bir fotoğraf yayınlandı, Obama'nın elinde beysbol sopası vardı!
Neredeyse hiç beysbol oynanmadığı halde, dünyada en çok beysbol sopası satılan dördüncü ülke Türkiye'dir. Dolayısıyla, diplomat olmaya gerek yoktu. O beysbol sopasının ne anlama geldiğini herkes kavramıştı. Kızılcık sopası'nın İngilizcesiydi.
Barzani'ye ve PKK'ya dokunulmayacaktı.
"Dokunanın kafasını kırarım" mesajı veriliyordu.

PKK sadece sınır boyunda değil, sınırlarımızın içinde de cirit atmaya başlamıştı, her gün bir başka noktada asfalta iniyor, trafiği kesiyor, kimlik kontrolü yapıyorlardı.
Tunceli'de yol kesip, CHP milletvekili Hüseyin Aygün'ü kaçırdılar, iki gün sonra bıraktılar. Hüseyin Aygün gazetelere röportaj verdi, "kendisini barış mesajı vermek için kaçırdıklarını, ayrılırken sarılıp öpüştüklerini, bu kardeşlerini unutma abi dediklerini" anlattı.
Bu sarılma/öpüşme/abi lafları üzerine Kılıçdaroğlu'na mikrofon uzatıldı. Kılıçdaroğlu, Dersim milliyetçisi Hüseyin Aygün'e toz kondurmadı, "Hüseyin Aygün'ün sözlerinin arkasındayım" dedi.
CHP bünyesinde adeta "özerk bölge" kurulmuştu!

İngiliz basını, Amerikan basını, Alman basını çatır çatır yazıyordu, Esad'a karşı savaşan Özgür Suriye Ordusu, Hatay'ı merkez üs olarak kullanıyordu. Libya'dan, Afganistan'dan Pakistan'dan getirilen köktendinci militanlar, CIA nezaretinde Hatay'da toplanıyor, silahlandırılıyor, yürüye yürüye Suriye'ye geçiriliyordu. Barış ve hoşgörü şehrimiz Hatay'da kamuflaj kıyafetli tuhaf tipler sokaklarda dolaşıyordu. Hatay'ın yanısıra Gaziantep, Urfa, Kilis, bütün sınır bölgemiz Suriyeli kaynıyordu, yolgeçen hanıydı, kimin eli kimin cebinde belli değildi.
AKP hükümetini eleştirenlere "Baasçı" damgası yapıştırılıyordu.
Tek başına din siyaseti yetmemiş, mezhep siyaseti başlamıştı. Mesela Kaddafi için Saddam için "Sünni diktatör" sıfatını asla kullanmayan yandaş medya, Esad için ısrarla "Nusayri diktatör" diye yazıyordu.

Afyon'da cephanelik patladı, 25 şehit vardı.
Hava karardıktan sonra el bombası kasalarını taşırken havaya uçmuşlardı, şehitlerimizin çoğu henüz bir aylık kısa dönem askerdi.
Orman bakanı Veysel Eroğlu, Afyon milletvekiliydi, cephanelikte inceleme yaptı, "Hindistan'da, Pakistan'da böyle şeyler olur" dedi.
Genelkurmay başkanı Necdet Özel, cephaneliğe gelmişken Afyon Valisi'ni ziyaret etti. Şehitlerimiz henüz morgda yatarken, vali kendisine kilim, satranç takımı ve sucuk hediye etti, poz verdiler, hatıra fotoğrafı çektirdiler, valiliğin internet sitesinde yayınlandı.
AKP sözcüsü Hüseyin Çelik, bu pişkinliği eleştirenleri eleştirdi, "yadırganacak bir durum yok, taziye evinde ikramda bulunulur, lokum bile dağıtılır, normaldir, kahkahalarla gülselerdi, genelkurmay başkanı halay çekseydi, o zaman yadırgardım" dedi.
Tayyip Erdoğan noktayı koydu, "hiç kimse kalkıp da, 'genelkurmay başkanı hükümete yalakalık yapıyor' diyemez" dedi.

ÖSYM'nin avukatlar için hakim ve savcılık sınavında soruların çalındığı ortaya çıktı, sınav iptal edildi. Böylece, hakim/savcı olmak isteyen bazı avukatların, bildiğin "hırsız" olduğu anlaşıldı.

Balyoz davasında karar açıklandı.
Aralarında kuvvet komutanlarının da bulunduğu, emekli/muvazzaf 325 subaya "darbeye eksik teşebbüs"ten 20'şer yıl, 18'er yıl, 16'şar yıl

hapis verildi. Dijital belgelerin sahte olması, savcılık iddialarının tek tek çürütülmesi falan, hikayeydi, TSK'ya balyoz inmişti.
Türkiye Cumhuriyeti'nin liyakat sahibi, madalyalı subayları, kendi vatanlarında mermi bile sıkılmadan imha edilmişti.
Karar açıklanınca sanıklar hep bir ağızdan İstiklal Marşı okudu.

İki gün sonra, AKP kongresi yapıldı.
Barzani onur konuğu olarak katıldı.
"Türkiye seninle gurur duyuyor" sloganlarıyla alkışlandı.

Kurban bayramı geldi.
2012, tarihimizde ilk kez saman ithal edildi.
Muhteşem tarım politikamız (!) yüzünden, buğday'ın kilosu 60 kuruşken, saman'ın kilosu 70 kuruşa çıkmıştı. Angola'dan Eritre'den Kongo'dan Uganda'dan 20-25 kuruşa saman getirilmeye başlandı.

Dinin siyasete alet edilmesi konusunda eşsiz bir örnek sergilendi. AKP Kırklareli il başkanı, Hazreti Muhammed için AKP amblemiyle broşür şeklinde nüfus cüzdanı hazırlattı, peygamberimizin çocukları arasına Tayyip ismini ilave etti.

---

29 Ekim 2012, Atatürkçüler "terörist" ilan edildi.
Atatürkçü Düşünce Derneği'nin öncülüğünde 41 sivil toplum kuruluşu, Cumhuriyet Bayramı'nı Birinci Meclis'in önünde kutlamak istedi.
Ankara valisi "yasak" dedi. Panzerlerle barikat kuruldu, biber gazı ve tazyikli su sıkıldı, Türk Bayrağı taşıyan vatandaşlara tekme atan polisler vardı, İstiklal Marşı ve 10'uncu Yıl Marşı söyleyenlere gaz bombası atıldı. Neticede polis barikatı yarıldı, onbinlerce vatandaş önce Birinci Meclis'e, oradan Anıtkabir'e yürüdü.
Ankara Ankara olalı böyle utanç görmemişti.
Ve maalesef, "iki kişiden biri" sessizce seyrediyordu.
Türkiye iç mutabakatını kaybetmiş, ruhen bölünmüştü.

---

10 Kasım 2012, Tayyip Erdoğan tarihe geçti!
7 Kasım'da Endonezya'ya gitti, 9 Kasım'da resmi temasları bitti, 10 Kasım'da Ankara'da olacaktı, gezisini bir gün uzattı, bir günlüğüne

Brunei'ye geçti, Brunei Sultanı'nı ziyaret etti. Böylece... 1938 yılından bu yana tarihte ilk kez 10 Kasım törenleri başbakansız yapıldı.

---

10 Kasım'da bir ilk daha yaşandı. Dolmabahçe Sarayı askerden alındı, polise devredildi. Bundan böyle Atatürk'ün son nefesini verdiği odanın nöbetini asker değil, polis tutacaktı. Malum, efsane fotoğraftı, her 10 Kasım'da saat 9'u 5 geçe, yatağın başucunda nöbet tutan Mehmetçikler duygulanır, gözyaşlarını tutamaz, yanaklarından süzülürdü.
Dolayısıyla, bu ilk 10 Kasım'da herkesin gözü, yatağın başucunda nöbet tutan polisteydi, polis ağlamadı.

Olacağı buydu.
Şemdin Sakık'ın "gizli tanık" olduğu ortaya çıktı.
Parmaksız Zeki kodadıyla PKK'nın kanlı eylemlerinden sorumluydu, müebbet hapse mahkumdu, Ergenekon davasında "Deniz" kodadıyla gizli tanık olmuştu.
TSK sanık, PKK tanık'tı.
Ekstra hazin tarafı, Deniz kodadıyla ifade veren gizli tanığın kim olduğunu sadece savcılar biliyordu, Şemdin Sakık açık kimliğiyle ifade vermek isteyince, kim olduğu ortaya çıktı. Teröristin tanık olduğunu bizzat terörist sayesinde öğrenmiştik!

Cezaevlerindeki PKK'lılar açlık grevi yapıyordu. Mahkemelerde Kürtçe savunma hakkı istiyorlardı, kimse ilgilenmiyordu, haber bile yapılmıyordu. 40'ıncı günden itibaren ölüm riski başlamıştı.
Öcalan'ın mesajı yayınlandı, "bitirsinler" dedi.
Açlık grevleri bıçak gibi kesildi.
Aslına bakarsanız, açılım'ın halkla ilişkiler faaliyetiydi.
Kamuoyuna inceden mesaj verilmişti, zemin hazırlanıyordu.
"Bakın görüyorsunuz, Abdullah Öcalan ne derse örgütte o oluyor, mecburen onunla konuşmak durumundayız" havası estiriliyordu.

Hemen peşinden, Bülent Arınç televizyona çıktı. "BDP'li kadın milletvekiline çok kızıyordum, beddua ediyordum, sonra onunla ilgili bir hatırayı dinledim, artık kızmıyorum, henüz 17 yaşında genç kızken Diyarbakır Cezaevi'nde öylesine ahlaksızca işkenceye maruz kalmış ki, ben de dağa çıkardım" dedi.

AKP aniden BDP sempatizanı olmuştu!

(Arınç'ın bahsettiği kadın milletvekili, BDP eşbaşkanı Gülten Kışanak'tı. 12 Eylül'de Diyarbakır Cezaevi'nin müdürü tarafından köpek kulübesine tıkılmış, altı ay orada tutulmuş, her gün falakaya yatırılmıştı. İşkenceci cezaevi müdürü binbaşıydı, o binbaşı 1988'de İstanbul'da belediye otobüsünde kafasına sıkılarak öldürülmüştü.)

(Açılım döneminde işte böyle sırtı sıvazlanan Gülten Kışanak, aynı AKP tarafından 2016 yılında PKK mensubu olmaktan tutuklanacak, hapse atılacaktı. Bu kitabın yayınlandığı 2023 yılında hâlâ hapiste yatıyordu ve Bülent Arınç'ın gıkı bile çıkmıyordu.)

Bülent Arınç'ın anlattıkları sadece Gülten Kışanak'la sınırlı değildi, devamı daha enteresandı. Abdullah Öcalan'ın gençliğinde "namazında niyazında" bir delikanlı olduğunu anlattı... "Size üç arkadaştan bahsedeyim, birisinin adı Durmuş, birisinin adı Yakup, birisinin adı Abdullah, tapu kadastro meslek lisesinde arkadaşlık yapıyorlar, okulun karşısında yurt var, Anadolu'dan gelen bu öğrenciler bu yurtta kalıyor, üçü de namaz kılıyor, üçü de inançlı insanlar, çok iyi arkadaşlıkları var, Maltepe Camisi'ne gidiyorlar, ders çalışıyorlar, aradan seneler geçiyor, bunlardan birisi hukuk fakültesinde okurken benim de arkadaşlığımı yapan, Durmuş Yılmaz olarak Türkiye'de Merkez Bankası Başkanı oluyor, ikincisi Yakup İnce, Medine-i Münevvere'de mühendis olarak çalışıyor, üçüncüsü de Abdullah Öcalan, birbirini çok seven, namazı beraber kılan, orucu beraber tutan, iftarlara, sahurlara beraber kalkan bu insanların hayatları hangi noktada kesişmiş, hangi noktada ayrılmış, Abdullah Öcalan belki bir karanlığın kurbanı olarak bu yollara götürülmüş, sevk edilmiş, içinde MİT'in parmağı da olabilecek şekilde, şimdi İmralı'da tecrit halinde yaşayan bir insan, ama bir çocukluğu, bir gençliği var."

Yani bi tek "zavallı Apocuk" demediği kalmıştı!
Toplum henüz farkında değildi ama, açılım süreci bambaşka yerlere gidiyordu, teröristbaşı bizzat AKP eliyle sempatik hale getiriliyordu.

Apo aniden "İmralı" oluverdi.
Yandaş medyada Öcalan'dan bahsedilirken Öcalan denmemeye başlandı, İmralı deniyordu, Öcalan aniden mekan ismi olmuştu.
Psikolojik harekatın parçasıydı.

Toplumsal hafızayı uyuşturmak için, unutturmak için "Apo, Öcalan, teröristbaşı, PKK" kelimeleri adeta yasaklanmıştı. Hem duygular nötrleştiriliyordu, hem de "İmralı" kavramı yavaş yavaş Çankaya, Beyaz Saray gibi "otorite merkezi" haline getiriliyordu.

Paris'teki suikast Türkiye'de gündem oldu.
Sakine Cansız, Fidan Doğan ve Leyla Söylemez, Kürdistan Enformasyon Merkezi'nde susturuculu tabancayla öldürüldü. Sakine Cansız, PKK kurucularındandı. Almanya'da yaşıyordu, örgütün para trafiğini yönetiyordu, Avrupa'daki en üst düzey iki yöneticisinden biriydi, Wikileaks'te yayınlanan ABD kriptosunda "PKK'nın finansörü, silahçısı ve taktik stratejisti" diye tarif edilmişti.
Fransız polisi, PKK'nın şoför olarak kullandığı Ömer Güney'i tutukladı, kamera kayıtlarına göre binaya en son giren kişiydi, çantasında barut izleri tespit edilmişti, Sivas-Şarkışla doğumluydu, 31 yaşındaydı, iki yıl önce PKK'ya katılmıştı, ailesiyle beş yaşındayken Fransa'ya göçmüştü, lisanı çok iyi durumdaydı, tercümanlık yapıyordu, Almanya'da evlenmiş, boşanmıştı, Roj Tv'de muhabir olarak çalışan bir kızla sevgili olduğu iddia ediliyordu, en son 20 gün önce Ankara'ya geldiği, üç gün kaldığı ortaya çıktı.

> *(Sakine Cansız'dan bir hafta sonra, PKK'ya silah temin eden Kürt kökenli mafya babası Aslan Usoyan, Moskova'da öldürüldü. Silahı alan'la silahı satan'ın peş peşe öldürülmesi tesadüf müydü? İddialar havalarda uçuştu ama, muamma olarak kaldı.)*

Sakine Cansız, Fidan Doğan ve Leyla Söylemez'e Diyarbakır'da cenaze töreni yapıldı. 200 bin kişi katıldı. Tabutlara PKK bayrağı örtüldü, Sakine Tunceli'de, Fidan Elbistan'da, Leyla Mersin'de toprağa verildi. Açılım, sadece Türkiye'yi değil, PKK'yı da allak bullak etmişti.

Anadilde savunma yasası çıkarıldı.
Mahkemede artık Kürtçe savunma yapılabilecekti.
Böylece, anadilde savunma hakkı için açlık grevi yapan PKK'lı sanıkların istekleri yerine getirilmiş oldu. Höt zöt'le ahalinin gazı alınıyor, perde arkasından taviz veriliyordu.

İstanbul Kadıköy Adliyesi'nde tarihte ilk kez "türbanlı avukat" duruşmaya girdi. Çünkü... Türban yüzünden silahlı baskına uğrayan, kurşuna dizilen, hukuk şehidi veren Danıştay, sürpriz bir adım atarak, avukatlığın kamu görevi değil, serbest meslek olduğunu açıklamıştı, türbanlı avukatların duruşmalara türbanıyla katılabileceği yönünde karar vermişti.

Ergenekon yalanları kapsamında, bitmek tükenmek bilmeyen "Özal zehirlendi" tartışması gene alevlenmişti. Cumhurbaşkanı Gül, Devlet Denetleme Kurulu'nu devreye soktu, rapor istedi. Devlet Denetleme Kurulu "böcek ilacı zehirlenmesi olabilir" dedi. Ankara Cumhuriyet Başsavcılığı otopsi için mezarın açılmasına karar verdi.
Ölümünden 19 yıl sonra Turgut Özal'ın mezarı açıldı.
Tabuta kondu, Adli Tıp'a götürüldü.
Dokular alındı, tekrar geri defnedildi.
Cenaze neredeyse hiç bozulmamıştı. Çünkü, rahmetli öldüğünde beş gün sonra yapılacak cenaze törenine kadar bozulmasın diye, kısmen mumyalanmıştı. Bu bilimsel gerçeğe rağmen, cenazenin bozulmamış olması sanki mucizeymiş, evliyaymış gibi sunuluyordu.
Neticede, Adli Tıp noktayı koydu.
"Turgut Özal'ın zehirlenerek öldürülmediği"ni açıkladı. Yıllardır köpürtülen "derin devlet zehirledi" efsanesi nihayet son bulmuştu.

Ama... Tıbben son bulsa da, hukuken son bulmadığı anlaşıldı!
20 yıllık zamanaşımına sadece bir gün kala, "gizli tanık var" dediler, "Turgut Özal'ı Ergenekon zehirledi" dediler, Ergenekon'dan tutuklu bulunan emekli Tuğgeneral Levent Ersöz'e suikasttan dava açtılar.
Halbuki... Söz konusu gizli tanık, Turgut Özal'ın bizzat kendi eşi Semra Özal tarafından zehirlendiğini iddia etmişti, Ergenekon örgütünün Semranım'a şantaj yaptığını, Semranım'ın da mecburen kocasını zehirlediğini anlatmıştı.
Bu ifadeyle soruşturma başlatmalarına rağmen, iddianameye Semra Özal'ı koymamışlar, "tuğgeneral zehirledi" deyip geçmişlerdi.

Tayyip Erdoğan Mısır'a gitti.
Döner dönmez, izlenme rekorları kıran "Muhteşem Yüzyıl" dizisini yerden yere vurdu. "Bizim öyle ecdadımız yok, biz öyle Kanuni

tanımadık, ömrünün 30 yılı at sırtında geçti" diye bağırdı, dizinin yönetmenini ve yayınlayan televizyonu kınadığını söyledi.
Durup dururken kafayı niye Kanuni'ye taktı derseniz?
Kanuni Sultan Süleyman'ın hayatını anlatan Muhteşem Yüzyıl dizisi Mısır'da da yayınlanıyordu, Tayyip Erdoğan Mısır'a gittiğinde, AKP'nin desteklediği Müslüman Kardeşler örgütü şikayet etmişti, "ecdadınızı haremle kötü gösteriyorlar" demişlerdi.
Tayyip Erdoğan'ın fırçasından sonra diziye bir haller oldu. Hürrem Sultan aniden türban taktı, namaza başladı. Haremdeki göğüs dekolteleri, hamam sahneleri kayboldu. Saray'a o hafta aniden ramazan geldi, komple oruç tutmaya başladılar.

(Tayyip Erdoğan'ın bu dizi mizi işlerinden anlaması gayet normaldi, çünkü kendisi hem tiyatro oyuncusu, hem yönetmendi. Milli Selamet Partisi'nin gençlik kollarındayken "Mas Kom Yah" isimli tiyatro oyununu hem yönetmiş, hem de başrolünde oynamıştı. Mason'un Mas'ı, Komünist'in Kom'u Yahudi'nin Yah'ıydı. Müslüman Türk kimliğine bürünerek, namuslu işçileri kışkırtan, zavallı patronunu öldürten Yahudi'nin fenalıkları anlatılıyordu. Linç edilen patronun oğlu Avrupa'da tahsil görmüştü, dinsiz olmuştu. Nasıl senaryo? Harika değil mi? Dizi dediğin işte böyle olurdu!)

Türk Hava Yolları'nın modacı Dilek Hanif'e sipariş ettiği üniforma modelleri internete düştü, hosteslerimiz fes benzeri bir şey takmaya başladı. Kırmızı ruj sürmeleri yasaklandı.
Bilahare, İstanbul, İzmir, Antalya, Ankara, Bodrum, Dalaman uçuşları hariç, içki servisi kaldırıldı, business class "helal class" olmuştu!

Fenerbahçe Orduevi'ni polis bastı. Genelkurmay eski başkanı İsmail Hakkı Karadayı 28 Şubat'tan gözaltına alındı, Ankara'ya götürüldü, sorgulandı, bırakıldı. Yurtdışı yasağı konmuştu. Haftada bir karakola gidip "kaçmadım" diye imza verecekti.

Donanma Komutanı oramiral Nusret Güner istifa etti.
Casusluk ve fuhuş iddianamesinde, adıyla sanıyla açık açık belirtilerek, lojmanına bir astsubay tarafından gizli kamera yerleştirildiği, 14 yaşındaki kızının görüntülerinin çekildiği anlatılıyordu. Babalarının önünü kesmek için evlatlarını bile infaz ediyorlardı. Nusret Güner,

ağustosta Deniz Kuvvetleri Komutanı olacaktı, istifasıyla birlikte, kuvvet komutanı hariç, oramiral kalmadı.

Tayyip Erdoğan o akşam televizyona çıktı. "Bunların içinde karacısı var, denizcisi var, fırkateynlerimiz gemilerimiz vesaire, neredeyse komuta kademesinde oralara gönderecek subay kalmıyor, olmaz böyle şey, içerde 400'e yakın subay var, bir de ajan meselesi çıktı ortaya" dedi. Haklıydı, çok güzel söylemişti ama... "Ben bu davanın savcısıyım" diyen kendisi değil miydi?

ABD Ankara Büyükelçiliği'nin kapısında canlı bomba patladı.
Özel güvenlik görevlisi Mustafa Akarsu hayatını kaybetti.
Terörist Ecevit Şanlı, DHKP-C'liydi. Cezaevinde ölüm orucu yaparken hastalandı diye 2001'de tahliye edilmişti, Almanya'da yaşıyordu.
Güvenlik görevlisi Mustafa Akarsu için elçiliğin bahçesine akarsu şeklinde havuz yapıldı, ağaç dikildi, anıt levhasına "Mustafa Akarsu anısınadır" yazıldı, ABD dışişleri bakanı geldi, Anıtkabir'den bile önce, bu anıtın başında yapılan anma törenine gitti, Mustafa Akarsu'nun eşine, Beyaz Saray tarafından sadece kahramanlara layık görülen Thomas Jefferson Star madalyasını takdim etti, konuşmasına Türkçe "başınız sağolsun" diye başladı, başkan Obama'nın taziyelerini getirdiğini söyledi, "Mustafa bizim için hayatını kaybetti, çocuklarının geleceği için kurduğu hayalleri gerçekleştirmek bizim görevimiz" dedi, oğlunun ve kızının ABD'de okutulacağını açıkladı, tören kıyafetli bir Amerikan askeri, hayatını kaybettiği gün yarıya indirilen ABD bayrağını, Mustafa'nın eşine verdi.
Tüm Türkiye, Amerikalıların insana verdiği değeri, terör yüzünden hayatını kaybedenlere verdiği değeri, ibretle seyrediyordu.
Aynı gün, Hatay-Cilvegözü gümrük kapısında otomobilde bomba patladı, dördü Türk, 13'ü Suriyeli, 18 insan hayatını kaybetti.
Ölen öldüğüyle kaldı.
Haberlerde ölenlerin isimleri bile yazılmadı.

Tayyip Erdoğan, Mardin'de konuştu.
"Milliyetçiliği ayaklar altına almış bir iktidarız" dedi.
"Biji Erdoğan" pankartları açıldı.

İmralı'ya heyet gitti. Pervin Buldan, Altan Tan, Sırrı Süreyya Önder'di. Kandil'le İmralı arasında kuryelik başlamıştı. TBMM'de kravat takılmasın diye önerge veren, TBMM albümüne kravatsız fotoğrafını koydurtan Sırrı Süreyya Önder, Apo'ya kravat takarak gitmişti!

İmralı tutanakları patladı.
Pervin Buldan, Altan Tan ve Sırrı Süreyya Önder'in ziyareti sırasında Abdullah Öcalan'ın neler söylediği *Milliyet* gazetesinde yayımlandı.
Memlekete adeta nükleer bomba düştü.
Abdullah Öcalan'ın "sansürsüz" açıklamaları, Türkiye'nin hem geleceğine, hem de son 10 yılına dair çok çarpıcı ipuçları veriyordu.
"Türkler iyi bilmeli, şimdiye kadar yaşadıklarımız devede kulak kalır, üst düzey savaş olur, benimle oyun oynanmayacağını AKP'ye iyi anlatın, yoksa 50 bin kişiyle halk savaşı olacak" diyordu.
Açık açık "rejim değişikliği" olacağını söylüyordu.
"Yepyeni bir Cumhuriyet kurulacak" diyordu.
"AKP'yi 10 senedir ayakta tuttuğunu, iktidarı AKP'ye altın tepside sunduğunu, AKP'nin olgunlaşması için bilerek beklediğini, senelerdir sabrettiğini" anlatıyordu.
"İslamcıların 40 yıllık rüyasını gerçekleştirdik" diyordu.
MİT Müsteşarı'nın savcılık tarafından ifadeye çağrılmasını "darbe" olarak yorumluyordu. Tayyip Erdoğan'ın "vatana ihanet" suçundan tutuklanacağını fark edince, Tayyip Erdoğan'a yardımcı olmak için devreye girdiğini ve bu diyalog sürecini başlattığını söylüyordu.
Kendisinin hapse tıkılmasıyla Fethullah Gülen'in ABD'ye gitmesi arasında ilişki olduğunu öne sürüyordu. "Benim buraya alınmamla birlikte Fethullah da ABD'ye alındı. Fethullah Gülen 120 devlette okul açmış, para nereden? Florida kontrgerillanın eski merkezidir. Türkeş ve Latin Amerika'daki kontrgerilla orada yetiştirildi. Yeni merkez Utah'tadır. Emre Uslu vesaire, orada eğitildi" diyordu.
Sırrı Süreyya Önder'e talimat veriyordu, "vatandaşlık maddesini sana yazdırıyorum, yaz" diyerek, Anayasa'da olmasını istediği vatandaşlık tanımını yazdırıyordu: "Özgür iradesiyle Türkiye Cumhuriyeti'ne bağlılığını ifade eden her birey Türkiye Cumhuriyeti vatandaşıdır."
Anayasa'nın 66'ncı maddesinde yeralan "Türk devletine vatandaşlık bağı ile bağlı olan herkes Türktür" ibaresini "Türkiye Cumhuriyeti vatandaşıdır" olarak değiştiriyordu.
Peki, Anayasa'da başka neleri değiştirmek istiyordu?
Tek tek anlatıyordu.

"Kürt-Türk ilişkilerini anayasal ifadeye kavuşturmak istiyorum, Kürtler ilerde kendilerini özgürce yönetecek, şu anda dayatırsak büyük alerji yaratır" diyordu.
Uyandırmadan, alıştıra alıştıra demek istiyordu!
Peki, bütün bunlar neyin karşılığında olacaktı?
Onu da izah ediyordu.
"Tayyip Erdoğan'ın başkanlığını destekleyeceklerini, AKP'yle başkanlık ittifakına girebileceklerini" söylüyordu.
Kendi durumu hakkında da gülerek, "ne ev hapsi, ne de af, bunlara gerek kalmayacak, hepimiz özgür olacağız" diyordu.

İmralı tutanaklarıyla her şey kabak gibi ortaya çıkmıştı.
Tayyip Erdoğan pek sinirlendi.
Tutanakların açıklanmasına "sabotaj" dedi.
"İftiradır, asılsızdır" dedi.
"Bize güvenin" dedi.
Daha birkaç ay önce "PKK'yla oturup görüştüğümüzü iddia edenler şerefsizdir" diyordu, şimdi ise "bana güvenin" diyordu!
"Kim sızdırdı?" tartışması başladı.
Öcalan'ın dedikleri unutturuluyor, tutanakları basına sızdıran aranıyordu, dikkatler oraya çekiliyordu. BDP'den sızdırıldığı ortaya çıktı. Kandil'den hatıra fotoğrafları gelmeye başladı, Öcalan'la görüşen BDP heyeti, Murat Karayılan'la objektiflere poz veriyordu.

Nevruz, tarihi Nevruz'du.
Diyarbakır meydanında Öcalan'ın mesajı okundu.
"Ulusa sesleniş" konuşmasıydı.
"Saygıdeğer Türkiye halkı" diye başlıyordu.
Türkiye bunu da görmüştü.
Diyarbakır'da tek bir Türk Bayrağı bile yoktu, her taraf PKK bayraklarıyla donatılmıştı, asker/polis meydandan çekilmişti.
Türkiye'deki Kürdistan'ın adeta resmi olarak ilanıydı!
Aynı dakikalarda, Murat Karayılan Almanya Bonn'da Nevruz kutlamalarına katılıyordu, "resmi olarak ateşkes ilan ediyoruz" dedi.
AKP'yle PKK "resmi" olarak anlaşmıştı.

(Aynı gün... ABD başkanı Obama İsrail'deydi, İsrail başbakanı Netanyahu, Tayyip Erdoğan'ı telefonla aradı, Mavi Marmara katliamı nedeniyle özür

diledi, tazminat ödemeye hazır olduklarını açıkladı, Tayyip Erdoğan da "özrünüzü kabul ediyorum" dedi. Van münüts bitmişti!)

AKP hükümeti "akil insanlar" icat etti.
PKK projesiydi.
İlk kez Öcalan tarafından dile getirilmişti.
Böyle bir heyet kurulmasını istemiş, aday isimler önermişti.
Yedi bölgeye dokuzar kişilik heyetler gönderildi.
Hükümete yakın gazeteciler, akademisyenler, sivil toplum örgütü yöneticilerinden oluşuyordu. Aralarında Aydın Doğan'ın en büyük kızı, TÜSİAD eski başkanı Arzuhan Doğan Yalçındağ, TOBB başkanı Rifat Hisarcıklıoğlu, Orhan Gencebay, Kadir İnanır, Hülya Koçyiğit, Yılmaz Erdoğan, Lale Mansur, Türk- İş, Hak-İş, KESK, Memur-Sen gibi sendikaların başkanları, TESEV başkanı Can Paker, Murat Belge, Baskın Oran, Etyen Mahçupyan, Doğu Ergil, Deniz Ülke Arıboğan, Nihal Bengisu Karaca, Şükrü Karatepe, Sibel Eraslan, Abdurrahman Dilipak, İzzettin Doğan, Mehmet Uçum, Tarhan Erdem, Yücel Sayman, Avni Özgürel, Hilal Kaplan, Hasan Karakaya, Fehmi Koru, Kürşat Bümin, Yıldıray Oğur, Ahmet Taşgetiren, Hayrettin Karaman, Fuat Keyman, Kezban Hatemi, Beril Dedeoğlu, Mithat Sancar, Mustafa Armağan, pek yakında çalışma bakanı olacak Vedat Bilgin vardı.
"Kürt başka PKK başka denilemez" diyen, akildi.
"Dağdakiyle birlikte yaşamak isterim" diyen, akildi.
"Her iki taraf da şehit" diyen, akildi.
"Türk demeyelim, Türkiye bayrağı diyelim" diyen, akildi.
"CHP kapatılsın" diyen, akildi.

(Yeni köye eski adetti. Çünkü tee 1919'da Damat Ferid Hükümeti'nin heyet-i nasihası vardı, ona benziyordu. O heyetin amacı, vilayet vilayet dolaşıp, işgale direnmemeleri, büyüklerimiz ne diyorsa onu yapmaları konusunda "ahaliye nasihat" etmekti. Bu heyetin amacı da, vilayet vilayet dolaşıp, direnmemeleri, büyüklerimiz ne diyorsa onu yapmaları konusunda "ahaliye nasihat" etmekti.
O heyetin mensupları 7'şerliydi.
Bu heyetin bölgeleri 7'şerliydi.
O heyet padişah efendimizi Dolmabahçe Sarayı'nda ziyaret ettikten sonra görevine başlamıştı. Bu heyet de Tayyip Erdoğan'ı Dolmabahçe Sarayı'nda ziyaret ettikten sonra görevine başladı.

O heyette müftü vardı. Bunda imam vardı.
O heyette Ohannes Efendi vardı. Bunda muadili vardı.
O heyette liboş vardı. Bunda da vardı.
O dönemin basını "muhabbetin temin edileceğini, nifakın yok edileceğini" yazıyordu. Bu dönemin medyası da fotokopi gibi "barışın sağlanacağını, hayırlara vesile olacağını" anlatıyordu.
O heyetin başkanları, her gittikleri vilayetten sadrazam'a telgraf çekiyor, gözlemlerini aktarıyordu. Bu heyetin başkanları da başbakan'a rapor hazırlayacaktı.)

TC'yi silmeye başladılar.
Ziraat Bankası'nın adındaki TC ibaresi kaldırıldı.
Sağlık Bakanlığı kurumlarındaki TC ibaresi kaldırıldı.
Bursa Valiliği'nden "TC Bursa Valiliği" tabelası indirildi.
Sadece "Valilik" yazan tabela asıldı.
Türkiye'nin sinir uçları test ediliyordu.

Murat Karayılan, Kandil'de basın toplantısı düzenledi.
Medya tarihimizin en utanç verici görüntüleri yaşandı.
Sayın basınımız sevinçle, koştura koştura gitti, bazı yalaka köşe yazarlarımız, aman geç kalmayayım diye iki gün önceden gitti.
Sayın basınımızı kalaşnikoflarla karşıladılar, Apo posterleriyle, PKK bayraklarıyla donatılmış sofralara oturttular, pilav üstü tavuk yedirdiler, muz ikram ettiler. Yemekten sonra sıraya girin dediler, hepsini sıraya dizdiler, donlarına kadar arama yaptılar, kamyonet kasalarına bindirip, dağa çıkardılar.
Sayın basınımızdan 160 gazeteci vardı, hepsini çadıra soktular, Murat Karayılan geldi, Apo posteriyle PKK bayrağının önüne oturdu, konuşma yapacağı masada 34 ayrı televizyon kanalının mikrofonu vardı, Anadolu Ajansı bile oradaydı, devletin resmi haber ajansı canlı yayın için Kandil'e gönderilmişti, tarihte ilk'ti.
Murat Karayılan anlattı, sayın basınımız ertesi gün "bravo, şahane, yaşasın" türünden manşetler attı. 50 bin insanımızın ölümünden sorumlu olan terör örgütü "sivil toplum örgütü" gibi gösterildi, güzellemeler yapıldı, meşrulaştırıldı.
Sayın basınımızın mensupları, Kandil'den canlı yayınlar yaptılar, PKK'nın "samimi" olduğunu anlattılar, PKK'yı eleştirenlerin "ırkçı" olduğunu söylediler.

Kuyruğa girdiler, sünnet çocukları gibi, sırayla Murat Karayılan'ın yanına oturdular, sırıta sırıta poz verdiler.
Karayılan'ın "saygılı, kültürlü, bilimsel konuşan, güleryüzlü bir insan" olduğunu yazdılar, tonton, babacan biriymiş gibi tanıttılar.
Kadın gazetecilerden biri açıkça ambalajlıyordu, "çatık kaşlı olacağını düşünmüştüm, halbuki Murat Karayılan sohbet boyunca gülümsüyor, kariyer hırsı yok, bir lokma bir hırka" diyordu.
Ana haber bültenlerinde ballandıra ballandıra yayınladılar.
Gazetelerde tam sayfa verildi.
PKK'lılardan bile daha çok PKK'cı olan köşe yazarları vardı, kendilerini karşılayan teröristler hakkında "sevimli delikanlılar" diye yazan bile oldu. "Güzel bir ceviz ağacının dibinde, öğle yemeğindeyiz, etrafta incir ağaçları, dut ağaçları, pembe pembe çiçekler açmış, Kürdistan gülleri" diye romantik satırlar döşenenler vardı.
PKK'nın yayın organı Fırat Haber Ajansı da oradaydı, Fırat Haber Ajansı muhabirleri Karayılan'ın ne dediğini değil, bizim gazetecilerin neler dediğini gözlemlemişti, bizim gazetecileri haber yapmıştı, bizim gazeteciler kendi çalıştıkları kurumları şikayet etmişlerdi, "Kürdistan haberleri yaptıklarını, ama bağlı bulundukları editörler tarafından sansürlendiklerini, haberlerinin değiştirildiğini anlatmış"lardı!
Yani, kendi çalıştıkları kurumları PKK'ya ispiyonlamışlardı.

(Kandil'le PKK'ya bu güzellemeleri yapan gazetecilerin bazıları pek yakında şerit değiştirecek, muhalif medyaya transfer olacaklardı. Özellikle 2023 seçiminde CHP destekçisi görünümünde Halk Tv'de, Tele1'de, Krt'de, Sözcü Tv'de boy gösterenlerin bazıları, açılım döneminde Murat Karayılan'la Kandil'de yan yana oturup, sırıtarak poz verenlerdi. Bu mutant gazeteciler, gözlerinin içine baka baka CHP seçmenine yalan söyleyecek, CHP seçmenini manipüle edeceklerdi.)

Tayyip Erdoğan, Barzani'yle birlikte Diyarbakır'da miting yaptı.
Şivan Perver özel olarak davet edilmişti.
37 yıl sonra Türkiye'ye geldi.
İbrahim Tatlıses'le düet yaptılar.
Tayyip Erdoğan sahneye çıktı, Şivan Perver'in elini şampiyon olmuş boksör gibi havaya kaldırdı, protokol gözyaşlarına boğuldu.

"Tutmak istiyorum Kürdistanımı, ya ölüm ya kurtuluş, uyanın uykudan çabuk, şimdi savaş zamanıdır" diye şarkılar söyleyen Şivan Perver'e barış güvercini muamelesi yapılıyordu.
Tayyip Erdoğan burada yaptığı konuşmada ilk kez "Kürdistan" dedi. "Dostum Mesut Barzani, sizin şahsınızda Irak Kürdistan bölgesini muhabbetle selamlıyorum" dedi.

Padişah'a doktora verildi!
Karabük Üniversitesi, Hicaz demiryoluna katkılarından ötürü Sultan 2'nci Abdülhamid'e onursal doktora unvanı takdim etti iyi mi...
Onursal doktora diplomasını Abdülhamid'in üçüncü kuşak torunu Harun Osmanoğlu aldı. Teşekkür konuşmasını Arapça yaptı.

Tayyip Erdoğan Yeşilay sempozyumunda konuştu. "Milli içkimiz ayrandır" dedi. Gündem değiştirmek için söylenmiş bir laf zannedildi. Öyle değildi. Zart diye yasa çıkarıldı, akşam saat 22'yle sabah saat 6 arasında içki satışı yasaklandı, alkollü içki reklamı yasaklandı.
Tepkiler üzerine öfkelendi, ağzını tutamadı, tarihe kaydolan "iki ayyaş" lafını söyledi. "İki ayyaşın yaptığı yasa muteber oluyor da, inancın emrettiği bir gerçek neden reddediliyor" dedi.
CHP soru önergesi verdi, "iki ayyaş kimdir?" diye sordu.
Bu soru önergesi, AKP'li meclis başkanı Cemil Çiçek tarafından işleme konulmadı. Böylece "iki ayyaş"la kimleri kastettiği gayet net anlaşıldı!

Hatay Reyhanlı havaya uçtu.
İlçenin en kalabalık meydanında bomba yüklü iki minibüs patladı. O güne kadar Türkiye'de yaşanmış en kanlı terör saldırısıydı. 53 kişinin öldüğü açıklandı, derhal yayın yasağı getirildi. Hastane kaynaklı iddialara göre, gerçek ölü sayısı 100'ün üstündeydi.
Patlamadan hemen sonra bazı Türk vatandaşlarını tutukladılar, "işte failler" dediler, kimse inanmadı. Bunun üzerine "Esad güçlerine destek veren THKP-C Acilciler örgütü yaptı" dediler, kanıt yok, tanık yok, acilcilere de kimse inanmadı. Bunun üzerine "CHP heyetini Şam'a götüren kişi bu saldırıyı organize etti" dediler.
Neydi bu heyet meselesi?
Irak televizyonu adına Suriye'de görev yapan Türk kameraman Cüneyt Ünal, MİT ajanı olduğu gerekçesiyle tutuklanmıştı, CHP

milletvekillerinden oluşan bir heyet Şam'a gitmiş, Beşar Esad'la görüşmüş, 90 gün esir tutulan Cüneyt Ünal'ın serbest bırakılmasını sağlamış, Türkiye'ye getirmişti. AKP medyası işte bu seyahate aracılık eden kişinin Reyhanlı'daki saldırıyı organize ettiğini iddia ediyordu. Utanmasalar "Reyhanlı'yı CHP havaya uçurdu" diyeceklerdi!
Halbuki... İnternet sitelerini hack'leyerek devlet kurumlarının ipliğini pazara çıkaran Redhack, jandarma istihbarat dairesine ait bir belgeyi yayınlamıştı. O belgede açık açık "El Nusra Cephesi'nin Suriye'den Türkiye'ye üç adet bomba yüklü araç soktuğu" belirtiliyor, plakalarına kadar veriliyordu.
El Nusra Cephesi, El Kaide'ye bağlıydı.
Esad'a karşı savaşıyordu.
Peki, Türkiye'de niye terör eylemi yapsınlar?
İddia şuydu: Türkiye'den ağır silahlar istiyorlardı, ABD izin vermediği için Türkiye bu ağır silahları veremiyordu. "Sen vermezsen, biz bu tür eylemlerle senden almasını biliriz" demek isteniyordu.
AKP'nin yanlış Suriye politikasının ağır bedellerinden biriydi.

AKP hükümeti bu saldırının bir an önce gündemden düşmesini, unutulmasını istiyordu. Normalde ulusal yas ilan edilmesi gerekirken, televizyonların yayın akışları bile değiştirilmedi, şen şakrak devam edildi. Tayyip Erdoğan'ın annesi vefat ettiğinde eğlence programlarını iptal edenler, şimdi hiç istifini bozmamıştı. Hatta, AKP milletvekili Burhan Kuzu'nun oğlunun düğünü vardı, o düğün bile ertelenmedi, bakanların katılımıyla gerçekleştirildi.
O gün düğünü bile ertelemeyen AKP hükümeti, tee dokuz gün sonraki 19 Mayıs konserlerini "Reyhanlı matemi nedeniyle" iptal edecekti!

Tayyip Erdoğan Reyhanlı'ya gitmek yerine, ABD'ye gitti.
Obama'yla görüştü.
Ama aslında, bu ABD seyahatinde Obama'yla görüşmesinden çok çok daha önemli bir randevu vardı, Tayyip Erdoğan'ın heyetinde yeralan Bülent Arınç, Pensilvanya'ya geçti, Fethullah Gülen'i ziyaret etti.
Ne konuşuldu?
Bülent Arınç anlattı. "Hocaefendiyi ziyaret etmek istedim, başbakana konuyu açtım, izin verir misiniz dedim, çok memnun oldu, keşke biz de görüşebilsek dedi, sevgilerimi iletin dedi, bir emri olur mu, tavsiyeleri olur mu, öğren dedi, gittim, üç saate yakın birlikte olduk, hükümetle

cemaat arasında soğukluk olduğu söyleniyor, kesinlikle reddediyorum, hocaefendinin başbakanın şahsına çok büyük duaları var, çok seviyor, bize büyük iltifatlarda bulundu, bir yanlış varsa düzeltebileceğimizi söyledim, çok memnun oldu" dedi.

Peki gerçek bu muydu?

Tam tersineydi.

Bu ziyaretten hemen önce cemaatin Samanyolu televizyonunda Fethullah Gülen'in sohbeti yayınlanmıştı. İsim vermeden Tayyip Erdoğan'a göndermelerde bulunuyor, "firavun" diyordu.

"Kuvvet bazen insanı küstahlaştırabilir, mümin bile olsa ahlaken firavun olur, nimetlerin sağanak sağanak yağması, bazen insanı böyle nemrutlaştırır, firavunlaştırır" diyordu.

"Sıradan bir insan gelir, konjonktürel olarak imkanlar elde edebilir, dümene oturabilir, dümene oturduktan sonra insanlara tepeden bakar, 'kesin sesinizi ben ne dersem o olur' falan der" diyordu.

Cemaat açısından ipler kopmuştu.

Arınç işte bu yüzden fellik fellik Pensilvanya'ya koşturmuştu.

Gezi Parkı olayları patladı.

Taksim'i yayalaştırma projesi başlatılmıştı, trafik akışı yeraltına alınıyordu, herkes memnundu. Şak... Tarihimizi canlandırıyoruz ayaklarıyla Topçu Kışlası'nın yeniden inşa edileceği, kışlanın ortasına alışveriş merkezi yapılacağı ortaya çıktı. Hır çıktı.

(Topçu Kışlası, 31 Mart Vakası olarak bilinen şeriatçı ayaklanmanın merkeziydi, simgesiydi. Vahdettin tarafından Fransız bankasına satılmış, Cumhuriyet ilan edilince istimlak edilmiş, 1940'ta yıkılmış, yerine park yapılmıştı. Olayların patlak vermesinin sebebi de zaten buydu. Kışlanın yeniden inşa edilmesi, alışveriş merkezi yapılması demek, Taksim'deki tek yeşil alanın betonlaşması demekti.)

50-60 kişilik küçücük bir grup "ağaçlar sökülmesin" diye Gezi Parkı'nda çadır kurdu, ağaç nöbeti tutmaya başladı. Kimliği meçhul bazı tipler sabaha karşı çadırları tutuşturdu. Ülkede yangın çıktı. AKP'nin mahalle baskısından bunalan, özgürlüklerine her fırsatta müdahale edilmesinden bıkıp usanan gençler, sokağa döküldü. İstanbul dışına taştı.

62 şehirde protesto gösterisi yapıldı.
Polis görülmemiş sertlikte müdahale etti. Tazyikli su, gaz bombası ve plastik mermi kullandı. Yedi genç, bir polis hayatını kaybetti. Sekiz binden fazla kişi yaralandı, 12 kişi gözünü kaybetti, bir kişi dalağını kaybetti, 50'ye yakın kişinin kafatası kırıldı, felç kalanlar oldu.
Bibergazı, AKP döneminin alamet-i farikasıydı.
Haşereye sıkar gibi sıkıyorlardı.
10 yılda 651 ton bibergazı sıkılmıştı, sırf Gezi Parkı olaylarında 130 bin bibergazı fişeği kullanıldı, tazyikli suya bile sıvı halde bibergazı ilave ediliyordu, vücuduna su temas edenler, üstüne çaydanlık devrilmiş gibi haşlanıyordu.
Gencecik insanlarımız öldürülürken, Tayyip Erdoğan çıktı, "polisimiz çapulculara karşı kahramanlık destanı yazdı" dedi, çevik kuvvet polislerine ikramiye verdi.

Berkin Elvan henüz 15 yaşındaydı.
Bibergazı kapsülüyle başından vuruldu, komada yatıyordu.
Ali İsmail Korkmaz henüz 19 yaşındaydı, Eskişehir'de üniversite öğrencisiydi, sivil polisler ve polislerin yanında peyda olan paramiliter tipler tarafından sopalarla dövülerek katledildi.
Hayatını kaybedenlerden biri, Ethem Sarısülük'tü.
Ankara'da suratından polis kurşunuyla vuruldu.
Vurulma anı, tesadüfen televizyon kameralarına yakalanmıştı, tetiği çeken polisin kimliği belliydi, meşru müdafaa kabul edildi, serbest bırakıldı.
Yandaş medya, Ethem'i öldüren polisi kurtarmak için iftira üstüne iftira attı, Ethem'in siperde, kum çuvallarının önünde çekilmiş fotoğrafını yayınladılar, işte terör kamplarında çekilmiş fotoğrafı dediler. Halbuki, Ethem askerliğini Şemdinli'de yapmıştı, mesleği kaynakçılıktı, gönüllü olarak karakol inşaatlarına gitmişti, yandaş medyanın sanki gizlice ele geçirilmiş gibi yayınladıkları kum çuvallarının arkasındaki fotoğraf, Ethem'in kendi facebook sayfasındaki hatıra fotoğrafıydı.
Hayatını kaybedenlerden biri, başkomiser Mustafa Sarı'ydı, Adana'da göstericileri kovalarken, inşaat halindeki alt geçide düşerek şehit olmuştu. Buna rağmen, "düşmedi, aşağı atıldı" haberleri yapıldı.

Gençlerimiz, orantısız şiddete orantısız zekayla karşılık veriyordu, politik mizahın muhteşem örnekleri sergileniyordu, esprili sloganlarını pankartlara yazdılar, duvarlara yazdılar, AKP hükümetinin otoritesini madara ettiler. YÖK'ü almışlar, rektörleri almışlar, dekanları almışlar, hatta asistanları bile almışlardı ama, öğrenciyi ele geçirememişlerdi. Üniversiteli gençlerin yüreği sayesinde korku eşiği aşılmıştı, toplum gençlerin peşine takılmıştı.

Tayyip Erdoğan gene darbe teranesine sarıldı.
"Milli iradeye saygı" mitingleri başlattı.
Her çıktığı mitingde "camide içki içtiler" diyordu.
Gezi Parkı direnişçileri, polisten kaçarken Dolmabahçe Camisi'ne sığınmışlardı, onlarca görüntü yayınlandı, içki içildiğine dair tek kanıt, tek şahit yoktu, hatta caminin müezzini bile Tayyip Erdoğan'ı yalanladı ama, "camide içti içtiler" demeyi sürdürüyordu.
"Benim başörtülü bacıma saldırdılar" diyordu.
Mobese kameralarında böyle bir görüntü yoktu.
Buna rağmen "başörtülü bacımı başörtüsünden tutarak yerlerde sürüklediler, bebeğini taciz ettiler, görüntüler elimizde" diye bağırıyordu.

(Zehra Develioğlu'nun Kabataş'ta bebeğiyle birlikte saldırıya uğradığı öne sürülüyordu. Bahçelievler'in AKP'li belediye başkanının geliniydi. Polise şu dehşet ifadeyi vermişti: "Erkeklerin üstü çıplaktı, kafalarında siyah bantlar vardı, mavi kot pantolonlu bir bayan şahıs aniden yanıma geldi, başörtümü tutarak yukarı kaldırdı, Tayyip'in orospusunu buldum beyler, gelin s.kin diye bağırdı, bir erkek sol yanağıma tokat attı, sırtüstü yere düştüm, etrafımı sarıp tükürmeye, tekmelemeye başladılar, eşarplı kaltak diye bağırıyorlardı, geniş burunlu biri bebek arabasını sallıyordu, kızım arabanın içinde aşağı yukarı zıplıyordu, üç dört kişi benim üzerime idrarlarını yaptılar, bir kadın, başörtüsüne işeyin diye bağırıyordu, tam bu esnada bir şahıs benim başıma doğru erkeklik organıyla sürtünmeye başladı, başka bir şahıs benim arkama geçerek cinsel bölgesiyle sürtünüyordu, vücudumun değişik yerlerinden cinsel saldırıda bulunanlar vardı, İnönü Stadı'nda araba yakıyoruz diye bağırma sesi duydum, bu sesten sonra İnönü Stadı'na doğru yürümeye başladılar, bebek arabasının yanına gittim, altı aylık kızım ağlıyordu, sol dizinde sıyrık vardı, sol kolunda morluk vardı, bana cinsel saldırıda bulunan şahısların arkasından baktığımda, ellerinde bira şişeleri olduğunu, karşılıklı tokuşturarak içtiklerini, kahkahalar atarak güldüklerini

gördüm, evime gelince temizlenme hissiyle duşa girdim, bacaklarımda morluklar olduğunu gördüm, bebeğimi emziremedim, sütüm kesildi.")

(Zehra Develioğlu'nun ifadesi böylesine ürkütücüydü. Tayyip Erdoğan sekiz ay boyunca bunu haykırdı. "Başörtülü bacıma saldırdılar, görüntüler elimizde" dedi. Gel gör ki, sekiz ay sonra görüntüler ortaya çıktı. Kabataş tramvay durağının 1 Haziran 2013'e ait güvenlik kamerası kayıtları, Kanal D televizyonunda yayınlandı. Zehra Develioğlu bebek arabasıyla birlikte saat 19.42'de kameranın görüş açısına giriyordu, 19.43'te yanından 8-10 kişilik bir grup geçiyordu, saldırı maldırı yoktu, olağandışı herhangi bir durum söz konusu değildi, 19.48'de 10-15 kişilik bir başka grup geçiyordu, gene saldırı maldırı yoktu, olağandışı herhangi bir durum söz konusu değildi, Kabataş iskelesinin güvenlik görevlileri gayet normal işlerine devam ediyorlardı, 19.58'de Zeynep Develioğlu'nun eşi geliyor, yolun karşısına geçiyorlar ve gidiyorlardı. Kabataş bölgesindeki 73 ayrı kamera kayıtları incelenmişti. Görüntüler aynen buydu. Ayrıca, baz istasyonlarından tarama yapılmış, o zaman diliminde orada bulunan herkesin cep numaraları tespit edilmiş, hepsinin tek tek ifadeleri alınmıştı, olağandışı bir olaya şahit oldum diyen yoktu. O zaman diliminde orada bulunan herkes, Zehra Develioğlu'yla yüzleştirildi, ifadelerinde ayrıntılı eşkaller veren Zehra Develioğlu hiç kimseyi teşhis edemedi. Saldırı yoktu. a'dan z'ye yalandı.)

(Bu korkunç yalanın ortaya çıkması, gazeteci kılığındaki pek çok tipin foyasını da meydana çıkardı. Çünkü, yalan ortaya çıkmadan önce, milleti "doğru" olduğuna inandırmak için alenen şahitlik etmişlerdi. Mesela, Hürriyet yazarı İsmet Berkan, "maalesef gerçek, mobese görüntüleri dahil, pek çok şey var" diye yazmıştı. Bir takipçisinin "siz izlediniz mi?" sorusuna da "evet" yanıtını vermişti, "gören çok kişi var, bebek arabasının devrildiği görülüyor" bile demişti.
Habertürk yazarı Nihal Bengisu Karaca, "gezicilerin başörtülü anneye saldırı görüntüleri var, izledim" diye yazmıştı.
Radikal yazarı Eyüp Can, "bir mağdur anneyi, bir kadını, sırf başörtülü olduğu için uğradığı tacizden dolayı ispata çağırıyorlar, başı açık olsa yine ispat et derler miydi, vicdanı olan herkes o genç anneye yapılanları lanetliyor" diye yazmıştı.
Habertürk televizyonunda program yapan Türkiye gazetesi yazarı Balçiçek İlter, "morluklarını gördüm, ille meraklıysanız raporu var zaten" diye yazmıştı.

Milliyet yazarı Aslı Aydıntaşbaş "taciz vakası olduğuna şüphe etmemiştim, haklıymışım, taciz edilen başörtülü kadın hepimizin kardeşidir" diye yazmıştı.
Medyanın hali işte buydu.
a'dan z'ye yalana, a'dan z'ye şahitlik etmişlerdi.
Peki, yalan olduğu anlaşılınca ne oldu?
Bunlar hiç utanmadan gazetecilik yapmaya devam etti.)

Medyamız medya tarihine kara leke olarak geçti.
Gezi Parkı olayları tüm dünyada birinci haberken, bizimkiler hâlâ sansürleyerek örtebileceğini sanıyordu. CNNTürk olayların patladığı gece "penguen belgeseli" yayınladı. CNNTürk'ün penguenleriyle, ortağı CNN International bile alay etti.
BBC ibret dersi verdi, NTV'yle ortaklığını askıya aldı. Sokaklarda insanlarımız can verirken, NTV yemek programı filan yayınlıyordu.

Divan Otel bile "suçlu" ilan edildi.
Polis saldırısından kaçan gençler, Gezi Parkı'nın hemen dibindeki Divan Otel'e sığınmışlardı, Tayyip Erdoğan çok öfkelenmişti, "polise saldıranlara yataklık ettiler, yataklık etmek suçtur" dedi.
Koç Grubu hedef tahtasına oturtulmuştu.

Tencere tava eylemleri başladı.
Her akşam saat 9'da pencerelerde balkonlarda "konser" vardı, insanlara palayla saldıranlar serbest bırakılırken, tencere tava çalan kadınlara "gürültü yapıyorlar" diye para cezası kesildi.

ABD başkanı Obama, Tayyip Erdoğan'ı aradı.
Barışçıl demokratik gösterilere saygı duyulmasını istedi.
Avrupa Parlamentosu, polisin orantısız güç kullanmasını kınadı.
BM genel sekreteri bile AKP hükümetini eleştirdi.
Tayyip Erdoğan geri bastı.
Sanki Topçu Kışlası'na alışveriş merkezi yapmak isteyen kendisi değilmiş gibi, "taktılar kafayı alışveriş merkezine, Topçu Kışlası'nda alışveriş merkezi mümkün değil" dedi.
Bu konuda halkoylamasına gidileceği açıklandı.
Ona da gerek kalmadı.
Mimarlar Odası, Şehir Plancıları Odası ve Peyzaj Mimarları Odası dava açmıştı, mahkeme Topçu Kışlası projesini komple iptal etti.

Tam o dönemde, Mersin'de Akdeniz Oyunları başladı.
Gezi Parkı direnişçileri hakkında "yaptığınız eylemi s.keyim vatan hainleri" diyen, "meydanı Ermenilere bıraktınız, Allah belanızı versin eylemci çapulcular" diyen yandaş güreşçi Rıza Kayaalp onurlandırıldı, milli takım kafilemizin bayrağı taşıtıldı.
Akdeniz Oyunları baştan sona skandallarla doluydu.
Ev sahibi Mersin'di, Mersin büyükşehir belediye başkanı CHP'li olduğu için açılış töreninde konuşturulmadı. Tayyip Erdoğan yuhalanmasın diye, yandaş tribün oluşturuldu, açılış töreninin biletleri el altından AKP teşkilatlarına dağıtıldı, Mersin halkı bilet bulamazken, başka şehirlerden otobüslerle seyirci taşındı.
Tayyip Erdoğan açılış konuşmasında, "Akdeniz beyaz deniz, White Sea olarak adlandırılır" dedi. Dünya gaf rekoru kırmış oldu. Akdeniz'in adı White Sea değildi, White Sea Rusya'nın kuzeyindeydi.
Binicilik müsabakaları için servet harcanarak, konkurhipik tesisleri yapılmıştı ama, Suriye'den yasadışı yollarla Türkiye'ye geçirilen hayvanlar nedeniyle bulaşıcı hastalıklar taşınmıştı, Avrupa Birliği'ne göre karantina bölgesiydi, katılımcı ülkeler atlarını getirmek istemedi, binicilik müsabakaları iptal edildi.
Bismillah daha ilk gün, sekiz haltercimizde doping çıktı. Diskçi, gülleci, uzun atlamacı, Akdeniz Oyunları bitene kadar 16 sporcumuzda doping tespit edildi.

Mısır'da darbe oldu.
Müslüman Kardeşler örgütünün lideri Mursi, darbeyle devrilen Hüsnü Mübarek'in yerine cumhurbaşkanı seçilmişti, ama seçilir seçilmez anayasayı değiştirip, kendisini tek adam ilan etmeye kalkmıştı, halk sokağa dökülmüş, ordu yönetime el koymuştu.
Arap Baharı'na yaz ortasında kar yağıyordu.
ABD "darbe" demedi.
AB "darbe" demedi.
Suudi Arabistan ve Katar, darbe yönetimini tebrik etti.
Mursi'nin yanında sadece AKP hükümeti kalmıştı.

(Dini referanslar, bir kez daha Türkiye çıkarlarının önüne geçmişti. Müslüman Kardeşler yüzünden kadim dostumuz Mısır'la düşman olmuştuk. Bu vahim stratejik hata nedeniyle, Doğu Akdeniz'deki

haklarımızı Yunanistan'a kaybedecektik. Kafamıza dank edip, Mısır'la yeniden barıştığımızda, iş işten geçmiş olacaktı.)

---

1 Kasım 2013.

Türk siyasetinde tarihi gündü.

AKP'li dört kadın milletvekili TBMM'ye türban takarak geldi.

Denizli milletvekili Nurcan Dalbudak, Kahramanmaraş milletvekili Sevde Kaçar, Konya milletvekili Gülay Samancı ve Mardin milletvekili Gönül Şahkulubey'di.

Niye o güne kadar türbanla gelmemişlerdi de, o gün gelmişlerdi?

Çünkü, Gezi Parkı'nın toz dumanı arasında kılık kıyafet yönetmeliğini değiştirmişlerdi, kamu kurumlarında türban serbest bırakılmıştı.

"Benim başörtülü bacıma saldırdılar, başörtüsüne işediler" palavrası öylesine etkiliydi ki, türban hakkında olumsuz cümle kuranlara "işte başörtüsüne saldıran zihniyet bu" damgası yapıştırılıyordu.

Yeni CHP itiraz etmedi.

Meclise türbanla gelinmesine onay verdi.

Hatta, Kılıçdaroğlu "bugün çok mutluyum" dedi.

> *(Türbanlı milletvekili kavramı ilk kez 1999'da hayatımıza girmişti. Merve Kavakçı 1999 seçiminde Fazilet Partisi'nden milletvekili seçilmiş, yemin töreninde TBMM'ye türbanlı olarak gelmiş, dönemin başbakanı Bülent Ecevit kürsüye çıkarak, "Türkiye'de hanımların özel yaşamında giyim kuşamına, başörtüsüne hiç kimse karışmıyor, ancak burası hiç kimsenin özel yaşam mekanı değildir, burası devlete meydan okunacak yer değildir" diye bağırmıştı.*
>
> *O gün TBMM'de yemin edemeyen Merve Kavakçı'nın, aslında kısa süre önce Amerikan bayrağı üzerine el basarak yemin ettiği, Amerikan vatandaşı olduğu ortaya çıkmıştı. Amerikan vatandaşı olduğunu gizleyip resmi kurumlara bildirmediği için, Türk vatandaşlığından çıkarılmıştı, ABD'ye gitmişti.)*

(Merve Kavakçı iki defa boşanmıştı, üçüncü evliliğini AKP milletvekili Cihangir İslam'la yaptı, 2017 yılında AKP hükümeti tarafından yeniden Türk vatandaşlığına alındı, AKP hükümeti tarafından Türkiye Cumhuriyeti'nin Malezya Büyükelçisi yapıldı.)

(Merve Kavakçı krizinin yaşandığı 1999 seçiminde, Kemal Kılıçdaroğlu, SSK genel müdürlüğünden emekli olmuş, siyasete atılmıştı, Demokratik Sol Parti'den milletvekili adayı olacağı konuşuluyordu, ancak, Bülent Ecevit'ten veto yemiş, aday olamamıştı, bunun üzerine CHP'ye geçmiş, 2002 seçiminde CHP milletvekili olmuştu. 2013 yılında türban TBMM'ye girerken, CHP genel başkanıydı. Ecevit gibi itiraz etmemiş, onay vermişti. Hatta "bugün çok mutluyum" diyerek, "ben Ecevit gibi değilim" demeye getirmişti. CHP'nin artık yeni CHP olduğunu, Ecevit çizgisindeki CHP olmadığını açıkça ilan etmişti. Yandaş medyada türban üzerinden Ecevit/Kılıçdaroğlu kıyaslamaları yapılıyor, Ecevit yerden yere vurulurken, Kılıçdaroğlu alkışlanıyordu.)

(Merve Kavakçı'nın üçüncü eşi AKP milletvekili Cihangir İslam, 2018 seçiminde bizzat Kılıçdaroğlu tarafından CHP milletvekili yapılacaktı. CHP rozeti bizzat Kılıçdaroğlu tarafından takılan Cihangir İslam, "CHP'nin yegane eseri Anıtkabir, memlekette başka eseri yok" diyordu!)

Tayyip Erdoğan, Fethullah Gülen cemaatinin Gezi Parkı olaylarını fırsat olarak değerlendirdiğini, toplumsal muhalefetten faydalanarak, AKP hükümetini devirmeye çalıştığını düşünüyordu.
Cemaate karşı ilk hamlesini yaptı.
Para musluğunu kesmeye karar verdi.
Dersaneleri kapatacaktı.
Dersane pazarında o günkü döviz kuruyla yılda 1.5 milyar dolar vardı, cemaat dersaneleri yarısından fazlasını alıyordu.
Dersanelerin defterini dürmek için yasa hazırlandığı ortaya çıkınca, cemaatin yayın organı Zaman gazetesi bağırmaya başladı, "böyle yasa darbe döneminde bile uygulanmadı" manşetleri atıyordu.

(Televizyonlarda Zaman gazetesinin reklamı başladı. En iyi belgesel dalında Oscar kazanan Kanadalı animasyon yönetmeni Norman McLaren'in Neighbours isimli kısa filminden uyarlanmıştı. Müstakil evleri olan iki komşu, iki bahçenin sınırındaki çiçeği paylaşamadığı için kavgaya tutuşuyor, birbirine öldüresiye saldırıyor, neticede ikisinin de bahçesi tarumar oluyor, ikisinin de evi yıkılıyordu. Reklamın sonunda "bu dünya kimseye kalmaz, zaman kardeşlik zamanı" sloganı kullanılıyordu. Herkes, alt tarafı gazete reklamı

zannediyordu. Halbuki, cemaat gayet açık mesaj veriyordu. Kapışırsak, sadece benim değil, ikimizin de evi yıkılır diyordu!)

Şak... *Taraf* gazetesinde "Fethullah Gülen'i bitirme kararı 2004 yılında Milli Güvenlik Kurulu'ndan alındı" manşeti patladı. Bavulcu gazeteci Mehmet Baransu'nun yazdığı haberde, belge yayınlanmıştı, Fethullah Gülen'i imha etmek için alınan kararların altında, Tayyip Erdoğan ve Abdullah Gül'ün imzaları vardı.
Yani?
AKP hükümeti "Fethullah Gülen'i bitirme planı hazırladılar" diye onlarca subayı hapse tıkmıştı ama, orijinal belgede kendi imzaları yakalanmıştı.
Yani?
Bir taraftan cemaati yok etmek için TSK'yla uzlaşmışlar, öbür taraftan TSK'yı yok etmek için cemaatçilere yol vermişlerdi.

Hakan Şükür AKP'den istifa etti.
Futbolcu şöhretiydi, cemaat kontenjanından milletvekili yapılmıştı, maçın en kritik dakikasında Tayyip Erdoğan'a çalımı basıp, AKP kalesine doksana takmıştı. İstifa sebebini izah etti, "yirmi senedir muhterem Hocaefendi'yi tanıyor ve seviyorum, Ak Parti kapanmasın diye dualar eden bu samimi insanların şimdi düşman muamelesine tabi tutulması vefasızlıktır, muhterem Hocaefendi'ye karşı takınılan hasmane tavırları, ben üzerime alıyorum" diyordu. İşaret fişeğiydi.

---

17 Aralık 2013.
Şeb-i Arus'tu.
Günlerden salıydı.
Saatler 08.02'yi gösteriyordu.
Türkiye, yepyeni bir Türkiye'ye uyandı.
İnternete ses kayıtları düştü.
Baba kısık sesle konuşuyor.
Oğlu uyku sersemi cevaplıyordu.
- Senin evde ne var ne yok, bunları çıkar.
- Bende ne olabilir babacığım, senin para var kasada.

Yıllardır "beraber yürüdük biz bu yollarda"yı söyleyen AKP'yle cemaat'in beraber yürüdükleri yolları ayrılmıştı. İktidara yürürken devleti ortaklaşa paylaşmışlardı. Şimdi artık "tek başına" sahip olmak istiyorlardı.

Rıza Sarraf, Halkbank genel müdürü Süleyman Aslan, içişleri bakanı Muammer Güler'in oğlu, ekonomi bakanı Zafer Çağlayan'ın oğlu, şehircilik bakanı Erdoğan Bayraktar'ın oğlu, toplam 84 kişi gözaltına alındı.
Savcı Celal Kara'ydı, Balyoz davasının savcısıydı.
Subayları hapse tıkarken, AKP'nin öve öve bitiremediği savcıydı.
Soruşturmanın başında başsavcıvekili Zekeriya Öz vardı.
Ergenekon davasının savcısıydı, AKP'nin gözbebeğiydi.
Tayyip Erdoğan kendi zırhlı makam aracını bile ona vermişti.
Şimdi?
Keser dönmüş, sap dönmüştü.

> *(Reza Zarrab, Türkçe meali Rıza Sarraf'tı, henüz 29 yaşındaydı, Türkiye'nin altın ihracatının yüzde 46'sını tek başına yapıyordu! Tebriz doğumlu, Azeri kökenli, İranlı, TC vatandaşıydı. Türkiye piyasasına 24 yaşındayken, Royal Denizcilik firmasıyla girmişti, 10 farklı sektörde faaliyet gösteren Royal Holding'in sahibiydi, ailesi Dubai'de yaşıyordu. Şarkıcı Ebru Gündeş'le evliydi. Ekonomi sayfalarından çok, magazin sayfalarından tanınıyordu. Eşinin kapısına bir kamyon gül yaprağı döktürüyordu, güftekardı, bestekardı, fantezi şarkılara söz yazıyordu, Ebru Gündeş'e, İbrahim Tatlıses'e, Sibel Can'a şarkılar vermişti. Mali Suçlar Araştırma Kurumu MASAK'ın müdavimiydi, 2008'den beri kara para raporlarında adı geçiyordu, Halkbank üzerinden usulsüz para transferleri yaptığı, ABD'nin kara listesine girmemek için, ABD'de şubesi olmayan Halkbank'ı tercih ettiği öne sürülüyordu.)*

(Türkiye İran'dan doğalgaz alıyordu, İran'a uluslararası ambargo uygulandığı için parasını ödeyemiyordu, bu yüzden İran'a Halkbank'ta hesap açılmıştı, Türkiye doğalgazı alıyor, İran'a ödeyemediği parayı Halkbank'taki hesaba yatırıyor, İran da bu parayla ambargoya dahil edilmeyen ürünleri Türkiye'den satın alıyordu. Sistem güya buydu... Ama, sistem böyle çalışmıyordu. İran, Halkbank'ta biriken parasıyla, Rıza Sarraf'ı kullanarak, Türkiye'den altın alıyor, bu altınları yine Rıza Sarraf'ı kullanarak, Dubai'de bozduruyor, paraya çeviriyordu.)

(Washington yakın takipteydi. Çünkü, el değiştiren altın/para miktarı, Türkiye'yle yapılan doğalgaz alışverişinin çok çok üstündeydi. Belli ki, doğalgaz takasının dışında işler dönüyordu, paravan şirketler, ne idiği belirsiz tipler sisteme dahil edilmişti. İran, kendisine uygulanan ambargoyu Türkiye üzerinden komple deliyordu. Halkbank, Amerikalıların radarına işte böyle girmişti.)

Tayyip Erdoğan o sırada Konya'daydı, Şeb-i Arus için gitmişti. "Bakan çocuklarının gözaltına alınmasına ne diyorsunuz?" diye sordular. "Söz milletindir, Allah bes baki heves, bizim Allahımız var, bayrakları bayrak yapan üstündeki kandır, toprak uğrunda ölen varsa vatandır" dedi...
Allah, bayrak, vatan, aklına geleni sıralıyordu.
Ne diyeceğini şaşırmıştı, tutuşma emaresiydi.
Tutuşmakta da haklıydı, çünkü o sabah saat 10.30'da İstanbul polisi tarafından hazırlanan 23 sayfalık bilgi notu kendisine sunulmuştu. O bilgi notunda, ekonomi bakanı Zafer Çağlayan'ın Rıza Sarraf'tan 32 milyon euro ve 1.5 milyon dolar rüşvet aldığı belirtiliyordu. Rıza Sarraf'ın içişleri bakanı Muammer Güler'e, Avrupa Birliği bakanı Egemen Bağış'a, Halkbank genel müdürü Süleyman Aslan'a rüşvet verdiği, bakan çocuklarına iş takipçiliği yaptırdığı anlatılıyordu.

18 Aralık, medyaya fotoğraflar servis edildi.
Ayakkabı kutuları manşet oldu.
Halkbank genel müdürünün evinde, kütüphane raflarına saklanmış halde ayakkabı kutuları bulunmuştu, dolar/euro doluydu.
2.5 milyon euro, 2.5 milyon dolar vardı.
A'yakkabı K'utusunda P'ara olmuştu yani!
İçişleri bakanının oğlunun evinde, yatak odasında, büyük boy yedi adet kasa ve para sayma makinesi bulunmuştu.
Ekonomi bakanının oğlunun evi aranmamıştı, çünkü evin tapusu bakanın üstüneydi, bakanın dokunulmazlığı vardı.
Gölge gibi takip edilmişlerdi.
Rıza Sarraf'ın adamları ayakkabı kutularıyla, çantalarla, bavullarla para taşırken fotoğraflanmışlardı, bakanlara, bürokratlara ait adreslere elleri dolu giriyor, elleri boş çıkıyorlardı.

(Tam o dönemde, 28 Şubat'tan tutuklanan Çevik Bir, Fevzi Türkeri, Erol Özkasnak, Kemal Gürüz tahliye edildi, 17 Aralık yolsuzluk operasyonu'nun ilk sonuçlarından biriydi. Ergenekon, Balyoz,

Casusluk davalarında çorap söküğü gibi tahliyeler gelecekti. Cemaati içeri tıkabilmek için, cemaatin içeri tıktıklarının dışarı çıkarılması gerekiyordu. AKP her durumda sütten çıkmış ak kaşıktı!)

(Medyada da savaş başlamıştı. Yıllardır AKP'yi savunan Nazlı Ilıcak, yandaş Sabah gazetesinden kovuldu, cemaatin gazetesi Bugün'e geçti.)

İstanbul emniyet müdürü Hüseyin Çapkın görevden alındı. 4.5 yıldır sürdürdüğü bu göreve AKP tarafından getirilmişti. Yaş sınırından emekli olmasın diye, görev süresi uzasın diye, illa İstanbul'da kalsın diye, AKP tarafından vali bile yapılmıştı.
Şimdi?
17 Aralık'ı engellemedi diye kötü polis olmuştu.
Kim cemaatçi kim değil, birbirine karışmıştı. 17 Aralık'ta dahli olan herkese cemaatçi yaftası yapıştırılıyordu. Gezi Parkı olaylarında "polisimiz destan yazdı" diyen, ikramiye dağıtan Tayyip Erdoğan, şimdi aynı polisi vatan haini ilan ediyordu.

Aksaray valisi Selami Altınok, İstanbul emniyet müdürü yapıldı. Tayyip Erdoğan tarafından makam uçağıyla getirildi. Emniyet tecrübesini boşver, polis bile değildi, henüz vali bile sayılmazdı, alt tarafı bir yıldır valiydi, Aksaray'dan başka valiliği yoktu, İstanbul'da hiç görev yapmamıştı. "Emniyet fazla ilgilenmediğim bir teşkilat, tanımaya çalışıyorum, öğrenmeye gayret ediyorum" diyordu!
17 milyon nüfuslu şehrin güvenliğini sağlamak için mi getirilmişti, yoksa 17 Aralık operasyonunun güvenliğini sağlamak için mi?
Cevabı herkes biliyordu.

Polis nasıl olur da hükümete haber vermez tartışması başladı.
Yandaş medya bu soruyu köpürtüyordu, polisin bakanlar hakkında soruşturma yürütmek için izin alması gerektiği söyleniyordu, polisin hükümete haber vermemesi "darbe" girişimi olarak anlatılıyordu.
Halbuki... Polis bu tür durumlarda üstlerine kesinlikle haber vermesin diye, bizzat AKP tarafından 2004 yılında yasa çıkarılmıştı! AKP'nin çıkardığı bu yasaya göre, polis sadece savcıya karşı sorumluydu, amire bilgi verme yükümlülüğü ortadan kaldırılmıştı.
Peki, 2004 yılında niye böyle bir yasa çıkarılmıştı?
Elbette cemaat istemişti.

Elbette Ergenekon/Balyoz davalarına hazırlık için çıkarılmıştı. AKP hükümeti "bizim haberimiz yok, savcı karar vermiş, polis uygulamış" diyerek, işin içinden sıyrılmak için bu yasayı çıkarmıştı. Bu gücü, kendi elleriyle cemaate vermişlerdi.

Apar topar Adli Kolluk Yönetmeliği değiştirildi.
Atılacak her adımda amirlere ve başsavcıya bilgi verme zorunluluğu getirildi. Kendi yaptıkları yasayı kendilerinin yaptığı yönetmelikle aştılar. AKP hukuku böyleydi, işine nasıl geliyorsa, hukuk oydu.

---

17 Aralık yolsuzluk operasyonu arkası yarın gibiydi.
Her gün yeni yeni sürprizler ortalığa saçılıyordu.
"İşte Rıza'nın para üssü" manşetleri çıktı. Kapalıçarşı'nın hemen yanındaki Durak Döviz, Rıza Sarraf'ın para trafiğinin merkeziydi, sadece altı metrekarelik bu ofiste 118 milyar dolarlık iş yapılmıştı!

Babek Zencani gündeme oturdu.
Rıza Sarraf'ın İran'daki ortağıydı.
Rıza Sarraf'la eşzamanlı olarak tutuklanmıştı.
39 yaşındaydı, kariyerine koyun postu satarak başlamıştı, 15 milyar dolar serveti vardı, İran eski cumhurbaşkanı Ahmedinecad döneminde köşeyi dönmüştü, ambargo altındaki İran petrolünün altın takasıyla satılması işini organize ediyordu, Dubai, Malezya, Endonezya, Tacikistan ve Türkiye'deki 65 şirketten oluşan örümcek ağını yönetiyordu, *New York Times* gazetesi "ambargoyu altına çeviren adam" diye tanıtmıştı, Ruhani cumhurbaşkanı olunca, para trafiği mercek altına alınmıştı, İran devletinin 2 milyar 800 milyon dolarını tokatlamakla suçlanıyordu.

(Rıza Sarraf 2016 yılında ABD'ye gidecek, Amerikan vatandaşı olacak, Babek Zencani aynı 2016 yılında idama mahkum edilecekti. Orası İran, burası Türkiye'ydi. Zencani burada yakalansaydı, şu anda Miami'de keyif sürüyor olacaktı!)

Zencani'nin Türkiye aşkı nereden kaynaklanıyordu?
Niye Türkiye'de şirketler kurmuştu?

İran basınına kendisi anlattı. "Tayyip Erdoğan'ın liderliğine olan güvenim nedeniyle Türkiye'de yatırım yaptım, bir Müslüman olarak Tayyip Erdoğan'la gurur duyuyorum" dedi!

Halkbank genel müdürünün ifadesi basına sızdı. Bir yandan gülünç, bir yandan hazindi. Ayakkabı kutularında bulunan toplam 5 milyon 950 bin doların, imam hatip lisesi yaptırmak için toplanan bağış paraları olduğunu söylemişti. "Makedonya'da üniversite, Çorum Osmancık'ta imam hatip lisesi yaptırılacak, bu para hayırseverlerin parası, hayırseverlerin paralarını oralara gönderecektim" dedi.
Paralar ayakkabı kutularına sığmıştı ama, minare kılıfa uymuyordu.

"Halkbank genel müdürü, aylık kazancının 32 bin lira olduğunu söylemişti. Bu hesaba göre, ayakkabı kutularındaki parayı, hiç harcama yapmadan ancak 43 yılda biriktirebilirdi.)

Cemaatçi polis avı Ankara'ya sıçradı, emniyet genel müdürlüğünde 14 daire başkanı görevden alındı, en dikkat çekici isim Teftiş Kurulu Başkanı Ramazan Akyürek'ti. AKP tarafından Trabzon emniyet müdürü yapılmıştı, AKP tarafından emniyet istihbarat daire başkanı yapılmıştı, AKP tarafından teftiş kurulu başkanı yapılmıştı, şimdi "vaaay cemaatçiymiş bizim haberimiz yokmuş" deniyordu!

Rıza Sarraf, Halkbank genel müdürü, içişleri bakanıyla ekonomi bakanının oğulları tutuklandı, şehircilik bakanının oğlu bırakıldı.

Bakan çocuklarının servetiyle alakalı tuhaf bir durum vardı.
Siyasetçiler malvarlıklarını düzenli olarak bildiriyorlardı ama, 25 yaşından büyük çocuklarına ait malı mülkü parayı, kendi malvarlıkları arasında göstermiyorlardı. Hiç kimse çıkıp "yahu bakan çocukları bu kadar parayı nereden buldu?" diye soramıyordu.
Niye soramıyordu?
Çünkü bu sorgulamayı engelleyen yasa vardı!
AKP iktidara gelir gelmez Vergi Usul Kanunu'nun 30/7'nci maddesini yürürlükten kaldırmıştı. Bu madde, değirmenin suyu nereden geliyor maddesiydi. Yürürlükten kaldırıldığı için, AKP iktidara geldiğinden

beri artık hiç kimse, herhangi bir siyasetçinin çocuğuna "bu paranın kaynağı ne?" diye soramıyordu.

Tutuklama kararları çıkınca, Tayyip Erdoğan öfkeden köpürdü, "devlete paralel yapı kurmak isteyenler, ininize gireceğiz ininize" diye bağırdı. "Paralel" lafı ilk kez telaffuz edilmişti.

Fethullah Gülen beddua yağdırdı.
herkul.org adresli internet sitesindeki sohbetlerinde hep sakinken, bu defa adeta ağzından ateşler saçıyordu, ilk defa böyle görülüyordu, ellerini kollarını hiddetle savuruyor, yerinde oturamıyordu, konuştuğu kamerayı kıracak gibiydi.
"Haramiliği Allah biliyor, hırsızlığı Allah biliyor, rüşveti Allah biliyor. Bu olumsuz şeylerin üzerine giden arkadaşları tanımıyorum, binde birini bile tanımıyorum, dinin ruhuna aykırı bir şey yapmışlarsa, modern hukuka aykırıysa, Allah bizi de onları da yerlerin dibine batırsın, evlerine ateş salsın, yuvalarını başlarına yıksın. Ama öyle değilse, hırsızı görmeden hırsızı yakalayanın üzerine gidenler, cinayeti görmeyip masum insanları karalamaya çalışanlar, Allah onların evlerine ateşler salsın, yuvalarını yıksın, birliklerini bozsun, duygularını sinelerinde bıraksın, önlerini kessin, bir şey olmaya imkan vermesin" diyordu.

Bir zamanlar Fethullah Gülen'e "muhterem hocaefendi" diyenler, şimdi "inlerine gireceğiz" diye saldırıyordu. Bir zamanlar AKP'ye duacı olanlar ise, şimdi beddua ediyordu.

Rıza Sarraf'ın eşi Ebru Gündeş "O Ses Türkiye" şarkı yarışmasında jüri üyesiydi. Acun Ilıcalı'nın sunduğu programa devam edip etmeyeceği merak ediliyordu, hiç istifini bozmadan devam etti. Jüri koltuğuna oturdu, "karanlıktan geçiyoruz, çocuğumun incinmesini istemiyorum" dedi, gözyaşlarına boğuldu. İzlenme rekoru kırıldı.

Tayyip Erdoğan Pakistan'a gitmişti.
Esenboğa'da gövde gösterisiyle karşılandı.
Zafer Çağlayan, Muammer Güler, Egemen Bağış ve Erdoğan Bayraktar'la beraber otobüsün üstüne çıktı. El ele tutuştular, ellerini hep birlikte havaya kaldırdılar, UEFA Kupası kazanmış futbol takımı gibi,

ahaliyi selamladılar. Herkes istifalarını bekliyordu ama, onlar Tayyip Erdoğan'la beraber pişkin pişkin rabia işareti yapıyordu.
Tayyip Erdoğan vefa doluydu, "Pakistan'a gidip Muhammed İkbal'i ziyaret etmeden olur mu, bakın Muhammed İkbal ne diyor, ben diyor, sana yol sormuyorum diyor, arkadaş soruyorum diyor, yol arkadaşı yoksa yol neye yarar diyor, işte biz bu yola böyle çıktık" diyordu.
Bakanlarına sahip çıkıyordu, görünen oydu.
AKP'liler "dik dur eğilme bu millet seninle" diye tezahürat yapıyordu.

Aradan sadece altı saat geçti.
Zafer Çağlayan istifa etti.
Muammer Güler istifa etti.
Erdoğan Bayraktar istifa etti.
Egemen Bağış istifa etmedi ama, bakanlıktan alındı.
Takvimler 25 Aralık'ı gösteriyordu.
Otobüsün üstünde "yol arkadaşı yoksa, yol neye yarar" diyen Tayyip Erdoğan, otobüsten iner inmez kararını değiştirmiş, hepsini evine çağırmış, derhal istifa edeceksiniz demişti.

Aradan birkaç saat daha geçti.
Televizyonlar şok şok şok diye duyurmaya başladı. Gerçekten şok bir gelişmeydi. Erdoğan Bayraktar, "başbakanın da istifa etmesi lazım, ne yaptıysak onun talimatıyla yaptık" dedi.
"Yolsuzluk operasyonu nedeniyle 'istifa edin ve beni rahatlatacak deklarasyon yayınlayın' şeklinde, tarafıma baskı yapılmasını kabul etmiyorum, soruşturma dosyasında var olan imar planlarının büyük bölümü bizzat başbakan'ın talimatıyla yapıldı, bu minvalde bakanlıktan ve milletvekilliğinden istifa ettiğimi açıklıyorum, başbakan'ın da istifa etmesi gerektiğine inanıyorum" dedi.
Yıkmıştı perdeyi, eylemişti viran!
Zafer Çağlayan, Muammer Güler, Egemen Bağış, milli görüş geçmişi olmayan, AKP'ye sonradan monte edilmiş tiplerdi. Erdoğan Bayraktar ise, Milli Selamet Partisi'nden beri Tayyip Erdoğan'la arkadaştı, belediye başkanlığından beri Tayyip Erdoğan'ın yanındaydı.
Çok şey biliyordu.

Apar topar kabine revizyonu yapıldı, on bakan değiştirildi. Başbakanlık müsteşarı Efkan Ala, milletvekili bile değildi, içişleri bakanı yapıldı, Bekir Bozdağ adalet bakanlığına oturtuldu.

(Görevden alınan adalet bakanı Sadullah Ergin, 2009 başından beri bu koltuktaydı, Ergenekon/Balyoz davalarını yürüten, 17/25 Aralık operasyonunu yürüten cemaatçi savcı ve hakimlerin neredeyse tamamına yakını, onun bakanlığı döneminde bu görevlere getirilmişti.)

Bakanlarını defterden silen Tayyip Erdoğan, Halkbank genel müdürüne sahip çıktı, Rıza Sarraf'ın hayırsever olduğunu söyledi, o sırada kimse farkında değildi ama, durup dururken Bilal'den bahsetmişti. "Oğlumu hedef alarak TÜRGEV ismini zikrediyorlar, TÜRGEV'den dolanıp, bana gelmeye çalışıyorlar, avuçlarını yalarlar. Halkbank genel müdürünün evinde çıkan şeyin bankayla ilgisi var mı? Müdürün dürüstlüğünden şüphem yok, olsa olsa saflığının kurbanı olmuştur. Rıza Sarraf ülke ekonomisine katkısı olan biridir. Hayır işlerine girdiğini de biliyorum" dedi.
Gayet rahatmış gibi davranıyordu.
Ama, yangın büyüktü.

25 Aralık.
Yolsuzluk operasyonunun ikinci dalgası patladı.
Savcı Muammer Akkaş, Tayyip Erdoğan'ın küçük oğlu Bilal Erdoğan'ı şüpheli sıfatıyla ifadeye çağırmak istedi, belli ki tutuklayacaktı.
Tarihte görülmemiş bir şey oldu.
Polis, savcının talimatını yerine getirmedi.
İstanbul'un yeni emniyet müdürü Selami Altınok devreye girmişti, mahkemenin verdiği gözaltı kararını uygulamadı. Savcı "şunları yakalayıp getirin" diyordu, polis yapmıyordu.
İçişleri bakanı Efkan Ala'nın talimatıyla Tayyip Erdoğan'ın İstanbul'daki villasının çevresine özel timler yerleştirildi, gerekirse cemaatçi polislerle çatışılacaktı.
Peki, Bilal'in adı hadiseye nasıl karışmıştı?
Rıza Sarraf'ın kuryelerinden biri, elinde çantayla Bilal Erdoğan'ın vakfı TÜRGEV'e girerken görüntülenmişti. Aynı kurye, Halkbank genel müdürünün evine ayakkabı kutusu götüren kuryeydi.

O gün, mali suçlar ve organize suçlar şubesi komple boşaltıldı.
400 polis dağıtıldı, mali şubenin çaycısı bile gönderildi.

İstanbul Başsavcısı Turan Çolakkadı devreye girdi, soruşturma dosyasını savcı Muammer Akkaş'ın elinden aldı.
Yine tarihte görülmemiş bir şey oldu.
Savcı Muammer Akkaş adliye binasının kapısına çıktı, gazetecilere yazılı açıklama dağıttı, zehir zemberekti, "Cumhuriyet Savcısı olarak soruşturma yapmam engellenmiştir, mahkeme kararını uygulamayan sıralı amirler suç işlemiştir, şüphelilerin kaçmasına ve delil karartmasına imkan verildi" dedi.
Yarım saat sonra, bu defa İstanbul Başsavcısı kameraların karşısına geçti, zehir zemberekti, "savcının elindeki soruşturmayı medyaya aktarması suçtur" dedi.
Yarım saat sonra, bu defa Hakimler Savcılar Yüksek Kurulu medyaya yazılı açıklama yaptı, savcı Muammer Akkaş'a sahip çıktı.

Tayyip Erdoğan, emniyet teşkilatını ve yargıyı cemaatçilere teslim etmenin ağır bedelini ödüyordu. Yetmez ama evet referandumu yeniden yapılsa, Tayyip Erdoğan "hayır" diyecek noktaya gelmişti!

İdris Naim Şahin, AKP'den istifa etti.
İmam hatipten beri Tayyip Erdoğan'ın arkadaşıydı.
Muammer Güler'den önceki içişleri bakanıydı.
İstifa açıklamasında, 17/25 Aralık soruşturmasını yürüten polisleri/savcıları savunuyordu. "Emniyet ve yargı personeline yapılan uygulamalar, akıl, hukuk ve adaletle izah edilemez" diyordu.

(15 Temmuz darbe girişiminden sonra, İdris Naim Şahin'in içişleri bakanlığı döneminde atanan 74 il emniyet müdürünün cemaatçi olduğu ortaya çıkacaktı. Buna rağmen, 2019 seçiminde Saadet Partisi'nden Ordu büyükşehir belediye başkan adayı gösterilecek, 2023 seçiminde, bu defa İyi Parti'den Ordu milletvekili adayı gösterilecekti.)

Sürpriz...
Tayyip Erdoğan'ın başdanışmanı Yalçın Akdoğan, yandaş *Star* gazetesindeki köşesinde yazdı: "Milletin gönlünde taht kuran Tayyip Erdoğan, kendi ülkesinin milli ordusuna kumpas kuranların, bu ülkenin hayrına iş yapmayacağını çok iyi bilir!"

Asrın itirafıydı.
17/25 Aralık sayesinde itiraf edilmişti.
Ergenekon, Balyoz, Casusluk davaları kumpas'tı.

"Ergenekon davasının savcısıyım" diyen, Balyoz sanıkları hakkında "bunlar darbeci, terörist" diyen Tayyip Erdoğan, şimdi "meğer hepsi cemaat kumpasıymış, bizim haberimiz yoktu" demeye getiriyordu. Halbuki... Dersane kavgası yeni başladığında, AKP'yle cemaat kavgası henüz kızışmamışken, AKP'nin basın sözcüsü konumundaki *Yeni Şafak* yazarı Abdülkadir Selvi, cemaate hitaben şunları yazmıştı:
"Sormak istiyorum.
2004'ten önce kaç valiniz vardı?
2004'ten bu yana kaç valiniz oldu?
2004'ten önce kaç milletvekiliniz vardı?
2004'ten bu yana kaç milletvekiliniz oldu?
2004'ten önce kaç bakanınız vardı?
2004'ten bu yana kaç bakanınız oldu?
2004'ten önce kaç üniversiteniz vardı?
2004'ten bu yana kaç üniversiteniz oldu?
2004'ten önce ticaret hacminiz neydi?
2004'ten bu yana ticaret hacminiz ne oldu?"

Gayet açıktı...
Cemaat ne istediyse, AKP vermişti.
Vali, milletvekili, bakan.
Cemaati devlete AKP monte etmişti.

Devletin altı üstüne gelmişken, yargı, emniyet, ordu allak bullakken, bu devletin cumhurbaşkanı Abdullah Gül ne iş yapıyordu?
First lady Hayrünnisanım, *Hürriyet* gazetesine anlattı.
"Egzersiz yapıyoruz, yürüyüş yapıyoruz, yüzüyoruz, yüzmeyi çok seviyoruz, hem bedenen hem ruhen zinde kalıyoruz, sağlıklı besleniyoruz, eşimin yediklerinin doğal olmasına özen gösteriyorum, Çankaya Köşkü mutfağımız gıda güvenliği belgesi aldı, hem Çankaya Köşkü'nde hem Tarabya Köşkü'nde seramız var, hobi bahçemiz var, en büyük zevkimiz bahçeyle uğraşmak, bizi dinlendiriyor, ekinezya yetiştiriyoruz, kümesimiz var, taze yumurta alabiliyoruz, Allah bizlere sağlık sıhhat versin diye dua ediyoruz" diyordu!

Devlet sadece cemaatçiler tarafından değil, zübükler tarafından da işgal edilmişti. Bunu ben değil, Başbakanlık Kamu Görevlileri Etik Kurulu Başkanı Profesör Sedat Murat söylüyordu. "Kemal Sunal'ın Zübük filmi defalarca izlenmeli, devletin her kurumunda her makamında Zübükler var" diyordu.
Zübük malum, Aziz Nesin tarafından kaleme alınan, dini siyasete alet ederek yükselen, rüşvetçi, yalancı, ahlaksız, dönek karakterin romanıydı, sinemaya aktarılmış, Zübük'ü Kemal Sunal canlandırmıştı. Profesör Sedat Murat işte buna dikkat çekiyordu. "Kemal Sunal'ın Zübük filmi defalarca izlenmeli, sadece devlet kurumlarında değil, toplumun her katmanında Zübükleşme var" diyordu.

Yolsuzluk ve yoksulluk artarken, lüks tüketim patlamıştı.
Yoksul daha yoksul, zengin daha zengin oluyordu.
Türkiye'ye Ferrari, Maserati, Porsche yetiştirilemiyordu. 2013 yılında tüm zamanların satış rekoru kırılmıştı. İthalatçı firmalar üretici firmalardan Türkiye için kota artışı istemişti.

Askerlik süresi 15 aydan 12 aya indirildi.
Erken terhisler başladı.
Seçime sayılı gün kalmıştı, bir oy bir oydu.

Sabah gazetesi, Osman Hilmi Özdil manşetlerine başladı.
Hanefi Avcı'nın yazdığı "Haliçte Yaşayan Simonlar" kitabında "cemaatin emniyet imamı" olarak tanıtılan kişiydi.
Hanefi Avcı hapse tıkılırken alkışlıyorlardı.
Şimdi, Hanefi Avcı kıymete binmişti.
Hanefi Avcı'nın anlattığına göre, "2007 yılında ABD'ye girerken durdurulmuş, laptop'una FBI tarafından el konulmuştu, o laptopta cemaatin devletteki örgütlenmesi, paralel devletin isim listesi vardı."

Sabah'ın bu haberinden sonra yandaş gazetelerde ortak manşet atıldı. Paris'te PKK'lı Sakine Cansız'ı öldüren Ömer Güney'in, bu suikasttan hemen önce Osman Hilmi Özdil'le buluştuğu yazıldı.
Yani?
AKP'ye göre, eskiden tüm suçların sorumlusu Ergenekonculardı.
Şimdi, cemaatçilerdi.

"Paralel imamlar kaçtı" manşeti patladı.
Yine tüm yandaş medyada fotokopi haberdi.
Emniyet imamının, yargı imamının, MİT imamının, TSK imamının yurtdışına kaçtığı anlatılıyor, isim isim, adres adres yazılıyordu.
Sorulmayan soru şuydu: 17/25 Aralık operasyonu başlayıncaya kadar, yargı imamına, emniyet imamına, MİT imamına, TSK imamına neden göz yumulmuştu?

(Yandaş medya "paralel imamlar"ı tek tek deşifre ederken, başbakan imamdı, İstanbul emniyet müdürü imamdı, ayakkabı kutusuyla yakalanan Halkbank genel müdürü imamdı, ekonomi bakanı imamdı, bilim bakanı imamdı, adalet bakanı imamdı, liste çok uzuuuundu, THY yönetim kurulu başkanı imamdı, TRT genel müdürü imamdı, devletin neredeyse tüm kadroları imam hatip mezunlarıyla doldurulmuştu, liyakat kriteri imam hatip olmuştu, "imamokrasi" yaşanıyordu.)

~

17/25 Aralık'a kadar Fethullah Gülen'in sözcüsü konumunda olan *Zaman* gazetesi yazarı Hüseyin Gülerce, aniden AKP'ye biat etmişti.
Adeta adres gösteriyordu. "Cumhurbaşkanlığı seçimine kadar fırtınaya giriyoruz, fırtınanın habercisi ben değilim, operasyon yapılacağını altı ay önceden bilen yazarlara dikkat" diyordu.
Altı ay önceden bilen yazarlar kimlerdi?
Gözler hemen Emre Uslu'ya döndü.
Taraf gazetesi yazarıydı.
Tee dört ay önce "bakan çocuklarının isimleri yolsuzluklara karışmışsa, kim Güler kim ağlar" diye tweet atmıştı, Güler kelimesinin başharfini büyük yazmıştı, kehanet gibiydi.
Taraf gazetesinin muhabiri Mehmet Baransu ise, tee sekiz ay önce "İran'dan para nasıl çıkar, bir sanatçının eşi Rize'ye altınları gönderir, Kapalıçarşı'ya girer, para Dubai, İsveç'e dağılır" diye tweet atmıştı.
17/25 Aralık'ı çoook önceden biliyorlardı.

(Emre Uslu aslında polisti, komiserdi. Kanada'ya lisan eğitimine gitmiş, bir yıl Toronto'da kalmış, New York'ta John Jay College of Criminal Justice'te yüksek lisans yapmış, Utah Üniversitesi'nde doktora yapmış, Türkiye'ye dönünce emniyet teşkilatından ayrılıp, gazeteciliğe geçmişti. AKP/cemaat kapışması başlayınca, ABD'ye kaçmıştı.)

(Mehmet Baransu, Akşam ve Hürriyet gazetelerinde, Mehmet Ali Birand'ın 32. Gün programında çalışmıştı. Adı sanı bilinen bir gazeteci değildi. Lisan eğitimi için ABD'ye gitti, üç yıl orada kaldı, döner dönmez 2007'de piyasaya çıkan Taraf gazetesinin kuruluşunda yeraldı, kariyer patlaması yaptı! Balyoz kumpasının temelini oluşturan "Fatih Camisi bombalanacaktı" haberini o yazmıştı, Balyoz darbe planı olduğu iddia edilen sahte belgeleri, bavulla savcıya götüren Baransu'ydu.)

(Hüseyin Gülerce, 17/25 Aralık operasyonuna kadar Fethullah Gülen'in medyadaki sağ kolu olarak tanınıyordu. Zaman gazetesindeki köşesinde yazdıkları Fethullah Gülen'in görüşleri olarak kabul ediliyordu. "Hocaefendiyi çok seviyorum, dünyada dostluğundan şeref duyduğum tek insandır" diye yazıyordu. "Hocaefendimizle etle tırnağım" diye yazıyordu. Tetikçi gazetecileri zaten biliyorduk ama, Hüseyin Gülerce "mermi" gazeteciydi. "Beni hizmet'in namlusuna sürün, bir atımlık mermiyim, nereye atıyorsanız atın" diye yazıyordu. Cemaatçilere ait Gazeteciler ve Yazarlar Vakfı'nın mütevelli heyeti başkanıydı. "İslam'ın Gülen yüzü" diye kitap yazıyordu. 17/25 Aralık'tan itibaren dümeni aniden AKP'ye kırmıştı. O güne kadar "hizmet'in mermisiyken" o günden itibaren "Allah korkusu kalmamış paralel yapı" falan diyordu. Cemaat tarafından "itirafçı" olmakla suçlandı, kendisini kurtarmak için emniyete cemaatçilerin isim listesini verdiği iddia edildi.)

Tayyip Erdoğan cepheyi genişletti.

Cemaate yakın işadamlarını hedef almaya başladı.

"Altın ağalarının maden ruhsatları ellerinden alınacak" dedi.

Şırrak, Koza Altın'ın madeni kapatıldı.

Akın İpek'e aitti. *Bugün* gazetesi, Bugün televizyonu ve Tuncay Özkan'dan satın aldığı Kanaltürk televizyonunun sahibiydi. 17/25 Aralık operasyonunu sansürsüz yayınlıyordu, yandaş medya yayınlamıyor, merkez medya iktidardan korktuğu için yayınlamıyor, 17/25 Aralık haberleri Akın İpek'in televizyonlarından takip ediliyordu.

(Gezi Parkı olaylarının o toz dumanı arasında, kaşla göz arasında genelge çıkarılmış, madenlere ruhsat verme yetkisi başbakan'a bağlanmıştı. Padişah fermanı gibiydi. Sanırsın, memleketin yeraltı da yerüstü de Tayyip Erdoğan'ın tapulu malıydı, istediğine

dağıtma, istediğinden geri alma yetkisi kazanmıştı, altın, kömür, bakır, çinko, mermer, canı nasıl isterse, öyle karar veriyordu.)

(Fethullah Gülen'le birlikte terör örgütü kurmak suçundan hakkında dava açılan, malvarlığına el konulan Akın İpek, yurtdışına kaçtı, bu kitabın yazıldığı 2023 itibarıyla İngiltere'de yaşıyordu.)

---

1 Ocak 2014.
Yeni yılın ilk günü, Adana savcısı güya uyuşturucu ihbarıyla jandarmaya talimat verdi, Hatay Kırıkhan'da bir TIR durduruldu, çok sayıda roket ve mühimmat ele geçirildi. Ama... Bir otomobille TIR'a eskortluk yapan kişi MİT görevlisiydi, yükün aranmasına itiraz etti, Hatay valisi devreye girdi, TIR bırakıldı, yoluna devam etti.
Adana savcısı bu defa Hatay emniyet müdürlüğüne talimat verdi, aynı TIR'ı bu defa polis ekipleri durdurdu, yükün boşaltılması istendi, Hatay valisi yine devreye girdi, TIR yine bırakıldı.
19 gün geçti... Yine Adana savcısının talimatıyla, yine uyuşturucu ihbarıyla, bu defa Ceyhan gişelerinde üç TIR durduruldu, yine roket ve mühimmat ele geçirildi, yine bir otomobille eskortluk yapan MİT görevlileri vardı, bu defa Adana valisi devreye girdi, TIRlar bırakıldı.

Ortadoğu denilen coğrafya, CIA, FSB, Mossad, BND, MI6, El Muhaberat, Savama coğrafyasıydı, bizimkiler ise İETT teşkilatı (!) kökenliydi... Suriye'de gizli saklı iş yapayım derken, yüzlerine gözlerine bulaştırmışlardı. İlave edin bunlara, bizzat AKP tarafından devletin en mahrem noktalarına monte edilen cemaatçileri, olacağı buydu. Türkiye, cemaat manipülasyonuyla, kendi askeri, kendi polisi, kendi savcısıyla, kendi kendini enselemişti!

İçişleri bakanı Efkan Ala güya izah etti, durdurulan TIR'larda roket değil, Suriye'deki Türkmenlere gönderilen gıda yardımı olduğunu söyledi. Türkmenlerden anında cevap geldi, Suriye Türkmen Meclisi başkan yardımcısı Hüseyin Abdullah, "bize Türkiye'den TIR falan gelmedi, Türkiye'den ne silah yardımı, ne gıda yardımı alabiliyoruz, Türkiye'den bize bir cent bile gönderilmedi" dedi.
Baktılar olacak gibi değil, yayın yasağı getirdiler.
TIR'larla alakalı haber yapmak yasaklandı.
Ortalama zekaya sahip her vatandaş kendine şunu soruyordu:

Gıda yardımıysa yasak niyeydi?
İnsani yardım "devlet sırrı" olur muydu?

Aradan az biraz geçti, TIR mevzusu unutuldu, PKK'nın Suriye uzantısı PYD'nin lideri Salih Müslim, Ankara'ya geldi, sayın hükümetimiz tarafından ağırlandı, o zamanlar sayın hükümetimiz tarafından "terörist" olarak görülmüyordu, saygın devlet adamıydı!
Türkçesi gayet güzeldi.
İstanbul Teknik Üniversitesi mezunuydu.
Hürriyet gazetesine röportaj verdi.
"Katar'ın selefi örgütlere gönderdiği silahlar, Türkiye üzerinden Suriye'ye geliyor, Türkiye'nin kendisinin gönderdiği silahlar da var, burada savaşan İslamcılar, Bolu'da eğitildiklerini söylüyorlar, Sarıkamış'ta kampları var, El Nusra'nın yemeği bile Türkiye'den Ceylanpınar'dan geliyor" diyordu!

Gezi Parkı davası açıldı.
"Gezi Parkı terör örgütü" icat etmişlerdi.
Yandaş medya "işte darbeci örgüt" diye yazıyordu.
Halbuki, iddianameyi savcı Muammer Akkaş hazırlamıştı.
Bilal Erdoğan'ı tutuklamak isteyen savcıydı.
AKP zihniyeti tam olarak buydu...
İşine gelmezse, paralel savcıydı.
İşine gelirse, kahraman savcıydı.

Tayyip Erdoğan yandaş gazetecileri Dolmabahçe'de topladı, Fethullah Gülen'in kendisine mektup gönderdiğini, uzlaşma istediğini anlattı, "ama ben asla pazarlık etmeyeceğim, paralelcilerle sonuna kadar mücadele edeceğim" dedi.
Cemaat güdümündeki Gazeteciler ve Yazarlar Vakfı'ndan derhal cevap geldi. "Hocaefendi'nin mektubu Tayyip Erdoğan'a hitaben yazılmadı, muhtevasında da hiçbir pazarlık yok" denildi.

Peki, aslında neydi bu mektup?
Gazeteci Fehmi Koru, Pensilvanya'ya gitmişti, Abdullah Gül göndermişti, hükümet cemaat kavgasının son bulmasını istemiş, Fethullah Gülen de görüşlerini içeren mektubu yazmıştı, mektubun

muhatabı Abdullah Gül'dü. Bilahare, Tayyip Erdoğan bu mektuptan haberdar edilmiş, o da çıkıp "pazarlık yapmak istiyor" demişti.

(Fehmi Koru yılların gazetecisiydi ama, AKP iktidarıyla popüler olmuştu. Hem orijinal ismiyle, hem takma isimlerle köşe yazıyordu. Milli Gazete'de, Zaman gazetesinde genel yayın yönetmenliği yapmıştı, Yeni Şafak gazetesinin başyazarıydı. Milli Görüş, cemaat ve AKP'nin medyadaki ortak paydasıydı. İzmir'de doğup büyümüştü. Dokuz Eylül Üniversitesi ilahiyat fakültesi mezunuydu. Londra ve Şam'da lisan eğitimi almış, Harvard Üniversitesi'nin Ortadoğu Araştırmaları Merkezi'nde yüksek lisans yapmıştı.)

(Erbakan'ın adil düzen projesinin teorisyenleri, İzmir'deki meşhur Akevler Kooperatifi'nde otururdu. Akevler Kooperatifi'ni Fehmi Koru'nun kayınpederi kurmuştu.)

(İnanılması gerçekten güçtür ama, siyasal dinciliğin temeli de, cemaat'in temeli de, Atatürkçülüğün kalesi İzmir'de atıldı.
1967 yılında İzmir'de Akevler Konut Kooperatifi kuruldu.
Evet... Kendisine "ak" diyen AKP'nin kurulmasından tee 35 yıl önce İzmir'de "ak" ismiyle kooperatif kuruldu.
O zamanlar çevresi bomboş durumdaki devasa bir arsaya "müstakil mahalle" oluşturacak şekilde apartmanlar dikildi.
Projenin fikir babası, milli görüşçülerin teorisyeni Süleyman Karagülle'ydi. Abdullah Gül'ün dayısıyla Fehmi Koru'nun kayınpederi, Akevler'in kurucuları arasındaydı.
Kooperatif ortaklarını kendi zihniyetlerine, kendi yaşam biçimlerine mensup insanlardan seçtiler, aralarına başka komşu almadılar, kendi esnaflarını oluşturdular, kendi bakkalları vardı, kendi eczaneleri vardı, aynı fırından ekmek aldılar, aynı doktora gittiler.
"Milli görüş komünü" oluşturdular.
O dönemin Cumhuriyet gazetesinde ve Yeni Asır gazetesinde defalarca manşet oldular, röportajları yayınlanıyordu.
"İnsanlar ikiye ayrılır, Allah'a inananlar, Allah'a inanmayanlar, biz Allah'a inanmayanlar gibi yaşamayacağız, biz Allah'a inananların yaşadıkları sitede yaşayacağız" diyorlardı.
Röportajlarda açık açık söylüyorlardı, Akevler'de oturanların "dindar" olduğunu belirterek, burada oturmayanların "dinsiz" olduğunu ima ediyorlardı.

Bilahare, Türkiye'nin tamamını Akevler'e dönüştürmeye karar verdiler. Akevler'den yeşeren fikirle, Erbakan'ın liderliğinde Milli Nizam Partisi'ni kurdular. 1970'de kurulan bu parti, zamanla Milli Selamet, Refah, Fazilet oldu, sonra da bölünerek, Saadet ve AKP olarak vücut buldu.)

(Akevler kurulurken, aynı 1967 yılında, aynı İzmir'de, Kestanepazarı'nda bir imamın ismi kulaktan kulağa yayılıyordu, ufak ufak efsane haline gelmeye başlamıştı, vaazlarını kaçırmayan kalabalık bir esnaf grubu oluşmuştu, sadece İzmir değil, Manisa'dan Denizli'den Uşak'tan dinlemeye gelenler vardı.
Fethullah Gülen'di.
Etrafında toplaşanlara "güçbirliği yapın" diyordu, "öğrenci yurdu kurun" diyordu, kendi dünya görüşlerinde öğrenci barındırmaları için teşvik ediyordu.
Bu teşvik çerçevesinde "ışık evi" tabir edilen cemaat yurtlarının ilki, 1972 yılında Bozyaka'da kuruldu. Peşpeşe yenileri açıldı. 10 yıl içinde Yamanlar Koleji'ne dönüştü.)

> *(1967 yılında İzmir'de bu yaşananlar, bu iki zihniyetin Türkiye'yi aslında ne hale getirmek istediğinin ilk göstergeleriydi.*
> *Önce evleri ayırdılar.*
> *Bakkalları ayırdılar.*
> *Kendi esnafları, hep kendi toptancılarından alışveriş etti.*
> *Kendi aralarında alışveriş zinciri kurdular.*
> *Öğrenci yurtlarını ayırdılar.*
> *Okulları ayırdılar.*
> *Dersaneleri ayırdılar.*
> *Paraları oldu, bankaları ayırdılar, faizsiz finans adıyla kendi bankacılık sistemlerini yüceltip, gerisini kötülediler.*
> *İşdünyasını ayırdılar, kendi işadamı derneklerini kurdular.*
> *Hayır kurumlarını ayırdılar.*
> *Kurban derilerini bile ayırdılar.*
> *Gazetelerini ayırdılar, öbürlerini almayın dediler.*
> *Televizyonlarını ayırdılar, öbürlerini izlemeyin dediler.*
> *Kendi gazetecilik cemiyetlerini kurdular.*
> *Yayınevlerini ayırdılar.*
> *Kitabevlerini ayırdılar.*
> *Üniversiteleri ayırdılar.*

Kendi vakıflarına kendi üniversitelerini kurdular.
Otelleri ayırdılar, harem-selamlık oteller kurdular.
Mayoları bile böldüler, haşema icat ettiler.
Kuaförleri ayırdılar, tesettür kuaförlerine gittiler.
Restoranları ayırdılar.
Alkolsüz mojito mekanları icat ettiler.
İktidara geldiler...
Savcıları böldüler.
Hakimleri böldüler.
Polisi böldüler.
TSK'yı bile böldüler.
Etnik kökenleri deştiler, ayırdılar.
Alevi-Sünni kurcaladılar, mezhepleri ayırdılar.
Bizden, bizden değil diye milleti ayırdılar.
Ayıra ayıra bugüne gelmişlerdi.
Artık birbirlerini ayırıyorlardı.
AKP/cemaat ayrışmasının temel sebebi aslında buydu.)

(Hayata bakışları "ayırma-ayrılma" üzerine kuruluydu.
Dünyaya daima Akevler penceresinden bakıyorlardı.
Mesele aslında ne siyasi, ne hukuki, ne de diniydi.
Saçına türban takman, camiye gitmen filan kriter değildi.
Kendilerinden misin, değil misin, mesele buydu.
Çünkü, bu zihniyetin başkalarıyla birlikte yaşama kültürü yoktu.)

(Akevler tedrisatından yetişen Abdullah Gül ve Fehmi Koru ikilisi, 1976-78 yılları arasında Milli Kültür Vakfı bursuyla İngiltere'ye gitmişler, Exeter Üniversitesi'nde eğitim almışlardı. O dönemde Londra'da Hyde Park'ta çektirdikleri üçlü hatıra fotoğrafında, Hulusi Akar da vardı. Abdullah Gül'le Kayseri Lisesi'nden tanışıyorlardı. Hulusi Akar o tarihte üsteğmendi, niye Londra'daydı, bilinmez... Ahmet Davutoğlu'nu, MİT müsteşarı Hakan Fidan'ı ve Hakan Fidan'dan sonra MİT müsteşarı olacak İbrahim Kalın'ı devlete monte eden Abdullah Gül'dü. Akevler'den AKP'ye, Fehmi Koru'dan Hulusi Akar'a kadar hepsinin kesiştiği nokta, Abdullah Gül'dü.)

Kızılay, Türk'ü sildi.
Maden suyu o güne kadar Türk Kızılayı adıyla satılıyordu, sadece Kızılay oldu. Niye? Kızılay başkanı izah etti... Vatandaşımız bakkala gittiğinde Kızılay maden suyu var mı diye soruyor, Türk Kızılayı var mı diye sormuyordu, dolayısıyla markada Türk'e gerek yoktu!

Profesör Mehmet Haberal tahliye edildi, 4 yıl 3 ay yatırılmıştı.
Mustafa Balbay tahliye edildi, 4 yıl 9 ay yatırılmıştı.

İmbat operasyonu patladı.
İzmir Limanı'ndaki rüşvet trafiği kameraya alınmıştı.
Ulaştırma eski bakanı Binali Yıldırım'ın bacanağı hakkında gözaltı kararı çıkmıştı. Şırrak... İzmir emniyet müdürü dahil, bu operasyonu yürüten bütün şubeler darmadağın edildi, hepsi görevden alındı, gözaltına alacak polis kalmayınca bacanak lütfedip teslim oldu, nöbetçi mahkemede derhal serbest bırakıldı.
Binali Yıldırım, İzmir büyükşehir belediye başkan adayıydı.
"Bacanağımın benimle ne alakası var" dedi!

Fethullah Gülen'in kaseti çıktı.
Yine faili meçhul şekilde internete yüklenmişti.
Beş farklı telefon konuşmasının ses kaydıydı.
Fethullah Gülen'e Mustafa Koç, Turgay Ciner, Ali Sabancı gibi bazı işadamları hakkında bilgi veriliyor, AKP hükümetinin Bank Asya'yı batırmak için üstüne gittiği anlatılıyor, Fethullah Gülen de kendi görüşlerini söylüyordu.
AKP medyası zevkten dört köşe olmuştu.
Flaş, flaş, flaş diye bangır bangır duyuruyorlardı.
Yasadışı dinleme olmasına rağmen, kelime kelime yayınlıyorlardı.
Kendi başlarına ne geleceğinden habersizdiler.
Hemen ertesi gün, Tayyip Erdoğan'ın kaseti çıktı.
Yandaş işadamıyla yaptığı telefon görüşmesinin ses kaydıydı.
Orman arazisine yapılacak inşaatla alakalıydı.

(Türkiye'de ses kayıtlarının ortalığa saçıldığı günlerde, ABD Ulusal Güvenlik Dairesi'nin başta Almanya olmak üzere, tüm Batılı ülkelerin liderlerini dinlediği ortaya çıktı, dünya bu haberle çalkalanıyordu.

ABD başkanı Obama, Alman ZDF kanalına röportaj verdi. "Tayyip Erdoğan'ı da dinliyor musunuz?" diye sordular. "Hayır" demedi, "ülke ülke tartışmak istemem" cevabını verdi.)

Telefon kaydı ortaya çıkan Tayyip Erdoğan iyice keskinleşti.
Cemaate "Haşhaşiler" dedi.

(Kimdi bu Haşhaşiler?
İnsanlık tarihinin en gizemli adamı Hasan Sabbah tarafından 11'inci yüzyılda kurulan, siyasi/askeri figürlere suikastlar düzenleyen, bu suikastlarla devlet yönetimlerini dizayn etmeye çalışan tarikattı.
Bugünkü İran, Irak ve Suriye topraklarında yaygındı, Büyük Selçuklu Devleti'nin en güçlü olduğu dönemde, ortaçağ İslam coğrafyasının belirleyici faktörlerinden biriydi.
Rivayet odur ki, Hasan Sabbah'ın fedaisi olarak seçilen kişiye, haşhaş veriliyor, uyuşturuluyor, fedai gözlerini cennette açıyordu! Rengarenk bitkiler, cıvıl cıvıl kuşlar, sarışın, esmer, kumral huriler vardı, fedainin canı hangisini istiyorsa o kızla birlikte oluyordu, sonra yine haşhaşla uyutuluyor, bu defa gözlerini kendi yatak odasında açıyor, cennete gidip geldiğini düşünüyordu. Hasan Sabbah, cennetin kapılarını açan adamdı.
Fedailer yeniden cennete gitmek için, gözünü budaktan sakınmıyor, bağımlısı haline geldikleri haşhaşın etkisiyle, Hasan Sabbah'ın suikast emirlerini yerine getiriyordu. O sahte cennet bahçesi, elbette efsane Alamut Kalesi'nin arka bahçesinden başka bir yer değildi. Nesilden nesle aktarılan, muhtemelen palavralarla dolu bu öykülerde tek gerçek vardı, suikast... Haşhaşiyun kelimesi, döndü dolaştı, başta İngilizce, hemen tüm Batı lisanlarında "assassin" yani "suikastçı" halini aldı.
Tayyip Erdoğan, cemaati işte bunlara benzetmişti.
Fethullah Gülen'i Hasan Sabbah'a benzetiyordu.)

Urla gündeme oturdu.
Tayyip Erdoğan, İzmir'e gitmiş, Urla Zeytineli Köyü'nün Hacılar Koyu'ndaki villalarda tatil yapmıştı. Sekiz adet villa vardı, Latif Topbaş tarafından dikilmişti. Tayyip Erdoğan'ın kızı Sümeyye'ye ait olduğu iddia edilen telefon kayıtları internete düştü. Bu villalardan ikisinin Tayyip Erdoğan'a ait olduğu öne sürülüyordu.

(Latif Topbaş, Forbes dergisine göre, bir milyar dolarlık servetiyle Türkiye'nin en zengin 13'üncü işadamıydı. Market zinciri BİM'in büyük ortağıydı, faizsiz banka Albaraka'nın ortağıydı, AKP'ye adını verdiği iddia edilen Ak Gıda'nın sahibiydi, gazete arşivlerinde fotoğrafı bile yoktu, gizemli kalmayı seviyordu.)

Dünyanın her yerindeki büyükelçilerimiz aniden Ankara'ya çağırıldı, Tayyip Erdoğan hepsine hitaben konuştu, Fethullah Gülen cemaatinin dünya çapında imha edilmesi için bizzat talimat verdi.
Cemaatin 160 ülkede okulu vardı.
Bu okulların kapatılması için ne gerekiyorsa yapılacaktı.

(Halbuki... 2003 yılında AKP iktidara gelir gelmez, dışişleri bakanı Abdullah Gül tarafından aynı büyükelçilerimize genelge gönderilmişti, Gülen cemaatinin okullarını ziyaret edecek bakanlara, milletvekillerine refakat edilmesi istenmişti. AKP o zamanlar cemaat okullarını "milli" kabul ediyordu, "devlet protokolü" uygulanmasını istiyordu.)

Tüpraş'a 412 milyon lira rekabet cezası kesildi.
Elbette rekabetle filan alakası yoktu.
Koç Ailesi'nin biat etmemesi rahatsızlık yaratıyordu.
Koç Ailesi'ni cemaatle ilintili göstermeye çalışıyorlardı.
Yandaş medya "Fethullah'ın Koç'u" diye manşet atıyordu.
Çünkü, Fethullah Gülen'in internete düşen ses kayıtlarında, Mustafa Koç'a ananas hediye edildiği, Mustafa Koç'un da teşekkür ettiği öne sürülüyordu. Dünyanın en pahalı ananas faturası ödetilmişti!
Ama, Koç Ailesi'nin ödeyeceği daha çok çok büyük faturalar vardı.
Milli tank, milli gemi projeleri ellerinden alınacaktı.

Asrın keşfi yapıldı.
Rize Üniversitesi'nin adı Recep Tayyip Erdoğan Üniversitesi olarak değiştirilmişti, Recep Tayyip Erdoğan Üniversitesi su ürünleri fakültesi Fırat Nehri'nde üç yeni sazan türü keşfetti, sazanlardan birine "Recepi" adını verdiler, öbürüne "Emineae" adını verdiler.
Bilim dediğin işte böyle olurdu.

Ergenekon/Balyoz/Casusluk davaları aynı anda çöktü. Çünkü, TÜBİTAK bu davaların omurgasını oluşturan harddisk'in "sahte" olduğunu tespit etti.
Halbuki, bu harddisk güya Donanma Komutanlığı'nda ele geçirilmişti, aynı TÜBİTAK o zamanlar aynı harddisk için "gerçek" demişti.
AKP/cemaat kapışınca, sahte'ye gerçek dedikleri ortaya çıktı.
Dedim ya, bilim dediğin işte böyle olurdu.

Fethullah Gülen BBC'ye konuştu. "Yolsuzluk olduğu muhakkak, bunu herkes kabul ediyor, değiştirmeye kimsenin gücü yetmez" dedi.

Tapeler yağmaya başladı.
Telefon dinlemeleriyle elde edilmiş ses kayıtlarına polis jargonunda tape deniyordu. "Başçalan" ve "Haramzadeler" isimli twitter hesaplarından anonslanıyor, sonra YouTube'a yükleniyordu. Hassas bir dağılım vardı, mahkeme kararıyla yapılmış resmi dinlemeler "Haramzadeler" hesabından, illegal dinlemeler "Başçalan"dan servis ediliyordu. Fethullah Gülen'in ses kayıtları ise "Mehmet Özçelik" hesabından yayınlanıyordu.
84 tape ortalığa saçıldı.
20 milyondan fazla tıklandı.
Genelde saat 22-23 sularında internete yükleniyordu. Herkes işini gücünü bırakıyor, bilgisayar başına geçiyor, televizyon dizisi izler gibi, o gece afişe edilecek ses kaydını bekliyordu.
Kirli bir savaştı.
Türkiye, gizli servislerin ve maşalarının oyuncağı olmuştu.

Fuat Avni peyda oldu.
Twitter fenomeniydi.
Kim veya kimler olduğu bilinmiyordu. Hem yayınlanacak tapelerle alakalı önceden bilgi veriyordu, hem de hükümetin atacağı karşı adımlarla alakalı önceden bilgi veriyordu, duyurduğu bilgiler ancak telefon veya ortam dinlemesiyle elde edilebilecek türdendi.

Kılıçdaroğlu "havuz"u açıkladı.
Meclis grup toplantısında kürsüye çıktı, *Sabah* gazetesi ve atv için müteahhitlerden 630 milyon dolar toplandığını, bu para karşılığında bu

müteahhitlere 87 milyar euroluk ihale dağıtıldığını, bu organizasyonun başında Binali Yıldırım'ın bulunduğunu söyledi.

Binali Yıldırım'la alakalı tapeleri satır satır okudu.

"Binali sekiz işadamını Ahlatlıbel'de PTT'nin sosyal tesislerinde topluyor, iki ay içinde 630 milyon dolar vereceksiniz diyor. Mehmet Cengiz 100 milyon dolar veririm diyor. Celal Koloğlu 100 milyon dolar veririm diyor. Nihat Özdemir 100 milyon dolar, İbrahim Çeçen 100 milyon dolar diyor. Ama beni üçüncü havalimanı ihalesine dahil ederseniz, 150 veririm diyor. Kimin talimatıyla veriliyor bu paralar? Beyefendi'nin talimatıyla veriliyor. Kodadı orada beyefendi olarak geçiyor. Birisi 30 milyon dolar ödüyor. Birisi cumaya veririm diyor. 20 milyon dolar veren, çok para, nasıl vereceğim, dün gece uyuyamadım, iki hap aldım diyor. Birisi itiraz ediyor, sen verdin ama ihale aldın, ben ihale almadım, niye para veriyorum diye soruyor. Öbürü, biz de keriz değiliz, verilmesi gerekiyor ki veriyoruz diyor. Mehmet Cengiz 'Binali kalırsa yaşadık' diyor."

Rezaletin daniskasıydı.

Hem komik, hem trajikti.

Binali Yıldırım'a mikrofon uzatıldı.

"Üzerime alınmıyorum" dedi.

Kılıçdaroğlu'nun satır satır okuduğu tapeler internete de düşmüştü, müteahhit Mehmet Cengiz "Binali kalırsa yaşadık" demekle kalmıyordu, gevrek gevrek gülerek, "milletin a.ına koyacağız, sen merak etme" diyordu, öbür müteahhit de "inşallah" diyordu.

> *(2002 seçiminde AKP milletvekili seçilen, 2005 yılında AKP'den istifa eden Mehmet Sarıbaş, millete küfredildiği gerekçesiyle, milletin ferdi olarak, müteahhit Mehmet Cengiz aleyhinde 10 bin liralık manevi tazminat davası açtı. Mahkeme, ses kayıtlarıyla alakalı olarak bilirkişiden rapor istedi ve Mehmet Cengiz'i sekiz bin lira tazminata mahkum etti. Tazminat elbette sembolikti. Ama, Mehmet Cengiz'in "Binali tapesi" mahkeme tarafından doğrulanmış oldu.)*

(Aslına bakarsanız, Mehmet Cengiz o tapeyi hiç yalanlamadı. "Ben millete küfretmedim, rakibi kastetmiştim" dedi. 17/25 Aralık'ta AKP'nin en önemli savunması, tapelerin sahte olduğu şeklindeydi. Mehmet Cengiz'in açıklaması, en azından bu tapenin doğru olduğunu kanıtlıyordu.)

Fatih Altaylı'nın tapesi internete düştü.

Habertürk gazetesi genel yayın yönetmeni Fatih Altaylı'yla, Fatih Saraç arasındaki telefon konuşmasıydı. *Habertürk* gazetesi Konsensus şirketine kamuoyu araştırması yaptırmıştı, Fatih Altaylı "ankette BDP oylarını iki puan yüksek göstersek ne dersin?" diye soruyordu, Fatih Saraç "MHP'den alın oraya koyun" diye cevap veriyordu, Fatih Altaylı da "biraz kararsızlardan aktarırım, biraz MHP'den aktarırım, manipülasyon yapayım" diyordu.

Hazindi.

Fatih Altaylı bu tapeyi yalanladı, "montajlamışlar" dedi. Ama herkes biliyordu ki, açılım'a zarar gelmesin diye anketleri manipüle ediyorlardı, milliyetçi oyları düşük göstermeye çalışıyorlardı.

(Fatih Saraç, Mekke Üniversitesi mezunuydu, BİM'in ortağıydı, Habertürk'ün sahibi Turgay Ciner'in yardımcısıydı, CHP bu Fatih Saraç hakkında 2006 yılında savcılığa suç duyurusunda bulunmuştu, "Yasin el Kadı ve Cüneyd Zapsu'yla birlikte kara para aklamaktan" yargılanmasını istemişlerdi. Fatih Saraç'ın kardeşi Profesör Yekta Saraç pek yakında YÖK başkanı yapılacaktı.)

Bilal Erdoğan'ın medyaya çaktırmadan gizlice adliyeye giderek, savcıya ifade verdiği ortaya çıktı. Peki, savcı ne sormuştu? Yasin el Kadı'yı sormuştu. Bilal Erdoğan'la Yasin el Kadı'nın bir otel lobisinde sohbet ederken çekilmiş fotoğrafları internete düşmüştü, Bilal'e o sohbette ne konuştukları sorulmuştu.

(Yasin el Kadı, Suudi Arabistanlı işadamıydı. New York'taki 11 Eylül saldırılarından sonra ABD tarafından mimlenmişti, kara para akladığı, Hamas'a fon sağladığı iddia ediliyordu. 2001 yılında ABD ve Avrupa Birliği'ndeki malvarlığı dondurulmuştu, Türkiye de bu karara uymuş ve Yasin el Kadı'yı kara listeye almıştı. 2010'da Yasin el Kadı hakkında ABD'de görülen tüm davalar beraatla sonuçlanmış, Türkiye de 2012 itibarıyla Yasin el Kadı'yı kara listeden çıkarmıştı. Tayyip Erdoğan, 2006 yılında Yasin el Kadı'nın yasaklı olduğu dönemde, "Yasin beyi tanırım, kendim kadar inanırım, Türkiye'yi seven bir hayırseverdir" demişti. Yasin el Kadı hayırseverdi. Rıza Sarraf hayırseverdi.)

Kılıçdaroğlu yine meclis grubunda kürsüye çıktı, enteresan bir "terfi" hikayesi anlattı... "Sene 1998, Şişli Abide-i *Hürriyet* caddesinde bir kadın yaya geçidinden geçiyor, araba çarpıyor, 35 metre sürüklüyor, yaralanan Sevim Tanürek, şarkıcı, 34 ABR 93 plakalı arabayı kullanan Burak Erdoğan, Tayyip Erdoğan'ın oğlu, Tayyip Erdoğan o sırada İstanbul büyükşehir belediye başkanı, itfaiye geliyor, yerleri yıkıyor, bütün delilleri yok ediyor, siz hiç itfaiyenin kazaya müdahale ettiğini duydunuz mu? Sevim Tanürek ölüyor, ilk rapor sekize üç yaya kusurludur diyor, savcı iddianame hazırlıyor, ölüme sebebiyet verildiği için 2 yıldan 5 yıla kadar hapis istiyor, dava açılıyor, Burak Erdoğan mahkemeye gitmiyor, İngiltere'ye dil öğrenmeye gidiyor, duruşmaya katılmıyor, her ne hikmetse, mahkeme bir daha rapor istiyor, gelen ikinci rapor sekizde sekiz yaya kusurludur diyor, işte o ikinci raporu veren ihtisas dairesinin başkanı, şu anda Türkiye Denizcilik İşletmeleri'ne genel müdür yardımcısı oldu!"

(Burak Erdoğan, ailenin en gizemli üyesiydi. Bilal, Esra ve Sümeyye hep ortalardayken, Tayyip Erdoğan'ın en büyük çocuğu Burak hiç görünmüyordu, gazetelerin arşivinde kendi düğün fotoğrafı haricinde fotoğrafı bile yoktu, ne başbakanlık yemin törenleri, ne seçim zaferleri, ne bayram ne seyran, hiç görünmüyordu, Tayyip Erdoğan büyük oğlunu daima kendisinden ve medyadan uzak tutuyordu. Burak, kardeşleri gibi imam hatip bitirmişti, İngiltere'de ekonomi okuduğu söyleniyordu ama, hangi üniversiteden mezun olduğu belli değildi. Kasımpaşa Askeri Hastanesi'nden aldığı raporla, askerlikten muaf tutulmuştu. 2001'de imam hatipten okul arkadaşı Sema Ketenci'yle evlenmişti, eşi de Erdoğan ailesiyle hiç birlikte görünmüyordu.)

Baba oğul tapeleri patladı.

Cumhuriyet tarihinin dönüm noktalarından biriydi.

17 Aralık sabahı, Tayyip Erdoğan'la küçük oğlu Bilal arasında geçtiği iddia ediliyordu, telefon konuşmalarıydı, YouTube'a yüklenmişti.

Baba kısık sesle konuşuyor, oğlu uyku sersemi cevaplıyordu.

Baba oğluna haber veriyor, Rıza Sarraf'ın evinde, Zafer Çağlayan'ın, Erdoğan Bayraktar'ın, Muammer Güler'in oğullarının evinde arama yapıldığını anlatıyor, "ne var ne yok evden çıkar" diye tembihliyordu.

İkinci ses kaydında, oğlu paraları nasıl ve kimlere dağıttığını anlatıyor, babası "sıfırladınız mı?" diye soruyor, oğlu "30 milyon avro gibi bir miktar daha var, eritemedik henüz babacım" diyordu.
Bu konuşmalar, Kılıçdaroğlu tarafından meclis kürsüsüne taşındı, baştan sona dinletildi, Türkiye şoktaydı, bütün konuşmalar selamünaleyküm'le başlıyor, inşallah'la bitiyordu.

Başbakanlıktan derhal yazılı açıklama yapıldı.
"Ahlaksızca montaj, tümüyle gerçek dışı" denildi.
Tayyip Erdoğan ertesi gün konuştu.
"Piyes servis ettiler, alçakça montaj" dedi.
Sonra da tuhaf bir cümle kurdu.
"Şu anda TÜBİTAK'ta yeniden yapılanmaya gidiyoruz, çünkü devletin kriptolu telefonlarını bile oradan dinliyorlar" dedi.
Montaj diyordu, piyes diyordu ama...
"Kriptolu telefonları dinlemişler" diyordu.

Profesör Fatih Hilmioğlu tahliye edildi, beş yıl yatırmışlardı.
İnönü Üniversitesi rektörüydü, Atatürkçü, saygın bilim insanıydı, üniversiteyi tarikatların cemaatlerin esiri olmaktan kurtarmıştı, tek suçu buydu. Hapisteyken, 21 yaşındaki oğlunu trafik kazasında kaybetmişti. Geceyarısında tahliye olur olmaz ilk iş evladının kabrine gitti, karanlıkta ağlaya ağlaya mezar taşına sarıldı.

(Kumpas davalarının yazılmayan yönüydü bu... Sadece sanıklara ceza verilmemişti, evlatları, kardeşleri, anneleri babaları, bütün aileleri cezalandırılmıştı. Profesör Mehmet Haberal hapisteyken anne ve babasını kaybetmişti. Engin Alan hapisteyken annesini, damadını, kayınpederini kaybetmişti. Gazeteci Doğan Yurdakul hapisteyken eşini kaybetmişti. Böyle sayısız örnek vardı. Kahrından kanser olan, üzüntüsünden felç geçiren eşler, analar babalar vardı. İçerdekilerden fazla dışardakileri öldüren, aileleri cezalandıran bir kindarlıktı.)

Ayakkabı kutucu genel müdür serbest bırakıldı.
Sadece 57 günde çıkmıştı.

Ukrayna'da içsavaş patladı.
Ukrayna devlet başkanı Yanukoviç, Moskova'ya kaçtı. Avrupa Birliği yanlılarıyla Rusya yanlıları arasındaki çatışmalar, ülkeyi bölünmenin eşiğine getirmişti. Rusya tankla topla daldı, Kırım'ı işgal etti.
Türkiye kendi derdine düşmüştü, AKP hükümeti Ukrayna/Suriye arasındaki korelasyonu öngörebilecek durumda değildi.

CHP'nin yerel seçim adayları belli oldu.
CHP'lilerde adeta soğuk duş etkisi yarattı.
Milli Görüş'ün lideri Necmettin Erbakan'ın yeğeni Sabri Erbakan, CHP'nin Fatih belediye başkan adayı oldu, 2007 yılında AKP'nin milletvekili aday adayıydı.
"Fethullah Gülen fenomendir, bilge adamdır, kendisini sonsuz saygıyla selamlıyorum, cemaatin arkasında ABD'nin olduğunu söyleyenler geri kalmış kafaların ürünüdür" diyen ilahiyatçı Muhammet Çakmak, CHP'nin Bağcılar belediye başkan adayı oldu. Muhammed Çakmak aynı zamanda Nakşibendi şeyhinin torunuydu, Mehmet Ağar'ın danışmanıydı.
BDP'liler, DYP'liler, ANAP'lılar, Demokrat Partililer, yeni CHP'nin adayı olmuşlardı, CHP'de neredeyse sadece CHP'liler aday olamamıştı!
Bursa büyükşehir belediye başkan adayı Necati Şahin'di. Her partinin adayı kendi fotoğrafıyla seçim kampanyası yürütürken, Necati Şahin eşiyle birlikte çekilmiş fotoğrafını kullanıyordu. Eşi türbanlıydı.
CHP, adaya değil, türbana oy istiyordu.
Türban, yeni CHP vizyonuydu.
CHP'nin Elazığ Kovancılar belediye başkanı adayı da türbanlıydı.

(Kılıçdaroğlu tarafından CHP'lilerin bile haberi olmadan CHP'ye monte edilen bu milli görüşçülerin, Fethullah Gülen hayranlarının, BDP'lilerin filan, hiçbiri seçilemeyecekti.
Kovancılar'da mesela, AKP yüzde 51 alırken, CHP yüzde 1 alacaktı.
Bursa'da AKP adayı CHP'nin iki misli oy alacaktı.
Üstelik, CHP'nin türban vizyonuyla Bursa'da aday gösterdiği Necati Şahin, pek yakında AKP'ye geçecek, AKP'den Nilüfer belediye başkan adayı olacaktı.)

Tayyip Erdoğan habire Rabia işareti yapıyordu.
Parmaklarıyla "dört" gösteriyordu.

(Mısır'daki Müslüman Kardeşler örgütünün sembolüydü.
Askeri darbeyle devrilen siyasal dinci Mursi'nin taraftarları Rabiatü'l Adeviyye Meydanı'nda toplanıyordu. Rabia, 1200 yıl önce Basra'da yaşamış kadın sufiydi, hayatını dine adamıştı, ailesinin dördüncü çocuğuydu, Rabia kelimesi Arapça dördüncü manasına geliyordu, Müslüman Kardeşler örgütü bu yüzden Rabia işareti yapıyordu.
Siyasal dinci Mursi'ye karşı olan Mısırlılar ise, Tahrir Meydanı'nda toplanıyordu, iki parmaklarıyla zafer işareti yapıyorlardı.)

El işaretleri Türk siyasetinin geleneğinde vardı. Devrimciler sol yumruklarını havaya kaldırırken, ülkücüler bozkurt işareti yapıyordu, ayrılıkçı Kürtçüler zafer işaretini benimsemişti, Turgut Özal kollarını başının üstünde birleştirirdi, Erbakan başparmağıyla pilotların "tamam" işaretini yapardı.
AKP'nin işareti yoktu.
Rabia'yı ithal etmişlerdi.

Tayyip Erdoğan mitinglerinde en çok MHP lideri Devlet Bahçeli'ye vuruyordu. "Aile nedir, çoluk çocuk nedir bilmez" diyordu. Devlet Bahçeli gibi Fethullah Gülen'in de hiç evlenmemiş olmasını ve çocuk sahibi olmamasını birbirine benzetiyordu, "kendi ülkesine tuzaklar kuran zatın da evladı yok" diyordu.
Çocuk sahibi olamayan bütün aileleri rencide ediyordu.
Umurunda bile değildi.

Sabah gazetesi yazarı Rasim Ozan Kütahyalı, Aydın Doğan'ın cemaatçi olduğunu ima etti. "*Hürriyet* gazetesi paralel örgütün istediği şekilde yayın yapıyor" diye yazdı.
Halbuki, Rasim Ozan Kütahyalı'nın eşi Nagehan Alçı, Aydın Doğan'ın televizyonunda program yapıyordu, birbirlerine ailece ev gezmesine gidiyorlardı.
Hürriyet gazetesi adına Ahmet Hakan cevap verdi. Rasim Ozan Kütahyalı'ya "şebelek" dedi. "Sen önce paralel yapı'nın bankasından kaptığın 3.7 milyon liralık kredinin hesabını ver" diye yazdı.
Böylece, AKP yandaşı gazeteciler Rasim Ozan Kütahyalı ve Nagehan Alçı'nın Çengelköy'de villa satın aldıkları, bu villanın kredisini cemaatin Bank Asya'sından aldıkları ortaya çıktı. Kendileri cemaatten

kredi almışlardı ama, kendileri gibi düşünmeyen herkesi cemaatçi diye suçluyorlardı!

Ahmet Hakan'a Nagehan Alçı cevap verdi. "Deniz Feneri savcılarını niye acaba belaltı yazılarla linç etti, soruşturmanın kendisine uzanmasından korkmuş olabilir mi?" diye yazdı.

Buyrun burdan yakın...

Ahmet Hakan'ın Deniz Feneri'nden ifade verdiği ortaya çıktı.

AKP'yle cemaat kapışmasının memleket adına faydalarından biri buydu... Tetikçi gazeteciler birbirlerini deşifre ediyor, rezillikler ortalığa saçılıyordu, millet de gazeteci sıfatını kullananların gerçek yüzünü öğrenmiş oluyordu.

Demirören tapesi çıktı.

Tayyip Erdoğan'la *Milliyet* gazetesinin sahibi Erdoğan Demirören arasında geçtiği iddia ediliyordu. "İmralı tutanakları" *Milliyet*'te yayımlanmıştı, Tayyip Erdoğan tutanakları yayımladığı için Erdoğan Demirören'i azarlıyordu, Erdoğan Demirören de "nasıl girdim bu işe, kim için girdim" diyerek ağlıyordu.

Mecazi manada söylemiyorum...

Hüngür hüngür ağlıyordu.

Medya tarihine geçen ibret vesikasıydı.

Erdoğan Demirören dolar milyarderiydi.

76 yaşındaydı.

Tayyip Erdoğan'a "patron" diye hitap ediyordu.

Bakara makara tapesi çıktı.

Avrupa Birliği bakanı Egemen Bağış'la *Hürriyet* gazetesinin Ankara temsilcisi Metehan Demir arasında geçtiği iddia edilen ses kaydıydı. Egemen Bağış her gün twitter hesabından bir ayet paylaşıyordu, Metehan Demir kendisine bu ayetlerle alakalı olarak telefon açmıştı, Egemen Bağış'ın paylaştığı son tweetten bahsederek, "ve la entüm ma ağbüd, güne nurla başladım, duayla başladım" diyordu. Egemen Bağış da kıkır kıkır gülerek, "her cuma bir tane ayet sallıyorum, google'a gir, Kuran'da kardeşlik, Kuran'da nankörlük bilmem ne diye search yap, hepsi çıkıyor, oradan beğen bir tane, salla gitsin" diyordu. Metehan Demir buna karşılık "her kim ki, zor gününde Aydın Bey'in yanında

olur, o Allah'tan her istediğini alır, Bakara 165, bu bakara iyi yav" diyordu, Egemen Bağış da "makara iyi" diyordu.
Siyaset adına hazindi.
Gazetecilik adına hazindi.

(Metehan Demir 17 Aralık'a kadar Hürriyet gazetesinin Ankara temsilcisiydi, 16 Aralık'ta sürpriz şekilde bu görevinden alındı, yerine Radikal gazetesi Ankara temsilcisi Deniz Zeyrek getirildi, bu görev değişikliği 17 Aralık 2013 tarihli Hürriyet'in birinci sayfasında duyuruldu, Metehan Demir'in niye görevden alındığı açıklanmamıştı, Hürriyet çalışanları bile bu değişikliğin sebebini anlamamıştı.
Tam o sabah, 17 Aralık operasyonu başladı, hemen ardından Egemen Bağış'la Metehan Demir'in bakara makara tapesi ortaya çıktı.
Metehan Demir'in görevden alınıp, yerine Deniz Zeyrek'in getirildiği gün, Hürriyet genel yayın yönetmeni Enis Berberoğlu'ydu.
Acaba, yakında patlayacak olan bakara makara tapesinden Hürriyet yönetiminin haberi var mıydı? Yoksa enteresan bir tesadüf müydü?)

(Radikal gazetesinin genel yayın yönetmeni Eyüp Can'dı, Fethullah Gülen'in prensi olarak tanınıyordu, gazeteciliğe cemaatin Zaman gazetesinde başlamıştı, "Fethullah Gülen'le Ufuk Turu" adında kitabı vardı, AKP iktidara gelir gelmez Aydın Doğan Grubu'na transfer edilmiş, Radikal'in tepesine oturtulmuştu, yazar Elif Şafak'la evliydi.
Deniz Zeyrek'i Ankara temsilcisi yapan Eyüp Can'dı.
15 Temmuz darbe girişiminden sonra Eyüp Can hakkında gözaltı kararı verildi, İngiltere'ye kaçtı. Radikal gazetesi de, Enis Berberoğlu'nun Hürriyet'ten ayrılmasından bir ay önce kapatıldı. Bu peşpeşe gelişmelerde çok fazla tesadüf vardı.)

(Fethullah Gülen'in prensi Eyüp Can'ın kadrosunda Deniz Zeyrek'in yanısıra Akif Beki, Cüneyt Özdemir, İsmail Saymaz gibi gazeteciler vardı. Cüneyt Özdemir Pensilvanya'ya gidip, Fethullah Gülen'le görüşmüş, kendisine bu ziyaret hatırası olarak saat hediye edilmişti, bu görüşmeden sonra Radikal'e alınmıştı, cemaati savunan yazılar yazıyordu. İsmail Saymaz, Ergenekon/Balyoz kumpasları sırasında, cemaatçilerin sızdırdığı haberleri gerçekmiş gibi yazanlardan biriydi. Akif Beki ise, Tayyip Erdoğan'ın eski iletişim danışmanıydı. Eyüp Can yurtdışına kaçacak, diğerleri muhalif medyaya geçecekti.)

(Enis Berberoğlu 2014 yılında Hürriyet'ten ayrıldı, bir ay sonra Kılıçdaroğlu tarafından CHP parti meclisine alındı, 2015 seçiminde CHP milletvekili yapıldı, CHP genel başkan yardımcısı yapıldı. 2017 yılında, silah taşıyan MİT tırlarının görüntülerini Cumhuriyet gazetesine Can Dündar'a sızdırarak, Fethullah Gülen terör örgütüne yardım ettiği suçlamasıyla beş yıl hapse mahkum edildi, dokunulmazlığı kaldırıldı, hapse atıldı, Anayasa Mahkemesi kararıyla serbest bırakıldı. 2023 seçiminde yine CHP milletvekili oldu.)

Yandaş gazeteler "işte böyle montajladılar" manşetiyle çıktı.
ABD'den alınmış iki raporu yayınladılar.
Biri, Kaleidoscope Sound şirketine aitti.
Diğeri, John Marshall Media şirketine aitti.
Merkezleri New York'ta bulunan, ses analizi konusunda otorite kabul edilen şirketlerdi. Raporlarda, Tayyip Erdoğan'la Bilal arasında geçtiği iddia edilen ses kayıtlarının "montaj" olduğu belirtiliyordu.
Ertesi gün... John Marshall Media yalanlama yayınladı, "herhangi bir Türkçe ses kaydı hakkında görüş beyan etmedik, kendinizden utanın, bu sahtecilik hakkında yasal işlem başlatacağız" dedi!
Meğer, manşete konulan rapor sahteydi.
John Marshall Media'nın antetli kağıdı değildi, alelade bir kağıttı, kağıdın üstüne John Marshall Media'nın kartviziti zımbalanmıştı iyi mi... John Marshall Media böyle bir ses kaydı analizi yapmamıştı.
Peki ya, Kaleidoscope Sound?
Onlar da derhal açıklama yaptı.
"Bize beş parçadan oluşan telefon kayıtları gönderdiler, bu kayıt bütün müdür, kesintisiz midir, yoksa parçalar halinde midir diye sordular, zaten beş parçadan oluşuyor cevabını verdik" denildi!
Hepsi buydu.
Ses analizi filan yapmamışlardı.

Tayyip Erdoğan TRT'ye çıktı.
"Beni dinlemişler, ailemi dinlemişler, oğlumu kızımı dinlemişler, bir Müslüman bir Müslüman'ı dinleyebilir mi? Bizim dinimizde böyle bir şey var mı?" dedi.
Bir yandan "tapeler montaj" diyordu, beri yandan "dinlemişler" diyor, telefon dinlemenin dinimizde yerinin olmadığını söylüyordu!

AKP milletvekili Metin Külünk, hem demokrasi tarihine, hem hukuk tarihine, hem de İslam tarihine geçecek bir açıklamada bulundu, 17/25 Aralık operasyonuyla "günah işleme özgürlüğüne darbe vurulduğunu" söyledi, Diyanet'i göreve çağırdı!

"Allah insana günah işleme özgürlüğü vermiştir, 17 Aralık'ın felsefi boyutu hiç konuşulmadı, bu operasyon insanların günah işleme özgürlüğüne darbedir, Diyanet'e büyük görev düşüyor" dedi.

Pişkinlikte nirvanaydı.

Sıfırlama belgeleri gündeme bomba gibi düştü.

17 Aralık'ta yayınlanan tapelerde Tayyip Erdoğan'ın oğluyla konuştuğu, paraları sıfırladınız mı diye sorduğu, sonra da oğluna yardımcı olması için kızını gönderdiği öne sürülmüştü.

CHP milletvekili Umut Oran, işte bu cep telefonu görüşmelerinin sinyal kayıtlarını, adres adres saniye saniye belgeledi, telefon numaralarından, uçak koltuk numaralarına kadar tek tek açıkladı.

TBMM'de önerge vererek sordu:

"Tayyip Erdoğan İstanbul'daki paraların sıfırlanmasına yardımcı olması ve paraların dağıtılacağı adreslerin listesini vermesi için, kızı Sümeyye'ye acilen İstanbul'a git diye talimat verdi mi?

Sümeyye Erdoğan, THY uçağıyla İstanbul'a gitti mi?

İstanbul Başsavcılığı 15 Aralık 2013 ve sonrasındaki telefon dinleme/izleme/sinyal kayıtlarını yok etme talimatını neden verdi?

GSM şirketlerine sinyal kayıtlarının silinmesi talimatı verildi mi?"

> *(Umut Oran bu soru önergesinden sonra AKP medyasında linç edildi, akla hayale gelmeyecek bir iftiranın kurbanı oldu. Ethem Sancak'a ait Akşam ve Güneş gazetelerinde "Sümeyye Erdoğan'a suikast" manşetleri atıldı. Başından sonuna kadar yalanlardan oluşan haberde, Sümeyye Erdoğan'a suikast düzenlemek üzere ABD'den kiralık katiller getirildiği, bu suikastı cemaatle birlikte Umut Oran'ın organize ettiği öne sürülüyordu.)*

(İşin çok daha vahim tarafı... Bu akılalmaz iftiraya uğrayan Umut Oran, bizzat Kılıçdaroğlu tarafından CHP'den tasfiye edildi, bir daha milletvekili yapılmadı, milletvekili dokunulmazlığı elinden alındı, yapayalnız ve korumasız bırakıldı. Umut Oran bu iftirayla yıllarca tek başına boğuşmak zorunda kaldı. Neticede elbette mahkemede kazandı,

yandaş gazetelerin yalan yazdığını hukuken tescil ettirdi. Ama bu yalan kampanyası fırsat bilinip, Atatürkçü seçmen tarafından büyük saygı gören bir CHP milletvekili yuvasından atılmış oldu.)

(CHP'den tasfiye edilen sadece Umut Oran değildi.
CHP milletvekili Ali Özgündüz eski savcıydı, Zafer Çağlayan ve Muammer Güler hakkındaki fezlekeleri savcı titizliğiyle didik didik ediyor, kamuoyuna açıklıyordu, AKP'nin en rahatsız olduğu milletvekillerinden biriydi, bir daha milletvekili yapılmadı.
CHP milletvekili Atilla Kart yolsuzlukla mücadele deyince ilk akla gelen isimlerdendi, Tayyip Erdoğan'ın malvarlığını çocuklarının, dünürlerinin üstüne geçirdiği iddiasıyla suç duyurusunda bulunmuştu, bir daha milletvekili yapılmadı.
17/25 Aralık'ı soruşturmak üzere Meclis'te komisyon kuruldu, CHP'yi Rıza Türmen, Erdal Aksünger ve Osman Korutürk temsil etti. Rıza Türmen, Avrupa İnsan Hakları Mahkemesi'nde 10 yıl yargıçlık yaptığı için, dünyanın bu davaya bakışı açısından çok önemli bir isimdi. Erdal Aksünger bilişim uzmanıydı, 17/25 davası dijital veriler, twitter, YouTube'dan oluştuğu için, bilirkişi görüşü çok önemli bir isimdi. Osman Korutürk büyükelçiydi, diplomat kimliğiyle dünyanın bu davaya bakışı açısından çok önemli bir isimdi. Özel hayatlarında ve kariyerlerinde en ufak bir şaibe bulunmayan Rıza Türmen, Erdal Aksünger ve Osman Korutürk, tıpkı Umut Oran, Ali Özgündüz ve Atilla Kart gibi bir daha milletvekili yapılmadılar, tasfiye edildiler.
Gözden kaçıyor, gözden kaçırılıyordu.
Herkes AKP'ye bakarken, CHP sıfırlanıyordu!)

Rıza Sarraf serbest bırakıldı.
Bakan çocukları serbest bırakıldı.
Sadece 74 gün sonra tutuklu kalmamıştı.
Tahliye kararını veren nöbetçi hakim, Tayyip Erdoğan hayranıydı, facebook sayfasında Tayyip Erdoğan'ın fotoğrafı vardı, "Allah uzun ömür versin uzun adam" yazıyordu.

Tayyip Erdoğan bir zamanlar "muhterem hocaefendi" diye hitap ettiği Fethullah Gülen'in artık adını bile anmıyordu, "Pensilvanya" diyordu.

Fethullah Gülen'in ABD'deki adresiydi. 1999'dan beri orada yaşıyordu. 110 dönüm üzerine kurulu çiftlikti, göleti vardı, dokuz müstakil bina vardı. Resmi kayıtlarda "Altın Nesil İbadet ve Dinlenme Merkezi" olarak görülüyordu. 1993'te Hüseyin Çopur tarafından 230 bin dolara satın alınmış, Golden Generation Vakfı'na devredilmişti.
17/25 Aralık'tan önce Pensilvanya'ya gitmek "kişisel ikbal" demekti, Pensilvanya'ya gidip Fethullah Gülen'le fotoğraf çektirmek, terfi almak, ihale almak demekti, yalaka gazeteciler gruplar halinde Pensilvanya'ya uçuyor, Fethullah Gülen'in yanında poz veriyordu.
17/25 Aralık patlayınca, Pensilvanya seyahatleri bıçak gibi kesildi. Şimdi hepsi geçmişini inkar ediyordu, Pensilvanya'da pişmiş kelle gibi sırıtarak çektirdikleri fotoğrafları arşivlerden sildiriyorlardı.

(Fethullah Gülen 2006 yılında greencard alabilmek için ABD Vatandaşlık ve Göçmenlik Servisi'ne başvurmuştu. Kendisine kefil olan kişiler arasında, CIA ajanı Graham Fuller, Yunan asıllı CIA ajanı George Fidas, ABD Ankara büyükelçisi Morton Abramowitz de vardı.)

Tapelerin ardı arkası kesilmiyordu.
Tayyip Erdoğan açısından bıçak kemiğe dayanmıştı.
"Twitter falan var ya, hepsinin kökünü kazıyacağız" dedi.
Twitter o gece kapatıldı.
Dünya haber ajansları "acil" koduyla duyurdu.
Türkiye maalesef, Kuzey Kore'yle, İran'la aynı lige düşürülmüştü.
Gel gör ki, güya yasaklanan twitter'a rekor sayıda giriş oldu. Bağımsız gazeteler, internet ayarlarıyla oynayarak twitter'a giriş yapmanın yollarını anlatıyordu. Hatta, twitter'ın kurucusu Jack Dorsey bile, yasağı delebilmemiz için Türkçe mesaj yazıp, taktik verdi.
Bu çağda sansürün mümkün olmadığının kanıtıydı.
AKP alay konusu oldu, 10 gün sonra yasağı kaldırdılar.

Dünya hukuk tarihinde görülmemiş bir şey oldu.
Gizli tanık, hakim oldu!
Ergenekon davasında "Efe" kodadıyla gizli tanık olan kişinin, farklı bir kimlikle, HSYK tarafından hakim olarak atandığı açıklandı.
Böyle rezalet olur mu demeyin, oluyordu.

İlker Başbuğ tahliye edildi, 26 ay yatırmışlardı.
İlker Başbuğ'a müebbet hapis cezası verildiğinde, yandaş gazeteler alkışlamıştı, "darbecilere müebbet" manşetleri atmışlardı.
İlker Başbuğ serbest bırakıldığında, aynı gazeteler gene alkışladı, "orduya kumpas kuranlar yargılanacak" manşetleri attı.
AKP döndükçe, yandaş medya döne döne pervane oluyordu!

Demokratikleşme paketi çıkarıldı.
Elbette demokrasiyle filan alakası yoktu.
PKK'yla pazarlık halinde olan AKP hükümetinin taviz paketiydi.
Özel okullarda Kürtçe eğitim serbest bırakıldı.
Kürtçe seçim propagandası yapmak yasak olmaktan çıkarıldı.

AKP genel başkan yardımcısı Numan Kurtulmuş, camide seçim propagandası yapan ilk siyasetçi olarak tarihe geçti. Namaz çıkışında cami kapısında filan değil, bildiğin caminin içinde, mihrapta, elinde mikrofonla oy istiyordu. Demokrasi tarihimize geçen cami, İstanbul Pendik Yenişehir Mahallesi'ndeki Ulu Cami'ydi.

Özel yetkili mahkemeler kökünden lağvedildi.
AKP iktidara gelir gelmez Devlet Güvenlik Mahkemeleri'ni kapatıp, cemaatin isteğiyle bunları kurmuştu. Kumpasların merkeziydi. 2004'le 2014 yılları arasında baktıkları her dava tartışmalıydı.
Özel yetkili mahkemeler lağvedilirken, azami tutukluluk süresi 10 yıldan beş yıla indirildi, Ergenekon bir günde bitti! Silivri'nin kapıları ardına kadar açılıverdi, beş yıldır hapis yatanların hepsi bırakıldı.
Türkiye bu haldeydi.
Tayyip Erdoğan'ın ağzından çıkan, kanundu.
Tutukluluk süresi on yıl diyordu, insanlar yatıyordu.
Beş yıla indirdim diyordu, insanlar çıkıyordu.

Berkin son nefesini verdi.
14 yaşındaydı. Gezi Parkı olayları sırasında İstanbul Okmeydanı'nda ekmek almak için evinden çıkmış, kafasından bibergazı fişeğiyle vurulmuştu, komadaydı. 269 gün dayanabilmişti. Komada yatarken 16 kiloya düşmüştü. Türkiye tarihinin gördüğü, vebali en ağır 16

kiloydu. Ömrünün son beş gününde, epilepsi krizi geçirmişti, kalbi durmuştu, makineye bağlanmıştı, akciğerinde hava deliği oluşmuştu, beyin fonksiyonları çalışamaz hale gelmişti, iç organlarındaki hasar büyümüştü. Vurulduğunda yaz mevsimiydi, sonbahar'da dayanmıştı, üç mevsim direnmişti ama, kış'ın artık tutunamamıştı.
Vicdanlar ayağa kalktı.
Türkiye'nin hemen her şehrinde protesto gösterileri yapıldı.
Polis her yerde saldırdı, acımıza bile bibergazı sıkılıyordu.
Berkin'in cenaze töreni mahşeri kalabalıktı.
Okmeydanı Cemevi'nde tören yapıldı.
Feriköy mezarlığında toprağa verildi.

Berkin'in defnedildiği akşam kan aktı... Kasımpaşa'da silahlar konuştu, 22 yaşındaki Burak Can Karamanoğlu başından vuruldu, hayatını kaybetti. Tetiği kimin çektiği belirsizdi. Olayın yaşandığı bölgede elektrikler kesikti, niye kesilmişti, kim kesmişti, belli değildi. Bangır bangır provokasyondu. Burak Can üç ay önce askerden gelmişti, lokantada çalışıyordu, "Kasımpaşa 1453" taraftar grubunun üyesiydi, bu grup AKP gençlik kolları gibi hareket eden, milliyetçi gençlerden oluşan bir gruptu. Cenazesi, baba ocağı Giresun Alucra'ya götürüldü, tabutuna Türk Bayrağı sarıldı, Şehitlik'te toprağa verildi.

Berkin'in toprağa verildiği gün, Tayyip Erdoğan televizyona çıktı, yandaş gazeteci Mustafa Karaalioğlu "Berkin Elvan'ın ölümü üzerine piyasada kur hareketi oldu, ekonomide kırılganlık bekliyor musunuz?" diye sordu. Tayyip Erdoğan da "bunlar ani rüzgar gibidir, gelip geçer, piyasa kendini topladı, borsa akşama doğru yükselmeye başladı, faiz yerine oturdu" cevabını verdi.
Çocuk öldü, çocuk...
Hala endeksten bahsediyorlardı.
Menkul kıymetler borsası denemezdi.
Olsa olsa "menfur" kıymetler borsasıydı.

Tayyip Erdoğan bununla yetinmedi.
Berkin'in annesini yuhalattı.
Gaziantep mitinginde kürsüye çıktı, "annesi beni suçluyor, evladımın katili başbakandır diyor, ben evlada sevgiyi bilirim ama, evladının mezarına demir bilyeler atışını pek anlamadım, o sapanla fırlatılan bilyeleri niçin atıyorsun mezarına, neyin mesajını veriyorsun" dedi.

Meydanı dolduranlar yuuuuhhh diye bağırdı.
Halbuki...
Berkin'in arkadaşlarıyla misket oynadığı cam bilyeleriydi.

İstanbul'dan havalanan THY uçağı, Bodrum havalimanında pist yerine, piste paralel yer alan, apronla pisti birbirine bağlayan yan yola iniş yaptı. Faciadan dönülmüştü. Pilot Rumen'di.
O gün, Türk Hava Yolları'nın artık yabancı pilotlarla uçtuğu ortaya çıktı... Meğer 48 ülkeden 770 yabancı pilot çalışıyordu. AKP zihniyeti, kokpitin de kapılarını ardına kadar açmıştı. Yunan pilot, Malezyalı pilot, Sırp pilot, Japon pilot, Brezilyalı pilot, Surinamlı pilot bile vardı. Pitcairn Adaları diye bir ülke duydunuz mu? Pasifik okyanusunda volkanik bir ada, nüfus bakımından dünyanın en küçük devleti, sadece 56 vatandaşı var. Bu 56 vatandaşın 6'sı THY'de pilottu!

Osmanlı padişahı Abdülmecid'in İsviçre'de yaşayan torununun torunu Nilüfer sultan, İstanbul'da mahkemeye başvurdu, "Osmanoğlu" soyadını kullanabilmek için izin istedi. Şahit olarak, İslam İşbirliği Teşkilatı eski genel sekreteri Ekmeleddin İhsanoğlu'nu gösterdi.
İhsanoğlu, "evet şahidim, Nilüfer sultan, padişah Abdülmecid'in torununun torunudur, şehzade Burhanettin Cem'in kızıdır" dedi, böylece Nilüfer sultan Nilüfer Osmanoğlu oldu.
Bu haber yayınlandığında, herkes Nilüfer sultanın kim olduğuyla ilgilenmişti. Aslında, bu haberde ilgilenmemiz gereken başka biri vardı. Osmanlı'nın şahidi, pek yakında Cumhuriyet'e talip olacaktı!

Niğde Ulukışla'da trafik kontrolünde çatışma çıktı.
Bir astsubay öldürüldü, beş asker yaralandı.
Saldırganlar üç kişiydi, kimlik göstermek istememişler, uzun namlulu silahlarla ateş açmışlar, el bombası fırlatmışlardı, şoförünü öldürdükleri bir kamyonetle kaçmışlar, beş kilometre uzaktaki sağlık ocağına gitmişlerdi, belli ki bölgeyi gayet iyi biliyorlardı, sağlık ocağı çalışanlarını rehin alıp, yaralarının tedavi edilmesini istemişlerdi.
Polis etrafı sardı, gene çatışma çıktı.
Bir polis hayatını kaybetti.

Saldırganların ikisi orada yakalandı, biri kaçmayı başardı, izini kaybettiren saldırgan, ertesi sabah Köşkönü köyü'nün camisinde namaz kılarken yakalandı.
Arapça konuşuyorlardı.
Ama, Arap değildiler.
İkisi Arnavut, biri Kosovalıydı.
Hatay plakalı bir taksiyle İstanbul'a gidiyorlardı.
İlk çatışma noktasında terkettikleri taksinin bagajından, el bombaları, uzun namlulu silahlar, telsizler, kamufaj kıyafetleri çıktı.
Türkiye, IŞİD'le işte böyle tanıştı.

Suriye savaş uçağını düşürdük.
Sınırımızı ihlal ettiği gerekçesiyle F16'larımız vurdu.
Yandaş medyaya göre, iki şehit verdiğimiz Fantomumuzun intikamı alınmıştı, manşetlerde kahramanlık destanları yazılıyordu.
Halbuki, Fantomumuz tee iki yıl önce düşürülmüştü.
Seçime bir hafta kala "kahramanlık destanı" yaratılmıştı!

Seçime dört gün kala çok çok büyük bir sürpriz yaşandı.
Deniz Baykal tapesi çıktı.
Diğer tapeler gibi Başçalan veya Haramzadeler hesaplarından yayınlanmamıştı, YouTube'da "dlmhack" isimli hesaptan yayınlanmıştı. Ses kaydıydı ama, telefon konuşması değildi, ortam dinlemesiyle elde edildiği anlaşılıyordu. Bir de fotoğraf vardı.
Tayyip Erdoğan gözlüğünü takmış, bilgisayar ekranında bir şeyler seyrederken görülüyordu, bilgisayarın kendi kamerasından kaydedilmişti, o açıyla çekilmiş bir fotoğraftı.
Görüntüleri seyrettiren her kimse, seyredeni de kaydetmişti.
Tayyip Erdoğan'a ait olduğu iddia edilen ses, birisiyle konuşuyordu, "CHP şirazesinden çıktı, elimizde bu tarz şeyler var, yayınlanabilecek belge, bunu versem nasıl yaparsınız? İnternet sitelerine mi pas ediyorsunuz? Türlü türlü görüntü var. Ben şimdi bunu koyayım harddiske, bunun hemen bilinmesi lazım, hemen başlayın, hemen yükleyin, videonun devamını da verelim, web sitelerinden dünyaya, gerekiyorsa televizyonlardan, CHP bitiyor, Kılıçdaroğlu için de çalışma yapılabilir, ev içi çekim yapabiliyor musunuz?" diyordu.

Gazeteciler hemen CHP'ye koşturdu.
Kılıçdaroğlu sürpriz tape hakkında sürpriz açıklama yaptı.
"Ben gözlerimle gördüm, gözlüğünü takıp o kasetleri izlediğini gözlerimle gördüm, bir değil, birden fazla kaseti izlediğini gördüm" dedi.
"Nerede gördünüz?" diye sordular.
"Açıklayamam" cevabını verdi.

Deniz Baykal'a sordular.
"Bu kaset kumpasını aydınlatmak için bana değil, Tayyip Erdoğan'a ve Kemal Kılıçdaroğlu'na sormak lazım. Niye Kılıçdaroğlu'na sormak lazım? Çünkü, Tayyip Erdoğan'ın söz konusu kaseti izlerken çekilmiş görüntülerini izlediğini söylüyor, kendisi söylüyor" dedi.
Gayet açıktı.
Kılıçdaroğlu madem Tayyip Erdoğan'ı izlerken seyretmiş, bana niye haber vermemiş, niye bu güne kadar söylememiş demeye getiriyordu.
Kılıçdaroğlu'nun bu kumpasta dahli olduğunu ima ediyordu.

(Tarihi bir hadiseydi.
Tarihi bir muammaydı.
O kaset komplosuyla sadece Deniz Baykal tasfiye edilmemişti.
CHP de imha edilmişti.
Ama, bu kitabın yazıldığı 2023 yılında bile hâlâ hiç kimse çıkıp, Kemal Kılıçdaroğlu'na o yaptığı esrarengiz açıklamayla ilgili soru sormadı.
Nereden biliyordu?
Kim izletmişti?
Niye, genel başkanı Baykal'a haber vermemişti?
Kendisine izletenleri niye açıklamamıştı?
Kılıçdaroğlu'nu parlatan ve koruyup kollayan aparat medyası, CHP'nin ve Türkiye'nin kaderini değiştiren bu tarihi muammanın üstünü örttü, konuşulmasını engelledi, unutturdu.)

Suriye tapesi patladı.
Seçime sadece bir gün vardı.
Devletin bittiği an'dı.
Dışişleri bakanı Ahmet Davutoğlu, MİT müsteşarı Hakan Fidan, dışişleri müsteşarı Feridun Sinirlioğlu ve genelkurmay 2'nci başkanı orgeneral Yaşar Güler "savaş planları" üzerine konuşurlarken, ortam dinlemesi yoluyla kaydedilmişlerdi. YouTube'da "secimgudumu" isimli hesapta yayınlanmıştı, çok ağır skandaldı.

Devletin zirvesine mikrofon takmışlardı.
Devletin ruhu bile duymamıştı.
Dünya lideriyiz diyenlerin burunlarının ucundan bile haberi yoktu.
Derhal yayın yasağı getirildi.
YouTube kapatıldı.
Devletin bekası söz konusu olduğu için, söz konusu tapenin içeriğine girmiyorum. Ancak, Atatürk'ün yurtta barış dünyada barış vizyonundan, seçimde oy devşirmek için nerelere savrulduğumuzu gösteriyordu.
Ürperticiydi.
Türkiye Cumhuriyeti adına utanç vericiydi.

---

30 Mart 2014.
Bu şartlarda seçime girildi, yine ampul çıktı.
Tarihin en şaibeli seçimiydi.
Oylar çalındı.
Ağrı ve Yalova'da seçimler komple iptal edildi, tekrarlandı.
Sayım sırasında pek çok şehirde elektrikler kesilmişti, enerji bakanı Taner Yıldız pişkin pişkin "trafoya kedi girdi, o yüzden elektrikler kesildi" dedi. Halbuki, Keban Barajı'na bile kedi girse, bu kadar çok sayıda şehirde aynı anda elektrik kesilemezdi.
Ankara büyükşehir seçimi tam kepazelikti, seçmenlere para karşılığında AKP mühürlü oyları dağıtanlar yakalandı. Seçmenle birlikte oy kabinine giren sandık başkanları vardı. Sayıma alınmayan sandık müşahitleri vardı. Geçersiz oylar geçerli sayıldı, geçerli oylar geçersiz yazıldı. CHP adayı Mansur Yavaş kaybetti, Melih Gökçek kazandı.
İstanbulda CHP adayı Mustafa Sarıgül kaybetti, Kadir Topbaş kazandı.
İzmir'de AKP adayı Binali Yıldırım kaybetti, Aziz Kocaoğlu kazandı.

Kılıçdaroğlu'na TBMM'de yumruk atıldı.
Uyuşturucu, gasp, darp gibi suçlardan 55 suç dosyası bulunan Orhan Övet adında bir sabıkalı, elini kolunu sallayarak TBMM'ye geldi, milletvekili kulisine kadar girdi, bekledi, tam yanından geçerken saldırdı, Kılıçdaroğlu'nun suratına yumruk vurdu.
"Niye saldırdın?" diye sordular.
"Başbakan aleyhinde konuşuyor, gıcık oldum" dedi.
AKP üyesiydi.
Kılıçdaroğlu şikayetçi olmadı, serbest bırakıldı.

Elini kolunu sallaya sallaya çıkıp gitmesi toplumda infial yaratınca apar topar yakalandı, tutuklandı. Dört ay sonra tahliye edildi. Vurduğunda sürmanşetti, çıktığında tek sütun haber bile yapılmadı.

(Kılıçdaroğlu'na yumruk atılması, CHP'lilere seçim yenilgisini unutturmuştu, partiiçi eleştiriler bıçak gibi kesilmişti, bütün CHP'lilerin Kılıçdaroğlu'nun etrafında kenetlenmesini sağlamıştı.
Seçim kaybetmişti ama, mağdur olmuştu.
Enteresan tesadüflerin başlangıcıydı.
Seçim kaybedilince TBMM'de yumruk atılması gibi, bundan böyle hep seçim kaybedilecek, Kılıçdaroğlu'na PKK saldırısı yapılacak, seçim kaybedilecek, Kılıçdaroğlu'nun ayakları dibine mermi bırakılacak, seçim kaybedilecek, Kılıçdaroğlu şehit cenazesinde linç edilecek, yine suratına yumruk atılacaktı, her seçim sonrasında senkronize şekilde mağdur olacak, senkronize şekilde etrafında kenetlenilecekti.)

Dışişleri bakanı Ahmet Davutoğlu, Konya'da konuştu.
"Ak Parti yüzyıllarca devam edecek" dedi.
"İnşallah kıyamete kadar durdurulamayacak" dedi.

(Bunu söyleyen Ahmet Davutoğlu pek yakında AKP'den kovulacak, parti kuracak, Kılıçdaroğlu'yla ittifak ortağı olacaktı. Chp seçmenleri de kıyamete kadar AKP'nin durdurulamayacağını söyleyen Ahmet Davutoğlu'yla AKP'yi yenebileceklerine inandırılacaktı!)

Rıza Sarraf yandaş *Sabah* gazetesine röportaj verdi.
"200 ton altın ihraç ettim, Türkiye'ye 25 milyar lira gelir sağladım, cari açığın yüzde 15'ini tek başıma ben kapattım" dedi.
Yandaş medyada "halk kahramanı" olarak alkışlandı.

(O hafta, Veliefendi Hipodromu'nda İstanbul Emniyet Müdürlüğü Koşusu yapıldı. Rıza Sarraf'ın tayı El Ganador üçüncü oldu, 10 bin 500 lira ödül kazandı. Böylece, İstanbul Emniyet Müdürlüğü tarafından tutuklanan Rıza Sarraf'a İstanbul Emniyet Müdürlüğü adıyla para ödülü verilmiş oldu. At koşar, baht kazanır'dı. Bu ülkede adalet bekleyen, nah kazanırdı!)

Ekonomi bakanı Zafer Çağlayan'ın iddianamesinde, Rıza Sarraf'ın Zafer Çağlayan'a 463 bin İsviçre frangı değerinde Patek Philippe marka saat hediye ettiği anlatılıyordu.
Zafer Çağlayan meclis kürsüsüne çıktı, "gazetede saatin reklamını gördüm, saati Rıza Sarraf aldırdı ama, parasını ben ödedim, hatta garanti belgesinde benim ismim yazıyor" dedi.
Küçük bir pürüz vardı... Patek Philippe firması açıklama yaptı, "gazetelere reklam vermiyoruz, garanti belgelerine isim yazmıyoruz" denildi!

(Türkiye ekonomi bakanının saatini konuşurken, Almanya bir başka hediye saati konuşuyordu. Bayern Münih'in icra kurulu başkanı, efsane futbolcu Rummenigge, kulüpler birliği toplantısı için Katar'a gitmişti, dönüşte gümrüğe tabi malı olmadığını söylemişti, bavulları aranırken 100 bin euro değerinde iki adet Rolex saat bulunmuştu. Rummenigge "satın almadım, hediye verildi" demişti, nafile tabii, gümrük kaçakçılığı işlemi başlatılmış, soruşturma açılmıştı. Neticede, 290 bin euro vergi cezası ödetilmişti. Sabıka kaydı işlenmişti. İkisi de saatti ama... İki ülke arasındaki saat farkı yüzyıllar kadardı.)

Üçüncü havalimanı, üçüncü köprü, Avrasya tüneli, kuzey Marmara otoyolu gibi milyar dolarlık projeler için özel yasa çıkarıldı, hepsi "hazine garantisi" kapsamına alındı.
Bu yasayla, yandaş müteahhitlere yüzde 100 garanti verilmişti, "istediğiniz miktarda kredi kullanın, dert etmeyin, hazine arkanızda" deniliyordu, müteahhitlerin üstlendiği risk halkın sırtına yüklenmişti.

ICBC geldi.
Üç trilyon dolar aktif büyüklüğüyle dünyanın en büyük bankası olarak nitelendirilen Çin Endüstri ve Ticaret Bankası'ydı, Tekstilbank'ı satın aldı, Türkiye pazarına girdi.
Banka pazarımıza girmeyen bir Çinliler kalmıştı, onlar da gelmişti.
2014 yılı itibarıyla Türkiye'de faaliyet gösteren 49 bankanın 23'ü tamamen yabancıların olmuştu, yabancı payı daha da artacaktı.
AKP iktidarı, Türkiye'yi bankacılıktan adeta siliyordu.

Diyarbakır Dicle Üniversitesi rektörü Profesör Ayşegül Jale Saraç'ın başı açıktı, türban taktı, Türkiye tarihinin ilk türbanlı rektörü oldu.

2007 seçimlerinde AKP'den milletvekili adayı olmuş, seçilememişti, 2008 yılında cumhurbaşkanı Abdullah Gül tarafından rektör yapılmıştı. AKP ve medyası tarafından yere göğe sığdırılamıyor, gurur duyuluyor, manşet üstüne manşet yapılıyordu.

(Türkiye tarihinin ilk türbanlı rektörü Ayşegül Jale Saraç, 15 Temmuz darbe girişiminden sonra tutuklanacak, hapse atılacak, Fethullah Gülen terör örgütüne üye olmaktan altı yıl cezaya mahkum edilecekti. İbretti... AKP yıllardır başörtümüz yüzünden üniversiteye giremedik diye propaganda yapıyordu, AKP'nin ilk başörtülü rektörü "terör örgütü üyesi" çıkacaktı!)

Türkiye'nin ilk ateizm derneği, İstanbul'da kuruldu.
Toplumu dindarlaştıralım derken, dinden uzaklaşanlar artıyordu.

Tayyip Erdoğan'ın üniversite diploması tartışmaya açıldı.
Bu alevli tartışmanın fitilini MHP milletvekili Profesör Yusuf Halaçoğlu tutuşturdu, "cumhurbaşkanı olmak için dört yıllık fakülte mezunu olmak gerekir, Sultanahmet'teki İktisadi ve İdari Bilimler Fakültesi üç yıllıktı" dedi.
Tayyip Erdoğan'ı CHP savundu!
CHP milletvekili Aydın Ayaydın çıktı, "sayın başbakan dört yıllık iktisat ve ticaret yüksekokulu mezunudur, ben o dönemde asistandım, derslerine girdim, Tayyip Erdoğan gayet iyi hatırladığım bir öğrencimdi" dedi.

(Karmakarışık mevzunun aslı şuydu: 12 Mart 1971 darbesiyle özel yüksekokullar kamulaştırılmıştı. Bunlardan biri, İstanbul Tuna İktisadi ve Ticari Bilimler Yüksekokulu'ydu. Üç yıllıktı. İstanbul İktisadi ve Ticari İlimler Akademisi'ne bağlandı, adı değiştirildi, Aksaray İktisat ve Ticaret Yüksekokulu oldu, öğretimi dört yıla çıkarıldı. Tayyip Erdoğan işte bu okula kaydolmuştu. Yüksekokul hem gündüz hem gece öğretim yapıyordu, Tayyip Erdoğan gece öğretimine yazılmıştı, devam mecburiyeti yoktu, yedi yılda mezun oldu, Aksaray Yüksekokulu'yken başladı, İstanbul İktisadi Ticari İlimler Akademisi'yken bitirdi, bu akademi de sonradan Marmara Üniversitesi'ne bağlandı.)

(Aydın Ayaydın, Tansu Çiller döneminde DYP milletvekili adayı olmuştu, Mesut Yılmaz döneminde ANAP milletvekili seçilmişti, Kılıçdaroğlu genel başkan olur olmaz CHP'ye monte edilmiş, CHP milletvekili yapılmıştı. 2023 seçiminde Aydın Ayaydın'ın kızı, AKP milletvekili olacaktı. DYP, ANAP, CHP, AKP koalisyonu gibi aileydi!)

HDP kuruldu.
BDP milletvekilleri HDP'ye katıldı.
BDP'nin adı DBP yapıldı.
HDP kurularak, güya BDP'den farklıyız mesajı veriliyordu.
BDP denilen parti PKK'nın siyasi uzantısıydı.
HDP sanki farklıymış gibi sunuluyordu.
Harf oyunlarıyla güya Türkiye açılımı yapılıyordu.
Kafası karışık sol oylar hedefleniyordu.

Kurmay albay Murat Özenalp vefat etti.
Balyoz kumpasıyla "esir" tutuluyordu. Mamak askeri cezaevinde açık görüş sırasında kızıyla top oynarken, sıkıntıdan beyin kanaması geçirdi, şehit oldu.
Cenazesi için ilk tören GATA'da morg kapısında yapıldı, sahte delil bavulu'yla hapse sokulmuştu, ay-yıldızlı tabutla çıkıyordu, erkekten çok kadın vardı, gözpınarları ağlamaktan şişmiş kadınlardı, esir subayların eşleriydi, TCG Mamak, TCG Maltepe, TCG Silivri, TCG Hasdal, TCG Hadımköy, TCG Sincan, TCG Şirinyer yazılı denizci şapkaları giymişlerdi. Hüzün donanması'ydı.
İmam geldi, üç beş beylik laftan sonra "hakkınızı helal eder misiniz?" diye sordu, Murat Özenalp'in annesi "hakkımı bu devlete helal etmiyorum" diye bağırdı. Tabutu arkadaşları omuzladı, hepsi sanıktı. Yüklediler cenaze arabasına, Mamak askeri cezaevine götürdüler, tarihte ilk'ti, hapisteki arkadaşları askeri tören yaptı, açık görüş masalarını birleştirip, musalla taşı kurdular, etrafına U şeklinde dizildiler, 35 yıllık arkadaşı kurmay albay konuşma yaptı, "çocukların, hepimizin çocukları, eşin, son nefesimizi verene kadar kardeşlerimizden daha kardeş, mekanın cennet olsun, bir gün yanına gelmek kısmet olsun" dedi, selam verdiler, tören mangasına dokundurmadılar, omuzladılar, cenaze arabasına bindirdiler.
Kocatepe Camisi'ne getirdiler.
Deniz kuvvetleri komutanı geldi, yuhalandı.

Murat Özenalp'in ölümü, dirilişin sembolü oldu. Cenaze töreninden sonra, avukatı Şule Nazlıoğlu Erol cüppesini giydi, tek başına, Anayasa Mahkemesi önünde "adalet nöbeti"ne başladı. Bir tek kişinin başladığı Adalet Nöbeti'ne onbinlerce insan katıldı, gerçekten tarihi hadiseydi, Anayasa Mahkemesi'nden müjdeli haber çıkana kadar, tam 46 gün gece-gündüz orada beklediler.

(Balyoz şehidi Murat Özenalp, komutanlığını yaptığı fırkateynle Mısır açıklarındayken, personeliyle birlikte umreye gitmişti. Otobüsler kiralanmış, yeterli parası olmayan erlerin masrafını kendi cebinden ödemişti. İhrama girmişti. Rahmetli olduğunda, o ihram örtüsü, kefeni yapılmıştı. "Fatih Camisi'ni bombalayacaklar" iftirasıyla hapse atılmıştı, aynı iftiraya uğrayan silah arkadaşları 7'sinde ve 40'ında Fatih Camisi'nde Kuran okuttu.)

Genelkurmay Başkanlığı, Asi Nehri'ni salla geçerek, Suriye'den Türkiye'ye girmeye çalışan üç kişinin yakalandığını, bunlardan birinin Amerikalı gazeteci olduğunu duyurdu. Sorgusundan sonra serbest bırakılan o gazeteci, Pulitzer ödüllü Roy Gutman'di.
70 yaşındaki Roy Gutman, 30'dan fazla Amerikan gazetesini bünyesinde barındıran McClatchy Grubu'nun Avrupa büro şefiydi, İstanbul merkezli çalışıyordu, sınırdaki insan kaçakçılığını haber yapmaya geldiğini, akaryakıt kaçakçılarının kendisini askere ihbar ettiğini anlattı.
Yandaş medya tarafından "casus" ilan edilen Roy Gutman'in bir başka özelliği vardı... Tayyip Erdoğan'la Bilal arasında geçtiği iddia edilen "sıfırlama" tapelerini ABD'de Türkçe bilen uzmanlara analiz ettirmiş, montaj olmadığını, gerçek olduğunu yazmıştı.
Dünyanın dört bir tarafından gelen yüzlerce yabancı gazeteci Suriye sınırımızda cirit atıyordu ama, casus diye yakalana yakalana sadece "sıfırlama tapesini analiz ettiren gazeteci" yakalanıyordu!

PKK'yla IŞİD vuruşmaya başladı.
Diyarbakır Sur belediye başkanı Seyit Narin'in oğlu, Suriye'nin Kobani bölgesinde hayatını kaybetti, 22 yaşındaydı, üç yıl önce PKK'ya katılmıştı. Hemen ardından, Diyarbakır Çermik BDP ilçe başkanı Haşim Demirkol'un 23 yaşındaki kızı, Kobani'de öldürüldü.
Sayın medyamızda ufak ufak Suriye haritaları çıkmaya başlamıştı. Kobani neresi, Rojava neresi, niye önemli, konuşulmaya başlamıştı.

Soma'da tarihimizin en ağır maden faciası yaşandı.
Ocakta yangın çıktı, 301 madenci hayatını kaybetti.
Bu kömür madeni AKP tarafından özel şirkete devredilmişti, 2009 yılından beri Soma Holding tarafından işletiliyordu. Çalışma bakanlığı iki ay önce güya denetlemiş, iş güvenliği açısından sorun yok raporu vermişti. Enerji bakanı Taner Yıldız adeta Soma Holding'in reklamcısı gibiydi, kömür ocaklarını ziyaret etmiş, öve öve bitirememişti, "Soma Holding'in dünyaya örnek işletme" olduğunu anlatmıştı.
Türkiye Kömür İşletmeleri kömürün tonunu 140 dolara çıkarıyordu, Soma Holding aynı kömürün tonunu 23 dolara çıkarmakla övünüyordu. Olacağı buydu. Maliyeti ucuzlatmak için güvenlik önlemlerine para harcanmamış, hayati ihtiyaç olan cihazlar alınmamış, işçiler köleleştirilmişti.
Müşteri bulamama gibi dertleri yoktu, devlet müşteriydi, ne kadar çıkarırlarsa çıkarsınlar, devlet hepsini satın alıyordu. Bu nedenle işçinin sırtına bindikçe biniyorlardı. "Daha fazla kömür, bugün biraz daha fazla kömür, yarın biraz daha fazla kömür" sistemi vardı, insanlıktan çıkmıştı.
Cenazelerin bileklerindeki saatler dikkat çekiyordu, hepsi aynı saati takıyordu, Çin malıydı, plastikti, 30 liralık saatlerdi. Ekonomi bakanı 463 bin euroluk avanta saat takarken, işçilerimizin hali buydu.
Soma'da 750 metre yeraltına inen Soma Holding, İstanbul Maslak'ta 191 metre yükseğe çıkmıştı. 150 milyon dolara inşa edilen Spine Tower'ın sahibiydi. İmar kıyağı yapılmış, fazladan metrekare imkanı verilmişti. Bir milyar dolarlık kuleydi.

Tayyip Erdoğan anca bir gün sonra konuştu, hiç konuşmasaydı çok daha iyiydi, "bunlar olağan şeyler, literatürde var, fıtratında var" dedi. Tarihten alakasız örnekler verdi.
"İngiltere'de 1862'de göçük olmuş, 204 kişi ölmüş, Fransa'ya geliyorum, 1906'da tarihin en ölümlü ikinci kazası olmuş, daha yakın dönemlere geleyim, Japonya'da 1914'te 687 ölü var" filan dedi.
Bu tuhaf örnekleri izah ettikten sonra Soma'ya geldi, yuhalandı.
Makam otomobilinden inmişti, yürüyordu, yuhalamalar başlayınca korumalar paniğe kapıldı, makam otomobiline geri sokacaklarına, koştura koştura markete soktular, skandal daha da büyüdü.
Tayyip Erdoğan burada bir vatandaşa yumruk attı.

Taziyeye gidip, cenaze sahiplerini yumruklayan ilk insandı!
Apar topar marketten çıkarıldı, makam otomobiline bindirildi, kaçarcasına götürüldü, öfkeli kalabalık otomobilin etrafını sarmıştı, kaportaya vuruyorlardı, korumalar neredeyse silah çekecekti.
Tayyip Erdoğan'ın konvoyu kaçırılırken, özel kalem müdür yardımcısı Yusuf Yerkel eskort araçtan indi, polisler tarafından tartaklanarak yere yatırılan bir madenciye tekme attı. Rezalette son perdeydi.

(Yusuf Yerkel, 2022 yılında Almanya'ya Frankfurt konsolosluğumuza ticaret ataşesi olarak gönderilecek, altı bin euro maaşa bağlanacaktı.)

Soma matemi nedeniyle 19 Mayıs törenlerini iptal ettiler.
Ama, kendileri düğüne gitmeye devam ediyorlardı.
Soma'da cenazeler toprağa verilirken, Bülent Arınç'tan TBMM başkanı Cemil Çiçek'e kadar neredeyse bütün AKP bakanları, AKP milletvekili Muhyettin Aksak'ın kızının düğünündeydi.

Bu madeni, Soma Holding'den önce Turgay Ciner'e ait Park Enerji işletiyordu. Park Enerji döneminin işletme müdürü Selim Şenkal, 2006 ve 2007 yıllarında "yangın riski var" diye Türkiye Kömür İşletmeleri'ni uyardıklarını, defalarca yazı yazdıklarını, ancak her defasında "sıkıntı olmaz" cevabı aldıklarını söyledi. "Kömür kızışması olur, yangın olur, söndüremezsiniz dedik, dinletemedik, dinletemeyince 2009'da madeni terk ettik" dedi.
Gayet netti.
İş kazası falan değildi.
Bile bile katliamdı.

Madeni güya denetleyen ve kusursuz raporu veren başmüfettiş, madenin proje müdürünün eniştesi çıktı. Kayınbirader işletiyor, enişte teftiş ediyordu. Yetmedi, denetçi'yle bilirkişi karı-koca çıktı!

Maliye bakanı Mehmet Şimşek, memleketi Batman Gercüş'e bağlı Vergili Köyü'ne gitti, Vergili tabelasını kendi elleriyle çıkardı, Kürtçe "vergisiz" manasına gelen Becirman tabelasını kendi elleriyle taktı.

"Bu köy Osmanlı döneminde vergiden muaf tutulan bir köydü, ismi değiştirilerek, senelerce büyük haksızlığa maruz bırakıldılar, biz gereğini yaptık, köye asıl ismini verdik" dedi.
Cumhuriyet'in Vergili yaptığı köyü, vergisiz yaptı.
Batman Gercüş'ün küçücük bir köyünden çıkıp, Cumhuriyet sayesinde üniversite okumuştu, Cumhuriyet sayesinde Cumhuriyet'e bakan olmuştu ama, Cumhuriyet kendisine bir türlü yaranamıyordu!

Cumhuriyet ilan edilince, Osmanlı saltanatının izlerini silmek için "tuğraların kaldırılması kanunu" çıkarılmıştı. AKP kanun hazırladı, 1927'den beri varolan "tuğraların kaldırılması kanunu"nu iptal etti. TC'yi silenler, tuğra'yı geri getirmişti.

Somali Mogadişu'da Türk Hava Yolları'nın personel aracına silahlı saldırı düzenlendi. THY Somali güvenlik şefi Sadettin Doğan hayatını kaybetti. Emekli astsubaydı, SAT komandosuydu. İki yıl önce TSK'dan istifa etmişti, çünkü asrın iftirasına uğrayan seçkin askerlerimizden biriydi, Ergenekon davasından 15 yıl hapis istemiyle yargılanıyordu.
Aynı Mogadişu'da kısa süre önce, Türkiye Büyükelçiliği'nin ek bina inşaatına intihar saldırısı düzenlenmiş, polis memuru Sinan Yılmaz şehit olmuştu. İki saldırıyı da, El Kaide'nin Somali uzantısı El Şebap örgütü üstlenmişti.
Sadettin Doğan'ın kaybından hemen sonra, bu defa Afganistan'da bir polis merkezinin inşaatına bombalı saldırı düzenlendi, ikisi mühendis, biri ustabaşı, üç Türk vatandaşı hayatını kaybetti.
Belli ki, Suriye'deki köktendinci örgütlerle AKP hükümeti arasında perde arkasında pazarlıklar oluyordu. Türkiye'nin bileğini büküp kendi isteklerini kabul ettirmek için, tee Afrika'da tee Afganistan'da korunmasız ve kolay hedeflere saldırıyorlardı.

Musul konsolosluğumuz basıldı.
Konsolos Öztürk Yılmaz'la birlikte, konsolosluk görevlileri, aileleri, 46'sı Türk vatandaşı, 49 kişi rehin alındı, kamyonetlerle kaçırıldı.
Türk Bayrağı indirildi.
IŞİD bayrağı dikildi.
Dışişleri bakanı Ahmet Davutoğlu New York'taydı, dünyadan haberi yoktu, baskından saatler önce tweet atmış, "Musul düştü ama Musul konsolosluğumuzda sorun yok, her türlü önlemi aldık" demişti.

O kadar hazırlıksız yakalanmıştık ki, konsolosluk memurunun kızı, sekiz aylık Ela bebek bile rehineydi. Personeli boşaltmayı boşver, eşlerini, çocuklarını bile konsolosluktan uzaklaştırmayı akıl edememişlerdi.
Hiçbir krizi öngöremiyor, hiçbir krize önlem alamıyorlardı.
Kafaları sadece yasağa çalışıyordu.
Yayın yasağı getirildi.
Medyada "Musul" demek bile yasaklandı.

İş dünyasına adeta meteor düştü.
TÜSİAD Başkanı Muharrem Yılmaz istifa etti.
43 yıllık TÜSİAD tarihinde ilk'ti.
Peki niye?
Muharrem Yılmaz, Koç Grubu'na keyfi vergi cezaları kesildiğinde hukukun üstünlüğüne vurgu yaparak, hukuksuz ülkeye yabancı sermayenin gelmeyeceğini söylemişti, Tayyip Erdoğan tarafından vatan haini ilan edilmişti, yandaş medyada hedefe oturtulmuştu.
Muharrem Yılmaz, Sütaş'ın sahibiydi.
Sütaş'ı karalayan asılsız manşetler atılıyordu.
Mesaj gayet açıktı.
Ya istifa edecekti, ya da şirketini batıracaklardı.
İstifa etti.

(AKP iktidara geldiğinde TÜSİAD adına konuşan Sakıp Sabancı pek keyifliydi, cebinden başka hiçbir şey düşünmeyen patronların duygularını dile getiriyor, o meşhur gevrek gevrek kahkahasıyla "ikinci Özal trenine biniyoruz" diyordu. O tren, şimdi TÜSİAD'ın üstünden geçiyordu!)

İstanbul'un kuzey ormanlarına ilk balta vuruldu.
Üçüncü havalimanının temeli atıldı.
22 milyar euroluk ihaleyi kimler kazanmıştı?
Limak, Kolin, Cengiz, Mapa, Kalyon kazanmıştı.
"Milletin orasına koyacağız" diyen müteahhit Mehmet Cengiz, temel atma töreninde Tayyip Erdoğan'a teşekkür plaketi verdi.

(Manşetlerde bu haber varken, iç sayfalarda küçücük bir başka "ekonomi" haberi vardı. Abdurrahman Çiftçi adında bir gencimiz, Muş'ta askerlik yaparken intihar etmişti, askeri savcılık soruşturma

açmış, ölüme sebep olan merminin, askerin ailesinden tahsil edilmesini istemişti, söz konusu mermi Hazine'nin malıydı, 11 liraydı. Sayın hükümetimiz, yandaş müteahhitlerin cebine tiko para 22 milyar euro koyarken, sayın devletimiz gariban Abdurrahman'ın intihar ederken harcadığı 11 liranın peşindeydi!)

MHP lideri Devlet Bahçeli geometrik açıklama yaptı.
Bir not kağıdına iki tane üçgen çizdi, üçgenlerden biri MHP öbürü CHP'ydi, sonra o iki üçgeni kapsayan daha büyük bir üçgen çizdi, "çare işte bu büyük üçgen" dedi. "Cumhurbaşkanlığı için çatı aday gösterirsek kazanırız" dedi.
"Çatı aday" kavramı hayatımıza işte böyle girdi.

Kılıçdaroğlu çatı aday olarak kimi gösterelim diye sormak için kapı kapı dolaştı, TÜSİAD'a, DİSK'e, TESK'e, TZOB'a filan gitti, MÜSİAD'a bile gitti, tarihte ilk kez bir CHP genel başkanı MÜSİAD'ı ziyaret ediyordu, AKP'nin akiller heyetine bile gidip fikirlerini sordu ama... Nezaketen bile olsa Atatürkçü Düşünce Derneği'ne gitmedi.
Ve, basının önüne çıktı.
"Cumhurbaşkanı çatı adayımız Ekmeleddin İhsanoğlu" dedi.

Herkes internete koştu.
Google'dan "kim bu?" diye aramaya başladılar.
O an itibarıyla, Türkiye'de tanınma oranı sadece yüzde 22'ydi.
CHP seçmeninin bile tanımadığı bir cumhurbaşkanı adayıyla, AKP seçmeninin CHP adayına oy vermesini umut ediyorlardı!

1943 Kahire doğumluydu. Ayn Şems Üniversitesi'nden mezun olmuştu. Akademik hayatına El Ezher Üniversitesi'nde başlamıştı.
Türkiye'ye hayatında ilk defa 27 yaşında gelmişti.
2004 yılında AKP'nin desteğiyle İslam İşbirliği Teşkilatı'nın genel sekreteri olmuş, 2014 yılında bu görevinden ayrılmış, Kılıçdaroğlu sayesinde Türkiye Cumhuriyeti'ne talip olmuştu!
Beyaz Saray'da ağırlanan ilk İslam İşbirliği Teşkilatı başkanıydı, Obama tarafından davet edilmişti, ABD ve İngiltere'yle çok uyumlu çalışmıştı, müslüman ülkelerdeki çatışmaları önlemek için "İslam ordusu" kurulmasını önermişti. Bu öneri, ABD'nin önerisiydi.

(Ekmeleddin İhsanoğlu'nun babası Mehmet İhsan efendi, müderristi, Cumhuriyet ilan edilince Türkiye'den ayrılmış, Mısır'a gitmişti. Ekmeleddin İhsanoğlu'nun babası, İngiliz muhipleri cemiyetinin kurucularından olan, Kuvayı Milliye'ye "kudurmuş haydutlar" diyen, Mustafa Kemal hakkındaki idam fetvasını bizzat kaleme alan, "öldürülmesi dini vazifedir" diyen, milli mücadele kazanılınca İngiliz gemisiyle Yunanistan'a kaçan, orada gazete çıkarıp "elimden gelse bütün Türkleri Arap yaparım" diye yazan, Vahdettin'in şeyhülislamı Mustafa Sabri'nin en yakın arkadaşıydı.
Vatan haini Mustafa Sabri, Kahire'de ölmüş, Gafir mezarlığına gömülmüştü. Ekmeleddin İhsanoğlu'nun babası da yedi yıl sonra ölünce, işte bu Mustafa Sabri'nin yanına gömülmüştü.
Birbirlerini bu kadar seviyorlardı.)

(Ekmeleddin İhsanoğlu'nun eşi, Demokrat Parti ve Adalet Partisi'nin kurucularından "koca reis" lakaplı Sadettin Bilgiç'in yeğeniydi, Sadettin Bilgiç'in oğlu Süreyya Sadi Bilgiç, AKP milletvekiliydi. Yani, kendisinin olmadığı gibi, eşinin de CHP'yle hiç alakası yoktu.)

(Ekmeleddin İhsanoğlu tıpkı Abdullah Gül gibi Exeter Üniversitesi'ndendi, çok hoş bir tesadüftü, maliye bakanı Mehmet Şimşek de Exeter Üniversitesi'ndendi. İngiltere'nin prestijli eğitim kurumlarından biriydi, petrol zengini Arap ülkelerinden bol sıfırlı bağışlar alırdı, Arap ve İslami Araştırma Enstitüsü vardı, Kürt Araştırmaları Enstitüsü vardı, İngiliz istihbarat servisinin elemanları Ortadoğu uzmanı olabilmek için mutlaka bu iki enstitüde eğitiliyordu. Milli Güvenlik Kurulu genel sekreterimiz Exeter'dendi, Siirt, Elazığ, Eskişehir, Gümüşhane, Kilis valilerimiz Exeter'dendi, Polis Akademisi başkanımız Exeter'dendi, onlarca kaymakamımız, Exeter'dendi, kamu ihale kurumu başkanımız, göç idaresi başkanımız, toprak mahsulleri ofisi genel müdürümüz, başbakanlık tanıtım ajansı başkanımız, mülkiye teftiş kurulu başkan yardımcımız, şeker kurumu başkanımız, hepsi Exeter'liydi, bürokrasimizde yolu Exeter'den geçmeyen neredeyse yok gibiydi.)

(CHP kulislerini yakından takip eden bir gazeteci olarak, şunu açıkça söyleyebilirim ki, aslında CHP'nin cumhurbaşkanı adayı, Eskişehir Büyükşehir Belediye Başkanı Profesör Yılmaz Büyükerşen olacaktı.

Parti içinde anket yapılmıştı, CHP milletvekillerine, il başkanlarına, belediye başkanlarına "adayımız kim olsun" diye sorulmuştu. Çok açık arayla "Yılmaz Büyükerşen" ismi çıkmıştı. Hatta, CHP genel başkan yardımcılarından ikisi, bizzat Yılmaz Büyükerşen'i telefonla arayarak, cumhurbaşkanlığı adaylığınız kesinleşti demişti.
Resmi adaylığın açıklanmasından bir gün önce, CHP'nin Türkiye genelindeki tüm belediye başkanları Eskişehir'e getirildi. Bütün medya davet edildi. Kulaklara fısıldandı, Eskişehir'deki canlı yayında, bizzat Kılıçdaroğlu tarafından Yılmaz Büyükerşen'in cumhurbaşkanlığı adaylığı açıklanacaktı.
Herkes buluştu, canlı yayın başladı.
Nefesler tutuldu.
Bitti!
Kılıçdaroğlu alakasız bir konuşma yaptı, kürsüden indi.
Aday maday açıklanmamıştı.
En başta CHP'liler, bütün medya şaşkındı.
Neler oluyor demeye kalmadı, ertesi sabah, Kılıçdaroğlu çıktı "cumhurbaşkanı adayımız Ekmeleddin İhsanoğlu" dedi.
Ekmeleddin İhsanoğlu'nun ismi açıklandığında, Ekmeleddin İhsanoğlu'nun aday yapılacağını CHP milletvekilleri bile bilmiyordu.
Ne oldu da son saniyede Ekmeleddin İhsanoğlu oldu?
Bu sorunun cevabı muamma olarak kaldı.
Kelimenin tam manasıyla "guguk kuşu operasyonu"ydu.
Atatürkçü aday yerine, siyasal dinci aday gösterildi.
Profesör Yılmaz Büyükerşen aday gösterilseydi, o günkü anketlere göre, Tayyip Erdoğan kesinlikle birinci turda kazanamıyordu, ilk turda HDP de aday göstereceği için, ikinci turda Tayyip Erdoğan'ın kaybetmesi muhtemeldi. Hayat başka türlü akacaktı.)

O hararetli günlerde satır aralarında kalmıştı, pek dikkat çekmemişti ama, Ekmeleddin İhsanoğlu'nu sevinçle destekleyen biri daha vardı: Fethullah Gülen.
Seçime sadece beş gün kala Pensilvanya'daki vaazında aynen şunları söyleyecekti: "Her halimizde, her tavrımızda, iman-ı ekmel, İslam-ı ekmel, ihsan-ı ekmel, ihlas-ı ekmel, rıza-yı ekmel, yakin-i ekmel demeliyiz, hayatımızı bu atkılar arasında dantela gibi işlemeliyiz, düşsek, sürçsek bile, kalktığımızda el ihsan demeliyiz."

Gayet netti... Ekmeleddin İhsanoğlu, Kemal Kılıçdaroğlu'yla Fethullah Gülen'in kesiştiği noktaydı. Yeni CHP'yle cemaatin kesiştiği noktaydı.

Cumhurbaşkanı adaylarının malvarlıkları YSK'ya bildirildi.
HDP adayı Selahattin Demirtaş'ın bir dairesi, hukuk bürosu olarak kullandığı bir işyeri, iki otomobili ve eşine ait bir otomobili vardı.
Ekmeleddin İhsanoğlu'nun kendisine ve eşine ait dokuz dairesi, bir otomobili, banka hesaplarında 3.5 milyon doları ve 240 bin lirası vardı.
Tayyip Erdoğan'ın Güneysu Dumankaya köyünde iki bin metrekare arsası, bir otomobili, banka hesaplarında 4.4 milyon lirası ve 200 bin doları vardı, 500 bin lira da alacağı vardı. Bir evi bile yoktu yani!

Asrın iftirası Balyoz kumpası çöktü.
Anayasa Mahkemesi "yargılama sırasında sanıkların anayasal haklarının ihlal edildiğine" karar verdi. Silivri'yle beraber Maltepe, Hasdal, Hadımköy, Sincan, Mamak ve Şirinyer askeri cezaevlerinin kapıları açıldı. Dört yıllık esaret sona ermişti.
Tarihte bir ilk yaşandı.
Maltepe'de esir tutulan subaylar, üniformalarıyla çıktı.
Diğer cezaevlerindeki subaylar sivil kıyafetleriyle tahliye olurken, hava kurmay albay İsmet Çınkı, deniz kurmay albaylar Yavuz Uras, Ender Kahya, Cem Okyay ve Erdinç Altıner, üniformalarıyla çıktılar.
Türkiye'nin suratına tokat gibi vurulmuştu.
Yıllardır halkın gözünden kaçırılan gerçek buydu. Adeta kapkapçı gibi hapse tıkılanlar, Türkiye'nin seçkin ve saygın subaylarıydı. Şerefli subay olarak girmişlerdi, şerefli subay olarak çıkmışlardı.
Çakı gibi selam verdiler.
Ellerinde bir pankart vardı, pankartta üç fotoğraf vardı, bordo bereli MİT'çi subay Kaşif Kozinoğlu, hava kurmay albay Tarık Akça ve deniz kurmay albay Murat Özenalp'ti, kumpas şehitleriydi.
Kısa ama çok çarpıcı bir konuşma yaptılar.
"Aziz Türk milleti, sizlerin ve Atatürk'ün emaneti olan bu kutsal üniforma, tertemiz ve lekesizdir, bunu herkes görsün diye üniformamızla çıkıyoruz, emanetinize hıyanet etmedik, tutsak edildik ama, asla teslim olmadık, Türk subayı olduğumuzu, milletin ve Mustafa Kemal'in askeri olduğumuzu aklımızdan hiç çıkarmadık, bu onurla çıkıyoruz, mahpus gibi kurtulmuş değil, kılıç gibi keskin çıkıyoruz, içeriye yalnız girdik, dışarıya milyonlarla çıkıyoruz" dediler.

(Türk ordusu niye içeri tıkılmıştı?
Elbette CIA maşalarının kumpasıydı ama, niye?
İşte bu sorunun cevabını biraz olsun netleştirebilmek için, tee 2010 yılına gitmek gerekiyordu. Asker kökenli eski MİT'çi Mahir Kaynak'ın yandaş Star gazetesinde yazdığı bir makaleydi.
Taraf gazetesi Balyoz kumpasının miladı olan "Fatih Camisi bombalanacaktı" manşetini 20 Ocak 2010'da atmıştı. Mahir Kaynak söz konusu makalesini üç gün sonra, 23 Ocak 2010'da kaleme almıştı.
"Balyoz planı" başlıklı yazı şöyleydi:
"Türkiye'nin dünyadaki yeni rolü ile Türk ordusunun ideolojisi uyuşmuyordu. O halde bu ideoloji değişecekti ama, ordunun etkinliği azalmayacak, hatta artacaktı. Türkiye'nin dünyadaki yeni rolü, içe yönelik değil, dışa yönelik olacaktı. Bu da ancak, ordudaki darbeci eğilimleri yok etmekle, ama onun gücünü ve prestijini korumakla mümkün olabilirdi.
Şimdi, komplo teorisi de sayılabilecek bir proje sunuyorum.
Silahlı kuvvetlerdeki bazı dokümanlar ele geçirildi ve bunlar bir darbe hazırlığına uygun biçimde yeniden düzenlenerek kamuoyuna sunuldu. Böylece, darbe karşıtlığının yerleşmesi ve bu tavrın genelleşmesi sağlandı.
Kimse açıktan darbeciliği savunamazdı.
Bu kadar yaygın olan tartışmanın dışında kalamazdı.
Medyanın durumu askerlerin yemin törenini andırıyordu. Herkes ne kadar demokrasiden yana olduğunu göstermek için kaleme sarıldı.
Ancak bu, meselenin birinci safhasıydı.
Darbe karşıtlığı sağlandı ama, planın ikinci safhası vardı.
Ordunun enerjisi korunmalıydı ve bu bölgede oynayacağı yeni rol için güvenilir bir kurum haline gelmeliydi.
Kamuoyuna sunulan belgeler orijinal değildi ve elde edilen bazı bilgiler değiştirilmişti, bir darbe planına uygun hale sokulmuştu.
Eğer bu belgelerin bir kısmının bile değiştirilmiş olduğu tespit edilirse, ordu aleyhine yapılan yayınların maksatlı ve gerçek dışı olduğu kanıtlanmış olacaktı.
Zaten ortaya atılan iddialar bunu kolaylaştırıyordu.
Mesela, camiye atılacak bir bomba her kesimdeki halkı iktidar etrafında birleştirir ve bir darbeyi imkansız hale getirirdi. Bir darbecinin asla düşünemeyeceği bir eylemdi.

İstikrarı bozmak için eylemlerde askerlerin yer alacağı söyleniyordu.
Halbuki, bir tek asker bile böyle bir eylemi yaparken yakalanırsa, ki bu kaçınılmazdı, darbe yapılamazdı.
Çünkü, ordu kurtarıcı olarak yönetime el koyardı.
Eylemi yapanla kurtarıcı, aynı kurum olamazdı.
Şimdi çok akıllı bir biçimde yürütülen projenin ikinci safhasındayız.
Belgelerin değiştirilmiş olduğu ortaya çıkacak.
Ne darbe kalacak, ne de ordu düşmanlığı kalacak.")

(Nasıl?
Yüzde 100 isabetti.
Kelimesi kelimesine böyle olmuştu.
Peki, Mahir Kaynak böyle olacağını nereden biliyordu?)

(Kritik bir soru daha vardı... Taraf gazetesinin "Fatih Camisi bombalanacaktı" manşeti üzerine darbe çığlıkları atan yandaş Star gazetesi, Mahir Kaynak'ın bu yazısını neden sansürlememişti? Balyoz'un taa en başından itibaren kumpas olduğunu anlatan bu makalenin, tarihe belge olarak bırakılmasına niye izin verilmişti?)

(Kumpas davaları sırasında kelimenin tam manasıyla ordu karşıtı olan AKP zihniyeti, özellikle 2023 yılındaki cumhurbaşkanlığı seçiminde, savaş gemisini, tankı, savaş uçağını, insansız silahlı hava araçlarını, seçim kozu olarak sunmayacak mıydı?
Türk Silahlı Kuvvetleri'ni hapse tıkan, adeta lağveden AKP zihniyeti, 2023 yılında tam olarak Mahir Kaynak'ın ikinci safhada anlattığı gibi "Türk Silahlı Kuvvetleri reklamı" yapmayacak mıydı?)

(1969 yılında Madanoğlu cuntasının içine sızarak, darbe girişimini afişe eden efsane istihbaratçı Mahir Kaynak, acaba bu defa "teori" adı altında AKP içinden mi bildiriyordu?)

Balyoz'a özgürlük çıktığı gün, 12 Eylül'e müebbet çıktı.
Kenan Evren'le Tahsin Şahinkaya'ya müebbet hapis cezası verildi.
Kenan Evren 97 yaşında, Tahsin Şahinkaya 89 yaşındaydı, güya darbeyi yargılamışlar, artık tuvalete bile gitmeye mecali olmayan bu ikisini suçlu bulmuşlardı.

Türkiye Kürdistan Demokrat Partisi kuruldu.
İsminde "Kürdistan" olan ilk siyasi partiydi.
Kurucu genel başkanı Mehmet Emin Kardaş'tı. "İçişleri bakanlığına kuruluş dilekçemizi verdik, onaylandı" dedi. Bağımsız Kürdistan'ı kuracaklarını, genel merkezlerinin Diyarbakır'da olacağını söyledi.

AKP açılımı, aça aça "Kürdistan partisi" açmıştı.
Yargıtay Cumhuriyet Başsavcılığı isminden Kürdistan kelimesini çıkarması için partiyi uyardı. Ancak bu uyarının hiçbir manası yoktu. Kürdistan kelimesini çıkarmazlarsa, Yargıtay Cumhuriyet Başsavcılığı en fazla Anayasa Mahkemesi'ne başvurabilirdi, Anayasa Mahkemesi de Kürdistan kelimesini çıkarmaları için ihtar gönderebilirdi. Gene çıkarmazlarsa, en fazla Hazine yardımı kesilebilirdi, Hazine yardımı almıyorsa, başka bir yaptırım söz konusu değildi.

(Tam olarak böyle oldu. Türkiye Kürdistan Demokrat Partisi hiçbir seçime katılmadı ama, 2023 yılı itibarıyla hala vardı, açıktı.)

Tarihte utanç verici bir ilk daha yaşandı.
Şehit babasına hapis cezası verildi.
Şehit Aileleri Federasyonu Başkanı Mehmet Gençer, AKP'nin açılım sürecini protesto etmek için postaneye gitmiş, Tayyip Erdoğan'a bir kilo kına göndermiş, başbakana hakaret etmekten mahkemeye verilmişti, hapis cezasının sebebi buydu.

(Mehmet Gençer hem şehit babasıydı, hem şehit amcasıydı.
21 yaşındaki oğlu Serhat, deniz piyade astsubaydı. Foça'daki amfibi taburundaydı. Takviye birlik olarak Cudi Dağı'na gönderilmişlerdi, Türkiye Kömür İşletmeleri'ne ait linyit sahalarını koruyan Maden Karakolu'nda görevliydi. 1994 yılıydı, Maden Karakolu baskına uğramış, sekiz askeriyle birlikte şehit düşmüştü.
28 yaşındaki yeğeni Serkan ise, üsteğmendi.
2008 yılında Bingöl'deki çatışmada şehit düşmüştü.)

(Ailesinden iki şehit veren Mehmet Gençer, 1999 yılında Abdullah Öcalan yargılanırken, İmralı'daki duruşmalara müdahil olarak katılmıştı. Öcalan'ın gözlerinin içine bakarak "oğlumu kaybettim, ağabeyimin eşi, yengem Kürt kökenli, kız alıp vermişiz, iç içe geçmişiz,

ayrımız gayrımız olmamış, bu milletin Türk-Kürt ayrımı yoktur, bunu bize niye yaptın?" diye sormuştu.)

(İnanılması ekstra güç tarafı... Tayyip Erdoğan 2012 yılında aynı Mehmet Gençer'in oğlunun, Serhat'ın ailesine yazdığı son mektubu TBMM'de okumuştu.
"Bakınız, Serhat Gençer, astsubay, Şırnak'ta görev yapıyor, bir akşam bir arkadaşına mektup uzatıyor, ben diyor, dedemi çok severdim, bugün rüyamda gördüm, beni yanına çağırıyor, eğer ben şehit olursam bu mektubu aileme gönderin diyor, aynı gece bir askerine de şunu söylüyor, bugün miraç kandili, sen sivilken imamdın, hadi beraber namaz kılıp yasin okuyalım diyor, Serhat o gece şehit düşüyor" demişti.
Tayyip Erdoğan bu mektubu okurken, kameralar milletvekillerine dönmüştü, AKP milletvekilleri hıçkıra hıçkıra ağlamıştı.
Tayyip Erdoğan mektubu okumaya devam etmişti.
"Bu mektup, ancak ben öldükten sonra elinize geçecektir, beni asla unutmayın, hep kalbinizin köşesinde saklayın, şunu unutmayın, Allah'ın verdiği canı Allah'tan başkası alamaz, size söylemek istediğim bir şey var, ben Burcu'yu çok seviyorum, bu sevgimi de mezara götürüyorum, ben burada öldümse Allah yolunda, vatan, namus, millet yolunda öldüm, gülün, asla ağlamayın, eğer ağlarsanız ben yattığım yerde rahat edemem, dedeme de hepinizin selamını söylerim, yazacak başka şey bulamıyorum, oğlunuz Serhat" demişti.
Alkış tufanı kopmuştu.
Yandaş medyada komple manşet yapılmıştı.
Televizyonlarda defalarca, döne döne gösterilmişti.)

(Şehit Aileleri Federasyonu Başkanı Mehmet Gençer, işte bu yüzden, AKP hükümetinin PKK'yla masaya oturmasına isyan etmişti. "Türk milletini ayaklar altına alıyorlar" diyerek, Kırıkkale postanesine gitmiş, milliyetçi pozlarına bürünerek şehit oğlunun mektubunu okuyan Tayyip Erdoğan kına göndermişti.
Şehit babası Mehmet Gençer, hacıydı.
Kınayı Mekke'den getirmişti.
"Bayram hediyesi olarak gönderiyorum, buyursun yaksın" demişti.
Vay sen misin kına gönderen... Başbakana hakaret ettiği gerekçesiyle çifte dava açılmış, şehit babası "sanık" yapılmış, mahkeme mahkeme süründürülmüş, neticede bir yıl iki ay hapse mahkum edilmişti.

Lütfedip hapse atmamışlar, para cezasına çevirmişler, cezayı beş yıl ertelemişlerdi, bu beş yılda gıkını çıkarırsa, içeri tıkılacaktı.)

Hani her şehit cenazesinde "şehitler ölmez, vatan bölünmez" diye bağırırlar ya... Mehmet Gençer, işte o vatan bölünmesin diye evladını şehit veren bir babaydı. Karşılığı buydu.

Ekmeleddin İhsanoğlu, CHP'li olmadığını açıkladı.
"Demokrat Parti geleneğinden geliyorum" dedi.
"Turgut Özal'ın yanında bulundum" dedi.
Tayyip Erdoğan için "aile dostum" dedi.
CHP adayı konuştukça CHP'lilerin başından aşağı kaynar sular dökülüyordu, sadece Kılıçdaroğlu memnundu, "Ekmeleddin İhsanoğlu'nu aday gösterdiğimiz için gurur duyuyorum" diyordu.

Ekmeleddin İhsanoğlu'nun sloganı "Ekmek için Ekmeleddin"di.
Amblemi bir somun ekmekti.
Sanırsın, fırıncılar odası başkanlığına adaydı!
Sosyal medyada alay konusu oldu, "Ekmek için Ekmeleddin, pide için Tayyip, lahmacun için Selahattin" filan deniyordu.
Peki, bu gülünç sloganı hangi reklamcı bulmuştu?
Reklamcı meklamcı yoktu.
Ekmeleddin İhsanoğlu'nun oğulları bulmuştu!
CHP adayının kampanyasını oğulları Aziz ve Orhan yönetiyordu, herhangi bir reklam ajansıyla kurumsal ilişkileri yoktu, 30-35 kişilik grup kurmuşlar, sunumlar alıyorlar, kafalarına göre götürüyorlardı.
Seçim şarkısı de "ekmeli"ydi.
"Bu ayrılık bitmeli, kibir haset bitmeli, şu mübarek toprağa, sevgi saygı ekmeli, şu mübarek toprağa, ilim irfan ekmeli" nakaratıyla gidiyordu.
İlkokul şarkıları bile daha anlamlıydı.

Ekmeleddin İhsanoğlu CHP seçmeninde büyük karamsarlık yaratmıştı, kimsenin içine sinmiyordu, boykot tartışması başladı.
Kılıçdaroğlu çıktı, bağıra bağıra, yumruğunu kürsüye vura vura konuştu, "tıpış tıpış sandığa gideceksiniz" dedi.
Emrivaki yaptığı yetmemişti.
Şimdi de tıpış tıpış diyerek mecbur ediyordu.

Kılıçdaroğlu'nun borazanı konumundaki CHP gazetecileri de tıpış tıpış korosuna katıldı, "Ekmeleddin İhsanoğlu'na oy vermeyenler bir daha kendilerine Atatürkçü demesinler" deniyordu.
CHP medyasının o zamanlar CHP'den sözleşmeyle para aldığı bilinmiyordu. "Bağımsız" zannedilen televizyonlar aslında düpedüz "maaşlı"ydı, ama CHP seçmenin bundan haberi yoktu. Dürüst ve güvenilir bildikleri gazetecilerin yorumlarına inanıyorlar, "bu gazeteciler desteklediğine göre, demek ki Ekmeleddin İhsanoğlu doğru aday" diye ikna oluyorlardı.
Ekmeleddin İhsanoğlu'nun medya bağlantılarını Özlem Gürses ve Mete Belovacıklı yürütüyordu. Özlem Gürses açıkça itiraf ediyordu, "kendisini tanımıyordum, adını bile duymamıştım" diyordu.
27 yaşına kadar Türkiye'yi bile görmemiş olan, hiç tanımadıkları, adını bile duymadıkları siyasal dinci'yi Atatürkçü aday diye CHP seçmenine kakaladılar. Guguk kuşu gülümsüyordu!

Ekmeleddin İhsanoğlu'na destek veren parti sayısı 14'e yükselmişti. CHP ve MHP'nin yanısıra, Büyük Anadolu Kalkınma Hareketi, Devrimci Halk Partisi, Kadın Partisi, Halk ve Adalet Partisi, Toplumsal Uzlaşma Reform ve Kalkınma Partisi filan diye uzayıp gidiyordu.
Böyle partilerimiz olduğunu bile ilk defa duyuyorduk.
Kılıçdaroğlu'nun taktiğiydi.
Çığ gibi destek var algısı yaratılıyordu.
Bütün Türkiye adayımızın arkasında algısı yaratılıyordu.
Halbuki, tabelası olan, seçmeni olmayan partilerdi.

Ekmeleddin İhsanoğlu "kabir" ziyaretlerine başladı.
Adnan Menderes'in, Turgut Özal'ın, Necmettin Erbakan'ın, Bülent Ecevit'in, Alparslan Türkeş'in, Muhsin Yazıcıoğlu'nun kabirlerini ziyaret etti, dua ederken poz verdi, Menderes'in mezarı başında konuşma yaparken ağladı.
2014 yılında kimse farkında değildi ama, Ekmeleddin İhsanoğlu "helalleşme"den söz ediyordu. "Sayın Kılıçdaroğlu'nun vizyonu sayesinde geçmişle helalleşeceğiz" diyordu.
Ekmeleddin İhsanoğlu'yla seçimi kazanacağını zanneden, zannettirilen CHP seçmeni, helalleşe helallaşe 2023 seçimini bile kaybedeceğini henüz bilmiyordu!

Tayyip Erdoğan vizyonunu açıkladı.
Laf salatasından ibaretti.
Habire "Yeni Türkiye" diyordu.
Yeni Türkiye'nin ne olduğunu söylemiyordu.
Haliç Kongre Merkezi'ndeki vizyon toplantısına, Orhan Gencebay, Hülya Koçyiğit, Bülent Ersoy, Mustafa Sandal, Hande Yener, Nükhet Duru, Zerrin Özer, Kutsi, Şafak Sezer, Şahan Gökbahar, İsmail YK, İzzet Yıldızhan, Emre Altuğ, Metin Arolat, Ece Erken, Berdan Mardini, Alişan katıldı. Gazino gibiydi.

Hamas üç İsrailliyi öldürdü.
Gazze'ye roket yağmaya başladı.
Tayyip Erdoğan için tam seçim arifesinde bulunmaz nimetti.
Hamas'et edebiyatına sarıldı.
İsrail'i terörist ilan etti.
Büyük kızı Esra Albayrak, İsrail'in İstanbul Konsolosluğu önündeki protesto gösterisine katıldı, "İsrail'in ayağını denk almasını ümit ediyorum inşallah" dedi, "katil İsrail" pankartları taşınıyordu.
Şarkıcı Yıldız Tilbe'nin attığı ırkçı tweet'ler, dünya çapında sansasyon yarattı. "Allah Hitler'den razı olsun, bunlara az bile yapmış, ne kadar haklıymış adamcağız, bu Yahudilerin sonunu gene Müslümanlar getirecek Allah'ın izniyle" demişti.
Yıldız Tilbe'den bir gün sonra, AKP'nin akil adamları arasında yeralan *Akit* gazetesi genel yayın yönetmeni Hasan Karakaya nefret saçtı.
"Ey İsrail yönetimi, ey İsrail askerleri, çoğunuz orospu çocuğusunuz, İsrail'de çocuğun babası kavramı yoktur, işte bunun için İsrail çocuklarının çoğu piçtir, anaları bellidir ama babaları elli midir, yüzelli midir, orası meçhuldür" diye yazdı.
AKP'nin "akil" seviyesi buydu.
Cumhuriyet tarihinde bir ilk daha yaşandı, TBMM kapatıldı.
Genel kurul çalışmaları iptal edildi, milletvekilleri topluca İsrail Büyükelçiliği'nin önündeki protesto eylemine gitti.
İsrail bayrağı yakıldı.
Elçilik önünde Meclis kürsüsü gibi sırayla konuştular, AKP milletvekili Murat Yıldırım, "biz TBMM olarak buradayız" dedi. CHP milletvekili Mahmut Tanal, İsrail'in "haydut devlet" olduğunu söyledi.
Arap ülkelerinden tık çıkmıyordu.
Türkiye, Gazzelilerden fazla Gazzeli olmuştu.

Milletvekillerimiz boynunda Filistin kefiyesiyle dolaşıyordu.
İsrail Konsolosluğu'nun bulunduğu İstanbul Levent'teki bina taşlı saldırıya uğradı. Camları kırıp, içeri girmeye çalıştılar.
Filistin devlet başkanı Mahmud Abbas, Türkiye'ye geldi.
Adamı kolundan tutup, Tayyip Erdoğan'ın iftarına götürdüler; Bülent Ersoy, Işın Karaca, Alişan, Ece Erken, Soner Sarıkabadayı, Metin Şentürk, Orhan Gencebay, Mustafa Sandal, Cengiz Kurtoğlu, Yavuz Bingöl, Sinan Özen, İzzet Yıldızhan'la birlikte oturttular. Gazze'de ölü sayısı 337'ye ulaşmışken, Bülent Ersoy'la Mahmud Abbas'a yan yana poz verdirdiler, kahkahalar eşliğinde selfie çektirdiler.
Aynı dakikalarda, AKP yandaşı tiyatrocu Şafak Sezer, İsrail konsolosluğunun önünde İHH otobüsünün üstüne çıkarak, megafonla "tekbiiirrr" diye bağırıyordu, bir yandan da gülüyordu.
Filistin davası'nı getirdiğimiz yer, maalesef burasıydı.

Amerikan Musevi Komitesi, 2004 yılında Tayyip Erdoğan'a verdiği "cesaret ödülü"nü geri istedi. İsrail'e neredeyse her gün "soykırımcı, katil, terörist" diyen Tayyip Erdoğan'ın bu ödülü kabul etmesi zaten skandaldı, şimdi geri istenmesi katmerli skandal olmuştu.
Komite başkanı Jack Rosen, Tayyip Erdoğan'a mektup gönderdi. "Türkiye'yi Yahudilere karşı kışkırtıyorsunuz, tehlikeli hitabet kusuyorsunuz, pozisyonunuz iğrenç" diyordu.
Tayyip Erdoğan "alın başınıza çalın" dedi, iade etti.

(Aslında, Yahudilerden aldığı bir değil, iki cesaret madalyası vardı. 2005 yılında yine ABD'de, Yahudi kuruluşu ADL'den "üstün cesaret ödülü" almıştı. O geri istenmemişti. Ödülü suratlarına fırlattım pozu veriyordu ama, Yahudi madalyalarından biri hâlâ göğsünde duruyordu.)

Amerikan iftarı Diyarbakır'ı karıştırdı.
ABD Adana Başkonsolosu, Dağkapı meydanındaki belediye çadırında iftar verecekti. 200 kişilik grup tekbir getirerek çadırı bastı, masayı sandalyeyi darmadağın ettiler, yemekleri döktüler, "kahrolsun İsrail" sloganları attılar, ABD bayrağı yaktılar, iftar iptal edildi.
Baskın yapanlar Hüda-Par'lıydı.

(Hüda-Par eylemiydi ama, tam olarak AKP çıkarlarına hizmet eden bir eylemdi. Hüda-Par'ın AKP'ye açık açık nasıl çalıştığı 2023 seçiminde gayet net olarak anlaşılacaktı.)

Peki, ABD niye iftar veriyordu?
Adana Başkonsolosu Espinoza izah etti, "bazen arkadaşlarımla dayanışma içinde olmak için oruç tutuyorum, dini özgürlükleri önemsiyoruz, bu iftarda oruç tutanlara saygımızı göstermek istedik, İslam'a olan saygımızı göstermek istedik" dedi.
İyi de... Türkiye'de 81 şehir varken, İslam'a saygıyı göstermek için neden Diyarbakır seçilmişti? Adana konsolosu illa iftar vermek istiyorsa, neden Adana'da vermemişti de, Diyarbakır'da vermişti?
Sayın medyamız hiç merak etmiyordu.

Özel okullara ibadethane şartı konuldu.
Milli Eğitim Bakanlığı özel okul standartlarını değiştirdi, ilkokul dahil tüm özel okullarda, beden eğitimi salonu, kütüphane, yemek salonu ve oyun bahçesinin yanısıra, ibadethane zorunlu olacaktı.

TRT'de haber bültenini "türbanlı" spiker Feyza Çiğdem sundu.
Devlet televizyonu tarihinde ilk'ti.

Antalya'da harem-selamlık plaj açıldı.
AKP'li büyükşehir belediye başkanı Menderes Türel icat etmişti.
Sadece kadınlar girebilecekti.
Turizm başkentimiz sosyal açıdan 100 yıl geriye gitmişti.

İstanbul Bağcılar'da IŞİD mağazası açıldı.
Örgütün flamaları-tişörtleri satılıyordu.

IŞİD, Kuzey Irak'ta Erbil şehrini kuşattı.
Amerikan uçakları ilk defa IŞİD'i bombaladı.
Mesaj gayet açıktı.
Barzani'ye dokunan yanardı!

(Aslına bakarsanız, hangi Sünni hangi Şii'nin kafasını kesiyor, hangi mezhep hangi etnik kökeni havaya uçuruyor, hikayeydi.
Para kimin cebine giriyor, ona bakmak lazımdı.
Irak'ın Şii bölgelerindeki petrol yataklarında 115 milyar varillik rezerv vardı. Kuzey Irak'ta 45 milyar varillik rezerv vardı. Doğalgaz rezervlerini saymıyorum, varın siz hesap edin.
Bağdat yönetimi, Irak'ın günlük üretimini 10 milyon varile çıkarmak istiyordu. Bunu başarırsa, petrol gelirlerinde Rusya'yı geçecek, Suudi Arabistan'la kafa kafaya gelecek, Suudilerin borusu eskisi gibi ötmeyecekti.
Şırrak... IŞİD denilen örgüt işte tam bu noktada ortaya çıkmıştı.
Irak petrolünün dünyaya ulaşmasının iki yolu vardı, ya Basra'dan çıkacak, ya Türkiye üzerinden çıkacaktı. IŞİD denilen örgüt, güneyle kuzeyin arasına tampon bölge gibi girince, Irak'ı karpuz gibi ortadan ayırınca ne olmuştu? Barzani'ye yaramıştı! Çünkü, Bağdat yönetimi, Barzani'nin kendi başına petrol satmasına izin vermiyordu. Şimdi kim ne diyebilirdi? Barzani, kuzeydeki petrolü istese bile Basra'ya gönderemezdi, mecburen Türkiye üzerinden gönderecekti.
Barzani, IŞİD sayesinde şakır şakır Türkiye üzerinden petrol satmaya başladı. En geç on yıl içinde Katar emiri, Dubai şeyhi kadar zengin olacaktı.
AKP'den önce şıpıdık terlikle dolaşan Barzani, 2014 yılı itibarıyla Exxon, Chevron, Hunt Oil, Addax, Heritage Oil, Total, Gazprom gibi dünya devleriyle ortak olmuştu. Kimin, kimin kafasını kestiğine değil, para kimin cebine giriyor, ona bakmak lazımdı.)

Polislere operasyon başladı.
Polisler, polislerin evini basıyordu.
Ergenekon/Balyoz baskınlarını yapan cemaatçi polisler, tıpkı Ergenekon/Balyoz'da yaptıkları gibi yaka paça götürülüyordu.
Subaylar götürülürken seyrettiğimiz filmi, şimdi onları hapse tıkan polisler götürülürken seyrediyorduk. Kameralar çağırılmıştı, elleri kelepçelenmişti, kafalarına bastırılarak polis otomobillerine sokuluyorlardı.
Ergenekon/Balyoz dönemlerinde "casuslar, darbeciler" manşetlerini atan yandaş medya, şimdi aynı manşetleri cemaatçi polisler için atıyordu, "paralel casuslar, paralel darbeciler" diyorlardı.

Milli ordu'yu hapse tıkmışlardı.
Şimdi, imamın ordusu'nu hapse tıkıyorlardı.

AKP kurucusu AKP milletvekili Dengir Mir Mehmet Fırat, AKP'den istifa etti, sebebini anlattı: "Artık AKP'de kalmanın ağır vebali var. AKP hükümeti TSK ve MİT'e karşı, cemaatçileri emniyete yerleştirdi. Şimdi Pensilvanya'yı suçluyor ama, emniyetteki atamaların altında başbakanın, cumhurbaşkanının imzaları var. Bu atamalar yapılırken Tayyip Erdoğan gayet memnundu, kıblemizin aynı olduğu insanlardan bize zarar gelmez diyordu."

Tayyip Erdoğan, Kuran-ı Kerim'le oy istedi.
Mardin'de miting meydanına çıktı, Kuran'ın Kürtçe mealini havaya kaldırdı, sallaya sallaya millete gösterdi, "12 sene önce böyle bir şey mümkün değildi" diye bağırdı. Dinin siyasete alet edildiği çok görülmüştü ama, bu kadarı ilk defa görülüyordu.

Hayatımıza "aktrol" kavramı girdi.
Haysiyet cellatlarıydı.
Twitter'a, Facebook'a, Ekşi Sözlük'e sahte isimlerle kaydolan, sosyal medyayı yalanlarla manipüle etmeye çalışan, AKP karşıtlarına hakaret ve iftira yağdıran, toplumun itibar ettiği insanları itibarsızlaştırmaya çalışan sahte kimlikler topluluğuydu.
Elbette AKP tarafından doğrulanmıyordu ama, en az altı bin kişiden oluştuklarını, AKP tarafından maaşa bağlandıklarını, gazetecilik camiasında herkes biliyordu. Sıfatlarındaki "ak" bile, kime bağlı olarak faaliyet gösterdiklerinin itirafı niteliğindeydi.
Aslına bakarsanız, Türkiye'deki trol ekipleri en başta Fethullah Gülen cemaati tarafından kurulmuştu. AKP'yle aynı menzile yürüdükleri için, hem cemaat lehine hem AKP lehine çalışıyorlardı. 2013 yılındaki Gezi Parkı olaylarıyla birlikte AKP'yle cemaatin yolları ayrıldı, AKP kendi trol ağını kurdu.
AKP'nin trol teşkilatı iki başlıydı, bir bölümünü Süleyman Soylu'nun yönlendirdiği, bir bölümünü de Pelikancıların yönlendirdiği öne sürülüyordu. Pelikancılar, Üsküdar'daki Pelikan Yalısı'nı merkez olarak kullanan, Tayyip Erdoğan'ın büyük damadı Berat Albayrak tarafından desteklenen, Hilal Kaplan, Melih Altınok, Belman Öğüt, Kurtuluş Tayiz, Süheyb Öğüt, Cemil Barlas gibi gazetecilerden oluşan gruptu.

Wikileaks'ta yayınlanan belgelere göre, Pelikancıları Berat Albayrak'ın yanısına Medipol Üniversitesi finanse ediyordu.
Aktrol ordusu kendi başına hareket etmiyordu, 30 kişilik çekirdek kadro vardı, hakaret edilecek kişilerin isimlerini ve hakaret konularını, bu çekirdek kadro belirliyordu, böylece koro halinde küfür mekanizması harekete geçiyordu.
Başlarının derde girmeyeceği konusunda kendilerini güvende hissediyorlardı, çünkü kimlikleri tespit edilse bile, AKP sayesinde, haklarında işlem yapılmıyordu.
Bazı bakanların, bazı milletvekillerinin, bazı belediye başkanlarının da "şahsi" trol orduları vardı, parti içindeki güç savaşları sosyal medya üzerinden yürütülüyordu.

(Cemaat ve AKP'nin bu feci uygulaması, CHP'ye de sıçradı. "Halktroller" kuruldu.
CHP genel merkezi ve bazı CHP'li belediyeler tarafından finanse edildiklerini medyada herkes biliyordu, Kılıçdaroğlu'nu eleştiren CHP'liler bile halktroller tarafından linç ediliyordu.
Özellikle 2023 cumhurbaşkanlığı seçiminde halktroller ürkütücüydü, aktrollerden daha kirli bir savaş yürüttüler, Kılıçdaroğlu'nun cumhurbaşkanlığı adaylığına karşı çıkan CHP'lilere yalanlarla, iftiralarla saldırdılar. Halktrollerin arkasında para kaynağı olarak, Tuncay Özkan ve Bülent Kuşoğlu'nun olduğu yazılıyordu.)

Tayyip Erdoğan cumhurbaşkanlığına koşarken, başbakanlık dönemine ait bilançolar çıkarıldı, açtığı yara çok büyüktü.
Gelmiş geçmiş tüm başbakanlardan daha fazla borç yapmıştı. 58 başbakan 80 yılda toplam 260 milyar lira borç alırken, Tayyip Erdoğan tek başına 333 milyar lira borç almıştı.
Göreve geldiğinde dış borcumuz 130 milyar dolardı.
Üçe katlamış, dış borcu 387 milyar dolara çıkarmıştı.
Devletin 52 milyar dolarlık malını-mülkünü satmıştı.
Göreve geldiğinde vatandaşın bankalara borcu sadece 4 milyar dolardı, 160 milyar dolara çıkmıştı, 42 milyon kişi borçlu hale gelmişti.
Cari açık 626 milyon dolardı.
83 kat artırmış, cari açığı 52 milyar dolara çıkarmıştı.
Göreve geldiğinde icralık dosya sayısı 9 milyondu.
21 milyona yükselmişti.

(2014 itibarıyla vaziyet buydu.
2023 yılında bu tablo bile mumla aranır hale gelecekti.
Cumhurbaşkanı olduktan sonra açacağı yara daha büyük olacaktı.)

---

10 Ağustos 2014.
Sandığa gittik.
Tayyip Erdoğan, cumhurbaşkanı seçildi.
Ayakkabı kutuları, yatak odalarında kasalar, ordumuzun kumpaslarla kendi vatanında esir alınması, ekonomik yıkım, saman ithal edilmesi filan... Sayın ahalimiz bana mısın dememişti.

Rıza Sarraf "vatandaş" olarak ilk kez oy kullandı.
Gazeteciler "kime oy verdiniz?" diye sordu.
"Valla pusulada bir aday gördüm, başka aday var mıydı?" dedi.
Sırıtarak yürüdü gitti.
Alay etmekte haklıydı.
Mahkemede ak'lanmıştı, sandıkta da ak'lanmıştı.

Tayyip Erdoğan AKP genel merkezinin balkonuna çıktı.
"Bugün yeni Türkiye'nin kuruluş yıldönümüdür" dedi.
Türkiye'yi yeniden kurmuştu!

Ekmeleddin İhsanoğlu evinin kapısında gazetecilere konuştu.
"Çok mutluyum, Allah hayırlı uğurlu etsin" dedi.
CHP seçmeninin ağlamaktan gözleri şişmişti.
CHP adayı "çok mutluyum" diyordu!
Kılıçdaroğlu da gayet mutluydu.
"Bugün yine seçim olsa yine Ekmeleddin beyi aday gösteririm, seçimin galibi Ekmeleddin beydir, siyaset dünyamız çok önemli bir aktör kazandı" dedi. Kılıçdaroğlu'nun pişkinliği bu seviyedeydi.

Emine Ülker Tarhan, Süheyl Batum, Birgül Ayman Güler, Dilek Akagün Yılmaz, Nur Serter, İsa Gök gibi CHP milletvekilleri TBMM'de basın toplantısı düzenlediler, Kılıçdaroğlu'nu istifaya davet ettiler.
Kılıçdaroğlu bu milletvekillerini "hastalığa" benzetti.

"Hem çalışmayacaksın, hem eleştireceksin, CHP'yi bu eski hastalıktan kurtarmak lazım, bu arkadaşları partiye getirmekle hata etmişim, pişmanım" dedi.
Ekmeleddin İhsanoğlu'ndan pişman değildi.
Atatürkçülerin partide bulunmasından çok pişmandı.

(CHP'liler saçını başını yolarken, Kılıçdaroğlu Halk Tv'ye çıktı, seçim kampanyası boyunca Ekmeleddin İhsanoğlu'nun adaylığını destekleyen Uğur Dündar'ın programına katıldı. Aslında Orhan Pamuk'u aday göstermek istediğini açıkladı iyi mi... "Doğrusunu isterseniz Orhan Pamuk da aklımızdan geçmedi değil, gönlümden geçen cumhurbaşkanı adayı Orhan Pamuk'tu, ama Ekmeleddin İhsanoğlu bilge bir insan, onu tercih ettim" dedi.)

(2018 yılında bir cumhurbaşkanlığı seçimi daha yapıldı.
2023 yılında bir cumhurbaşkanlığı seçimi daha yapıldı.
Sayın medyamız Kılıçdaroğlu'na mikrofon uzatıp "e hani Orhan Pamuk'u aday gösterecektiniz, niye vazgeçtiniz" diye hatırlatmadı!)

Liselere giriş sınavında TEOG adı verilen sisteme geçilmişti.
Bu sistemle yapılan ilk sınavın sonuçları açıklandı.
Böylece, TEOG denilen saçmalığın ne olduğu ortaya çıktı, lise tercihinde bulunmayan çocukları zorla imam hatip'e kaydetmişlerdi!

(Gayrimüslim çocuklarımızı bile imam hatipe yerleştirmişlerdi. Üstelik, mesafe bile gözetmemişlerdi. Mesela İstanbul Kadıköy'de oturan Ermeni asıllı bir öğrenciyi, Rize Kalkandere imam hatip lisesine kaydetmişlerdi, eviyle okulu arasında 1.150 kilometre vardı. Türkiye Musevileri Hahambaşı İshak Haleva'nın torununu bile, Şile'deki imam hatip lisesine yazmışlardı. Türkiye genelinde 40 bin öğrenciyi, istemediği halde imam hatiplere kaydetmişlerdi. "Ben çocuğumu imam hatipte okutmak istemiyorum" diye itiraz eden velilere, "okutursanız okutun, okutmazsınız açık liseye gider" cevabı veriliyordu.)

(Habertürk gazetesi yazarı Fatih Altaylı'nın kızını da zorla imam hatip lisesine kaydetmişlerdi. Fatih Altaylı, iktidara geldiğinde Tayyip Erdoğan'ı yere göğe sığdıramıyordu, hatta Nobel Barış Ödülü'ne

bile aday gösteriyordu. Sayın medyamızdaki Fatih Altaylı türevi şakşakçılığın bedelini, şimdi çocuklarımız ödüyordu.)

Diyarbakır büyükşehir belediye başkanı Gülten Kışanak, Dağkapı Meydanı'nın adını değiştirdi, Şeyh Said Meydanı yaptı. Vatan haini nakşibendi şeyhi Said, 1925 yılında şeriatçı kalkışma denemişti, İstiklal Mahkemesi tarafından suçlu bulunarak, Dağkapı Meydanı'nda asılmıştı. HDP aklınca Şeyh Said'i öldüğü yerde yaşatıyordu.
Hemen peşinden, Diyarbakır Lice'nin Yolaçtı köyüne Mahsum Korkmaz'ın heykeli dikildi. PKK tarihte ilk kez 1984 yılında Siirt Eruh'ta vurmuştu, o saldırıyı yöneten terörist Mahsum Korkmaz'dı, 1986 yılında Gabar Dağı'ndaki çatışmada öldürülmüştü, PKK tarafından onore edilmiş, önce Bekaa Vadisi'nde, sonra Kandil Dağı'nda Mahsum Korkmaz Akademisi kurulmuştu. Bölücü örgüt, Mahsum Korkmaz heykelinin dikildiği Yolaçtı köyünü mezarlık olarak kullanıyordu, örgüt jargonunda "şehitlik" deniyordu. Açılım süreciyle memlekete "barış" geleceği söyleniyordu ama, heykelde Kalaşnikof vardı!
Türkiye Cumhuriyeti'ne açıkça meydan okunuyordu ama, içişleri bakanı Efkan Ala büyütmeye gerek yok demeye getirdi, "fiberglas maddeyle yapılmış, basit bir heykel" dedi.
Sanırsın içişleri bakanı değil, sanat eleştirmeniydi.
O heykel, jandarma tarafından yıkıldı.
PKK çirkin misilleme yaptı. Diyarbakır'da Atatürk heykelini yaktılar, Şırnak'ta, Hakkari'de, Van'da, İstanbul'da, Kocaeli'de, Sakarya'da, Antalya'da molotoflarla Atatürk heykellerine saldırdılar.

AKP hükümeti terörle mücadele etmiyor, müzakere ediyordu.
Bir yandan PKK'ya hoşgörüyle bakılıyor, bir yandan IŞİD'e şefkat gösteriliyordu.
Washington Post gazetesi, Türkiye'nin IŞİD'e kırmızı halı serdiğini, köktendinci örgütün ihtiyaç malzemelerini almak için Hatay Reyhanlı'yı alışveriş merkezi gibi kullandığını, yaralanan IŞİD militanlarının Türkiye hastanelerinde tedavi edildiğini yazdı.
Washington Post muhabirleri, Ebu Yusuf adındaki IŞİD komutanıyla Türkiye topraklarında, Reyhanlı'da buluşup, röportaj yapmıştı. Ebu Yusuf açık açık "ülke kavramına inanmıyoruz, amacımız bütün sınırları yok etmek, bizim için önemli olan sünni hakimiyeti" diyordu.

Suriye'yle Türkiye arasındaki petrol kaçakçılığının ayyuka çıktığını, kaçak boru hatları döşendiğini belirten Washington Post, sınır bölgesindeki pek çok Türk köyünün çiftçiliği bırakıp, akaryakıt kaçakçılığına başladığını anlatıyordu.

Alman devlet televizyonu ARD de muhabirlerini göndermişti. IŞİD'in İstanbul Fatih'te bürosunun bulunduğunu, o büroyu askerlik şubesi gibi kullandıklarını duyurdu. Avrupa ülkelerinden iki bin militanın IŞİD'e katıldığını, İstanbul Fatih üzerinden Suriye'ye geçtiklerini, ceplerine 400'er dolar harcırah konulduğunu anlatıyorlardı. Gaziantep'teki IŞİD kampını yayınladılar. Almanya'dan gelen militanların Gaziantep'te eğitildiğini, herhangi bir kontrole tabi tutulmadan, rahat rahat sınırın öbür tarafına geçirildiğini gösterdiler.

Kendi vatanımızda olan bitenleri Amerikan basınından, Alman basınından öğreniyorduk. Çünkü sayın basınımız, Tayyip Erdoğan'ın yurtdışı seyahatlerine koşa koşa katılıp, dünyanın tee öbür ucundan canlı yayınlar yapıyordu ama, Tayyip Erdoğan korkusundan Suriye sınırına muhabir bile göndermiyordu!

Amerikalı gazeteci James Foley iki yıl önce Suriye'de kaçırılmıştı, o günden beri kendisinden haber alınamıyordu. İnternette infaz videosu yayınlandı, diri diri kafasını kestiler.
IŞİD'ın maskeli celladı İngilizce konuşuyordu. Hatta Londra aksanıyla konuşuyordu. İngiliz vatandaşı Muhammed Emwazi olduğu tespit edildi. Kuveyt'te doğmuştu, altı yaşındayken ailece İngiltere'ye göçetmişlerdi. IŞİD'e katılmadan önce bir hiphop grubunda solistti.
15 gün sonra, bir başka Amerikalı gazeteci Steven Sotloff'un başı kesildi. Bir yıl önce Suriye'de kaçırılmıştı. Aksanı ve bıçağı sol eliyle tutuş şekli, IŞİD celladının yine aynı cellat olduğunu gösteriyordu.
Örgüt içinde "Cihatçı John" lakabıyla tanınan bu terörist, Türkiye üzerinden Suriye'ye geçmişti. Ailesine en son Türkiye'den telefon etmişti. 2015 yılında Amerikan hava saldırısında öldürülecek olan Cihatçı John'un yardımcısı da, İstanbul Silivri'de yakalanacaktı.

~

Abdullah Gül cumhurbaşkanlığına veda resepsiyonu verdi.
Eşi Hayrünnisanım gazetecilere zehir zemberek konuştu.

"Abdullah bey kibarlığından söylemiyor, kendisine çok saygısızlıklar yapıldı, bu süreçte yaşadıklarımızı 28 Şubat döneminde bile yaşamadık" deyiverdi. Tayyip Erdoğan'ın bir numaralı gazetecisi *Yeni Şafak* yazarı Abdülkadir Selvi'ye döndü, "sizinle tokalaşmak bile istemiyorum, çok kırgınım" dedi.

Böylece, Abdullah Gül'le Tayyip Erdoğan arasında yıllardır alttan alttan devam eden gerilim ilk kez açığa çıktı.

Özellikle son altı aydır, yandaş medyada Abdullah Gül aleyhine müthiş bir kampanya yürütülüyordu. Abdullah Gül'ün beş yıl daha cumhurbaşkanı olma hakkı vardı ama, yeniden aday olması istenmiyordu, yeniden aday olmasın diye ağır dille yıpratılıyordu, Tayyip Erdoğan'ın önüne çıkmasın, siyaset sahnesinden çekilsin isteniyordu, "AKP'de söz hakkı olmadığı" yazılıyordu, "Tayyip Erdoğan olmasa Abdullah Gül diye biri olamazdı, oturduğu tüm makamları Tayyip Erdoğan'a borçlu" diye yazılıyordu.

Abdullah Gül susuyordu ama, eşi patlamıştı.

(Abdullah Gül'ün eski danışmanı olan Yeniçağ gazetesi yazarı Ahmet Takan, tam o dönemde enteresan detaylarla dolu bir yazı kaleme aldı.

"Ahmet Davutoğlu'nu siyasete Abdullah Gül soktu, büyükelçi yaptı.

Tayyip Erdoğan o zamanlar Ahmet hocadan hiç hazzetmezdi.

Tayyip Erdoğan'ın Ömer Çelik, Cüneyd Zapsu, Egemen Bağış, Mücahid Aslan, Hüseyin Besli gibi yakın danışmanları vardı, Ahmet hocadan nefret ederlerdi.

Abdullah Gül kendisinden sonra dışişleri bakanlığı koltuğuna oturtmak için Ahmet Davutoğlu'na söz vermişti, Erdoğan'a rağmen dediğini yaptı.

Abdullah Gül, Ahmet Davutoğlu'nun üzerine titrerdi. Ahmet Davutoğlu'nun basında tanıtılmasını ve geniş yer verilmesini rica ediyordu.

MİT Müsteşarı Hakan Fidan'ı da Abdullah Gül getirdi.

Kimsecikler tanımazdı.

Abdullah Gül getirdi, rahle-i tedrisattan geçip, ileride MİT Müsteşarı olabilmesi için, Ahmet hocanın yanına çırak verdi.

Hakan Fidan'ın kadrosu yoktu, Ahmet hocanın odasına gelir, bir sandalye çeker, masasının yanına oturur, sessizce olan biteni izlerdi, Ahmet hocanın verdiği işleri yapardı, ara sıra Abdullah Gül'ün konuşma metinlerini hazırlardı.

Tayyip Erdoğan'ın yakın çevresi, Hakan Fidan'a 'cemaatçi' derlerdi.

Tayyip Erdoğan, Abdullah Gül'ü adım adım takip ettirdi, aldığı her soluğu, attığı her adımı not etti.
Abdullah Gül ise, nasıl olsa günü geldiğinde Tayyip Erdoğan birileri tarafından tasfiye edilecek hesaplarıyla yattı kalktı.

Tayyip Erdoğan ameliyat geçirdiğinde, Abdullah Gül öbekler halinde topladığı AKP'lilere, uzaklardan İngilizce gelen 'seninle devam edeceğiz' mesajlarını fısıldıyordu, Tayyip Erdoğan sonrası başbakanlık için de Ahmet Davutoğlu'nu işaret ediyordu.
Abdullah Gül paralel gitmek istedi.
Ama yalpaladı, sağa sola vurdu, Tayyip Erdoğan'ın elindeki dosyalar yüzünden, korkaklığını bir türlü yenemedi.
Tayyip Erdoğan da altını oyma operasyonlarına hız verdi, menfaat siyasetini ustaca kullanarak, Abdullah Gül'ü köşke yapayalnız hapsetti.")

(Bu enteresan detaylarla, yaşanmışlıkla ve şahitlikle kaleme alınmış olan yazı, 2014 yılı itibarıyla sayın medyamızda pek ilgi görmemişti.
Bu kitabın yayınlandığı 2023 yılı itibarıyla da hatırlanmıyordu.
Halbuki... Abdullah Gül'ün en yakınında yeralan danışmanı, açık açık, kimseciklerin tanımadığı Hakan Fidan'ın Abdullah Gül tarafından devlete monte edildiğini, Tayyip Erdoğan'ın yakın çevresinin Hakan Fidan'a "cemaatçi" dediklerini söylüyordu, Tayyip Erdoğan'ın Ahmet Davutoğlu'ndan hiç hazzetmediğini, Ahmet Davutoğlu'nun Tayyip Erdoğan'a zorla dayatıldığını söylüyordu. AKP iktidara geldiğinden bu yana, Türkiye'de kaleme alınmış en "bilgilendirici" köşe yazısıydı.)

Şak...
Cumhurbaşkanı adayı Tayyip Erdoğan, "Ak Parti genel başkan adayımız ve başbakan adayımız Ahmet Davutoğlu kardeşimdir" dedi!

(Böylece, Abdullah Gül'ün danışmanı Ahmet Takan'ın köşe yazısı daha da enteresan hale gelmişti. Tayyip Erdoğan kendisine zorla dayatılan ve aslında hiç hazzetmediği Ahmet Davutoğlu'nu "halefi" ilan etmişti. Hiç kimse merak etmiyordu... Tayyip Erdoğan hangi kriterlerle Ahmet Davutoğlu'nu tercih etti? Siyasi hayatı boyunca daima gençliğinden beri tanıdığı yakın arkadaşlarıyla çalışan, belediyedeki ekibiyle çalışan, daima Milli Görüş kökenlilerle yol yürüyen Tayyip Erdoğan, acaba niye, hayatının hiçbir döneminde kesişmediği Ahmet Davutoğlu'nu AKP genel başkanı yaptı?)

Ahmet Davutoğlu, AKP kongresinde genel başkan seçildi.
Sahneye çıktı, Tayyip Erdoğan'ı sahneye davet etti, Necip Fazıl Kısakürek'in "Utansın" isimli şiirinin Osmanlıca tablosunu hediye etti.
Tayyip Erdoğan'ın usta, kendisinin çırak olduğunu ilan etti.

Tohum saç, bitmezse toprak utansın
Hedefe varmayan mızrak utansın
Hey gidi küheylan, koşmana bak sen
Çatlarsa, doğuran kısrak utansın
Eski çınar, şimdi noel ağacı
Dallarda iğreti yaprak utansın
Ustada kalırsa bu öksüz yapı
Onu sürdürmeyen çırak utansın

Başkent'e saray yaptırıldı.
Atatürk'ün millete mirası olan Atatürk Orman Çiftliği'ndeki ağaçları katlettiler, doğal sit alanına, cumhurbaşkanlığı için yeni bina diktiler.
Ahmet Davutoğlu TRT'ye çıktı, adını koydu.
"Ak Saray" dedi.
Maliyetini bizzat maliye bakanı açıkladı.
O günkü döviz kuruyla 1 milyar dolar harcanmıştı.

(Mimari Şefik Birkiye'ydi, 300 bin metrekare olduğunu söyledi.
300 bin metrekare ne demekti?
Dolmabahçe Sarayı'ndan beş misli büyük demekti.
Buckingham Sarayı'ndan dört misli büyük demekti.
Beyaz Saray'dan altı misli büyük demekti.
Kremlin Sarayı'ndan 12 misli büyük demekti.
Elysée Sarayı'ndan 27 misli büyük demekti.
Müteahhidi Erman Ilıcak'tı, mimarın açıklamasını düzeltti.
"450 bin metrekare" dedi.
Tayyip Erdoğan daha net izah etti.
"1.150 küsur oda" dedi.
1.150 küsur odalı bölüm, çalışma bölümüydü.
Aynı yerleşke içine ayrıca 7 bin metrekarelik "rezidans" yapılıyordu, Tayyip Erdoğan ve ailesi bu 7 bin metrekarelik konutta oturacaktı.)

Tayyip Erdoğan, Ankara'da Ak Saray'ı, İstanbul'da Vahdettin Köşkü'nü kullanacaktı. Son padişah Vahdettin'in şehzadeyken oturduğu

Çengelköy'deki köşk, 70 dönümdü, muhteşem Boğaz manzarasına sahipti, restorasyon ayağıyla komple yıktılar, yeniden yaptılar, Tayyip Erdoğan tarafından Tayyip Erdoğan'a tahsis edildi!

Tayyip Erdoğan'a bir de "uçan saray" alındı.
Airbus A330'du.
185 milyon dolarcıktı.
Kabin tasarımı ABD'de Gore Design'a yaptırılmıştı. Tasarım faturası bilinmiyordu. Normalde 235 yolcu taşıyabiliyordu. Yatak odalarıyla filan, 90 kişilik haline getirilmişti.
Aslına bakarsanız, bu uçak çoktaaan satın alınmıştı, ahali uyanmasın diye seçimin geçmesi beklenmişti, cumhurbaşkanlığı seçimi bitti, uçak İstanbul'a tekerlek koydu.

Tayyip Erdoğan mecliste cumhurbaşkanlığı yemini etti.
Cumhurbaşkanlığı Senfoni Orkestrası, İstiklal Marşı'nı çaldı.
101 pare top atışı yapıldı.
Anıtkabir'e gitti.
Çankaya'ya çıktı, cumhurbaşkanlığı forsunu devraldı.
Saray'a taşındı.
Türkiye Cumhuriyeti'nin devlet geleneği yıkılmıştı.
Çankaya Köşkü'nü sahnesinden silmek istiyorlardı.

(Mal beyanı Resmi Gazete'de yayımlandı. 4 milyon 404 bin Türk lirası ve 200 bin Amerikan doları vardı. Büyük oğlu Burak'tan 500 bin lira alacaklı görünüyordu. Nakit parasının tamamı Albaraka Türk'teydi. Türkiye Cumhuriyeti'ni cumhurbaşkanı olarak yönetecek olan Tayyip Erdoğan'ın parasını emanet ettiği Albaraka Türk, Bahreyn merkezli, Suudi ağırlıklı Arap sermayesiydi.)

Ahmet Davutoğlu başbakan oldu.
O gece hemen İstanbul'a geldi, Eyüp Sultan Camisi'nde sabah namazı kıldı, Eyüp Sultan türbesi'ni ziyaret etti, dua etti, oradan Topkapı'ya geçti, Adnan Menderes'in, Fatin Rüştü Zorlu'nun, Hasan Polatkan'ın ve Turgut Özal'ın anıt mezarlarını ziyaret etti, dua etti, oradan Necmettin Erbakan'ın mezarına gitti, dua etti, cuma namazı için Süleymaniye Camisi'ne geçti, namaz çıkışında Kanuni Sultan Süleyman'ın türbesini ziyaret etti, dua etti, hemen peşinden, 2'nci Abdülhamid'in, 2'nci

Mahmud'un ve Sultan Abdülaziz'in mezarlarını ziyaret etti, dua etti. Başbakanın ilk günü böyle geçti!

Numan Kurtulmuş başbakan yardımcısı oldu.
AKP'ye geçmeden önce Has Parti genel başkanıydı.
"Harun olmaya geldiler, Karun oldular, biz AKP gibi firavunlaşmayacağız" diyordu, "AKP Amerikan mandasıdır" bile diyordu. Şimdi firavun ve manda (!) AKP'nin başbakan yardımcısıydı.

Abdullah Gül, Çankaya Köşkü'den ayrıldı, İstanbul'a taşındı. Ama, cumhurbaşkanlığına ait Huber Köşkü'ne taşındı. Kendisine villa inşa ettiriyordu, henüz bitmemişti, inşaat bitene kadar Boğaz'a nazır Huber Köşkü'nde oturacağı açıklandı.
Böyle rezalet cumhuriyet tarihinde ilk defa görülüyordu.
Tekrar cumhurbaşkanı adayı gösterileceğinden ne kadar emin olduğunun kanıtıydı. Emekli edileceğini hiç düşünmemişti. Bu yüzden, emeklilikte oturacağı adres için hazırlık bile yapmamıştı. Aniden sokakta kalınca, Huber'e yerleşmişti. Villasının inşaatı bitene kadar, babasının çiftliği gibi Huber'de oturmaya devam etti.

Focus dergisinde kapak konusu oldu.
Türkiye'nin anca o gün haberi oldu.
Almanya istihbarat teşkilatı BND'nin 1976 yılından beri kesintisiz olarak, Türkiye'de "dinleme" yaptığı ortaya çıktı! 2014 yılı itibarıyla Türkiye'deki telefonları dinlemeye devam ettikleri anlaşıldı!
Focus'tan hemen sonra Alman gazetesi *Die Welt* detayları yazdı.
Türkiye gizli nükleer program yürütüyordu, atom bombası yapmaya çalışıyordu, teknik bilgiyi Pakistan'dan alıyordu, Alman istihbaratı bu gizli kapaklı faaliyetler nedeniyle Türkiye'de dinleme yapıyordu. Alman istihbaratının elindeki bilgilere göre, Tayyip Erdoğan'ın emriyle 2010 yılında uranyum zenginleştirme tesisi kurulmuştu.
Die Welt'ten sonra Alman dergisi *Der Spiegel* detayları yazdı.
Sadece Almanya'nın değil, ABD ve İngiltere'nin de Türkiye'de dinleme yaptığı ortaya çıktı. Amerikan Ulusal Güvenlik Dairesi, AKP hükümeti hakkında bilgi topluyordu, Washington Büyükelçiliğimizin telefonları bile dinleniyordu. İngiltere ise özellikle, Türkiye'deki enerji yatırımlarıyla alakalı istihbarat yapıyordu.
Der Spiegel'in kaynağı, eski CIA ajanı Edward Snowden'dı.

Bilgisayar uzmanı olan Snowden, Amerikan Ulusal Güvenlik Dairesi NSA'nın dünya çapındaki dinleme faaliyetlerini afişe etmiş, gizli belgeleri Amerikan ve İngiliz gazetelerine sızdırmıştı, küresel skandal patlayınca da ülkesinden kaçmış, Rusya'ya sığınmıştı.

Der Spiegel, Snowden'ın belgelerine dayanan haberine "ikiyüzlü ortaklık" başlığını atmıştı. NSA bir taraftan Türkiye'ye PKK'yla alakalı istihbarat veriyordu, öbür taraftan özel istasyonlarıyla AKP hükümetini, Genelkurmayı, MİT'i dinliyordu, devleti yönetenlerin bilgisayarlarına, maillerine giriyordu, topladığı istihbaratı, İngiltere, Kanada, Avustralya ve Yeni Zelanda'yla paylaşıyordu.

Kepazelikti.

Türkiye'yi dinlemeyen bi Uganda kalmıştı!

Kendini "ortak" zanneden Türkiye aslında "hedef"ti.

AKP'nin gıkı çıkmıyordu.

Tayyip Erdoğan her nedense susuyordu.

~

Türkiye Cumhuriyeti'nin mezarı kazıldı!

Bölücü örgüt, 1926 Ağrı isyanında ölenler için Doğubayazıt'ta anma töreni düzenledi, Kalaşnikoflu PKK militanları katıldı, Öcalan posterleri, PKK bayrakları açıldı, temsili mezar kazıldı, mezar taşına TC yazıldı, HDP milletvekilleri ve PKK militanları konuşma yaptı.

Güpegündüzdü, herkesin gözü önündeydi, gazeteciler, televizyon kameraları oradaydı, asker ortada yoktu, polis ortada yoktu.

TC'nin cenaze törenini yapıyorlardı, TC görmezden geliyordu.

~

İmam hatiplerde Türkçe yasaklandı.

Milli Eğitim Bakanlığı Din Öğretimi Genel Müdürü Nazif Yılmaz, "Arapça öğretimi" başlığıyla bildiri yayınladı. Derste, sınıfta, hatta teneffüste bile Türkçe konuşulmamasını istedi. Yaz tatilinde Türkçe konuşulmasının bile Arapça öğrenimi için sorun olduğunu söyledi!

Türk çocuklarını Araplaştırma faaliyetiydi.

~

Bazı ebeveynler, zorunlu din dersiyle alakalı olarak Avrupa İnsan Hakları Mahkemesi'ne başvurmuştu, karar çıktı, Türkiye'nin zorunlu din dersi uygulamasına derhal son vermesi istendi.

Tayyip Erdoğan dünya eğitim tarihine geçecek bir açıklama yaptı.

"Zorunlu fizik dersi, zorunlu kimya dersi, zorunlu matematik dersi tartışma konusu olmuyor, ne hikmetse zorunlu din dersi tartışma konusu oluyor, zorunlu din dersini kaldırırsanız, onun yerine uyuşturucu gelir, şiddet gelir, ırkçılık gelir" dedi.

Basın İlan Kurumu'nun İstanbul Bayramoğlu'daki tatil köyünde, alkollü içki servisi yasaklandı. 46 yıldır gazetecilere hizmet veren tatil köyünde bir ilk'ti. Odalara seccade, takke ve tespih konuldu.

CHP yine kurultay yaptı.
Kemal Kılıçdaroğlu yeniden genel başkan seçildi.
Ekmeleddin İhsanoğlu fiyaskosuna rağmen, koltuğunu korumayı başarmıştı. Bütün seçimleri kaybediyor, bütün kurultayları kazanıyordu. Çünkü, genel başkan delegeleri seçiyor, delegeler de genel başkanı seçiyordu. Bu iş kurultayla olsaydı, Kılıçdaroğlu'nun şimdiye kadar ABD Başkanı olması gerekiyordu!

CHP'yi kurucu kimliğinden uzaklaştırmaya devam eden Kılıçdaroğlu, kurultaydan hemen önce Mehmet Bekaroğlu'nu CHP yönetimine davet etti. Mehmet Bekaroğlu siyasal dinciydi, siyasete Erbakan'ın yanında başlamıştı, Refah Partisi milletvekiliydi, Refah Partisi kapatılınca Fazilet Partisi'ne geçmişti, Fazilet Partisi kapatılınca Saadet Partisi'ne geçmişti, Saadet Partisi'nin İstanbul büyükşehir belediye başkan adayı olmuştu, Numan Kurtulmuş'un Has Parti'sine geçmiş, genel başkan yardımcısı olmuştu, son seçimde yine Saadet Partisi'nden Rize belediye başkan adayı olmuştu. Ömrü boyunca siyasal dinci partilerde politika yapmıştı.
Kılıçdaroğlu "sayın Bekaroğlu sağ tandanslı biri değil" diyordu!
Mehmet Bekaroğlu 1993 yılında *Gelecek Bahar* isimli dergide bir makale kaleme almıştı, o makalede "bir zamanlar şanlı ecdat vardı, dört kıtada at koşturan, sonra Ayasofya, Yunanistan'ı tel'in mitingleri ve büyük doğu, bir de kefere Kemal" demişti.
CHP'ye geçmesi söz konusu olunca, bu makale gündeme geldi.
Mehmet Bekaroğlu "o sözler bana aittir ama, kastedilen Atatürk değildir, o yazının Atatürk'le Atatürkçülükle alakası yoktur" dedi.
Hem "kefere Kemal" dediğini kabul ediyordu.
Hem de alay eder gibi "Atatürk'le alakası yok" diyordu.
Bekaroğlu'nun bir başka özelliği de "Laz milliyetçisi" olmasıydı. Laz Enstitüsü kurmuştu. Lazcanın anaokulundan üniversiteye kadar

"eğitim dili" olmasını talep ediyordu. Karadeniz'deki köylere, Lazca isimlerinin geri verilmesini talep ediyordu. Bu çabalarında en büyük desteği, HDP'den görüyordu. Çünkü, Mehmet Bekaroğlu Lazca için ne istiyorsa, HDP de Kürtçe için aynısını istiyordu.
Kılıçdaroğlu, bu Mehmet Bekaroğlu'nu CHP'ye monte etmekle kalmadı, parti meclisi üyesi yaptı, genel başkan yardımcısı yaptı. Atatürkçü delegeler, aday listesinde Bekaroğlu'nun isminin üstünü çizecek, parti meclisine sokmayacaktı, Kılıçdaroğlu bunu gayet iyi biliyordu, bu nedenle tarihte görülmemiş bir taktik uyguladı, Mehmet Bekaroğlu'nu parti meclisine "kadın kontenjanı"ndan direkt soktu!

(60 kişilik parti meclisinin 8 üyesi "bilim ve kültür platformu" olarak seçiliyordu. Genel başkan, bu platform için 12 aday gösteriyordu. Delegeler bu 12 aday arasından 8'ini seçiyordu. Kılıçdaroğlu bu listeye Mehmet Bekaroğlu'nu, Sencer Ayata'yı ve Burhan Şenatalar'ı aday gösterdi, diğer dokuz aday kadındı. Yani? Yüzde 30 cinsiyet kotası olduğu için, delegeler ne oy verirse versin, sıfır oy bile alsalar, bu üç erkek aday "yüzde 30 kota" sayesinde kesinlikle seçilecekti.
Kılıçdaroğlu, kadınların mutlaka parti meclisinde yer alabilmesi için konulan "yüzde 30 cinsiyet kotası"nı erkekler için kullanmıştı!)

(Mehmet Bekaroğlu'yla birlikte, Atatürkçü delegelerin hiç sevmediği Sencer Ayata ve Burhan Şenatalar'ı da "seçilmeme riski"nden kurtarmıştı. Sencer Ayata ve Burhan Şenatalar, CHP'nin kurucu değerlerinden uzaklaşması gerektiğini savunan, CHP'yi yeni CHP yapmaya çalışan 10 Aralık Hareketi'nin sembol isimlerindendi. CHP yönetimi, bizzat genel başkan Kılıçdaroğlu tarafından 10 Aralık Hareketi'ne teslim ediliyordu.)

Ekmeleddin İhsanoğlu'ndan sonra Mehmet Bekaroğlu'nun da emrivakiyle CHP'nin sırtına yüklenmesi, parti içinde homurdanmayı artırmıştı. Kılıçdaroğlu kurultay konuşmasında rest çekti.
"Bazı elitistler var, rakı sofralarında Türkiye'yi kurtarırlar, bunlardan partiyi temizleyeceğim, bunu herkes iyi bilsin, bana rakı sofralarında konuşan adam lazım değil" diye bağırdı.
"Rakı sofrası" lafı, partide soğuk duş etkisi yaratmıştı.
Tayyip Erdoğan'ın "iki ayyaş" lafından hiçbir farkı yoktu.

Mehmet Bekaroğlu, El Cezire televizyonuna konuştu.
"CHP'de başörtülü milletvekili olmalı" dedi.
Kanal D'de Genç Bakış programına katıldı.
CHP'ye geçtiği için kızının ağladığını anlattı.
"Kızım ağlamaklı halde 'şimdi sen o milletvekiliyle birlikte mi siyaset yapacaksın' diye sordu. Çünkü kızım 28 Şubat döneminde başörtüsü yüzünden üniversiteyi terk etmek zorunda kalmıştı, ikna odalarında peruk mu saç mı diye tacizlere uğramıştı" dedi.

(İsim vermemişti ama, açıkça CHP milletvekili Profesör Nur Serter'i kastediyordu. İstanbul Üniversitesi eski rektör yardımcısı Profesör Nur Serter, siyasal dinciler tarafından türban karşıtlığının sembolü haline getirilmişti, yıllardır iftiralara, hakaretlere, ölüm tehditlerine maruz kalıyordu.)

AKP'nin, tarikatların, cemaatlerin bakış açısı neyse, CHP'ye monte edilen Mehmet Bekaroğlu'nun bakış açısı da birebir öyleydi.
CHP bambaşka yerlere sürükleniyordu.

Kürt Dili Araştırma Geliştirme Derneği tarafından, Kürtçe eğitim veren sözde ilkokullar açıldı. Diyarbakır, Hakkari ve Şırnak'ta bazı binalar "okul" haline getirilmiş, açılış törenleri yapılmış, ilkokul çocuklarına Kürtçe eğitim verilmeye başlanmıştı.
Hakkari Yüksekova'da açılan okula, Abdullah Öcalan'ın annesinin ismi verilmişti, "Dıbıstana Seretayi Ya Dayıka Uveyş" tabelası asılmıştı. Yani "Uveyş Ana İlkokulu"ydu.
Elbette yasal değildi.
Valilikler bu binaları kapattı, mühürledi.
Ertesi sabah mühürleri kırıp, eğitime devam ettiler.

PKK resmi geçit yaptı.
Hem de askeri kışlanın önündeki caddede yaptı.
Kobani'de öldürülen Mahmut Zengin'in cenazesi, Van Özalp'e getirildi, PKK bayrakları açarak, Apo posterleri açarak, ilçe merkezinde yürüyüş yaptılar, Şehit Astsubay Erkan Durukan Kışlası'nın önünden törenle geçtiler. Aman açılım zarar görmesin diye müdahale edilmedi, asker çaresizce seyretti.

Astsubay Erkan Durukan Kışlası'nın ismi, aslında, Orgeneral Mustafa Muğlalı Kışlası'ydı. Kılıçdaroğlu bu ismin değiştirilmesini rica etmişti, Tayyip Erdoğan da Kılıçdaroğlu'nun ricasını kırmayarak, Mustafa Muğlalı ismini silmiş, Erkan Durukan kışlası yapmıştı!

(Mustafa Fehmi, Girit'ten İzmir'e göçetmiş bir ailenin oğluydu, Dokuz Eylül Üniversitesi eğitim fakültesinin nüvesini oluşturan İzmir Erkek Öğretmen Okulu'na gitmiş, Cumhuriyet'in ilk öğretmenlerinden biri olmuştu. Öylesine devrimci bir ruha sahipti ki, Soyadı Kanunu çıkmadan tee altı yıl önce, henüz öğrenciyken, Kubilay soyadını almıştı. İzmir Menemen'de asteğmen olarak vatani görevini yapıyordu.

Sarıklı cübbeli müritleriyle Manisa'dan gelen Derviş Mehmet, camide sabah namazı kılan ahaliyi kışkırttı. Yakalarına yapışarak "din elden gidiyor, imanımızı kurtarmaya geldik, ne duruyorsunuz" diye bağırdı. Minareden havaya ateş açarak galeyana getirdi. Cahil cühelayı peşine takarak, yeşil bayrakla hükümet konağına yürümeye başladı. Kendisine katılmayanlara tehditler savuruyordu, yeşil bayrak altında toplanmayanların kılıçtan geçirileceğini söylüyordu. Hükümet meydanında zikir çekmeye başladılar.

Kubilay geldi, karşılarına dikildi. Tabancayla ateş ettiler. Sağ koltuk altından vuruldu, üç beş adım atabildi, cami avlusunda dizlerinin üstüne yığıldı. 25 santimlik testere ağızlı bağ bıçağıyla kafasını gövdesinden ayırdılar, saçlarından tutarak taşa vurdular, sırığın ucuna takıp dolaştırdılar. "Cumhuriyet bitmiştir, işte kafirlerin sonu" diye bağırarak, sevinç çığlıkları attılar. Müdahale etmeye çalışan kahraman bekçilerimiz Hasan ve Şevki'yi de oracıkta şehit ettiler.

Şeyh Said'den sonra Cumhuriyet'in karşılaştığı ikinci irtica kalkışmasıydı. Bölgede sıkıyönetim ilan edildi. Divan-ı harp kuruldu. 105 sanık yargılandı, 28 sanık idama mahkum edildi, TBMM onadı, Kubilay'ın kafasının kesildiği yerde sehpa kuruldu, asıldılar.

Aradan 13 yıl geçti, 1943 oldu.

İkinci Dünya Savaşı devam ediyordu, İran sınırımız günümüzdeki Suriye sınırımız gibi yolgeçen hanı olmuştu, giren çıkan belli değildi. Gene öyle bir giriş çıkış sırasında Van Özalp'te 33 kaçakçı öldürüldü. Çatışmada vuruldukları yolunda rapor tutuldu.

Beş yıl daha geçti, 1948 oldu.

Çiçeği burnunda Demokrat Parti'nin ilk işlerinden biri, bu meseleyi meclise taşımak oldu. Van Özalp'te çatışma olmadığını, 33 kaçakçının 3'üncü Ordu Komutanı'nın emriyle kurşuna dizildiğini öne sürdüler. Soruşturma açtırdılar.

Demokrat Parti'nin şahidi, İsmail Özay diye biriydi. Kaçakçıydı. Van cezaevinde mahkumdu. TBMM'ye dilekçe yazmıştı, çatışma olmadığını, kaçakçıların kurşuna dizildiğini öne sürmüştü. Kardeşinin de kaçakçı olduğunu, bu olaydan kurtulup İran'a kaçtığını belirterek, kendisinin şahitliği karşılığında kardeşinin affedilmesini talep etmişti.

Yani... Demokrat Parti, ailece kaçakçı olan hapisteki bir kaçakçının şahitliğiyle, ordu komutanının tutuklanmasını istiyordu!

Bir yıl daha geçti.

1949 yılında, Demokrat Parti'nin hedefe koyduğu ordu komutanı tutuklandı. Ancak, kısa süre sonra serbest bırakıldı.

Bir yıl daha geçti, 1950 oldu.

Demokrat Parti iktidara geldi. 1947'de emekli olan 69 yaşındaki ordu komutanının dosyasını gene açtırdı. İdama mahkum ettirdi!

Bir yıl daha geçti, 1951 oldu.

Askeri Yargıtay idam kararını bozdu, yeniden yargılama kararı verdi. Ama, 70 yaşına gelen ordu komutanının ömrü vefa etmedi. Tutukluyken, askeri hastanede vefat etti. Edirnekapı Şehitliği'nde toprağa verildi. Dava düştü.

Demokrat Parti'nin hapisteki mahkumun şahitliğiyle katliamcı ilan edip, idama mahkum ettirip, demir parmaklıklar ardında kahrından ölene kadar yakasını bırakmadığı ordu komutanı kimdi biliyor musunuz?

Menemen'de Kubilay'ın kafasını kesenleri idama mahkum eden divan-ı harp başkanı Orgeneral Mustafa Muğlalı'ydı.

Milli mücadele kahramanıydı.

Menemen olayı yüzünden, yobazların en nefret ettiği kişiydi.

Aynı zamanda, Şeyh Said'in bastırılması ve Dersim harekatında görev yaptığı için, Demokrat Parti bünyesinde filizlenen bölücü unsurların da hedefindeydi. Yobaz-bölücü koalisyonu, intikam için fırsat kolluyordu. Neticede başarmışlardı.

Aradan 36 yıl daha geçti, 1997 oldu.

Orgeneral Mustafa Muğlalı'nın itibarı iade edildi. Naaşı, törenle Devlet Mezarlığı'na nakledildi. Harp Akademileri Komutanlığı'nın bahçesine büstü dikildi.

Yedi yıl daha geçti, 2004 oldu.

Van Özalp'te, hudut tabur komutanlığının bulunduğu kışlaya Mustafa Muğlalı ismi verildi.
Altı yıl daha geçti, 2010 oldu.
Bir taraftan Ergenekon/Balyoz iftiraları süreci başlatılmış, bir taraftan "açılım" süreci başlatılmıştı. Eşzamanlı olarak, TSK imha edilirken, PKK'yla masaya oturulmuştu. BDP milletvekili Fatma Kurtulan, fırsat bu fırsat dedi, Mustafa Muğlalı Kışlası'nı TBMM gündemine taşıdı, isminin derhal değiştirilmesini istedi.
Tam o sırada ne oldu biliyor musunuz?
CHP genel başkanı Kılıçdaroğlu, Van'da miting yaptı.
Aynen şunları söyledi: "Başbakandan rica ediyorum, hükümetsin, başbakansın, 33 köylünün kurşuna dizildiği yerde, bunun ismini kışlaya verme, bu ismi değiştirin, istirham ediyoruz, buradan çağrı yapıyorum, bakalım Recep bey çağrımıza nasıl cevap verecek!"
Recep beyin canına minnetti.
Kılıçdaroğlu'nun yeni CHP'si "açılım"a muhalefet etmiyor, aksine istirham ediyor, gollük pas veriyordu. Kışlanın ismi değiştirildi.
Orgeneral Mustafa Muğlalı tabelası indirildi.
Şehit Astsubay Erkan Durukan Kışlası yapıldı.
Dört yıl daha geçti, 2014 oldu.
PKK işte bu kışlanın önünde resmi geçit yapıyordu!
Menemen'de Kubilay'ın şehit edilmesiyle başlayan, bu topraklara ekilen karşıdevrim tohumlarını, baltalı/kravatlı yobazları, Şeyh Said'in manevi torunlarını, dahili bedhahları, gaflet, dalalet, hatta hıyaneti içinde barındıran, hazin bir öyküydü.)

Tesettür sosyetesinin moda dergisi *Aysha*, Tayyip Erdoğan'ın eşi Eminanım'ı "First Lady" başlığıyla kapak konusu yaptı.
Derginin ismi Arapça, başlığı İngilizceydi.
Eminanım'ın hayat hikayesi anlatılırken, Eminanım'ın modacısı Tanju Babacan'la röportaj yapılmıştı. Kırmızı sakallı eşcinsel modacıydı. "Müslüman kadın ayetin vitrinidir" diyordu. "Hanımefendiyle çalışıyoruz, giyim insanların şahsına özeldir, meşrebinizin ve lezzetinizin uyması önemlidir" diyordu.

Türban ilkokula girdi.
Milli Eğitim Bakanlığı kılık kıyafet yönetmeliğinde değişiklik yapıldı, "başı açık" ibaresi kaldırıldı. Böylece, ilkokul öğrencilerinin "türban"

takması serbest bırakılmış oldu. Hatta, isteyen anaokuluna bile türbanla gelebilecekti. Artık yasal engel yoktu.

THY uçaklarının tuvaletlerinde abdest yasağı kaldırıldı. Lavaboda abdest alınırken yere su sızıyor, uçağın her tarafı kablo olduğu için, uçuş güvenliği tehlikeye giriyordu. Buna rağmen, THY yönetimi tüm kabin ekiplerine duyuru yayınladı, bu yasağı kaldırdı. "Tuvalette abdest alınmasına engel olmayın" denildi. Pek yakında, pilotların uçuş sırasında kokpitte namaz kılmasına da izin verilecekti!

Amerikan dergisi *Newsweek* "cihad otoyolu" başlıklı haber yayımladı. IŞİD'e katılmak üzere Kocaeli Dilovası'ndan Suriye'ye minibüslerle Türk militanlar götürüldüğünü, IŞİD'in Kocaeli'de cirit attığını yazdı. *New York Times* gazetesi, Ankara Hacıbayram mahallesini mercek altına aldı. "Bu mahalleden IŞİD'e militan akıyor" başlığını kullandı. ABD Ankara Büyükelçisi Ricciardone açık açık AKP hükümetini suçladı, "Türkiye bizim terör listesine aldığımız El Kaide uzantılı El Nusra ve Ahrar el Şam'a destek verdi, bunlara yardım etmeyin dedik ama, Türk hükümeti bunlarla çalıştı, militanların sınır geçişlerine göz yumdu" dedi.
Alman *Bild* gazetesi ise, çok daha büyük tehlikeye dikkat çekiyordu. IŞİD'in Türkiye'de yedi şehirde silah deposu olduğunu yazıyordu: Ankara, İzmir, Eskişehir, Konya, Adıyaman, Şanlıurfa ve Hatay'daydı.

IŞİD baskınıyla kaçırılan Musul konsolosumuz ve 45 Türk vatandaşı rehine, 101 gün sonra serbest bırakıldı. Başbakan Davutoğlu'nun konsolosluk basıldığında dünyadan haberi yoktu, ABD'deydi, gezisini yarıda bırakıp apar topar yurda dönmüştü, rehinelerimiz serbest bırakıldığında, gene dünyadan haberi yoktu, Azerbaycan'daydı, gezisini yarıda bırakıp apar topar yurda döndü.
Tayyip Erdoğan, rehinelerin serbest bırakılmadığını, kurtarıldığını söyledi, "MİT başarılı bir kurtarma operasyonu yaptı" dedi.
Halbuki, MİT'in kurtarma operasyonu filan yapmadığını, takas yapıldığını, rehinelerimize karşılık Türkiye'de tutuklu bulunan IŞİD militanlarının serbest bırakıldığını cümle alem biliyordu.
Tayyip Erdoğan ertesi gün çıktı, "velev ki takas olsa bile, hamdolsun vatandaşlarımız ailelerine kavuştu, ben ona bakarım" dedi.

46 rehinemize karşılık, 180 militanın serbest bırakıldığı öne sürülüyordu, bu rakam asla doğrulanmadı ama, asla yalanlanmadı.

(Aslına bakarsanız, elimizde tutuklu IŞİD'li yoktu, yaralanan IŞİD'liler Türkiye'deki hastanelerde tedavi oluyorlardı, ABD "yaralıları sakın bırakmayın" dediği için serbest bırakmıyor, iyileştikten sonra bile hastanelerde tutmaya devam ediyorduk, bu sayede elimizde IŞİD'li birikmişti. Takas için Pentagon'u ikna ettik, hastanelerdeki IŞID'lileri kafileler haline Suriye sınırına götürüp, teslim ettik.)

ABD başkan yardımcısı Joe Biden, Harvard Üniversitesi'nde konuştu, Ankara'ya füze düşmüş gibi oldu. IŞİD konusunda Suudileri, Birleşik Arap Emirlikleri'ni, Katar'ı ve Türkiye'yi suçluyordu.
"Yardım etmeyin diye uyardık, dinletemedik. Suudiler ve Katarlılar, Esad'ı devirmek için Şii-Sünni savaşı çıkarmaya çalışıyordu. Esad'la savaşacak cihatçılara milyonlarca dolar ödediler, binlerce ton silah akıttılar, IŞİD bu sayede güçlendi" diyordu.
"Tayyip Erdoğan bana 'siz haklıydınız, Suriye'ye geçişlerine izin verdik, şimdi sınırı mühürlemeye çalışıyoruz' dedi. IŞİD'in Türkiye'ye yönelik bir tehdit olduğunu farketmesi epey zaman aldı" diyordu!

Beyaz Saray "soykırım halısı"nı serdi.
1915 Ermeni tehcirini sembolize eden, Ermeni diasporası tarafından soykırım hatırası kabul edilen "yetim halısı"ydı. Bir hafta boyunca Beyaz Saray'da sergileneceği açıklandı.
Yetim halısı, tehcirin ardından Lübnan'a götürülen Ermeni kız çocukları tarafından 1924 yılında dokunmuş, 1925 yılında ABD'ye gönderilmiş, dönemin ABD başkanı Coolidge'e hediye edilmişti.
Ermeni diasporası açısından adeta "kutsal eşya"ydı. 1984 ve 1995'te iki defa sergilenmişti, Türkiye'nin diplomatik mücadelesi sonucu 1995'ten beri Beyaz Saray'ın deposunda tutuluyordu.
Yetim halısı'nın depodan çıkarılarak sergilenmesi, 2015 yılında, yani tehcirin 100'üncü yıldönümünde başımıza neler geleceğinin işaret fişeğiydi.
Suriye ve IŞİD konusunda Beyaz Saray'ın arkasından dolanarak gizli gizli iş çevirmeye çalışan AKP hükümeti, karşılığında "soykırım sopası"nı bulmuştu.

Irak-Suriye tezkeresi çıktı.
Türk Silahlı Kuvvetleri'ne Suriye ve Irak'ta sınırötesi operasyon yapma yetkisi veren başbakanlık tezkeresi TBMM'de kabul edildi.
Bu tezkereyle sınırötesine gideceğimiz zannediliyordu. Halbuki, aynı tezkereyle "yabancı askerlerin Türkiye'de bulunmasına imkan sağlanıyor"du.
Pek yakında Barzani'nin Kürdistan ordusu, bu tezkere sayesinde, hem de tam 29 Ekim Cumhuriyet Bayramı'nda, topuyla tüfeğiyle topraklarımızdan geçecek, sayın ahalimizde o zaman jeton düşecekti.

(Tezkereye AKP'yle beraber MHP evet vermişti. CHP ve HDP hayır demişti. Göl gör ki... Barzani bu tezkere sayesinde topraklarımızdan geçerken, tezkereye evet diyen MHP itiraz edecek, tezkereye hayır diyen HDP alkışlayacaktı. Siyasi partilerimizin tel tel döküldüğünün kanıtıydı. Tayyip Erdoğan, neye evet neye hayır dediğinin farkında bile olmayan muhalefetle kedinin fareyle oynadığı gibi oynuyordu.)

IŞİD, Kobani'yi kuşattı.
Suriye'nin Kürt kantonlarından biriydi.
Türkiye sınırına çok yakındı.
Tayyip Erdoğan hemen Gaziantep'e gitti, Suriyeli sığınmacıların kampını ziyaret etti, orada konuştu, "Kobani'ye ve diğer Kürt şehirlerine yapılan saldırıları endişeyle takip ediyoruz, Kobani düştü düşüyor" dedi.
Tayyip Erdoğan'la aynı gün HDP yönetim kurulu çağrı yaptı, "AKP hükümetinin Kobani ambargosunu protesto etmek üzere herkesi sokağa çağırıyoruz" denildi.
Biri "gitti gidiyor" diyordu, öbürü "koşun yetişin" diyordu.
Türkiye yangın yerine döndü.
İki gecede 50 kişi öldürüldü.
Üç kişi yakılarak katledildi. 15 kişi silahla vuruldu. Çatıdan atılan vardı, otomobille ezilen vardı, bıçakla delik deşik edilenler vardı, kimvurduya gidenler vardı. Adeta iç savaş provası gibiydi. Diyarbakır, Batman, Van, Gaziantep, Şanlıurfa, Siirt, Mardin, Bingöl, Adana, İstanbul ve İzmir'de cenaze kaldırıldı.
Öldürülenler HDP'li ve Hüda-Par'lıydı.

Aslında apaçık PKK-Hizbullah vuruşuyordu.
35 şehirde, 68 ilçede çatışma çıktı.
Sokaklarda barikatlar kuruldu.
Tabancalı, tüfekli, satırlı, bıçaklı tipler kol geziyordu.
Kimisi tekbir getiriyordu, kimisi biji naraları atıyordu.
Toplam 212 okul, üç bin işyeri, 263 kamu binası, 190 banka şubesi, 75 PTT şubesi, 80 siyasi parti binası, 340 sivil otomobil, 216 resmi otomobil, 30 dernek binası kullanılamaz hale geldi. Müzeler, spor salonları saldırıya uğradı. Elektrik trafoları, mobese kameraları, trafik lambaları ateşe verildi. Kuran kursu binalarına molotof atıldı. Marketler yağmalandı. Diyarbakır, Batman, Muş, Siirt, Mardin, Bitlis, Van'da, 34 yıl sonra ilk kez sokağa çıkma yasağı ilan edildi.
Bingöl emniyet müdürü Atalay Ürker'e pusu kuruldu, uzun namlulu silahlarla tarandı, emniyet müdür yardımcısı Atıf Şahin ve komiser Hüseyin Hatipoğlu şehit oldu, emniyet müdürü Atalay Ürker ve koruması Uğur Atlı ağır yaralandı. Dört saldırgan öldürüldü.
THY'nin Diyarbakır seferleri iptal edildi.
Memleketin ne hale geldiğinin çarpıcı bir göstergesi Van'da yaşandı, Gevaş Savcısı anlattı... "Otomobilimle Diyarbakır istikametinden Gevaş'a doğru seyir halindeydim, dumanları gördüm, barikat kurmuşlardı, lastik yakıyorlardı, araçları durduruyorlardı, yolumu değiştirdim, Muş yönüne döndüm, Muş'a 20 kilometre kala, yüzleri poşulu, kalaşnikoflu dört PKK'lı tarafından durduruldum, kimliğimi istediler, soğukkanlılığımı kaybetmedim, savcı kimliğini vermedim, nüfus cüzdanımı uzattım, kimliğimi kontrol ettiler, ne iş yaptığımı sormadılar, 'Kobani'deki kardeşlerimiz ölüyor, yardım edeceksiniz, sessiz kalmayacaksınız' dediler, bir süre bu şekilde propaganda yapıp, gittiler. Batı'da yaşayanlar, buralarda neler olduğunu bilmiyor. Basına yansımıyor. Eşkıya bölgeyi kontrol ediyor" diyordu.
Türkiye'nin çivisi çıkmıştı.

---

29 Ekim 2014.
Cumhuriyet Bayramımız cumhuriyet tarihinde ilk kez Çankaya Köşkü'nde değil, Ak Saray'da kutlanacaktı, şatafatlı resepsiyonla sarayın açılışı yapılacaktı, hevesleri kursaklarında kaldı.
Saray faciayla açıldı.
Cumhuriyet Bayramı'na bir gün kala Ermenek'te katliam yaşandı, ocağı su bastı, 18 madencimiz 355 metre derinde boğularak can verdi.

Yeryüzüne yakın seviyelerdeki eski galerilerde yıllar içinde yüzlerce ton su birikmişti, yıllarca ihmal edilmiş, neticede taban delinmiş, aşağıdaki galerilerde "sel baskını" olmuştu.

Maden ocağının taşeron patronu Saffet Uyar, AKP'liydi, 2004 ve 2009 seçimlerinde Güneyyurt beldesinde AKP belediye başkan adayı olmuştu, seçimleri kazanamamıştı ama, maden ocağını kazanmıştı, 2009'dan beri işletiyordu.

Ermenek faciasının simgesi, Recep amcaydı. Hayatını kaybeden işçilerden Tezcan Gökçe'nin babasıydı. 75 yaşındaydı. Oğlunun cenaze törenine yırtık cızlavet'leriyle gelmişti. Cızlavet'in yenisi sadece 7 liraydı, 7 lira verecek durumu yoktu.

Yırtık cızlavetli Recep amcanın 7 lirası bile yokken, öbür Recep, Recep Tayyip Erdoğan bir milyar dolara yaptırılan sarayında resepsiyon vermeye hazırlanıyordu, şatafatla açacaktı, faciayla açtı, resepsiyon iptal edildi.

---

29 Ekim 2014.

Saray açılamadı ama, Kürdistan'a koridor açıldı.

Barzani'nin Kürdistan bayraklı ordusu, takvimde başka gün yokmuş gibi tam 29 Ekim Cumhuriyet Bayramı'nda Türkiye topraklarında resmi geçit yaptı. Tarihimizin dönüm noktalarından biriydi.

Erbil'den yola çıkan yüzlerce araçlık peşmerge konvoyu, Habur sınır kapısından Türkiye'ye girdi, Şırnak, Mardin, Şanlıurfa güzergahını katedip, Suriye'ye, Kobani'ye geçtiler.

Bir bölümü de THY uçaklarıyla geldi.

Şanlıurfa GAP Havalimanı'na indiler.

Karadan havadan, şov yapıyorlardı.

İmkan olsa denizden de gireceklerdi.

Habur'dan girer girmez, Türkiye tarafında Kürdistan bayraklarıyla karşılandılar. Kurbanlar kesildi. Kornalar çalınıyor, havai fişekler fırlatılıyor, halaylar çekiliyordu. Peşmergelerin üniformasında ABD bayrağı vardı, karşılayanlar "biji serok Obama" sloganları atıyordu.

Kürdistan ordusu Mardin'den geçerken bir benzin istasyonunun dinlenme tesislerinde mola verdi, lahmacun yediler, o lahmacunların parasını bile Şanlıurfa Valiliği ödedi.

Türk Silahlı Kuvvetleri kışlalarına çekilmişti.

Milli İstihbarat Teşkilatı eskortluk yapıyordu.

Türkiye'nin onuruyla oynanıyordu.

Devletin haysiyeti ayaklar altına alınıyordu.

AKP başbakanı Ahmet Davutoğlu pek mutluydu, "Kobani'ye selam ediyorum, Kobani'deki kardeşlerimin alnında öpüyorum" diyordu.

Abdullah Soyluoğlu vefat etti.

1999 yılında PKK elebaşı Abdullah Öcalan'ı Kenya'dan paketleyip Türkiye'ye getiren ekibin lideriydi, bordo bereli albaydı.

> *(Dokuz kişiydiler; biri ekip lideriydi, biri askeri tabipti, ikisi pilot, biri uçak teknisyeni, diğer dördü silahlı-silahsız saldırı uzmanıydı.*
>
> *Etimesgut askeri havaalanında buluştular.*
>
> *Ekip lideri "arkadaşlar" dedi, "ailelerinize telefon edin, bir süre görüşemeyeceğinizi söyleyin, Tanrı yardımcımız olsun."*
>
> *Özel uçağa bindiler.*
>
> *Antalya'ya gittiler.*
>
> *Karpuzkaldıran askeri tesislerine yerleştiler.*
>
> *Uçağın kuyruğundaki Türk Bayrağı ve kimliğini gösteren işaretler kapatıldı. Üç gün sonra, vakit tamam, tekrar havalandılar.*
>
> *Ekip lideri pasaportları dağıttı.*
>
> *Fotoğraflar gerçek, geriye kalan tüm bilgiler sahteydi.*
>
> *İşadamı kimliğinde görünüyorlardı.*
>
> *İyi de, hangi ülkeye gidiyorlar, neyin ticaretini yapıyorlar?*
>
> *Ekip lideri hariç, hiçbiri bilmiyordu.*
>
> *Sadece "Afrika'ya gittikleri" söylenmişti.*
>
> *Kendi aralarında şakalaşıyorlardı, "muz cumhuriyetinden geldiğimize göre, herhalde muz tüccarıyız" diyorlardı!*
>
> *Altı saat uçtular, piste tekerlek koydular, terminal binasında "welcome to Entebbe international airport" yazısını gördüler.*
>
> *Uganda'daydılar.*
>
> *Tee 23 yıl önce Filistinli korsanlar tarafından kaçırılan ve İsrail komandoları tarafından basılan Air France uçağının enkazı hâlâ oradaydı.*
>
> *Başkent Kampala'da The Windsor Lake Victoria Hotel'e yerleştiler.*
>
> *Beklediler.*
>
> *Dört gün sonra, ekip lideri odaları tek tek aradı, lobide buluştular.*

O ana kadar gizlenen görevi açıkladı:
"Kenya'ya gidiyoruz, bebek katilini alacağız!"
Entebbe'ye geldiler.
Tam pasaport kontrolüne girerken, son saniyede telefon geldi.
Görev ertelendi.
Otele geri döndüler.
Sabrın sınırlarını zorlayan bekleyiş başladı. Artık ne yapacaklarını biliyorlardı ama, bu sefer de saatler geçmek bilmiyordu. Ya görev iptal edilirse? Ya bu kadar yakınken elleri boş dönerlerse?
Üç gün, üç yıl gibi geçti.
Nihayet beklenen an geldi.
Bindiler, Nairobi Jomo Kenyatta Havalimanı'na indiler.
Uçakta bekleyeceklerdi, paket kendi ayağıyla gelecekti.
Pilot kuleye bilgi verdi:
"İki saat sonra havalanacağız, rotamız Hollanda."
Ekibin Hollandalıya benzeyen sarışın mavi gözlü elemanı merdiven başına çıktı, pilot sağ motoru çalıştırdı.
Üç otomobillik konvoy, aprona hışımla daldı, uçağın yanında zınk diye durdu, Hollanda'ya gidiyorum zanneden paket, indi. Hollandalı (!) gülümseyerek başıyla selamladı. Paket koşar adım merdivenleri tırmanırken, sol ve kuyruk motorları çalıştırıldı, kapı kapandı.
O tok ses duyuldu.
"Abdullah Öcalan memlekete hoşgeldin!"
Türkiye'ye doğru yola çıktılar.
Bandırma'ya ineceklerdi ama, yoğun sis vardı.
İstanbul Atatürk Havalimanı'na indiler.
Kapılar açılmadı.
Kule'dekiler bile ne olduğunu bilmiyordu.
"Soru sormayın" talimatı verilmişti.
Yakıt ikmali yapıldı.
Sis dağılınca, uçak yeniden havalandı.
Bandırma askeri üssüne indi, paket teslim edildi.
Tekrar havalandılar.
Başladıkları yere Etimesgut'a geldiler.
MİT müsteşarı hangarda bekliyordu, tek tek kucakladı.
Duygusal bir konuşma yaptı, Çankaya Köşkü'ne götürdü.

Cumhurbaşkanı Demirel, kahramanlarımızı Pembe Köşk'te, Mustafa Kemal Atatürk'ün makam odasında karşıladı.
"Sizlerle hatıra fotoğrafı çektiremiyorum, çok gizli bir görevi başarıyla ifa ettiniz, mevcut şartlar, bundan sonra da gizliliğin korunmasını gerektiriyor, sizleri bir fotoğraf karesinde buluşturmanın sakıncalı olduğunu düşünüyorum" dedi.
Birer kol saati hediye etti.
Saatlerin arkasında "TC Cumhurbaşkanı, 18.2.1999" yazıyordu.
İşte bu tarihi görevde, "Abdullah Öcalan memlekete hoşgeldin" diyen ekip lideri, bordo bereli albay Abdullah Soyluoğlu'ydu.
TSK'dan MİT'e geçmişti.
Kıbrıs'tan Güneydoğu'ya sayısız kozmik görevde bulunmuş, hiçbirini şahsi ikbali için kullanmamış, sıradışı hayatına rağmen sıradan kalmayı başarmış bir vatan evladıydı.
Mehmet Eymür döneminde Kuzey Irak'ta Türkmenleri örgütlerken, dört MİT mensubu şehit olmuş, Abdullah Soyluoğlu kılpayı kurtulmuştu.
İki tane mantar tabancası patlatanlar bile 22 tane kitap yazıp, otorite ayaklarıyla ekran ekran dolaşırken, Abdullah Soyluoğlu'nun adını rahmetli oluncaya kadar duyan olmadı.
Soyadı gibi karaktere sahipti.
Hastalanmıştı. Öğretmen eşi ve iki kızı tembihliydi. Asla kimseden iltimas istemeyeceklerdi. Herhangi bir emekli vatandaş gibi, devlet hastanesine gittiler. Vaziyet kötüydü, akciğerde, beyinde tümör
vardı. İlerlemişti, derhal ameliyat gerekiyordu, yoğun bakımda yer yoktu.
Madem subaysınız, GATA'ya gidin dediler.
Barzani'nin ordusu Kürdistan bayraklarıyla topraklarımızda resmi geçit yaparken, Haydarpaşa GATA'ya geldi.
Maalesef ameliyat edilemeden vefat etti.
Çünkü, ailesine bile yük olmak istememişti, hastalığının nereye varacağını biliyordu, üzülmesinler diye son dakikaya kadar eşine, kızlarına bile söylememişti.
65 yaşındaki kahramanımız, kar yağışlı bir Kasım günü, baba ocağında, Konya Seydişehir'in Gökhüyük köyünde toprağa verildi.
Gayet mütevazı bir törendi, devleti temsilen sadece kaymakam ve garnizon komutanı yüzbaşı vardı, hepsi buydu.

Ondan geriye bir büyük onur mirası, bir de madalya gibi "TC Cumhurbaşkanı" imzalı kol saati kaldı.)

Papa Francesco Türkiye'ye geldi.
Tayyip Erdoğan'ın sarayında ağırlanan ilk yabancı konuk oldu.
Ankara'dan İstanbul'a geçti, Ayasofya'yı Sultanahmet Camisi'ni filan ziyaret etti, güzel güzel ağırlandı, güzel güzel gitti.
Vatikan'a döner dönmez "soykırım" dedi!
Ermenistan cumhurbaşkanıyla birlikte paskalya ayini düzenledi, "20'nci yüzyılın ilk soykırım kurbanı Ermeni toplumudur" dedi.

(Türkiye'ye gelen dördüncü papa'ydı. 1967'de papa gelmişti, 1979'da papa gelmişti, 2006'da Ahmet Necdet Sezer'in cumhurbaşkanı olduğu dönemde papa gelmişti, hiçbiri soykırım dememişti, Vatikan bu ziyaretlerin hiçbirinde Türkiye'yi karşısına almak istememişti. Şimdi? Tayyip Erdoğan'ın cumhurbaşkanlığında Türkiye'nin herhangi bir diplomatik gücünün kalmadığının kanıtıydı.)

(Vatikan'dan hemen sonra, Avrupa Parlamentosu çağrı yaptı. "Türkiye derhal 1915 olaylarını Ermeni soykırımı olarak tanımalı" dedi.
Vatikan'dan hemen sonra, Ermeni asıllı Amerikan vatandaşları 1915'teki taşınmaz malları ve banka hesapları için Türkiye aleyhine davalar açmaya başladı, Türkiye Cumhuriyet Merkez Bankası ve Ziraat Bankası "davalı" olarak belirtiliyordu.
Vatikan'dan hemen sonra, yine Avrupa Parlamentosu'nda "Dersim soykırımı" toplantısı düzenlendi, "Mustafa Kemal yaşasaydı, bugün savaş suçlusu olarak yargılanırdı" denildi, Lahey'e götürüldü, Uluslararası Ceza Mahkemesi'ne "Dersim soykırımı" hakkında suç duyurusunda bulunuldu.
Vatikan'dan hemen sonra, Yunanistan parlamentosu "Pontus Rum soykırımı"nı tanıdı, 19 Mayıs'ı "Pontus Rum soykırımını anma günü" ilan etti, ABD Philadelphia'ya "Pontus soykırım anıtı" dikildi.
Vatikan'dan hemen sonra, İsveç ve Avustralya "Süryani soykırımı"nı tanıdı, Türkiye'ye çağrı yapıldı, "Süryani soykırımını kabul edin ve özür dileyin" denildi. Vatikan'dan hemen sonra, Fransa, Belçika ve Yunanistan'a "Süryani soykırım anıtı" dikildi.

Vatikan'dan hemen sonra, Ezidilerin ruhani liderleri ABD başkanına mektup yazdı, Türkiye'nin "Ezidi soykırımı yaptığını kabullenmesi için" baskı yapılmasını istedi; Almanya, Fransa, ABD, Kanada ve Avustralya'da "Ezidi soykırımı" yürüyüşleri yapıldı.
2002'den beri sürdürülen basiretsiz ve teslimiyetçi politikalar, Türkiye'yi "hasta adam"a çevirmişti. Vatikan'ın "soykırım" demesi, adeta baraj kapaklarını açmıştı, dünya çapında suçlanır hale gelmiştik. AKP hükümeti kendisini dev aynasında görüyor, kendisini dünya lideri zannediyordu ama, dünyada vaziyetimiz buydu.)

17/25 Aralık yolsuzluk dosyası kapatıldı.
İstanbul Başsavcılığı 11 ay inceledi, dava açmaya bile gerek görmeden takipsizlik kararı verdi. Savcılar değiştirilmiş, polisler değiştirilmiş, yasalar değiştirilmiş, pirüpak hale getirilmişti.

17 Aralık'ta el konulan paralar, faiziyle iade edildi.
Rıza Sarraf'ın adamı Abdullah Happani'nin işyerinde 1 milyon lira, 800 bin euro, 60 bin dolar, 2 kilo altın ele geçirilmişti. Geri verildi. Üstüne, 55 bin lira faiz ödendi. Happani, paralarını bavulla taşıdı, faiz gelirini alay eder gibi Kızılay'a bağışladı.
Muammer Güler'in oğlunun yatak odasındaki kasalarda, 350 bin lira, 350 bin euro, 90 bin dolar ele geçirilmişti. Geri verildi. Üstüne, 20 bin lira faiz ödendi.
Halkbank genel müdürü Süleyman Aslan, ayakkabı kutularındaki 5 milyon 900 bin doların "hayırseverlere ait bağışlar" olduğunu söylemişti. Bu nedenle, söz konusu para İstanbul Valiliği'ne teslim edildi. Prosedür böyleydi. Süleyman Aslan valiliğe başvuracak, bağışların iadesini isteyecek, elbette faiziyle alacaktı. Bu teslimat yapıldı, ama basından gizlendi, ne kadar faiz aldı, açıklanmadı.
Adli emanete teslim edilen ayakkabı kutularını kimse almadı.
İki adet de banyo lifi vardı.
Meğer, Halkbank genel müdürü Süleyman Aslan sadece ayakkabı kutularına değil, banyo liflerine de para sokuşturmuştu, lifleri de kimse almadı.
Adli emanette iki adet para sayma makinesi vardı. İçişleri bakanının oğlunun yatak odasında ele geçirilmişti. Onları da kimse teslim almadı.
Para sayma makineleri, Milli Emlak Müdürlüğü'ne gönderildi, ihale yöntemiyle satıldı, 200 lira gelir elde edildi, Hazine'ye aktarıldı.

Cemaat medyasına baskın yapıldı.
Samanyolu televizyonu grup başkanı Hidayet Karaca tutuklandı, müebbet hapse mahkum edildi. *Zaman* gazetesi genel yayın yönetmeni Ekrem Dumanlı gözaltına alındı, bırakıldı, ABD'ye kaçtı.
Kim niye tutuklanıyor, kim niye bırakılıyor, meçhuldü.
Belli ki, AKP içinden adamını bulan yırtıyordu.

Fethullah Gülen hakkında yakalama kararı çıkarıldı.
Terör örgütü kurup, yönetmekle suçlanıyordu.
Beraber yürürken "muhterem hocaefendi" diyorlardı.
Şimdi "terör örgütü lideri" diyorlardı.

(Elbette Türkiye'nin kararı pek bir anlam ifade etmiyordu, ABD'nin ne karar vereceği önemliydi ve 2023 yılı itibarıyla Fethullah Gülen'i hâlâ vermemişlerdi. Kesin olan şuydu... 12 Mart muhtırasından sonra tutuklanan, 12 Eylül darbesinden sonra yakalama kararı çıkarılan, 28 Şubat'tan sonra ABD'ye kaçan Fethullah Gülen, generaller tarafından değil, bizzat destek verdiği AKP tarafından "terörist" ilan edilmişti.)

TBMM yolsuzluk komisyonunda oylama yapıldı.
9 AKP'li üye, 4 CHP'li üye, 1 MHP'li üye vardı.
9'a 5 oyla yüce divana gitmesinler kararı çıktı.
AKP'li 9 milletvekilinin 9'u da "suç yok" demişti.

▪ Denizli milletvekili Bilal Uçar'a sordular, "Suç fiilleri işlemiş olabilirler ama, delil yok" dedi. ▪ Yozgat milletvekili Yusuf Başer'e sordular, "hepsi algı operasyonu" dedi. ▪ Aksaray milletvekili İlknur İnceöz'e sordular, "akıl baliğ, temiz kudrete sahip her insan burada kurgu olduğunu görür" dedi. ▪ Kastamonu milletvekili Hakkı Köylü'ye sordular, "suça rastlanmadı" dedi. ▪ Bursa milletvekili Kemal Şerbetçioğlu'na sordular, "suç izi görülmedi" dedi. ▪ Bursa milletvekili İsmet Su'ya sordular, "suç ve delil yok, suç var dersek darbeyi desteklemiş oluruz" dedi. ▪ Bartın milletvekili Yılmaz Tunç'a sordular, "ortada suç filan yok" dedi. ▪ Konya milletvekili Mustafa Akış'a sordular, "suçun işlenmesinin önlenmemiş olması dikkat çekicidir, bakanlara gönderildiği ve rüşvet olduğu öne sürülen paralara müdahale edilmemiş olması manidardır" dedi. ▪

Konya milletvekili Ayşe Türkmenoğlu'na sordular, en şahane izahatı o yaptı, "bakanlarımızın her şeyi kabul ettiklerini varsaysak bile, suç işlediklerine dair makul şüphe oluşmadı bende" dedi.

Tarihe böyle geçtiler.
17/25 Aralık halının altına süpürüldü.

(Ortada suç filan yok diyerek bakanları aklayan Bartın milletvekili Yılmaz Tunç, 2023 yılında Türkiye Cumhuriyeti'nin adalet bakanı olacaktı.)

Bank Asya'ya el kondu.
Fethullah Gülen cemaatinin bankasıydı.
1996 yılında, dönemin İstanbul belediye başkanı Tayyip Erdoğan, dönemin devlet bakanı Abdullah Gül, dönemin başbakanı Tansu Çiller ve Fethullah Gülen tarafından açılmıştı, açılış kurdelasını Fethullah Gülen'le birlikte kesmişlerdi. 19 yıl önce kendi elleriyle açtıkları Bank Asya'yı, şimdi "Fethullah Gülen'in para kaynağı" diyerek, kendi elleriyle kapatıyorlardı.
Gayet kolaydı.
Kandırılmışız deyip, geçiyorlardı.

Paris'te *Charlie Hebdo* basıldı.
Fransa'nın en ünlü mizah dergisiydi.
Hazreti Muhammed'le alakalı karikatür yayınlamışlardı.
Fransa doğumlu IŞİD militanı iki kardeş, otomatik silahlarla binaya girdiler, 12 kişiyi katlettiler. Cezayir kökenliydiler, küçük yaşta yetim kalmışlardı, yetimhanede büyümüşlerdi, Fransa'ya teşekkürleri bu olmuştu.

> *(Bu terör katliamı, Paris'te iki milyon kişinin katıldığı Cumhuriyet Yürüyüşü'yle protesto edildi. Aralarında başbakan Davutoğlu'nun da bulunduğu 44 ülkenin lideri katıldı. İbretle seyrettik. Çünkü... Bölücü terörle onbinlerce insanımızı kaybettik, son dönemde köktendinci terörle yüzlerce insanımızı kaybettik ama, bir gün olsun Fransa'daki gibi protesto gösterisi yapılmadı. İnsanlık dayanışması filan diyerek Paris'e koştura koştura giden Ahmet Davutoğlu gibiler, kendi vatandaşlarının öldürülmesi konusunda gayet metanetliydi!)*

AKP Balıkesir milletvekili Tülay Babuşçu, Atatürk Cumhuriyeti'ne nefret kustu, "600 yıllık Osmanlı imparatorluğunun 90 yıllık reklam arası sona erdi" dedi.
Bu nankör benzetmeyi yapan Tülay Babuşçu, lale üretimi yapan Lalesan şirketinin sahibiydi, Osmanlı lalesi olarak pazarlanıyordu. Bu şirketin en büyük müşterisi, İstanbul ve Ankara başta olmak üzere, AKP belediyeleriydi, AKP'li belediyelere milyonlarca liralık lale satıyordu. 2009 yılında şirketini kurmuş, 2011 yılında milletvekili seçilmiş, milletvekili seçilir seçilmez işleri adeta uçuşa geçmiş, lale sektöründe Türkiye'nin en büyüğü olmuştu.
Cumhuriyet'e küfretmesi şaşırtıcı değildi.
AKP saltanatı sayesinde lale devri yaşıyordu!

Tayyip Erdoğan'ın sarayında, tıpkı Osmanlı saraylarındaki gibi "çeşnicibaşı" olduğu ortaya çıktı. Beş kişilik ekipti. Tayyip Erdoğan'ın yiyeceklerini içeceklerini sofraya getirmeden önce laboratuvarda analizden geçiriyorlardı, radyasyon, kimyasal madde, ağır metal, bakteri taraması yapıyorlardı.

Saraya "hekimbaşı" getirildi.
İbrahim Saraçoğlu danışman yapıldı.
Bitkisel tedavi uzmanıydı.
Saraya imam atandı.
İstanbul Riva Camisi'nin imamı Mehmet Bilir, cumhurbaşkanlığı imamı oldu, Kuran-ı Kerim okuma yarışmasında dünya ikinciliği vardı. Saraya üç bin kişilik cami yaptırılıyordu, inşaat sürüyordu, cumhurbaşkanlığı imamı namazları şimdilik sarayın mescidinde kıldırıyordu.

(Sarayın imamı Mehmet Bilir, evliydi. 2018 yılında bir kadınla yasak aşk ilişkisi yaşadığı ortaya çıkacaktı. Diyanet soruşturması neticesinde hem saraydan atılacak, hem imamlıktan atılacaktı. Bütün Türkiye'deki imamlar arasından saraya bula bula, bunu bulmuşlardı!)

Sivas Başsavcılığı, hakim ve savcılar için Osmanlıca kursu açtı.
Sivas Adliye Sarayı'ndaki kursu Hayrat Vakfı veriyordu.
Neyin nesiydi bu Hayrat Vakfı?
Nur cemaati'nin Yazıcılar grubu'na aitti.

(2012 yılında Milli Eğitim Bakanlığı'yla protokol imzalamışlardı, bu protokol kapsamında, Türkiye genelindeki tüm halk eğitim merkezlerinde Osmanlıca kursları veriyorlardı. 2018 yılında bir protokol daha imzaladılar, Türkiye genelindeki tüm okullarda Osmanlıca kursu açma hakkı kazandılar.
Yani?
Türkiye Cumhuriyeti'nin Milli Eğitim Bakanlığı, nur cemaati'yle resmi olarak işbirliği yapıyordu. 2023 yılında bu işbirliği devam ediyordu.)

Milli eğitim bakanlığı ezan okuma yarışması başlattı.
Yarışmaya "Genç Bilaller" adı verildi.

(Türkiye Cumhuriyeti'nin kuruluşunda en önemli milli eğitim vizyonlarından biri, Harika Çocuklar Yasası'ydı. Efsane milli eğitim bakanımız Hasan Ali Yücel tarafından hazırlanan yasayla, özel yetenekli çocuklarımız yurtdışına eğitime gönderilmişti. İdil Biret, Suna Kan, Gülsin Onay, Verda Erman, Hüseyin Sermet, İsmail Aşan, Fuat Kent, Selman Ada, Ateş Pars, Nevbahar Aksoy, Neveser Aksoy, Tunç Ünver, Bedri Baykam, Tuluyhan Uğurlu gibi dünya çapında sanatçılarımız yetişti.
İlerleyen yıllarda bu yasa kapsamında, özel statü yönetmeliği çıkarıldı, bu yönetmelik sayesinde Fazıl Say, Oya Ünler, Burçin Büke, Çağıl Yücelen, Şölen Dikener, Muhiddin Dürrüoğlu Demiriz, Yeşim Alkaya Yener, Çağlayan Ünal Sümer, Ertan Torgul, Özgür Balkız gibi sanatçılarımıza sahip olduk.
Sonra?
AKP geldi.
Özel statüye son verildi.
Milli eğitim bakanlığı artık, toplumdaki özel yetenekli harika çocuklarımızı bulup çıkarmak yerine, genç Bilalleri bulmaya çalışıyordu.)

Ankara Üniversitesi eğitim bilimleri fakültesi öğretim üyesi Doçent Şakir Çınkır açıkladı. Tıp fakültelerindeki derslerde kadavralara "don" giydirildiği ortaya çıktı. Bilimin getirildiği son noktaydı.

Suudi kralı öldü, 91 yaşındaydı.
Reyhanlı faciası için, Ermenek faciası için, Uludere faciası için, Suruç faciası için yas ilan etmeyen AKP hükümeti, derhal "milli yas" ilan etti.
Tüm yurtta ve dış temsilciliklerimizde Türk Bayrağı yarıya indirildi.
Tayyip Erdoğan Afrika'da seyahatteydi, apar topar yarıda kesti, koştura koştura Suudi kralının cenaze törenine katıldı.
Kendisini eleştirenlere de ateş püskürdü. Arapların uzvu olduğumuzu söyledi, "Türk Arapsız yaşayamaz, kim ki yaşar der, delidir, Arabın Türk hem sağ gözüdür, hem sağ elidir" dedi.

Özgecan öldürüldü.
20 yaşındaydı, Mersin Çağ Üniversitesi'nde öğrenciydi.
Tarsus'tan Mersin'e gelirken bindiği minibüste şoförün saldırısına uğramıştı, tecavüze direnmiş, defalarca bıçaklanmış, demir çubukla dövülerek öldürülmüş, cansız bedeni yakılmış, dere yatağına atılmıştı.
Bu vahşet ötesi cinayet, Türkiye'yi ayağa kaldırdı.

(AKP iktidara geldiğinden beri, son 12 yılda, kadına yönelik şiddet yüzde 1400 artmıştı, son 12 yılda beş binden fazla kadın öldürülmüştü. Hukukta ve sosyal yaşamda tarikat ağırlığının artması, kadına yönelik şiddetin artmasına sebep oluyordu. Kadın haklarının budanması İstanbul Sözleşmesi'nin iptal edilmesine kadar gidecekti.)

"Kadın erkek eşitliği fıtrata ters" diyen Tayyip Erdoğan, yangına körükle gidiyordu. Özgecan cinayetini protesto eden kadın örgütlerini hedef gösteriyordu. "Bu feministler filan var ya, bunların dinimizle alakaları yok" diyordu.

(Özgecan'ın babası Mehmet Aslan'ın müziğe merakı vardı, Tayyip Erdoğan tarafından devlet sanatçısı yapıldı iyi mi... Tayyip Erdoğan'ın talimatıyla Mersin Devlet Klasik Türk Müziği Korosu'nda solist olarak görevlendirildi, sahneye çıkıp konserler vermeye başladı. Kızı öldürüldüğünde şarkıcı olsaydı, hayat devam ediyor diyebilirdik ama, kızı öldürüldüğünde grafikerdi, matbaada çalışıyordu, Tayyip Erdoğan müziğe merakı olduğunu öğrenmişti, moral bulsun diye devlet sanatçısı yapıvermişti! Türkiye'nin AKP dönemindeki savrulmayla ne kadar tuhaflaştığının bir başka göstergesiydi.)

Vatan toprağı terkedildi.
Suriye'deki Süleyman Şah Türbesi'nin sandukalarını sırtlayıp, tırıs tırıs kaçtık. Üstelik, kaçmadan önce türbe binasını ve 1923 yılından beri, Lozan Antlaşması'ndan beri orada bulunan Saygı Karakolu'nu patlayıcılarla havaya uçurduk, imha ettik.
Türkiye'nin kendi sınırları dışındaki tek toprak parçasıydı.

Süleyman Şah türbesi'nin IŞİD tarafından kuşatıldığı ayyuka çıkmıştı, IŞİD tarafından ele geçirilmesi an meselesiydi, hatta IŞİD internette video yayınlamıştı, açık açık tehdit ediyorlar, Türk Bayrağı derhal oradan indirilmezse, türbeyi yerlebir edeceklerini söylüyorlardı.
Tayyip Erdoğan ise her zamanki gibi "eyy Suriye" diye atıp tutuyordu. "Süleyman Şah türbesi Türkiye'nin dışardaki tek vatan toprağıdır, başına herhangi bir şey gelmesi durumunda atacağımız adım bellidir, hassasiyetimiz bellidir" diyordu. "Bu topraklar bizim toprağımızdır, bu topraklara yapılacak bir saldırıyı aynen Türkiye'ye yapılmış bir saldırı kabul ederiz" diyordu. "Süleyman Şah türbesinin dalgalanan bayrağını korumak için tereddüt etmeyiz" diyordu. "Türbenin kuşatıldığı iddialarının hepsi uydurmadır" diyordu. "Onuru, vatanı, bayrağı, kutsal değerleri için yaşayan milletiz, Süleyman Şah türbesine dokunmaya kalkılırsa, İstiklal Marşımızın emrettiği gibi kükremiş sel olur, bendimizi çiğner aşarız" diyordu.
Netice?
Sandukaları sırtladık, tırıs tırıs Türkiye'ye getirdik.
Tayyip Erdoğan bu halde bile mangalda kül bırakmadı.
"Süleyman Şah türbesinin yeri, başarılı bir operasyonumuzla değiştirilmiş bulunmaktadır" dedi. "Sevk ve idaresini bizzat takip ettiğim nakl-i kubur operasyonunu her türlü takdirin fevkinde gerçekleştiren hükümetimizi ve silahlı kuvvetlerimizi tebrik ediyorum" dedi. "Türbe salimen ülkemize getirilmiş bulunmaktadır" dedi.
"Bu nakil operasyonu devletimizin kararlı uygulamasıyla başarıyla tamamlanmıştır" dedi.
Trajikti.
Trajikomikti.

AKP hükümetiyle HDP arasında Dolmabahçe Sarayı'nda "devletin teslimiyet anlaşması" imzalandı. Oslo'da varılan mutabakatın 10 maddelik resmi anlaşma metniydi.

Sırrı Süreyya Önder toplantının sonunda Abdullah Öcalan'ın bildirisini okudu. Demokratik siyasetin önünün açılacağını, bunun karşılığında Öcalan'ın PKK'yı silah bırakmaya davet ettiğini açıkladı.
PKK bu bildiriye destek açıklaması yaptı, "hükümet üzerine düşeni yaparsa, biz de sorumluluklarımızı yerine getiririz" denildi.
Kepazelikti.
PKK alenen şart koşuyordu.
Tayyip Erdoğan pek mutluydu. "Silahların bırakılması çağrısı bizim için çok önemli bir beklentiydi, hasretle beklediğim bir çağrıydı, demokratik açılım süreciyle başlayan bir çağrıydı" dedi!
Dolmabahçe Sarayı'nda PKK bildirisi okunurken, PKK'nın döşediği mayına basarak sağ bacağını kaybeden gazi Nurettin Paksoy'un protezine icra geldi. 93 bin liralık elektronik protez taktırmıştı, sayın devletimiz 54 bin lirasını ödemişti, sayın SGK da geriye kalan 39 bin lirayı ödemeyen gazimize haciz göndermişti.
Vicdanlar kanıyordu, AKP'nin umurunda bile değildi.

Gazimizin protezine haciz gelirken, maliye bakanı Mehmet Şimşek twitter hesabından Avrupa haritası yayınladı, Türkiye'nin tamamı Kürdistan bayrağıyla kaplıydı!
Mehmet Şimşek bu haritanın üzerine bir not düşmüştü, "ülkelerde yaşayan ikinci büyük etnik gruba göre Avrupa haritası çizmişler, işte ortaya çıkan tablo" diyordu.
Kimse çıkıp sormadı, soramadı, Kürt kökenli İngiliz vatandaşı maliye bakanımızın yayınladığı bu harita, maliyenin konusu muydu?

Erdoğan yine Katar'a gitti.
Son 12 yılda 56 defa Katar'a gitmişti.
Katar emiri de 45 defa Türkiye'ye gelmişti.
Katar aşkının sebebi neydi?
AKP'li İstanbul büyükşehir belediyesi, İstinye Bayırı'nın adını Katar Caddesi olarak değiştirdi. AKP'li Ankara büyükşehir belediyesi de Çankaya'da bir caddeye Katar Caddesi adını verdi, Katar Caddesi'nin tabelasını bizzat maliye bakanı Mehmet Şimşek elleriyle taktı.

Ve...
Erdoğan "aldatıldık" dedi.
Harp Akademileri Komutanlığı'nda konuştu.

"Balyoz ve Ergenekon operasyonlarıyla şahsım başta olmak üzere, tüm ülke aldatıldı, kurumlarımızın içinde örgütlenmiş, medya desteğiyle teçhiz edilmiş bir yapının kumpasına maruz kaldık" dedi.
Kumpaslar sırasında "ben bu davaların savcısıyım" diyen Tayyip Erdoğan, şimdi hepimizin gözünün içine baka baka kandırılmış pozlarına bürünüyordu, yakında "rabbim affetsin" bile diyecekti.

(Tayyip Erdoğan'ın sanki şu anda farketmiş gibi "kurumlarımızın içinde örgütlenmiş" dediği yapı, cemaatin yıllar boyunca yargıya ve emniyete monte ettiği guguk kuşlarıydı. Casus kerkenezlerin casus pelikanların peşinde koşturan sayın ahalimiz, devletin en mahrem noktalarını ele geçirmiş olan guguk kuşları'nın farkında bile değildi.)

Kenan Evren öldü, 98 yaşındaydı.
12 Eylül darbesinde astığı astık kestiği kestikti.
Müebbete mahkum olarak "er" rütbesiyle son nefesini verdi.
Cenazesine iktidar da muhalefet de katılmadı.
Devlet mezarlığında toprağa verildi. O devlet mezarlığını da zaten cumhurbaşkanlığı döneminde çıkardığı kanunla kendisi yaptırmıştı, kendisi açmıştı.
Kenan Evren'den 60 gün sonra Tahsin Şahinkaya da vefat etti.
Güya yargıladıkları 12 Eylül dosyası kapandı gitti.

Savcı Selim Kiraz katledildi.
DHKP-C mensubu iki terörist, İstanbul Çağlayan'daki adliye sarayına geldiler, sahte avukat kimliği ve avukat cübbeleriyle ellerini kollarını sallayarak altıncı kata çıktılar, savcı Selim Kiraz'ı makam odasında rehin aldılar, kafasına silah dayayarak, duvarlara örgüt pankartlara asarak fotoğraf çektiler, internete yüklediler.
Gezi Parkı olaylarında 15 yaşındaki Berkin Elvan bibergazı kapsülüyle vurulmuş, hayatını kaybetmişti. Hangi polisin tetiği çektiğine dair soruşturmayı savcı Selim Kiraz yürütüyordu. O bölgedeki 21 polisin kimliğini tespit etmişti, üç polis hakkında ciddi şüphe oluşmuştu. Savcı sıkıştırıyor, emniyet ağırdan alıyordu.
Savcıyı rehin alan teröristler, işte bu şüpheli polislerin derhal teslim olmasını istiyorlardı. Rehine pazarlığı sekiz saat sürdü. Sekiz saat sonra özel harekat operasyon düzenledi. Çatışma çıktı. İki terörist

öldürüldü ama, savcı Selim Kiraz da teröristler tarafından göğsünden ve karnından vurularak şehit edildi.

Çok ağır güvenlik zafiyetiydi. Çağlayan Adliyesi'nin giriş çıkışları Akdeniz Güvenlik adında özel güvenlik şirketi tarafından kontrol ediliyordu. Tayyip Erdoğan sadece birkaç ay önce düzenlenen törenle, Akdeniz Güvenlik'in sahibi Necmettin Şimşek'e "Asil Duruş" ödülü vermişti. AKP usulü asil duruşun neticesi, işte buydu.

(Kumpas savcısı Zekeriya Öz'ün altına Tayyip Erdoğan tarafından zırhlı makam Mercedes'i verilirken, DHKP-C tarafından aylardır tehdit edilen savcı Selim Kiraz'a koruma polisi bile verilmemişti.)

Ankara büyükşehir belediye başkanı Melih Gökçek açık açık anlattı, "Bülent Arınç'ın kızı ve damadı paralelcidir, cemaat bizi içerden vurmak istedi, Bülent Arınç Fethullah hoca'nın son kozuydu" dedi. Bülent Arınç anında karşılık verdi, "Melih Gökçek Ankara'yı parsel parsel sattı, paralel'in kucağına oturdu" dedi.

(AKP bünyesindeki bunca itirafa rağmen, alt tarafı Bank Asya'ya para yatıran garibanlar bile hapse atılırken, ne Melih Gökçek'e hukuken dokunuldu, ne Bülent Arınç'a dokunuldu. Aksine, Bülent Arınç'ın oğlu 2018 yılında, Melih Gökçek'in oğlu 2023 yılında AKP milletvekili yapıldı. Böylece, Melih Gökçek'le Bülent Arınç arasında yaşanan fetoculuk/yolsuzluk kepazeliği, ikinci kuşağa taşınmış oldu!)

Kishi Ryoichi intihar etti.
Osmangazi Köprüsü'nün inşaatında çalışan 51 yaşındaki Japon mühendisti. Asma köprünün halatı kopmuştu, Japon mühendis kendisini sorumlu tutmuştu, onuruna yedirememişti, bunu anlatan bir veda notu bırakarak, maket bıçağıyla canına kıydı.
AKP iktidarında 14 bin işçimiz önlenebilir iş kazalarında can verirken, bir yetkili bile istifa etmezken, Japon ahlakı böyleydi.

AKP'li Üsküdar belediyesi kutsal toprakları Üsküdar'a getirdi!
Belediye binasının önüne Kabe maketi kuruldu, Kabe maketinin yanına Hira mağarası maketi, muallak taşı maketi, zemzem kuyusu maketi

konduruldu. Dört metreye beş metre ölçülerindeki Kabe maketini tavaf edenlere zemzem suyu ikram ediliyordu. Peygamber efendimizin evinin maketi vardı. Hira dağı maketi Kabe maketinden daha küçüktü, iki metre yüksekliğindeydi. Peygamberimizin devesinin maketi ise, gerçek deve boyutlarındaydı. Kabe maketinin etrafında yasin-i şerif okuyan vatandaşlara hurma dağıtılıyordu.

AKP'li Tuzla belediyesi hicret parkuru hazırladı.
Rehber eşliğinde yürüyerek Mekke'den Medine'ye gidiliyordu. Mesire alanına kurulan dekorlarda Kabe vardı, Safa tepesi vardı, Merve tepesi vardı, Ümmü Mabed çadırı vardı, Sevr mağarası vardı. Parkur boyunca, yol kenarlarında deve maketleri bulunuyordu. 436 kilometrelik hicret, yarım saat sürüyordu.

Tayyip Erdoğan hakkında her türlü yıkama yağlamayı duymuştuk ama, AKP döneminde ihale üstüne ihale alan, BMC'yi alan, yakında tank fabrikasını alacak olan, *Star, Akşam, Güneş* gazetelerini alan Ethem Sancak gibisini duymamıştık... "Tayyip Erdoğan'a aşık oldum, böyle bir ilahi aşk iki erkek arasında da oluyormuş" dedi. "Anam babam eşim çocuklarım, Tayyip Erdoğan'a feda olsun" dedi.

AKP genel başkan yardımcısı Yasin Aktay ise, yandaş işadamı Ethem Sancak'ı da geçti. Hazreti Muhammed'e saygı için okunan salavat'ı Tayyip Erdoğan'a uyarladı. "Recep Tayyip Erdoğan salli ala Muhammed" diye türkü söyledi. Üstelik araya Kürtçe montajlar yaptı, "heval Tayyip Erdoğan, serok Tayyip Erdoğan, salli ala Muhammed, Ak Parti salli ala Muhammed" diye söyledi.

Miting kürsülerine Kuran-ı Kerim'le çıkan, miting meydanlarında Kuran-ı Kerim göstererek oy isteyen Tayyip Erdoğan, bu defa evinde Kuran-ı Kerim okurken videoya kaydedildi, medyaya servis edildi. Seçim tarihi yaklaştıkta, Kuran-ı Kerim'li görüntüleri artıyordu.

İmam nikahı için resmi nikah şartı kaldırıldı.
Anayasa Mahkemesi, Türkiye Cumhuriyeti'ni cumhuriyet öncesine sürükleyen bir karara imza attı, resmi nikahtan önce imam nikahı kıyanlara hapis cezası veriliyordu, bu maddeyi iptal etti.

Böylece, çocuk yaştaki kızların dedesi yaşındaki erkeklerle evlendirilmesinin önündeki tek engel, kaldırılmış oldu.
Kadınları, sahip oldukları hukuki ve sosyal haklarından mahrum bırakan, çok eşliliğin de önünü açan bir karardı.
"Boş ol boş ol boş ol"u hortlatan bir karardı.

Can Dündar, *Cumhuriyet* gazetesi genel yayın yönetmeni oldu.
Yazar kadrosunu değiştirdi, geleneksel yayın çizgisini değiştirdi.
Cumhuriyet gazetesi aniden, cemaat etkisinin hakim olduğu *Radikal* gazetesine *Taraf* gazetesine benzer bir konuma yerleşmişti.
İşte bu *Cumhuriyet* gazetesi, "İşte Erdoğan'ın Yok Dediği Silahlar" manşetiyle çıktı. 2014 yılında Adana ve Hatay'da durdurulan MİT tırlarındaki silah ve mühimmatın fotoğraflarını yayımladı. İlaç kutularının altına saklanan silahların Suriye'deki cihatçı gruplara gönderildiği anlatılıyordu.
Tayyip Erdoğan ateş püskürdü. "MİT'e atılan iftiradır, habercilik değildir, casusluk faaliyetidir" dedi. "Bu haberi yapan kişi bunun bedelini ağır ödeyecek, öyle bırakmam onu" dedi.

(Aslına bakarsınız, MİT tırlarıyla ne taşındığı, Cumhuriyet gazetesinden aylaaar önce CHP milletvekili Bülent Tezcan tarafından TBMM'de basın toplantısıyla kalem kalem açıklanmıştı. Bülent Tezcan, Ankara Esenboğa Havalimanı'nda yabancı bir uçaktan yükleme yapıldığını, Suriye'ye götürüldüğünü anlatmıştı.
Bülent Tezcan'ın bunları açıkladığı dönemde henüz "fetö davası" denilen terör örgütü davası açılmamıştı, dolayısıyla Bülent Tezcan hakkında hukuki işlem yapılmamıştı. Şimdi ise "fetö davası" vardı, Cumhuriyet gazetesinin haberi terör suçu kapsamına sokulacaktı.)

HDP eşbaşkanı Selahattin Demirtaş, CnnTürk'te Ahmet Hakan'ın programına çıktı. Bağlama çaldı. "Geçti Dost Kervanı" ve "Cemalım" türkülerini söyledi. Türk basın tarihinde böyle cilalama, böyle parlatma, böyle ambalajlama görülmemişti. HDP'nin yüzde 10'luk seçim barajını geçmesi için olağanüstü çaba harcanıyordu.
"Apo'nun heykelini dikeceğiz" diyen, "yaşasın başkan Apo" diyen, "Kürt'ün Kürdistan'ı olmalı" diyen, "hiç tereddüt etmeden Ermeni soykırımını tanıyorum" diyen, ağabeyi Kandil'de PKK yöneticisi olan

Selahattin Demirtaş, sempatikleştiriliyordu. Tıngırdattığı bağlamasıyla PKK bağlamından koparılıyordu.
"Muhalefet kahramanı" haline getiriliyordu.
CHP seçmeni HDP'ye oy vermesi için teşvik ediliyordu.
"Emanet oy verilsin, HDP baraj altında kalmasın" deniyordu.
"Stratejik seçmene ihtiyaç var" deniyordu.
Kılıçdaroğlu'nun CHP'ye monte ettiği bazı ikinci cumhuriyetçi milletvekilleri açık açık "ailece HDP'ye oy vereceklerini" söylüyorlardı.

Ahmet Davutoğlu kendisine seçim şarkısı hazırlatmıştı.
Ayna grubu söylüyordu.
"Adam kim, yiğit kim / kim, kim, kim, kim / bütün dünya tanır onu, tam bir Osmanlı torunu / bir bilge adam, bir yiğit adam / bir hışımla geldi geçti, Davutoğlu Ahmet hoca, peh peh peh peh..."
Kiziroğlu Mustafa Bey türküsünün sözleri uyarlanmıştı, rock versiyonuydu. Ama çok daha önemlisi, Tayyip Erdoğan'ın dombırası'na meydan okumaydı. "Yiğit, bilge, Osmanlı, peh peh" gibi vurgular, Ahmet Davutoğlu'nun ruhundaki hırsların yansımasıydı.

Kılıçdaroğlu'nun hayatını anlatan "Anadolu'nun Kemali, Türkiye'nin Başbakanı" isimli belgesel gösterime girdi, Kılıçdaroğlu ailesiyle birlikte izledi. Yoksul çocukluk yılları anlatılıyordu, duygusal röportajlar vardı, Kılıçdaroğlu ağlamamak için kendini zor tutuyor, partililer hüngür hüngür ağlıyordu, Türkiye seninle gurur duyuyor diye tezahürat yapılıyordu.
2009 yerel seçimini kaybetmiş, 2010 referandumunu kaybetmiş, 2011 genel seçimini kaybetmiş, 2014 yerel seçimini kaybetmiş, 2014 referandumunu kaybetmişti ama, "Türkiye'nin Başbakanı" diye belgeseli yapılıyordu. Muhalif görünümlü medyanın algı operasyonlarıyla toplum adeta bakarkör haline getiriliyordu.

CHP seçmenlerinin yakından takip ettiği Emin Çölaşan mesela, tam o belgesel günlerinde *Sözcü* gazetesindeki köşesinde "şimdi eleştiri zamanı değil" diye yazıyordu.
"Kemal Kılıçdaroğlu'nu eleştirmek kolay ama, şimdi seçim öncesinde sahip çıkma zamanıdır. Ötesini seçim sonrasına bırakalım. Umduğu sonucu alamazsa zaten hesabını vermek zorunda kalacaktır" diyordu.

Emin Çölaşan'ın bu yazdıkları, her seçim öncesinde ve her seçim sonrasında, muhalif etiketli gazeteciler tarafından nakarat halinde tekrar tekrar yazılıyordu. Kılıçdaroğlu aleyhinde cümle kurarsanız, "şimdi eleştiri zamanı değil" diyerek, lafı ağzınıza tıkıyorlardı. Her seçimi kaybeden Kılıçdaroğlu, bu yöntemle koltuğunda oturmaya devam ediyordu.

"Şimdi eleştiri zamanı değil"

"Seçim sonrasında konuşalım"

"Muhalefete muhalefet etmeyin"

Kılıçdaroğlu'nun sihirli formülüydü.

Zeynep Kılıçdaroğlu'nun evi gündem oldu.

Kemal Kılıçdaroğlu'nun kızıydı.

Yandaş medya uzun süredir Ataşehir'in CHP'li belediye başkanı Battal İlgezdi hakkında yolsuzluk haberleri yapıyordu. Battal İlgezdi arsa sahibi olarak Buz Residans'ta 17 dairenin sahibiydi, Zeynep Kılıçdaroğlu'nun bu rezidansta dairesinin olduğu ortaya çıkmıştı.

Battal İlgezdi'nin eşi Gamze İlgezdi'yi milletvekili yapması karşılığında, Kılıçdaroğlu'nun kızına daire verdiği öne sürülüyordu.

Kılıçdaroğlu açıklama yaptı. "Kızımın orada mütevazı bir evi var, öyle bahsedildiği gibi lüks bir yer değil, 100 bin dolar versinler, vallahi hemen veririz" dedi.

Zeki Yeşildağ'ın sahibi olduğu *Güneş* gazetesi eve talip oldu.

Kılıçdaroğlu evi 100 bin dolara yandaş *Güneş* gazetesine sattı.

> *(Güneş gazetesi bu evi 250 bin dolara satacak, gelirini şehit ailelerine bağışlayacaktı, manşetten bunu duyurdu. Ancak, Güneş gazetesinin alacaklıları bu eve haciz koydurdu, Güneş gazetesi evi satamadı.)*

---

7 Haziran 2015.

Sandığa gittik, kaos çıktı.

AKP yine birinci parti olmuştu ama, yüzde 40 oy oranıyla 258 milletvekili çıkarabilmişti, tek başına hükümet kuramıyordu.

CHP ve MHP'nin toplamı 212 milletvekili yapıyordu.

Hükümet kurmak için yeterli değildi.

HDP ittire kaktıra barajı aşmıştı, 80 milletvekili vardı.

Tayyip Erdoğan'ın önünde iki seçenek bulunuyordu.

Ya hükümeti kurma görevini AKP'ye verdikten sonra 45 gün oyalayıp oyalayıp hükümeti kurdurmayacak ve erken seçime gidecekti.
Ya da AKP'siz koalisyon kurulmasına onay verecekti.
Ancak... AKP'siz koalisyon demek, 17/25 Aralık dosyasının yeniden açılması anlamına geliyordu, yüce divan anlamına geliyordu, MİT tırları davası anlamına geliyordu, buna izin vermesi imkansızdı.
Yaşayacağımız feci olayların kronometresi başlamıştı.

Süleyman Demirel vefat etti.
1965'le 2000 yılları arasına damgasını vurmuştu.
Yedi defa başbakan olmuştu.
Cumhurbaşkanı olmuştu.
Hayata başladığı yerde bitirdi.
Isparta İslamköy'de toprağa verildi.

(CHP, Ecevit'in mirasçısıydı.
MHP, Türkeş'in mirasçısıydı.
Saadet ve AKP, Erbakan'ın mirasçısıydı.
Son 50 yıldır Türk siyasi hayatını şekillendiren ana fay hatlarından sadece Demirel'in mirasçısı yoktu.
Kasket'i giyen vardı.
Börk'ü giyen vardı.
Takke'yi giyen vardı.
Hatta, poşu giyen bile vardı.
Ama, şapka sahipsizdi.
2000 yılından beri Türk siyasi hayatındaki temel sorun buydu.
"Çoban Sülü" lakaplı Demirel, merkez sağ'ın rakipsiz karizmasıydı.
Cumhurbaşkanlığı süresi sona erince, mecburen kenara çekilmiş, yarattığı boşluk kara delik gibi Türkiye'yi yutmuştu.
Demirel siyasetten ayrılınca sıklet merkezleri değişmişti.
Demirel'in boşluğunu dolduracak bir merkez sağ partisi inşa edilemediği için, o boşluğu AKP doldurmuştu.
2002 yılından beri yaşanan sıkıntı, aslında buydu.)

Ramazan geldi.
30 yumurta 7 liraydı.
5 litre Komili ayçiçek yağı 20 liraydı.
5 kilo Migros toz şeker 15 liraydı.

2 kilo pirinç 5.5 liraydı.
1 kilo antrikot pastırma 70 liraydı.
Bir kilo dana kıyma 28 liraydı.
Bir kilo kaşar peyniri 16 liraydı.
Yarım kilo Piyale makarna 85 kuruştu.
2015 yılı ramazan fiyatları böyleydi.
1 dolar 2.7 liraydı.

AKP iktidar olamayınca, AKP iktidarıyla birlikte hidayete eren sanatçılarımızın maneviyatı aniden azalmıştı!
AKP tek başına iktidarken, AKP'li belediyelerin çadırlarında iftar vermek için birbirleriyle yarışıyorlardı. Bülent Ersoy, Seda Sayan, Hülya Avşar, İbrahim Tatlıses, Gülben Ergen, Sibel Can, Mahsun Kırmızıgül, Orhan Gencebay, Demet Akalın, Ajda Pekkan, her akşam İstanbul'un AKP'li belediyelerinde iftar veriyorlardı. İftar çadırları gazino gibiydi. O akşamki iftarın faturasını ödeyen dinibütün sanatçımız, ana haber bültenlerinin canlı yayın kameraları eşliğinde, huşu içinde Kuran-ı Kerim dinliyor, ezanın okunmasıyla birlikte hurmayla oruç açıyor, kendi elleriyle çorba dağıtıyordu.
Bu ramazanda AKP hükümet kuramamıştı.
İftar veren şarkıcı da yoktu!

Rıza Sarraf'a ödül verildi.
Hem de ekonomi bakanı tarafından verildi!
Türkiye İhracatçılar Meclisi ihracat şampiyonları için tören düzenledi. 17/25 Aralık yolsuzluk soruşturmasının bir numaralı sanığı Rıza Sarraf sahneye davet edildi. Rıza Sarraf'ın ödülünü başbakan yardımcısı Numan Kurtulmuş ve ekonomi bakanı Nihat Zeybekçi birlikte verdiler.
Tayyip Erdoğan da oradaydı, alkışladı.
AKP dönemini özetleyen unutulmaz fotoğraflardan biriydi.

Ekmeleddin İhsanoğlu, MHP milletvekili olmuştu.
Kılıçdaroğlu'nun tarihe geçen fiyaskosu katmerlenmişti.
TBMM başkanlığı için, CHP Deniz Baykal'ı, MHP Ekmeleddin İhsanoğlu'nu aday gösterdi, AKP'nin adayı İsmet Yılmaz'dı.

Meclis başkanı ilk üç turda seçilemedi, dördüncü turda Devlet Bahçeli sürpriz hamle yaptı, kendi milletvekillerine geçersiz oy kullandırttı, böylece AKP adayı İsmet Yılmaz seçildi.

Yani?

CHP seçmeni, Kılıçdaroğlu sayesinde hayatının golünü yemişti.

Kılıçdaroğlu "tıpış tıpış oy vereceksiniz" diyerek Ekmeleddin İhsanoğlu'na oy verdirmişti ama, Ekmeleddin İhsanoğlu biraz olsun vefa gösterip CHP adayı Deniz Baykal'a oy vermemişti.

Kılıçdaroğlu "kaybetme sanatı"nın muhteşem örneklerini sergilemeye devam ediyordu!

Tayyip Erdoğan 32 gün oyaladı.

32 gün sonra, hükümeti kurma görevini Davutoğlu'na verdi.

Bum!

Suruç'ta canlı bomba patladı.

Yine IŞİD katliamıydı.

33 kişi hayatını kaybetti.

Türkiye'nin çeşitli şehirlerinden gelen Sosyalist Gençlik Dernekleri Federasyonu'na mensup 300 kadar genç, Kobani'ye insani yardım götürmek üzere Suruç'taki Amara Kültür Merkezi'nin bahçesinde toplanmışlardı. Bu kalabalığın arasında kendini patlatan terörist, Adıyamanlıydı, 20 yaşındaydı, Abdurrahman Alagöz'dü.

Abdurrahman Alagöz abisiyle birlikte altı aydır kayıptı, babası iki ay önce Adıyaman emniyet müdürlüğüne giderek, iki oğlu hakkında kayıp ihbarında bulunmuştu. Suruç saldırısından sonra Abdurrahman Alagöz'ün abisi Yunus Emre Alagöz'ün derhal yakalanması için alarm verildi. Ancak maalesef, Yunus Emre Alagöz üç ay sonra Ankara Garı'ndaki katliamın canlı bombası olacaktı.

(Suriye'deki savaş, sadece ABD-Rusya savaşıyla sınırlı değildi. Arap-Kürt savaşı yaşanıyordu.

PKK'nın Suriye topraklarındaki "Ayn el Arab" ilçesini ele geçirdikten sonra, o ilçenin adını "Kobani" olarak değiştirmesi, etnik savaşın kanıtlarından biriydi. Kobani'yi ele geçirmek isteyen IŞİD, Türkiye'den Kobani'ye kimse gelsin istemiyordu, Suruç saldırısı bunun gözdağıydı.)

(Türkiye tarihindeki ilk canlı bomba, Zeynep Kınacı'ydı, kodadı Zilan'dı, PKK'lıydı. Malatya doğumluydu. 24 yaşındaydı. Malatya İnönü Üniversitesi rehberlik ve psikolojik danışmanlık bölümünden mezun olmuştu. Malatya devlet hastanesinde röntgen teknisyeni olarak çalışmıştı. 1995'te örgüte katılmış, Tunceli'nin Bezik ormanlarında eğitilmiş, bir yıl sonra intihar bombacısı olmuştu.
30 Haziran 1996'da Tunceli Cumhuriyet Meydanı'nda bayrak töreni vardı, garnizon bandosu ve tören kıtası yerini almıştı, İstiklal Marşı okunacaktı, genç bir kız yaklaştı, yaz sıcağı olmasına rağmen üzerinde mavi anorak mont vardı, karnı burnundaydı, dokuz aylık hamile gibi görünüyordu, halbuki, vücuduna TNT kalıpları ve beş adet el bombası bağlamıştı, bum... Sekiz askerimiz şehit oldu.
Bölücü örgüt Zeynep Kınacı'yı "şehit" ilan etti. DEP, HADEP, DTP, BDP, HDP gibi, PKK bağlantılı partiler Zeynep Kınacı'nın adını yaşatmak için daima özel çaba harcadı, "kahraman" yaptılar, her yıl 30 haziranda anma töreni düzenlediler, Bitlis'te adına festival düzenlediler, Tunceli'ye heykelini dikmeye kalkıştılar.
PKK'ya endeksli siyasetçiler tarafından yüceltilen canlı bomba kavramı, şimdi bumerang gibi geri dönmüş, Kürt siyasi hareketi için mücadele veren gençleri Suruç'ta hedef almıştı.
Abdullah Öcalan ilk canlı bomba Zeynep Kınacı'yı Türkiye'ye gönderdiğinde, Suriye'de çörekleniyordu. Son canlı bombayı Suruç'a gönderenler de yine Suriye'de çöreklenenlerdi.)

IŞİD'in açılımı Irak Şam İslam Devleti'ydi.
Bütün dünya IŞİD diyordu.
Türkiye'de herkes IŞİD diyordu.
Tayyip Erdoğan DAEŞ diyordu.
Niye?
"Bazıları DAEŞ'i İslami terör örgütü gibi gösterme gayretine giriyor, kusura bakmasınlar, İslam asla teröre müsaade etmez, DAEŞ bir terör örgütüdür ama dikkat edin IŞİD demiyorum, DAEŞ diyorum" diyordu.
İslam dememek için IŞİD demiyordu.
Güya Arapçasının kısaltmasını söylüyordu.
Aslında, DAEŞ'in açılımı "Dawlah al-Islamiyah fil-'Iraq wa ash-Sham"dı ama, kısaltmasında İslam'ın İ'si olmadığı için, Tayyip Erdoğan bunu tercih ediyordu.

Şanlıurfa Ceylanpınar'da iki polis şehit edildi.
Feyyaz Yumuşak ve Okan Acar aynı evde kalıyorlardı. Başlarından kurşunlanmış halde bulundular. PKK üstlendi. Kandil'den açıklama yapıldı, "Suruç'a misilleme yaptık, 2013'ten beri devam eden barış süreci fiilen sona ermiştir" denildi. Açılım'ın sonuydu.

AKP'nin Suriye politikası iflas etmişti.
ABD'yle Rusya'nın Suriye topraklarında yürüttükleri vekalet savaşının kaybedeni Türkiye olmuştu. 910 kilometrelik sınırımızın bir bölümünü PKK, bir bölümünü IŞİD ele geçirmişti. TSK'nın Suriye'ye girmekten başka çaresi kalmamıştı.

(AKP'nin saçma sapan Suriye politikasının mimarı Ahmet Davutoğlu hiç utanmadan çıktı, "vatan için evlatlarımızı feda etmeye hazırız" dedi. Halbuki... Tayyip Erdoğan'ın büyük oğlu çürük raporu alarak, hiç askerlik yapmamıştı, küçük oğlu sadece 21 gün bedelli yapmıştı, damadı sadece 21 gün bedelli yapmıştı. Abdullah Gül'ün oğlu 32 yaşındaydı, henüz askerlik yapmamıştı. Bülent Arınç'ın oğlu bedelli yapmıştı. Ahmet Davutoğlu'nun damadı bedelli yapmıştı.
Başkasının evladıyla kahramanlık yapmak çok kolay oluyordu.)

Hulusi Akar, genelkurmay başkanı oldu.
Kariyerinde enteresanlıklar vardı.
Mesela, üçüncü kolordu komutanıyken, terfi sırasında Korkut Özarslan'ın gerisindeydi, Korkut Özarslan şak diye Balyoz'dan tutuklanınca, genelkurmay ikinci başkanı oluvermişti.
TSK teamüllerinde ordu komutanlığı yapmayan, kuvvet komutanı olamazdı ama, hiç ordu komutanlığı yapmadığı halde kara kuvvetleri komutanı yapılmıştı. Çünkü, terfi sırasında İsmail Hakkı Pekin ve Korkut Özarslan'ın gerisindeydi ama, İsmail Hakkı Pekin ve Korkut Özarslan şak diye tutuklanınca, önü açılıvermişti.
Jandarma genel komutanı Bekir Kalyoncu'nun kara kuvvetleri komutanı olması gerekiyordu, Bekir Kalyoncu 2013 yılında şak diye emekliye sevkedilince, terfi sırasında önde bulunan harp akademileri komutanı Yalçın Ataman da 28 Şubat davasına monte edilince, Hulusi Akar kara kuvvetleri komutanı oluvermişti.

ABD Liyakat Madalyası sahibiydi.
"Üstün hizmetlerinden ötürü övgüye layık görülen kişi"lere takılıyordu.
Hulusi Akar'ın madalyasını, Irak'ta kafamıza çuval geçiren Amerikalı general bizzat takmıştı.

(ABD Liyakat Madalyası'nı daha önce, Kore'ye asker gönderen ve Türkiye'yi NATO'ya sokan Celal Bayar'a, 12 Eylül darbesini yapan Kenan Evren'e, 28 Şubat'ın komutanı İsmail Hakkı Karadayı'ya, Atatürkçü subaylar kumpaslarla hapse tıkılırken "kasaptaki ete soğan doğramam" diyen Hilmi Özkök'e, 27 Nisan e-muhtırası'nı veren Yaşar Büyükanıt'a takmışlardı. Tesadüfün (!) talihsizliğine bakın ki, Hulusi Akar'ın döneminde de 15 Temmuz darbe girişimi olacaktı.)

~

Necdet Özel emekli oldu.
Necdet Özel de tıpkı Hulusi Akar gibi enteresan ötesi gelişmelerle genelkurmay başkanı olmuştu. Cumhuriyet tarihinde ilk kez genelkurmay başkanı, kara kuvvetleri komutanı, hava kuvvetleri komutanı, deniz kuvvetleri komutanı aynı gün istifa etmiş, Necdet Özel 24 saat sonra kara kuvvetleri komutanı, 24 saat sonra genelkurmay başkanı oluvermişti.

(Necdet Özel'in genelkurmay başkanlığı döneminde, PKK tanık, TSK sanık olmuştu, genelkurmay başkanı İlker Başbuğ terörist olmuştu.
Amerika Birleşik Devletleri, İkinci Dünya Savaşı'nda Avrupa'dan Afrika'ya Atlantik'ten Pasifik'e kadar yerkürenin her yerinde savaştı, 45 general ve amiral kaybetti. Türkiye Cumhuriyeti, Necdet Özel döneminde, mermi sıkmadan, 58 general ve amiral kaybetti.
Necdet Özel döneminde irticaya bulaştığı için bir kişi bile ordudan atılmadı, 122 Atatürkçü albayın general-amiral olma hakkı elinden alındı, 237 Atatürkçü subay, darbeci-casus filan diye tasfiye edildi.
Cumhuriyet tarihi boyunca Genelkurmay'ın evsahipliğinde yapılan geleneksel 30 Ağustos resepsiyonu, Necdet Özel döneminde AKP'nin cumhurbaşkanına devredildi.
Necdet Özel döneminde, Türkiye'nin dinleme ve istihbarat konusunda en donanımlı kurumu Genelkurmay Elektronik Sistemler Komutanlığı, tüm ekibi ve teçhizatıyla birlikte MİT'e devredildi.

Genelkurmay başkanlığının resmi internet sitesindeki "Anıtkabir ziyaretçi sayısı" bölümü, yani, Anıtkabir'i gün gün kaç kişinin ziyaret ettiğini gösteren istatistik, Necdet Özel döneminde kaldırıldı.
Necdet Özel döneminde savaş uçağımız düşürüldü, pilotlarımız şehit edildi, Necdet Özel "savaş çıkaracak halimiz yok herhalde" dedi.
Necdet Özel döneminde, askeri üssümüzden bayrak indirildi.
Necdet Özel döneminde vatan toprağı terkedildi, alenen kaçıldı.
Necdet Özel döneminde, şehit babası hapse mahkum edildi.
Genelkurmay koltuğunda oturdu ama, Özelkurmay başkanıydı!)

Abdullah Öcalan'a sekreterya kuruldu.
Beş PKK'lı mahkumun isim listesini verdi. O beş PKK'lı, İmralı'ya götürüldü. Özel kalem hizmeti vermeleri için yanına yerleştirildi. Beşi de müebbet hapis cezasına çarptırılmıştı, kimisi 13 yıldır cezaevindeydi, kimisi 23 yıldır cezaevindeydi, hepsi PKK'nın dağ kadrosundaydı, kimisi Suriye'de, kimisi Almanya'da yakalanmıştı.
Öcalan'a bir de televizyon verilmişti. TRT, atv, Star, Show, Kanal D, CnnTürk, Ntv, toplam 12 kanal izleyebiliyordu. Açılım hediyesiydi.

Zekeriya Öz yurtdışına kaçtı.
AKP'nin hukuk kahramanı ilan ettiği, Tayyip Erdoğan'ın "temiz eller savcısı" ilan ederek, altına kendi zırhlı makam Mercedes'ini verdiği ve şimdi de "darbeye teşebbüs"ten yakalama kararı çıkardığı kumpas savcısıydı. Sarp sınır kapısından elini kolunu sallaya sallaya kendi pasaportuyla Gürcistan'a geçmişti, Zekeriya Öz'den yarım saat sonra bir başka kumpas savcısı Celal Kara da aynı kapıdan kaçmıştı.
Bu mümkün müydü?
Elbette kaçmalarına göz yumulmuştu.
Zekeriya Öz yakalansa mahkemede ne anlatacaktı?
Kumpası kimlerle beraber kurduklarını anlatmayacak mıydı?
AKP desteği olmadan Zekeriya Öz olabilir miydi?

(Zekeriya Öz, Almanya'ya geçti, iltica etti.
2023 yılı itibarıyla hala oradaydı.
Fethullahçıların çoğu ABD'ye kaçıyordu, Fethullah Gülen'in merkezi Pensilvanya olduğu için, ABD tarafından korundukları için oraya kaçmaları şaşırtıcı değildi. Ama çoğu Fethullahçı da, tıpkı Zekeriya Öz gibi Almanya'ya sığınıyordu.

O niye?

Makarayı biraz geri sarmak gerekiyordu.)

(Alman istihbaratının bağrına bastığı en şöhretli tarikatçının adı, Cemalettin Kaplan'dı. "Kara ses" olarak tanınıyordu. Erzurumluydu, nurcuydu.
İlkokul mezunu bile olmadığı halde, sihirli eller devreye girmiş, 40 yaşındayken Ankara Üniversitesi ilahiyat fakültesinden diploma verilmişti. Diyanet işleri başkanlığı bünyesinde imamlık, müfettişlik, müftülük, hatta personel daire başkanlığı yapmıştı. 1977 seçimlerinde Milli Selamet Partisi'nden milletvekili adayı oldu, seçilemedi. Adana'da yasadışı medrese açtı, imam hatip öğrencilerine tarikat eğitimi veriyordu.
Sırf Atatürk düşmanı değildi, Türk olan herkesten nefret ediyordu.
Tık diye Almanya'ya alındı.
Köln'de Ulu Cami'de örgütlenmesi sağlandı.
Külliye açtı, yurt açtı, aşevi açtı, bağış adı altında para toplamasına göz yumuldu. Müritleri "mülteci" statüsünde kabul ediliyordu, çalışma izni verilmiyordu. Yani, resmi olarak Cemalettin Kaplan'ın emrine tahsis ediliyorlardı.
"Anadolu Federe İslam Devleti" ilan etti.
Kendisini "halife" ilan etti.
Hilafet töreni Alman televizyonlarından yayınlandı.
Türkiye Cumhuriyeti Devleti'ne karşı "cihat" ilan etti.
Almanya'da kırmızı ışıkta geçeni bile oyarlar ama, bu herifin Türkiye Cumhuriyeti'ne alenen savaş açmasına "demokratik hak" deniyordu.
Uydu üzerinden televizyon kanalı tahsis edildi, vaazları yayınlandı, ücretsiz dağıtılan video kasetlerinin Türkiye'ye sokulması sağlandı, internet ortamında Türkçe, Arapça, Kürtçe, Farsça, İngilizce ve Fransızca yayın yapan web sitesi hazırlandı.
Silahlı eğitim yaptırıyordu.
Kara çarşaflı intihar bombacıları yetiştiriyordu.
İdam fetvaları veriyordu.
Anıtkabir'e saldırı planlıyordu.
Türkiye'deki hakimlere, savcılara, öğretmenlere tebliğler gönderiyordu, bölge imamları tayin etmişti, Van Yüzüncü Yıl Üniversitesi ve Malatya İnönü Üniversitesi'ni adeta karargah olarak kullanmaya başlamıştı.
Şimdi sıkı durun...
Bu vatan haininin Almanya'da monte edildiği teşkilat hangisiydi?
Milli Görüş Teşkilatı'ydı.
Peki bu vatan hainini Almanya'ya gönderen kimdi?

Bizzat Necmettin Erbakan'dı.

Erbakan'la Kara Ses'in "emir-komuta" ilişkisi içinde oldukları, Devlet Güvenlik Mahkemesi'nin iddianamesinde yeraldı. Erbakan 12 Eylül darbesinden hemen sonra, Avrupa Milli Görüş Teşkilatı'nı "toparlaması" için Cemalettin Kaplan'ı Almanya'ya göndermişti.

Bizzat Erbakan'ın talimatıyla Avrupa Milli Görüş Teşkilatı'nın "fetva komisyonu reisi" yapıldı. Yani, kara ses denilen yobaz, kendisine "halife" rolü biçilene kadar, milli görüşçülerin "şeyhülislamı"ydı.

Alman istihbaratı, milli görüşçüleri tee 70'li yılların başında şemsiyesi altına almıştı, koruyup kolluyorlar, büyümelerini sağlıyorlardı.

Türk işçilerinin nazarında itibarını artırmak için "şeyhülislamlık" kurmasına izin verdiler, "resmi makam" olarak tanıdılar, şeyhülislamın verdiği evlenme akdi, çocuk belgesi gibi evrakları, sanki Türk konsolosluğu veriyormuş gibi "resmi evrak" kabul ettiler. Camilerde siyasi propaganda yapmalarına, bağış adı altında para toplamalarına, başka ülkelerden para transferine izin verdiler. Suudi yönetimi Türkiye'ye hac kotası uygularken, Almanya'daki milli görüşçülerin kota dışında tutulmasını sağladılar. Gövde gösterisi yapmaları için, Almanya'daki stadyumlarda 50 bin kişilik toplantılar düzenlemelerini sağladılar. Türkiye'de yargılanan Milli Selamet Partisi, Refah Partisi mensubu şeriatçı politikacılara Almanya'da oturma izni verdiler. Televizyon kanalı tahsis ettiler, gazete-dergi çıkarmalarına yardım ettiler.

Peki, Almanya bunları sevabına mı yaptı?

İki temel amacı vardı.

Birincisi... Almanya'daki milliyetçi Türk vatandaşlarını Türk kimliğinden uzaklaştırarak, siyasal İslam'a kanalize ettiler, Türklük bilincinin yerine ümmetçilik koydular. Gurbetçilerin blok halinde hareket etmesinin, ortak tavır koymasının, Kıbrıs veya sözde soykırım gibi meselelerde ortak eylem yapmasının önüne geçtiler, böldüler.

İkincisi... Milli Görüş Teşkilatı'nın Mısır'daki Müslüman Kardeşler'le organik bağı vardı. Libya'dan Pakistan'a, Malezya'dan Mısır'a, Suriye'den Bosna'ya doğrudan ilişki içindeydiler, Hamas'la Hizbullah'la çok yakındılar. Alman istihbaratı, milli görüş aracılığıyla, bu dinci yapıların tamamına nüfuz etti, Almanya'ya stratejik avantajlar sağladı.

Şimdi yine sıkı durun...

Milli görüşçülerin şeyhülislamı Cemalettin Kaplan'la tee Erzurum'dan beri, tee 13 yaşından beri arkadaş olan, her ikisi de Said-i Nursi'nin talebesiyken, aynı medresede, Kurşunlu Cami medresesinde eğitim alan kişi kimdi biliyor musunuz?

Fethullah Gülen'di.
Kara ses'i BND aldı.
Feto'yu CIA aldı.
Türkiye'den kaçan Fethullahçıların ABD'nin yanısıra Almanya'ya sığınması işte bu yüzden hiç de şaşırtıcı değildi.
Peki, yabancı istihbarat servislerinin maşa olarak kullandığı Fethullah Gülen cemaatiyle kara ses'in, Said-i Nursi'den başka ortak noktaları var mıydı?
Bir "subay" vardı.
Esad Keşşafoğlu, tabip üsteğmendi, nurcuydu, Kurşunlu Cami medresesindeyken Fethullah Gülen'le Cemalettin Kaplan'la sohbet toplantıları yapıyordu, 1960 yılında yüzbaşıyken Türk Silahlı Kuvvetleri'nden ihraç edilmiş, Suudi Arabistan'a gitmişti.
Yani?
15 Temmuz'un temelleri tee o günlerden atılmıştı.
Almanya, birbirlerine rakipmiş gibi, hasımmış gibi görülen Fethullah Gülen'in, kara ses'in, milli görüş'ün kesiştiği noktaydı.)

Tayyip Erdoğan saray sofrası kurmaya başladı. Bilim/kültür insanı sıfatıyla bazı kişileri davet ediyor, yemek yerken sohbet ediyordu.
Kültür insanı olarak davet edilenlerden biri, Kadir Mısıroğlu'ydu.
Atatürk ve Cumhuriyet düşmanıydı.
"10 Kasım'da saat 09'u 5 geçe kenefe gidin" diyordu.
"Mustafa Kemal'in verdiği zararı Yunan yapmazdı" diyordu.
"Mustafa Kemal'i beğeniyorsan, namaz kılsan da kafir olursun, oruç tutsan da kafir olursun, hacca gitsen de kafir olursun" diyordu.
"Atatürk'ü beğenen kafirdir" diyordu.
"Keşke Yunan galip gelseydi" diyordu.
Maraş dondurmacıları gibi kafasında fesle dolaşan tımarhanelik biriydi.
Tımarhanelik olması mecazi anlamda değildi, gerçekten Bakırköy akıl hastanesine yatmıştı, raporu vardı.
"Karl Marx'a *Das Kapital*'i cinler yazdırdı" diyordu.
"Shakespeare müslümandı, asıl adı şeyh pir'di" diyordu.
Sarayın kültür insanıydı!

Tırmanan terör AKP'nin ekmeğine yağ sürmüştü.
Yandaş medya her gün anket yayınlıyordu.
AKP'nin oylarında ciddi artış görülüyordu.

Şak... Koalisyon müsameresi sona erdi.
AKP tarafından iki aydır güya hükümet kurmak üzere yürütülen görüşmelerin sonuçsuz kaldığı açıklandı, Tayyip Erdoğan erken seçim kararı aldı, 1 Kasım'da sandık başına gidilecekti.

Yüzbaşı Ali Alkan, Şırnak'ta şehit oldu.
Ağabeyi Mehmet Alkan, yarbaydı.
Kardeşinin cenaze törenine resmi üniformasıyla katıldı. Ay yıldızlı tabuta sarılarak isyan etti. "Buradaki vatan evladı 32 yaşındaydı, sevdiklerine doyamadı, katili kim? Düne kadar 'çözüm' diyenler, şimdi ne oldu da 'sonuna kadar savaş' diyor" diye haykırdı.
TSK tarihinde ilk'ti.
AKP medyasında yarbay Mehmet Alkan hakkında linç kampanyası başlatıldı, fetocu dediler, Ergenekoncu dediler, PKKlı bile dediler.
Netice?
Yarbay Mehmet Alkan ordudan ihraç edildi.

Tayyip Erdoğan sarayında 30 Ağustos Zafer Bayramı resepsiyonu verdi, devlet teamülleri alt üst edildi, ilk kez devlet resepsiyonunda Kuran okundu, davetiyede koyu renk ibaresi yazmasına rağmen rengarenk giyinenler vardı, takım elbise giymeyenler, tişörtle gelenler, spor ayakkabıyla gelenler vardı.

Yurtdışı teşkilat yönetmeliği değiştirildi.
Ataşelerin lisan bilme şartı kaldırıldı!
Yandaş imamları ataşe veya müşavir adı altında konsolosluklara elçiliklere gönderme operasyonuydu. Bern Büyükelçiliği'ndeki atama muhteşem bir örnekti... 12 bin dolarla basın ataşesi atandı, yabancı dil bilmiyordu, yabancı dil bilmeyen basın ataşesine 6 bin dolar maaşla tercüman tutuldu, yabancı dil bilmeyen basın ataşesinin yabancı dil bilmeyen eşi de 8 bin dolarla din ataşesi yapıldı.

Aylan bebeğin cansız bedeni Bodrum sahilinde karaya vurdu.
Henüz üç yaşındaydı.
Suriyeli Kürdi ailesi Kobani'den yürüye yürüye Türkiye'ye geçmişti, Bodrum'dan Yunan adası İstanköy'e geçecek, oradan Kanada'ya

gideceklerdi, Kanada'da akrabaları yaşıyordu. Bot devrildi, hayatını kaybedenler arasında üç yaşındaki Aylan'la annesi de vardı. Baba Abdullah Kürdi, eşi ve kızının cenazesini aldı, yeniden Suriye'ye götürdü, Kobani'de toprağa verdi.

(AKP'nin Suriye politikasının trajik sonucuydu. Bodrum, Çeşme, Kuşadası, Marmaris, Ayvalık, kaçak mülteci kaynıyordu, uyduruk botlarla Yunan adalarına geçmeye çalışıyorlardı. Ege kıyılarımızda sırf 2015 yılında 1000'den fazla Suriyeli boğularak can verdi.)

(Bodrum'da Fransa fahri konsolosu olarak görev yapan Françoise Olcay'ın, Yunan adalarına geçmeye çalışan Suriyelilere lastik bot ve can yeleği sattığı ortaya çıktı. Fransa devlet televizyonunun gizli kamera görüntüleriyle enselenen fahri konsolos, gayet pişkindi. "Botları ben satmasam, etraftaki dükkanlar satacak, değişen bir durum olmayacak" dedi. Bizim dışişleri bakanlığının sesi çıkmıyordu, Fransa dışişleri bakanlığı şak diye konsolosu görevden aldı.)

Sarayın camisi açıldı.
Türkiye tarihini boşver, İslam tarihinde görülmemiş bir kepazelik yaşanıyordu. Özellikle sabah namazından sonra, camide çok sayıda cüzdan bulunuyordu. Bürokratlar, subaylar, camiye namaz kılmaya geliyor, namaz kılarken yanlışlıkla düşürmüş gibi, cüzdanlarını bırakıyorlardı. Cami görevlileri cüzdanların sahiplerini bulabilmek için içindeki kimliklere bakıyor, gelip almaları için cüzdan sahiplerine haber veriyordu, böylece, sarayın camisinde kimlerin namaz kıldığı bilgisi, saray güvenliğine kaydediliyor, Tayyip Erdoğan'ın yakın çevresinin bu listeden haberi oluyordu. Bürokraside yükselmenin, terfi almanın görülmemiş yöntemiydi. Yüksek Askeri Şura yaklaşırken, generallerin amirallerin cüzdanları bulunuyordu.

Katar emiri geldi.
Bu defa Digitürk'ü aldı.
Türkiye'ye her geldiğinde bir malımızı kapıyordu.
Katarlılar Digitürk'ü alır almaz, cemaate ait televizyon kanalları yayın listesinden atıldı; Kanaltürk, Samanyolu, Irmak, Mehtap, Samanyolu Haber, Bugün televizyonları Digitürk platformundan çıkarıldı.
Muhalif medyamız ayağa kalktı.

Basın özgürlüğüne müdahale edildiğini söylüyorlardı.
Kumpas kuran, iftira atan, yalan haberlerle TSK'yı imha eden Fethullahçı medyanın "özgürlüğünü" savunuyorlardı!
AKP'den kurtulma dürtüsü, kendisini araştırmacı gazeteci olarak nitelendirenleri bile cemaatin oyuncağı haline getirmişti.
Fethullahçı medyanın avukatlığına soyunanların başında Kılıçdaroğlu geliyordu. "Demokrasimiz için kara lekedir, Digitürk bunun bedelini ödeyecek" diye bağırıyordu. Kılıçdaroğlu'nun gözüne girmek isteyen CHP milletvekilleri, CHP'li gazetecilerle birlikte "dayanışma" için cemaatçi televizyon kanallarını ziyarete gidiyorlardı.

Hac'da izdiham yaşandı.
Suudi yetkililere göre 769 hacı öldü.
Associated Press'in sayımına göre 2.411 hacı öldü.
14'ü Türk vatandaşıydı.

Kurban Bayramı geldi.
Tayyip Erdoğan, garibanlara kavurma yapılması için Kızılay'a ve Diyanet Vakfı'na 14 adet kurban bağışı yaptı. Tayyip Erdoğan'ın kurbanlıklarının Myanmar, Somali, Gazze, Kudüs, Moritanya, Bangladeş, Makedonya, Kosova, Etiyopya ve Çad'ta kesildiği açıklandı.
Demek ki, Türkiye'de hiç gariban yoktu!

Profesör Aziz Sancar, Nobel Kimya Ödülü kazandı.
Mardin Savur'da bir çiftçi ailesinin çocuğu olarak dünyaya gelmişti, İstanbul Üniversitesi tıp fakültesini birincilikle bitirmiş, ABD'ye gitmiş, Kuzey Karolina Üniversitesi'ndeki çalışmalarıyla moleküler biyolojide çığır açmıştı. Kendisi gibi biyokimya/biyofizik profesörü olan eşi Gwen Sancar'la birlikte kendi cebinden bir milyon dolar harcayarak, üniversite kampüsü içinde Türkevi açmıştı.
Yakasına Atatürk rozeti taktı.
"Nobel ödülümü Atatürk'e ithaf ediyorum" dedi.
19 Mayıs'ta Türkiye'ye geleceğini, Nobel ödülünü Anıtkabir'e bırakacağını açıkladı, "bu ödül Ata'mız sayesinde alınmıştır" dedi.

Profesör Aziz Sancar'ın Nobel ödülünü aldığı gün... Adana'da bir öğretmen ilkokul öğrencilerini mezarlığa götürüp, ahiret, kıyamet ve yeniden dirilme konulu ders verdi, mezarlık adabını anlattı.
Profesör Aziz Sancar'ın Nobel ödülünü aldığı gün... Bursa'da iki doktor, Ağız ve Diş Sağlığı Hastanesi'nde personel ve hastalara yönelik Kuran kursu açılması için resmi dilekçe verdi.
Profesör Aziz Sancar'ın Nobel ödülünü aldığı gün... Şehircilik bakanımız İdris Güllüce, Kütahya Uluköy yaylasında törenle minare açılışı yaptı. Meğer camiyi geçen yıl törenle açmışlar, yeterli bağış toplanamadığı için minareyi yapmamışlardı. Bu yıl parayı denkleştirince, minareyi dikmişler, bu sayede bir tören de minare açılışı için yapmışlardı. Kütahya valisi, bakana plaket takdim edilen törende konuştu, "dinimiz gereği hayırda yarışıyoruz" dedi.
Mardin doğumlu Profesör Aziz Sancar'ın Nobel ödülünü aldığı gün, Mardin Nusaybin'de sokağa çıkma yasağı vardı.
Profesör Aziz Sancar'ın Nobel ödülünü aldığı gün... Milli eğitim bakanlığı'nın "ilm-i hal" isimli kitabı, ilkokul öğrencilerine dağıtıldı. Bu kitapta "kadınların yüzme, güneşlenme gibi sebeplerle, vücudunun göbek ile diz arasında kalan kısmını açması haramdır" yazıyordu.
Yakasına Atatürk rozeti takan Profesör Aziz Sancar'ın "Nobel ödülümü Atatürk'e ithaf ediyorum" dediği gün... Atatürk'ün kurduğu Türkiye Büyük Millet Meclisi takvim bastırdı, padişahların fotoğrafı vardı, sadece Atatürk'ün fotoğrafı yoktu.

(Varlığıyla onur duyduğumuz Profesör Aziz Sancar'ın Nobel kazandıktan sonra başına öyle işler geldi ki, neredeyse Nobel aldığına pişman oldu.
Türk mü, yoksa Kürt mü olduğu tartışıldı.
"Yarı Kürt" olduğunu söyleyenler oldu.
"Kısmen Türk" olduğunu söyleyenler oldu.
"Arap kökenli" olduğunu söyleyenler oldu.
Adamcağız Türk Bayrağı'nın önünde fotoğraf çektirip, Anadolu Ajansı'na açıklama yapmak zorunda kaldı, "ben Türk'üm" dedi.
Hadi bakalım, alevi mi, sünni mi tartışması başladı.
Amerikalı eşinin müslüman olup olmadığı sorgulandı.
Hücrelerin hasar gören DNA'ları nasıl tamir ettiğini, genetik bilgisini nasıl koruduğunu haritalandırarak Nobel kimya ödülü kazanmıştı.
O mevzu hiç merak edilmedi. Kendisinin etnik ve mezhepsel DNA'ları didik didik edildi.

Nobel ödülünü almak üzere İsveç'e gitti, Stockholm Üniversitesi'nde konferans verdi, yakasına Atatürk rozeti takmıştı, kravatının motifleri ise Osmanlı tuğrasıydı.
Vay sen misin bunu takan... Rozet ve kravat üzerine yüzlerce makale yazıldı. Televizyonlarda üç gün bu mevzu konuşuldu.
Kimisi, aslında Osmanlıcı olduğunu, Atatürkçülerin tepkisinden çekindiği için Atatürk rozeti taktığını iddia etti. Kimisi, aslında Atatürkçü olduğunu, Osmanlıcılara şirin görünmek için eyyamcılık yaptığını öne sürdü. Kimisi, Türkiye'nin Atatürkçülerden ve Osmanlıcılardan ibaret olmadığını, yıllardır ABD'de yaşayan Aziz Sancar'ın artık Türkiye'nin gerçeklerinden haberinin olmadığını söyledi.
Abdülhamit'ten Vahdettin'e, İsmet İnönü'den Adnan Menderes'e kadar her mevzu yeniden açıldı, herkes birbirine hakaret etti. Arada, milleti birbirine düşürdüğü için Aziz Sancar'a hakaret edildi.
Aziz Sancar rozetle kravatı taktığına pişman oldu.
Bilahare, Türkiye'ye geldi.
"Nobel ödülünü Atatürk ve Cumhuriyet sayesinde kazandım, rol modelim Atatürk'tür, vefa borcumu ödemek üzere bu ödülümü Atatürk'e ve Cumhuriyet'i kuranlara armağan ediyorum" dedi.
Nobel ödülünü Anıtkabir'de sergilenmek üzere Genelkurmay'a teslim etti, Atatürk'ün huzurunda saygı duruşu yaptı, çiçek bıraktı, dua etti.
Vay sen misin Anıtkabir'de dua eden... Siyasal dincilerin hışmına uğradı. O güne kadar şöyle gurur duyuyoruz böyle gurur duyuyoruz diyenler, aniden Aziz Sancar düşmanı kesildi, Aziz Sancar'ın Amerikan vatandaşı olduğunu, Amerikan üniversitesi adına çalıştığını, Türkiye'yle alakasının olmadığını söylemeye başladılar.
Ödülünü Genelkurmay'a teslim ederek, aslında darbeci zihniyete destek olduğunu söyleyenler bile oldu. Atatürk'un ruhuna fatiha okumasını eleştirenler bile oldu. "Madem Osmanlı kravatı takıyordun, o zaman Fatih'in türbesine de gidip dua et" diyenler oldu.
Aziz Sancar'ın sıdkı sıyrıldı.
Bir daha gelmemek üzere ilk uçakla Türkiye'den kaçacaktı.
Ama henüz çilesi bitmemişti.
Yemek yemeden bırakmayız dediler.
Başbakan Davutoğlu, Çankaya Köşkü'ne davet etti.
Aziz Sancar, eşi, kızı, Ahmet Davutoğlu ve eşi, sofraya oturdular.
Laf lafı açtı, Aziz Sancar anlatma gafletinde bulundu.

1946 yılında Mardin'de ikiz olarak dünyaya gelmişti. 10 yaşına geldiklerinde zatürree olmuşlar, sağlık ocağına götürülmüşlerdi. Sağlık ocağında genç bir doktor vardı, uğraşmış, çabalamış, ilaç vermiş, maalesef ikizlerden biri ölmüş, Aziz kurtulmuştu.
O genç doktor, Sare Davutoğlu'nun amcası Kamil Özgür'dü.
Aziz Sancar bu trajik hikayeyi anlattı.
Sare Davutoğlu'na dönerek "hayatımı amcanız kurtardı" dedi.
Duygusal anlar yaşandı.
Elini verirsin kolunu kaptırırsın misali, Ahmet Davutoğlu derhal mevzunun üstüne atladı, kurucusu olduğu İstanbul Şehir Üniversitesi'ni anlattı, "mütevelli heyetinde yeralmanız bize onur verir" dedi.
Koç Üniversitesi'nin Sabancı Üniversitesi'nin Türkiye'nin en önemli üniversitelerinin tekliflerini reddeden Aziz Sancar, o sofradaki duygusallıkla "peki" deme gafletinde bulundu.
Böylece, Nobel ödülü sahibi Aziz Sancar, Türkiye'de kimsenin ismini bile bilmediği, Davutoğlu kontenjanından zart diye kuruluveren İstanbul Şehir Üniversitesi'nin mütevelli heyeti üyesi oldu.
En ufak bir maddi karşılık almayacaktı.
Herhangi bir akademik görevi olmayacaktı.
Sadece sembolik olarak ismi orada yeralacaktı.
Şehir Üniversitesi'nin nerede olduğunu bile bilmiyordu.
Kader ağlarını örüyordu.
Aradan üç yıl geçti.
Çarşı karıştı.
Tayyip Erdoğan zart diye başbakan yaptığı Ahmet Davutoğlu'nu zurt diye görevden aldı, kapının önüne koydu. Ahmet Davutoğlu gitti parti kurdu. Vay sen misin parti kuran... Tayyip Erdoğan öfkelendi, "bu malum zat benim sayemde üniversite kurdu, üniversite üzerinden Halkbank'ı dolandırmaya çalışıyor" dedi.
Bizzat Tayyip Erdoğan tarafından devlet töreniyle açılışı yapılan İstanbul Şehir Üniversitesi'ne kayyum atandı.
Kabak gene Aziz Sancar'ın kafasına patladı.
Tayyip Erdoğan'la Ahmet Davutoğlu arasındaki kavganın ortasına düşüverdi. Telefonları çalmaya başladı. Şehir Üniversitesi'nin mütevelli heyetine girerken, AKPliler tarafından ayakta alkışlanıyordu, şimdi aynı AKPliler "ne işin var senin orada, kariyerin lekelenir, derhal istifa et" diyorlardı.
Aziz Sancar bunaldı.

Mektup yazdı.
Şehir Üniversitesi mütevelli heyetinden istifa etti.
Telefonlar kesilmedi.
Çünkü, Aziz Sancar istifa etmişti ama, ismi silinmemişti, hâlâ mütevelli heyeti üyesi olarak görünüyordu. Aziz Sancar illallah be birader diye yaka silkerek, bu defa avukatını göndermek zorunda kaldı. Avukatı aracılığıyla istifa ettiğini bildirdi, ismini silmezlerse hukuki yollara başvurmak zorunda kalacağını söyledi.
Nihayet istifası kabul edildi, mütevelli heyetinden çıkarıldı.
Çocukluğuna dayanan şükran duygusuyla ve oldubittiyle kabul ettiği sembolik görevden, avukat zoruyla, adeta tehdit ederek ayrılabildi.
Tayyip Erdoğan zart diye kararname çıkardı.
Nobelli (!) Şehir Üniversitesi komple kapatıldı.)

Terörün zembereği boşalmıştı.
Hakkari'de mayın patladı, 16 asker şehit oldu.
Iğdır'da mayın patladı, 13 polis şehit oldu.
Açılım çok ağır bedel ödetiyordu.
60 günde 122 şehidimiz vardı.
Öfke doruktaydı.
HDP binaları basılıyor, taşlanıyordu.

Ankara Garı'nda katliam oldu.
IŞİD'in canlı bombalarıydı.
109 insanımız hayatını kaybetti.
Türkiye tarihinin en ölümcül terör saldırısıydı.
9 yaşında çocuk da vardı, 70 yaşında kadın da vardı.
AKP hükümetinin Suriye'deki savaşı körüklediğini öne süren DİSK, KESK, Türk Tabipleri Birliği, TMMOB ve HDP "barış mitingi" düzenlemişti. Üç saniye arayla iki patlama oldu. Başkentin göbeğinde kan gövdeyi götürmüştü, içişleri bakanı Selami Altınok hâlâ "güvenlik zafiyeti olduğunu düşünmüyorum" diyordu. Üç gün yas ilan edildi.

Bir yandan PKK vuruyor, bir yandan IŞİD vuruyordu.
Türkiye seçime giderken kan kokuyordu.

AKP'nin akil insanlar heyetinden Murat Belge pişmanlığını dile getirdi. "Bizim desteklediğimiz adam, uydurma Tayyip Erdoğanmış, adımız

akildi ama, akil falan değildik, aklımızı kullanmıyorduk, lüzumsuz adamlardık, akil insanlar konu mankeniydi" dedi.
Bir yandan samimi özeleştiriydi.
Bir yandan da, açılım döneminde akil insanlar heyetinin ve AKP hükümetinin milletin gözünün içine baka baka nasıl yalanlar söylediğinin itirafıydı.

Tayyip Erdoğan, Almanya başbakanını sarayında ağırladı.
Altın varaklı padişah koltuğuna oturdu.
Sultan Abdülaziz'in koltuğuydu.
Bilahare, Abdülhamid'in sarayı Tayyip Erdoğan'a tahsis edildi.
Yıldız Sarayı Mabeyn Köşkü, cumhurbaşkanlığı ofisi oldu.

Levent Kırca vefat etti.
AKP'nin en nefret ettiği sanatçıydı. AKP iktidarında acımasızca ambargo uygulanmıştı. Televizyonlarda yasaklanıyor, tiyatro sahnesi verilmiyordu. Devlet sanatçısı unvanı geri alındı. Gözaltına alındı. Hapse mahkum edildi. Hiç müdanası yoktu. Seyircisine selam verirken hariç, asla eğilmedi. Biat etmedi. Döneğe dönek, diktatöre diktatör dedi. Veda mektubu yazarak aramızdan ayrıldı: "Dik durun, adil olun, sabırlı olun, daha iyi bir dünyada görüşmek ümidiyle, Atatürk'le kalın, Cumhuriyet'le kalın, hoşçakalın!"

1 Kasım 2015.
Sandıklar açıldı, tek başına AKP çıktı.
Yüzde 49,5 oy almış, 317 milletvekili çıkarmıştı.
Terör patlamış, terörün sorumlusu AKP'nin oyları artmıştı.
Koalisyon kurulmasını engelleyen Tayyip Erdoğan, kazanmıştı.

CHP yine yüzde 25'te kalmıştı, bir milim ilerleme yoktu.
Seçim öncesinde "oylarımız düşerse istifa ederim, bu seçimde oy kaybeden genel başkan gider" diyen Kılıçdaroğlu, şimdi yine gayet pişkindi, "açıkçası istifa etmeyi aklımdan bile geçirmedim" dedi.
Seçimin ertesi gününden itibaren başta Halk Tv, Tele1 olmak üzere, muhalif medyanın tamamında aynı terane vardı, "muhalefete muhalefet edilmez" deniyordu!

AKP'nin yeniden tek başına iktidar olmasının hemen ertesi sabahı, İstanbul Anadolu Adalet Sarayı'nda görevli bir hakim, duruşmaya türbanıyla girdi. Sembolik zamanlarda sembolik hamleleri pek seviyorlardı.

Manisa'da cemaat operasyonu yapıldı.
Türbanlı kadınlara kelepçe vuruldu.
Kaderin tuhaf oyunuydu. Yıllarca "benim başörtülü bacıma zulmettiler" diyerek oy toplayanlar, şimdi başörtülü kadınlara "terörist" diyerek tutukluyorlardı.

Fethullah Gülen cemaatinin işadamları birliği Tuskon, polis tarafından basıldı. Bilgisayarlara el konuldu. Tuskon'un 12 bin üyesi vardı. Sıra, cemaatçi patronlara gelmişti. 114 kişi hakkında yakalama kararı çıkarıldı ama, çoktaaan yurtdışına kaçmışlardı.

Paris kan gölüne döndü.
IŞİD teröristleri, Bataclan Tiyatrosu ve Fransa Stadyumu başta olmak üzere, Paris'in değişik semtlerinde eşzamanlı olarak silahlı bombalı saldırılar düzenledi, 132 kişi hayatını kaybetti. Öldürülen teröristlerin üzerinde sahte Türk pasaportu çıktı.

(Paris'te yaşanan saldırıyı anlamlı kılabilmek için makarayı biraz geri sarmak gerekiyordu. Kimin kimi öldürdüğüne değil, para kimin cebine giriyor, daima ona bakmak lazımdı.
Dünyada her gün 88 milyon varil petrol tüketiliyordu. 20 yıl sonra, her gün 100 milyon varil tüketilecekti. Aradaki farkı kim karşılayacaktı? Irak karşılayacaktı. Uluslararası Enerji Ajansı'na göre, dünya petrol talebindeki artışı tek başına Irak üstlenecekti. Güya Saddam'dan kurtarıp özgürlük getirdikleri Irak'ı son damlasına kadar inek gibi sağacaklardı.
Şii bölgelerindeki yataklarda 115 milyar varil rezerv bulunuyordu. Kuzey Irak'ta 45 milyar varil rezerv olduğu tahmin ediliyordu. Ne demekti bu? Yıllar yıllar yıllar boyunca yetecek kadar petrol geliri demekti. Doğalgaz rezervlerini saymıyorum bile, varın siz hesap edin. Şii Bağdat yönetimi Kuzey Irak'ın kendi başına petrol ihraç etmesine izin vermiyordu, Irak'ın toplam günlük üretimini 10 yıl içinde 10 milyon varile çıkarmayı hedefliyordu. Bunu başarırlarsa,

petrol gelirinde Suudi Arabistan'la kafa kafaya geleceklerdi. Petrol piyasasında Suudilerin, Katar'ın, Kuveyt'in borusu eskisi kadar ötmeyecekti.

Şak... IŞİD ortaya çıktı!

Ne idiği belirsiz, ne zaman, nerede, kimler tarafından kurulduğu belirsiz, toplama katiller sürüsüydü. Suriye'de dehşet dengesi kurdular, Tahran-Bağdat-Şam hattını kopardılar, Şii Bağdat'ın Suudi Arabistan'a rakip olmasını güçleştirdiler. Tesadüf işte... Sadece Kuzey Irak'a dokunmadılar, tampon bölge gibi kuzeyle güneyin arasına girdiler, Irak'ı ikiye böldüler, hatta, Barzani'nin Kerkük'ü almasına vesile oldular.

IŞİD, sadece Suudilere ve Barzani'ye yaradı.

AKP'den önce şıpıdık terlikle dolaşan Barzani'nin, 2015 yılı itibarıyla Katar emiri kadar, Dubai şeyhi kadar petrolü vardı. Exxon Mobil, Chevron, Hunt Oil, Addax, Heritage Oil, Oryx Petroleum, BP, Shell, Total gibi dünya devleriyle anlaşma imzalamıştı.

Peki, kuzeyde bunlar olurken, güneyde neler oluyordu?

Rus petrol devi Lukoil, 20 milyar varil rezerviyle, dünyanın henüz delinmemiş en büyük petrol alanı olan Batı Kurna-2'de üretime başlamıştı. Çin devlet şirketi PetroChina, güneyde petrol sahaları satın almış, 10 bin Çinli işçiyi bölgeye taşımak için kendi havaalanını inşa etmişti. Petro China'nın satın aldığı bölge, eskiden Exxon Mobil'e aitti, Amerikalılar sepetlenmiş, onların yerine Çinliler oturmuştu.

Batı bloku ise, Arap baharı ayaklarıyla Libya petrolüne oturmuştu, gözünü Suriye'ye dikmişti. Kuzey Irak petrolünü Akdeniz'e akıtabilmek için, Kuzey Suriye'de koridor açılacaktı.

Batı'nın müdahalesi an meselesiyken, Rusya hamle yapmış, cart diye Ukrayna'ya dalmıştı. Ukrayna'da çarşı karışınca, Suriye geri planda kalmış, Esad rahat nefes almıştı.

Paris saldırısı işte bu noktadan sonra çok anlamlı hale geliyordu.

Batılı ülkeler, Ukrayna yüzünden Rusya'ya ambargo uygulamaya kalktı. Sadece bir kişi itiraz etti. Fransız petrol devi Total'in ceo'su Christophe de Margerie, Batı'nın Rusya'ya ambargo uygulamasına karşı çıktı. "Oyun kuralları"nın dışına çıkmıştı.

Kendi ülkesinin kararını bile sallamamıştı.

Total dediğin zurna değildi, dünyanın en büyük 11'inci şirketiydi, 130 ülkede faaliyet gösteriyordu. Total ceo'sunun görüşü, pek çok ülke liderinden daha önemliydi. Ve o da, Putin'in yanında saf tutmuştu.

Sonra ne oldu biliyor musunuz?

Moskova'ya gitti, Putin'le görüştü, Paris'e dönmek üzere Vnukova havalimanına geldi, özel uçağına bindi, havalanmak üzere pistte hızlanırken, o da ne, önlerine kar küreme aracı fırladı, burnundaki dört metrelik kar küreme kepçesi uçağa çarptı, tekerlekleri yerden kesilmiş olan uçak, piste çakıldı, alev alev sürüklendi. Total ceo'su, pilotlar, hostes, uçakta dört kişi vardı, hepsi öldü.

Batı blokunda yeralıp, Putin'i destekleyen tek kişi, kendisini en güvenli hissettiği yerde, Putin'in başkentinde, tuhaf bir kazayla can vermişti. Talihsizlik işte!

Filler tepişirken çimenler ezilir.

Bu defa, filler tepişirken gergedan ezilmişti.

Üç ay sonra, Libya petrolüne oturan Batı blokunun, Libya harekatını yürüten merkezi Paris'te, Charlie Hebdo basıldı.

Paris'e bir mesaj mıydı acaba?

Çalma kapımı, çalarlar kapını mıydı?

IŞİD görünümlü iki tetikçi saldırmıştı.

Peki gerçekten öyle miydi?

Kuklaların, kuklacıyı tanıması mümkün müydü?

Charlie Hebdo baskınından sonra enteresan iki açıklama geldi.

İran cumhurbaşkanı, İslam adına başvurulan terörizmi kınadı.

Hizbullah lideri Nasrallah ise "radikal İslamcılar, Hazreti Muhammed'e hakaret eden karikatüristlerden daha fazla zarar veriyor" dedi.

Yani?

Şiiler, Sünni kökenli terörizmi kınıyordu.

Charlie Hebdo baskını yüzünden, IŞİD'e destek veren Sünni İslam ülkeleri zor durumda kalmıştı.

Sonra?

Sonrası malum, Almanya, İngiltere, İtalya, elli kadar Batılı ülkenin başbakanı, Paris'te protesto yürüyüşüne katıldı. ABD'nin tavrı ise şaşırtıcıydı, sadece büyükelçisiyle katıldı. ABD adalet bakanı Paris'teydi, buna rağmen katılmadı. Acaba hakikaten katılmadı mı, yoksa Fransa'nın tepkisi yüzünden katılamadı mı? Yoksa hakikaten, onca başbakan karikatüristler öldürüldü diye mi yürüdü zannediyordunuz?

Charlie Hebdo'dan sonra bazı sürprizler oldu.

Fransa, Rusya'yla 1 milyar 200 milyon euroluk anlaşma imzalamıştı, iki adet helikopter gemisi satacaktı, 210 metre uzunluğundaki gemiler 70'er adet helikopter taşıyabiliyordu, ismi helikopter gemisiydi ama

aslında indirme-çıkarma gemisiydi, güvertesinde 16'şar helikopter taşırken, kargosunda 55'er tank taşıyabiliyordu. Şak... Paris bu anlaşmayı iptal etti, gemileri vermedi.
Aynı şekilde, Charlie Hebdo'dan 10 gün sonra, Rusya enerji bakanlığı taahhütlerini yerine getirmeyen, imzalanmış sözleşmelere uymayan Total'i uyardı. Çünkü, Total'in ceo'su değişince, Total'in Rusya'ya bakışı da değişmişti. Eski ceo zamanında yatırım üstüne yatırım yaparken, yeni ceo gelince, yeni yatırımları boşver, yaptığı anlaşmaları bile iptal etmişti. Total artık Rusya'nın yanında değildi.
Ve, Paris'te 132 kişinin öldürüldüğü katliamdan sadece 14 gün önce... Mısır'da tatil yapan Rus turistlerin bulunduğu Rus yolcu uçağı, Şarm El Şeyh'ten Sankt Petersburg'a gitmek üzere havalandı, 20 dakika sonra patlama oldu, Sina'ya düştü, 224 kişi hayatını kaybetti, bavulların arasına bomba konulduğu ortaya çıktı. Sıradan Rus vatandaşları hedef alınmıştı.
Rus yolcu uçağı düştükten 14 gün sonra... Paris'te silahlar patladı, canlı bombalar patladı, 132 kişi hayatını kaybetti. Sıradan Fransız vatandaşları hedef alınmıştı.
Acaba gene, çalma kapımı, çalarlar kapını mıydı?)

Milli maçta yine utanç yaşandı.
A milli futbol takımımızın İstanbul'da Yunanistan'la hazırlık maçı vardı. Paris'te hayatını kaybedenler için saygı duruşu yapılırken, Başakşehir Stadı'nı dolduranlar hep bir ağızdan yuhalamaya, ıslıklamaya başladı, "ya Allah Bismillah Allahuekber" diye bağırıldı. Dünya basınına yine uluslararası rezil olduk.

IŞİD'in Türkiye'de dijital dergi yayınladığı ortaya çıktı.
İsmi, Konstantiniyye'ydi, Türkçe'ydi.
Örgütün propagandası yapılıyor, Türk vatandaşları örgüte katılmaya davet ediliyor, İstanbul'un fethedileceği filan anlatılıyordu.

Askeri istihbarata göre, IŞİD'e 2 bin Türk vatandaşı katılmıştı. Bunların 400'ü öldürülmüştü. En fazla katılım, Sakarya, Adıyaman, Batman ve Bursa'dandı.

IŞİD'in Türkiye'de darphane kurduğu ortaya çıktı. Gaziantep'deydi. Polis baskını yapıldı, para baskı kalıpları ele geçirildi. Örgüt burada altın/gümüş/bakır IŞİD paraları basıyordu, 5 altın IŞİD dinarı 694 Amerikan dolarıydı, 1 gümüş IŞİD dirhemi 1 Amerikan dolarıydı, 10 bakır IŞİD fulusu ise 6.5 Amerikan cent'iydi. Dinarların arkasında dünya haritası yeralıyordu.

İsmail Kahraman TBMM başkanı seçildi.
Tayyip Erdoğan için sikke bastırmıştı. 22 ayar sikkenin bir yüzünde Fatih Sultan Mehmet'in tuğrası, öbür yüzünde Tayyip Erdoğan'ın kabartma fotoğrafı vardı. Osmanlı'da tahta geçen padişahlar için sikke bastırılırdı, hükümdarlık alametiydi, Tayyip Erdoğan'a sikke bastırmak, hem İsmail Kahraman'ın hem de Tayyip Erdoğan'ın ruh halini gösteriyordu. Sikke-i demokrasi olmuştu!

(İsmail Kahraman'ın kim olduğunu daha iyi kavrayabilmek için, makarayı az biraz geri sarmak gerekiyordu.
Temmuz 1968.
CIA'in İstanbul'daki istasyon şefi Duane Clarridge, Gümüşsuyu'ndaki bir apartman dairesinin geniş penceresinden Dolmabahçe rıhtımını seyrediyordu.
Evsahibi Betty Carp'tı.
Sovyet devrimi öncesinde Rusya'dan İstanbul'a kaçan, Macar kökenli Musevi bir ailenin kızıydı. Henüz 16 yaşındayken, ABD'nin Osmanlı büyükelçisi Henry Morgenthau tarafından İstanbul'daki Amerikan Büyükelçiliği'ne santral memuresi olarak işe alınmıştı. Rusça, İngilizce, Fransızca, İtalyanca, Almanca, Rumca ve Türkçe biliyordu. Zekası, işbitiriciliği etkileyiciydi. Daktilo memuresi yapıldı. 1919-1922 yıllarında, milli mücadelemiz sırasında Amerikan yazışmalarının tamamına şahit oldu. Amerikan vatandaşı oldu. Musevilikten Protestanlığa geçti. ABD'ye götürüldü, istihbarat eğitimi verildi. CIA kurucu başkanı Allen Dulles'in sevgilisiydi, evli ve üç çocuk babası CIA başkanıyla fırtınalı bir aşk yaşıyorlardı, Allen Dulles 1921'de İstanbul'da görev yapıyordu, o dönem tanışmışlardı. İkinci Dünya Savaşı'ndan sonra tekrar İstanbul'a döndü, artık santral memuresi değil, bildiğin CIA casusuydu. İstanbul'da, Ankara'da geniş çevre yaptı, bizim lavuk siyasiler ve angut bürokratlar, bu cıvıl cıvıl cilveli Amerikan güzelinin ağzının içine bakıyordu, yüzlerce vatan hainini devşirdi, muhbir haline getirdi. CIA'in bu memleketi ahtapot gibi sarıp sarmalamasında büyük emeği vardı. "Ataşe" maskesiyle

Türkiye'de 50 yıl faaliyet gösterdi, 1964'te emekli oldu, İstanbul'dan ayrılmadı, 84 yaşında ölene kadar İstanbul'da yaşadı. Hiç evlenmedi, mirasçısı yoktu, vaftiz belgeleri Tünel'deki Protestan Kilisesi'ndeydi, ikametgahı ömrü boyunca Beyoğlu'ydu, hiç ev satın almamıştı, antika eşyaları, paha biçilmez halıları, Hacer isimli yaşlı hizmetçisiyle birlikte kirada oturuyordu.
Temmuz 1968.
CIA'in İstanbul'daki istasyon şefi Duane Clarridge, işte bu efsane casus kadının, o zamanlar 74 yaşında olan Betty'nin Gümüşsuyu'ndaki apartman dairesinden Dolmabahçe rıhtımını seyrediyordu.
"Tam bağımsız Türkiye" sloganları atan üniversite öğrencileri, Altıncı Filo'yla İstanbul'a gelen ve şehri gezmek üzere karaya ayak basan Amerikan bahriyelerini denize döküyordu. Dewey Maroni kodadını kullanan Duane Clarridge çaresizce ve öfkeyle seyrettiği bu manzarayı asla unutmadı. Yıllar sonra hatıralarını kitap olarak kaleme alacak, "Dolmabahçe'de gördüğüm manzara, terörizmle uğraşmamın başlangıcı oldu" diye yazacaktı.
Gayet netti. Amerikan çıkarlarına karşı çıkmak "terörizm"di!
Bu olaydan yedi ay sonra, Şubat 1969.
Üniversite öğrencilerinin Altıncı Filo protestoları devam ediyordu, Taksim'de miting yapacaklardı, valilikten resmi izin alınmıştı. "Emperyalizme Karşı Mustafa Kemal Yürüyüşü" yapacaklar, Beyazıt'tan başlayıp, Dolmabahçe üzerinden Taksim'e gireceklerdi.
Aniden, dinci basın devreye girdi.
"Müslüman Türkiye, komünistlere ölüm" manşetleri atılmaya başlandı. Köşe yazarı kisvesi altındaki tetikçiler "memlekete ihanet eden bu hainleri toprağa gömme vakti gelmiştir" diye makaleler döşeniyordu. "Ey müslümanlar, kızıl kafirlerle topyekûn savaş kaçınılmaz olmuştur, sağ kalan gazi olur, canını veren şehitlik şerefini kazanır" diyen bile vardı.
Camilerin önünde megafonlarla anonslar yapıldı.
Cuma namazı çıkışında ahali kışkırtıldı.
"Cihada hazır olun, din elden gidiyor" deniyordu.
Gayet netti.
Amerikan çıkarlarına karşı çıkınca "din elden gidiyor"du!
Anadolu'nun çeşitli şehirlerinden otobüslerle sevkiyat yapılmıştı, eli sopalı, bıçaklı tipler getirilmişti, Taksim meydanında topluca namaz kıldılar, tekbir getirerek beklemeye başladılar.

Beyazıt'tan topluca 30 bin üniversiteli genç geliyordu.
Dolmabahçe'ye vardılar, Gümüşsuyu'dan Taksim'e tırmanırken, güya güvenliği sağlayan polis-asker kordonuyla dar bir yürüyüş hattına sokuldular. Tuzağa düşürülmüşlerdi. Koşarak Taksim'e giren ilk 400 kişilik öncü grup, tekbir getirerek bekleyenlerin saldırısına uğradı. 30 bin kişilik ana gruptan kopmuşlardı, polis-asker kordonuyla saldırganlar arasında sıkışmışlardı. Taşlar sopalar havada uçuşuyordu, polis-asker seyrediyordu. Üniversitelilerden ikisi oracıkta hayatını kaybetti, bıçaklanmışlardı, 200'den fazla üniversiteli yaralandı.
Bu olay tarihe "kanlı pazar" olarak geçti.
Polis kalabalığa bakıyor, kolunda "mavi kurdele" varsa, dokunmuyordu. Mavi kurdele, kimin hangi taraftan olduğunu gösteren etiket gibiydi.
Anadolu'nun çeşitli şehirlerinden otobüslerle taşınan saldırganlar, İstanbul'a gelir gelmez, Milli Türk Talebe Birliği'nin Cağaloğlu'ndaki merkez binasına götürülüyor, kollarına "mavi kurdele" takılıyordu.
Milli Türk Talebe Birliği'nin başkanı İsmail Kahraman'dı!)

(Yusuf'un boynuna ip geçirdiler.
Son sözlerini sordular.
"Ben ülkemin bağımsızlığı ve halkımın mutluluğu için bir defa ölüyorum, sizler, bizi asanlar şerefsizliğinizle her gün öleceksiniz, biz halkımızın hizmetindeyiz, sizler Amerika'nın hizmetinizdesiniz" dedi.
Astılar.
Hüseyin'in boynuna ip geçirdiler.
Son sözlerini sordular.
"Ben şahsi hiçbir çıkar gözetmeden, halkımın mutluluğu ve bağımsızlığı için savaştım, bu bayrağı bu ana kadar şerefle taşıdım, bundan sonra bu bayrağı Türk halkına emanet ediyorum" dedi.
Astılar.
Deniz'in boynuna ip geçirdiler.
Son sözlerini sordular.
"Yaşasın tam bağımsız Türkiye" dedi.
Asamadılar.
Cellata bırakmadı.
Ayaklarının altındaki tabureyi kendisi tekmeledi.
Deniz asılırken Yusuf'u getirip seyrettirmişlerdi.
Yusuf asılırken Hüseyin'i getirip seyrettirmişlerdi.

Bu ülke, Denizlere Yusuflara Hüseyinlere kıydı.
İsmail Kahraman'ı TBMM başkanı yaptı.)

Berat Albayrak enerji bakanı oldu.
Tayyip Erdoğan'ın damadıydı.
MHP milletvekiliyken "benim tek talebim Tayyip Erdoğan'ın yargılanmasıdır, AKP ülkeyi felakete sürüklüyor, Bizans bile birçok AKP'liden daha millidir, Bizans bile bunlardan daha Türk'tür" diyen Tuğrul Türkeş, AKP'ye geçti, başbakan yardımcısı oldu.
Has Parti genel başkanıyken, "AKP'liler Harun olmaya geldiler, Karun oldular, eğer bunlar 2023'te iktidarda olursa, 2023'te evine icra gelmeyen kalmaz, AKP gibi firavunlaşmayacağız, İsrail'in vagonu olmayacağız, AKP Amerikan mandasıdır" diyen Numan Kurtulmuş, AKP'nin başbakan yardımcısı oldu.
Demokrat Parti genel başkanıyken, "AKP hükümetinin paçalarından yolsuzluk akıyor, eyy Recep Tayyip Erdoğan, boyan döküldü, rantın babası oldun, at üstünde duramayan kişi ülkeyi de yönetemez, Türkiye'yi yolsuzluk çukuruna batırdılar, tüyü bitmemiş yetimin üzerinden siyaset yapıyorlar, AKP mensupları genel başkanlarını padişah olarak görüyor, başbakan da kendisini padişah olarak görüyor, bu hükümete zıkkımın kökünü göstereceğiz, Tayyip Erdoğan'ın altı ayda hurdasını çıkarırım" diyen Süleyman Soylu, AKP'ye geçti, çalışma bakanı oldu.

13 yıldır ekonomiyi yöneten Ali Babacan, Tayyip Erdoğan tarafından oyun dışına atıldı. Milletvekili yapıldı ama bakan yapılmadı. AKP'yle cemaatin arası bozulunca, her nedense Tayyip Erdoğan'la Ali Babacan'ın arasına da soğukluk girmişti.

Suriye sınırında Rus savaş uçağını vurduk.
Suhoy Su-24 tipi uçak, Türk hava sahasını 17 saniye ihlal etti.
İki Türk F16'sı tarafından füzeyle düşürüldü.
NATO tarihinde ilk kez bir Rus savaş uçağı düşürülmüştü.
Vurulan Rus uçağı Suriye topraklarında Türkmen kontrolündeki Bayırbucak bölgesinde düştü, iki pilot paraşütle atladı, yerden ateş açıldı, biri öldü, öbürü sağ kurtuldu, Türkmen savaşçılar ölen pilotun kafasına basarak hatıra fotoğrafı çektirdi, kurtulan Rus pilot bölgeden kaçarak, Lazkiye'deki Rus üssüne ulaşmayı başardı.
Sayın ahalimiz pek mutlu olmuştu.

Kornalarla şehir turu atılıyordu.
Tayyip Erdoğan muzaffer başkomutan edasıyla açıklama yaptı, "sınırımız ihlal edilirse tereddütsüz yine vururuz" dedi, alkışlandı.
Putin ise "sırtımızdan bıçaklandık" dedi.
"Türkiye'nin mevcut lider kadrosu yüzünden Atatürk herhalde mezarında ters dönmüştür, Türkiye pişman olacak, cevabımızın sadece yaptırımlarla sınırlı kalacağını düşünenler yanılıyor" dedi.
Putin'in aslında ne demek istediğine kimse kafa yormadı, Rusya'yı uyduruk bir devlet zanneden AKP zihniyeti, Türkiye'ye çok çok ağır bedeller ödetecekti.
Ahmet Davutoğlu, Tayyip Erdoğan'la adeta sidik yarışı yapıyordu, "vur emrini bizzat ben verdim" dedi, Rus uçağını vurma şerefini (!) kimseyle paylaşmak istemiyordu.
Tayyip Erdoğan da Ahmet Davutoğlu'na rol kaptırmak istemiyordu, ısrarla açıklama yapıyordu, "kim olursa olsun, bugün olsa yine düşürürüz" diyordu.

> *(Milli İstihbarat Teşkilatı, Rus pilotun cenazesini Suriye'den aldı, Hatay'a getirdi, papaz ayarladık, kilisede dini tören yaptık. Şeref kıtasını dizdik, Rus bayrağı örttüğümüz tabuta selam durduk. TSK'nın özel uçağıyla Ankara'ya getirdik, askeri tören yaptık, generaller selam durdu, Türk Silahlı Kuvvetleri'nin resmi çelengiyle Mehmetçik tarafından taşıdık. Utanmasak şehit ilan edecektik... Rusya'ya biz getirelim diye teklifte bulunduk, Rusya kabul etmedi, cenazelerini kendi uçaklarıyla alıp gittiler.)*

(Öldürdüğümüz pilot Oleg Anatolyeviç Peşkov'du, yarbaydı. Kremlin tarafından Rusya'nın en yüksek dereceli onur madalyası olan "Rusya'nın Kahramanı" nişanıyla yüceltildi. Bu madalyayı alanlar arasında, uzaya çıkan ilk insan Yuri Gagarin'in olduğunu söylersek, Rus halkı için ne manaya geldiği daha iyi anlaşılır sanırım... Rusya Askeri Onur Müzesi'nde kişisel eşyaları ve fotoğraflarıyla sergi açıldı.)

> *(Uçak düşürüldüğünde Suriye'deki Rus deniz komandoları derhal bölgeye gönderilmiş, Oleg Peşkov'u arama kurtarma operasyonu yapılmıştı. Bu operasyon sırasında Aleksander Pozinçuk adında bir Rus komandosu öldürülmüştü. Rus devleti, bu hadiseyi unutmamak ve Peşkov'la Pozinçuk'un hatırasını yaşatmak için anıt yaptırdı.*

Kendimizi çok akıllı, Putin'i ahmak zannettiğimiz için, Rusya'daki bu gelişmeleri hiç umursamıyorduk.)

Rusya, Türkiye'ye ekonomik ambargo uygulamaya başladı.
Kapıları kapattı, Türk mallarının Rusya'ya girişi durduruldu, Türk vatandaşlarına vize serbestisi kaldırıldı, Türk firmalarının Rusya'daki faaliyeti yasaklandı, Türkiye'ye gelen Rus turistler bıçak gibi kesildi.
Aradan az zaman geçti... Tayyip Erdoğan ufak ufak Putin'i yumuşatma çalışmalarına başladı. "Rus uçağı olduğunu bilseydik, farklı davranırdık" dedi. "Çok üzgünüz, maalesef böyle bir şey oldu" dedi. "Bundan sonra böyle bir şey olmaz" dedi. Bilahare, suçu bizim pilotlara yıktı. "Bir pilotun yapmış olduğu hata" dedi.
Rus uçağını düşürdüğünde kahraman ilan edilen pilotlarımız, gözaltına alındı iyi mi... Uçak düştüğünde "gene olsa gene vururuz" diyen Tayyip Erdoğan gayet pişkin pişkin "yargının şüphesi var, Rus uçağını düşüren iki pilotun Pensilvanya ile bağlantısı olabilir" dedi!

Paris'te G20 zirvesi düzenlendi.
Putin orada gazetecilerle konuştu.
Birebir şu cümleleri kullandı.
"Türkiye, Rus uçağını IŞİD'le petrol ticaretini korumak için düşürdü, IŞİD ve diğer terör örgütleri tarafından kontrol edilen ham petrolün Türkiye topraklarına girdiğini kanıtlayan bulgular elde ettik, buradaki meslektaşlarımıza uzaydan ve uçaktan çekilen fotoğrafları gösterdim, yasadışı petrol ticaretinin boyutlarını kanıtlayan fotoğraflar, tanker konvoyları kilometrelerce uzuyor, Suriye ve Türkiye topraklarındaki bu petrol sevkiyat yollarının güvenliğini sağlamak için Rus uçağını vurduklarını düşünüyoruz, Türkiye'nin Suriye'deki Türkmenleri koruması elbette sadece bir bahane" dedi.

Bir ay sonra Soçi'de Ürdün Kralı'yla görüştü.
Oradaki basın toplantısında da anlattı.
"IŞİD kontrolündeki bölgelerden büyük miktarda petrolün Türkiye'ye gittiğini uzun zamandır biliyoruz, teröristlerin eline büyük paralar geçiyor, teröristlerle savaşan uçaklarımızı vuruyorlar, uçağımız Suriye hava sahasında Türk F16'sı tarafından füzeyle vuruldu, Rus uçağı hiçbir şekilde Türkiye için tehdit teşkil etmiyordu, çoğu Rusya kökenli teröristlerin konuşlandığı dağlık bir bölgeydi, teröristlere önleyici saldırılar düzenliyorduk" dedi.

Yetmedi, Rusya savunma bakan yardımcısı Antonov daha ağır suçlamalarda bulundu, "Suriye'de teröristlerin gaspettiği petrol binlerce tankerden oluşan canlı boru hattıyla, üç güzergah üzerinden Türkiye'ye sevkediliyor, Erdoğan ve ailesi bu petrol sevkiyatıyla ilişkili" dedi, uydu fotoğraflarını basına dağıttı.

Bu vahim açıklamalar dünyada gümbür gümbür manşet oldu.
Putin, Tayyip Erdoğan'ın kolunu bükmeye başlamıştı.

(O andan itibaren enteresan ötesi gelişmeler olacaktı.
Şak, Tayyip Erdoğan Moskova'ya gitti, Putin'le görüştü.
Şak, Rusya'dan S-400 aldık.
Şak, Putin geldi, nükleer santralın temelini attı.
Şak, Türkiye-Rusya "stratejik işbirliği" anlaşması imzaladı.
Şak, dünyanın en büyük inşaat gemisi Pioneering Spirit, Türkiye'ye geldi, Rusya'dan Türkiye'ye döşenecek olan Türk akımı doğalgaz boru hattını döşemeye başladı.
Şak, Tayyip Erdoğan'la Putin arasındaki sıcacık ilişkiler öyle hale geldi ki, Kremlin sözcüsü Peskov espriyle karışık lafı soktu, "eşim Tatyana'yla bile Tayyip Erdoğan'la görüştüğüm kadar görüşmüyorum" dedi.
Şak, Amerikan F35'leri yerine, seçenek olarak, Rus yapımı SU-57 savaş uçaklarıyla ilgilendiğimizi açıkladık.
Akkuyu nükleer santralını Ruslar işletecekti ama, servis bakımını bağımsız bir şirket üstlenecekti, şak, yeni anlaşma imzalandı, servis bakımının da Rusya tarafından yapılacağı açıklandı.
Şak, Tayyip Erdoğan'la Putin, Güney Afrika'daki BRICS zirvesinde biraraya geldi, başbaşa görüştüler, çıkışta gazetecilerin önünde şakalaştılar, Putin "hani beni restorana davet edecektin?" dedi, Tayyip Erdoğan "memnuniyetle bekliyorum" dedi, Putin "ama şu konuda anlaşmıştık, benim geleceğim restoranda Rus etleri olacak" dedi. Böylece, Rusya'nın Türkiye'ye kırmızı et satacağı ortaya çıktı!
Şak, Rusya başbakan yardımcısı "Türkiye'ye sığır eti ihraç etmeye başladık, ayrıca, kümes hayvanı da ihraç edeceğiz" dedi.
Şak, Pioneering Spirit gemisinin günde 6.27 kilometre boru döşeyerek, boru döşeme konusunda dünya rekoru kırdığı açıklandı. Böylece, Rusya'dan bize döşenen boru, dünya rekorları arasına girdi.

Şak, Rusya'dan bize boru döşeme işlemi tamamlandı, Putin geldi, boru döşeme işleminin başarıyla tamamlanması şerefine tören düzenlendi, Putin "ben bu projeye Erdoğan adını veriyorum" dedi.
Şak, Rus basını Putin'in son iki yılda dünyada en çok Türkiye'yi ziyaret ettiğini haber yaptı, "Türkiye'yle ekonomik ilişkiler tarihte görülmemiş seviyelere ulaştı" denildi.
Şak, Tayyip Erdoğan'ın sözcüsü İbrahim Kalın "Türkiye'de Rusça eğitimini yaygınlaştırmak gerekiyor, bu yaştan sonra vaktim olsaydı, fırsatım olsaydı, sırf Tolstoy'u Rusça okumak için Rusça öğrenirdim" dedi. Arapça sevdası aniden Rusça sevdasına dönüşmüştü.
Şak, Pravda gazetesi "Putin dünyada en çok Tayyip Erdoğan'la telefon görüşmesi yapıyor, sırf bu yıl 19 defa telefonla konuştular" diye haber yaptı. Macron'la 13 defa, Netanyahu'yla 11 defa, Merkel'le 8 defa, Trump'la 2 defa görüşmüştü, Tayyip Erdoğan'la 19 defaydı.
Şak, nükleer santralde Rusya'ya alım garantisi verdiğimiz, 15 yıl boyunca üretecekleri elektriğe 12.35 cent'ten sabit fiyat garantisi verdiğimiz, 15 yılda 35 milyar dolar ödeyeceğimiz ortaya çıktı.
Şak, buğday ithalatında dünya rekoru kırdık, domatesi anca kotayla satabildiğimiz Rusya'dan 6.5 milyon ton buğday aldık, buğday ithalatının yüzde 70'ini Rusya'dan yaptık.
Şak, Tayyip Erdoğan gene Moskova'ya gitti, "dostum" dediği Putin'le havacılık fuarını dolaştı, yeni nesil savaş uçağı SU-57'yi inceledi, merdiven koydular, çıkıp kokpite baktı, "uçuyor mu bu?" diye sordu, Putin "uçuyor" dedi, asrın liderimiz "bundan mı alacağız?" diye sordu, Putin "istiyorsanız alırsınız" dedi, beraber dondurma yediler, Tayyip Erdoğan "benimkini de ödüyorsun değil mi?" diye sordu, Putin "misafirsin" dedi, sayın yalaka basınımız "Tayyip Erdoğan dondurmasını Putin'e ısmarlatarak, ticaretten ne kadar iyi anladığını gösterdi, sıkı pazarlıkçı olduğunu kanıtladı" diye haber yaptı, kendisini solcu zanneden bazı tahta kafalı arkadaşlar, ABD'yle ipleri koparıp Rusya'yla ortak olduğumuzu falan zannederek sevindi.)

(Putin bir daha asla "Suriye'deki petrolün Türkiye'ye gittiğini biliyoruz" demedi. Bir daha asla "IŞİD petrolü"yle "Türkiye"yi aynı cümlede kullanmadı. Bir daha asla, düşürdüğümüz Rus uçağından bahsetmedi.
Kremlin'den bir daha asla "Erdoğan ve ailesi" denilmedi.
Her şey milletinin gözünün önünde oluyordu.

Rusya'nın uçağını düşürerek süper güç olduğumuzu zanneden, kendisini dev aynasında gören sayın ahalimiz, o düşürdüğümüz uçaktan itibaren Rusya'nın neler kazandığını göremiyordu.
"Uçağımızı IŞİD'le petrol ticaretini korumak için düşürdüler, Tayyip Erdoğan ve ailesi bu işin içinde" diyen Putin, bu açıklamasından sonra Türkiye'nin adeta tapusunu almıştı!)

Suudi Arabistan'ın Türgev'e verdiği 100 milyon doların belgesi ortaya çıktı. CHP lideri Kılıçdaroğlu, Suudi kralına İstanbul'da imar ayrıcalığı sağlandığını, bunun karşılığında Suudi kralının Türgev'e 100 milyon dolar bağışta bulunduğunu iddia etmişti, Türgev de Kılıçdaroğlu'na dava açmıştı. Mahkeme, bu dava kapsamında Türgev'in Vakıfbank'taki hesaplarının iki yıllık dökümünü istedi. Vakıfbank dökümü mahkemeye gönderdi. Evet, Suudi Kraliyet Hükümeti Royal Protocol tarafından Türgev'e 99 milyon 999 bin 990 dolar gönderilmişti.

Türgev dekontunun ortaya çıktığı hafta, Tayyip Erdoğan Suudi kralının davetlisi olarak Suudi Arabistan'a gitti. Kralın emriyle Kabe'nin kapıları açıldı, ihrama bürünen Tayyip Erdoğan Kabe'nin içine girdi, dualar etti, ihramlı fotoğraflar basına servis edildi.
"Al sana dekont" demek istiyordu!

Stadyumlardan Atatürk ismini silmeye başladılar.
Mevcut stadyumları yıkıyor, yerine yenisini yapıyor, o arada ismini değiştiriyorlardı. Bursa Atatürk stadı, Timsah Arena yapıldı. Antalya Atatürk stadı, Antalya Arena yapıldı. Afyon Atatürk stadı, Afyon Arena yapıldı. Eskişehir Atatürk stadı, Es Es Arena yapıldı. Antakya Atatürk stadı, Hatay Arena yapıldı. Konya Atatürk stadı, Konya Arena yapıldı. Sakarya Atatürk stadı, Sakarya Arena yapıldı. Beşiktaş İnönü stadı, Vodafone Arena yapıldı. İzmit İsmetpaşa stadı, Kocaeli Arena yapıldı. Malatya İnönü stadı, Malatya Arena yapıldı. Samsun 19 Mayıs stadı, Samsun Arena yapıldı. Sivas 4 Eylül stadı, Sivas Arena yapıldı. Şanlıurfa 11 Nisan stadı, GAP Arena yapıldı. Gaziantep Kamil Ocak stadı, Gaziantep Arena yapıldı. Adana 5 Ocak stadı, Adana Koza Arena yapıldı. Kayseri Atatürk stadı, Kadir Has stadı yapıldı. Rize Atatürk stadı, Yeni Rize stadı yapıldı. Diyarbakır Atatürk stadı, Diyarbakır Arena yapıldı. Giresun Atatürk stadı, Çotanak Arena yapıldı. Elazığ Atatürk stadı, Elazığ Arena yapıldı. Atatürk sevgisini böyle silebileceklerini sanıyorlardı.

Cumhuriyet gazetesi genel yayın yönetmeni Can Dündar ve Ankara temsilcisi Erdem Gül, MİT tırları haberi yüzünden tutuklandı.
AKP adaletini gözler önüne seren çarpıcı bir örnekti.
"Yemin ediyorum, vallahi de billahi de o silahlar Türkmenlere gitmiyordu, bilerek söylüyorum" diyen Tuğrul Türkeş, hükümette başbakan yardımcısı yapılırken, o silahların haberini yapan gazeteciler "askeri casusluk" suçundan hapse atılıyordu.

Tahir Elçi öldürüldü.
Diyarbakır barosu başkanıydı.
Sur ilçesindeki Dört Ayaklı Minare'nin önünde basın toplantısı düzenliyordu, güpegündüzdü, kameraların önündeydi, katılımcılardan çok sivil polis vardı, sokağın iki tarafından ateş açıldı, çatışma çıktı, Tahir Elçi ensesinden girip alnından çıkan bir kurşunla hayatını kaybetti, her şey herkesin gözü önünde canlı yayında yaşandı. Ama... Katilin yakalanmasını filan boşverin, olay yeri incelemesi yapılmadığı için Tahir Elçi'yi öldüren mermi çekirdeği bulunamadı, mermi bulunmadığı için hangi silahtan çıktığı bulunmadı, üç polis memuru hakkında kuvvetli şüphe vardı ama, sonuç alınamadı, iddianame anca beş yılda hazırlandı, 2023 yılı itibarıyla hâlâ "kim vurdu"ya gitmiş vaziyetteydi.
Sur'da yaşanacakların işaret fişeğiydi.

Güneydoğu yangın yeriydi.
Onlarca ilçede sokağa çıkma yasağı ilan edilmişti. PKK okulları hastaneleri bile roketle vuruyordu. Öğretmenler, doktorlar, bavulu toplayan kaçıyordu. Yollar kesiliyor, araçlar yakılıyordu. Camiler kundaklanıyordu. Sur, Cizre, Silopi, Nusaybin... Kobani gibiydi.
Çünkü, PKK taktik değiştirmişti.
Terörü kırsaldan şehir merkezine taşımıştı.
Hendekler kazılmış, evler arasında tüneller açılmıştı.
Sokak savaşı yaşanıyordu, en ağır çatışmalar Sur'daydı.
Ulu Cami'de tarihte ilk kez ezan sustu.
Haçlı seferleri bile susturamamıştı.
1377 yıl sonra ilk kez namaz kılınamadı.

Her sokağı mayınlamışlar, her köşeyi bombayla tuzaklamışlardı.
Sur'da sadece PKK'yla vuruşmuyorduk, öldürülen teröristler arasında Almanlar vardı, Hollandalılar vardı, örgüte para karşılığında çalışan Sırp keskin nişancılar vardı. Özel Kuvvetler Komutanlığı'na bağlı bordo bereli dört taburu bile Sur'a göndermek zorunda kalmıştık, tankları Sur'a sokmak zorunda kalmıştık, teröristlerin saklandığı binaları yıkmak için top atışları yapılıyordu.
Haftalarca sürdü, sel gibi tabut yağdı.
249 asker, polis, korucuyu şehit verdik.
500'den fazla gazimiz vardı.
Açılım'ın feci saçılımıydı.

Akil adam (!) hakkında yakalama kararı çıkarıldı.
Açılım döneminde AKP'nin akiller heyetinde yeralan gazeteciler ve yazarlar vakfı başkanı Cemal Uşak, Fethullahçı terör örgütüne mensup olmaktan aranıyordu.
Akili buysa, açılımın bu hale gelmesi elbette şaşırtıcı değildi.

(Cemal Uşak yurtdışına kaçtı, 2016 yılında yurtdışında öldü.)

Diyanet işleri başkanlığının fetva hattına sapkın bir soru yöneltildi. "Bir babanın öz kızına duyduğu şehvet, karısıyla olan nikahını düşürür mü?" diye soruldu. Fetva hattı da sapkın bir cevap verdi. "Babanın öz kızına şehvet duymasının, kızını şehvetle öpmesinin ya da şehvetle sarılmasının nikaha bir etkisi yoktur" denildi.
Ürperticiydi.

Hasan Karakaya öldü.
Genelkurmay başkanlarına "gizli yahudi" diyen, Atatürk'e kin kusan *Aki*t gazetesinin yayın yönetmeni ve başyazarıydı. AKP politikalarına itiraz eden insanlara "pezevenkler, kaltaklar, orospular, köpek oğlu köpekler, kitapsızlar" diyen gazeteciydi.
Genelkurmay başkanlığı bu köktendinci *Akit* gazetesine taziyede bulundu, başsağlığı diledi, "haksızlığa karşı en zor zamanlarda konuşmasını bilmiştir, Türk gazeteciliği açısından yeri doldurulmayacak bir boşluk oluşmuştur" denildi.
Hulusi Akar'ın genelkurmay başkanlığı işte buydu.

Yarbay Ali Tatar'ın cenazesine gelmeyen, albay Murat Özenalp'in cenazesine katılmayan, tuğamiral Cem Aziz Çakmak'ın cenazesine çelenk bile göndermeyen, Balyoz şehitlerine gayet mesafeli olan Hulusi Akar, Atatürk düşmanı Hasan Karakaya'ya çok üzülmüştü.

(Hasan Karakaya, Tayyip Erdoğan'ın Suudi Arabistan gezisinde ölmüştü, Tayyip Erdoğan yurda dönüş yolunda Hasan Karakaya'nın tabutunu masaya koyup, gazetecilerle o şekilde sohbet etmek istemişti, ancak, bu fikir uçak kalktıktan sonra aklına geldiği için tabut kargodan çıkarılamamıştı. Tayyip Erdoğan'ın tabutu uçaktaki masaya koymak istediğini, bizzat uçaktaki yandaş gazeteciler yazdı.)

Sultanahmet Meydanı'nda canlı bomba patladı.
Hepsi Alman turist, 12 kişi hayatını kaybetti.
Terörist IŞİD'liydi, Suriyeliydi.

Diyarbakır'da Çınar İlçe Emniyet Müdürlüğü'nün önünde bomba yüklü araç patlatıldı roketlerle saldırıldı, polis lojmanlarının da bulunduğu binada altı insanımız hayatını kaybetti, biri henüz beş aylık bebekti, biri dört yaşında, biri 12 yaşında çocuktu.
Bir gün IŞİD vuruyor, bir gün PKK vuruyordu.

"Barış İçin Akademisyenler Bildirisi" yayınlandı.
1128 akademisyen imzalamıştı. Türkçe ve Kürtçe hazırlanmıştı. PKK'ya yönelik operasyonların durdurulmasını istiyorlardı. "Bu suça ortak olmayacağız" deniliyordu. Hümanist makyajlı bölücü örgüt yanlısı bir metindi. Bildiriyi imzalayan akademisyenler gözaltına alındılar. Üniversitelerden atıldılar.

"Barış" denilen akademisyenler manşetlerdeyken, dünyaca saygın biliminsanlarımızın imzaladığı bir başka bildiri yayınlandı.
İmzalayanlar arasında Profesör Sina Akşin, Profesör Semih Koray, Profesör Lale Afrasyap, Profesör Özdemir Nutku, Profesör Tülin Oygür, Profesör Zafer Kars, Profesör Kemal Alemdaroğlu, Profesör Seçil Karal Akgün, Profesör Çağatay Keskinok, Profesör Ali Rıza Odabaşı, Profesör Ayşe Kars, Profesör Attila Altunel, Profesör Uygur Er, Profesör Ercan Enç, Profesör Hakan Muğlalı, Profesör Erbil Gözükırmızı, Profesör Yıldırım Doğan, Profesör Mehmet Kartal,

Profesör Mustafa Gürelik, Profesör Birol Kılkış, Profesör Kadriye Akgün Dar, Profesör Selahattin Karakaş, Profesör Kürşat Yıldız, Profesör Süleyman Çelik, Profesör Mualla Ulusavaş, Profesör Gonca Tatar, Profesör Rahmi Pınar, Profesör Nusret Demircan, Profesör Ali Ünal, Profesör Murat Gürkaynak, Profesör Gülümser Heper, Profesör Alev Türker, Profesör Nilgün Çerikçioğlu, Profesör Osman Şadi Yenen, Profesör Taner Çamsarı, Profesör Yüksel Şahin, Profesör Kazım Üzüm, Profesör Meliha Atalay, Profesör Mustafa Ergün, Profesör Murat Argon, Profesör İzzet Şahin, Profesör Dilek Gözütok, Profesör Mahmut Mekin Sarı, Profesör Şafak Şahlan, Profesör Esin Ergin, Profesör Gökhun Tanyer vardı.

Peki, bu alternatif bildiride ne diyorlardı?

"Akademisyenler bildirisi adındaki metin, kamu vicdanını rencide edici, üniversite camiasını lekeleyici niteliktedir. Güneydoğudaki çatışmaların gayrimeşru tarafını örterek, gizleyerek, kamuoyunu yanıltmak, hak arayışı değil, aymazlıktır. Kullanılan dil, Cumhuriyet'le çatışan gayrimeşru örgütün dilidir. Akademik özgürlük, ülke bütünlüğüne karşı eylemlerin gerekçesi yapılamaz. Cumhuriyet'in değerleri, bölgenin itildiği etnik-mezhep çatışmalarına karşı güvencedir. Türkiye Cumhuriyeti'nin bütünlüğüne ve ulusun birlikte yaşama iradesine bağlı kalacağımızı ilan ediyor, tüm akademisyenleri bu çıkmaz yoldan biran önce çıkmaya çağırıyoruz" diyorlardı.

Yani?

Türkiye Cumhuriyeti sadece "devlet silah bıraksın, PKK'nın taleplerini kabul etsin" diyen akademisyenlerden ibaret değildi.

Bu ülkede "Cumhuriyet'in değerleri, bölgenin itildiği etnik-mezhep çatışmalarına karşı güvencedir" diyen akademisyenler de vardı.

Gel gör ki...

Cumhuriyet'i savunan bildiri tek sütun haber bile yapılmadı!

PKK'yı savunursan, manşet yapıyorlardı.

Cumhuriyet'i savunursan, görmezden geliyorlardı.

Adı sanı bilinmeyen, henüz yardımcı doçent unvanı bile bulunmayan tiplerle sayfa sayfa röportajlar yapılırken, dünyaca saygın profesörlerimiz yok sayılıyordu.

CHP kurultayı toplandı.

Kılıçdaroğlu yine tek adaydı.

Yedi defa seçim kaybetmişti, dördüncü defa genel başkan seçildi.
Seçim kazanamıyordu ama kurultayları rahat rahat kazanıyordu!
Aslında, Muharrem İnce, Umut Oran ve Mustafa Balbay da genel başkan aday adayıydı, ancak delegelerden yeterli imzayı toplayabilmeleri imkansızdı, delegeleri Kılıçdaroğlu seçiyor, delegeler de Kılıçdaroğlu'nu seçiyordu, bu yüzden hiç kimse aday olmadı/olamadı.
İlk defa genel başkan olduğu kurultayda Bülent Ecevit kasketi takmıştı, "yeni Karaoğlan" diye alkışlanmıştı. İkinci defa genel başkan olduğu kurultay salonuna Che Guevara beresiyle posteri asılmıştı, "yeni Che" diye alkışlanmıştı. Üçüncü defa genel başkan olduğu kurultayda "yeni Gandi" diye alkışlanmıştı. Dördüncü defa genel başkan olduğu kurultayda "ben Dersimli Kemalim" demişti, "Dersimli Kemal" olmuştu. Her kurultayda kimlik değiştiriyordu. CHP de genel başkanıyla birlikte habire kimlik değiştiriyor, kimliksizleştiriliyordu.
CHP, şelaleye sürüklenen kütük misali sürükleniyordu.

Tayyip Erdoğan, Güney Amerika gezisine çıktı.
Şili, Peru, Ekvador'u gezecekti.
Askeri kargo uçağıyla zırhlı makam Mercedes'i de götürüldü!
Özel makam uçağı, askeri kargo uçağı, şurekası, koruma ordusu, en lüks oteller, en kral süitler filan, beş günlük Latin Amerika gezisi – harcırahlar hariç- 67 milyon dolarcık tutuyordu.

Mustafa Koç vefat etti.
Koç Holding yönetim kurulu başkanı, İstanbul Beykoz'daki evinde spor yaparken kalp krizi geçirdi, apar topar Beykoz Devlet Hastanesi'ne kaldırıldı ama, kurtarılamadı, 56 yaşındaydı.
Zincirlikuyu'da dedesi Vehbi Koç'un yanına defnedildi.
Atatürk sevdalısıydı, sosyal medyadaki son paylaşımı, Havana'daki Atatürk büstünün yanında çektirdiği fotoğraftı.
Zenginin cenazesi kalabalık olur ama, gözyaşı yoktur, Mustafa Koç'un cenazesinde ise Türkiye samimiyetle üzüntü duyuyordu.
Maharet hem zengin olmak, hem insan kalabilmekti.
Mustafa Koç bunu başarmıştı.

Kamer Genç vefat etti.
30 yıldır milletvekiliydi.

Tek başına muhalefet partisi gibiydi.
Gerçek bir vatanseverdi.
Kılıçdaroğlu gibi Tunceli Nazımiye doğumluydu ama, Dersimli değil, Tunceliliydi. "Ben hayatıma Tunceli'nin köyünde amele çocuğu olarak başladım, Atatürk ve Cumhuriyet sayesinde okuyup, milletvekili oldum, Atatürk olmasaydı kul'dum, benim mücadelemin kaynağı, yüce Atatürk'e ve onun devrimlerine olan borcumdur" diyordu.
76 yaşında hayata gözlerini yumdu, vasiyeti gereği Kartal Cemevi'nde tören düzenlendi, tabutuna Türk Bayrağı sarıldı, başladığı yerde bitirdi, Tunceli Nazımiye'nin Ramazanköy'üne defnedildi.

Başbakan Ahmet Davutoğlu, Mardin'de konuştu.
Terörle mücadele eylem planını izah etti.
Sabırla okuyun lütfen...
"Mardin, Hazreti Ömer tarafından fethedildi. Hazreti Ömer, Mısır'ı Irak'ı İran'ı Medine ruhuyla buluşturdu. Sultan Alparslan'ın ordusunda kavimler aşkla buluştu, Mezopotamya'yla Anadolu meşaleye dönüştü. Sonra Haçlılar geldi, Selahaddin Eyyübi harekete geçti. Ben bakanlar kurulunu açtığımda besmeleyle hamdederim, sol tarafımda Mezopotamya çocuğu, sağ tarafımda Karadeniz çocuğu, en uç noktada Rumeli çocuğu, hamdolsun, Kafkas çocukları, Anadolu çocukları, Balkan çocukları birleşti, hepimiz Alparslan, hepimiz Selahaddin-i Eyyubi'yiz. Haçlılardan sonra Moğollar geldi, Mezopotamya'yı yakıp yıktı. Söğüt'ten Osmanlı ruhu tecelli etti. Sultan Selim Han ile İdris-i Bitlisi, ortadoğu İslam bütünlüğünü sağladı. Bugün tarumar etmeye çalıştıkları Fatih Paşa Camii'nin banisi, İstanbul'u Bağdat'la, İstanbul'u Kudüs'le, İstanbul'u Medine-i Münevvere'yle buluşturan, Sultan Selim Han'ın yanındaki İdris-i Bitlisi ve Fatih paşaydılar. Hepimiz Fatih paşayız, hepimiz İdris-i Bitlisiyiz. Sonra sömürgeciler geldi, 1798'de Napolyon Mısır'a girdiğinde kalbimize ilk hançeri sapladı. Bu sene Kut'ül Amare'nin yüzüncü yılı, Kut'ül Amare Irak'ta Kut şehri yakınıdır, sömürgecilere karşı Araplar, Türkler, Kürtler, Süryaniler, Keldaniler, Sünniler, Şiiler beraber savaştı, yedi düveli yeneceğimizi gösterdik. Sonra, yükünü hâlâ omuzlarımızda hissettiğimiz, Osmanlı'yı yok etmek için imzalanan gizli Sykes Picot anlaşması, Anadolu'yu Mezopotamya'dan ayırma düşüncesi devreye girdi. Ya Kut'ül Amare kazanacak, ya Sykes Picot kazanacak. Hintli müslümanlar istiklal ordularına yardım etti, Türkiye Cumhuriyeti devleti, Hint, Afrika, Orta Asya dualarıyla yükseldi. Bizim babalarımız

gizli gizli gittikleri mekanlarda Kuran-ı Kerim öğrendi. 1071 ruhu, Selahaddin-i Eyyubi ruhu, Mezopotamya ruhuyla 12 Eylül'e karşı mücadele ettik. Yolsuzluklara karşı çıktık. Yunus Emre'nin Türkçesiyle, Feqiye Teyran'ın Ahmed-i Hani'nin Kürtçesi arasında fark yoktur. Haçlı, Moğol, sömürgeci zihniyetinin sonu olsun" dedi.

Okuduğunuzda gözlerinize inanamadığınızı biliyorum ama, Türkiye'yi başbakan olarak yöneten Ahmet Davutoğlu'nun terörle mücadele eylem planı buydu, cümleler birebir böyleydi!

Türkiye bu saçma sapan hayallerle oyalanırken, Ege Denizi adeta Yunan gölü haline geliyordu, Yunanistan emrivakiyle Ege kıyılarımızdaki adacıklarımızı göz göre göre işgal ediyordu.

(Ege Denizi'nde kısaca EGAYDAAK tabir edilen, egemenliği antlaşmalarla devredilmemiş ada, kaya ve kayacıklar var. Bu adacıkların Türkiye'ye ait olduğunu gösteren Amerikan ve İngiliz belgeleri var, bu belgelerde açıkça Türk toprağı kabul ediliyor. Ancak, henüz uluslararası bir antlaşma imzalanmadığı için, Türkiye gidip bu adacıklara bayrak dikmiyordu. Bu adacıklar, Lozan Antlaşması'ndan beri egemenliği kimseye devredilmeden öylece duruyordu. Ancak... Yunanistan, AKP iktidara gelir gelmez hamle yapmış, tek tek işgal etmeye başlamıştı. 2016 yılı itibarıyla 17 adacığımıza ve 152 kayalığımıza oturmuşlardı. AKP görmezden geldiği için, her yıl bir başka adacığımızı işgal ederek, bu adacıklarımıza askeri üs kurdular, belediye başkanlığı kurdular, okul kurdular, kilise kurdular, nüfus taşıdılar. Yunan cumhurbaşkanı, Yunan genelkurmay başkanı, Yunan milli savunma bakanı, helikopterle bu adacıklara inerek, gövde gösterisi yaptılar, Türk toprağını alenen Yunan toprağı ilan ettiler. 1995 yılında aynı statüdeki Kardak kayalıkları için topyekûn savaşı göze alan, SAT komandolarımızı Kardak'a çıkararak, Türk Bayrağı diken Türkiye, şimdi gıkını bile çıkarmıyordu. Bodrum'un Didim'in hemen burnunun dibindeki Bulamaç, Koyun, Keçi, Eşek, Hurşit, Fornoz, Nergiscik adaları 2023 yılı itibarıyla hâlâ Yunan işgalindeydi.)

Başkent Ankara'da katliam yapıldı.
Çankaya'da Merasim Sokak'ta genelkurmay başkanlığı lojmanlarının burnunun dibinde, mesai çıkışında, askeri servis araçlarının kırmızı ışıkta durduğu sırada, PKK'lı canlı bomba, bomba yüklü aracı patlattı, 28 kişi hayatını kaybetti.
Dört ay önce yaşanan Gar katliamından bu yana, istihbarat yoktu, sorumlu yoktu, istifa eden eden yoktu, netice aynıydı, Türkiye'de insan hayatının değeri yoktu.
Ambulanslardan önce yayın yasağı geldi!

> *(Patlamada kullanılan araç, İzmir'de sahte ehliyetle kiralanmış, İstanbul'a götürülmüş, sahte plaka takılmış, Diyarbakır'a götürülmüş, patlayıcı yüklenmiş, Ankara'ya getirilmişti. Serseri mayın gibi 3000 kilometre yol yapmıştı. Güya habire trafik kontrolü vardı ama, ne polis durdurmuş, ne jandarma durdurmuştu.)*

(28 insanımızı katleden bombacı terörist için Van'da taziye çadırı kuruldu, HDP milletvekili Tuğba Hezer Öztürk buraya taziyeye gitti. Bu taziye nedeniyle dokunulmazlığı kaldırılınca yurtdışına kaçan Tuğba Hezer Öztürk, HDP'yle PKK arasındaki organik bağın kanıtlarından biriydi. Erkek kardeşi de PKK'lıydı, 1998 yılında askerle girdiği çatışmada öldürülmüştü, ablası da PKK'lıydı, 2022 yılında Süleymaniye'de MİT operasyonuyla öldürülecekti.)

Can Dündar ve Erdem Gül, 92 gündür hapisteydiler, müebbetle yargılanıyorlardı, Anayasa Mahkemesi haklarının ihlal edildiğine karar verdi, tutuksuz yargılanmak üzere tahliye edildiler.
Tayyip Erdoğan çok öfkelendi.
Anayasa'ya ve hukukun üstünlüğüne bağlılık yemini ettiğini unutarak, "Anayasa Mahkemesi'nin verdiği karara uymuyorum, saygı da duymuyorum" dedi.

Bilal Erdoğan doktora yapmak üzere Bologna'ya gitmişti. Fransa'da yaşayan Hakan Uzan İtalya'daki avukatı aracılığıyla ihbarda bulundu, "Bilal Erdoğan'ın Türkiye'den yüklü miktarda para getirdiği" öne sürüldü. Bu ihbar üzerine kara para soruşturması açıldı, Bilal Erdoğan apar topar İtalya'dan ayrılmak zorunda kaldı.
Tayyip Erdoğan çok öfkelendi.

"Şu anda İtalya'ya girecek olsa oğlumu belki de tutuklayacaklar, benim pırlanta gibi oğluma kara para aklayıcısı damgasını vurmaya kimsenin hakkı yok, İtalya benim oğlumla uğraşmayı bıraksın da kendi mafyasıyla uğraşsın" dedi.

İçerde dışarda, hukuk dediğin Tayyip Erdoğan'ın canının istediği gibi olmalıydı, yoksa naapsındı öyle hukuku!

~

2015 yılında CİMER icat edilmişti, Cumhurbaşkanlığı İletişim Merkezi'ydi. Vatandaşlar şikayetlerini telefonla veya e-postayla, doğrudan cumhurbaşkanlığına iletebiliyordu. Güya vatandaşların sorunlarını çözmek için kurulmuştu ama "kindar muhbir" hattına dönüşmüştü. Canı isteyen herkes "şu kişi" veya "şu gazeteci" sayın cumhurbaşkanımıza hakaret etti diyerek, buraya şikayet ediyor, bu şikayet derhal savcılıklara iletiliyor, savcılar da -mecburen- derhal soruşturma açıyordu. Özellikle muhalif gazeteciler hakkında CİMER'e yağmur gibi asılsız ihbar geliyordu, asılsız olmasına rağmen, muhalif gazeteciler savcılıktan savcılığa koşturmak zorunda kalıyordu.

~

Vahdet gazetesinin yazarı Seyfi Şahin güya bilimsel makale yazdı, "Afrika ormanlarında yaşayan goril ve şempanzelerin, lanetlenmiş Yahudiler olduklarına inanıyorum" dedi.

~

Uşşaki tarikatı şeyhi Nurullah efendi, müritlerine izah etti. "Manevi bir uyarı aldım, elimi öpen cennete gider" dedi.

~

Sosyal Doku Vakfı başkanı Nurettin Yıldız, sapkınlığın çıtasını yükseltti. "Altı yaşında çocukla evlenilebilir, üç yaşındaki kız çocukları amcalarının yanına külotla çıkmamalı" dedi.

~

Süleyman Demirel Üniversitesi ilahiyat fakültesi dekanı Profesör Rifat Okudan, üniversitelerimizin kimlere emanet edildiğini ortaya koydu. "Cinsel ilişki sırasında şeyhinizi hatırlarsanız, doğacak çocuğunuz bereketli olur" dedi.

~

Beyaz Hareket Derneği tarafından Tayyip Erdoğan Sempozyumu düzenlendi, Egemen Bağış moderatör oldu. Tarım bakanı Mehdi Eker "millet Tayyip Erdoğan sayesinde 160 yıldır beklediği liderini buldu" dedi. AKP genel başkan yardımcısı Mustafa Ataş "Tayyip Erdoğan Allah'ın ümmete lütfudur" dedi. AKP milletvekili Ravza Kavakçı Kan ise, Tayyip Erdoğan hakkında Kuran-ı Kerim'de peygamberler için kullanılan "üsvetün hasene" yani "güzel örnek" benzetmesini kullandı, "Tayyip Erdoğan bir güzel üsvetün hasenedir" dedi.

Türban ilk kez mülki idare teşkilatına girdi. Eskişehir'in Sarıcakaya İlçesi'nde göreve başlayan 25 yaşındaki Neslihan Kısa, Türkiye'nin ilk türbanlı kaymakamı oldu.

---

3 Mart 1924.
Hilafet kaldırılmıştı.
3 Mart 2016.
Yıldönümünde, başkent Ankara'da hilafet çağrısı yapıldı.

Yargıtay tarafından terörist kabul edilen Hizb-ut Tahrir örgütü, Ankara Belediyesi'ne ait Atatürk Spor Salonu'nda "uluslararası hilafet toplantısı" düzenledi. "Şeriat istiyoruz" sloganları atıldı. Cumhuriyet kadroları "kafir" olarak nitelendirildi. "Ankara, Cumhuriyet şehri değildir, İslam şehridir" denildi. Demokrasinin ve laikliğin yıkılacağı anons edildi, "demokrasiye bu topraklarda yer yok" denildi. Açık açık "hilafeti yeniden ilan ediyoruz" denildi. Polis sadece seyretti.

Fethullah Gülen cemaatinin yayın organı *Zaman* gazetesine el kondu, kayyum atandı. Halbuki... Tayyip Erdoğan bu gazete hakkında "ateşte açan çiçeksiniz, ülkeye vizyon kattınız, yüzakı oldunuz" diyordu, *Zaman* gazetesinin kuruluş yıldönümü törenlerine katılıyor, pastalarını bizzat kesiyordu.

> *(AKP tarafından Zaman gazetesinin internet sayfasının başına Özgü Yici getirilmişti, yandaş Sabah ve Akşam gazetelerinde internet genel yayın yönetmeniydi. AKP'nin en güvenilir gazetecilerinden biri olarak Zaman gazetesinin başına getirilen Özgür Yici, 2023 yılında Kemal Kılıçdaroğlu tarafından genel*

başkan danışmanı yapılacaktı. Kılıçdaroğlu'nu koşulsuz destekleyen gazeteciler bile şoke olacaktı.)

Ankara'da yine katliam oldu.
PKK'lı iki terörist tarafından kullanılan patlayıcı yüklü otomobil, Güvenpark'ta otobüs duraklarının önünde patlatıldı, 38 kişi hayatını kaybetti.
Beş ay içinde üçüncü katliamdı; Gar saldırısı olmuş, dört ay sonra Güvercin Sokak saldırısı olmuş, bir ay sonra Güvenpark saldırısı olmuştu, istihbarat faciasıydı.
"Canlı bombaları niye yakalayamıyorsunuz?" diye sordular, başbakan Davutoğlu akıllara ziyan bir açıklama yaptı, "hepsinin isim listesi tek tek elimizde ama, eylem yapmadan tutuklayamayız" dedi!

Güvenpark'tan bir hafta sonra, İstanbul'da İstiklal Caddesi'nde canlı bomba patladı, dört turist hayatını kaybetti, terörist Türk vatandaşıydı, IŞİD'liydi.
Bu saldırıdan üç gün önce Almanya ve ABD büyükelçilikleri, adres bile vererek, İstiklal Caddesi'nde terörist saldırı olacağı konusunda alarm yayınlamış, kendi vatandaşlarını uyarmıştı. Hatta, Alman konsolosluğuyla birlikte Özel Alman Lisesi tatil edilmişti.
Bizimkiler yalanlıyordu.
İstanbul Valiliği yalanlama açıklaması yapmıştı, "yabancı ülke temsilciliklerinin duyumları teyide muhtaç, sansasyonel ve gayri ciddi söylentileri dikkate almayın" demişti.
Saldırı bangır bangır geliyordu.
Bizimkiler "dedikodu" diyordu.

Brüksel'de canlı bomba saldırısı oldu.
34 kişi hayatını kaybetti.
Belçika içişleri bakanı o gün istifa etti.
Belçika adalet bakanı o gün istifa etti.
İbretti.
Avrupalılık kavramından ne kadar uzak olduğumuzun kanıtıydı.

Tayyip Erdoğan tarihi itirafta bulundu.
Açılım döneminde valilere talimat verdiğini, "terör örgütünün üzerine gitmeyin, sakın sıkıştırmayın" dediğini açıkladı.
"İyiniyetimizi suistimal ettiler" dedi.
Dünya tarihinde ilk kez, silahlı terör örgütüne karşı iyiniyet gösterdiğini ifade eden bir cumhurbaşkanı görülüyordu!
Diyarbakır'da servis aracı geçerken, bomba yüklü araç patlatıldı.
Yedi polisimiz daha şehit oldu.

Rıza Sarraf ABD'ye gitti, tutuklandı.
Tutuklanır tutuklanmaz, hemen o gece, AKP apar topar Meclis'i topladı, "gizlilik yasası" çıkarıldı. "Kişisel verileri hükümetin izni olmadan yurtdışına aktarmak" ağır suç haline getirildi.
AKP paniklemişti.
Rıza Sarraf'ın aslında yakalanmadığını, yakalanma vesilesiyle itirafçı olacağını, arkasının çorap söküğü gibi geleceğini biliyorlardı.

"Ölene kadar ayrılmayacağız" diyorlardı.
Ebru Gündeş derhal boşanma davası açtı.

AKP hükümeti tarafından ahaliye dağıtılan avanta kömürde bile hırsızlık yapıldığı ortaya çıktı, 25 kiloluk denilen torbaların aslında 20 kilo geldiği, her torbada en az 5'er kilo çalındığı anlaşıldı.

Ensar Vakfı'nda tecavüz skandalı patladı.
Ensar Vakfı'yla İmam Hatip Mezunları Derneği'nin Karaman'daki yurtlarında gönüllü görev yapan 54 yaşındaki öğretmenin, yatılı kursa gelen dokuz yaşındaki 45 erkek çocuğuna tecavüz ettiği ortaya çıktı.
Tecavüzlerin üç yıldır devam ettiği, yatılı kalan çocukların üç yıldır denetimsiz şekilde bu sapığın ellerine bırakıldığı anlaşıldı.
Aile bakanı Sema Ramazanoğlu çıktı, "bi kerecik" dedi!
Ensar Vakfı'nı savundu.
"Bu olaya bir kere rastlanmış olması, hizmetleriyle gurur duyduğumuz kurumumuzu karalamak için gerekçe olamaz" dedi.

Sabahattin Zaim Üniversitesi rektör yardımcısı profesör Bülent Arı, dünya eğitim tarihine geçen bir açıklama yaptı... "Ben bu ülkede cahil ve okumamış, tahsilsiz kesimin ferasetine güveniyorum. Ülkeyi ayakta tutacak olanlar, okumamış, hatta ilkokul bile okumamış cahil halktır. Türkiye'nin okumuş kesimi, profesörlerden başlayarak geriye doğru en tehlikeli olanlar üniversite mezunlarıdır. Olayları en rahat okuyanlar ilkokul mezunlarıdır. Çünkü zihinleri berrak. Okuma oranı arttıkça beni hafakanlar basıyor" dedi.

Bu akılalmaz sözleri söyleyen, üniversite mezunlarının toplumun en tehlikeli insanları olduğunu söyleyen profesörü, bütün üniversitelerin tepesine getirdiler, YÖK'e yönetici yaptılar!

Avrupa Birliği'yle Türkiye arasında Geri Kabul Anlaşması imzalandı. Bu anlaşmaya göre, Türkiye üzerinden Avrupa'ya geçmiş bulunan bütün kaçak mültecileri bize iade edecekler, karşılığında hem Türkiye'ye üç milyar euro verecekler, hem de Türk vatandaşlarına vizesiz seyahat imkanı tanıyacaklardı.

Netice ne oldu?

Mültecileri şakır şakır geri gönderdiler, Türkiye'yi kaçak mülteci deposu yaptılar ama, söz verdikleri parayı vermediler, vizesiz seyahati boşverdik, turistik vizeyi bile zorlaştırdılar.

Cehaletin ferasetine güvenen, okuma oranı arttıkça hafakanlar basan AKP zihniyetinin yapacağı anlaşma, elbette anca bu kadar olacaktı!

MKE'nin silah fabrikası müdürü, Milli Piyade Tüfeği projesi'ni satmak isterken, suçüstü yakalandı. Uluslararası silah ticareti yapan Amerikan Zenith Fire Arms şirketine 300 bin dolar karşılığında çizimleri vermeye kalkışmıştı, söz konusu şirketin Türk sahibi tarafından ihbar edilmişti.

AKP döneminin en önemli zafiyetlerinden biri liyakatti. Devletin hayati önemdeki kritik kurumları, işte böylesine karaktersizlere emanet edilmişti, vatanı milleti parayla satacak tiplere "milli silah" teslim edilmişti.

Diyarbakır'da çatışma çıktı, üç şehit verdik, gözünden yaralanan yüzbaşı Ersel Ezen'in ambulans uçakla GATA'ya götürülmesi gerekiyordu, "eşim ve oğlum da benimle gelebilir mi?" diye sordu, "olmaz" dediler, yüzbaşı ne yapsın, eşini ve oğlunu Ankara'ya getirebilmek için kendi kredi kartıyla uçak bileti almak zorunda kaldı.

(Suriye'de yaralanan Suriyeliler, ambulans uçağımızla İzmir'e sevkedilmişti. Lübnan'a sığınan Suriyeliler, THY'nin tahsis ettiği özel uçakla Türkiye'ye getirilmişti. Tunus'taki çatışmalarda yaralanan muhalifler, Yemen'deki çatışmalarda yaralanan muhalifler, Türkiye'nin tahsis ettiği özel uçaklarla Türkiye'ye getirilmişti. Mısır'daki yaralı Filistinliler, Mısır'a gönderilen özel uçakla Türkiye'ye getirilmişti. Hamas militanları sayın hükümetimizin Mısır'a gönderdiği özel uçakla Türkiye'ye getirilmişti. Somali'deki çatışmalarda yaralanan Somalililer, Türkiye'nin tahsis ettiği özel uçakla Türkiye'ye getirilmişti. Kobani'ye gitmek üzere topraklarımızı kullanan Kürdistan silahlı kuvvetleri, Erbil'den Şanlıurfa'ya özel olarak tahsis edilen THY uçaklarıyla getirilmişti. Tayyip Erdoğan'ın zırhlı makam Mercedes'i taaa Latin Amerika gezisine askeri kargo uçağıyla götürülmüştü. Abdullah Gül'e Kazakistan tarafından hediye edilen beygir, özel uçakla Türkiye'ye getirilmişti. Tayyip Erdoğan'a Katar emiri tarafından hediye edilen beygirler, özel uçakla Türkiye'ye getirilmişti. Vaziyet böyleyken... Gözünden yaralanan yüzbaşımızın eşi ve oğluna, devletimizin uçağında yer yoktu.

Aslında buna da şükürdü.

Ambulans uçağın benzin parasını da yüzbaşıya ödetebilirlerdi!)

Şehitlerimizin cenaze törenlerinde 1932'den beri Chopin'in cenaze marşı çalınıyordu. "Ti" işareti veriliyordu, sonra da Opus 35, iki numaralı sibemol minör piyano sonatı'nın üçüncü bölümü eşliğinde ihtiram yürüyüşü yapılıyordu.

İlk defa, 1932'de Samih Rifat'ın cenaze töreninde çalınmıştı. Şair, yazar, dilbilimciydi, milli mücadele kahramanıydı, Çanakkale milletvekiliydi, Türk Tarih Kurumu'nda büyük emeği vardı, Türk Dil Kurumu'nun ilk başkanıydı, Mehmet Akif Ersoy'la birlikte Divani Lugati't-Türk'ü Türkçeye çevirmiş, milli edebiyat akımı içinde yeralmış, "yaslı gittim şen geldim, aç koynunu ben geldim" dizeleriyle Kurtuluş Savaşı'nın destansı simgelerinden olan Akdeniz Marşı'nı yazmıştı. Matem atmosferinde evrensel kabul gören Chopin'in cenaze marşı ilk defa Samih Rifat'ın cenazesinde çalındı, gelenek haline geldi, protokol cenazelerinde resmi marş oldu.

Atatürk'ün cenaze töreninde de çalındı.

86 yıldır böyleydi.

86 sene sonra, yandaş medyada kampanya başlattılar.

"Dinimize aykırı" dediler.
"Şehit cenazesinde müzik çalınması şehitlerimizin ruhunu ve şehit ailelerini rencide ediyor" dediler. "Şehitlerimiz varken çalgı aleti kullanılması kutsalımıza, maneviyatımıza ters düşüyor" dediler.
AKP'nin diyanet işleri başkanı Mehmet Görmez zart diye çıktı, "şehit, cami, tekbir ve Kuran'ın arasına Polonyalı bir müzisyenin girmesi doğru değildir" dedi. "Cenaze marşı bizim kültürümüze aykırıdır, cenazenin İslam geleneğinde abadı vardır" dedi. Sonra da ağzındaki baklayı çıkardı, "Itri'nin Tekbir'i var, muhteşem bestedir" dedi.
Yandaş medyada aynı elden servis edildiği gayet belli olan köşe yazıları döşenmeye başlandı. "Cenaze marşı halkın değerlerine saygısızlık" dediler. "İnancımıza aykırı" dediler. "Batıcı rejimin dayatması" dediler. "Milletimiz gavur geleneğinden rahatsız" dediler.
Şak... İçişleri bakanlığı tarafından tüm valiliklere genelge gönderildi. "Bundan böyle, şehitliğin maneviyatına ve milletimizin gönlündeki yerine uygun olarak, şehit cenazelerindeki ihtiram yürüyüşü Itri'nin Segah Tekbiri'yle yapılacaktır. Ti işaretinin verilmemesi, saygı duruşunda herhangi bir çalgı aleti çalınmaması esastır" denildi.
Şak... Milli savunma bakanlığı tarafından emir yayınlandı. "Bundan böyle cenaze törenlerinde Itri'nin Segah Tekbiri çalınacak" denildi. Senkron tutmuyordu, ihtirama uymuyordu, cenazeyi taşıyan askerlerin uygun adımına uymuyordu ama, cenaze marşının yerine Segah Tekbiri monte edildi.

Kilis'e yine roket düştü. Suriye tarafından fırlatıyorlardı. Son dört ayda 45'inci roketti. 17 insanımız hayatını kaybetmişti. Kilis valisi gayet güzel izah etti. "Roketlerin buraya düşüyor olması eleştiriliyor, tabii ki düşecek, havada mı kalacak, yerçekimi var" dedi!

Ergenekon davası Yargıtay kararıyla çöktü.
18 bin sayfa iddianame, 40 bin sayfa celse zabıtı, 120 milyon sayfa ek klasör, baştan sona iftira olduğu hukuken tescillendi.
270 kişi hapse atılmıştı.
8 yıl sürmüştü.
Müebbetler verilmişti.
Şimdi "pardon" deniyordu.

Binali Yıldırım'ın oğlu Erkam Yıldırım, Singapur'daki kumarhanede rulet oynarken fotoğraflandı. Yandaş medya derhal savunmaya geçti. Bu fotoğrafla hükümete operasyon yapıldığını yazdılar. AKPli bakanın oğlu rulet oynuyor, mağdur gene AKP oluyordu!

Cumhuriyet tarihimizde ilk kez bir başbakan, askeri darbe, gensoru veya seçim mağlubiyeti olmadan başbakanlığı bırakmak zorunda kaldı... Tayyip Erdoğan görevi bırakacaksın dedi, başbakan Ahmet Davutoğlu kuzu kuzu istifa etti.

Tayyip Erdoğan'ın konuşma metinlerini yazan AKP milletvekili ve *Yeni Şafak* yazarı Aydın Ünal, "bundan sonra gelecek olan başbakanın profili düşük olacak" dedi.

Acaba kim bu düşük profilli diye merak ediliyordu.

Binali Yıldırım oldu.

"Düşük profilli" diye anılmaktan hiç gocunmadı.

Bin Binali denince biniyor, in Binali denince iniyordu.

AKP genel başkanı seçildi.

Başbakan oldu.

Fikri Işık milli savunma bakanı oldu.

İmam hatipliydi.

Cumhuriyet tarihinde ilkti.

İmam hatip mezunları mevzuat gereği harp okullarına alınmıyordu ama, subayların terfilerinde imam hatipli bakan söz sahibi olacaktı.

Can Dündar, MİT tırları davası için İstanbul Çağlayan'daki Adliye Sarayı'na geldi, adliye kapısında silahlı saldırıya uğradı. Murat Şahin isimli tetikçi "vatan hainisin" diye bağırarak, Can Dündar'a iki el ateş etti, vuramadı, yanlışlıkla NTV muhabiri Yağız Şenkal'ı yaraladı. Tetikçiyi alt tarafı beş ay yatırdılar, serbest bıraktılar. Adliyenin önünde, polislerin gözünün önünde, gazetecileri öldürmeye kalkışmanın cezası, sadece beş aydı.

Rıza Sarraf ABD'de itirafçı oldu.
Bülbül gibi şakıyordu. "Ekonomi bakanı Zafer Çağlayan'a 45-50 milyon euro rüşvet ödedim, ayrıca 7 milyon dolar ödedim, benden yarı yarıya ortaklık istedi" dedi.
Rıza Sarraf bu itirafta bulunur bulunmaz, Zafer Çağlayan whatsapp profilini değiştirdi, sakallı fotoğrafının yanına Tevbe Suresi'nin 40'ıncı ayetini koydu, "La tahzen! İnnallahe meana. Üzülme! Allah bizimledir" yazdı.

Tayyip Erdoğan'ın küçük kızı Sümeyye, Selçuk Bayraktar'la evlendi, İstanbul Yahya Kemal Beyatlı Gösteri Merkezi'ndeki nikaha 6 bin davetli katıldı, gelinle damat Cem Karaca'nın "Bu Son Olsun" şarkısının müziğiyle sahneye çıktı. Çiftin hayat öykülerini anlatan kısa bir film gösterildi, Sümeyye Erdoğan'ın binicilik sporuyla uğraştığı, kemana büyük ilgisi olduğu ve bungee jumping yaptığı anlatıldı. Selçuk Bayraktar, elektronik mühendisiydi, insansız hava araçları üreten aile şirketi Baykar'ın yönetim kurulu üyesiydi.

MHP'de çarşı karıştı.
Meral Akşener, Ümit Özdağ, Koray Aydın ve Sinan Oğan genel başkanlığa aday olmuşlardı, Devlet Bahçeli direniyordu, kongreyi bir türlü toplayamıyorlardı, saray yeni ittifak ortağı Devlet Bahçeli'ye omuz veriyordu, AKP hukuku sayesinde kongre habire erteleniyordu, kurultayın yapılacağı Büyük Ankara Oteli polis barikatlarıyla TOMAlarla ablukaya alındı, muhalif adaylar salona sokulmadı.
Meral Akşener MHP'den ihraç edildi.
Ümit Özdağ MHP'den ihraç edildi.
Sinan Oğan MHP'den ihraç edildi.
Koray Aydın MHP'den istifa etti.
Devlet Bahçeli'nin koltuğunu korumak için yaptığı bu hamleler, AKP karşıtı olan MHP'nin AKP ortağına dönüşmesine sebep olacaktı, İYİ Parti'nin kurulmasına, Zafer Partisi'nin kurulmasına sebep olacaktı.

Milletvekili dokunulmazlığını kaldıran anayasa değişikliği, 376 oyla kabul edildi. CHP son dakikada evet oyu vermişti. Böylece anayasa değişikliğinin referanduma gitmesine gerek kalmamıştı.

(Herkes HDP'lilerin dokunulmazlığının kaldırılacağını, tutuklanacaklarını zannediyordu. Evet, HDP'liler tutuklanacaktı ama, aslında CHP milletvekillerinin tutuklanmasının önü açılmıştı. Kılıçdaroğlu "dokunulmazlığın kaldırılması teklifi anayasaya aykırı ama evet diyeceğiz" diyordu. AKP'nin anayasaya aykırı işler yapmasının önü CHP onayıyla açılıyordu.)

Türkiye'yle Almanya arasındaki tarihi dostluk köprüsü yıkıldı. Alman parlamentosu sözde soykırımı tanıdı. İnsanlık tarihinin en büyük soykırımını yapmış olan ülke, Türkiye'ye soykırımcı diyordu. AKP her zamanki gibi tepki gösteriyormuş gibi yaptı, büyükelçimiz geri çekildi, bir hafta sonra sayın ahalimiz unuttu, büyükelçimiz görevinin başına döndü, soykırımcı damgası üzerimizde kalmış oldu.

Muhammed Ali vefat etti.
Tüm zamanların en büyük boksörüydü.
Hayatına Cassius Marcellus Clay olarak başlamış, 22 yaşında ilk dünya şampiyonluğunu kazandıktan sonra müslüman olmuş, kölelik ismim dediği Cassius Marcellus Clay'i Muhammed Ali olarak değiştirmişti.
İnsan hakları savunucusuydu.
Tayyip Erdoğan atladı uçağına, cenaze törenine gitti.
Yanında Kabe örtüsünden bir parça götürmüştü, tabutun üstüne koymak istedi, izin vermediler. Yanında diyanet işleri başkanı Mehmet Görmez'i götürmüştü, Kuran okusun dedi, izin vermediler. Toprağa verilirken konuşma yapmak istedi, izin vermediler. Muhammed Ali'nin ailesi Muhammed Ali'nin vasiyeti gereği siyasi şovlara izin vermiyordu, Tayyip Erdoğan pek öfkelendi, programını yarıda keserek Türkiye'ye geri döndü.

(Muhammed Ali'nin Michigan'da nehir kenarında 328 dönüm büyüklüğünde çiftliği vardı. Turken Vakfı bu çiftliği 2019 yılında satın aldı. Turken Vakfı, Bilal Erdoğan'ın Türgev vakfı ve Ensar vakfı tarafından 2014 yılında ABD'de ortaklaşa kurulmuştu. Aynı Turken Vakfı, 2020 yılında New York Manhattan'da 21 katlı bina dikecekti.)

(1976 yılıydı.
Sultanahmet Camisi'nin önü ana baba günüydü, iğne atsan yere düşmezdi. Mahşeri kalabalık cuma namazına girmemiş, cuma namazından çıkacak kişiyi bekliyordu. Namaz bitti, sanırsın maç

bitti, sanki cami değil stadyum dağılıyor gibiydi, ortalık tezahürattan yıkılıyordu. Ve, beklenen kişi kapıda göründü.

Muhammed Ali'ydi.

Kolunda Necmettin Erbakan vardı!

Müslüman alemini derinden etkileyen Amerikalı efsane sporcunun, Türkiye'de siyasal dinciliğe alet edildiği gündü. Hepimizin kahramanı Muhammed Ali'nin hepimize ait olmadığını, sadece kendilerine ait olduğunu ilan ediyorlardı. Muhammed Ali'nin yumruğunu, kendilerinin yumruğuymuş gibi sunuyorlardı.

Türkiye o zamanlar da bugün gibiydi, merak etmeyi sevmiyordu. Mesela... O güne kadar Türkiye'yle alakalı bir tek cümlesi bile bulunmayan Muhammed Ali, neden kalkıp 24 saatliğine İstanbul'a gelmişti? Erbakan dahil, Türkiye'den hiç kimseyi tanımıyordu. Türkiye'den tanıdığı bir tek kişi bile yokken, İstanbul'a gitmesini, milli görüşçülerin şovuna katılmasını kim istemişti? Madem Türkiye'yi bu kadar çok seviyordu, peki neden döndükten sonra, ömrünün sonuna kadar Türkiye'yle alakalı bir tek cümle bile kurmadı? Muhammed Ali'yi bu seyahate yönlendiren kimdi? Türk halkının Muhammed Ali sevgisini siyasal dincilere eklemlendiren kimdi? İrtibatı kim sağladı, niye?

Hiç merak edilmedi.

Erbakan, Amerikan karşıtıydı, Muhammed Ali, Amerikan yönetimine posta koyuyordu, olsa olsa bu amaçla gelmiştir denildi, geçildi.

İki yıl sonra, 1978.

Cemal Kamacı'ya Milli Selamet Partisi'nden davet geldi.

"Seni Erbakan hocamızla tanıştırmak istiyoruz" denildi.

Cemal Kamacı, yerli Muhammed Ali'ydi. Avrupa şampiyonu olan ilk Türk boksördü. Yaşayan efsaneydi. Tıpkı Muhammed Ali'nin maçları gibi, tüm Türkiye işini gücünü bırakır, ekran başına geçer, Cemal Kamacı'nın maçını seyrederdi, adeta hayat dururdu.

Cemal Kamacı, Milli Selamet Partisi'nin teklifini reddetti. Siyasetle hiç işi yoktu, niyeti yoktu. Üstelik, Erbakan'ı hiç sevmiyordu. Israr ettiler. Alt tarafı tanışacaksın, hepsi bu filan dediler, neticede ikna ettiler. Kasımpaşa Kültür Sarayı'ndaki parti şenliğine getirdiler. Cemal Kamacı otomobilinden iner inmez omuzlara aldılar, "mücahit Kamacı, mücahit Kamacı" diye sloganlar atarak, salona soktular. Salon tıklım tıklım doluydu. Kürsüde genç, uzun boylu biri vardı. Şiirler okuyordu. Milli Selamet Partisi gençlik kolları başkanıydı, Tayyip Erdoğan'dı!

Tayyip Erdoğan, Cemal Kamacı'yı anons etti, kürsüye çağırdı, peşinden Erbakan'ı anons etti, kürsüye çağırdı. Erbakan, şampiyon boksörün yumruğunu havaya kaldırdı, "bu yumruk bundan böyle milli selamet için vuracak" dedi! Cemal Kamacı ne olduğunu anlayamadan, kendisini siyasetin tam göbeğinde buldu.
O güne kadar hiç tanışmadığı Tayyip Erdoğan'ın organizasyonuyla, o güne kadar hiç sevmediği Erbakan'ın yumruğu olmuş oldu!
Sadece bununla kalsa iyiydi. Erbakan zart diye "seni il başkanı yapacağız" dedi. Cemal Kamacı direndi, "benim bu taraklarda bezim yok, bu işlerden anlamam" dedi. Erbakan gayet rahat bir şekilde "Avrupa şampiyonu olmuşsun, il başkanı mı olamayacaksın" dedi.
Her şey çok çabuk gelişiyordu. Tayyip Erdoğan iki otobüs dolusu adam getirdi, sinema salonunda kongre yapıldı, divan başkanlığını da Tayyip Erdoğan yaptı, Cemal Kamacı zurt diye il başkanı oldu.
O güne kadar hiç tanımadığı Tayyip Erdoğan'ın organizasyonuyla, o güne kadar hiç sevmediği Erbakan'ın il başkanı olmuş oldu!
Yedi yıl sonra, 1985.
İran'da Humeyni şah'ı devirmiş, Sovyetler Afganistan'ı işgal etmişti. Bölgemizdeki bu iki gelişmeye karşı pozisyon alabilmek için, CIA Türkiye şefinin "bizim çocuklar" dediği Kenan Evren tayfası darbe yapmış, Türkiye'yi ABD çıkarları doğrultusunda şekillendirmişti. Milli Selamet'in yerine Refah Partisi kurulmuştu, siyaset yasağı olan Erbakan'ı ufak ufak yeniden sahneye çıkarıyorlardı. İstanbul spor ve sergi sarayında, Tayyip Erdoğan'ın top koşturduğu Erokspor tarafından "boks maçı" ayarlandı. Tee dokuz yıl önce boksu bırakmış olan Cemal Kamacı'yla Yugoslav Popoviç diye adı sanı duyulmamış biri gösteri maçı yapacaktı. Organizasyonun evsahibi Refah Partisi il başkanlığıydı. İl başkanı, Tayyip Erdoğan'dı.
Bu dandik maçın önemi, Erbakan'a şov yaptırmaktan ibaret değildi. Maçın asıl onur konuğu, CIA tarafından organize edilip, Afganistan'da Sovyetlere karşı kullanılan Gülbeddin Hikmetyar'dı! CIA'yle ilişkisi Afganistan'ın işgalinden çoook önce 1973'te başlamıştı. Sovyet işgalinden itibaren, Suriye'deki IŞİD gibi, tetikçi güç olarak kullanılıyordu.
Amerikan karşıtı denilen Erbakan'la CIA'in has adamı Hikmetyar salona el ele girdiler. Mehter marşı eşliğinde "mücahit Erbakan, mücahit Hikmetyar" sloganlarıyla alkışlandılar. Emperyalizm karşıtı şiirler okundu, duygular coştu, ağlayanlar oldu. Erbakan'la Hikmetyar yan yana oturdu. Hikmetyar'a mikrofon verdiler, konuşma yaptı,

"sizin gibi imanlı gençler adına söz veriyorum, Sovyetleri yeneceğiz" dedi. Ağlayanlar hıçkırıklara boğuldu. Cemal Kamacı kim olduğu belirsiz Popoviç'i sayıyla yendi, Erbakan ringe çıktı, Cemal Kamacı'nın yumruğunu havaya kaldırdı.
Tayyip Erdoğan'ı Hikmetyar'ın dizinin dibinde otururken gösteren meşhur fotoğraf vardır ya... İşte o gece çekildi.
Beyaz Saray'ı korkudan titreten mazlumların yumruğu Muhammed Ali olduğumuzu falan zannederken, kendimizi bir anda CIA'in dizinin dibinde, BOP eşbaşkanı olarak bulduk yani.
Hep böyle nakavt ettiler bu milleti!)

~

Profesör Yaşar Nuri Öztürk vefat etti.
Ömrü hayatında gazete bile okumamış zırcahil kalabalıklara İslamiyet'i anlatmaya çalışmıştı, defalarca ölümle tehdit edilmiş, medyada linç edilmiş, lafını esirgememişti, yobazla, hurafeyle, safsatayla, siyasal dincilerle mücadele etmişti. Bu topraklarda Nutuk'tan sonra yazılmış en değerli kitabı, Cumhuriyet'in manevi manifestosu "Allah ile Aldatmak"ı kaleme almıştı.

~

İstanbul'da yine katliam oldu.
PKK'lı teröristler, patlayıcı yüklü otomobili İstanbul Vezneciler'de polis midibüslerinin yanında patlattı, altı polisimizle, oradan tesadüfen geçmekte olan beş vatandaş can verdi.
11 kişiyi öldüren canlı bomba Eylem Yaşa için Diyarbakır'da cenaze töreni düzenlendi, PKK bayrağı sarılan tabutu HDP'liler taşıdı.

~

İstanbul Atatürk Havalimanı'nda katliam oldu.
Vezneciler'deki saldırıdan sadece iki hafta sonraydı, IŞİD'li üç terörist dış hatlar terminalinde uzun namlulu silahlarla ateş açtılar, intihar yeleklerini patlattılar, 48 kişi hayatını kaybetti, 236 kişi yaralandı.
Başbakan Binali Yıldırım gayet pişkindi. "Güvenlik zafiyeti var mı yok mu tarzında muhabbetler oluyor, güvenlik zafiyeti falan yok" dedi. AKP'ye oy vererek cennete gideceğini düşünen Türkiye, yeryüzü cehennemini yaşıyordu.
Havalimanında hayatını kaybeden insanlarımız henüz toprağa bile verilmemişken, katliamdan sadece 24 saat sonra, Tayyip Erdoğan ve bakanlarının katılımıyla üçüncü köprünün açılışı yapıldı. Konfetiler

atıldı, balonlar uçuruldu, şarkılar çalındı, halaylar çekildi. Başbakan Binali Yıldırım gene gayet pişkindi, "bayram yaşıyoruz" dedi.

15 Temmuz 2016.
Darbe girişimi yaşandı.
AKP'nin iktidara geldiği günden beri koruyup kolladığı, kumpas davalarıyla ordudan atılan Atatürkçü subayların yerine monte ettiği Fethullahçı subaylar, devlete, millete, demokrasiye saldırdı.
Genelkurmay başkanıyla kuvvet komutanları esir alındı.
TBMM, F-16'yla bombalandı.
Polis özel harekat binası F-16'larla bombalandı.
MİT merkezine helikopterden ateş açıldı.
Sıkıyönetim ve sokağa çıkma yasağı ilan edildi.
TRT zaptedildi, sunucu Tijen Karaş'a "Yurtta Sulh Konseyi" imzalı bildiri okutuldu, ülke yönetimine el konduğu duyuruldu.
Tayyip Erdoğan beş gündür Marmaris'teydi.
Grand Yazıcı Oteli'ndeydi.
CnnTürk Ankara temsilcisi Hande Fırat'ın cep telefonuyla facetime üzerinden canlı yayına katıldı, "paralel yapının teşvik ettiği, TSK içindeki küçük bir azınlığın darbe girişiminde bulunduğunu" söyledi, vatandaşları darbeye direnmek üzere sokağa inmeye çağırdı.
Dalaman'dan makam uçağıyla İstanbul'a hareket etti.
Tayyip Erdoğan Marmaris'ten ayrıldıktan sonra, muharebe arama kurtarma timi, Tayyip Erdoğan'a suikast düzenlemek üzere Grand Yazıcı Oteli'ne baskın yaptı, cumhurbaşkanlığı koruma polisleri otelden ayrılmamıştı, çatışma çıktı, püskürtüldüler.
Memleketin 85 bin camisinde sala okundu. TSK bile kendini savunmak için organize olamazken, devlet komadayken, nasıl olduysa, diyanet ve imamlar senkronize şekilde organize olmuştu.
Vatandaş sokağa döküldü, tankların önüne dikildi.
Darbeye direnen 249 insanımız hayatını kaybetti.
Boğaziçi Köprüsü'nü trafiğe kapatan askerler teslim oldu, öldüresiye dövüldüler, bazılarının gırtlağı kesildi, denize atılanlar oldu.
Darbe bastırıldı.

Olağanüstü Hal ilan edildi.
40 bin kişi tutuklandı.
120 bin kişi memuriyetten atıldı.

Kuleli askeri lisesi kapatıldı.
Heybeliada deniz lisesine kilit vuruldu.
GATA, sağlık bakanlığına devredildi.
GATA'nın ismi Abdülhamid Hastanesi yapıldı.
İçişleri bakanı Efkan Ala görevden alındı.
Süleyman Soylu içişleri bakanı yapıldı.
Cemaate ait vakıf üniversiteleri kapatıldı.
Cemaate ait okullar kapatıldı.
Cemaate ait hastaneler kapatıldı.
Cemaate ait vakıflar/dernekler kapatıldı.
Cemaate ait sendikalar kapatıldı.
TSK teşkilat şeması kökten değiştirildi.
Jandarma genel komutanlığı ve sahil güvenlik komutanlığı, içişleri bakanlığına bağlandı, kara-hava-deniz kuvvetleri komutanlıkları, milli savunma bakanlığına bağlandı.
Harp Akademisi yerine Milli Savunma Üniversitesi kuruldu.
Yüksek Askeri Şura'nın yapısı değiştirildi, başbakan yardımcılarıyla, adalet, dışişleri ve içişleri bakanı, Yüksek Askeri Şura üyesi yapıldı.

Akın Öztürk "darbenin elebaşı" olarak tutuklandı.
Tayyip Erdoğan hükümeti tarafından hava kuvvetleri komutanı yapılmıştı. Ne zaman yapılmıştı? 2013 yılında, Atatürkçü subaylar kumpas davalarıyla ordudan atılırken yapılmıştı.
Peki, kuvvet komutanı olmaya layık mıydı?
Kesinlikle değildi.
Orgeneral bile değildi.
Korgeneraldi, pasif görevdeydi.
Emekliliğine gün sayıyordu.
O da ne... Terfi sırasında önünde bulunan orgenerallerin ve korgenerallerin tamamı Balyoz davasıyla birer birer tasfiye edildi, resmen kumpaslarla önü açıldı, apar topar orgeneral yapıldı, apar topar hava kuvvetleri komutanı koltuğuna oturtuldu.
Sonra?
Sonrası daha da enteresandı.
2013-2015 yılları arasında hava kuvvetleri komutanlığı yaptı, Tayyip Erdoğan hükümeti bu arkadaşı o kadar çok seviyordu ki, 2015 yılında görev süresi doldu, emekli etmediler.
Ya ne yaptılar?

Aman mutlaka karargahta otursun diye Yüksek Askeri Şura üyesi yaptılar, teamüllere aykırıydı, görülmüş şey değildi.
Ya şimdi?
Darbenin elebaşı diyorlardı.
Adeta sihirbaz şapkasından tavşan çıkarır gibi, orgeneral yapmışlar, kuvvet komutanı yapmışlar, emekli olmasına izin vermemişler, illa komutan olarak kalsın diye yüksek askeri şura üyesi yapmışlar... Şimdi "hayret" diyorlardı!

Genelkurmay başkanı Hulusi Akar yaşadıklarını anlattı. "Darbeci askerler makam odama girdi, bir tümgeneral darbe bildirisini imzalatmak istedi, imzalamadım, emir subayım olan albay başıma silah dayadı, yaverim ise kemerle boğazımı sıktı" dedi.
Fethullahçı subaylar emir subayı olacak kadar, yaver olacak kadar burunlarının dibine girmişti, haberleri yoktu, bu mümkün müydü?

(2003 yılıydı... AKP iktidara gelince, Yüksek Askeri Şura kararları kriz haline gelmişti. İrticaya bulaşan subay-astsubay ordudan ihraç ediliyor, Tayyip Erdoğan derhal şerh koyuyordu. Mesela, emrindeki astsubaya "ağabey" diyen üsteğmen vardı, astsubay subaya emir veriyordu, emir komuta hiyerarşisi şeyh-mürit ilişkisine dönmüştü, Tayyip Erdoğan işte bunların bile ordudan atılmasına itiraz ediyordu.
Ne yapıldı?
Tayyip Erdoğan'ın gönlü olsun diye, askeri istihbarat devre dışı bırakıldı. "Bundan böyle askeri personelle alakalı raporları Milli İstihbarat Teşkilatı versin" denildi. Güya orta yol bulunmuştu. MİT, başbakana bağlıydı. Askeri istihbarata güvenmeyen Tayyip Erdoğan, MİT'e güveniyordu.
O günden itibaren, Yüksek Askeri Şura'ya getirilen irtica raporlarını MİT hazırladı. Ancak, enteresan bir durum vardı. MİT tarafından sunulan raporlarda hep "Kurdoğlu grubu" yeralıyordu. İrticaya bulaşan subay-astsubaylar şu şu şu diye isim isim sıralanıyor, istisnasız hepsinin "Kurdoğlu grubu"na bağlı oldukları belirtiliyordu.
Mehmet Kurdoğlu grubu, Nurcu'ydu. Nurcular sekiz ana gruptan oluşuyordu, Yeni Asya grubu, Şura grubu, Med-Zehra grubu, Acz-i Mendi grubu, Yazıcılar grubu, Mustafa Sungur grubu, Mehmet Kurdoğlu grubu ve Fethullah Gülen hareketiydi. Kurdoğlu grubu, Nurcuların en içe kapanık grubuydu, gazete-televizyon filan kurmamışlardı, medyada yoklardı, merkezleri Ankara'ydı ama, iç

Anadolu ağırlıklı tüm yurtta yaygındılar, "dershane" adını verdikleri evler kuruyorlar, bu evlerde talebe yetiştiriyorlar, çocuklar bir yandan devletin okullarına gidiyor, lise-üniversite eğitimi alıyor, bir yandan bu dershanelere gidiyordu. Bu dershaneler bildiğimiz üniversiteye hazırlık dershanesi falan değildi, adı dershaneydi, dini-ideolojik eğitim veriliyordu, tıpkı Gülen cemaatinin ışık evleri'nde olduğu gibi "ağabey" sistemi vardı, aslında "hizmet hareketi" sıfatı en önce bu Kurdoğlu grubu için kullanılıyordu, sonra her nasılsa, Gülen cemaati "hizmet hareketi" olarak anılmaya başlanmıştı.

MİT'in Yüksek Askeri Şura'ya sunduğu raporlarda işte hep bu Kurdoğlu grubu vardı. MİT tarafından irticacı olduğu belirtilen subay-astsubayların tamamı, Kurdoğlu grubu'ndandı. Tuhaftı.

MİT'in raporlarına göre, Türk Silahlı Kuvvetleri'ne sızmış başka bir tarikat veya cemaat yoktu. Varsa yoksa, hepsi Kurdoğlu grubuydu.

Peki ne yapıldı?

MİT'in verdiği raporlara uyuldu, Kurdoğlu grubuna mensup tüm subay-astsubaylar ordudan ihraç edildi.

İyi güzel de, irticaya bulaşmış olanların tamamının Kurdoğlu grubuna mensup olmaları mümkün müydü? Mutlaka sızmışlardır ama, Türk Silahlı Kuvvetleri'nde üniforma giyen irticacıların tamamının bu gruba ait olması mantıklı mıydı?

Elbette değildi.

Tarikatçı marikatçı ne kadar subay-astsubay varsa, hepsi aynı çuvalın içine konuldu, hepsine "Kurdoğlu" damgası vuruldu, kapının önüne konuldu.

Şimdi sıkı durun lütfen...

MİT raporlarıyla 2003'ten 15 Temmuz darbe girişimine kadar, Fethullah Gülen hareketi'ne mensup olup da, Yüksek Askeri Şura kararıyla ihraç edilmiş bir tek subay, bir tek astsubay var mıydı?

Yoktu!

Güya yoktu ama, 103 general/amiral ve iki binden fazla subay/astsubayla darbe girişiminde bulunulmuştu ve darbe girişiminden sonra bunların hepsi Fethullahçılıktan tutuklanmıştı!

Acaba bunca Fethullahçı, MİT'in gözünden mi kaçmıştı?

İrtica raporları marifetiyle, 2003'ten bu yana, Fethullah Gülen hareketine hiç dokunulmayıp, Fethullah Gülen hareketinin TSK içindeki rakiplerinin temizlenmesi, tesadüf müydü?

Cumhuriyet tarihimizde harp okullarından en fazla sayıda öğrenci 2007-2013 yılları arasında atılmıştı. Bu tarih aralığı, Fethullah Gülen hareketinin TSK'ya en fazla sayıda öğrenci monte ettiği dönem değil miydi? O halde, irticacı mirticacı diye atılan öğrenciler kimlerdi? Aynı tarih aralığı, 2007- 2013 arası, asrın iftirasıyla Türk Silahlı Kuvvetleri'nin esir alındığı, Atatürkçü general amiral ve kurmay albayların hapse tıkıldığı, tasfiye edildiği dönem değil miydi?)

15 Temmuz'un en çok konuşulan isimlerinden biri, Adil Öksüz'dü. 16 Temmuz sabahı Akıncı Üssü civarında yakalanmış, "tarla satın almak için geldim" demişti, Sincan Adliyesi'nde sadece 21 dakika kalmış, serbest bırakılmış, kayıplara karışmıştı.
Halbuki, cemaatin hava kuvvetleri imamıydı.
13 Temmuz'da ABD'den gelmişti.
Darbeyi bizzat Akıncı Üssü'nden yönetiyordu.
Eşi, çocukları ABD'de yaşıyordu.
Eşi ve çocuklarını darbe girişiminden bir ay önce, New Jersey'de yaşayan kayınbiraderinin yanına yerleştirmişti, kayınbiraderinin lüks otomobil satışı yapan bir şirketi vardı.
Kayınpederi, kayınvalidesi, baldızları, yeğenleri, kuzenleri, yengesi, bacanağı fetöcüydü; öbür kayınbiraderi cemaatin Rusya imamıydı.
Örgütün para transferleri, baldızının 9 ve 12 yaşındaki çocuklarının adına açılmış banka hesapları üzerinden yapılıyordu.
Darbe girişiminden altı gün sonra İstanbul Amerikan Konsolosluğu'na kayıtlı bir telefondan, Adil Öksüz'ün şahsi telefonuna bir arama gerçekleşmişti.
Son 1.5 yılda on defa ABD'ye gitmişti.
Türkiye'den kaçtıktan sonra Almanya'da Amerikan ordusu tarafından Campbell Kışlası'nda kaldığı belirtiliyordu.
MİT kontrterör eski daire başkanı Mehmet Eymür, CIA'in Adil Öksüz'le irtibat halinde olduğunu, öldürülmüş olma ihtimalinin yüksek olduğunu söylüyordu.
Sadece Adil Öksüz vakası bile, Fethullah Gülen cemaatinin ne kadar yaygın bir ilişki ağına sahip olduğunu ortaya koyuyordu.

Karanlıkta kalan sorular vardı.
2023 yılında bile hâlâ cevapları yoktu.
▪ Saat 14.45'te bir binbaşı MİT'e gelerek ihbarda bulunmuştu. Bu ihbar üzerine MİT müsteşarı Hakan Fidan genelkurmay'a giderek, Hulusi Akar'la görüşmüştü. Buna rağmen, kalkışma başlayana kadar niye önlem alınmadı?

▪ Hem Tayyip Erdoğan, hem başbakan Binali Yıldırım, saat 21.30'dan geceyarısına kadar Hakan Fidan'a ulaşamadıklarını açıkladılar. Hakan Fidan telefonlara niye çıkmadı, niye ulaşılamadı?
▪ Saat 21.30'da, özellikle İstanbul'da milyonlarca insanın henüz sokakta olduğu saatte, darbe girişimi olması tuhaf değil miydi? Milyonlarca insan sokaktayken askeri darbe mümkün müydü?
▪ İstanbul'da bazı noktalarda tank vardı. Tanklar kışladan çıkarken, İstanbul'da trafiğin en yoğun olduğu saatlerde tanklar sokaklarda gezerken, tanklar köprüye gelirken, ordu komutanlığının, emniyetin, MİT'in haberinin olmaması mümkün müydü?
▪ Tayyip Erdoğan henüz darbe bastırılmadan önce İstanbul Atatürk Havalimanı'na indiğinde basın toplantısı yaparak, "bu hareket Allah'ın bize büyük lütfudur" demişti, bu neyin lütfuydu?
▪ Darbeyi takip eden iki gün içinde 50 binden fazla kamu görevlisi işten atıldı, listeler hazır mıydı? Madem bu 50 bin kişinin varlığı biliniyordu, darbe girişimine kadar niye dokunulmadı?
▪ Toplam 40 bin kişi tutuklandı, 120 bin kişi memuriyetten atıldı, bunların hepsi cemaat mensubu muydu? Hepsi darbe girişimine mi karışmıştı? Darbeye karışmadığı halde hapse atılan, ordudan atılan Atatürkçü subay/astsubay yok muydu? Sırf AKP'nin görüşlerine katılmadığı için fırsat bu fırsat darbe paketine dahil edilen memur yok muydu?

(Genelkurmay İstihbarat Dairesi Başkanı'yken Balyoz kumpasıyla Silivri'ye tıkılan korgeneral İsmail Hakkı Pekin'in açıklamaları hayli zihin açıcıydı.
"Cemaat'in nasırına ilk olarak 2009 yılında genelkurmay başkanı İlker Başbuğ bastı. Harp Akademileri'ndeki konuşmasında cemaate tenkitte bulundu. Bu konuşmadan sonra internet andıcı gibi suçlamalar ortaya çıkmaya başladı. Fethullah Gülenciler TSK'ya sızmıştı ama, MİT'ten haber alamıyorduk, bize hiç rapor gelmiyordu. 2010 yılı başında her şey netleşmeye başladı, Taraf gazetesi TSK'ya karşı tetikçilik yapıyordu. Bizim karargahta yaptığımız çalışmalar bile Taraf'ta haber oluyordu. Haber kaynağını öğrenmeye çalışıyordum, öğrenemiyordum. Para kaynağını da öğrenemiyordum. TSK dışında istihbarat toplama ve operasyon yapma yetkim olmadığı için, bilgi almak üzere dönemin MİT müsteşarı Emre Taner'e gittim. Emre Taner bana açık açık 'bu gazeteyle fazla uğraşmayın, bunun altından kalkamazsınız' dedi. Anlayamadığım bir cevaptı. Bu cevabı

gidip genelkurmay başkanı İlker Başbuğ'a söyledim, o da gidip başbakana söyledi, netice alamadık. Silahlı kuvvetlerden dışarı sürekli bilgi sızıyordu, kimin sızdırdığını tespit edemiyorduk. Fethullah Gülen'le ilgili araştırma yapmak üzere MİT'ten yardım istedik, MİT müsteşarı Emre Taner 'bu adamla uğraşma, yaşlı bir adam, istersen tanıştırayım sizi' dedi. Emre Taner'in cemaat tarafından kuşatıldığını sanmıyorum, bence mevcut siyasi ortam konuşmasına engel oluyordu. Emniyet'ten zaten bilgi gelmiyordu. Başbakanlık Takip Kurulu'na yönelttiğimiz sorulara da cevap alamıyorduk. Daha sonra bu kurul fiilen toplantı yapmamaya başladı. Bu kurulda da 'Fethullah Gülen'le uğraşmayın' gibi bir yaklaşım vardı. Genelkurmay başkanı İlker Başbuğ'un emriyle Emre Taner'e tekrar gittim, polisteki cemaatçilerle ilgili çalışma teklifinde bulundum. Emre Taner, ekibine bu çalışmanın yapılması talimatını verdi, iki gün sonra beni aradı, 'paşam bu konuyu başka kime söylediniz?' diye sordu, kimseye söylememiştim ama, emniyetten MİT'e gelip 'böyle böyle bir çalışma yapıyormuşsunuz, yapmayın' dedikleri ortaya çıktı. Emre Taner buna rağmen istediğimiz çalışmayı yaptırdı. Emniyetteki cemaatçilerin listesini hazırlayıp, başbakana ilettik, gene netice alamadık. MİT müsteşarı değişti. Mayıs 2010'da Hakan Fidan göreve geldi. 2010 yaz aylarında TSK'dan bir evrak basına sızdırıldı, konuyu görüşmek için Hakan Fidan'a gittim, bana açık açık 'bizim cemaatçiler mi yapmış?' diye sordu. Belli ki sorduğum konuyla ilgili bilgisi vardı. Fethullah Gülen örgütünün ökse otunun ağaca yamanıp büyümesi gibi, devlete sarılacağını biliyorduk, AKP'nin kadro ihtiyacı vardı, bunlar da yetişmiş kadrolardı, Fethullah Gülen örgütü daha fazla güç istiyordu, güçlendikçe pervasızlaşıyordu, günü gelince karşı karşıya geleceklerini tahmin etmiştik.")

Tayyip Erdoğan "rabbim affetsin" dedi.
Din Şurası'nda konuştu, "Allah dedikleri için bunlara müsamaha gösterdik, farklı yollardan aynı menzile gidenler olarak gördüğümüz için, sinsi hesapların aleti olduğumuzu uzun süre göremedik" dedi. "Hem rabbimize, hem milletimize verecek hesabımız olduğunu biliyorum, rabbim de milletim de bizi affetsin" dedi.
Farklı yollardan yürünen o menzil neresiydi?
Bu sorunun cevabı merak edilmedi.

(Üzgün bir surat ifadesiyle "aldatıldık, aldanmışız, şahsım aldatıldı, rabbim affetsin" diyen Tayyip Erdoğan hemen bir ay sonra çıkacak, "siyasi hayatımda ne aldanan oldum, ne aldatan oldum" diyecekti.)

Darbe girişiminin ibret verici sonuçları vardı.
AKP yıllarca başörtümüz yüzünden üniversiteye giremedik, mağdur edildik diye oy istemişti, AKP'nin ilk türbanlı rektörü fetocu çıktı.
Mayo reklamları abdestimizi bozuyor diye paravanla kapatıyorlardı, İstanbul'un Ankara'nın caddelerini türban reklamlarıyla donatıyorlardı, en ünlü türban firması fetocu çıktı.
İmam hatipten terörist çıkmaz, imam hatipten terörist yetişmez diyorlardı, sırf diyanet'te 1200 imam, müezzin, müftü fetocu çıktı, diyanet'in "bayan" Kuran kursu eğitmenleri fetocu çıktı.
Kendi elleriyle TBMM Üstün Hizmet Ödülü verdikleri, başarı plaketleri verdikleri işadamları fetocu çıktı.
Tamamı AKP tarafından göreve getirilen, 81 şehrimizin 74'ünün emniyet müdürü fetocu çıktı.
Kimse Yok Mu Derneği, AKP iktidara gelir gelmez kurulmuştu, AKP hükümeti tarafından "kamu yararına çalışan dernek statüsü" verilmişti, AKP hükümeti tarafından "izinsiz yardım toplama yetkisi" verilmişti, AKP'nin TBMM başkanlığı tarafından TBMM Üstün Hizmet Ödülü verilmişti. Fetocu oldukları ortaya çıktı.

Sadat peyda oldu.
Gayrinizami harp eğitimi veren, pusu, baskın, sabotaj, kaçırma, suikast teknikleri öğreten, Türk Silahlı Kuvvetleri'nden emekli olmuş 200'den fazla subay ve astsubayın çalıştığı, özel güvenlik şirketiydi.
Kurucusu Adnan Tanrıverdi'ydi. 28 Şubat'ta tuğgeneral rütbesindeyken irticai görüşleri nedeniyle emekliye sevkedilmişti.
15 Temmuz darbe girişiminden hemen sonra Tayyip Erdoğan'ın başdanışmanı yapıldı, "güvenlik politikaları başdanışmanı" oldu. Pek yakında, devletin güvenlik zirvesine katılacak, genelkurmay başkanı ve MİT müsteşarıyla yan yana oturtulacaktı.

(Adnan Tanrıverdi aynı zamanda Adaleti Savunanlar Stratejik Araştırma Merkezi Derneği'nin başkanıydı.
Bu dernek, 15 Temmuz darbe girişiminden hemen sonra İstanbul'da Uluslararası İslam İşbirliği Kongresi düzenledi.

Bu kongrede, ortak bir anayasası, askeri kuvveti, yargısı, başkenti, bayrağı, dili olan İslam Devletler Birliği kurulması önerildi.
Asya ve Afrika'yı kapsayacak devletler birliğinin adı, Asrika olacaktı. Anayasa hazırlanacak, bu anayasaya göre Asrika İslam Devletler Birliği, konfederal cumhuriyet olacak, başkanlık sistemiyle yönetilecekti.
Resmi dili Arapça olacaktı. Başkenti İstanbul olacaktı. Kırmızı-yeşil zemin üzerine beyaz ay ve katılan devlet sayısı kadar yıldızlı bayrağı olacaktı. Ortak para birimi olacaktı.
Bu devlet dört aşamada gerçekleştirilecekti, bölgesel İslam ülkeleri konfederasyonları tamamlanacak, sonra bunlar federasyonlara dönüştürülecek, her federasyon İslam ülkeleri konfederasyonuna bağlanacak, en son, hepsinin yeralacağı parlamento oluşturulacaktı.
Güvenlik konseyi olacaktı.
Adalet divanı olacaktı.
Asayiş teşkilatı olacaktı.
Ani müdahale kuvvetleri olacaktı.
Genelkurmayı olacaktı.
Asrika devleti, İslam dünyasının elindeki tank, savaş gemisi, savaş uçağı ve helikopter sayısıyla, ABD'den sonra ikinci süper güç olacaktı.
Hedef 2023 olacaktı.)

(Türkiye Cumhuriyeti'nin yerine İslam devleti kurmak üzere anayasa hazırlayan, resmi dilimizi, başkentimizi, bayrağımızı değiştirmek üzere kongre düzenleyen, silahlı kadrosu bulunan, mühimmat temin eden, gayrinizami harp teknikleri öğreten emekli general, Türkiye Cumhuriyeti Cumhurbaşkanlığı'na başdanışman yapılmıştı.
Peki, başdanışman olarak ne işe yaradı?
2018 yılında bizzat anlatacaktı.
"Silahlı kuvvetlerin yeniden yapılanmasıyla ilgili olarak yaptığımız tespitlerin tamamı 15 Temmuz'dan sonra yerine getirildi. Kara, hava, deniz kuvvetlerinin milli savunma bakanlığına bağlanması gerektiğini söyledik, harp okulları ve askeri okullar milli savunma bakanlığına bağlanmalı dedik, jandarma genel komutanlığının genelkurmayla göbeği kesilsin, içişleri bakanlığına bağlansın dedik, yüksek askeri şuranın yapısı değişsin, sivillerin hakimiyeti olsun dedik, askeri yargı kalksın dedik, başkanlık sistemi gelsin dedik, bu önerilerimizin tamamı 15 Temmuz'dan sonra yerine getirildi" diyecekti.)

15 Temmuz'dan hemen sonra Tayyip Erdoğan, St. Petersburg'a gitti, Putin'le biraraya geldi. Rus savaş uçağını düşürdüğümüzden beri ilk buluşmaydı. Tayyip Erdoğan radikal bir karar almış, sırtını ABD'ye, yüzünü Rusya'ya dönmüştü.
Doğrulanmayan, ama Türk basınında yeralan haberlere göre, Putin darbe girişiminden saatler önce Erdoğan'ı uyarmıştı, Erdoğan'ın radikal kararının altında bu "güven" vardı.

(Bu tarihi buluşmanın mimarı Cavit Çağlar'dı. Putin'le Erdoğan arasındaki bağlantıda "kilit rol" oynamıştı, Rus savaş uçağını düşürdüğümüzde derhal devreye girmiş, iki lider arasında arabuluculuk yapmıştı. 2017 yılında Kremlin Sarayı'nda tören düzenlendi, Cavit Çağlar'a bizzat Putin'in elinden "dostluk nişanı" takıldı. Cavit Çağlar'ın gölgeler dünyasındaki ikinci kritik rolüydü, 1999 yılında PKK elebaşı Öcalan paketlendiğinde, Kenya'dan Türkiye'ye Cavit Çağlar'ın özel uçağıyla getirilmişti.)

IŞİD sokak düğününü hedef aldı.
Gaziantep Şahinbey'de bomba patladı.
Çoluk çocuk 59 kişi hayatını kaybetti.

Fırat Kalkanı harekatı başladı.
Tankımızla topumuzla Suriye'ye girdik.
Esad'ı yıkalım, Şam'da namaz kılalım filan derken, Esad'ın otorite boşluğunu IŞİD ve PKK doldurmuştu. Cerablus'u IŞİD'in elinden alıp, sınırımızda güvenli bölge oluşturmayı amaçlıyorduk.
AKP hükümetinin hatalarını Mehmetçik canıyla ödeyecekti.
Bir yıldan fazla sürecek olan bu harekatta 71 şehit verecektik.

Kılıçdaroğlu, Karadeniz gezisine çıkmıştı, Kılıçdaroğlu'na eşlik eden askeri konvoya Artvin Ardanuç'ta ormanlık alanda ateş açıldı, Kılıçdaroğlu zırhlı araçla olay yerinden uzaklaştırıldı.
Saldırıyı PKK üstlendi. Ancak, hedeflerinin Kılıçdaroğlu olmadığını, askeri konvoyu hedef aldıklarını, konvoyda Kılıçdaroğlu'nun bulunduğuna dair bilgileri olmadığını, Kılıçdaroğlu'nun bindiği sivil otomobile atış yapılmadığını açıkladılar, utanmasalar yanlışlık nedeniyle özür dileyeceklerdi!

Buna rağmen CHP medyasında "Kılıçdaroğlu suikastten kılpayı kurtuldu" manşetleri atıldı, "roketli pusu" diyen bile oldu. Neredeyse "gazi" ilan edilecekti. CHP yandaşı gazeteciler, Kılıçdaroğlu'nun "ne kadar cesur davrandığına" dair makaleler yazdı.

Artvin meselesinden bir gün sonra, Cizre Emniyet Müdürlüğü'ne 10 ton patlayıcı yüklü kamyonla saldırdılar, 12 polis şehit oldu.

Türbanlı polis dönemi başladı.
İçişleri bakanlığı, kıyafet yönetmeliğini değiştirdi, türban serbest bırakıldı. Emniyet müdürlüğü dış ilişkiler şube müdürü Gonca Lüleci, İstanbul'daki 30 Ağustos törenlerine türban takarak katıldı, ilkti.

Tarık Akan vefat etti.
Hani, kavgaya giderken ilk çağrılacak arkadaşlar vardır ya, işte öyleydi. Kumpas davaları sırasında Silivri cezaevinin önünde bariyerleri yıktı, Gezi Parkı olaylarında en öndeydi, işçi direnişlerinde, basın özgürlüğü protestolarında en öndeydi, AKP'ye karşı daima sesini yükseltti, AKP'yi Cumhuriyet karşıtı olmakla suçladı, namuslu sanatçı, namuslu aydındı. Hayatımıza beyaz perdeden rol icabı girmişti, gerçek halk kahramanı olarak uğurlandı.

Mehmet Altan tutuklandı.
Ahmet Altan tutuklandı.
Nazlı Ilıcak tutuklandı.
Atilla Taş tutuklandı.
Fethullah Gülen cemaatine destekle suçlanıyorlardı.

"Bir dolar" suç deliliydi.
Fethullah Gülen'in cemaat üyelerine F serisi bir dolarlık banknotlar dağıttığı iddia ediliyordu. Bir dolarların örgüt içinde kimlik kartı yerine kullanıldığı öne sürülüyordu. Evinde tesadüfen bir dolarlık banknot bulunan herkes "feto şüphelisi" haline gelmişti. Halbuki, dünyada 11 milyar 400 milyon adet bir dolarlık banknot vardı, bunların bir milyar adedi F serisiydi.

Bank Asya'ya para yatırmak suç deliliydi.
Bizzat Tayyip Erdoğan tarafından Fethullah Gülen'le birlikte açılışı yapılan Bank Asya, bizzat Tayyip Erdoğan tarafından "terör örgütü kasası" ilan edilmişti. 17 Aralık milattı, 17 Aralık'tan önce para yatıranlara dokunulmuyordu, 17 Aralık'tan sonra para yatıranlar terör örgütü üyesi kabul ediliyordu. Emekli maaşını Bank Asya'dan alan garibanlar bile darbeye destek suçuyla hapse atılıyordu.

Bank Asya'nın kurucularından İhsan Kalkavan hakkında silahlı terör örgütüne üye olmak suçundan yakalama kararı çıkarıldı ama, çoktaaan ABD'ye kaçmıştı.
"Fetö borsası" kavramı ortaya çıktı.
Parayı bastıran bırakılıyordu.
Parayı bastıran, kaç yılla yargılanırsa yargılansın, emniyetten adliyeden elini kolunu sallaya sallaya çıkıyordu, parayı bastıran hakkında takipsizlik kararı veriliyordu.
Garibanlar hapse tıkılıyor, kodamanlar yırtıyordu.

Şemdinli'deki Durak jandarma karakoluna beş ton bomba yüklü kamyonetle saldırıldı, 10'u asker 18 şehit vardı.

CHP genel başkan yardımcısı Bülent Tezcan'a silahlı saldırı yapıldı, sağ bacağına iki kurşun isabet etti. Tetikçi sabıkalıydı, "restoranda yan masada oturuyordu, cumhurbaşkanımıza hakaret etti, ben de vurdum" dedi. Kala kala yedi ay tutuklu kaldı, bırakıldı.

Cumhuriyet gazetesi, Fethullahçı terör örgütü kapsamında basıldı, genel yayın yönetmeni Murat Sabuncu, Cumhuriyet Vakfı yönetim kurulu üyeleri, yazar Kadri Gürsel, karikatürist Musa Kart tutuklandı.
Geçen yıl tutuklanıp serbest bırakılan, Adliye önünde kurşunlanan Can Dündar, can güvenliği nedeniyle Almanya'ya gitmişti, hakkında yeniden yakalama kararı çıkarılmıştı, Can Dündar teslim olmayınca Can Dündar'ın yerine bu gazeteciler adeta rehin alınmışlardı.

(Tayyip Erdoğan'ın canını fena halde sıkan Musa Kart nihayet (!) hapse atılmıştı. Tee 2005 yılında Tayyip Erdoğan'ı yün yumağına dolanmış kedi olarak çizmişti, Tayyip Erdoğan bu karikatür

nedeniyle Musa Kart'a dava açmış, kaybetmiş, bu mesele adeta kan davasına dönüşmüştü.)

HDP'ye operasyon yapıldı.
Eşbaşkanlar Selahattin Demirtaş ve Figen Yüksekdağ'la birlikte dokuz milletvekili tutuklandı. Açılım'ın sonu buydu.

(2023 yılında, yedi yıldır hâlâ hapisteydiler.)

Avrupa Parlamentosu'nda oylama yapıldı.
37'ye karşı 479 oyla, Türkiye infaz edildi.
Tam üyelik müzakere süreci durduruldu.
57 yıllık Avrupa Birliği hayalimiz, askıya alındı.
HDP'yi şantaj unsuru olarak kullanıyorlardı. Ya HDP'yi serbest bırakırsın, ya da Avrupa Birliği'ni rüyanda görürsün deniyordu.

(2023 yılında, yedi yıldır hâlâ askıdaydık.)

Trump, ABD başkanı seçildi.

Sapıklar kanuna uymuyor diye, kanunu sapıklara uydurmaya kalkıştılar. 18 yaşından küçüklere cinsel istismarda bulunanlar, mağdur ile evlenirlerse hapis cezasından kurtulacaklardı. 14 yaşındaki 15 yaşındaki kız çocuklarını imam nikahıyla koynuna alan 70 yaşındaki sapıkları affetmek için çıkarılan bir yasaydı.
Bekir Bozdağ adalet bakanıydı.
"Küçüğün de rızasıyla yapılmış işler" dedi.
Bu utanç verici savunmayla hukuk tarihine geçti.
Kadınlar sokağa döküldü.
Yasa teklifini geri çekmek zorunda kaldılar.

Adana Aladağ'da tarikat yurdunda yangın çıktı.
11 kız çocuğu diri diri yanarak can verdi.
Süleymancılar cemaatine aitti.
Ülke genelinde bin'e yakın böyle yurtları vardı.

(Süleymancılar 1950'den beri siyasetin içindeydi. AKP'nin kurucuları arasında milletvekili olarak yeralmışlardı. Ama sonra, cemaat içindeki liderlik kavgası nedeniyle AKP'yle ters düşmüşlerdi. 2007'den itibaren muhalefeti desteklediler, 2023 cumhurbaşkanlığı seçiminde Kılıçdaroğlu'nu desteklediler. Bu yüzden, Aladağ'daki facia sırasında Süleymancılara ateş püsküren CHP yöneticileri, 2023 seçimi sırasında Aladağ'dan hiç bahsetmediler! CHP'deki guguk kuşu işgalinin hazin bir göstergesiydi.)

2016 yılının sonuydu.
Amerikan doları 3.5 liraya yükseldi.
Tayyip Erdoğan vatandaşa çağrı yaptı, "yastık altındaki dövizlerimizi TL'ye çevirelim" dedi. AKP'li esnaf kampanya başlattı, 250 dolar bozdurup dekontunu getireni bedava tıraş eden berberler vardı. Millete dolarınızı bozdurun denirken, Tayyip Erdoğan'a yeni uçak alındı, 77 milyon dolarcıktı. Airbus 340-500 tipi makam uçağı Tunus'tan alınmıştı. Halk ayaklanması sonucu Suudi Arabistan'a kaçan Tunus'un devrik lideri Zeynel Abidin bin Ali'nin uçağıydı.

İstanbul'da Beşiktaş-Bursaspor maçının sona ermesinden bir saat sonra, çevik kuvvet polislerinin toplanma alanında bombalı araç patladı, bombadan hemen sonra Maçka parkında bir canlı bomba daha patladı. 39 polis, 7 sivil hayatını kaybetti. PKK'ydı.

Bir hafta sonra, bu defa Kayseri'de, hava indirme tugayı hedef alındı, sivil kıyafetli askerleri taşıyan ve kırmızı ışıkta duran otobüsün yanında bombalı araç patladı, 15 asker can verdi. Yine PKK'ydı.

Elçiye zeval oldu.
Tarihimizde ilk kez, Türkiye Cumhuriyeti Devleti'nin polisi, Ankara'nın göbeğinde bir büyükelçiyi ensesinden vurarak öldürdü. Rusya'nın Ankara Büyükelçisi Andrey Karlov, Ankara'da çağdaş sanatlar merkezinde fotoğraf sergisi açılışı yapıyordu. Çevik kuvvet polisi Mevlüt Mert Altıntaş, kameraların önünde büyükelçiye yaklaştı, dokuz kurşun sıktı, "Allahu Ekber" diye bağırıyordu, "Halep'i unutmayın, Suriye'yi unutmayın, beldelerimiz güvende olmadıkça sizler güvenliği tadamayacaksınız, bu zulümde payı olan kim varsa

hepsi tek tek hesabını verecek" diye bağırıyordu. Özel harekat polisleri müdahale etti, çatışma çıktı, Mevlüt Mert Altıntaş öldürüldü.
Tetikçi polis 22 yaşındaydı. Ankara'da çevik kuvvette görevliydi. Sabıkası yoktu. Disiplin soruşturması bile yoktu. 15 Temmuz darbe girişimi nedeniyle emniyet teşkilatı adeta hallaç pamuğu gibi atılmıştı ama, bu suikastçı ıskalanmıştı.
Fethullahçı terör örgütüne dahil edildi. Örgüt içindeki mahrem abisi Şahin Söğüt'ün yönlendirmesiyle, Salih Yılmaz ve Ahmet Kılınçarslan'ın emriyle suikastı gerçekleştirdiği tespit edildi.

(Çok muamma vardı.
Ama kesin olarak bildiğimiz şuydu.
22 yaşındaki suikastçı ilkokula başladığı yıl, AKP iktidar olmuştu.
Ömrü boyunca AKP'den başka hükümet, Tayyip Erdoğan'dan başka hükümet yöneticisi görmemişti. AKP ikliminde yetişmiş, AKP iktidarında polis olmuştu. Elbette pek çok başka dinamik vardı ama, özü itibarıyla "kindar nesil" tohumlarının ekildiği tarlanın hasatıydı.
Alnı secdeye eriyor kriteriyle, aynı menzile yürüyoruz emeliyle, cemaat-tarikat yuvalarını hoşgören, tekke zaviyeleri hortlatan, zır cahil cübbelileri mollaları kıymete bindiren, mezhep kardeşimiz diye köktendinci örgütlerin sırtını sıvazlayan zihniyetin eseriydi.
Ve, bu beyni yıkanmış yobaz robotlardan kaç kişi vardı, bilinmiyordu.)

Şehirlerimizde bombalar patlıyor, her gün bir başka katliam yaşanıyor, büyükelçi öldürülüyor, istihbarat tel tel dökülüyor, buna rağmen MİT müsteşarı Hakan Fidan'a toz kondurulmuyordu.
Görevden almayı boşverdik, itibarı giderek artıyordu.

2017 yılbaşı gecesi, İstanbul'un en popüler eğlence mekanlarından Ortaköy'deki Reina'da yılbaşı kutlamaları sırasında katliam oldu, çoğunluğu turist 39 kişi hayatını kaybetti.
Kalaşnikofla taraya taraya içeriye dalan IŞİD teröristi, Abdulkadir Masharipov'du, Özbekistan vatandaşıydı. Altı yıldır Türkiye'de yaşıyordu. Yedi dakika süren katliamdan sonra koşa koşa uzaklaştı, izini kaybettirdi. Anca 17 gün sonra Esenyurt'ta yakalandı. Evliydi, Konya Selçuklu'da stüdyo dairede yaşıyordu, saldırıdan 15 gün önce

İstanbul'a gelmiş, Esenyurt'taki daireye yerleşmiş, 15 gün boyunca Taksim'de ve Reina civarında keşif yapmıştı.
Türkiye'ye altı yıl önce nasıl girdiği, bunca yıl herhangi bir takibe takılmadan nasıl yaşadığı meçhuldü. Kaç tane Abdulkadir Masharipov'un Türkiye'de yaşadığı belirsizdi, ne zaman patlayacağını kestiremediğimiz saatsiz bombalar gibi aramızda dolaşıyorlardı.

KKTC'de yaşayan modacı Barbaros Şansal, sosyal medya hesabından AKP'yi eleştiren mesajlar yayınlıyordu. Sınırdışı edildi. İstanbul Havalimanı'na geldi, uçaktan inerken merdivenlerde linç edildi, öldüresiyle dövüldü. Tekme tokat saldıranların hepsi Türk Hava Yolları'nın yer hizmetlerinde görevliydi. Saldırganlar serbest bırakıldı, Barbaros Şansal tutuklandı!
IŞİD teröristleri Kalaşnikoflarla memlekette cirit atarken, sırf AKP muhalifi olduğu için Barbaros Şansal'ı yakalıyorlardı. Aslına bakarsanız, bu zihniyet o apronda deve kesmişti, Barbaros Şansal'ı yatırıp kesmediklerine şükretmemiz gerekiyordu!

> *(O apronun en kritik noktasında, bakım-teknik servisinde cübbeli, sarıklı, takkeli, göbeğine kadar sakallı tarikatçılar çalışıyordu. Öyle gizli saklı filan değildi, AKP iktidara geldiğinden beri apronda bu kıyafetleriyle dolaşıyorlardı. Hatta o sarıklılardan biri sosyal medya hesabından Atatürk'e hakaretler yağdırdı, "Allah'a savaş açmış kefere" dedi, "cehennem lideri" dedi, mecliste soru önergesi oldu, bu kin kusan tarikatçının kılına bile dokunulmadı.)*

İzmir Adliyesi basıldı.
PKKlı üç terörist, bomba yüklü araçla gelmişti, motorlu polis Fethi Sekin şüphelendi, silahını çekerek durdurmak istedi, teröristler hedeflerine ulaşamadan araçtan indiler, Kalaşnikoflarla ateş açtılar, Fethi tek başına vuruştu, mermisi bitene kadar çatıştı, şehit düştü. Çevredeki güvenlik kameralarına anbean yansımıştı, teröristlerden birini öldüren, öbürlerini püskürten Fethi'nin kahramanlığı onlarca insanın hayatını kurtarmıştı.

TBMM'de rejimi değiştirmek için oylama yapıldı.
"Cumhurbaşkanlığı hükümet sistemi" adı altında "tek adam" rejimine geçmek için anayasa değişikliği yapılacaktı. Meclis işlevsiz hale getirilecek, başbakanlık lağvedilecekti. 100 yıl önce saraydan alınıp, millete verilen egemenlik, milletten geri alınıp, saraya iade edilecekti.
Bu teklif AKP ve MHP oylarıyla kabul edildi.
Vatandaşın nihai kararı vermesi için referandum yapılacaktı.

(Tayyip Erdoğan "başkanlık sistemi yeni değildir, bizim için gelenekseldir, buna karşı çıkanların genlerinde başkanlık sistemi yok ama, bizim genlerimizde başkanlık sistemi var" diyordu. Halbuki... Belediye başkanlığı döneminde kesinlikle karşıydı, "başkanlık sistemi Amerikan emperyalizminin tavsiyesidir" diyordu. Amerikan emperyalizminin tavsiyesi, nihayet gerçek oluyordu!)

(MHP lideri Devlet Bahçeli çok değil, sadece bir yıl önce Erdoğan'ı kıyasıya eleştiriyordu. "Başkanlık kılıfıyla diktatörlüğe geçmek istiyor" diyordu. "Tahtsız ve taçsız bir sultanlığa geçmek istiyor" diyordu. "Yönetim tek kişinin eline kalırsa, vay halimize, bizim yerli üretim Hitlerlere, Stalinlere, Kaddafilere tahammülümüz yok" diyordu. Şimdi, aynı Devlet Bahçeli "kudursalar da evet" diyeceğim diyordu!)

Rıdvan Dilmen "tek adam" referandumu için "evet" kampanyası başlattı. Sosyal medya hesabından video yayınladı. "Vatanımız çok zorlu bir süreçten geçiyor, adeta bir İstiklal Savaşı, güçlü bir Türkiye istiyoruz, güçlü bir Türkiye için evet ben de varım" diyordu.
Videonun sonunda futbolcu Arda Turan'a pas atarak, "sevgili Arda sen de var mısın?" diye soruyordu. Arda Turan cevaben video çekiyor, "Güçlü bir Türkiye için ben de varım, Burak Yılmaz sen de var mısın kardeşim?" diyordu. Futbolcu Burak Yılmaz da aynı videoyu çekip, şarkıcı Murat Boz'a pas atıyordu.

(Rıdvan Dilmen'e bir röportajda mikrofon uzatıp "Türkiye'nin kaç coğrafi bölge olduğu" sorulmuştu, bilmiyordu. "Türkiye'nin hangi yarımkürede olduğu" sorulmuştu, bilmiyordu. İstiklal Savaşı çağrısı yapan Rıdvan Dilmen'in Türkiye'ye dair bilgisi bu kadardı.)

(İstiklal Savaşı çağrısı yapan Arda Turan, Burak Yılmaz, Murat Boz, askerliklerini "bedelli" yapmışlardı. Koğuş nöbeti bile tutmamışlardı. AKP usulü istiklal savaşını işte bu kahramanlar (!) veriyordu.)

Rıdvan Dilmen istiklal savaşı başlatırken, Fırat Kalkanı harekatında El Bab'a yükleniyorduk, bombalı tuzaklarla dolu şehir savaşıydı.
Şehit üstüne şehit geliyordu.
Bizim evlatlarımız Suriye'de can verirken, Türkiye'de son beş yılda beş bin Suriyeli şirket kurulmuştu, tee 1923'ten beri Türkiye'de yatırım yapan Alman şirketlerini bile sollamışlardı. İnşaattan tekstile, kayıtdışı faaliyet gösteren 10 binden fazla Suriyeli şirket vardı.
Şam'dan sonra en büyük Suriyeli şehri İstanbul'du.
Fatih'te Suriyeli mahallesi oluşmuştu, tabelalar Arapçaydı, mahallede sadece Arapça konuşuluyordu. Suriyeli sanatçıların müzik yaptığı Suriyeli caz kafe bile vardı, Suriyeli kitabevi vardı.
Bağcılar'da Suriyeli mahallesi kurulmuştu. Bağcılar'da yaşayan her 15 kişiden biri Suriyeliydi. Bağcılar eğitim araştırma hastanesinde dünyaya gelen her iki bebekten biri Suriyeliydi. Halk Sağlığı Enstitüsü verilerine göre, Türkiye'deki Suriyelilerin doğum oranı, Türk vatandaşlarının doğum oranını geçmişti.
Türkiye'de yaşayan Suriyelilerin radyoları vardı, gazeteleri vardı, İstanbul'da hazırlanıyor, Adana'da basılıyordu. Sadece Suriyelilerin çalıştığı, sadece Suriyelilere hizmet veren hastaneleri vardı. Tahlil laboratuvarları vardı. Ecza depoları vardı.
Suriyeli İşadamları Derneği vardı.
İncir ihracatına başlayan, restoran zinciri kuran Suriyeli vardı.
Suriyeli müteahhitler vardı. Holdingleşen Suriyeli vardı.
CHP Kayseri milletvekili Çetin Arık esnaf ziyareti yaparken, Suriyeli bir kuyumcu görmüş, dükkana girmiş, hayırlı işler diledikten sonra "Türk işçi çalıştırıyor musunuz?" diye sormuş, Suriyeli kuyumcu "yabancı çalıştırmıyorum" cevabını vermişti! Suriyeli bizim memleketimizde patron olmuş, bize yabancı diyordu.
Türk Silahlı Kuvvetleri'nde toplam 351 bin asker bulunuyordu.
Türkiye'de askerlik çağında 425 bin Suriyeli yaşıyordu. Yani Türkiye'de, Türk Silahlı Kuvvetleri'nin mevcudundan daha fazla sayıda, eli silah tutacak yaşta Suriyeli vardı.
Bunlar kendi memleketlerine sahip çıkmak yerine, bizim memlekette şirket kuruyor, patron oluyor, yatlarda dolaşıyor, caz dinliyor, bizim

çocuklar bunların memleketini kurtarmak için oralarda vuruşuyor, şehit düşüyor, gözünü bacağını kaybediyordu.

Tayyip Erdoğan "tulumbada su bitti" dedi.

Varlık Fonu oluşturuldu.

Meclis'i devre dışı bırakarak, Sayıştay'ı devre dışı bırakarak, devlet ihale kanununu, personel kanununu, rekabet kanununu, özelleştirme kanununu yok sayarak, THY'yi, Ziraat Bankası'nı, Halkbank'ı, TPAO'yu, Botaş'ı, PTT'yi, Türksat'ı, Borsa'yı, Milli Piyango'yu, Çaykur'u ve Savunma Sanayi'ni varlık torbasına doldurdular.

Seka elden gitmiş, Sümerbank gitmiş, limanlar, madenler, rafineriler, barajlar, santrallar gitmiş, Tekel, Türk Telekom, Tüpraş, Erdemir gitmiş, hatta dereler bile satılmış, sıra elde avuçta kalanlara gelmişti.

Emme basma "tulumba" işte buydu!

Türk tarımının ocağına incir ağacı diken sayın hükümetimiz, tarım yapmak için taa Afrika'da tarla kiraladı iyi mi... Sudan'da 7 milyon 805 bin dönüm arazi kiralandı, hem de 99 yıllığına kiralandı. Bu araziyi Sudanlı köylüler ekip biçecek, ürün yetiştirecek, o ürünler Türkiye'ye ithal edilecekti. Bizim köylünün tarlasına, traktörüne haciz yağarken, bizim paramızla Sudan köylüsü ihya edilecekti.

Kapitülasyonlar hortladı.

Yabancılar için özel yasa çıkarıldı.

Türkiye'de konut satın alan yabancılar vergi ödemeyecekti.

Müjdat Gezen Sanat Merkezi kundaklandı.

Madımak kafasıydı.

> *(Padişah Abdülhamid'in beşinci kuşak torunu Nilhan Osmanoğlu, İstanbul Boğazı'ndaki Galatasaray adası üzerinde hak iddia ediyordu. İnternette "sultandan" isimli dükkanı vardı, saray kokuları, fes, takke, tespih, Osmanlı yüzükleri filan satıyordu. AKP destekçisiydi. TBMM'nin lağvedilmesi için referandumda evet denmesini istiyordu, "parlamenter sistem benim değerlerime zarar verdi, parlamenter sistem canımıza yetti artık" diyordu.*

Halk tv'de Uğur Dündar'ın programına konuk olarak katılmıştım, Müjdat Gezen de telefonla canlı yayına bağlanmıştı, sohbet dönüp dolaşıp Abdülhamid'in torununa gelmişti. "Padişahın torunu Galatasaray adasını istiyor" demiştim, Müjdat Gezen de "yahu duydum onu, pek beğendim" demişti, "adayı veresin mi geldi" diye sormuştum, "adayı değil ama neyse, sonra konuşuruz" demişti.
Aradan bir hafta geçti.
Bir hafta sonra, Müjdat Gezen aleyhine linç kampanyası başlatıldı, yandaş medyada aynı başlıklarla, aynı cümlelerle saldırılıyordu, aynı merkezde hazırlanmıştı, aktrollerin yaydığı tweetler bile fotokopi gibiydi, Müjdat Gezen'in Abdülhamid'e ve torununa küfrettiği yazılıyordu, açıkça hedef gösteriliyordu.
Olacağı buydu.
Güvenlik kameralarına anbean yansıdı. Çember sakallı yobazın biri geceyarısı elinde benzin bidonuyla geldi, duvarlara döktü, çakmağı çaktı, 26 yıldır tek kuruş almadan binlerce sanatçı yetiştiren Kadıköy'deki Müjdat Gezen Sanat Merkezi'ni ateşe verdi, kaçtı.
İki gün sonra yakalandı.
"Abdülhamid Han'a hakaret ettiği için yaptım" dedi.)

Polisten sonra TSK'da da türban yasağı kaldırıldı.
Kadın subay ve astsubayların şapka, bere ve keplerinin altına üniforma renginde başörtüsü ve türban takmaları artık serbestti.

---

15 Temmuz hatırası ayaklarıyla Atatürk portresi bulunmayan metal 1 lira basıldı. Daha önce, cemaatin Türkçe Olimpiyatları için Atatürksüz 1 lira basılmıştı. Piyasada 100 milyon adetten fazla Atatürksüz 1 lira dolaşıyordu.

Barzani geldi.
Başkent Ankara'ya Kürdistan bayrağı dikildi.

Alman hükümeti AKP'li bakanların referandum vesilesiyle Almanya'da toplantı yapmasını yasakladı, Türkiye'deki gerginliğin Almanya'daki Türk vatandaşlarına yansımasını istemiyorlardı.
Tayyip Erdoğan pek öfkelendi.
"Eyy Almanya, Nazilerden farkınız yok" dedi.

(Bu Nazi benzetmesi nedeniyle dünyanın en büyük turizm fuarı olan Berlin Turizm Fuarı'nda tarihte ilk kez Türkiye'ye boykot uygulandı. Alman turizm acenteleri "No Turkey" kampanyası başlattı. Avrupa turizminin en ucuz ülkesi olmamıza rağmen, 2017 yılında doluluk oranımız yüzde 40'ta kaldı. 2017'yle sınırlı değildi, kalıcı hasar yarattı. Kamuoyu araştırma anketi yapıldı, Alman vatandaşlarının yüzde 50'si "bundan böyle hiçbir zaman Türkiye'ye gitmeyeceğim" diyordu.)

Almanya'nın ardından Hollanda da AKP'li bakanların referandum vesilesiyle toplantı yapmasına yasak getirdi. Dışişleri bakanı Mevlüt Çavuşoğlu yasağı delmek için deneme yaptı, uçağına iniş izni verilmedi. Yetmedi... Karayoluyla Hollanda'ya geçen aile bakanı Fatma Betül Sayan Kaya durduruldu, Rotterdam konsolosluğumuza girmesine bile izin verilmedi, sınırdışı edildi. Bakanı korumaya çalışan Türk vatandaşlarını polis köpeklerine ısırttılar, atlı polislerle ezdiler, yerlerde sürüklediler. Vatandaşlarımızla birlikte Türkiye'nin prestiji de yerlerde sürükleniyordu. "Avrupa'ya vizesiz gideceğiz" vaadinde bulunan AKP'nin, bakanları bile Avrupa'ya gidemiyordu!

İstanbul Esenyurt'un AKP'li belediye başkanı Necmi Kadıoğlu, referandumda neden mutlaka evet denmesi gerektiğini izah etti. "İçimize kanı bozuklar, sütü bozuklar sızdı, padişahlarımızı alaşağı ettiler, Osmanlı'yı tarumar ettiler, 1923'te koskoca 650 yıllık çınara darbe yaptılar, cumhuriyet kuruldu, ecdada ihanet ettiler, milleti millet yapan değerlere saldırdılar, Kuran'a, ezana saldırdılar" dedi.

(Cumhuriyet'i kuranlara bu iftiraları atan Necmi Kadıoğlu, referandumdan birkaç ay sonra sürpriz şekilde istifa edecek, "sağlık sorunlarım nedeniyle" diyecekti.
Peki gerçekten öyle miydi?
2022 yılında çarpıcı açıklamalarda bulunan Sedat Peker, bu sürpriz istifanın perde arkasını anlatacaktı, "Necmi Kadıoğlu'nun rant kavgası nedeniyle kendi partisinden kişiler tarafından kadınlarla tufaya getirildiği, fuhuş şantajıyla istifaya zorlandığı" ortaya çıkacaktı.

Kuvayı Milliye'ye, bu mübarek Cumhuriyet'e nefret kusanların sonu hep aynıydı, illa ki dönüp geliyor, ayağına dolanıyordu!)

Diyarbakır AKP il başkanlığı "her evet Şeyh Sait ve arkadaşlarına bir Fatiha'dır" yazılı pankart astı. Bu pankartı asan Diyarbakır AKP il başkanı Muhammed Dara Akar, şeyh Sait'in torunuydu.

(Sait, nakşibendi şeyhiydi. Cumhuriyet'e karşıydı. "Dinsiz bunlar" diyordu, "fuhuş yapıyorlar" diyordu, "içki içiyorlar" diyordu. İslam dinini kendi yalanlarına alet ediyordu. Kürt İstiklal Komitesi denilen örgütün üyesiydi, Kürdistan hayali kuruyordu, "Kürtlerin bulunduğu yerleri Türklerin elinden alacağız, madenlerimiz çoktur" diyordu. 1925 yılında İslamiyet adına silahlı ayaklanma fetvası verdi, aşiretlere gönderdi, "Cumhuriyet'e destek verenlerin öldürülmesinin, mallarına el konulmasının helal olduğunu" söyledi. Orduyla çatıştılar, telgraf hatlarını kestiler, Ziraat Bankası şubelerini yağmaladılar, jandarmaları öldürdüler, öğretmenleri öldürdüler, yeşil bayrak taşıyorlardı. Neticede yakalandı, İstiklal Mahkemesi tarafından idama mahkum edildi, asıldı. AKP işte buna fatiha okuyordu.)

CHP milletvekili Hüsnü Bozkurt, bir televizyon konuşmasında "emperyalistleri denize dökeceğiz" dedi. Yandaş medyada linç kampanyası başlatıldı, "Ak Partiyi denize dökecekmiş" denildi. Annesi Alzheimer hastasıydı. Üç yıldır Konya'da özel bir hastanede yatıyordu. Hastaneden aradılar. "Annenizi hastanemizden çıkarın" dediler. Kindarlığın böylesi görülmemişti... Hüsnü Bozkurt annesini Konya'dan aldı, İstanbul'da bir hastaneye nakletmek zorunda kaldı.

Halkbank genel müdür yardımcısı Hakan Atilla, ABD'ye gitti.
Tutuklandı.
Günah keçisiydi.

(Rıza Sarraf itirafçı olunca, İran ambargosunu delmekle suçlanan Halkbank davasında sanık kalmamıştı, sihirli bir el Hakan Atilla'yı ABD'ye gönderdi, Hakan Atilla tutuklandı, sanıksız davanın sanığı oldu, böylece Halkbank davası kaldığı yerden devam edebilecekti.)

(Hakan Atilla tutuklandığında, Halkbank genel müdürü Ali Fuat Taşkesenlioğlu'ydu. Halkbank'a genel müdür olmadan önce Bank Asya'da genel müdür yardımcısıydı, Bank Asya'da 16 yıl çalışmıştı. Bank Asya'ya emekli maaşını yatıran garibanlar bile fetoculuktan hapse tıkılırken, Bank Asya'da 16 yıl yöneticilik yapan genel müdür yardımcısını getirip Halkbank'ın başına oturtmuşlardı.)

Rejim değişsin mi diye sandık başına gittik.
Yüzde 51.4 evet çıktı.
Parlamenter sistem lağvedildi.
"Tek adam" rejimine geçildi.
Türkiye artık Tayyip Erdoğan'ın iki dudağının arasındaydı.

> *(Yüksek Seçim Kurulu, yasaya aykırı olmasına rağmen, mühürsüz oyları geçerli kabul etmişti, üç milyon civarında oy şaibeliydi. Seçimden önce "herhangi bir şaibe olursa beş bin avukatla yüksek seçim kuruluna giderim, dünyayı ayağa kaldırırım" diyen Kılıçdaroğlu, kılını bile kıpırdatmadı. Tayyip Erdoğan "atı alan Üsküdar'ı geçti" dedi.)*

(CHP'nin Doğu ve Güneydoğu bölgesinde 20 binden fazla sandıkta görevlisinin olmadığı ortaya çıktı. Her seçim öncesinde "oyunuzu güvenle kullanın, bütün sandıklarda görevlimiz var" diyorlardı, her seçimden sonra aynı kepazelik ortaya çıkıyordu.)

Başbakanlık lağvedildi.
Son başbakan Binali Yıldırım sırıtıyordu.
"Dükkanı kapattık" diyordu.

Tayyip Erdoğan 2014 yılında ilk kez cumhurbaşkanı seçildiğinde, o günkü Anayasa gereği AKP'den istifa etmişti. Sayın ahalimiz "partili cumhurbaşkanı" referandumunda "evet" deyince, AKP'ye yeniden üye oldu, yeniden AKP genel başkanı seçildi.
Artık hepimizin cumhurbaşkanı değildi.
Resmen AKP'nin cumhurbaşkanıydı.

23 Nisan 2017.
TBMM Başkanı İsmail Kahraman, Meclis'in kuruluş yıldönümü dolayısıyla Anıtkabir'de düzenlenen törene gitmedi. Meclis'in açılış yıldönümünde Anıtkabir'e gitmeyen tarihteki ilk TBMM başkanıydı.

Adalet bakanlığı "1500 hakim açığı var" dedi.
Avukatlıktan hakimliğe geçiş sınavı yapıldı.
Mülakatla 900 hakim alındı.
Bunların 800'ü AKP yöneticisi ve üyesi çıktı!
Yazılıda 80 puan alan avukatlar devredışı bırakılmıştı.
50 puan alanlar mülakatı geçmişti.
AKP ilçe başkanı hakim vardı.
AKP kadın kolları başkanı hakim vardı.
Partili cumhurbaşkanından sonra, partili yargı dönemi başlamıştı.

19 Mayıs 2017.
Sözcü gazetesine operasyon yapıldı.
Fethullah Gülen terör örgütü adına suç işlemek, cumhurbaşkanına suikast ve hükümete karşı silahlı isyan'la suçlandı.
Gazetenin sahibi Burak Akbay hakkında yakalama kararı çıkarıldı, yurtdışındaydı. Muhabir Gökmen Ulu ve *Sözcü* internet sitesinin sorumlu müdürü Mediha Ongun tutuklandı. Tayyip Erdoğan'ın 15 Temmuz'da Marmaris'te olduğunu haber yaparak, suikasta zemin hazırladıkları öne sürülüyordu. Emin Çölaşan, Necati Doğru, genel yayın yönetmeni Metin Yılmaz, internet yayın yönetmeni Mustafa Çetin ve internet haber koordinatörü Yücel Arı hakkında dava açıldı. *Sözcü* hakkındaki iddianamenin tanıkları, Fethullah Gülen cemaatiyle etle tırnak gibi gibi olan Fehmi Koru ve Hüseyin Gülerce'ydi. Atatürkçü kimliğiyle tanınan *Sözcü* gazetesine takvimde başka gün yokmuş gibi tam 19 Mayıs'ta operasyon yapılması, aslında her şeyi anlatıyordu. AKP uygulamalarına muhalefet eden gazete, AKP hukuku tarafından terbiye edilmeye çalışılıyordu.

Derin Tarih adında bir dergi vardı.
Yayın yönetmeni Mustafa Armağan'dı.
Tescilli Atatürk düşmanıydı. Fethullah Gülen'i öven kitaplar yazmıştı. Fethullah Gülen'in onursal başkan olduğu Gazeteciler Yazarlar Vakfı'nda yöneticiydi. Cemaatin *Zaman* gazetesinde köşe yazıyordu.

Yeni Şafak gazetesine geçmişti. Zaten *Derin Tarih* dergisi de *Yeni Şafak*'ın yan yayınıydı. *Yeni Şafak*'ın bir diğer yan yayını TvNet televizyonunda, Derin Tarih adıyla program yapıyordu.
Bu programda Afet İnan'a dil uzattı. Atatürk'ün manevi kızıyla nikahsız birliktelik yaşadığını öne sürdü. "Yatıp kalktıklarını" söyledi.
İğrençliğin bu seviyesine "insan" olan herkes isyan etti.
Sosyal medyada ortalık ayağa kalktı.
En büyük tepkiyi CHP gösterdi.
Chp milletvekilleri, savcıları göreve çağırdı.
Gel gör ki... Mustafa Armağan'ın yönettiği *Derin Tarih* dergisinin "danışma kurulu üyesi" kimdi biliyor musunuz?
Ekmeleddin İhsanoğlu'ydu!
Karşıdevrimci Mustafa Armağan'ın 2014 yılına kadar dergisini yayınlarken danıştığı kişi, bizzat Kılıçdaroğlu tarafından CHP'nin cumhurbaşkanı adayı yapılan Ekmeleddin efendiydi!

Şırnak'ta Cougar helikopter düştü.
Biri tümgeneral, 13 askerimiz şehit oldu.
Şehit tümgeneral Aydoğan Aydın, 15 Temmuz'dan sonra cemaatçi olduğu gerekçesiyle gözaltına alınmış, bilahare yanlışlık yapıldığı ortaya çıkmış ve terfi ettirilmişti.
Şehit yarbay Songül Yakut ise, ilçe jandarma komutanı olan ilk kadın subaydı, fetocuların kumpasıyla ordudan atılmış, hukuk mücadelesi vererek görevine geri dönmüştü.
Helikopter kazası, trajedi üstüne trajedi barındırıyordu.

Bülent Arınç'ın damadı Fethullahçılıktan tutuklandı.
"Türkiye bağırsaklarını temizliyor" haberiydi.
Çünkü...
Bayram Bozkurt, 2009 yılında Erzincan İliç savcısıydı. Hakkında rüşvetten soruşturma açılmıştı. Erzurum özel yetkili savcısı'na gidip gizli tanık olmuş, Ergenekon davasında Efe kodadıyla yalan üstüne yalan ifadeler vermiş, TSK'ya kumpas kurulmasını sağlamıştı.
Bülent Arınç o tarihlerde pek keyifliydi.
"Türkiye bağırsaklarını temizliyor" diyordu.
Ya şimdi?
Aynı Bayram Bozkurt'un 15 Temmuz'dan sonra Fethullahçı olduğu belirlenmişti, hapse atılmıştı. Gitmiş yine gizli tanık olmuştu. Bu defa

Bülent Arınç'ın damadı Ekrem Yeter aleyhine ifade vermişti, Bülent Arınç'ın damadı böyle tutuklanmıştı

"Türkiye bağırsaklarını temizliyor" haberiydi!

(Her dönemin gizli tanığı Bayram Bozkurt, estetik ameliyatla yüzünü değiştirdi, ismini değiştirdi, sahte diplomatik pasaportla yurtdışına kaçtı, Almanya'dan sığınma istedi, Almanya oturma izni verdi.)

CHP milletvekili Enis Berberoğlu tutuklandı.

MİT tırlarının görüntülerini Can Dündar'a verdiği gerekçesiyle "siyasal ve askeri casusluk"la suçlandı, 25 yıl hapse mahkum edildi.

Kılıçdaroğlu bu fırsatı kaçırmadı.

Ankara'dan İstanbul'a "Adalet Yürüyüşü" başlattı.

Britanya işgaline karşı 400 kilometrelik tuz yürüyüşü yapan Gandi'nin direnişine benzetiliyordu. Karaoğlan Kemal, Che Kemal, Dersimli Kemal'den sonra, Gandi Kemal olmuştu.

Kılıçdaroğlu'nun yürüyüşü, muhalif olarak tanınan isimler arasında büyük heyecan yarattı. Genco Erkal, Ataol Behramoğlu, Zülfü Livaneli, Emre Kongar, Müjdat Gezen, Bedri Baykam, Uğur Dündar, Ali Sirmen, Gülriz Sururi, Zeynep Oral, Ayşe Kulin, Ahmet Ümit, Şevket Çoruh, Melek Baykal, Sevinç Erbulak, Nasuh Mahruki, Aslı Erdoğan, İhsan Eliaçık, Sunay Akın, Metin Uca, Eşber Yağmurdereli, Türk Tabipler Birliği, KESK, DİSK, etap etap Kılıçdaroğlu'yla birlikte yürüdü.

420 kilometrelik yolu, 25 günde yürüdü.

Yolun sonunda, İstanbul Maltepe'de miting düzenledi.

İki milyon kişi katıldı.

CHP yanlısı gazeteciler Kılıçdaroğlu'nu köpürtüyordu.

Emin Çölaşan mesela "şimdi lider oldu" diye yazdı.

Uğur Dündar "1946 yılında çok partili sisteme geçtiğimizden bu yana yapılan en büyük muhalefet atağı" diye yazdı.

Rahmi Turan "Kılıçdaroğlu artık halkın lideri" diye yazdı.

Sözcü gazetesi, *Cumhuriyet* gazetesi her gün manşet yaptı.

Halk Tv, Tele1 adeta kesintisiz naklen yayınladı.

CHP seçmeni ister istemez etkileniyordu, Kılıçdaroğlu sayesinde gercekten büyük bir oy sıçraması yapılacağına inandırılıyordu. Aksini söyleyen gazeteciler "gizli AKPli" olmakla suçlanıyordu.

Kılıçdaroğlu "Gandi Kemal" olarak genel başkanlık koltuğunu iyice sağlamlaştırdı. Ama bu Gandi yürüyüşünün, yürüyüşün asıl sebebi olan Enis Berberoğlu'na hiç faydası olmadı.
Gandi Kemal, Ankara'ya döndü.
Enis Berberoğlu 16 ay daha hapis yattı.
Üstelik, 16 ay boyunca tek başına tecritte kaldı.

15 Temmuz'un birinci yıldönümü geldi. Türkiye'nin bütün caddeleri "15 Temmuz destanı" yazan afişlerle donatıldı. AKP destanını anlatan bu afişlerde, "vatandaşlar tarafından dövülen, salya sümük ağlayan bir darbeci asker"in fotoğrafı vardı. Akıllarınca, darbeci Türk askerini korkak bir zavallı olarak gösteriyorlardı.
Gel gör ki... O afişlerde kullanılan asker, Amerikan askeri çıktı! O fotoğraf, 26 yıl önce Körfez Savaşı sırasında çekilmişti. Arkadaşının ölüm haberini alan bir Amerikan askeriydi. Ağlayan Amerikan askerini montajla Türk askeri yapmışlardı.
"Destan" bile araklamaydı.

Yandaş medyada "Kızılay'da tek başına beş tankı durduran kahraman" diye göklere çıkarılan bir 15 Temmuz gazisi vardı. Tankların önüne yatarken yaralanmıştı.
Gazi unvanı verilmişti.
Gazi tazminatı verilmişti.
Gazi maaşı bağlanmıştı.
Yandaş medyadaki röportajlarını okuyup duygulanmamak elde değildi. "Ben yetim büyüdüm, vatanım yetim kalmasın diye tanklara siper oldum, Anadolu halkı yetim kalmasın diye çarpıştım, dört tankı durdurdum, beşincide ezildim, çenem dağıldı, kemiklerim kırıldı, hiç önemli değil, vatan olmadan can olmuyor" diyordu.
Ama... Kızılay'da beş tankı durduran kahramanımızın, cep telefonunun o gece Kızılay'dan sinyal bile vermediği ortaya çıktı.
Bizzat kendi akrabası karakola giderek ihbar etti. "Kahraman falan değil, kavga ettik, çenesini ben kırdım, devleti dolandırıyor" dedi.
Tankları durduran kahraman gazi (!) hakim karşısına çıktı.
Kendisine ödenen tazminatı, maaşları iade etti.
Gazilik haklarımdan vazgeçiyorum diye dilekçe verdi.
İnsan "gerçek kahramanlarımız" adına gerçekten üzülüyordu.
"Vatan kurtaran aslan" hikayelerimiz genelde böyle sonuçlanıyordu.

Fatih Sultan Mehmet ayaklarıyla 19 Mayıs'ın karşısına 15 Temmuz'u koymaya kalkınca, Ulubatlı Hasan da anca bu kadar oluyordu!

Tayyip Erdoğan'ın hayatını konu alan "Reis" isimli film çekilmişti, Türkiye'nin neredeyse bütün sinemalarında gösterime girmesine rağmen gişede çakılmıştı, Recep İvedik'i yedi milyon kişi seyrederken, aynı sürede Reis'e sadece 175 bin kişi bilet almıştı.
Reis'in yapımcısı Fethullahçılıktan tutuklandı iyi mi!
Bölge imamı olduğu gerekçesiyle altı yıl hapse mahkum edildi.

Fethullah Gülen cemaatinin devlet kadrolarındaki boşluğunu doldurabilmek için tarikatlar ve cemaatler arasında adeta yarış vardı. Menzil tarikatının AKP hükümeti tarafından korunup kollandığı, önünün açıldığı görülüyordu.
Menzil tarikatının tıpkı cemaatçilerin Tuskon'u gibi Tümsiad adıyla işadamı örgütü vardı. Cemaatçilerin Kimse Yok Mu Derneği gibi Beşir Derneği vardı. Cemaatçilerin Samanyolu televizyonu gibi Semerkand televizyonu vardı. Radyoları, yayınevleri, hastaneleri, okulları vardı.
Menzil tarikatının sağlık bakanlığında ve içişleri bakanlığında hızlı şekilde kadrolaştığı iddia ediliyordu. Süleymancılarla birlikte Türk Silahlı Kuvvetleri içinde de kadrolaştığı öne sürülüyordu.

Tayyip Erdoğan 15 Temmuz'da yaşadıklarını, Hazreti Muhammed'in yaşadıklarına benzetti. "Darbeciler bizden önce Dalaman'a gelmişler, uçağa girmişler, bakmışlar çıkmışlar, hani Nur mağarasındaydı değil mi, hani geliyorlar sevgili peygamberimiz, Ebubekir Sıddık ile orada ama, mağaranın kapısını örümcek örüyor, gelip bakıyorlar, burada örümcek ağ ördüğüne göre herhalde buraya kimse girip çıkmamış diyorlar ve müşrikler dönüp gidiyor, şimdi bunlar da bakıyor, uçakta kimseyi görmeyince dönüp gidiyorlar" dedi.
Birincisi, bu anlattıkları Hazreti Muhammed'in yaşadıklarına benzemiyordu. Çünkü, örümcek olayında Hazreti Muhammed mağaranın içindeyken, Tayyip Erdoğan zaten uçakta değildi.
İkincisi, Kuran'ı Kerim'de anlatılan o mağaranın adı, Nur değildi, Sevr mağarasıydı, Nur ise Hira mağarasının bulunduğu dağın adıydı.

(Tayyip Erdoğan'ın ansiklopedik bilgisi büyüleyiciydi...

- *Bir defasında "Romen Diyojen batarya batarya, gülle gülle saldırırken, Sultan Alparslan ve askerleri Allah Allah diye saldırıyordu" diye anlatmıştı. Halbuki, 1071 yılında batarya/top filan yoktu, barut anca 250 yıl sonra toplarda kullanılmaya başlandı.*
- *"İstanbul'un tarihçesini bilmiyorlar, tarih bilseler konuşmaya yüzleri olmaz, öyle elinde mercekle Romen Diyojen gibi dolaşılmaz" dedi. Halbuki, mercekle dolaşan, hayali roman kahramanı Sherlock Holmes'tü, mercek yerine fenerle dolaşan Diyojen'in İstanbul'la alakası yoktu, Sinoplu filozoftu, Romen Diyojen desen, zaten mercekle fenerle alakası yoktu, Malazgirt'te esir düşen Bizans imparatoruydu, üstelik, bu üç isim arasında iki bin yıl vardı.*
- *"Bizans'ın hanımları Fatih Sultan Mehmet'i karşılarken, başımızda kardinal külahı görmektense Osmanlı sarığı görmeyi tercih ederiz demişlerdir" dedi. Halbuki, o lafı söyleyen Bizanslı hanımlar değildi, o lafın orijinali zaten öyle değildi, söylendiği tarih de 1453 değildi. Ama en azından Bizans'ı denk getirmişti.*
- *"Ankara, Selçuklu başkenti" dedi, Selçuklu başkenti Konya'ydı.*
- *"Olimpiyatlara adını veren dağ, Antalya'daki Olimpos dağıdır, olimpiyat meşalesinin kaynağı da Olimpos dağındaki Çıralı'dır" dedi. Halbuki, Olimpos dağı Türkiye'de değil, Selanik'teydi, bizdeki Olimpos, dağ değildi, carettaların yavrulama alanıydı, olimpiyat meşalesinin Çıralı'yla alakası yoktu, ilk kez 1928'de Amsterdam Olimpiyatı'nda yakılmıştı.*
- *"Akdeniz, beyaz deniz, White Sea olarak adlandırılır" dedi. Akdeniz'in adı White Sea değildi, White Sea tee Rusya'nın kuzeyindeydi.*
- *"Almanların Goethe'si varsa, İspanyolların Sokrates'i var" dedi. Sokrates İspanyol değildi, Yunan'dı, Sokrates'le Cervantes arasında iki bin yıl vardı.*
- *Miting sırasında hıçkırık tuttu, "biliyorsunuz bizim Karadeniz'de bunun türküsü var, hıçkırık tuttu beni, tuttu da bırakmadı" dedi. O türkünün sözleri öyle değildi, zaten Karadeniz türküsü değil, Ege türküsüydü.*
- *"Türkçemizin abideleşmiş şairi Fazıl Hüsnü Dağlarca'nın Sanat isimli şiirini okumak istiyorum" dedi, okudu. Ama, okuduğu şiir Fazıl Hüsnü Dağlarca'nın değil, Faruk Nafiz Çamlıbel'indi.*
- *"Arif Nihat Asya'nın Bayrak şiiri var, bayrakları bayrak yapan üstündeki kandır, toprak eğer uğrunda ölen varsa vatandır" dedi.*

Halbuki, o mısralar Arif Nihat Asya'nın değil, Mithat Cemal Kuntay'ındı.

▪ *"Sütçü Nine'nin diyarı Kahramanmaraş" dedi. İmam'ı Nine yaptı, Sütçü İmam Kahramanmaraş'ta, Nene Hatun Erzurum'daydı, direndikleri düşman bile farklıydı.*

▪ *"Ziya Paşa'nın güzel bir lafı var, eşek ölür kalır eseri" dedi, sonra düzelterek, "pardon pardon, eşek ölür kalır semeri, insan ölür kalır eseri" dedi. Halbuki düzelttiği falan yoktu, o laf Ziya Paşa'nın değil, Mehmet Akif Ersoy'undu.*

▪ *"Amerika'yı Kolomb keşfetmedi, Müslümanlar keşfetti" dedi, "Kolomb gemisiyle Amerika kıtasına geldiğinde Küba'da cami gördü" dedi. Kübalılar ilk defa böyle bir şey duydu.*

▪ *"Abdülhamid hiçbir şey kaybetmeden bu toprakları korudu, hiç toprak kaybetmedi" dedi. Aslında Abdülhamid, Mısır, Tunus, Kıbrıs, Sırbistan, Karadağ, Romanya, toplam 1.5 milyon kilometrekare toprağı savaşmadan kaybetti.*

▪ *"Abdülhamid'in hal fermanını hazırladılar ve kendisini ne yazık ki idam ettiler" dedi. Abdülhamid idam filan edilmedi, 76 yaşındayken kalp yetmezliğinden yatağında öldü.*

▪ *Hastane açılışında tıbbi cihazları göstererek "bunları rent a car'la mı aldılar, yoksa tamamen satın alma mı?" diye sordu. Leasing'le oto kiralamayı birbirine karıştırmıştı.*

▪ *"Komünistler biz köprüyü satacağız diyordu, rahmetli Özal da satamazsınız diyordu" dedi. Halbuki tam tersiydi, Necdet Calp yumruğunu masaya vura vura "sattırmam" diyordu, Turgut Özal "satarım" diyordu.*

▪ *"Ben 75 öğrencili sınıflarda okuduğum zaman tek partili dönemdi" dedi. Tek parti döneminde henüz dünyaya gelmemişti.*

▪ *"İnce at da kargalar yesin" dedi.*
O lafın doğrusu "ufak at da civcivler yesin"di.

▪ *"Aşık Veysel gibi dağları deldik" dedi.*
Veysel'le Ferhat'ı karıştırdı.

▪ *Sezai Karakoç'un şiirini okudu, "Allah rahmet eylesin" dedi. Bunu dediği sırada Sezai Karakoç yaşıyordu, rahmet okuduğu şairimiz Abdürrahim Karakoç'tu.*

▪ *"20 yıl önce Batman'a mitinge gelmiştim, bugün yaşım 67, demek o günlerde 30 yaşlarında bir genç olarak gelmiştim" dedi. 67'den 20'yi çıkarınca 30'u bulmuştu.*

- *"Daha Adil Bir Dünya Mümkün" adıyla kitap yazdı, basın toplantısında gazetecilere gösterdi, "bakın bu da İngilizcesi" dedi. O gösterdiği Fransızcasıydı.*
- *"Süleymaniye Camisi bir yılda bitirildi" dedi.*

Yedi yılda bitirilmişti.

- *"Japonların atasözü vardır, düşmanınız dahi olsa iplikle bağı sıkı tutun, koparmayın, gün gelir o bağ size lazım olur" dedi. Japonya'da böyle bir atasözü olmadığı ortaya çıktı.*

Tarihten coğrafyaya, edebiyattan spora, mimariden folklora, 20 yıldır bilimin rehberliğinde yönetilmek harika bir duyguydu!)

Graham Fuller hakkında yakalama kararı çıkarıldı.
CIA ulusal istihbarat konseyi başkan yardımcısıydı. Yıllarca Türkiye'de istasyon şefi olarak görev yapmıştı. Kızının adı bile "Samantha Ankara"ydı. Türkiye'de düzenlenen Said-i Nursi sempozyumlarına katılıyor, Atatürkçülükten artık vazgeçilmesi gerektiğini tavsiye ediyordu. Cemaatin teorisyeniydi. Fethullah Gülen'e ABD'de greencard verilmesi için bizzat kefil olmuştu. 2007 yılında, tam kumpas operasyonlarının başladığı sırada, "Yeni Türkiye Cumhuriyeti" adıyla kitap yazmıştı, siyasal dincilere övgüler düzüp, Kemalizm'i yerden yere vuruyordu, Kemalist Türkiye'nin müslümanlığa zarar verdiğini anlatıyordu, AKP medyasında bu kitabın ballandıra ballandıra reklamı yapılıyordu, cemaatin hamisi, AKP'nin kıymetlisiydi.
Şimdi?
15 Temmuz darbe girişimini organize etmekle suçlanıyordu.

Profesör Henri Barkey hakkında yakalama kararı çıkarıldı.
İzmirli bir Musevi ailenin çocuğuydu, İstanbul doğumluydu. Hem ABD hem Türk vatandaşıydı, CIA danışmanıydı. 15 Temmuz'da Büyükada'da Splendid Otel'de Ortadoğu konulu göstermelik bir toplantı organize ettikleri, darbe girişimini oradan takip ettikleri öne sürülüyordu.

(Graham Fuller ve Henri Baker'e elbette dokunulamadı. Ancak, ABD İstanbul Konsolosluğu'nda irtibat görevlisi olarak çalışan Metin Topuz tutuklandı. Cemaatçi polislerle temas halinde olmakla suçlanıyordu.)

Enver Altaylı tutuklandı.
1960'da Talat Aydemir'in darbe girişimine katıldığı için tutuklanmış, Harp Okulu'ndan atılmıştı. CIA casusu Ruzi Nazar'ın MİT müsteşarı Fuat Doğu'ya tavsiyesi ve Alparslan Türkeş'in referansıyla MİT'e girmiş, Almanya'da eğitilmiş, MHP'nin Almanya teşkilatını yönetmiş, 12 Eylül darbesinde hakkında tutuklama kararı çıkarılınca Almanya'ya kaçmıştı. Turgut Özal ve Süleyman Demirel'e danışmanlık yapmıştı. Sovyetler'in dağılmasıyla birlikte Orta Asya'da Türk Cumhuriyetleri'nin yeniden yapılandırılmasında etkin rol oynamıştı. 15 Temmuz darbesinden bir yıl sonra "Fethullah Gülen örgütüne üye olmak, devlet sırlarını CIA'ye servis etmek, Necip Hablemitoğlu suikastında parmağı olmak"la suçlanarak, hapse atıldı.

Atatürk'ün toprağı ABD'ye satıldı.
Atatürk Orman Çiftliği'nin 37 dönümlük arazisi, 12 Eylül darbesinden sonra Kenan Evren tarafından Gazi Üniversitesi'ne verilmişti. Üniversite bu araziyi TOKİ'ye devretmişti, TOKİ de ABD'ye sattı. ABD Ankara Büyükelçiliği binası buraya inşa edildi.

1999 yılında Türk vatandaşlığından atılan Amerikan vatandaşı Merve Kavakçı, 15 Temmuz'dan sonra yeniden Türk vatandaşlığına alınmıştı, Türkiye Cumhuriyeti'nin Malezya Büyükelçisi yapıldı.

Hulusi Akar genelkurmay başkanı olarak kaldı.
Kuvvet komutanları değiştirildi.
En büyük sürpriz deniz kuvvetlerindeydi. Donanma komutanı oramiral Veysel Kösele yerine, koramiral Adnan Özbal kuvvet komutanı yapıldı. Tarihte ilk kez, bir koramiral kuvvet komutanıydı.

Hava Kuvvetleri'nde neredeyse pilot kalmamıştı.
Balyoz kumpasından önce dünyanın en önemli hava kuvvetlerinden biri olan Türk Hava Kuvvetleri, Pakistan'dan eğitmen olarak F16 pilotu istedi. Hazindi... Pegasus'ta, Türk Hava Yolları'nda, Türk Hava Kuvvetleri'nden daha fazla subay pilot vardı!

Tayyip Erdoğan, Isparta'ya gitti, Anadolu Grubu'na ait Coca Cola fabrikasının açılışını yaptı. Yıllarca Coca Cola aleyhine yayınlar yapan,

Coca Cola'ya karşı çıkarak sanki ABD'ye karşı çıkmış gibi davranan yandaş medya ne yapacağını şaşırdı.
Coca Cola kelimeleri sansürlendi.
"Meşrubat fabrikası açıldı" diye yazıldı.
Anadolu Ajansı daha şahaneydi.
"Meyve suyu fabrikası" açıldığını duyurdu.

İşsizlik giderek büyüyordu, sanki bol bol istihdam yaratılıyormuş gibi, habire toplu açılış törenleri yapılıyordu. Tayyip Erdoğan mesela, Ankara'da "dev tesislerin toplu açılış töreni" anonsuyla, dolmuş durağı açılışı yaptı!
Kalkınma bakanımız Bingöl'de halı saha açılışı yaptı.
Adalet bakanımız İskenderun'da döner salonu açılışı yaptı.
Çalışma bakanımızla tarım bakanımız, kebapçı açılışı yaptı.
Spor bakanımız, halı mağazası açılışı yaptı, görkemli açılış törenine Antalya valisi, Antalya emniyet müdürü, Kemer kaymakamı, Kemer ilçe emniyet müdürü, Kemer ilçe jandarma komutanı katıldı.
Başbakan yardımcımız Bursa'da pastane açılışı yaptı.
İçişleri bakanımız kafe açılışı yaptı.
Aile bakanımız üç yıldır zaten açık olan huzurevinin açılışını yaptı.
Erzurum'da dev tesis olarak mezarlıktaki hizmet binasının açılışı yapıldı. Mezarlıkta kurdele kesen Erzurum valisi "o kadar nezih bir mekan ki, insanın ölesi geliyor" dedi.
Bilim bakanımız türbe açılışı yaptı.
Tayyip Erdoğan törenle gasilhane açılışı yaptı, "artık ölülerinizi nereye götüreceğiz diye düşünmeyeceksiniz, belediye başkanınız ölülerinizi sağlama aldı, hakikaten güzel, şık bir gasilhane hazırlamış, hayırlı olsun, eskiden ölüleri kimse düşünmüyordu" dedi.

İmamlara resmi nikah kıyma yetkisi verildi.
Müftüler, evlendirme amiri yapıldı.
İmamlar, evlendirme memuru yapıldı.

Kadir Topbaş istifa etti.
Elbette gönüllü bir ayrılık değildi. Tayyip Erdoğan istifasını istemiş, mecburen bırakmıştı. 2004, 2009, 2014 seçimlerini kazanmıştı. 13 yıldır

İstanbul büyükşehir belediye başkanıydı. Damadının Fethullahçılıktan tutuklanması, Topbaş'ın işini bitirmişti.
Mehmet Keleş istifa etti.
Düzce'nin AKP'li belediye başkanıydı.
Onun damadı da Fethullahçılıktan tutuklanmıştı.
Faruk Akdoğan istifa etti.
Niğde'nin AKP'li belediye başkanıydı.
Recep Altepe istifa etti.
Bursa'nın AKP'li büyükşehir belediye başkanıydı.
Ahmet Edip Uğur istifa etti.
Balıkesir'in AKP'li büyükşehir belediye başkanıydı.
Melih Gökçek istifa etti.
1994'ten beri Ankara büyükşehir belediye başkanıydı.
"İstifamı Tayyip Erdoğan istedi, emir demiri keser, yorgun olduğum için değil, Tayyip Erdoğan istediği için bırakıyorum" dedi.

Türkiye'de herkes AKP'nin kalesi olarak görülen İstanbul ve Ankara büyükşehir belediye başkanlarının istifasını konuşurken, AKP'nin imdadına Kılıçdaroğlu yetişti, gündemi değiştirdi.
Tayyip Erdoğan'ın oğlunun, kardeşinin, eniştesinin ve dünürünün, vergi cenneti Man Adası'ndaki bir şirkete 15 milyon dolar gönderdiklerini, yurtdışına para kaçırdıklarını öne sürdü, kendisinin elinde bu para trafiğiyle alakalı banka dekontları olduğunu söyledi.
Tayyip Erdoğan derhal cevap verdi, "yurtdışına giden para yok, şirket sattılar, onlara para geldi, yurtdışında ailemin parası olduğunu ispat ederse cumhurbaşkanlığı makamında bir dakika durmam" dedi.
Soruşturma açıldı.
Neticede, Man Adası'ndaki Bellway şirketinin, Halkbank'taki hesabından, Tayyip Erdoğan'ın yakınlarının Albaraka Türk'teki hesaplarına toplam 15 milyon dolar geldiği ortaya çıktı.
Giden para yoktu.
Gelen para vardı.
Aslında, Erdoğan ailesinin ne sattığına, 15 milyon doları hangi şirketin gönderdiğine bakmak gerekiyordu ama, "yurtdışına para kaçırıyorlar" iddiası çöktüğü için, gerisine kimse bakmadı.
Soruşturmada takipsizlik kararı verildi.
Erdoğan ailesi, Kılıçdaroğlu hakkında tazminat davası açtı.
Kılıçdaroğlu tek tek hepsine tazminat kaybetti.

(CHP medyası Kılıçdaroğlu'nu yolsuzlukların peşine düşen kahraman gibi sunuyordu. Halbuki, herkes Man Adası meselesine odaklandığı için, asıl üzerinde durulması gereken mesele gölgede kalıyordu, Kadir Topbaş ve Melih Gökçek'in istifaları gargaraya geliyordu, istifalara sebep olan cemaat bağlantılarının üzerine gidilmemiş oluyordu.)

Ergenekon davasının sembol isimlerinden teğmen Mehmet Ali Çelebi, CHP'ye katılmıştı, parti meclisi üyesi yapılmıştı. Halk tv'de Uğur Dündar'ın programına çıktı, "sandık gücü" projesini anlattı.
1 milyon kişilik müşahit kadrosu hazırlıyorlardı.
Türkiye genelinde 166 bin sandık vardı, her sandıkta üç CHP'li müşahit olacaktı, fazladan üç müşahit de yedekte hazır tutulacaktı, bu yüzden 1 milyon kişiyi belirleyip, eğiteceklerdi, böylece 2018 seçiminde şaibe olmayacaktı, oy çalınmayacaktı, CHP bütün sandıklarda bulunacağı için, hile yapılmasına izin vermeyeceklerdi.
Milleti işte böyle kandırıyorlardı.

(2018 seçiminde 20 bin kadar sandıkta CHP müşahidinin olmadığı ortaya çıkacaktı. 2 milyondan fazla şüpheli oy geçerli kabul edilecekti. CHP yine seçimi kaybedecekti ama, Kılıçdaroğlu'nun CHP'ye monte edip, sandık güvenliğini emanet ettiği teğmen Mehmet Ali Çelebi milletvekili seçilecekti. Üstelik, pek yakında zehir zemberek suçlamalarla CHP'den istifa edip, AKP'ye transfer olacaktı.)

Deniz Baykal beyin kanaması geçirdi.
Sol tarafı felç kaldı.
Kaset komplosunun travmasına bu kadar dayanabilmişti.

(Türkiye'nin algı operasyonlarıyla nasıl yönlendirildiğini ortaya koyan hazin bir gelişmeydi... CHP'yi tanınmaz hale getiren Kılıçdaroğlu alkışlanıyor, CHP'nin kurumsal kimliğini koruyan Baykal'ın tekerlekli sandalyeye mahkum haline bile hakaret ediliyordu.)

İyi Parti kuruldu.
Meral Akşener genel başkandı.

Kurucuları arasında Koray Aydın, Ümit Özdağ, Müsavat Dervişoğlu, Ahad Andican, Cihan Paçacı, Aytun Çıray, Şenol Sunat gibi tecrübeli siyasetçiler vardı. "Başbakan Meral" sloganları atılıyordu, Meral Akşener düzeltiyordu, "ben cumhurbaşkanı olacağım" diyordu.

Tokat milli eğitim müdürlüğü, imam hatip lisesine Mustafa Sabri'nin adını verdi. Vahdettin'in şeyhülislamıydı, Mustafa Kemal ve Kuvayı Milliye hakkında idam fetvasını kaleme alan, Türk düşmanı vatan hainiydi. Tepkiler üzerine geri adım atıldı. Ama bu girişim, hangi karanlık zihniyetin milli eğitime çöreklendiğini açıkça gösteriyordu.

Okullara mescit zorunluluğu getirildi.
İlkokullar dahildi.

Türk Silahlı Kuvvetleri'nde askerin yemek duası değiştirildi. Bundan böyle "Tanrımıza hamdolsun, milletimiz varolsun, afiyet olsun" denmeyecekti, "Allahımıza hamdolsun" denecekti.

Naim Süleymanoğlu vefat etti.
Tüm zamanların en büyük haltercisiydi.
Avrupa, Dünya, Olimpiyat şampiyonuydu.
46 defa dünya rekoru kırdı.
Henüz 50 yaşındaydı.
Sayın basınımız gerçekten nankördü.
Naim'in vefatı sadece spor sayfalarında verildi.

(80'li yılların başında, Bulgaristan Türklerine yönelik zulüm başlamıştı, Bulgar devleti Türk kökenlerini yoketmeye çalışıyordu, "Siz Türk değilsiniz" diyorlardı, "Müslümanlığa geçmiş Bulgarsınız" diyorlardı.
Türk okullarını kapattılar.
Türkçe gazetelerin kapısına kilit vurdular.
Türk motifli kıyafet giymek bile suç sayılıyordu.
Sünnet yasaklandı.
Sünnet edilen çocukların annelerine hapis cezası veriliyordu.
Camiler kapatıldı.

Cenaze yıkamak yasaklandı, İslami usullerle defin işlemine izin verilmiyordu, Türkçe mezar taşları tahrip ediliyordu.
Türkçe konuşanlara para cezası kesiliyordu.
Türk isimleri Bulgarlaştırıldı.
Bu insanlık dışı dayatmaya "soya dönüş süreci" diyorlardı.
Kalaşnikoflu askerler Türklerin kapısına dayanıyor, zorla muhtarlığa götürüyor, Yordan, Mihail, Stanka, Emilya, Natalia filan, Bulgar isimleriyle dolu listeler gösteriliyor, birini seç deniyordu.
Nüfus kağıtlarını iptal ettiler.
Bulgar isimleriyle yeni nüfus kağıtları verdiler.
Türkçe isimlerin yazılı olduğu eski nüfus kağıtlarıyla bankadan para çekilemiyordu, çocuklar okula yazdırılamıyordu, devlet dairesinde iş yaptırılamıyordu, Bulgar ismini kullanmaya mecburdun, öğretmenler sınıfta yoklama yapıyor, Türk çocuklarının ismini Bulgarca okuyorlardı.
"Türk kahvesi" bile diyemiyordun, değiştirilmişti.
"Oryantal kahve" demek zorundaydın.
Asimilasyon yavaş yavaş soykırıma dönüşüyordu.
1980-85 arasında binden fazla Türk öldürüldü.
Belene işkencesi başladı.
Belene kampı, Tuna Nehri'nin iki kolunun arasında kalan Belene Adası'ndaydı, köprülerle geçilebiliyordu, Türk halkının direnişini örgütleyen ileri gelenlerini buraya tıktılar.
Isıtma sistemi yoktu, karda kışta donuyorlardı.
Hava karardıktan sonra tuvalete gitmeye izin vermiyorlardı.
Koğuşlardaki kovalar kullanılıyordu.
Apandisiti patlayana bile "Bulgar olmayı kabul ediyor musun?" diye soruyorlardı, "hayır" diyeni öylece ölüme bırakıyorlardı.
Yemek olarak sık sık domuz çorbası veriyorlardı.
İstersen yeme, domuz çıktığında ekmek bile vermiyorlardı.
Türkler ölümüne açlık grevi yapıyordu.
Ve, tüm dünyada müthiş ses getiren o mucizevi olay gerçekleşti.
Türk milletinin herkülü, evlad-ı fatihan Naim Süleymanoğlu, dünya halter şampiyonası için gittiği Avustralya Melbourne'da Türkiye büyükelçiliğine sığındı, Türkiye'ye iltica etti.
19 yaşındaydı.
Türkiye Cumhuriyeti Devleti'nin, Türk diplomasisinin, Türk istihbaratının olağanüstü başarısıydı.

ABD vatandaşı olması için Amerikalıların kendisine çantayla getirdiği nakit 10 milyon doları, 100 milyon dolarlık reklam anlaşmalarını elinin tersiyle itmişti. Anavatanını tercih etmişti.
O tarihte Sovyetlerin yıkılması an meselesiydi. Gorbaçov, çöküşü engellemek için reform ve şeffaflık açılımı yaptı.
Todor Jivkov rejiminin sonu gelmişti.
Son bir kötülükle "zorunlu göç" icat etti.
Aklınca, Türkiye kapıları açmayacak, Todor Jivkov da dünyaya dönüp "görüyorsunuz işte, bunlar Türk değil, bunlar müslüman Bulgar, eğer Türk olsalardı Türkiye bunları kabul ederdi" diyecekti.
Diktatörün bu hesabı tutmadı.
Türkiye sınırı açtı.
Naim Süleymanoğlu, Todor Jivkov rejimi altında inim inim inleyen soydaşlarımızın ilham kaynağı, pusulası olmuştu, duvarların, kapıların yıkılmasını sağlamış, özgürlük umudu olmuştu.
350 bin soydaşımız çoluk çocuk yollara döküldü.
Doğdukları toprakları, evlerini köylerini bırakıp, trenlerle otomobillerle, çoğunluğu yürüyerek, Kapıkule'den, Dereköy'den anavatana girdiler. İkinci Dünya Savaşı'ndan sonra Avrupa'nın yaşadığı en büyük göçtü.
Naim Süleymanoğlu bu memlekete sadece madalya kazandırmakla kalmamıştı, 2023 itibarıyla sayıları bir milyona ulaşan, namuslu, onurlu, örnek yurttaşlar kazandırmıştı.
Ve... Ulusal kahramanımız Naim Süleymanoğlu vefat ettiğinde cenaze törenini sadece spor sayfalarında verdiler.
Naim'in vefat haberinin sadece spor haberiymiş gibi, sadece spor sayfalarında verilmesi, Türk basınının aslında ne kadar "asimile" edildiğinin kanıtıydı. Türk basınının "mesleki soykırım"a uğradığının, alt tarafı 20 yıl öncesinden bile haberinin olmadığının kanıtıydı.)

Sivillere insan öldürme yetkisi verildi!
Kanun hükmünde kararname çıkarıldı. "Resmi sıfat taşıyıp taşımadıklarına veya resmi görev yerine getirip getirmediklerine bakılmaksızın, 15 Temmuz darbe teşebbüsü ve terör eylemleriyle, bunların devamı niteliğindeki eylemlerin bastırılması kapsamında hareket eden kişilerin, ceza ve tazminat sorumluluğu yoktur" denildi.
Türkçe meali... Devletin herhangi bir resmi sıfatını taşımayan tiplere, hakim yetkisi, savcı yetkisi, polis yetkisi, hatta öldürme

yetkisi verilmişti. Kendisini "devlet" ilan eden paramiliter güçlere "dokunulmazlık" getirilmişti.
Kabile devletlerinde örneği olmayan bir kanundu.

(Bu akılalmaz kanunu çıkaran Tayyip Erdoğan, Sudan'a gitti. Hartum Üniversitesi'nde kendisine "hukuk doktorası" verildi. Bundan önce Uganda'dan "hukuk doktorası" almıştı. Uganda devlet başkanı dünyanın en kötü 10 diktatörü arasında 6'ncı sıradaydı, Sudan devlet başkanı ise daha itibarlıydı, diktatörlüğün her kategorisinde daima ilk üçte yeralıyordu. Hem hukuk hem ülkemiz adına ne kadar gurur duysak azdı!)

İstanbul Üniversitesi deniz bilimleri fakültesi öğretim üyesi Yavuz Örnek, TRT ekranlarına çıkarıldı. "Nuh tufanı sırasında Hazreti Nuh'un cep telefonu olduğunu, gemiye binmek istemeyen oğlunu cep telefonuyla arayıp ikna ettiğini, gemisinin nükleer enerjiyle çalıştığını, insansız hava aracı kullandığını" anlattı.

Sakarya Üniversitesi'nin tarih profesörü Ebubekir Sofuoğlu, öğrencilere tarih (!) diye neler öğrettiklerini ortaya koydu. "Google'ın mucidi, Google'ı icat eden kişi, sultan Abdülhamid han'dır" dedi.

Mardin Artuklu Üniversitesi çiğ köfte ihalesi açtı.
Üniversitenin etkinliklerinde çiğ köfte ikram edilecekti, bu yüzden çiğ köfte malzemesi satın alınacaktı, ihale şartnamesine göre, bulgurun sert, soğanların körpe, sarımsakların iri, marulların göbekli, etlerin ise kıyma makinesinden üç kez geçirilmiş olması gerekiyordu.
AKP üniversiteleri "bilimsel" olarak bunlarla uğraşıyordu.
Türkiye'de 125 üniversite vardı, çiğ köfteci Mardin Artuklu Üniversitesi, devlet üniversitelerinin akademik başarı sıralamasında sonuncuydu!
Türkiye sonuncusu olan Mardin Artuklu Üniversitesi rektörü profesör Ahmet Ağırakça, kafasına sarık takarak poz veriyor, "akademisyenler için kep değil, sarık daha uygundur" diyordu.

Harran Üniversitesi rektörü Profesör Ramazan Taşaltın, "cumhurbaşkanımıza itaat etmek farzdır, cumhurbaşkanımıza karşı gelmek haramdır" dedi.

NASA uzay aracının Mars'a indiği gün, Konya Necmettin Erbakan Üniversitesi'nin Uzay Bilimleri Fakültesi dekanı Mehmet Karalı, "yerel seçimde hiçbir kadın adaya oy vermeyeceğim, çünkü kadınlar çalışmamalı, ev hanımı olup, çocuk yetiştirmeli" dedi.

Çanakkale Onsekiz Mart Üniversitesi ilahiyat fakültesi öğretim üyesi Abdullah Akın, üniversitenin televizyon kanalına çıktı, "1924 yılında camiler kapatıldı, Çanakkale ve Bursa'da genelev olarak kullanılan camiler var" dedi.

Köktendinci Akit TV'nin sunucusu Ahmet Keser, muhalefete ölüm tehditleri savurdu, TBMM'yi vatan haini ilan etti, "sivil öldürecek olsak Cihangir'den başlarız. Nişantaşı'dan, Etiler'den başlarız, bir sürü hain var, Türkiye Büyük Millet Meclisi var" dedi.

AKP yandaşı Sosyal Doku Vakfı'nın başkanı, "birbirini tanımayan bir kadınla bir erkek asansöre binerse, halvet olurlar" dedi. Harem selamlık oteller yetmiyordu, harem selamlık asansör isteniyordu!
Bu ilahiyatçı arkadaş kafayı sadece asansöre takmamıştı, "ketçap şehvet uyandırır" diyordu, "gazlı içecekler şehvet uyandırır" diyordu, "battaniye/yorgan erkeği gıdıklamamalı, cinsel dürtüleri rahatsız etmemeli" diyordu.

Canan Kaftancıoğlu, CHP İstanbul il başkanı oldu.
Kılıçdaroğlu'nun CHP genel başkanı olur olmaz partiye monte ettiği kişilerden biriydi, CHP'ye girer girmez, 2011 yılında il başkan yardımcısı yapılmıştı. CHP'nin kurumsal kimliğini kimliksizleştiren 10 Aralık hareketi'nin sembol isimlerinden biriydi. Güya sol jargonla "Mustafa Kemal'in yoldaşıyım" diyordu, Mustafa Kemal'in askeriyim demeyi militarist buluyordu, Türk vurgusu yapmamak için "Atatürk" demekten bile özellikle kaçınıyordu, Ermeni diasporasının sözde soykırım iddiasını destekleyen tweetleri vardı.

CHP gene kurultay yaptı.
Kılıçdaroğlu gene koltuğunu korudu.
İstanbul Barosu eski başkanı Ümit Kocasakal ile Yargıçlar ve Savcılar Birliği eski başkanı Ömer Faruk Eminağaoğlu aday olmak istemişler, yeterli imzayı toplayamamışlardı, yeterli imzayı toplayabilen Muharrem İnce ise Kılıçdaroğlu'nun anca yarısı kadar oy alabilmişti.

CHP kurultayı biter bitmez, Kılıçdaroğlu Fox Tv'de İsmail Küçükkaya'nın programına konuk oldu. Rejimin değişmesine sebep olan tee 10 ay önceki "tek adam" referandumuyla alakalı sürpriz açıklama yaptı. "Aslında yüzde 51.2 hayır oyu çıktı, Yüksek Seçim Kurulu'na çöreklenmiş bir yapı 'evet' çıktığını söyledi" dedi.
Referandum gecesi Yüksek Seçim Kurulu'nun kapısına dayanmamış, mühürsüz oyların kabul edilmesini sineye çekmiş, sonucu kuzu kuzu kabullenerek meşru hale getirmişti, 10 ay boyunca gıkını çıkarmamıştı, şimdi, iş işten geçtikten 10 ay sonra, yapılabilecek hiçbir şey kalmadıktan sonra "aslında hayır çıktı" diyordu!
Sayın medyamız zahmet edip sormuyordu:
10 aydır niye sustun?

(Kılıçdaroğlu mücadele ediyormuş gibi görünüyor, aslında bile bile mücadele etmiyordu. CHP milletvekili Atilla Kart bu mühürsüz oy meselesini CHP adına Avrupa İnsan Hakları Mahkemesi'ne götürmek istemişti, bizzat Kılıçdaroğlu ve ekibi tarafından engellenmişti. Bülent Tezcan, Haluk Koç ve Tekin Bingöl "genel başkanın talimatıyla arıyoruz" diyerek, Atilla Kart'a telefon etmişler, bu girişimden vazgeçmesini istemişlerdi. Atilla Kart bunun üzerine Kılıçdaroğlu'nu aramış, Kılıçdaroğlu telefonuna çıkmamıştı. Üstelik, sadece Atilla Kart'ı engellemekle kalmamışlardı, teşkilatlar da engellenmişti, CHP genel merkezinden teşkilatlara mesaj gönderilmiş, Yüksek Seçim Kurulu'nun mühürsüz oy kararına itiraz edilmesi engellenmişti.
Atilla Kart 2002 yılından beri milletvekiliydi, bu mühürsüz oy meselesini medyaya açıklayınca, Kılıçdaroğlu tarafından üstü çizilecek, bir daha asla CHP milletvekili yapılmayacaktı.)

Tayyip Erdoğan "ittifak" icat etti.
İyi Parti'nin kurulmasını kendi açısından avantaja çevirdi, baraj altında kalma ihtimali doğan MHP'yi yanına çekti. İttifak yasası çıkardı. Seçimden sonra koalisyon kurmak yerine, seçimden önce koalisyon inşa etti, Cumhur İttifakı kuruldu.
Her parti kendi milletvekili listesini çıkaracaktı, ittifak toplamı yüzde 10'u geçerse, ittifakta yeralan partiler de barajı geçmiş sayılacaktı.

Zeytindalı Harekatı başladı.
Afrin'i temizlemek için mecbur kalmıştık.
PKK/YPG oraya çöreklenmişti.
İki ay sürdü, 54 evladımızı daha şehit verdik.
Aslında bu harekata "zeytindalı" adı verileceğine, zamanında yenen hurmaları hatırlatması için "hurmadalı" denseydi daha şık olurdu. Çünkü, AKP hükümetinin yanlış Suriye politikasının sonuçlarından biriydi, hükümetin günahlarını Mehmetçik canıyla ödüyordu.

Bizim çocuklarımız elalemin topraklarında şakır şakır şehit olurken, Tayyip Erdoğan çıktı, "ÖSO tıpkı Kuvayi Milliye gibidir" dedi. ABD ve Avrupa çıkarları için kendi devletine silah çeken, Suriye paramparça edilsin diye silahlandırılan tipleri, Kurtuluş Savaşımızla bir tutmuştu.

> *(17/25 Aralık'taki yolsuzluk kepazeliğini "günah işleme özgürlüğü" olarak nitelendiren AKP milletvekili Metin Külünk, Tayyip Erdoğan'a "gazi" unvanı verilmesi için, Meclis başkanlığına kanun teklifi sundu.)*

(Tayyip Erdoğan'a gazi unvanı teklif edilirken, Afrin şehidinin evine haciz gönderildi. Meğer, dokuz yıl önce trafik kazası yapmıştı, 89 bin lira borç üzerine kalmıştı, şehit olunca şehit tazminatı ödenmiş, borcunun şehit tazminatından tahsil edilmesi için haciz gelmişti.)

Halep üniversitesi, 2009 yılında Tayyip Erdoğan'a verdiği fahri doktora unvanını iptal etti. Zehir zemberek kınama bildirisi yayınladılar, Tayyip Erdoğan'ı Suriye halkına komplo kurmakla, insani olmayan davranışlarda bulunmakla, Suriye'nin doğal kaynaklarını soymakla suçladılar.

> *(2009 yılında Tayyip Erdoğan'la Beşar Esad arasından su sızmıyordu, can ciğer kuzu sarmasıydılar, Tayyip Erdoğan sırf bu fahri doktorayı*

almak için günübirliğine Halep'e gitmişti. Doktora takdim töreninde Tayyip Erdoğan'ın hayatından kesitler içeren barkovizyon gösterisi seyrettirilmişti, Tayyip Erdoğan'ın Gazzeli bir çocuğun yanağını okşarken, Davos'ta Şimon Peres'i fırçalarken filan görüntüleri vardı, ayakta alkışlanmıştı. Tayyip Erdoğan orada bir konuşma yapmıştı, "Türkiye'yle Suriye ayrı düşmüştü, biz göreve gelince Beşar Esad kardeşimle dünyaya örnek olacak bir kardeşlik sağladık" demişti, gene ayakta alkışlanmıştı. Tayyip Erdoğan doktora cübbesini giyip poz verirken, bu defa Halep Üniversitesi rektörü konuşmuştu, "Halep Üniversitesi'nin 50 yıllık tarihinde hiç kimseye fahri doktora vermedik, Tayyip Erdoğan ilk oldu, çünkü bizim kriterlerimize uyan dünyada başka kimse yok" demişti, ağlayanlar olmuştu.
Ya şimdi?
Köktendinci teröristler Tayyip Erdoğan sayesinde Suriye'ye doluşunca, Türkiye tankıyla topuyla Suriye'ye girince, aynı Halep Üniversitesi bin pişman olmuştu, fahri doktora unvanını geri almıştı.)

(2009 yılında Beşar Esad'ın emriyle Tayyip Erdoğan'a şak diye fahri doktora unvanı verip, yine Beşar Esad'ın emriyle fahri doktora unvanını şak diye geri alan Halep Üniversitesi'nin şakşakçı rektörünün adı neydi biliyor musunuz?
Profesör Nizar Akil'di.
Tıpkı AKP'nin akilleri gibi, Suriye'nin akil'iydi!)

(Profesör Nizar Akil, Türkiye'nin sırtını sıvazladığı köktendinci örgütler yüzünden Suriye'den kaçmak zorunda kaldı, Türkiye'ye geçti, Gaziantep Üniversitesi'nde öğretim üyesi oldu.)

Deniz Yücel serbest bırakıldı.
Die Welt gazetesinin Türkiye temsilcisiydi.
Tayyip Erdoğan'ın damadı Berat Albayrak'ın kişisel e-posta kutusu, hacker grubu Redhack tarafından ele geçirilmişti, Berat Albayrak'a dair pek çok mesaj internette ortalığa saçılmıştı, Türk kökenli Alman gazeteci Deniz Yücel bunları haber yapınca, şak diye tutuklanmış, terör örgütü propagandası yapmakla suçlanmıştı.
Türkiye'de hukuk artık buydu, Tayyip Erdoğan veya ailesiyle alakalı olumsuz haber yaparsan direkt terör örgütüne girmiş (!) oluyordun.

Deniz Yücel de böyle olmuştu. İddianamesi bir yıldır hazırlanmıyor, bir yıldır duruşması yapılmıyor, bir yıldır Silivri'de tutuluyordu.
Tayyip Erdoğan "elimizde görüntüleri var, ajan terörist" diyordu, "ben bu makamda olduğum sürece asla iade edilmeyecek" diyordu.
Türkiye'nin elindeki Leopard tanklarının modernizasyonunu Almanya yapıyordu, Zeytindalı Harekatı'nı mazeret yaparak, modernizasyonu askıya aldılar. Merkel telefon etti, "Deniz Yücel'i derhal bırakmazsanız, bizden değil tank, bisiklet bile alamazsınız" dedi, Deniz Yücel o gün bırakıldı, özel uçakla gönderildi!
Ajan terörist'se niye bırakmıştık?
Değilse, niye tutuklamıştık?

Tayyip Erdoğan, şarkıcıları türkücüleri çalgıcıları topladı, özel uçağına bindirdi, Hatay'a sınır karakoluna götürdü. Güya Zeytindalı Harekatı'na moral gezisiydi. 54 şehidimiz vardı, çocukların henüz kanı kurumamıştı, uçakta konserler verildi, şarkılar alkışlar eşliğinde keyifle yolculuk edildi. Tayyip Erdoğan askeri kamuflajlar giymişti, sınır karakolunda şen şakrak kahkahalar eşliğinde klarnet çaldılar, AKP mitinginde Şivan Perver'le düet yapan İbrahim Tatlıses yaylalar yaylalar'ı söyledi, dılo dılo yaylalar nakaratında hep beraber tempo tutuldu, alkışlar, neşe, eğlence gırla gitti. Zabıta teşkilatında bile görülmeyecek laubalilikle genelkurmay başkanının sırtına çıkılarak selfieler çekildi. İbrahim Tatlıses'in yanısıra, Ajda Pekkan, Sibel Can, Yavuz Bingöl, Cengiz Kurdoğlu, Mustafa Sandal, Coşkun Sabah, Ahmet Şafak, Alişan, Seda Sayan, Deniz Seki, Arif Susam, Hande Yener, Muazzez Ersoy, Şafak Sezer, Hülya Koçyiğit, Hakan Peker, Emel Müftüoğlu, Necati Şaşmaz oradaydı. Yandaş gazeteler magazin programlarındaki "azzz sonra"ları çağrıştıran manşetler attı, "dev koro moral verdi, türküler büyük beğeni topladı, mest ettiler, sınır karakolunda şahane görüntüler, Afrin'de renkli anlar" diye yazıldı.

(Halbuki ne diyorlardı?
"Ti sesi" bile dinimize aykırı diyorlardı.
"Şehit cenazesinde müzik çalınması şehitlerimizin ruhunu ve şehit ailelerini rencide ediyor" diyorlardı. "Şehitlerimiz varken çalgı aleti kullanılması kutsalımıza, maneviyatımıza ters düşüyor" diyorlardı.
Cenaze marşına bile "inancımıza aykırı" diyorlardı.

Itri'nin Tekbir'ini istiyorlardı.
Şimdi, kahkahalarla klarnet çalıyorlardı!)

Şeker fabrikaları satıldı.
Ne Turhal kaldı, ne Bor, ne Ilgın, hepsi yok pahasına elden çıkarıldı.
Tee 1926 yılında Atatürk tarafından kurulan, Türkiye Cumhuriyeti'nin ilk şeker fabrikası Alpullu bile gitti.

(Şeker fabrikalarını sattık, şeker ithalatı patladı. Şeker fabrikalarının satışından elde edilen gelir, sadece bir yıllık şeker ithalatına bile yetmez oldu. Hindistan'dan, Tayland'tan, Fas'tan, Rusya'dan şeker getirmeye başladık, buna rağmen habire zamlanıyordu. Devletin kontrol mekanizması kalmamıştı.)

Peki, şeker fabrikaları niye satıldı?
Bu kararın arkasında Cargill'in olduğunu herkes biliyordu.
Yapay şeker üreticisi Cargill, sayın hükümetimize bir rapor sunmuştu, "pancar yerine nişasta bazlı şeker üretiminin daha verimli olduğunu, şekerde kota rejiminin kaldırılmasının faydalı olacağını, kamu fabrikalarının özelleştirilmesinin doğru olacağını" tavsiye etmişti.
Birebir Cargill'in dedikleri yapılmıştı.

(ABD başkanı Bush'un 2003 yılında iktidara gelir gelmez Tayyip Erdoğan'dan ilk isteği, Cargill olmuştu. Bursa Orhangazi'de fabrika kurmuşlardı. Ama, Türkiye nişasta bazlı şeker üretimini yüzde 15 kotayla sınırlamıştı. Bush bu kotanın kaldırılmasını istedi. Tayyip Erdoğan kotayı önce 50'ye yükseltti, sonra komple kaldırdı. 2018 yılında şeker fabrikalarının satılması, bu silsilenin son halkasıydı.)

Sertifikasız tohum kullanan çiftçilere 2018 yılından itibaren destek verilmeyeceği açıklandı. Sayın medyamız tarafından ekonomi sayfalarında küçücük verilen bu haber, aslında gazetelerin birinci sayfalarında bangır bangır manşet yapılacak kadar, ana haber bültenlerinde haykırılacak kadar önemliydi.
Çünkü... AKP hükümeti 2006 yılında Tohumculuk Yasası çıkararak, Türk tarımına ölümcül bir darbe vurmuştu. Kendi hükümetimiz tarafından kendi çiftçimizin tohum satmasına yasak getirilmişti. Tohumu anca takas edebilirler, tohum ticareti yapamazlardı. Patent

zorunluluğu getirilmişti, zaten zor geçinebilen çiftçimizin patent filan alabilmesi elbette mümkün değildi. Böylece, tohumun kontrolü Amerikan, İsrail, Fransız, Alman şirketlerine bırakılmıştı.
Şimdi ise, patentsiz/sertifikasız tohum kullanan çiftçilere devlet desteği bile verilmeyecekti. Yani, tohum takasını da cezalandırıyor, elalemin tohumunu kullanmaya mecbur ediyorlardı.

Çiftlikbank'ın sahibi Uruguay'a kaçtı.
İnek dolandırıcısıydı.
27 yaşındaki Mehmet Aydın aslında garsonluk ve overlokçuluk yapıyordu. Bir bilgisayar oyunundan esinlenerek, internette "çiftlikbank" kurmuştu. Beğendiğiniz ineğin üstünü tıklayıp, şahsi banka hesabına parayı yatırıyordunuz, o ineğin etinden sütünden size kar payı ödeyeceğini söylüyordu. Türkiye'nin her yerinde inek çiftlikleri kurduğunu anlatıyordu. Mehter marşı eşliğinde
kurdele kesiyor, göstermelik açılışlar yapıyordu. Sayın ahalimize çok mantıklı gelmişti, bu arkadaşın şahsi banka hesabına tiko para yarım milyar lira yatırdılar, paraları balyaladı, Uruguay'a kaçtı.
Devleti bile tokatlamıştı. Konya'da açacağı sözde çiftlik için tarım bakanlığına başvuruda bulunmuştu, yüzde 30 hibe desteği almıştı.
Uruguay'da elçiliğimiz yoktu. Suçluların geri iadesi antlaşmamız yoktu. Uruguay'dan inek ithal ediyorduk ama, inek dolandırıcımızı alamıyorduk!

(Üç yıl boyunca tokatladığı paraları çatır çatır yedi. 2021 yılında Brezilya'ya geçti, Sao Paulo'da Türkiye Büyükelçiliği'ne teslim oldu. Memlekete getirildi. 500 milyon lira sanılıyordu, 1 milyar 200 milyon lirayla kaçtığı ortaya çıktı. Elinde kala kala sadece 3 milyon lira kalmıştı. Çiftlikbank'a para yatıranlar paraların üstüne birer bardak su içmek zorunda kaldı. 75 bin yıl hapisle yargılanmaya başlandı, 2023 yılı itibarıyla dava devam ediyordu.)

Türk medyasında Aydın Doğan dönemi sona erdi.
Demirören Grubu, Aydın Doğan'a ait olan *Hürriyet, Posta, Fanatik* gazeteleriyle Kanal D ve CnnTürk televizyonlarını satın aldı. Daha önce yine Aydın Doğan'dan *Milliyet* ve *Vatan* gazetelerini alan Demirören ailesi, Türkiye'nin medya imparatoru oldu.
Cumhurbaşkanlığı seçimine bu medyayla gidilecekti!

Seçim tarihi normalde 3 Kasım 2019'du.
Devlet Bahçeli "erken seçim yapılsın" diye pas attı.
Tayyip Erdoğan "24 Haziran 2018'de seçim var" dedi.
Erken seçim değil, baskın seçim yapacaklardı.

(Halbuki, Tayyip Erdoğan erken seçim isteyenleri daima "vatan hainliği"yle suçluyordu, "erken seçim ihanet-i vataniyedir" diyordu, "erken seçim çığırtkanlığı vatana ihanettir" diyordu, "erken seçim ekonomiye darbedir" diyordu, "erken seçim bizim kitabımızda yok" diyordu, "erken seçim isteyerek ihanet-i vataniye içinde olanlara oy vermeyin" diyordu. Şimdi? Bizzat erken seçim ilan ediyordu!)

İyi Parti'nin kurulması, AKP'yi ve MHP'yi panikletmişti, Cumhur İttifakı kurarak güçbirliği yapmışlardı ama, anketlere göre pek yeterli görünmüyordu. İyi Parti'yi seçime sokmak istemiyorlardı, nasıl olsa Yüksek Seçim Kurulu emirlerindeydi, İyi Parti'yi YSK marifetiyle safdışı bırakmak için baskın seçim kararı alınmıştı.
Ama, sürpriz bir karşı hamle yapıldı.
CHP'den 15 milletvekili İyi Parti'ye geçti.
İyi Parti meclis grubu kurdu.
Böylece, YSK engeli otomatikman ortadan kalkmış oldu.

Millet İttifakı kuruldu.
CHP, İyi Parti, Saadet Partisi, Demokrat Parti'ydi.

(Kendisini muhalif olarak tanımlayan herkes çok mutluydu, demokrasinin önü açıldı zannediliyordu. Ama aslında, Meral Akşener'in çok pişman olacağı bir hamleydi. Meral Akşener 15 milletvekili desteği nedeniyle Kılıçdaroğlu'na borçlu hissedecek, bu kişisel vefa borcu 2018 seçiminde fayda sağlamayacağı gibi, 2023'teki tarihi seçimde hem muhalefet, hem Türkiye açısından faciayla sonuçlanacaktı.)

(2014 seçiminde "tıpış tıpış" diyerek Ekmeleddin İhsanoğlu'na sürükleyen Kılıçdaroğlu, yine çatı aday arıyordu. Saadet Partisi'yle görüşüyor, Abdullah Gül üzerine nabız yoklaması yaptırıyordu. CHP teşkilatları isyan etti, Kılıçdaroğlu geri adım atmak zorunda kaldı. Abdullah Gül

açıklama yaptı, "geniş bir mutabakat olsaydı üstüme düşeni yapacaktım" dedi. Utanmasalar, AKP'nin cumhurbaşkanı Abdullah Gül'ü CHP'nin cumhurbaşkanı adayı yapacaklardı!)

> *(Hatta... 2023 seçiminden sonra Meral Akşener bizzat açıkladı. 15 milletvekili istemek üzere CHP'ye gittiğinde, Kılıçdaroğlu açık açık "Abdullah Gül'ü cumhurbaşkanı adayı yapmak için" Meral Akşener'den yardım istemişti. Abdullah Gül'ün çatı aday olmasına Meral Akşener karşı çıkmıştı. CHP seçmenleri AKP'yle mücadele edildiğini zannediyordu ama, bizzat CHP genel başkanı AKP'ye çalışıyordu!)*

2023 seçiminde kendisini zorla dayatacak olan Kılıçdaroğlu, 2018 seçiminde "bir partinin genel başkanı cumhurbaşkanı adayı olmamalı" diyordu. Kameraların önünde "gel bakalım buraya" diyerek, Muharrem İnce'yi cumhurbaşkanı adayı ilan etti.

> *(İki defa deneyip, kendisini bile yenemeyen Muharrem İnce'yi, kendisini sekiz defa yenen Tayyip Erdoğan'ı yenmesi için aday göstermişti. CHP genel başkanlığını bile kazanamayan Muharrem İnce'nin AKP'yi yeneceğini söylüyordu! Muharrem İnce'ye partiyi bile vermemişti, şimdi Türkiye'yi verdiğine inanmamızı istiyordu!)*

(2018 seçimi öncesinde, bütün kamuoyu anketlerinde İyi Parti'nin çekim alanı haline geldiği görülüyordu. MHP'den ve AKP'den uzaklaşan seçmenler İyi Parti'ye yöneliyordu.
İşte bu nedenle, Tayyip Erdoğan'ın ağzından bir kez bile olsun "Meral Akşener" adı çıkmıyordu. Meral Akşener'le görüşmüyor, Meral Akşener'in medyada haber yapılmasını engelliyordu.
Şak...
Muharrem İnce'nin randevu talebine derhal olumlu yanıt verdi.
Sarayına kabul etti, görüştüler, birbirlerine başarılar dilediler.
Tayyip Erdoğan niye Muharrem İnce'yi kabul etmişti?
Çünkü, topluma açık bir mesaj veriyordu.
"Benim rakibim bu" diyordu.
Meral Akşener'i ağır şekilde sansürletirken, Muharrem İnce'yi habire yandaş medyada haber yaptırmaya başladı.
Meral Akşener'i iki saniye görüntü olarak bile vermeyen yandaş televizyonlar, sıraya girdiler, habire Muharrem İnce'yi konuk aldılar.

Toplumun nasıl manipüle edildiğini gösteren, sadece bir örnek vereyim... Muharrem İnce sıradan bir vatandaş gibi eşiyle birlikte markete gitti, sıradan vatandaşlar gibi alışveriş yaptı, güzel bir halkla ilişkiler faaliyetiydi, gazetelerde boy boy fotoğrafları yayınlandı, televizyonlarda dakikalarca gösterildi, Muharrem İnce imajı güçlendiriliyordu.
Peki, o fotoğrafları kim çekmiş, medyaya kim servis etmişti biliyor musunuz... Anadolu Ajansı servis etmişti!
Hem de öyle tek kare filan değildi, 24 kare fotoğraf servis edilmişti, adeta Murarrem İnce fotoromanı gibiydi.
Ortalama zekaya sahip herkesin kendine şu soruyu sorması gerekiyordu: Seçim sonuçlarını bile manipüle etmekten çekinmeyen Anadolu Ajansı, Muharrem İnce'yi sempatik gösteren bu fotoğrafları medyaya neden servis etmişti? Anadolu Ajansı, saraya sormadan, saraydan izin almadan böyle bir fotoğrafı çeker miydi? Servis edebilir miydi? Meral Akşener'e ambargo uygulayan Anadolu Ajansı, Muharrem İnce'ye bu desteği neden veriyordu?
Tayyip Erdoğan'ın stratejisi gayet basitti.
CHP'yle yarışıyorum havası yaratıyordu.
Seçimin AKP'yle CHP arasında geçtiğine inandırıyordu.
"Ya CHP, ya ben" noktasına taşıyordu.
Kendisinin karşısına bilerek ve isteyerek ve hesap ederek CHP'yi koyuyordu, Meral Akşener'i gözden uzak tutuyor, unutturuyordu.
Bu stratejiyle, AKP'den ve MHP'den uzaklaşan muhafazakar ve milliyetçi seçmenin, yeniden yuvalarına dönmesini sağlıyordu.
Muharrem İnce'nin kazanabileceğini zanneden muhafazakar ve milliyetçi seçmen, "aman CHP kazanmasın" diye düşünerek, telaşla geri dönüyordu.
Muharrem İnce bizzat Tayyip Erdoğan tarafından işte bu amaçla parlatılıyordu. İyi Parti'ye yönelen oylar, kendisine geri akıyordu, safları sıklaştırıyordu.
Bu hesabı yapmıştı.
Hesap cuk oturacaktı.
Çünkü, sekiz defa seçim kaybeden Kılıçdaroğlu'yla, iki defa Kılıçdaroğlu'nu bile yenemeyen Muharrem İnce'nin, kendisine rakip makip olamayacağını gayet iyi biliyordu.
On defa mağluplardan bir galip çıkmayacağını bilmek için siyasi deha olmaya gerek yoktu.

Halk Tv'yi, Tele1'i, Fox Haber'i seyredenler, Sözcü ve Cumhuriyet gazetesini okuyanlar, Muharrem İnce'nin en az yüzde 60'la seçimi kazanacağını zannediyordu, yalan pompalanıyordu.
Zokaydı.
Bu zoka yutulacaktı.
Neticede...
Muharrem İnce açık ara kaybedecekti.
Kılıçdaroğlu ise koltuğunu yine koruyacaktı.
Bunun böyle olacağını seçimden önce yazarak, CHP'yi ve toplumu uyaran gazeteciler, bizzat CHP yönetimi ve CHP medyası tarafından linç ediliyordu, gizli AKP'li olmakla suçlanıyordu.)

> *(Yılmaz Özdil olarak benim açımdan da durum buydu. Muharrem İnce'nin seçimi asla kazanamayacağını, Muharrem İnce'nin adaylığını bizzat Tayyip Erdoğan'ın istediğini, AKP medyasının Muharrem İnce'yi bu hesapla pohpohladığını, Kılıçdaroğlu'nun kazanmak için değil, kaybetmek için Muharrem İnce'yi aday gösterdiğini yazdım.*
> *Muharrem İnce çok öfkelendi, Uğur Dündar'ın Halk Tv'deki programlarına çıktı, beni seyircilere yuhalattı, mitinglerde yuhalattı.*
> *Demirören'in yandaş Hürriyet gazetesinde Ayşe Arman'a röportaj verdi, benim hakkımda "şerefsiz oğlu şerefsiz" dedi.*
> *Muharrem İnce maalesef, CHP medyasının kendisini desteklediğini sanıyordu, CHP medyasının Kılıçdaroğlu'nun ekibi tarafından sözleşmeyle maaşa bağlandığının farkında değildi.*
> *Seçimden sonra aslında kimlerin şerefsiz olduğu gayet net olarak ortaya çıkacaktı. Hatta, 2023 seçiminden sonra aslında kimlerin şerefsiz olduğu daha net ortaya çıkacaktı!)*

Tam seçim dönemine denk geldi, dünyanın en prestijli bilim kurumu Oxford Üniversitesi, dünya çapında "yalan haber" araştırması yaptı. Dünyanın en ahlaksız medyasının bizim medya olduğu anlaşıldı! Meksika'dan Malezya'ya, Brezilya'dan İngiltere'ye, Japonya'dan Danimarka'ya, Arjantin'den Bulgaristan'a, 37 ülkenin medyasını taradılar. Kendi milletine bile bile yalan haber veren, uydurulmuş sahte haber yayan, kasıtlı olarak yanlış bilgi aktaran, iftira atan, dünyanın en tiksindirici medyası, bizim medya çıktı.

Basın özgürlüğünde sonuncuyduk.
Yalanda dünya şampiyonuyduk.
Türkiye'de yayınlanan haberlerin yüzde 49'u yalandı.
37 ülkenin yalan ortalaması yüzde 26'ydı, Türkiye yüzde 49'du.

(Sadece siyaset haberlerinde değil, spordan magazin sayfalarına kadar lağım fışkırıyordu. Biat etmeyen sanatçılar linç ediliyordu. AKP'nin istemediği kulüp başkanlarına çamur atılıyordu. Ekonomi sayfaları, televizyonlardaki finans programları, borsa manipülasyonu için kullanılıyordu. "Amerikan merkez bankası'nı Türk Lirası korkusu sardı" diye haberler bile yapılıyordu. İnanmakta güçlük çekeceksiniz ama, Tayyip Erdoğan'ın mitingine katılım azalmasın diye "hava durumu" bile değiştiriliyordu, Ankara'yı sel götürürken, ana haber bültenlerinde ekranlara güzel havalardan arşiv görüntüleri veriliyordu. "AK Parti mitingi muhteşem kalabalık oldu" diyerek, Rod Steward'ın Rio Copacabana Plajı'ndaki dört milyon kişilik konserinin fotoğrafını yayınlıyorlardı. "Murat Karayılan yakalandı" diye haber yapıyorlardı. "Suriye diktatörü Eset yurtdışına kaçtı" diye haber yapıyorlardı.)

Muharrem İnce miting kürsüsüne çıktı, AKP tarafından TRT Haber Dairesi Başkanı yapılan yandaş gazeteci Nasuhi Güngör'ün 2001 yılında piyasaya çıkardığı "Yenilikçi Hareket" isimli kitabını gösterdi.
Bu kitapta, Tayyip Erdoğan'ın AKP'yi kurmadan önce, 2000 yılında ABD'ye gittiği, Fethullah Gülen'le biraraya geldiği anlatılıyordu.
Şak...
Nasuhi Güngör derhal çıktı, kendi kendini yalanladı!
Kendi yazdığı kitabın "mesnetsiz" olduğunu söyledi!
Kendi yazdığı kitabın "uydurma" olduğunu söyledi!
Aslında buna da şükretmek lazımdı...
"O kitabı ben yazmadım, Muharrem İnce yazdı" diyebilirdi!
Hatta biraz daha sıkıştırılsa, "benim adım Nasuhi Güngör değil, Nasuhi Güngör diye birini tanımıyorum" bile diyebilirdi!
Medyamızın ar damarı işte böyle çatlamıştı.

Tayyip Erdoğan miting kürsüsüne çıktı, sanki memleketi 16 yıldır kendisi yönetmiyormuş gibi, "bu kardeşinize yetkiyi verin, dövizle faizle şunla bunla nasıl uğraşılır görün" dedi.
Bunu dediğinde dolar 4.5 liraydı.

Berat Albayrak, sayın ahalimizi nefis izah etti.
"Geçenlerde seçmenlerle sohbet ediyorduk, cumhurbaşkanımız ay'a kadar dört şeritli yol yapacağım dese vallahi inanırız diyorlar" dedi!

Suriyeli mülteci Muhammed Erdoğan, AKP'den Bursa milletvekili adayı oldu. Müteahhitti. Aslında soyadı Erdoğan değildi, orijinali Muhammed el Sheikhouni'ydi, Tayyip Erdoğan'a hayrandı, bu nedenle Muhammed Erdoğan olarak değiştirmişti. Eşinin ismini de Sümeyye olarak değiştirmişti. Kendisine Suriyeli denmesinden hoşlanmıyordu, "Osmanlı torunuyum" diyordu!

Tayyip Erdoğan "avanta kek" vadetti.
"Millet kıraathaneleri kuracağız, tüm şehirlerimizde ilçelerimizde olacak, iskambil oynanan yer değil haa, okey oynanan yer değil, kitaplarla döşeli olacak, gençlerimiz yaşlılarımız gelecek, kitabını alacak, ücretsiz çayını kekini alacak, 24 saat açık olacak" dedi.
Bilahare "yeni bir projem daha var" diyerek, anlattı: "Millet bahçeleri kuracağız, alacaksınız çoluğunuzu çocuğunuzu, gideceksiniz millet bahçesine, orada hep beraber yatıp yuvarlanacaksınız."
Çoluk çocuk bahçede yatıp yuvarlanma projesi sayın ahalimizin pek hoşuna gitti, "Türkiye seninle gurur duyuyor" diye alkışladılar.

"Eskiden cami yoktu" dedi.
"Apartmanların bodrum katlarında namaz kılıyorduk" dedi.
"Ben Cehape'nin iktidar olduğu tek parti iktidarı döneminde 75 kişilik sınıflarda okudum" dedi. O dönemde henüz doğmamıştı.
"Isparta'ya üniversiteyi biz kurduk" dedi. Isparta Süleyman Demirel Üniversitesi kurulduğunda henüz belediye başkanı bile değildi.
"Biz gelmeden önce MR yoktu, tomografi yoktu, ambulansları köpekler çekiyordu, 15 sene önce evlerde fırın mı bulunuyordu, evlerde buzdolabı mı bulunuyordu, teessüf ederim" dedi.
"Cami yoktu" bile dedikten sonra, artık ne dese yedirirdi.

24 Haziran 2018.
Sandığa gittik, atı alan yine Üsküdar'ı geçti.
Tayyip Erdoğan yüzde 52.5'la tek adam kalmayı başardı.
Muharrem İnce yüzde 30.6 aldı.
Hapisteki HDP adayı Selahattin Demirtaş 8.4 alırken, ağır şekilde sansürlenen, neredeyse seçime girdiği bile haber yapılmayan Meral Akşener yüzde 7.2 alabildi.
Temel Karamollaoğlu yüzde 1 bile alamadı.

AKP yüzde 42.5'la yine birinci partiydi.
CHP yine anca yüzde 22'ydi.
HDP barajı geçmişti.
AKP yaklaşık 2.5 milyon oy kaybetmişti ama, tek parti iktidarı için gerekli yüzdeyi ittifakla sağlamıştı. Cumhur İttifakı hamlesinin Tayyip Erdoğan açısından ne kadar doğru olduğu ortaya çıktı.
Tayyip Erdoğan'dan sonra seçimin kazananı Devlet Bahçeli'ydi, sadece sekiz miting yapmıştı, buna rağmen yüzde 11.3 oy oranına ulaşmıştı, konuşmayarak, sessiz kalarak oyunu artırmıştı.

(2023 seçiminde fotokopi gibi aynısı olacaktı. MHP bitti sanılırken, CHP medyası İyi Parti'yi linç edecek, MHP yine İyi Parti'den fazla oy alacaktı. CHP medyası tıpkı 2018'de olduğu gibi 2023'te de fotokopi gibi aynı yalanları söyleyerek, muhalif seçmenleri inandıracaktı.)

Seçim gecesi muammalarla doluydu.
Muharrem İnce ortadan kayboldu.
AKP açık ara kazandığını ilan ederken, Anadolu Ajansı AKP'nin kazandığını ilan ederken, CHP sözcüsü Bülent Tezcan gece saat 23.00 sıralarında kameraların karşısına çıktı, "Tayyip Erdoğan yüzde 46, Muharrem İnce yüzde 40 aldı, seçim ikinci tura kaldı" dedi.
CHP seçmeni o dakikaya kadar hâlâ umutluydu.
Geceyarısı saat 00.37'de Muharrem İnce, Fox Haber'de canlı yayında bulunan İsmail Küçükkaya'ya cep telefonundan mesaj attı, "adam kazandı" dedi.
Rezaletin daniskasıydı.
Çünkü, CHP yine sandıkları tutmamıştı.
Bütün sandıklarda müşahidimiz var diyerek, yalan söylemişlerdi.
Aslında sonucu bilmiyorlardı.
Ellerinde veri yoktu.
İtiraz etmek için ıslak imzalı belge yoktu.
AKP'nin açıkladığı sonuca razı olmaktan başka çareleri yoktu!

74 maddelik kanun hükmünde kararname yayınlandı.
Rejim resmen değiştirildi.
Başbakanlık lağvedildi.
Bakanlar Kurulu'nun yetkileri Cumhurbaşkanı'na devredildi.
Devlete dair tüm yetkiler tek başına Tayyip Erdoğan'ın oldu.

(Kılıçdaroğlu üç gün ortadan kayboldu.
Üç gün sonra çıktı, "seçimin tek kaybedeni AKP oldu" dedi.
CHP'de homurdanmalar başlamıştı, homurdananlara kapıyı gösterdi, "koltuk sevdasına tutulanların bizim partimizde yeri yok" dedi.
CHP tek adam rejiminden şikayet ediyordu ama, CHP'de tek adam vardı, Kılıçdaroğlu'na itiraz edenlerin CHP'de yeri yoktu!)

Tayyip Erdoğan TBMM'de yemin etti, çıkışta gazeteciler mikrofon uzattı, "size nasıl hitap edelim, cumhurbaşkanı mı?" diye sordular, "başkan diyebilirsiniz" yanıtını verdi.
Cumhurbaşkanlığı hükümet sistemi filan hikayeydi, başkandı.

Anıtkabir'i ziyaret etti, sarayına geçti.
Sarayına girerken mehter takımı Fetih Marşı'nı çaldı.
Ülke genelinde 101 pare top atıldı.
Günün hatırası olarak Atatürksüz 1 lira bastırıldı.

Tek adam, damadını ekonominin başına getirdi.
Berat Albayrak hazine ve maliye bakanı oldu.
Karikatürist Musa Kart'ı ETS Turizm'de tatil rezervasyonu yaptırdı diye cemaatle irtibatlandırıp, hapse atmışlardı, ETS Turizm'in sahibi kültür ve turizm bakanı oldu.
Bank Asya'nın önünden geçmiş diye yüzbinlerce insanın hayatını kaydırdılar, öz kardeşi Fethullahçılıktan hapiste bulunan Bekir Pakdemirli tarım bakanı oldu.
En ilginç atama Hulusi Akar'dı.
Genelkurmay başkanıyken milli savunma bakanı yapıldı.
Başbakanlığı lağvedilen Binali Yıldırım, TBMM başkanı oldu.
Tayyip Erdoğan, Binali Yıldırım'a devlet şeref madalyası taktı.
Böylece, rejimin değişmesinden "şeref" duyan ilk kişi o oldu!

Olağanüstü Hal kararnamesi çıkarıldı, Türk Silahlı Kuvvetleri'nden tek kalemde 7 bin kişi, emniyet genel müdürlüğünden tek kalemde 8 bin kişi ihraç edildi.
15 Temmuz darbe girişiminden bu yana, TSK'dan atılanların sayısı 18 bine yükselmişti, emniyetten atılanların sayısı 33 bini bulmuştu.
Bunların hepsi mi cemaatçi miydi, hangileri fırsat bu fırsat diye kovuluyordu, orası belirsizdi, bu soruyu sormak bile suçtu.
Adalet Bakanlığı tarafından ihraç edilenlerin sayısı, 15 Temmuz'a kadar AKP'nin cemaati nasıl koruyup kolladığının kanıtıydı, çünkü her 100 hakim ve savcının 27'si Fethullahçılıktan ihraç edilmişti!

2018 seçiminde yeniden aday yapılmayan ve dokunulmazlığı sona eren CHP milletvekili Eren Erdem, tutuklandı. 2014'te kapatılan *Karşı* gazetesinin genel yayın yönetmeniydi, Fethullah Gülen cemaati tarafından kendisine iletilen yasadışı bilgi ve dokümanları yayınlamakla suçlanıyordu, 2015'te Kılıçdaroğlu tarafından milletvekili yapılmış, dokunulmazlık kazanmıştı.

> *(Yönettiği gazeteyle cemaate yardımcı olmaktan tutuklanan Eren Erdem, 2023 seçiminden sonra Kılıçdaroğlu tarafından medyadan sorumlu genel başkan yardımcısı yapılacaktı.)*

Edirne'den İstanbul'a gelen tren Çorlu'da devrildi.
Yedisi çocuk, 25 insanımız hayatını kaybetti.
Tren raydan çıkmıştı. Cinayetten farksızdı. Çünkü raylar çamaşır ipi gibi havada asılı duruyordu, altında toprak yoktu, kontrol eden yoktu, kontrol etmesi gereken işçileri işten çıkarmışlardı, bir ay önce yapılması gereken bakım-onarım ihalesini iptal etmişlerdi.

> *(2023 yılında, bu katliam gibi kazanın davası, ertelene ertelene hâlâ devam ediyordu, beş yıldır hâlâ bir tek sorumlu bile bulunamamıştı!)*

(Tee 2004 yılında hızlandırılmış tren şovu yapayım derken, faciaya yolaçmışlar, hızlandırılmış tren Sakarya Pamukova'da devrilmiş, 41 insanımız can vermişti. O kazanın davası da yıllarca süründürülmüş, neticede sorumlusu bulunmamıştı. O dönem TCDD genel müdürü olan Süleyman Karaman hakkında soruşturma bile açılmamıştı. İşte

o Süleyman Karaman, 2018 seçiminde AKP milletvekili olmuştu! 2023 seçiminde de milletvekili olmaya devam edecekti. Çorlu kazasında adalet beklemek için, Pamukova kazasına bakmak yeterliydi.)

"Adnan hoca" olarak tanınan Adnan Oktar tutuklandı.
Casuslukla suçlanıyordu.
Tayyip Erdoğan ve Tayyip Erdoğan'ın yakın çevresiyle alakalı bilgileri, İsrail gizli servisi Mossad'a aktardığı iddia ediliyordu.
Ayrıca, 70 kadın cinsel tacizden şikayetçiydi.
86 şirketi vardı, aylık kazancı 10 milyon dolardı.
Malvarlığına el konuldu.
8 bin yıl hapis cezasına çarptırıldı.

(Aslında, 1980'lerde tanınmaya başlamıştı. Cemaat oluşturmuştu, Bilim Araştırma Vakfı kurmuştu, evrim kuramına karşı konferanslar düzenleyerek, İslami çevrelerde nüfuzunu arttırmıştı. Cinsel istismar, gizli kamera, şantaj yoluyla, zengin ailelerin çocuklarını kendisine adeta köle yapıyordu, müritleriyle cinsel ilişkiye zorluyordu.
Cemaatine dahil ettiği ve "kedicik" adını verdiği kadınlara estetik ameliyat yaptırıyor, hepsini tek tip hale getiriyordu.
1999'da dönemin içişleri bakanı Sadettin Tantan tarafından gözaltına alınmıştı. Ama, Adnan Oktar derhal beraat ederken, Sadettin Tantan'a dava üstüne dava açılmıştı, Fazilet Partisi devreye girmişti, Adnan Oktar'ın peşini bırakması için Sadettin Tantan'a baskı yapmışlardı.
AKP iktidarında serveti de büyümüştü, cemaati de büyümüştü.
Adeta dokunulmazlığı vardı.
Ama aniden...
İşin ucu Tayyip Erdoğan'a dokununca, 8 bin yıl hapis yemişti.)

TRT'nin diyanet kanalında, tasavvuf programında, Fethullah Gülen'in sözlerini yazdığı "Bulanlar Hakkı Buldu" isimli şarkı yayınlandı. Programın sorumluları derhal işten kovuldu ama, özellikle 15 Temmuz'un yıldönümünde pek manidardı. Diyanetin Fethullah Gülen'i nasıl bağrına bastığını, TRT'de bile nasıl onurlandırdığını gösteren bir kanıt dahaydı.

Konya milli eğitim müdürlüğü "gençlik" başlıklı çalıştay düzenledi. İmam hatip öğrencileri arasında "deizm"in yaygınlaştığı ortaya çıktı. Zorladıkça, inancı sorgulayan çocukların sayısı artıyordu.

Ataması yapılmayan öğretmen Merve Çavdar canına kıydı. Ataması yapılmadığı için intihar eden 45'inci öğretmenimizdi.

> *(2018 yılında 45'inciydi. 2023 yılında, ataması yapılmadığı için canına kıyan öğretmenlerimizin toplamı maalesef 300'e yaklaşacaktı.)*

Suriye'den patates ithal ettik.
İthal patateslerin aslında bizim patatesler olduğu ortaya çıktı!
"El Bab'ı kurtardık, Afrin'i kurtardık, oralarda artık güvenle tarım yapılıyor, oralara destek olmak için patates ithal ediyoruz" diyorlardı. Meğer... Geçen yıl Türkiye'de ucuza kapatıp, stoklamışlardı, bu yıl fahiş fiyata yükselince ithal ayağıyla millete kakalamışlardı.

İmar affı çıkarıldı.
Bedelli askerlik çıkarıldı.
Sayın hükümetimizin paraya ihtiyacı vardı, kaçak inşaat yapanlarla, asker kaçakları sayesinde, iflas etmiş ekonomimizi düzelteceklerdi.
Bedelli askerlik o günkü kurla 3 bin dolardı, 635 bin kişi faydalandı.
İmar affından ise 6 milyon konut, 1.5 milyon işyeri faydalandı.
İmar affının depremde ödeyeceğimiz bedeli çok çok ağır olacaktı.

Amerikalı rahip krizi patladı.
Craig Brunson 20 yıldır İzmir'de yaşıyordu. Alsancak'taki Diriliş Kilisesi'nin evanjelist rahibiydi. 15 Temmuz darbe girişiminden sonra AKP'yle ABD'nin arası bozulunca, şak diye bir gizli tanık peyda olmuş, o gizli tanığın ifadesiyle rahip Brunson şırrak diye tutuklanmıştı.
Casuslukla, PKK bağlantısıyla suçlanıyordu.
Tayyip Erdoğan aklınca pazarlık yapmak istiyordu.
Fethullah Gülen'le rahibi takas etmek istiyordu.
"Papazı bize verin diyorlar, bir papaz da sizde var, o papazı bize verin, bu papazı size verelim" diyordu.

Sırf bu pazarlık bile "gizli tanık"ın hikaye olduğunun kanıtıydı.
Amerikalı rahip koz olarak, rehin olarak tutuluyordu.
ABD, sabırla mahkemeye çıkarılmasını bekliyordu. Ama, Alman gazeteci Deniz Yücel meselesinde olduğu gibi, bir türlü duruşmaya çıkarılmıyordu, iddianame bile anca 16 ayda hazırlanmıştı, pazarlıkta ısrar ediliyordu.
İki yıl böyle geçmişti, rahip iki yıldır hapisteydi.
Washington için bardak taştı.
Türk vatandaşlarına ABD vizesi durduruldu.
İçişleri bakanı Süleyman Soylu'yla adalet bakanı Abdülhamid Gül, ABD'nin kara listesine alındı, ABD'ye girişleri yasaklandı.
AKP derhal yelkenleri suya indirdi.
Rahip ev hapsine çıkarıldı.
Ama artık, ABD için yeterli değildi.
ABD başkan yardımcısı Mike Pence, "açıkça söylüyorum, rahip Brunson'ı derhal serbest bırakın, ya da ekonomik sonuçlarına katlanırsınız" dedi.
Dolar patladı.
4.5 liradan 6 liraya fırladı.
Tayyip Erdoğan rest çekti. "Bu can bu bedende, bu fakir bu görevde olduğu sürece o teröristi alamazsınız" dedi. Breh breh breh!
ABD başkanı Trump, F-35'le cevap verdi. Ortağı olduğumuz F-35'lerin Türkiye'ye teslimatını geçici olarak durduran belgeyi imzaladı.
Tayyip Erdoğan'ın gardı düştü.
Rahip apar topar serbest bırakıldı.
Özel uçakla ülkesine gönderildi.
Terörist casus'sa niye bırakmıştık?
Değilse, niye tutuklamıştık?
Olan Türkiye'ye, Türk halkına oluyordu.

Cemal Kaşıkçı, İstanbul'da öldürüldü.
Suudi muhalif gazeteciydi. Suudi veliaht prensi Selman tarafından öldürülmekten korktuğu için ülkesinden kaçmış, ABD'ye yerleşmişti, *The Washington Post* gazetesinde köşe yazarıydı. Tayyip Erdoğan "arkadaşım" diyordu. Kendisini çok güvende hissettiği Türkiye'de, Suudi Arabistan'ın İstanbul başkonsolosluğuna girdi. Bir daha çıkmadı.
Cellat ekibi getirmişlerdi. Öldürdüler, doğradılar, vücudunu yok ettiler,

ellerini kollarını sallaya sallaya uçağa binip gittiler, hemen peşlerinden Suudi Arabistan'ın İstanbul başkonsolosu da çekti gitti.

Türkiye'nin elinde Kaşıkçı'nın konsolosluğa girişinin saniye saniye görüntüleri vardı. Hatta, konsoluslukta katledilirken ses kaydı bile vardı. Ama cellat ekibi gidene kadar hiç ses çıkarılmadı.

İş işten geçti.

İş işten geçtikten sonra, Tayyip Erdoğan pek öfkelenmiş gibi yaptı, dünyayı ayağa kaldırıyormuş gibi yaptı. "Cemal Kaşıkçı şehit edildi" dedi. "Bunlar dünyayı enayi zannediyor, bu millet enayi değil, hesabını soracağız" dedi. "Suçun işlendiği yer İstanbul olduğu için bunlar tabii ki bizim mahkemelerimizde yargılanacak" dedi. "Cinayet bizim sınırlarımız içinde cereyan ediyor, sorumluluk makamındayız" dedi. "Bütün boyutlarıyla araştırıp soruşturacağız" dedi. "Bu süreci devlet ciddiyetiyle yürüteceğiz" dedi. "Hiç kimse bu meselenin üstünün kapatılacağını aklından bile geçirmesin" dedi. "İnsanlığın ortak vicdanının temsilcisi olarak takipçisiyiz" dedi. "Bu vahşetin örtbas edilmesine asla müsaade etmeyeceğiz" dedi.

Sonra?

Sonra, toz duman yatıştı.

Cemal Kaşıkçı davası sessiz sedasız kapatıldı.

Yargılama dosyası Suudi Arabistan'a devredildi.

Böylece, maktulün dosyası katile teslim edilmiş oldu.

"Devlet ciddiyeti"ne muhteşem bir örnekti!

(Dört kez evlenen, dört çocuğu olan Cemal Kaşıkçı, Mısırlı bir kadınla imam nikahıyla evli durumdaydı, aynı zamanda Türk vatandaşı Hatice Cengiz'le nişanlıydı. Aralarında 23 yaş fark vardı. Hatice Cengiz, Bursa imam hatibi bitirdikten sonra Mısır'a gitmiş, El Ezher Üniversitesi'ne kaydolmuş, üç yıl sonra İstanbul'a gelmiş, İstanbul Üniversitesi ilahiyat fakültesinden mezun olmuştu. Cemal Kaşıkçı'yla cinayetten sadece altı ay önce tanışmışlardı. Hatice Cengiz'in babası "mehir" istemişti, Cemal Kaşıkçı mehir olarak Hatice Cengiz'e bir apartman dairesi satın almıştı. Cemal Kaşıkçı katledildiği İstanbul konsolosluğuna evlilik için gerekli belgeleri almak üzere girmişti.)

Adında "Türk" ibaresi bulunan Türk Telekom, 2005 yılında AKP hükümeti tarafından 6.5 milyar dolara Araplara, Suudi kraliyet ailesiyle bağlantılı Lübnanlı Hariri Ailesi'ne satılmıştı.
Ama, güya satılmıştı.
Çünkü beş kuruş ödemediler.
13 yıl tepe tepe kullandılar.
Vergi de ödemediler.
Devraldıklarında kasada 2 milyar dolar nakit vardı.
Onu yediler.
Üstüne, 4.7 milyar dolar borç yaptılar.
Türk Telekom'un malını mülkünü sattılar.
Kablolarına varıncaya kadar sattılar.
15 milyar dolar hortumladılar.
2018 yılında anahtarları iade ettiler, pırrrr!
Dünya tarihinin en büyük soygunlarından biriydi.
Hem şirketi, hem devleti, hem bankaları soymuşlardı.
Türk halkı üstüne bir bardak soğuk su içti.

Kütahya'ya Türkiye'nin dördüncü büyük havalimanını, Zafer Havalimanı'nı yapmışlar, 2012'de hizmete açmışlardı, devletin cebinden bir kuruş bile çıkmadı demişlerdi.
2018 yılında kepazelik ortaya çıktı.
Kütahya'nın komple nüfusu 200 bin kişiydi ama, havalimanını yapan müteahhide her yıl için 1 milyon yolcu garantisi vermişlerdi.
Yandaş müteahhit 2044 yılına kadar burayı işletecekti.
32 yıl "garanti" ödeme alacaktı.

(İzmit Körfezi'ne Osmangazi Köprüsü yapmışlar, 2016'da açılışını yapmışlardı, devletin kasasından tek kuruş çıkmadı demişlerdi. Araç başına 35 dolar artı KDV'den, yıllık 14 milyon 600 bin araç geçiş garantisi verdikleri anlaşıldı.)

(İstanbul Boğazı'na Yavuz Sultan Selim Köprüsü yapmışlar, 2016'da açılışını yapmışlardı, devletin kasasından tek kuruş çıkmadı demişlerdi. Araç başına 4 dolar artı KDV'den, yıllık 49 milyon 275 bin araç geçiş garantisi verdikleri anlaşıldı.)

(İstanbul Boğazı'na Avrasya Tüneli yapmışlar, 2016'da açılışını yapmışlardı, devletin kasasından tek kuruş çıkmadı demişlerdi. Araç başına 4 dolar artı KDV'den, yıllık 25 milyon 600 bin araç geçiş garantisi verdikleri anlaşıldı.)

(Atatürk Havalimanı'nı imha edip, İstanbul Havalimanı yapmışlar, 2018'de hizmete açmışlardı, devletin kasasından tek kuruş çıkmadı demişlerdi. 6.5 milyar euroluk yolcu garantisi verdikleri anlaşıldı.)

(Şehir hastaneleri yapmaya başlamışlardı, devletin kasasından tek kuruş çıkmıyor diyorlardı. Yüzde 70 doluluk garantisi verdikleri, yani, hastanelere hasta garantisi verdikleri anlaşıldı.)

Devletin cebinden tek kuruş çıkmadı denirken, geçmediğimiz köprüye, uçmadığımız havalimanına, girmediğimiz tünele, yatmadığımız hastaneye para ödüyorduk.

Tayyip Erdoğan sarayında 30 Ağustos resepsiyonu verdi. "Yerli" ve "milli" mönü şöyleydi: Chia tohumu eşliğinde ejder meyveli smoothie, liçi meyvesi eşliğinde efuli, starex meyvesi eşliğinde aloevera, orman meyveli special, pataşur içinde çerkez tavuğu, zencefilli suşi, tartalet içinde humus, susamlı levrek simidi.

Tayyip Erdoğan'a 500 milyon dolarlık makam uçağı geldi.
Katar emiri hediye etti dediler!

(Katar emirinin uçağı, ağustos ayında satışa çıkarılmıştı. Satış için İsviçre'de bir şirket yetkilendirilmişti. Bu uçağın eylül ayında Türkiye Cumhuriyeti tarafından satın alındığı konuşuluyordu. İsviçre şirketi "satıldığını" teyit ediyordu ama, şirket politikası gereğince "kim tarafından satın alındığı"nı açıklamıyordu. Fransız medyası "uçağın bir devlet başkanına satıldığını" yazıyordu. 11 Eylül'de Basel'den havalanan uçak, Sabiha Gökçen Havalimanı'na indi. Cumhurbaşkanlığı herhangi bir açıklama yapmadı. TRT'de Katar emirinin bu uçağı Tayyip Erdoğan'a hediye ettiği duyuruldu.)

Tayyip Erdoğan'ın "hediye" makam uçağı Boeing 747-8'di.
ABD Başkanı'nda bile yoktu.

Air Force One tabir edilen ABD başkanlık uçağı Boeing-747'ydi.
Bizimkinin alt modeliydi.
Bir saatlik uçuşu 180 bin dolara maloluyordu.

(Obama başkanken Air Force One'ı yenilemek istemişti. Boeing 747'nin yeni modeli sipariş edilmişti. 2020'de teslim edilecekti. Yani, kendisi kullanmayacaktı, benden sonraki başkan yeni modeli kullansın demişti.
Obama'dan sonra Trump başkan seçildi. "Yeni model çok pahalı, halkın parasını çarçur edemeyiz" dedi, yeni uçak siparişini iptal etti. Hatta, Boeing firmasına sopa gösterdi, "askeri alımlarda tasarrufa gideceğiz, bu fiyatlar çok yüksek" dedi. Boeing'in hisse senetleri borsada tepetaklak oldu. Yana yakıla Trump'a gittiler, fiyatı yarı yarıya kırdılar. "Size aynı paraya bir değil iki uçak verelim" dediler. Trump "aferin, şimdi oldu" dedi, imzayı attı. Ama ilk sipariş iptal edildiği için, teslimat süresi uzamıştı, yeni uçakların ABD başkanlığına teslimatı 2024 yılında yapılacaktı.
Trump'tan sonra Biden başkan seçildi. Trump'ın imza attığı sözleşmeyi iptal etti. "Yeni makam uçağına yeni soğutma özellikleri eklenmiş, maliyeti yükseltiyor, halkın parasına yazık, bunları fiyattan düşün" dedi, sözleşme yeniden yazıldı. Ama, ikinci sipariş de iptal edildiği için, teslimat süresi yine uzadı, yeni uçakların ABD başkanlığına teslimatının anca 2026 yılında yapılacağı açıklandı.
Dünyanın en zengin ülkesinin başkanlarının, hem Trump'ın hem Biden'ın pahalı bulduğu ve satın almayı habire ertelediği uçağın modeli, Boeing 747-8... Yani, bizimkinin bindiği makam uçağı!)

"Mustafa Kemal" isimli kitabım piyasaya çıktı.
Kırmızı Kedi Yayınevi tarafından basıldı.
Cumhuriyet tarihinin gelmiş geçmiş en yüksek tirajına ulaştı.
1 milyon 350 bini geçti.
Okul öncesi çocuklar için 10 ciltlik çizgili versiyonunu hazırladık.
O da 1 milyon 300 bin tirajını geçti.
Mustafa Kemal hakkında yazılmış binlerce kitap vardı, ama, Mustafa Kemal için hazırlanmış "limited edition" tabir edilen koleksiyon baskısı hiç yapılmamıştı, tarihte ilk kez yaptık.
Mustafa Kemal kitabını aslında, okullarımızda yasaklanmaya çalışılan, okul bahçesinde bir büst, sınıflarda bir poster olarak bırakılmaya çalışılan

Mustafa Kemal'i, aynı okulların kütüphanesine yerleştirmek amacıyla yayınladık, eğitimde fırsat eşitliğine bağışlamak için yayınladık.
Darüşşafaka başta olmak üzere, devlet okullarına ve dar gelirli öğrencilerimize, 2023 yılının döviz kuruyla 400 bin dolar nakit bağışta bulunduk.
100 bin dolar tutarında bilgisayar, defter, kalem hediye ettik.
Kampanya başlattık, e-postayla talepleri topladık, isteyen her ilkokul öğretmenine, Anadolu'dan isteyen her ilkokula, 150 bine yakın Mustafa Kemal kitabını "ücretsiz" gönderdik.

(Tüm zamanların en yüksek tirajına ulaşan "Mustafa Kemal" kitabını yazdığım için, tüm zamanların en kapsamlı karalama kampanyasıyla karşı karşıya kaldım, bu kitaptan elde ettiğim tek gelir, bu karalama kampanyası nedeniyle hissettiğim gurur oldu.)

Avrupa İnsan Hakları Mahkemesi, "Selahattin Demirtaş tutuksuz yargılanmalı" dedi. Tayyip Erdoğan "bizi bağlamaz" dedi.

(Halbuki, kendisi hapis cezasına çarptırıldığında bizzat Avrupa İnsan Hakları Mahkemesi'ne başvurmuştu. Sicil kaydını silmeyen Yargıtay'a karşı ikinci defa Avrupa İnsan Hakları Mahkemesi'ne başvurmuştu. Kendisine siyasi yasak getirildiğinde üçüncü defa Avrupa İnsan Hakları Mahkemesi'ne başvurmuştu.
Şimdi ne diyordu? "Bizi bağlamaz" diyordu.)

Cemaatçi futbolcuların soruşturması tamamlandı. Milli futbolcular Bekir İrtegün, Ömer Çatkıç, Uğur Boral ve Zafer Biryol'a hapis cezaları verildi. Uğur Tütüneker ve İsmail Demiriz serbest bırakıldı.
Hakan Şükür ve Arif Erdem yurtdışına kaçmışlardı.
Sanık/tanık olarak ifade verenlerin hemen hepsi Emre Belözoğlu'nun adını veriyordu. Hatta, Fatih Terim'in cemaatten uzak durması için Emre Belözoğlu'nu sert bir dille uyardığını bile anlatıyorlardı. Ama her nedense sadece Emre Belözoğlu'na dokunulmuyordu.
Hakan Şükür niye terörist ilan edilmişti, Emre Belözoğlu niye korunmuştu, muammaydı.

(Emre Belözoğlu'nu adeta sihirli bir el korurken, Hakan Şükür'ün babası bile tutuklandı, Selmet Şükür'ün elbette cemaatle darbe

girişimiyle filan alakası yoktu, buna rağmen sırf Hakan Şükür'ün babası olduğu için üç yıl hapis cezası verdiler.)

2024 Avrupa Futbol Şampiyonası'na aday olduk.
Alamadık.
Almanya aldı.
Başarısızlıklar koleksiyonunda son halkaydı.
2000 Olimpiyatı'na aday olduk, alamadık.
2004 Olimpiyatı'na aday olduk, alamadık.
2008 Olimpiyatı'na aday olduk, alamadık.
2012 Olimpiyatı'na aday olduk, alamadık.
2016 Olimpiyatı'na aday olmadık, hazırlanıyoruz dedik.
2020 Olimpiyatı'na aday olduk, alamadık.
Euro 2008'e aday olduk, alamadık.
Euro 2012'ye aday olduk, alamadık.
Euro 2016'ya aday olduk, alamadık.
Euro 2020'ye aday olduk, adaylığımızı geri çektik.
Euro 2024'e aday olduk, alamadık.

(Hal böyleyken... 2020 Dünya Etnospor Olimpiyatı'na aday olduk. Aldık. Çünkü bizden başka aday yoktu. Peki, Dünya Etnospor Konfederasyonu başkanımız kimdi? Tayyip Erdoğan'ın oğlu Bilal'di. Sportif komediydi.)

Tarım bakanımız "size en büyük balıkçının Recep Tayyip Erdoğan'ın selamını getirdim" dedi. Kırmızı et ithalatına karşı formül önerdi, "kırmızı et yerine balık yesek, bu iş çözülecek" dedi.

(Halbuki, kuzu ithaldi ama, derya kuzusu daha fazla ithaldi. En büyük balıkçının ülkesinde, barbun Senegal'den geliyordu, kalamar Hindistan'dan, ahtapot İspanya'dan, karides Endonezya'dan, lagos Mısır'dan, kalkan Romanya'dan geliyordu. Norveç'ten getirilen seyit balığını restoranlarda mezgit diye kakalıyorlardı. Lüks otellerimizde yedirilen kılıç şiş'ler aslında Çin'den ithal köpekbalığıydı. Mercan Gine'den, Sinarit Gana'dandı. Her mevsim dilbalığı olmaz, bizde oluyordu, çünkü mevsimine göre bazen Afrika'nın batısındaki Senegal'den, bazen Afrika'nın doğusundaki Somali'den geliyordu. Karadeniz'de 26 balığın neslini tüketmiştik, Marmara'da 125 balığın

neslini kurutmuştuk. Midye Şili'den, tekir Gabon'dan getiriliyordu. Üç tarafımız denizlerle çevrili, Türk havuzu denilen kendimize ait denizimiz var, denizi olmayan Konya'da, Uşak'ta, Diyarbakır'da tarla balıkçılığı yapıp, arazide levrek yetiştirmeye çalışıyorduk. Fas'tan Moritanya'dan orfoz getiriyorlar, Kızıldeniz'den karagöz getiriyorlardı. İzlanda'da 2010 yılında volkan patladı, kül ve lav yağmuru nedeniyle kıyıları zehirlendi, toplu balık ölümleri meydana geldi, balıkları analiz ettiler, ağır kurşun, radyoaktif madde ve insana zararlı kimyasallar tespit edildi, bütün dünya İzlanda'dan balık ithalatını durdurdu, aynı dönemde Türkiye'nin İzlanda'dan balık ithalatı yüzde 250 arttı! Elalemin almadığı kansere yol açan balıkları, ki, çoğunluğu somondu, afiyetle bize yedirdiler.
Istakoz ABD'den Kanada'dan, bataklıklarda yetiştirilen panga'yı, kılçıksız deniz balığı filetosu diye taaa Vietnam'dan getiriyorlardı. Güya Sardalya festivali düzenliyorduk, o sardalya Yunanistan'dan geliyordu. AKP'li Beykoz belediyesi balık festivali düzenledi, Norveç'ten ithal edilen uskumru dağıtıldı.
Norveç'te sadece 6 bin 400 balıkçı teknesi var, 150 ülkeye balık ihracatı yapıyordu, Türkiye'de 16 bin 450 balıkçı teknesi var, 100 ülkeden balık ithal ediyordu! Norveç'in tüm dünyada en çok balık ihracatı yaptığı ikinci ülke, Türkiye'ydi. En büyük balıkçının Galata Köprüsü'nde yediğiniz balık-ekmek bile Norveç uskumrusuydu.
Avrupa Birliği ülkeleri kişi başına 26 kilogram balık yerken, dünya ortalaması 19 kilogramken, Türkiye ortalaması sadece 8 kiloydu.
Marmara Denizi tüm balıkların göç ve yumurtlama yeriydi. Tekirdağ, Şarköy, Marmara Adası arasındaki üçgen, orkinosların aşk üçgeniydi. Taaa Atlas Okyanusu'ndan gelirler, bu aşk üçgeninde ürerlerdi. Bu Marmara Denizi'ne en başta İstanbul, çevresindeki tüm şehirlerin kanalizasyonunu bağladık, aşk üçgenini lağım çukuru haline getirdik.
HES kurulmayan dere bırakılmadı.
Mersin balıkları artık Çoruh'a inmiyordu.
Gediz'e, Büyük Menderes'e, Seyhan'a, Ceyhan'a artık balık girmiyordu.
Balık avlanan göllerimiz imha edildi.
Eber Gölü kurudu, geriye sadece kırık sandallar kaldı.
Nasreddin Hoca'nın maya çaldığı Akşehir Gölü bile kurudu.
En büyük balıkçının (!) balıkçılık vizyonu işte buydu.)

Sıfır gümrükle 200 bin ton patates ithal edildi. Bu patates ithalatı vesilesiyle tarım bakanımız Bekir Pakdemirli'nin mesleği ortaya çıktı. Tarım bakanı olmadan önce Kanadalı patates şirketi McCain Foods'un danışmanı olduğu anlaşıldı.
Elin oğlu uzayda bile patates yetiştiriyordu.
Biz anca böylesini yetiştiriyorduk.

(Ve, rezalet sadece ithalatla sınırlı değildi... Türkiye geçen yıl 250 bin ton patatesi, kilosu 44 kuruştan ihraç etmişti, bu yılın başlarında 250 bin ton patatesi 63 kuruştan ihraç etmişti, 500 bin ton patates yurtdışına gönderilince, iç piyasada patates kalmamıştı, şimdi kilosunu 3 liradan ithal ediyorduk!
44 kuruştan sat, 3 liradan al.
Fevkalade bir tarım politikasıydı!)

Suriye'den pamuk ithal ettik.

Enflasyonu düzgün hesaplayan TÜİK yöneticilerini görevden aldılar. Bu görev değişikliğinden itibaren, dünya ekonomi tarihinde ilk kez fiyatlar artarken enflasyon düşmeye başladı!

Tayyip Erdoğan mecliste konuştu. Kendisine oy vermeyenleri adeta vatan haini ilan etti. "Çankaya, Beşiktaş, Kadıköy, Şişli gibi yerlerdeki seçim sonuçlarının ülke gerçekleriyle ilgisi yok, Türkiye yansa da şaha kalksa da bunların umurunda değildir, buralardaki seçmen profili Türkiye pastasının kaymağını yiyen kesimden oluşuyor" dedi.
Tam o hafta, Uğur Dündar'ın Halk Tv'deki konukları Metin Akpınar ve Müjdat Gezen'di, laf döndü dolaştı, Tayyip Erdoğan'ın tuhaf açıklamasına geldi.
Metin Akpınar tek çıkar yolun demokrasi olduğunu belirterek, faşizme özenmemek gerektiğini anlattı, Mussolini'ye atıfta bulundu, "yoksa her faşizmin sonunda olduğu gibi belki liderini ayağından asarlar, belki mahzenlerde zehirlerler, ama bize yazık olur" dedi.
Müjdat Gezen ise "herkesi azarlıyor, herkese haddini bil diyor, Kadıköy'de oturan biri olarak söylüyorum, Tayyip Erdoğan sen bizim vatanseverliğimizi sınayamazsın, haddini bil" dedi.

Vay sen misin bunları söyleyen, Tayyip Erdoğan çok öfkelendi, "sanatçı müsveddeleri, yargıda bedelini ödeyecekler" dedi.

Metin Akpınar'la Müjdat Gezen'in evini polis bastı. Ömürleri boyunca Türk insanının yüzünü güldüren bu iki duayen sanatçımız gözaltına alındılar, apar topar mahkemeye çıkarıldılar, yurtdışı yasağı konuldu. 4'er yıl 8'er ay hapisle yargılandılar.

Neticede beraat edeceklerdi ama, aylarca mahkeme mahkeme süründürüldüler, yandaş medyada linç edildiler, sosyal medyada ağır hakaretlere uğradılar.

Daha hazin tarafı, Metin Akpınar'la Müjdat Gezen bu kötü muameleye maruz kalırken, sanatçı sıfatı taşıyanların sessizliğiydi... Aman bizim başımıza da gelmesin korkusuyla, suskun kaldılar. AKP döneminin ortaya çıkardığı trajik gerçekti, bir elin parmakları kadar az sayıda karakterli sanatçımız hariç, sanatçı sıfatını hakeden yoktu.

Ankara-Konya hızlı treni, aynı hatta karşı yönden gelen kılavuz lokomotifle kafa kafaya çarpıştı, dokuz insanımız hayatını kaybetti. Seçim şovu yapmak için, oy toplamak için, eksikleri tamamlanmadan, hatta sinyalizasyonu bile olmadan hizmete açılmıştı, olacağı buydu.

Siyasi magazin gündeminde "bıyık" vardı.

Tayyip Erdoğan istedi diye Süleyman Soylu, Burhan Kuzu, Bekir Bozdağ, Efkan Ala, Yalçın Akdoğan gibi partililer bıyık bıraktı.

Bürokrasiye sıçradı, bıyıksız valiler derhal bıyık bıraktı.

> *(Aslında her şey Tayyip Erdoğan'ın şakasıyla başlamıştı. Cildi tahriş olan MİT müsteşarı Hakan Fidan sakal bırakmak için izin istemişti, Erdoğan izin vermemiş, "sakal uygun olmaz, istersen bıyık bırak" demişti. Tam o sırada odaya özel kalem müdürü Hasan Doğan girmişti, Tayyip Erdoğan "bak Hasan'ın da bıyığı yok, Hasan sen en iyisi bıyık bırak" demişti, Hasan Doğan da "emredersiniz" deyip, bıyık bırakmıştı. Tayyip Erdoğan içten içe gülerken, bakanlar, milletvekilleri, bürokratlar gerçekten "talimat" zannedip, bıyık bırakmaya başlamıştı. Tek adam rejiminin trajikomik haliydi.)*

Yunanistan başbakanı Çipras geldi.
Tayyip Erdoğan tarafından sarayda kabul edildi. İstanbul'a geçti, Patrikhane'yi ziyaret etti. Binali Yıldırım tarafından Dolmabahçe Sarayı'nda ağırlandı. Heybeliada Ruhban Okulu'na götürüldü.
Gitmediği tek yer vardı, Anıtkabir.

(Anıtkabir'i ziyaret etmeyi reddeden iki ülke vardı, İran ve Suudi Arabistan... Şimdi bunlara Yunanistan da eklenmişti. Güya "komünist" diye Türkiye'deki sömürge solcuları tarafından yere göğe sığdırılmayan Çipras, aslında militan seviyesinde milliyetçiydi.)

Manyağın biri Yeni Zelanda'da camide katliam yaptı.
Cuma namazı sırasında otomatik silahlarla daldı.
1'i Türk 51 kişi hayatını kaybetti.
Avustralya vatandaşıydı, neo nazi'ydi.
Saldırıdan önce sosyal medyada 74 sayfalık bildiri yayınlamıştı. "Türklere" başlıklı bölüm vardı. "Boğaz'ın Doğu yakasında size zarar gelmeyecek, ama Boğaz'ın Batı yakasında yaşamayı denerseniz, Avrupa'ya gelirseniz sizi öldüreceğiz, Konstantinopolis'e gelip, tüm cami ve minareleri yıkarız, Ayasofya minarelerden kurtulacak, Konstantinopolis tekrar Hıristiyan şehri olacak" diyordu.
2016 yılında Türkiye'ye geldiği ortaya çıktı. Ayasofya'nın hemen yanındaki bir otelde kalmış, Fatih Aksaray'da bir başka otelde kalmıştı, İstanbul dışında Ağrı, Sivas, Tokat, Konya, Ankara, Edirne, İzmir ve Mersin'e gittiği tespit edildi, Türkiye'den İsrail'e geçmişti.

Tank Palet Fabrikası, Katar'a verildi.
Erdoğan "satmadık" dedi.
Ya ne yaptınız?
"50 milyon dolarlık yatırımla 25 yıllığına kiraladık" dedi.

(Mehmet Emin Karamehmet'e ait olan BMC'ye el koymuşlar, Ethem Sancak'a vermişler, Ethem Sancak da yüzde 49'unu Katar Emiri'ne vermişti. Tank Palet Fabrikası işte bu BMC'ye kiralanmıştı. Yarısına Katar Emiri ortaktı. 1975'te kurulan ve tamamen yerli üretim yapan Tank Palet Fabrikası'nda fırtına obüslerimiz, ikmal araçlarımız, gece görüş dürbünlerimiz, tank paleti üretiliyordu. Bu fabrikada aynı zamanda, Leopard tanklarımızın modernizasyonu yapılıyordu.)

Bedelli askerlik kalıcı hale getirildi. Her seçim öncesinde çıktı çıkıyor gibi tartışmalar sona erdi, bundan böyle parayı her bastıran bir ay askerlik yapıp, yırtacaktı. Ensen kalınsa, canın sağolsun, garibansan, vatan sağolsun'du.

~

Yerel seçim süreci başladı.
CHP adayları, İstanbul'da Ekrem İmamoğlu, Ankara'da Mansur Yavaş, İzmir'de Tunç Soyer oldu. AKP adayları ise, İstanbul'da Binali Yıldırım, Ankara'da Mehmet Özhaseki, İzmir'de Nihat Zeybekçi'ydi.
Binali Yıldırım TBMM başkanıydı, o görevinden istifa etmeden siyasi faaliyet yürütmesi anayasaya aykırıydı. Gayet pişkin izah etti, "seçim siyasi faaliyet değildir" dedi!

~

Tayyip Erdoğan "millet" ittifakına "zillet" ittifakı diyordu.
Sözlük anlamı "hor görülen, hakir görülen, aşağılık görülen"di.
Kendisi gibi düşünmeyenleri böyle görüyordu.

~

Bu ülkede milli eğitim bakanlığı, milli savunma bakanlığı, TBMM başkanlığı yapan İsmet Yılmaz, vaatte bulundu. "Ak Parti'ye vereceğiniz destek, mahşerde kurtuluş belgeniz olacak" dedi.
AKP milletvekili Mehmet Kasım Gülpınar, "AKP'ye oy verenden Allah hesap sormaz, mahşerde Allah'ın karşısına çıktığınız zaman, Allah bize oy verdiğiniz için sizden hesap sormayacak" dedi.
Din sömürüsü bu seviyedeydi.
AKP'den Şanlıurfa Eyyübiye belediye başkan aday adayı olan Mustafa Göktaş seçmenlere garanti verdi. "Bize oy verin, cennetin anahtarı cebinize girsin" dedi. Cennetin anahtarını bilemeyiz ama, belediyenin anahtarını cebine koyamadı, çünkü, AKP bunu aday yapmadı.
İzmir esnaf kooperatifleri birliği başkanı Salahaddin Hünü, "Ak Parti'ye oy vermeyenleri Allah çarpar" dedi. AKP'ye oy toplamak için utanmadan bunları söyleyen Salahaddin Hünü, AKP'nin sorumsuz politikaları sonucunda covid'ten hayatını kaybedecekti.

Mersin Çamlıyayla AKP ilçe başkanı Mehmet Ali Yetiş tarihi bir itirafta bulundu. "Hırsız bizim hırsızımız, yanında yeralırız" dedi.
Siyaset ahlakının geldiği nokta işte buydu.

Akit tv'nin haber müdürü Mehmet Özmen, müze haline getirilen Ulucanlar Cezaevi'nden idam sehpasının önünden canlı yayın yaptı. "Kamuoyu, Kılıçdaroğlu'nun bu darağacında asılmasını bekliyor" dedi. Bunu söylediği için tazminatsız olarak işten atıldı. İşten atılınca, Akit'in ipliğini pazara çıkardı, "AK Parti'ye sesleniyorum, Akit medya inananların yüz karasıdır, Akit'te fetö borsası kurdular, fetö dosyasını kapatıp işadamlarından kaç milyon aldığınızı biliyorum" dedi.
Medya ahlakının geldiği nokta da, işte buydu.

---

31 Mart 2019.
Sandığa gittik.
AKP birinci parti çıktı ama, büyükşehirlerde çöktü. 1994 yılından beri AKP çizgisinin kazandığı İstanbul ve Ankara'yı kaybetti.
Millet İttifakı büyük zafer kazandı.
İstanbul'da Kadir Topbaş'ı görevden alıp, AKP tabanında sevilmeyen Binali Yıldırım'ı aday yapması, Tayyip Erdoğan'ın hayatının hatasıydı, Ekrem İmamoğlu 13 bin 729 oy farkla Binali Yıldırım'ı geçti.

(Aslına bakarsanız, İstanbul için henüz Ekrem İmamoğlu'nun adı bile geçmiyorken, Muharrem İnce aday adaylığını açıklamıştı, İstanbul büyükşehir belediye başkan adayı olmak istiyordu. Kılıçdaroğlu ise ne yapıp edip Muharrem İnce'den kurtulmak istiyordu. İstanbul'un en küçük ilçesi Beylikdüzü'nün belediye başkanı Ekrem İmamoğlu'nu ortaya sürdü. CHP seçmeni bile tanımıyordu. Yarış başladığında, anketlere göre Binali Yıldırım'ın bir milyon oy gerisindeydi. Kazansın diye değil, kaybetse de farketmez diye aday gösterilmişti. Anketlere göre, Mansur Yavaş'ın kazanacağı kesindi, Ankara'yı kazanırız, sükse yapmak için bize yeter diye düşünülüyordu. İşte bu Kılıçdaroğlu'nun hayatının hatasıydı. Ekrem İmamoğlu müthiş performansla kazanacak, genel başkanlık için Kılıçdaroğlu'nun karşısına dikilecekti.)

Ankara'da Mansur Yavaş rahat kazandı. İzmir'de zaten CHP açısından hiç sorun yoktu. Adana, Antalya, Hatay, Mersin CHP'ye geçti, Eskişehir, Aydın, Muğla, Tekirdağ CHP'de kaldı.

Yıllardır hep "İstanbul'u alan Türkiye'yi alır" diyen Tayyip Erdoğan, yenilgiyi hazmedemedi. İstanbul'un bütün ilçelerinde sonuçlara itiraz ettirdi, 39 ilçede oylar yeniden sayıldı, nafileydi, sonuç aynıydı.

Binali Yıldırım seçim gecesinde kameraların karşısına geçip, hiç utanmadan "ben kazandım" demişti. Şimdi ise televizyon televizyon dolaşıyor, "sandıkta hırsızlık var" diyordu, "sandıkta yolsuzluk yaptılar" diyordu, "oylarımızı çaldılar" diyordu. Ne belgesi vardı, ne tanığı vardı ama, "bu seçim başlı başına murdar olmuş bir seçimdir, murdar etin kavurması olmaz" diyordu.

En son, AKP genel başkan yardımcısı Ali İhsan Yavuz çıktı, hukuk ve demokrasi tarihine geçen bir laf söyledi, "İstanbul'da hiçbir şey olmasa bile kesinlikle bir şey oldu" dedi... Bu tuhaf açıklama, hiçbir şey olmasa bile seçimin kesinlikle iptal edileceğinin kanıtıydı!

İstanbul'daki sandık sonucu eğilip bükülürken, Hakkari'de çatışma çıktı, sözleşmeli er Yener Kırıkçı şehit düştü, Kılıçdaroğlu cenazeye katılmak üzere Ankara Çubuk'a gitti. Linç edildi.
Provokatörler oradaydı. 200 kişilik bir grup küfürlerle saldırdı, taş fırlattı. O arbede sırasında Kılıçdaroğlu'nun suratına yumruk atıldı. Korumalar eşliğinde güçlükle bir eve sığındı, kalabalık evi bastı, evi ateşe vermeye kalktılar, zırhlı araca bindirilerek bölgeden çıkarıldı.
İçişleri bakanı Süleyman Soylu kısa süre önce valilere talimat vermişti, "CHP'lileri şehit cenazelerinde protokole almayın, PKK mensuplarının cenazelerine gitsinler" demişti. Kılıçdaroğlu'nun uğradığı linç girişimi, Süleyman Soylu'nun bu sorumsuz ve insanlık dışı talimatının neticesiydi, açıkça hedef göstermişti.
Kılıçdaroğlu'na yumruk atan Osman Sarıgün adındaki saldırgan kaçtı, 190 kilometre uzakta Eskişehir Sivrihisar'da yakalandı. AKP üyesiydi. İnek hırsızıydı. İnek çalmaktan hapis yatmıştı. Üç ay önce yine hırsızlık suçlamasıyla şoförlük yaptığı şirketten kovulmuştu.
AKP tarafından kahraman ilan edildi.
Derhal serbest bırakıldı.
AKP yöneticileri yumruk atan elini öperek poz verdiler.
AKP Ankara il başkanı Hakan Han Özcan, inek hırsızını "yiğit" ilan etti. "Siz hainlere sahip çıkarken, biz yiğitlerimizi yedirmeyiz" dedi.

Büyük Çamlıca Camisi açıldı.
Senegal cumhurbaşkanı davet edildi, Filistin başbakanı davet edildi, Afganistan hükümeti bile davet edildi, İstanbul büyükşehir belediye başkanı Ekrem İmamoğlu davet edilmedi.
Altı minareli caminin dört minaresi Malazgirt Zaferi'ne atfen 107.1 metre yüksekliğindeydi. Kubbesi İstanbul plakasına atfen 34 metre çapındaydı. 63 bin kişilikti. Sultanahmet Camisi'nin çakmasıydı.
Her yerden görülsün diye Çamlıca Tepesi'ne yapılmıştı, erişimi çok zordu, insansız bir mekandı, insanlar namaz kılmak için otobüslerle otomobillerle gelmek zorundaydı, ibadet değil, gösteriş yatırımıydı.

Yüksek Seçim Kurulu, İstanbul seçimini iptal etti.
Ramazan ayıydı, kul hakkı işte böyle yeniyordu.
Aynı zarfa konularak aynı sandığa atılan dört oydan üçü geçerli, biri geçersiz kabul edilmişti. 20 liralık banknotun 15 liralık bölümü gerçek, 5 liralık bölümü sahte demek gibi bir şeydi!

Esenler belediye başkanı Tevfik Göksu, Ekrem İmamoğlu'na ırkçı ifadelerle saldırdı. "Yunan medyası 'İstanbul'u Pontuslu kazandı' diyor, bu arkadaş nereli, Trabzonlu" dedi. Sırf Trabzon doğumlu olduğu için Ekrem İmamoğlu'nu karalayayım derken, bütün Trabzonluları Yunan ilan etmişti.

Anayasa mahkemesi eski başkanı Haşim Kılıç, İstanbul seçiminin iptal edilmesi üzerine konuştu, AKP'yi eleştirdi. "Ne yazık ki, ahlak ve maneviyat diye iktidara gelen bu arkadaşlarımız ne pozitif hukuk kuralları bıraktılar, ne de ahlak bıraktılar" dedi.
Haşim Kılıç, 2008 yılında AKP'nin kapatılması davasında "red" oyu kullanmıştı, AKP sadece bir oyla 6'ya 5 kapatılmaktan kurtulmuştu, görev süresi boyunca AKP'yle gayet uyumlu çalışmıştı.
Makam koltuğunda otururken AKP hukukiydi.
Koltuktan kalkınca böyleydi.

Mursi öldü.
General Sisi tarafından darbeyle indirilen Mısır cumhurbaşkanı beş yıldır hapisteydi, Hamas adına casuslukla yargılanıyordu, duruşma sırasında kalp krizi geçirdi, hayatını kaybetti, 67 yaşındaydı.
Tayyip Erdoğan tarafından "şehit" ilan edildi.
10 Kasım'da bile Atatürk'ü anmayan diyanet işleri başkanı Ali Erbaş, Türkiye'nin tüm camilerinde Mursi için gıyabi cenaze namazı kıldırdı.
Tayyip Erdoğan şehit dediği Mursi'yi seçim için kullandı. "Pazar günkü seçimde Sisi mi diyeceğiz, Binali Yıldırım mı?" diye sordu.

Sisi'yle yetinmediler.
Bebek katilinden bile medet umdular.
Abdullah Öcalan'dan mektup getirdiler.
İmralı'ya giderek PKK elebaşıyla görüşen Tunceli Üniversitesi öğretim üyesi Ali Kemal Özcan, mektup getirdi, bu mektup devletin haber ajansı Anadolu Ajansı tarafından servis edildi.
Akıllarınca HDP seçmenini kafalamaya çalışıyorlardı.
Öcalan'ın kuryeliğini yapan akademisyen, Öcalan'ı yerli ve milli ilan etti, "Kürt isyanı lideridir ama, yerli ve milli bir şahsiyettir" dedi!

> *(2010 referandumunda milliyetçi oylara ihtiyaçları vardı.*
> *Tayyip Erdoğan meclis kürsüsüne çıkıp, 12 Eylül'de idam edilen ülkücü Mustafa Pehlivanoğlu'nun ailesine yazdığı son mektubu okumuştu.*
> *2011 seçimi öncesinde, güya Avrupa'ya posta koyuyordu, meclis kürsüsüne çıkıp, Kanuni Sultan Süleyman'ın kendisinden yardım isteyen Fransa Kralı'na yazdığı mektubu okumuştu.*
> *2013 seçimi öncesinde, PKK açılımı yapmışlardı, şehit ailelerini kafalamak istiyorlardı, meclis kürsüsüne çıkıp, şehit astsubay Serhat Gencer'in ailesine yazdığı son mektubu okumuştu.*
> *2014 seçimi öncesinde, Mısır'da darbe olmuştu, Mursi'yi tutuklamışlardı, darbe mağduriyetinden faydalanmak istiyorlardı, meclis kürsüsüne çıkıp, darbeci askerlere direnirken hayatını kaybeden 17 yaşındaki Müslüman Kardeşler üyesi Esma'nın babasının mektubunu okumuştu.*
> *Şimdi, HDP oylarına ihtiyaç vardı.*
> *Apo'nun mektubunu okuyorlardı.)*

Abdullah Öcalan yetmedi, kardeşini TRT'ye çıkarıp oy istediler.
Kırmızı bültenle yakalama kararı bulunan terörist Osman Öcalan'ı TRT'nin Kürtçe yayın yapan kanalında ekrana çıkardılar.
CHP aleyhinde konuşturdular.
Şehitlerin kemikleri sızladı denir ya, tam olarak öyleydi.
Devlet kavramı ayağa düşürülmüştü.

---

23 Haziran 2019.
İstanbullular yeniden sandığa gitti.
İlk seçimde kılpayı kazanan Ekrem İmamoğlu, ezdi geçti.
806 bin oy fark attı.
Sadece Binali Yıldırım'ı değil, Tayyip Erdoğan'ı ikinci defa yenmişti!

Türkiye Komünist Partisi adayı Fatih Maçoğlu, Tunceli belediye başkanı seçilmişti, Türkiye'nin ilk TKP'li belediye başkanıydı, özellikle CHP medyasında büyük sempati toplamıştı.
İlk iş...
Tunceli'yi Dersim yaptı.
Tunceli tabelasını söktü, Dersim tabelası taktı.

(Hem HDP'nin, hem de "Dersimli Kemalim" diyen Kılıçdaroğlu'nun hayalini gerçekleştirmişti... Kılıçdaroğlu bu konudaki düşüncelerini 2013 yılında Hürriyet gazetesine verdiği röportajda açık açık anlatmıştı. "Tuncelililer kendilerini Dersimli olarak tanımladıkları için isim değişikliğinin hiçbir sakıncası yok, Tunceli Dersim olursa olur yani, keşke bunun için referandum yapılsa, ben mesela o referanduma katılsam, Dersim olmasını isterim" demişti.
Aynı Kılıçdaroğlu, 2014 yılında Seyit Rıza heykelinin bulunduğu Seyit Rıza Parkı'nda miting yapmıştı, "Dersimliyim, Dersimli olmaktan gurur duyuyorum, kanun teklifi verdik, Tunceli'nin adını Dersim yapalım" demişti.
Kılıçdaroğlu'nun heykeli önünde "Dersim" çağrısı yaparak onurlandırdığı Seyit Rıza, Dersim ayaklanmasının elebaşıydı, devlete silah çektiği için 1937'de asılmıştı, bu ayaklanma nedeniyle 1935'te İsmet İnönü hükümeti tarafından Dersim'in adı Tunceli olarak değiştirilmişti.
CHP'yi yeni CHP haline getiren guguk kuşu operasyonunun hazin göstergelerinden biriydi.)

Diyarbakır'ı Selçuk Mızraklı, Mardin'i Ahmet Türk, Van'ı Bedia Ertan kazanmıştı. Şak diye görevden alındılar, valileri kayyum atadılar.
Apo'nun mektubuyla AKP'ye oy istemek yerli ve milliydi.
HDP belediyeleri teröristti!
Osman Öcalan'ı TRT'ye çıkarmak yerli ve milliydi.
Yüksek Seçim Kurulu tarafından seçime girmelerinde sakınca görülmeyen HDP belediye başkan adayları seçimi kazanırlarsa derhal teröristti!
Beş yıl önce Siyasi Partiler Kanunu'na özel madde ilave ederek, eşbaşkanlık sistemini meşru hale getiren AKP yerli ve milliydi.
Eşbaşkanlık sistemi bizzat Kandil'in talimatı olduğu için, eşbaşkanlık sistemini uygulayan HDP'li belediyeler teröristti!
HDP'li belediyelere kayyum atayan AKP'nin içişleri bakanı Trabzonluydu, yerli ve milliydi. CHP'nin İstanbul büyükşehir belediyesini kazanan başkanı Trabzonluysa, pontusluydu!

Necmettin Erbakan'ın oğlu Fatih Erbakan, kirayı ödemedikleri gerekçesiyle babası tarafından kurulan Saadet Partisi'ne haciz gönderdi. Ankara'daki genel merkez binası boşaltıldı, seccadeler, koltuklar ne varsa kamyona yüklendi, götürüldü.

(Bu bina aslında milli görüş hareketi tarafından aidatlarla satın alınmıştı. Partinin kapatılması durumunda devlet el koymasın diye, Erbakan ailesi tarafından kurulan şirkete devredilmişti, tapusu bu şirketteydi. Fatih Erbakan bu şirketin hakim ortağıydı. Necmettin Erbakan'a güvenerek partinin malını mülkünü Erbakan'ın üstüne yapan milli görüş teşkilatı, Fatih Erbakan'ı hesap edememişti!)

Sudan'da darbe oldu.
30 yıl önce darbe yaparak ülkeyi ele geçiren diktatör Ömer El Beşir, 30 yıl sonra darbeyle tutuklandı. Evine yapılan baskında, bavullar içinde istiflenmiş halde 130 milyon dolar nakit ele geçirildi. Yönettiği ülkeyi soymuştu, dört milyar dolarlık gayrimenkulü vardı.
Uluslararası Ceza Mahkemesi tarafından soykırımla suçlandı, Darfur'da 300 bin kişinin katledilmesinden sorumluydu. Tayyip Erdoğan'ın yakın dostuydu, birbirlerine "kardeşim" diyorlardı.

Soma madenini vahşi şekilde işleten, 301 madencinin ölümüne sebep olan, gözünü para hırsı bürümüş şirketin yönetim kurulu başkanı Can Gürkan tahliye edildi.
Katledilen işçi başına sadece altı gün yatmıştı.
301 defa 25 yıl hapsi istenmişti.
301 defa altı günle yırtmıştı.

(Soma'nın patronu serbest bırakılırken, Soma'da hayatını kaybeden madencilerin gönüllü avukatlığını üstlenen Çağdaş Hukukçular Derneği Başkanı Selçuk Kozağaçlı hapse atılmıştı, terör örgütü üyesi dediler, 11 yıl yapıştırdılar, 2023 yılında hâlâ hapiste yatıyordu.)

Boğaziçi Üniversitesi İslam Topluluğu tarafından davet edilen Yunan yazar Andreas Tzortzis, Atatürk'ü "şeytan dostu" ilan etti. Atatürk'ün ezanı yasakladığını, örtünmeyi yasakladığını söylüyor, "bunu yapan Allah dostu mudur, şeytanın dostu mudur?" diye soruyor, İslam Topluluğu öğrencileri hep bir ağızdan "şeytaannnn" diye bağırıyordu. Bu görüntüler internette yayınlanınca, İstanbul Barosu suç duyurusunda bulundu. Böylece bu utanç verici konferansın aslında beş yıl önce, 2014 yılında gerçekleştiği ortaya çıktı. Türk düşmanı Andreas Tzortzis'in yine 2014 yılında ODTÜ Mescid Topluluğu tarafından da davet edildiği, ODTÜ de konferans verdiği anlaşıldı.
Kindar nesil'le işgalci Yunan eleleydi.

Kafasında fesle dolaşan Kadir Mısıroğlu öldü.
"Keşke Yunan galip gelseydi" diyordu. "10 Kasım'da saat 9'u 5 geçe kenefe gidin" diyordu. "Mustafa Kemal'in verdiği zararı Yunan yapmazdı" diyordu. "Heykellerinin köpek leşi gibi sürüklendiğini göreceksiniz" diyordu. Milli şairimiz Mehmet Akif Ersoy'a "serserinin teki" diyordu... Bunları diyen herifin tabutuna Türk Bayrağı sardılar!

Atatürksüz 19 Mayıs parası basıldı.
Darphane Müdürlüğü, Atatürk'ün 19 Mayıs 1919'da Samsun'a çıkışının 100'üncü yıldönümü için hatıra madeni para bastı. 100 yıllık nankörlüktü. Çünkü parada Atatürk yoktu, sadece Bandırma Vapuru vardı. Halbuki, 1999 ve 2009 yıldönümlerinde bastırılan 19 Mayıs hatıra paralarında Atatürk'ün silueti bulunuyordu.

AKP'nin İzmir il eski başkan yardımcısı Ahmet Kurtuluş "fetö borsası" davasında sanıktı. İtirafçı olmuştu. Elektronik kelepçeyle ev hapsinde tutuluyordu. Evine gelen polis yelekli tetikçi tarafından öldürüldü! Fethullahçı işadamları tutuklanmaktan kurtulmak için, emniyette uygun kişilere (!) rüşvet ödüyor, karşılığında dosyalarının üstü örtülüyordu, buna "fetö borsası" deniyordu, kimisi 250 bin dolar, kimisi 20 milyon dolar, her işadamı serveti ölçüsünde para ödüyordu.
Ahmet Kurtuluş, işte bu adı geçen işadamlarının listesini emniyetten elde ediyor, bu listeyi suç çetesi lideri Serkan Kurtuluş'a iletiyor, çete mensupları adı geçen işadamlarına gidiyor, "MİT'e çalışıyoruz, devlet arkamızda" diyerek, tehditle şantajla para koparıyorlardı.
Ahmet Kurtuluş itirafçı olunca, öldürülerek susturulmuştu.
Serkan Kurtuluş, bu cinayet üzerine yurtdışına kaçmıştı, Arjantin'de sahte pasaportla yakalanıp, tutuklanmıştı. 2023 itibarıyla henüz Türkiye'ye iade edilmemişti.

"Ayetel kürsi diyeti" moda oldu.
AKP dönemi gülünçlüklerinden biriydi.
Şeyh ayaklarına yatan sarıklı kurnazın biri icat etmişti. Bu şeyhe gidiyordunuz, sebze ye, ekmek yeme, içki içme filan diyor, üstüne Ayetel kürsi okuyordu, parayı ödüyordunuz, buydu!
Polis baskınında suçüstü yakalandı, reçetesini izah etti, "vejetaryenim, bana gelen kişilere vejetaryen beslenmelerini tavsiye ediyorum, gelmişlerken Ayetel kürsi okuyorum, ne var bunda" dedi.

> *(Bu tür "dini" tınılı diyetlerde patlama yaşanıyordu.*
> *Helal diyet vardı, nebevi diyet vardı, sünnet ışığında diyet vardı.*
> *Hadisler ışığında diyet vardı.*
> *Allah'ın isimlerini söyleyerek kilo vermeyi vaat eden vardı.*
> *Zikirle zayıflama vardı, göbek eriten hurma diyeti vardı.*
> *Sosyetik İslami diyetçiler türemişti. Şifalı bitkiler eşliğinde zikir teknikleri öneriyorlardı. Maneviyatı arttırıcı yemeklerden oluşan 40 günlük tefekkür diyeti tavsiye ediyorlardı. Fit kalabilmek için, edepli ve dua dolu beslenmemiz gerektiğini söylüyorlardı. "Diyet yaparken edilmesi gereken dualar listesi" verenler bile vardı.*
> *Tasavvufi beslenme vardı, Mevlevi beslenme vardı.*

Helal suşi vardı... Suşi zaten haram değil ama, bildiğin somon balığına, uskumruya, karidese, kalamara helal gıda sertifikası alıyorlardı, helal suşi oluyordu!
Helal zayıflama kampı vardı, helal SPA vardı.
İslami esaslara uygun masaj yapılıyordu.
Helal yağ yakıcı krem vardı, helal selülit kremi vardı.
Alkolsüz mojito vardı.
Alkolsüz Aperol vardı.
Helal Bellini vardı.
Helal pasta tarifleri vardı.
Helal tiramisu vardı, helal Waffle vardı.
Dindar nesillerle yeni Türkiye kuracağız diyorlardı.
Türkiye eskisi gibi yerinde duruyordu ama, olan dinimize olmuştu.)

Merkez Bankası başkanı Murat Çetinkaya görevden alındı.
Yerine, yardımcısı Murat Uysal atandı.
Tayyip Erdoğan sebebini izah etti.
"Baktık adam laf dinlemiyor, görevden aldım" dedi.
Merkez Bankası'nın bağımsızlığı (!) işte bu kadardı.

Merkez Bankası'nın olağanüstü durumlar için ayırdığı ihtiyaç akçesi, Türkiye'nin kefen parası, Hazine'ye aktarıldı. Merkez Bankası'nın kasasında artık tek kuruş kalmamıştı, eksi rezerve düşülmüştü.

Ali Babacan AKP'den istifa etti.
AKP kurucularından biriydi.
AKP iktidarının ekonomi kurmayıydı, 13 yıl bakanlık yapmıştı.
Yol ayrımıydı... AKP'yle cemaat yol ayrımına girdiğinden beri, AKP gövdesi çatırdıyor, yepyeni bir şekil alıyordu.

Ahmet Davutoğlu AKP'den istifa etti.
AKP genel başkanıydı.
AKP başbakanıydı.
Şimdi?
"Ak Parti artık ak değil" diyordu.

(Ayrı ayrı parti kuracaklar, Kılıçdaroğlu'yla ittifak yapacaklardı, partilerini CHP seçmenlerinin oylarıyla CHP listesinden Meclis'e

taşıyacaklardı. AKP'nin günahlarıyla hesaplaşılacağını zanneden CHP seçmenleri, "helalleşme" denilen guguk kuşu operasyonuyla, AKP günahlarının ortağı olan AKP kurucularını, AKP bakanlarını kendi elleriyle Meclis'e sokacaklardı.)

(AKP yandaşı Star ve Akşam gazetelerinden ayrılan bir grup gazeteci, 2016 yılında Karar gazetesini kurmuşlardı. Ahmet Davutoğlu'nun gazetesi olarak tanınıyorlardı. Yıllarca Tayyip Erdoğan'ı ve AKP'yi alkışlamışlardı, 2016'dan itibaren AKP muhalifi oluvermişlerdi.
İbrahim Kiras, Elif Çakır, Hakan Albayrak, İbrahim Kahveci, Mehmet Ocaktan, Mustafa Karaalioğlu, Yıldıray Oğur gibi gazetecilerdi. Yıllarca Atatürkçü gazetecileri ve CHP'yi yerden yere vurmuşlardı, kumpas dönemlerinde AKP değirmenine su taşımışlardı.
Aralarında Akif Beki de vardı. Yetmez ama evet'çiydi. Şimdi adeta günah çıkarıyordu, Karar gazetesindeki köşesinde "hayal kırıklığına uğradıklarını" yazıyordu, "ben dahil yetmez ama evetçiler, demokratikleşme umuduna tav olmuştuk, verdiğimiz destek fetö'nün kadrolaşmasına yolaçtı, paralel yargı kurulmasıyla sonuçlandı" diyordu. Tayyip Erdoğan gibi "kandırıldık" demeye getiriyordu.
Kandırıldık demeye getiren Akif Beki, aslında sadece gazeteci değildi, 2005-2009 yılları arasında Tayyip Erdoğan'ın hem danışmanıydı, hem basın sözcüsüydü, AKP'nin işine gelmeyen gazetecilere yasak uyguluyor, başbakanlık binasına bile sokmuyordu.
Akif Beki'nin "Erdoğan'ın Harfleri" adında kitabı vardı. AKP iktidara gelir gelmez 2003 yılında yazmıştı. Musa peygamber'le Tayyip Erdoğan arasında benzerlikler kuruyor, bir takım dinsel simgeler kullanıyor, Tayyip Erdoğan'ı "kutsal kurtarıcı" olarak sunuyordu.
Şimdi bu Akif Beki muhalif olmuştu!
Pek yakında CHP'nin yandaş televizyonları Halk Tv'de ve KRT'de bile ekrana çıkarılacak, program yaptırılacak, Kılıçdaroğlu'nu övecekti.)

Rusya'dan S-400 aldık.
4 adet bataryaydı, her bataryada 30 füze vardı.
2.5 milyar dolardı.
İlk parçaları geldi, Ankara Mürted Üssü'ne indirildi.
Türkiye S-400 alan ilk NATO ülkesi olmuştu.
Şak...
Beyaz Saray resmi olarak açıkladı.
Türkiye, F-35 programından çıkarıldı.

(S-400 nedir derseniz?
Soğuk savaş dönemiydi, ABD'nin U2 isimli casus uçakları vardı.
Uydu teknolojisi henüz bugünkü seviyesinde değildi, CIA'in talebi üzerine geliştirilen bu uçaklar, 24 bin metre irtifaya, stratosfer'e kadar çıkabiliyordu, pilotları astronot kıyafeti giyiyordu, radara yakalanmıyordu, havada 12 saat kalabiliyordu, gelişmiş optik cihazlarıyla Sovyet toprakları üzerinde fotoğraflama yapıyordu.
U2'lerin konuşlandığı ülkelerden biri, elbette Türkiye'ydi.
1956'dan beri İncirlik'ten inip kalkıyordu.
1 Mayıs 1960... CIA pilotu Francis Gary Powers'ın kullandığı U2 uçağı, İncirlik'ten havalandı, İran'a geçti, Pakistan'a geçti, Ural Dağları'ndaki balistik füze merkezi Sverdlosk'u ve uzay üssü inşaatına başlanan Plesetsk'ı görüntülemek üzere Sovyet topraklarına girdi.
Pilot gayet rahattı.
Radarda görünmüyordu.
Zaten, bu yüksekliğe ulaşabilen silah yoktu.
İstedikleri gibi cirit atıyorlardı.
Bumm!
Sverdlosk üzerindeyken, yerden fırlatılan füze, U2'yi vurdu.
Tarihte ilk'ti.
Hem radarda görmüşler, hem vurmuşlardı.
O füze, S-400'ün dedesi S-75'ti.
ABD'nin U2 gibi casus uçaklar geliştirmesi, Türkiye, Pakistan, Norveç gibi ülkeleri havaalanı olarak kullanabilmesi, Sovyet yönetimini yüksek irtifa hava savunma sistemi geliştirmeye yöneltmişti.
O güne kadar, Sovyet toprakları üstü açık kutu gibiydi.
Sınırlarını karadan ve denizden duvar gibi koruyorlardı ama, tavan açıktı, U2'ler vızır vızır dolaşıyor, kabak gibi fotoğraflıyordu.
Gökyüzünü kapatabilmenin tek yolu, yüksek irtifa hava savunma sistemiydi, Rus biliminsanları buna odaklanmışlardı.
Aslında o sırada S-75'ler henüz geliştirme aşamasındaydı.
Testler yapılıyordu. S-75'in radar sistemi U2'yi tespit edince, peş peşe 14 adet S-75 füzesi fırlatılmıştı. Casus uçağı tam denk

getirememişlerdi ama, uçağın yakınındaki patlamaların yarattığı şok dalgasıyla düşürmeyi başarmışlardı.
Pilot kurtarma koltuğuyla uçağı terketti, paraşütle Sovyet topraklarına indi, tutuklandı. 10 yıla mahkum edildi. İki yıl yattı. ABD'de yakalanan bir KGB casusuyla Berlin sınırında takas edildi.
Parantez içinde parantez açalım...
U2'nin CIA pilotuyla, New York'ta yakalanan KGB casusunun takas edilmesi, Steven Spielberg tarafından 2015 yılında "Casuslar Köprüsü" adıyla filme çekildi. Başrolünde Tom Hanks'in yeraldığı bu film, altı dalda Oscar'a aday gösterildi, KGB casusunu canlandıran Mark Rylance en iyi yardımcı erkek oyuncu Oscar'ı kazandı.
Eminim inanmakta güçlük çekeceksiniz ama, Casuslar Köprüsü filminin vizyona girdiği hafta, Türk savaş uçakları Suriye sınırında Rus savaş uçağını vurdu, Rus pilot öldürüldü. Bu tuhaf hamlemiz yüzünden, NATO ülkesiyken S-400 almamıza giden süreç başladı.
Elalem Oscar aldı, Türkiye figüran yapıldı!
Parantez içinde parantezi kapatalım, devam edelim...
U2 pilotuyla KGB casusunun 1962 yılında takas edilmesinden hemen sonra, Küba krizini tetikleyen hadise yaşandı. Küba'da konuşlanan S-75 füzesi, Küba üzerinde dolaşan U2 casus uçağını vurdu.
Bu defa tam denk getirmişlerdi, pilot hayatını kaybetti.
Böylece, Sovyetler Birliği, hava savunma sistemlerinde dünya liderliğini ele geçirmiş olduğunu, tesadüf olmadığını kanıtladı.
S-75 geliştirildi.
S-125 oldu.
S-200 oldu.
S-300 oldu.
En büyük kabiliyeti "radar"ıydı.
Füzeleri pek çok ülke geliştirebiliyordu ama, Sovyet hava savunma sisteminin mucizesi, S serisi füzelerin hedef algılama radarıydı.
200 metre yükseklikten uzaya kadar tarayabiliyordu.
Gel gör ki...
200 metrenin altı, o güne kadar kimsenin aklına gelmemişti.
28 Mayıs 1987... Henüz 18 yaşındaki Alman vatandaşı Mathias Rust, amatör pilottu, sadece 50 saat uçmuştu, brövesini yeni

almıştı. Cessna 172 tipi, tek motorlu, küçücük bir uçak kiraladı. Hamburg'tan havalandı. Faroe Adaları'na indi, yakıt ikmali yaptı. İzlanda'ya indi, yakıt ikmali yaptı. Norveç'e indi, yakıt ikmali yaptı. Finlandiya'ya indi, yakıt ikmali yaptı. Finlandiya'da kuleye "İsveç'e gideceğim" dedi, havalandı.

Tık!

Telsizini kapattı.

100 metreye kadar alçaldı. Bu irtifada Estonya kıyılarını takip ederek, Sovyet topraklarına girdi. Daha da alçaldı. Yerden sadece 50 metre yükseklikte uçarak, taaa Moskova'ya ulaştı.

Kremlin'in burnunun dibine, Kızıl Meydan'a indi!

Ruslar şoke olmuştu.

Dünya basınında yer yerinden oynadı.

Aşılması imkansız kabul edilen, dünyanın en etkileyici hava savunma sisteminin açığı ortaya çıkmıştı. "Demirperde" delinmişti.

Sovyetler alay konusu oldu.

Savunma bakanı istifa etti. Hava kuvvetlerinde ve KGB'de 100'den fazla üst düzey görevli istifa etmek zorunda kaldı.

Peki, henüz 18 yaşında olan bir maceraperestin böylesine imkansız bir sansasyonu başarabilmesi mümkün müydü?

Mümkün değildi.

Sadece 50 saatlik uçuş tecrübesi olan amatör bir pilotun, kimseden yardım almadan, tecrübeli pilotların bile korkulu rüyası olan Kuzey Denizi'ni aşabilmesi, buzlanmalardan fırtınalardan kafasına göre geçebilmesi mantıklı değildi.

Almanya gibi sağlamcı bir devlet sisteminin, Alman uçak şirketinin, sadece 50 saat uçmuş bir amatöre binlerce kilometrelik uçuş için uçak kiralaması mantıklı değildi.

Üstelik, bu uzuuun uçuş için dört kişilik uçaktaki koltuklar çıkarılmıştı. Koltukların yerine yedek yakıt depoları monte edilmişti. Yedek depoların çalışabilmesi için elektrikli pompa yerleştirilmişti. Bir amatörün bu hassas teknik işlemleri yapabilmesi mümkün değildi.

KGB'ye göre, dört dörtlük CIA operasyonuydu.

Maceraperest amatör pilot maşa olarak kullanılmıştı.

Zamanlama da cuk oturuyordu.

ABD başkanı Reagan'la Sovyetler Birliği lideri Gorbaçov arasında, orta menzilli nükleer füzelerin imhası için görüşmeler yapılıyordu.

ABD yönetimi kendisinin başlattığı "yıldız savaşları projesi"nden vazgeçmeden, Sovyetler'i taviz vermeye zorluyordu.
O küçücük uçak, Sovyetler'in gardını düşürmüştü.
Rejimin yıkılışına giden süreçte son yumruktu.
"Dünya barışı için bu işi yaptım, Gorbaçov'un elini sıkmak için buraya indim" diyen Alman pilot Mathias Rust tutuklandı. Dört yıl hapse mahkum edildi. Bir yıl sonra Gorbaçov'un jestiyle serbest bırakıldı.
Şu anda Berlin'deki Alman Teknik Müzesi'nde sergilenen o küçücük uçak, Sovyetler'in yıkılışını hızlandırmakla kalmadı, hem Rusya'nın hava savunma sistemlerini değiştirmesine, hem ABD'nin füze sistemlerini değiştirmesine yolaçtı.
Pentagon, radarlara yakalanmadan Moskova'ya kadar ulaşabilmek için, yeryüzü şekillerini takip ederek 20-30 metre yükseklikten bile gidebilen, pilotsuz uçak tabir edilen Cruise füzelerini geliştirdi.
Rusya ise, hava sahasında bir santimlik boş alan bile bırakmamak için, S serisi hava savunma kalkanına odaklandı, S-400'ü üretti.
S-400'ler Amerikan Patriot'larından katbekat üstün hale getirildi.
İki misli menzile sahip.
İki misli hıza sahip.
Hedefi 600 kilometrede tespit ediyor, 400 kilometrede vuruyor.
S-300'ler seyir füzelerini yakalayamıyor.
S-400'lerden kaçamıyor.
Çünkü füzeden ziyade radarı geliştirilmişti.
S-300 radarının göremediğini S-400 radarı görüyordu.)

(S-400 işte buydu.
Türkiye'nin işte bu yüzden S-400 alması tuhaftı.
S-400'ün yazılımı NATO silahlarını düşman hedefi olarak algılıyordu. Yanlış hedef vurmamak için S-400'lere NATO yazılımı yüklememiz lazımdı. Amerikan yönetimi F-35'leri bize verirse, kendi uçaklarımızın, yani "hayalet uçak F-35"lerin elektronik bilgilerini S-400'e yüklemek zorundaydık. Bu yazılımı verirler miydi?
Füze dediğin, radar dediğin, savaşların kaderini belirliyordu.
Dünya dengelerini altüst edebilecek seviyede kararlardı.
Belediye otobüsü almaya benzemiyordu!)

(F-35 nedir derseniz?
F-104'ler ikinci nesil savaş uçağıydı.
F-4'ler üçüncü nesildi.
F-16'lar dördüncü nesildi.
F-35'ler beşinci nesil.
Uçak mühendisi olmamıza gerek yoktu, ortalama zeka yeterliydi, F-16'lar her özelliğiyle F-35 çağının gerisindeydi.
F-35'lerde sekiz milyon satır bilgisayar kodu var. Bu ne anlama geliyor? Kendisine yönelik tehditleri tanımlarken, F-16'lara göre neredeyse yüz kat fazla parametre kullanabiliyor.
F-16'nın radar kesit alanı dört metrekareyken, F-35'in radar kesit alanı 0.005 metrekare... Biz fanilerin karmaşık teknik konuları kolayca kavraması için şu örneği veriyorlar, güvercinin radar kesit alanı bile 0.01 metrekare, yani, F-35 radarda güvercinden bile az görünüyor!
F-16 brandasız kamyonet gibi, ne taşıdığını görüyorsun, F-35'in silah yükü ise, dışardan görünmüyor, gövdesinin içinde saklı duruyor. Bu yekpare tasarımı, radar izini azaltıyor.
F-35'in varsa, Ege Denizi'nde "it dalaşı" yapmana gerek kalmıyor. Çünkü, F-16'lar F-35'i anca 32 kilometre mesafede tespit edebiliyorken, F-35'ler F-16'yı tee 180 kilometre mesafedeyken algılıyor. Sen onu görmüyorsun, o seni çoktaaan görüyor.
Hedefe yaklaşmıyor, hedefi de kendisine yaklaştırmıyor.
F-35'in sensorları, uçağın adeta bir küre gibi koruma kalkanının tam ortasında uçmasını sağlıyor, kendisine yönelen füzeleri/uçakları o kadar erken farkediyor ki, F-35'e yaklaşabilmek imkansız oluyor.
İşte bu yüzden, F-16'yla F-35'i anca havacılık fuarında yerde park halinde dururken yan yana görebilirsiniz, havadayken imkansızdır.
F-35 bu teknolojik üstünlüğüyle "bilekli pilot" dönemini sona erdiriyor. Dünyanın en iyi savaş pilotlarına sahip olmamız, F-35'e sahip olan ülkelere karşı anlam ifade etmiyor.
F-35 havadayken "karargah" görevi üstlenebiliyor. Kendi ülkesinin fırlattığı balistik veya seyir füzesinin kontrolünü havadayken devralabiliyor, bu füzeleri istediği gibi yönlendirebiliyor.
Kendisinin tespit ettiği hedefi, kendi ülkesinin savaş gemisinin ekranına aktarıp, gemiden atış gerçekleştirebiliyor.
İnsansız hava aracı sürülerine çobanlık yapabiliyor, üçlü kol halinde havalanan iha'ları devralıyor, istediği gibi yönlendirebiliyor, hedefini iha'larla uğraştırırken, kendisi başka hedefe yönelebiliyor.
F-35 çok daha fazla yakıt alabiliyor, bu sayede, F-16'ya göre üç misli büyüklüğünde harekat yarıçapına sahip oluyor.

Başka?
F-35'in sadece müşterisi değildik, ortağıydık.
ABD, İngiltere, İtalya, Hollanda, Kanada, Avustralya, Norveç ve Danimarka'yla birlikte, dokuz ortağından biriydik.
90'lı yılların başından itibaren yürüttüğümüz saygın diplomasi sayesinde ortak olmaya hak kazanmıştık.
1993 yılında Bosna'da, 1999 yılında Kosova'da NATO'nun hava harekatlarına fiilen katılarak, ortaklığımızı perçinlemiştik.
Her ortak ülke, F-35'in geliştirilmesi için harcanan paraya katkıda bulunmuştu; Türkiye'nin sağladığı maddi katkı, Kanada, Avustralya, Norveç ve Danimarka'dan fazlaydı.
3.400 adet üretilecekti.
İlk etapta bunların 100 tanesini biz alacaktık.
Ama maalesef... F-35'lerin ortağı olmamızı sağlayan komutanlarımızı, pırıl pırıl subaylarımızı, Ergenekon/Balyoz kumpaslarıyla kendi ellerimizle hapse tıktık, imha ettik. Kurmay zekasız kaldık.
E tabii, kaçınılmaz olarak, dünyanın en saçma kararlarını almaya başladık, Rusya'dan S-400 satın alarak, bir çuval inciri berbat ettik.
F-35 ortaklığından atıldık.
F-35'in müşterisi olma hakkından bile atıldık.
F-35'ler için 1.4 milyar dolar ödemiştik.
O paraya karşılık, ABD'nin F-16'larımızı modernize edeceği söyleniyordu. Halbuki... ABD'nin F-16'larımızın modernizasyonu için bize çıkardığı fatura yedi milyar dolardı!
Yani, hem F-35'lerimizi vermiyorlar, hem 1.4 milyar dolarımızı geri vermiyorlar, hem üste 5.6 milyar dolar istiyorlardı!
Başka?
F-35'lerin ortağı olarak, F-35'lere parça üretiyorduk.
Özel sektörümüz, devletin talimatıyla bu işe girmişti, milyonlarca dolarlık yatırım yapmıştı, F-35 için fabrikalar kurulmuştu.
Hepsi çöp oldu.
Devlet talimatıyla bu işe girişen sanayicilerimiz ortada kalakaldı.
Başka?
F-35'lerimiz Malatya Erhaç'ta konuşlanacaktı.
Tee 2017 yılında 7'nci Ana Jet Üs Komutanlığı'nda özel tesisler inşa edilmişti, o günkü döviz kuruyla 125 milyon dolar ediyordu.
Bu para da haybeye harcanmış oldu.)

(Şimdi daha sıkı durun lütfen...
F-35'in A versiyonu, karadaki pistlere inip kalkıyordu.
F-35'in B versiyonu, kısa mesafeli kalkış özelliğine sahipti.
Yani?
Landing Platform Dock tabir edilen "havuz platformlu çıkarma gemileri"ne iniş kalkış yapabiliyordu.
Normalde sadece helikopter taşıyabilen bu tür havuzlu çıkarma gemileri, F-35'ler sayesinde uçak gemisi haline geliyordu.
Peki bundan bize ne derseniz?
S-400'ü alıp F35'leri kaybettiğimiz sırada, TCG Anadolu adıyla tarihteki ilk havuzlu çıkarma gemimizin inşaatı sürüyordu.
232 metre boyundaki geminin burnunda "ski jump" adı verilen 12 derece eğimli rampası vardı.
Türkiye ilk etapta 100 adet F-35A alacaktı.
Hemen peşinden, 32 adet F-35B alacaktı.
Yani?
TCG Anadolu, Türkiye'nin ilk uçak gemisi olacaktı.
Ancak, F-35 projesinden atıldık.
TCG Anadolu artık anca helikopter taşıyabilecekti.
Özetle, S-400'leri satın alarak, sadece F-35'leri kaybetmekle kalmamıştık, uçak gemimizi de kaybetmiştik.
Hayaldi gerçek oldu diyorlardı.
Aslında, gerçekti hayal olmuştu!)

Yandaş medya bir yıl önce bangır bangır manşet atmıştı.
"Yerli ve milli helikopter yaptık, Pakistan'a 30 adet Atak helikopteri sattık, 1.5 milyar dolarlık helikopter ihracatı yaptık" diye bağırmışlardı.
O helikopterleri ihraç edemediğimiz ortaya çıktı.
Tek sütun bile yazmadılar!

> *(Yerli ve milli denilen helikopterimiz, yerli ve milli kaportadan ibaretti. Motorunu Amerikan Honeywell'le İngiliz Rolls Royce üretiyordu. S-400 aldığımız için ambargo uyguladılar, motorları bize vermediler, motor olmayınca bizim yerli ve milli kaporta uçamıyordu. Bu yüzden bizimkiler Fransa ve Polonya'dan fellik fellik motor arıyordu, Fransa veya Polonya'dan motor alabilirlerse yerli ve milli (!) helikopteri tamamlayacaklardı.*

Ama, küçük bir pürüz daha vardı... Pakistan'a gene satamayacaklardı. Çünkü, Fransa ve Polonya motorları Himalaya yüksekliğinde uçamıyordu. Himalaya'da uçamayan helikopteri Pakistan ne yapsın?)

(Ankara anlamakta güçlük çekiyordu ama, hazin bir gerçek vardı... Türkiye taa Demokrat Parti döneminde NATO'ya girdiği için, bizimle hiç alakası olmayan bir savaşa katılarak, sırf ABD istediği için Kore'ye asker gönderdiği için, sonrasında Soğuk Savaş döneminde yine ABD'nin yanında yeraldığı için, Washington'ın, Pentagon'un nazarında "sadık ülke" konumundaydı. 50'li yıllardan itibaren ABD'yi yöneten tüm kadrolarda Türkiye sempatisi vardı.
Ancak... 2003 yılında Irak tezkeresinin reddedilmesi, ABD'nin Türkiye'ye bakışını kökünden değiştirmişti. 2003 yılından itibaren Washington'ın, Pentagon'un nazarında Türkiye antipatik ülke haline gelmişti. S-400 meselesi bunun tuzu biberiydi. ABD'nin mevcut yönetici jenerasyonu artık Türkiye'nin dostu değildi.)

Halkbank davasının tek sanığı olarak, 28 aydır ABD'de tutuklu bulunan Hakan Atilla, serbest bırakıldı, yurda döndü. VIP çıkışında hazine ve maliye bakanı Berat Albayrak tarafından karşılandı.
Şak, Borsa İstanbul genel müdürü yapıldı.
Kimseyi suçlamadan uslu uslu yattığı için teşekkür müydü?
Ödül müydü?

Boris Johnson, İngiltere başbakanı oldu.
İngiliz kuklası vatan haini gazeteci Ali Kemal'in torunuydu.
Dedesi, padişahın dahiliye nazırıydı.
Torunu kraliçenin sadrazamı oldu.

Suriye'den tabut üstüne tabut geliyordu.
"Reis bizi Afrin'e götür" sloganının mucidi olan AKP gençlik kolları başkanı 18 günlük "bedelli" askerliğini tamamladı. Bence kuru kuruya tezkereyle ayıp etmişlerdi, madalya takılmalıydı!

Yurtdışı çıkış harcı 15 liradan 50 liraya yükseltildi.
Memleket dingonun ahırına dönmüşken, sınırlarımız kevgire dönmüşken, dünyanın bütün milletleri kaçak olarak Türkiye'ye giriyorken, biz Türkler yurtdışına çıkmak için üste para ödüyorduk!

Kurban bayramı geldi.
Türkiye'deki kaçak Suriyeliler bayram tatili için akın akın Suriye'ye geçtiler, bayramdan sonra geri döndüler. Kaçak oldukları için, pasaportları bile olmadığı için yurtdışı çıkış harcı ödemiyorlardı.
Türkiye'ye girip çıkmak sadece biz Türkler için sorundu!

---

15 Temmuz darbe girişiminin siyasi ayağıyla ilgili soru önergesi verildi, cevap verilmedi. Muhsin Yazıcıoğlu'nun şüpheli ölümüyle ilgili soru önergesi verildi, cevap verilmedi. Soma faciası soruluyor, Yunanistan'ın işgal ettiği adalar soruluyor, Binali Yıldırım'ın çocuklarının şirketleri soruluyor, uyuşturucu soruluyor, kadın cinayetleri soruluyor, tarikat yapılanmaları soruluyor, bunların hiçbirine cevap verilmiyordu. Cumhurbaşkanlığı İletişim Merkezi'ne "menemen soğanlı mı yapılır, soğansız mı yapılır?" diye soruldu. Cumhurbaşkanlığımız hiç bekletmedi, "soğansız" diye cevap verdi!

Kazdağları.
Tee 1993 yılından beri milli park'tı, koruma altındaydı. Siyanür kullanarak altın madeni işletsin diye Kanadalı şirkete peşkeş çektiler, 195 bin ağaç kesildi, zümrüt ormanlar çöle döndü.
Salda Gölü.
İki milyon yaşındaki doğal SİT alanıydı, bilimsel ve arkeolojik çalışmalar dışında el değmemesi gerekiyordu. Millet Bahçesi ayaklarıyla inşaat alanına çevirdiler, iş makinelerini soktular.
Alpu Ovası.
Eskişehir'in tarımsal SİT alanıydı, "tarım ve hayvancılık amaçları dışında hiçbir yatırım yapılamaz" diye koruma kararnamesi vardı.
Termik santral dikmeye çalışıyorlardı.
Kuzey Ormanları.
İstanbul'daydı, üçüncü köprü ve üçüncü köprünün çevre otoyolunu yapabilmek için, rant alanları yaratabilmek için, 13 milyon ağaç kesildi, kuşların göç yolları bile bozuldu.
Cerattepe.

Artvin cennetiydi, dünyanın 100 doğal ormanından biriydi, Kafkas ekosisteminin Türkiye'deki tek uzantısıydı, buzul çağından beri orada yaşayan bitkiler vardı. Yandaş müteahhite peşkeş çektiler, ormanı katledip, siyanürle bakır madeni işletsin diye dayatıyorlardı.
Akkuyu.
Akdeniz'in incisiydi. Nükleer santral diktiler.
Munzur Dağları.
Komple maden sahası ilan ettiler.
Dünyanın nazar boncuğu olarak tanınan Meke Gölü, kurudu.
Flamingoların en sevdiği yerdi, Akgöl kurudu. Nasreddin Hoca'nın maya çaldığı Akşehir Gölü kurudu, onda birine kadar küçüldü. Tuz Gölü, tuzluk kadar kaldı. Amik Gölü kurudu. Eber Gölü haritadan silindi. Tecer Gölü kurudu. Sera Gölü bataklık oldu. Bilinçsizlik facialarıydı, yeraltı sularının bilinçsiz kullanımı sonucuydu.
Akılla bilimle, kültürle sanatla, tarih şuuruyla, doğa sevgisiyle, yurtsever vizyonla kurulan ülkemiz, örgütlü cehaletle imha ediliyordu.

1923 yılından 2003 yılına kadar, yani, Cumhuriyet'in ilanından AKP'nin iktidara gelmesine kadar, bin 168 maden ruhsatı verilmişti. Peki, 2003'le 2018 yılları arasında AKP hükümeti tarafından kaç maden ruhsatı verildi biliyor musunuz... 149 bin 965!
Yanlış okumadınız, 149 bin 965 maden ruhsatı verildi.

(AKP hükümeti işbaşına gelir gelmez, 2004 yılında "maden yasası" çıkardı. Yağma yasası denilseydi, daha doğru olurdu. Çünkü bu yasayla "sömürge madenciliği"nin önü açıldı.
Doğa, insan, bilim gibi engeller (!) ortadan kaldırıldı.
Ormanlar, meralar, zeytinlikler, su havzaları, milli parklar, hatta SİT alanları maden şirketlerine sunuldu. İnanmakta güçlük çekeceksiniz ama, Ayvalık'ta örneği vardı, plaja bile maden işletme izni verildi.
Konya'yı kazan Amerikalı vardı.
Balıkesir'i kazan İngiliz vardı.
Erzincan'ı kazan Avustralyalı vardı.
Cayman Adaları teee Karayipler'de, kara paracıların vergi cenneti, işte o Cayman adalarından gelip, Karadeniz'i kazan şirket vardı.
İzmir'i kazan Kanadalı vardı.
Mardin'i kazan İngiliz vardı.
Uşak'ı kazan Amerikalı vardı.

Altın, gümüş, bakır, krom, nikel, bor, ne bulurlarsa götürüyorlardı. Hollandalı, Alman, İsviçreli, Belçikalı, Fransız, Rus, Çinli, İspanyol, Macar, Portekizli, Danimarkalı, İtalyan, Hintli, Sinpagurlu, Güney Koreli şirket vardı, Türkiye'yi kazmayan ülke kalmamıştı.
Suudi vardı. İsrailli vardı. Yunan vardı.
Türkiye'de maden ruhsatı alan Suriyeli şirket vardı!
2018 yılı itibarıyla, yerlileri saymıyorum, sırf yabancı şirketlerin Türkiye'de sahip olduğu maden alanı 200 bin kilometrekareye ulaşmıştı. Türkiye topraklarının dörtte biriydi.)

Milli Piyango, varlık fonuna devredildi.
Satmak üzere ihale yapıldı, teklif veren dört grup vardı.
Hokus pokus, üç grup aniden çekildi.
Milli Piyango cillop gibi Demirören'in oldu.

Doktorları "icra"dan sattılar!
Özel hastane haczedildi, hekim kadrosu satışa çıkarıldı.
İcra dairesi "taşınır mal" ibaresiyle açık artırma ilanı verdi.
"Aşağıdaki cins ve miktardaki mallar satışa çıkarılmıştır" denildi.
Satışı yapılacak "cins"ler arasında, genel cerrah, kardiyoloji, ortopedi, kulak burun boğaz, kadın doğum, göz doktoru vardı. Çocuk doktorunu 55 bin liraya veriyorlardı. Beyin cerrahını 44 bin liraya bırakıyorlardı.
Pratisyen 22 bin liraydı.
Kelimenin tam manasıyla AKP icra'atıydı.

(Yandaş gazete manşetlerinde ekonominin şahlandığı yazıyordu ama, aynı gazetelerin iç sayfaları "icradan satılık" ilanlarıyla doluydu. İcradan satılık gemi vardı, icradan satılık stadyum vardı, icradan satılık otopark vardı, icradan satılık anaokulu vardı, icradan satılık düğün salonu vardı, icradan satılık lokanta vardı, icradan satılık otel, ev, tarla, arsa, otomobil, ganiydi.
2018 itibarıyla Türkiye'de 900 icra dairesi vardı.
Sırf İstanbul'da 62 icra dairesi vardı.
Hacze yetişemiyorlardı.
AKP iktidara geldiğinde, 2002 yılında toplam sekiz milyon icra dosyası vardı, 2018 yılında 21 milyon icra dosyası vardı.
İcradan satılık kerhane bile vardı... Bankadan 10 yıl vadeli kredi çeken kerhanecinin, işler kesat gidince taksitleri ödeyemediği,

bu yüzden icralık olduğu ortaya çıktı. Adalet Bakanlığı'nın resmi internet sitesindeki icra ilanında, kerhanenin fotoğrafları yayınlandı.
İcradan satılık yarış atı vardı, icradan satılık deve vardı, balık çiftliği vardı, tavuk çiftliği vardı, icradan satılık köpek vardı, buzağı vardı, güvercin vardı. Güvercinlerin öyküsü ekstra trajikti... Bir banka veznedarı zimmetine iki milyon lira geçirmiş, kaçmış, bir süre sonra yakalanmıştı, zimmet paralarıyla iki bin adet güvercin aldığı ortaya çıkmıştı, güvercinler icradan satıldı.
İcradan satışa çıkarılan fabrikaları yazmaya kalksak, bu kitabın ansiklopedi ebatlarında basılması lazımdı, o kadar çoktu.
İcradan köy satıldı... Uşak'taydı, tarım kredisi çekmişler, taksitleri ödeyememişler, borcu kapatmak için birbirlerine kefil olup yeni kredi çekmişler, onu da ödeyememişlerdi, 36 haneli köyün 32'sine haciz geldi, beş ev mühürlendi, traktörlere el konuldu, tarlalar icradan satıldı.
İcradan satılan cami vardı.
Diyanet'e sordular.
"İcradan mal edinmek caizdir" fetvası verdi!
İcradan satılan mezarlık vardı. Ankara'da icradan tabut satıldı. Kars'tan Ardahan'a cenaze taşıyan cenaze arabası, trafik kontrolünde durduruldu, hacizli olduğu anlaşıldı, cenaze arabası bağlandı, yediemin otoparkına çekildi. Çorum'da türbeye haciz konuldu.)

Tayyip Erdoğan "Suriye'ye gireceğiz" dedi.
E, zaten Suriye'de değil miydik?
"Barış Pınarı harekatıyla güvenli bölge kuracağız" dedi.
Şak... Beyaz Saray açıklama yaptı.
"Başkan Trump'la Tayyip Erdoğan görüştüler, Türk ordusu Suriye'nin kuzeyine girecek, Amerikan güçleri artık IŞİD'in halifelik ilan ettiği bölgelerde bulunmayacak, ABD yıllardır büyük maliyete sebep olan IŞİD mahkumlarını artık elinde tutmayacak, bundan böyle yakalanıp tutuklanmış olan IŞİD'lilerden Türkiye sorumlu olacak" denildi.
Şak... Trump tweet attı. "Avrupa'nın geri almayı reddettiği IŞİD savaşçılarını, Türkiye mutlaka almalı, söylediklerimin dışına çıkarsanız, Türkiye ekonomisini imha ederim" dedi.
Yani?

Ortalama zekaya sahip herkesin bir defada okuyup anlayacağı kadar netti... PKK'ya karşı güvenli bölge kuracağız lafları hikayeydi. Çok sayıda Avrupa vatandaşı IŞİD'li mahkum vardı, Avrupa ülkeleri bunları geri almıyordu, kuzey Suriye'deki cezaevlerinde ve kamplarda tutuluyorlardı. Bunlara gardiyanlık yapmaya gidiyorduk!
Amerikan askerlerini orada tutmak pahalıya geliyordu, Mehmetçik ucuzdu, Amerikan vatandaşlarının vergi yükünü hafifletmek için gidiyorduk!
Barış Pınarı Harekatı aslında buydu.
Fetih Suresi okuyarak, mehter marşı eşliğinde Suriye'ye girmiştik ama, aslında IŞİD bize kakalanmıştı, PKK'ya dokunulmayacaktı.

(AKP hükümeti her gün vize müjdesi veriyordu, Pakistan'la vizeleri kaldırdık, Bangladeş'le vizeleri kaldırdık, Afrika'yla vizeleri kaldırdık filan deniyordu, sayın ahalimiz pek seviniyordu.
AKP hükümeti her gün THY müjdesi veriyordu, Afrika'nın şu ülkesine uçuyoruz, Afrika'nın bu ülkesine uçuyoruz falan deniyordu, sayın ahalimiz gurur duyuyordu.
Kimse merak etmiyordu... Köktendinci terör sorunu yaşayan ülkelerle vizeleri niye kaldırıyorduk? THY bu tuhaf Afrika ülkelerine uçmaya başlarken, British Airways'in, Lufthansa'nın, Air France'ın hiç kafası çalışmıyor muydu, onlar niye oralara uçmuyordu?
Sayın ahalimiz bu tür mevzuları hiç merak etmediği için, dünyanın dört bir yanından binlerce ruh hastası köktendinci terörist –vizesiz- Türkiye'ye getirildi, bizim topraklarımızdan Suriye'ye sokuldu.
Suriye'yi parçalamaya çalışan emperyalist ülkeler, kimin kimi soktuğu belli olmayan "eşekarısı kovanı" yaratmıştı.
Avrupa ülkelerinin istihbarat servisleri, kendi ülkelerinde ruh gibi takip ettikleri köktendinci militanları, Suriye'ye yönlendirmişti, teşvik etmişlerdi, Türkiye'ye gitmelerini sağlamışlardı.
Hem kendi ülkelerinde yuvalanan köktendinci teröristlerden kurtulmuşlar, hem de hiç asker göndermeden, bu köktendinci teröristleri maşa olarak kullanıp, vekalet savaşı yürütmüşlerdi.
İçsavaşı körüklediler, yüzbinlerce insanın ölümüne sebep oldular, 10 milyon Suriyeli'yi mülteci haline getirdiler, sekiz milyon Suriyeli'nin Türkiye'ye girmesine sebep oldular, Suriye'de taş üstünde taş bırakmadılar, insanlık tarihinde görülmemiş vahşetler sergilediler.
Netice?

Başaramadılar, kaybettiler.
Emperyalist ülkeler Suriye topraklarından bir bir çekildiler.
Dünyanın dört tarafından getirilen köktendinci teröristlerden sağ kalanlar, insan enkazı olarak Suriye'de sıkışıp kalmıştı.
El Hol, Ayn İsa ve Roj kamplarında yüz binden fazla IŞİD militanı ve ailesi vardı. 20 bin civarında erkek terörist, 40 bin civarında kadın, 40 binden fazla çocuk vardı, çocukların çoğu 10 yaşından küçüktü.
Amerikan askerlerinin kontrolünde yedi hapishane vardı. Kimine göre 12 bin, kimine göre 17 bin civarında IŞİD'li bu hapishanelerde tutuluyordu. İnsan kafası kesen, insan yakan teröristlerdi.
IŞİD kamplarında 50'den fazla ülkenin vatandaşı vardı.
Avustralyalı, Finlandiyalı, Belçikalı, İngiliz, Fransız, Brezilyalı, Endonezyalı, Alman, Somalili, İtalyan, Hollandalı, Malezyalı vardı. Ortak lisanları Arapçaydı.
Kız bebelerinde bile tepeden tırnağa kara çarşaf vardı. Kadınlar peçeliydi, elleri bile görünmüyordu, siyah eldiven takıyorlardı. Kadınların kocaları hariç, erkeklerle konuşması yasaktı. 15 yaşındayken Suriye'ye geçip, örgütün kendisine koca olarak seçtiği militanla evlenenler vardı. Bir Alman militanın üçüncü karısıyken, kocası ölünce, sadece ismini bildiği, isminden başka hakkında hiçbir şey bilmediği Rus militanla evlenen Alman kadın vardı.
Yaralılar vardı, ağır hastalar vardı.
Hepsi nefret doluydu.
Örgütün radikal ideolojik eğitimi devam ediyordu.
Zemini çamur çadırlarda kalıyorlardı, kanalizasyon yoktu.
Kabus filmi çekilse, böylesi hayal edilemezdi.
Bunları hiçbir ülke geri almıyordu.
Almanya, Fransa, İngiltere gibi ülkeler, kendi vatandaşları olan militanları mecburen geri almamak için, vatandaşlıktan çıkarmışlardı.
Maliyet olarak ABD'nin üstüne kalmışlardı.
Bu maliyeti bize yıktılar.
"Güvenli bölge" denilen, işte buydu.)

Beyaz Saray'ın dediğini yaptığımız için tebrik bekliyorduk.
Trump, Tayyip Erdoğan'a mektup yazdı.
"Uysal ol" dedi.

"PKK'yla otur anlaş" dedi.
"Aptallık etme" dedi.
"Yoksa sizi mahvederim" dedi.
Türkiye Türkiye olalı böylesine aşağılanmamıştı.

Mektup şöyleydi... "Sayın başkan, iyi bir anlaşmaya varalım! Türk ekonomisini mahvetmekten sorumlu olmak istemem, ki bunu yaparım, rahip Brunson meselesi sırasında zaten bunun küçük bir örneğini gösterdim. Bazı sorunlarını çözmek için çok çalıştım, hayal kırıklığına uğratma. İyi bir anlaşma yapabilirsiniz, general Mazlum sizinle müzakere etmeye istekli ve geçmişte asla vermeyecekleri tavizleri vermeye de istekli, onun bana yazdığı mektubun bir kopyasını sana gönderiyorum. Bu işi doğru ve insancıl bir şekilde halledersen, tarih seni iyi hatırlayacaktır, iyi şeyler yaşanmazsa, tarih seni sonsuza dek bir şeytan olarak hatırlar. Sert adam olma. Aptallık etme. Seni daha sonra arayacağım!"
Skandal kelimesi bile hafifti.
Ağır kepazelikti.

(General Mazlum denilen, Suriyeli bir Kürt'tü. Çocukluğundan beri Abdullah Öcalan'la tanışıyordu, çocukluğundan beri Abdullah Öcalan'la fotoğrafları vardı. Aktif PKK mensubuydu. Öcalan yirmi yıl kadar Suriye'de yaşarken, yanındaydı. Öcalan yakalandıktan sonra Avrupa'da ve Kuzey Irak'ta faaliyet göstermişti. Suriye iç savaşı başlayınca, 2014 yılında, YPG/PKK'nın sözde generali olarak ortaya çıkmıştı, ABD'nin silah/istihbarat/taktik desteğiyle IŞİD'e karşı savaşmaya başlamıştı. Amerikan medyası tarafından sadece "meşru general" olarak değil, "siyasi muhatap" olarak sunuluyordu.)

(Bu işler olurken, CIA başkanı Gina Haspel'di. Tarihteki ilk kadın CIA başkanıydı. Aralıksız 34 yıldır teşkilatta görev yapıyordu. Akıcı derecede Türkçe konuşuyordu. Çünkü 1998-2001 yılları arasında Ankara'da görev yapmıştı, CIA istasyon şefi yardımcısıydı. Türkiye'de faaliyet gösterirken çok çok çok önemli iki gelişme yaşandı, Kenya'da saklanan Abdullah Öcalan 15 Şubat 1999'da bize teslim edildi, sadece beş hafta sonra, 21 Mart 1999'da Fethullah Gülen ABD'ye götürüldü. Birini verip, birini almışlardı. CIA başkanı tee o yıllarda Türkiye'de bu işleri çevirirken, MİT müsteşarımız henüz muhabere astsubayıydı.)

Tayyip Erdoğan cuma namazı için Çamlıca Camisi'ne gitti, imamın mikrofonunu aldı, cemaate konuştu, "küffara karşı şiddetli olacağız" dedi. Breh breh breh... "Küffara karşı şiddetli olmamızı Rabbim bize emrediyor" dedi. "Muhammed ümmetiyiz" dedi. Fetih Suresi'nden ayet okudu. "Biz müslümanlar birbirimize merhametli olacağız" dedi.

(Halbuki... ABD ordusu Irak'a girdiğinde, The Wall Street Journal gazetesine makale yazmıştı, Amerikan askerlerinin en az kayıpla evlerine dönmeleri için "dua ediyorum" demişti. Amerikan askerleri en az kayıpla evlerine dönmüştü ama, bir milyondan fazla müslüman Iraklı öldürülmüştü, müslüman Saddam asılmıştı.
Libya vurulurken, bizzat Fransa cumhurbaşkanının "haçlı seferi" dediği NATO koalisyonuna katılmıştı, 50 binden fazla müslüman Libyalı öldürülmüş, müslüman Kaddafi katledilmişti.
Mısır'da güya Müslüman Kardeşler'in yanındaydı ama, Amerikancı Sisi zaten hacı'ydı. Suriye'de desen, başından beri ABD'yle ittifak halindeydi, yarım milyondan fazla Suriyeli öldürülmüştü.
Allah'tan kafirlere karşı şiddetliydi yani.
Maazallah müslümanlara karşı şiddetli olsaydı, fenaydı!)

CIA ve Pentagon, IŞİD defterini kapattı.
IŞİD lideri Bağdadi öldürüldü.
IŞİD'in Suriye'de hayatta kalan militanlarını Türkiye'nin sırtına yıkmışlar, Usame bin Ladin formülünü uygulayıp, Bağdadi'yi kendileri temizlemişlerdi.
Elleriyle koydukları için, elleriyle koymuş gibi bulmuşlardı!

(Bağdadi öldürüldü, ertesi gün Tayyip Erdoğan açıkladı. "Bağdadi'nin hanımını, ablasını, eniştesini Suriye tarafında biz yakaladık" dedi. Tayyip Erdoğan'ın sırf bu açıklaması bile Barış Pınarı Harekatı'nın asıl hedefinin hangi örgüt olduğunu göstermeye yetiyordu!)

İngiliz istihbarat subayı James Gustaf Edward Le Mesurier, Karaköy'de Kılıçali Paşa Camisi'nin bitişindeki, duvarlarla çevrili, üç katlı evinin önünde ölü bulundu, pencereden düşmüş gibi görünüyordu.

Binbaşı rütbesindeki İngiliz istihbaratçı, dört yıldır Büyükada'da oturuyordu. Arada sırada, ofis olarak kullandığı, kapısı parmak iziyle ve şifreyle açılabilen Karaköy'deki evinde kalıyordu. Bir yıl önce evlendiği İsveçli eşi Emma Winberg, eşinin uyumakta güçlük çektiğini, olay gecesi saat 02.30'da uyku hapı aldığını, birlikte yatıp uyuduklarını söylemişti. Ama... Sabah namazı için camiye gelenler tarafından bulunan cesedin üzerinde gömlek ve pantolon vardı.

(48 yaşındaki İngiliz casus, Bosna'da, Kosova'da, Lübnan'da, Irak'ta, Filistin'de, Suriye'de görev yapmıştı. Suriye görevinden sonra İngiltere Kraliçesi tarafından "şövalye" nişanıyla ödüllendirilmişti.
Suriye'de algı operasyonları yürüten "Beyaz Miğferliler" grubunu kurduğu için, Rusya tarafından deşifre edilmişti.
Beyaz Miğferliler, kafalarına beyaz baret takarak, güya kendi hayatlarını tehlikeye atarak, Rusya ve Şam rejiminin bombaladığı bölgelerde hayat kurtaran, gönüllü bir sivil yardım kuruluşu gibi, arama kurtarma derneği gibi gösteriliyordu. Halbuki, İngiliz ve Amerikan istihbarat teşkilatlarının figüranıydılar.
"Kimyasal silah kullanıldı, bebekler öldürüldü, okul bombalandı" gibi, tezgahlanmış yalan haberlerle, Rusya'yı dünya kamuoyunda zor durumda bırakmayı amaçlayan, istihbarat faaliyetiydi.
Karaköy'de ölü/öldürülmüş halde bulunan İngiliz casusu, maşa olarak kullanılan bu örgütü, 2013 yılında İstanbul'da kurdu.
ABD 33 milyon dolar verdi.
İngiltere 39 milyon pound verdi.
Üç bin Suriyeli'den oluşuyordu.
Dubai merkezli bir güvenlik şirketi tarafından eğitildiler, sonra da Hollanda merkezli bir arama kurtarma şirketi tarafından eğitildiler.
Ölü/öldürülmüş halde bulunan İngiliz casusu, hem Dubai merkezli güvenlik şirketinin direktörü görünüyordu, hem de Hollanda merkezli arama kurtarma şirketinin kurucusuydu.
Batı medyası tarafından öylesine kahramanlaştırıldılar ki, 2016 yılında Nobel Barış Ödülü'ne bile aday gösterildiler!
Belgesellerini çektiler.
2017 yılında en iyi kısa belgesel dalında Oscar ödülü verdiler!
Gel zaman git zaman, Suriye'deki vekalet savaşını Rusya kazanınca, Beyaz Miğferliler bölgede sıkıştı. Bunların binden fazlasını, Mossad aracılığıyla, Golan tepeleri üzerinden Ürdün'e kaçırdılar.

Türkiye'ye gelen sekiz milyon Suriyeli'den bir kişi bile almayan ABD, İngiltere, Almanya ve Kanada, bu Beyaz Miğferlileri kapış kapış aldı.
Neticede, Beyaz Miğferlilerin komple yalan, komple istihbarat faaliyeti olduğu anlaşıldı ama, olan Suriye'ye ve Suriyelilere oldu.
Ve, İngiliz istihbarat subayı James Gustaf Edward Le Mesurier, Karaköy'de Kılıçali Paşa Camisi'nin hemen bitişindeki, duvarlarla çevrili, üç katlı evinin önünde ölü bulundu.
IŞİD lağvedilmiş.
Bağdadi öldürülmüş.
Beyaz Miğferliler lağvedilmiş.
Bunların kuklacısı İngiliz casus ölmüştü.
Defter komple kapatılmıştı!)

Necip Hablemitoğlu'nun 17 yıl önce öldürülmesiyle alakalı olarak sürpriz bir gelişme yaşandı. Fethullah Gülen örgütü davasında verilen bir ifade üzerine, Nuri Gökhan Bozkır, Ukrayna'da tutuklandı. Bordo bereli eski yüzbaşıydı. Aynı zamanda, Suriye'deki köktendinci örgütlere silah taşıdığı iddia edilen MİT tırları davasının da sanığıydı.
IŞİD'e dair tüm izler silinirken, tesadüf müydü?

Şahsım devleti ilan edildi.
Tayyip Erdoğan kelimesi kelimesine "İngiltere, Almanya, Fransa ve şahsım dörtlü zirve yaptık" dedi. 100'üncü yılını kutlamaya hazırlanan Türkiye Cumhuriyeti devleti artık şahıs'ındı!

Bakırköy'de bir apartman dairesinden yayılan koku üzerine polis çağırıldı. Anne, baba ve yedi yaşındaki çocuklarının cansız bedenleri bulundu. Kuyumcukent'te altın ticaretiyle uğraşan 38 yaşındaki baba iflas etmişti, başka çare bulamadığına dair bir not bırakıp, çocuğuna ve eşine siyanür içirmiş, sonra da kendisi içmişti.
İstanbul Fatih'te yaşları 48 ila 60 arasındaki dört kardeş siyanür içerek canlarına kıydı. Biri hasta, ikisi işsizdi, öğretmen olanın maaşına haciz gelmişti, elektrik faturalarını bile ödeyememişlerdi.
Antalya'da dört kişilik aile cansız bulundu. 36 yaşındaki baba, eşini ve iki çocuğunu siyanürle zehirledikten sonra kendi canına kıymıştı, iki sayfalık borç listesi bırakmıştı.
Türkiye'de 2019 yılında 3 bin 406 kişi intihar etti.

Aynı yıl, trafik kazalarında can verenlerin sayısı 3 bin 373'tü.
Tarihte ilk kez, Türkiye'de intihar ederek hayatını kaybedenlerin sayısı, trafik kazasında ölenlerin sayısını geçmişti!
"Şahlandı" denilen ekonomi, buydu.

İşsiz ve çaresiz insanlar canına kıyarken, tesettür sosyetesi kırk günlük bebeğe tek taş yüzük taktı. Ascot yarışlarındaki düşeslere özendikleri için türbanın üstüne tüylü şapka takarak, lale devri saraylarında, şatafatlı sofralarla bebek mevlidi yapıyorlar, sonra da bu görüntüleri sosyal medya hesaplarından yayınlıyorlardı.
Mahremiyet duygusundan, gösteriş tüketimine savrulmuşlardı.
Şatafatta, görgüsüzlükte bedevi kültürüyle yarışıyorlardı.
Maddiyata, dünyevi zevklere kendilerini öylesine kaptırmışlardı ki, kulaklarından para fışkırdığını herkese seyrettirmek istiyorlardı.
Ekonomi bazıları için gerçekten "şahlanmış"tı!

İslami düğün organizasyonu yapan şirketlerin sayısında patlama yaşanıyordu. Tahtırevanla düğün yapanlar vardı, salona tavandan sarkıtılan gondola binerek girenler vardı. İlahi ekipleri vardı, helal müzik (!) yapıyorlardı. Sunucusuyla beraber semazen ekipleri vardı. Helal suşili düğün yemekleri, Osmanlı köşklerindeki varaklı dekorlarda, Swarovski kristalleriyle süslü koltuklarda, altın kaplamalı pastalarla bitiyor, videolarını yayınlıyorlardı. Dini düğün palyaço hizmeti vardı! İslami animatör vardı.

Suriyeli Haznevi tarikatı Gaziantep'e külliye dikti.
67 dönüm üzerine kurulmuştu.
Bizim tarikatlar yetmemişti, ithal tarikat gelmişti.

CHP genel başkanı Kılıçdaroğlu, yıllarca AKP politikalarına çanak tutan, neticede AKP tarafından kapının önüne konulunca muhalif pozlarına bürünen gazetecilerle buluştu. Hasan Cemal, Murat Belge, Aydın Engin, Şirin Payzın, Doğan Akın, Fikret Bila, Tayfun Atay, Soli Özel'le biraraya geldi. Bunlara "eski CHP"yi şikayet etti. "Asıl muhafazakar bizdik, yıllar yılı değişmemek için direndik" diyordu.
Tarikat şeyhleriyle toplantılar düzenlemeye başlamıştı.
Tarikatçılara "kanaat önderi" diyordu.
CHP göz göre göre dönüştürülüyordu.

Tayyip Erdoğan, Sivas'ta Madımak vahşetinde insanları diri diri yakan köktendinci katillerden Ahmet Turan Kılıç'ı "yaşlı" diye affetti. Güya müebbet verilmişti, hapisten sırıta sırıta çıktı gitti.
Lise öğrencileri cumhurbaşkanına hakaret etti diye tutuklanıyordu, 80 yaşındaki vatandaşlar cumhurbaşkanına hakaret etti diye hapse atılıyordu, Madımak katili yaşına hürmeten affediliyordu!

Gezi Parkı davası sonuçlandı. 840 gündür hapiste bulunan Osman Kavala hakkında beraat kararı verildi. Ancak... Beraat ettiği saniyede, 15 Temmuz darbe girişiminden tutukluluk kararı verildi, beraat kararı veren üç hakim hakkında da soruşturma açıldı.
Tayyip Erdoğan'ın "kızıl milyarder" olarak tanınan Osman Kavala'ya kafayı taktığı görülüyordu, kendisini iktidardan indirmek için özel çaba harcadığını düşünüyordu, ne olursa olsun serbest bırakmayacaktı.

Ergenekon'dan hapis yatırılan genelkurmay eski başkanı İlker Başbuğ, bir televizyon programına çıktı, Fethullah Gülen örgütünün siyasi ayağına dikkat çekti. "2009 yılında Meclis'ten bir yasa geçirildi, subaylar bu yasayla özel yetkili mahkemelerde yargılandı, anayasaya aykırı olan bu yasayı kim hazırladıysa Fethullah Gülen örgütünün siyasi ayağı oradadır" dedi.
Yasayı AKP çıkardığına göre, kimi kastettiği gayet açıktı.
Tayyip Erdoğan çok öfkelendi, AKP milletvekillerine çağrıda bulundu, "Meclisimizi itham altında bırakıyor, hepiniz süratle dava açmalısınız" dedi.
Aralarında adalet bakanı Bekir Bozdağ'ın da bulunduğu AKP milletvekilleri, suç duyurusunda bulundu, İlker Başbuğ dört yıl hapisle yargılanmaya başlandı.

(Bir zamanlar Fethullah Gülen'e dokunan yanıyordu, şimdi siyasi ayağı'nı sorgulayanlar yanıyordu. Türkiye'de AKP karşıtı olan herkes Fethullahçılıkla suçlanırken, cemaati devletin en kritik makamlarına monte eden, cemaat ne istiyorsa yapan AKP, Fethullahçılıktan muaftı!)

15 Temmuz darbe girişiminin yıldönümünde tarihi itiraf geldi.
AKP medya ve tanıtım başkan yardımcısı Emre Cemil Ayvalı, CnnTürk'te ekrana çıktı, Atatürkçüleri ve Türk Silahlı Kuvvetleri'ni imha etmek için Fethullah Gülen cemaati'yle kolkola girdiklerini dümdüz anlattı.
"Açık söylüyorum, FETÖ'yle kolkola girdik, bir tarafta Kemalist gelenek, bir tarafta FETÖ vardı. Bunları birbirine kırdırmak suretiyle yol aldık. Bunu ancak Tayyip Erdoğan gibi bir lider yapabilirdi" dedi.
Daha ne desindi?

Elazığ'da deprem oldu.
6.5 büyüklüğündeydi, 44 insanımız hayatını kaybetti.
İçişleri, sağlık ve şehircilik bakanları ortak basın toplantısı düzenlerken, Elazığ valisi Çetin Oktay Kaldırım mikrofonun açık olduğunu farkedemedi, bakanlara fısıldadı, "şu anda kamuoyunda algı çok iyi" dedi.
Kaç insanın öldüğünün önemi yoktu. Algı önemliydi.

Van Bahçesaray'da çığ düştü, minibüsü altına aldı, yedi kişi hayatını kaybetti. Ertesi gün, çığ altında kalanları kurtarmaya çalışan yardım ekibinin üzerine yine çığ düştü, 35 kişi daha hayatını kaybetti.
AFAD'ın arama kurtarma faciasıydı. Hayati kurumlardaki liyakatsizlik, doğal afetlerden daha fazla ölüme sebep oluyordu.

İzmir'den İstanbul'a gelen Pegasus uçağı, Sabiha Gökçen Havalimanı'na inerken pistten çıktı, üçe bölündü, üç kişi hayatını kaybetti, 179 kişi ölümden kılpayı kurtuldu.
Şiddetli yağmur vardı, uçağın yardımcı pilotu Güney Koreliydi, hava trafik kontrolörü pistin durumunu Türkçe bilgilendirmişti, Türkçe bilmeyen Güney Koreli pilot anlamamıştı, neticesi buydu.

---

17 Kasım 2019.
Çin'de virüs salgını başladı.
Akılalmaz bir hızla bulaşarak yayılıyordu, Amerika kıtasına sıçramıştı, Avrupa'da panik başlamıştı. AKP hükümetinin umurunda bile olmadığı için henüz Türkiye'nin umurunda bile değildi.

(Dünya genelinde üç yılda yedi milyon insanın, Türkiye'de resmi olarak 103 bin insanın ölümüne yolaçacaktı ama, 2020 yılbaşında Türkiye'deki bilinç seviyesi, bize bi şey olmaz abi seviyesindeydi.)

(Memlekete sekiz milyon kaçak Suriyeli girmişken, iki milyon kaçak Afrikalı girmişken, bir milyon kaçak Afgan girmişken, Pakistanlı'dan Myanmarlı'ya, Cezayirli'den Bangladeşli'ye kadar her milletten kaçak mülteci şehirlerimizde cirit atarken... "Acaba Çin virüsü Türkiye'ye girebilir mi?" diye merak ediliyordu!)

(Asya ırklarıyla Türk ırkının farklı olduğunu, Çin virüsünün Türk genlerine bulaşmayacağını söyleyen akademisyen bile vardı.)

Tayyip Erdoğan'a sordular. "Ben sabah bir kaşık dut pekmezi alırım, kan yapar, bana Erzurum'dan geliyor, tavsiye ederim" dedi. Memleketi yöneten kişi, koronavirüse karşı dut pekmezi tavsiye ediyorsa, o ülkenin başına neler geleceği zaten belliydi!

Sağlık bakanı Fahrettin Koca'ydı. Medipol hastanelerinin ve Medipol Üniversitesi'nin kurucusuydu. Bu hastane ve üniversitenin Nakşibendi tarikatının bir kolu olan İskenderpaşa cemaati'ne ait olduğu iddia ediliyordu. Milletvekili değildi, dışardan atanmış bir bakandı, Meclis'e karşı herhangi bir sorumluluğu yoktu, sadece Tayyip Erdoğan'a hesap vermekle yükümlüydü.
Fahrettin Koca'nın ilk önlemi, İran sınır kapılarını kapatmak oldu.
Çin bizim doğumuzda yeraldığı için doğumuzdan önlem almışlardı.
Sanırsın virüs Çin'den yürüye yürüye geliyordu, Batı'dan gelemezdi!
Oysa, Yunanistan'da ve Bulgaristan'da vaka sayıları patlamıştı.
İran'da vardı, Rusya'da vardı, Irak'ta vardı.
Bu ülkelerin arasında yeralan Türkiye'de "virüs yok" diyorlardı!

Rus savaş uçakları İdlib'te Türk konvoyunu vurdu.
36 askerimiz şehit oldu.
Putin, Suriye'de atacağımız her adımdan haberdar olmak istiyordu.
İzin vermediği hiçbir bölgeye giremiyorduk. İzin almadan girmek istediğimizde, başımıza bu gelmişti. Washington'la Moskova satranç oynuyordu, olan biz piyon'a oluyordu.

Libya'da iki MİT görevlisi şehit oldu. Gazeteciler Barış Terkoğlu, Barış Pehlivan, Hülya Kılınç ve Murat Ağırel, şehit MİTçinin kimliğini afişe ettikleri gerekçesiyle tutuklandılar. Kozmik Oda'yı soyduranlar... Şimdi güya ulusal güvenlik hassasiyeti gösteriyordu.

---

11 Mart 2020.
Dünya Sağlık Örgütü pandemi ilan etti.
11 Mart 2020.
Türkiye'de ilk koronavirüs vakası tespit edildi.

(Türkiye'de işte böyle bir trajikomedi yaşanıyordu.
Küresel salgın ilan edilene kadar, Türkiye'de vaka yok dediler, adı üstünde "küresel" olduğu açıklanınca, Türkiye'de de var dediler.
İddia ediyorum, Dünya Sağlık Örgütü mesela 25 Mart'ta pandemi ilan etseydi, 25 Mart'a kadar bizde vaka yok diyeceklerdi. Dünya Sağlık Örgütü mesela nisan ayında pandemi ilan etseydi, nisan ayına kadar bizde vaka yok diyeceklerdi. Böylesine gizliyorlar, örtüyorlardı.)

10 tane maske 9 liraya satılıyordu, 200 liraya fırladı.
Kolonya karaborsaya düştü.
Marketlere hücum edildi, makarna/bakliyat stoklanıyordu.
İtalya'da günlük ölü sayısı 150'yi geçmişken, bizimkiler hâlâ okulları bile tatil etmiyordu. Almanya başbakanı Merkel, nüfusun yüzde 70'ine bulaşacağını açıklarken, bizim sağlık bakanı hâlâ "iki ay direnelim, yaz aylarında hayat normale döner" diyordu.

Azerbaycanlı işadamı Mübariz Mansimov, Fethullah Gülen örgütünün finans kaynağı olduğu iddiasıyla tutuklandı. 1998'den beri, 22 yıldır Türkiye'de yaşıyordu, Türk vatandaşlığına geçmişti, gemi filosu vardı, petrol ve kimyasal madde taşımacılığı yapıyordu, Palmali Holding'in sahibiydi, şirketlerinde 45 bin kişi çalışıyordu, yıllık cirosu üç milyar dolardı, Türkiye'nin en zengin 10 işadamından biriydi.
Bir yıl hapis yatırılacak, o arada iflas edecekti.

(Türkiye koronavirüsle meşgulken, kaşla göz arasında Mansimov'un adeta fişini çekmişlerdi. Pek yakında Türkiye'yi sarsıcı açıklamalar yapmaya başlayacak olan Sedat Peker, aslında malına mülküne çökmek için fetocu yaftası yapıştırıldığını anlatacaktı.)

Tayyip Erdoğan koronavirüsle mücadele paketini açıkladı. Böylece, dünyada virüse karşı konut kredisi veren ilk ve tek ülke olduk!
Hem "evden çıkmayın" diyordu, hem de her yere bol bol uçalım diye uçak biletinin KDV'sini yüzde 18'den yüzde 1'e indirdi.
"Yaşlılarımıza kolonya dağıtacağız" dedi.
ABD her vatandaşına 2000'şer bin dolar dağıtıyordu, Almanya 600 milyar euro, İngiltere 400 milyar pound dağıtıyordu, bizimki anca kolonya dağıtacağını söylüyordu, onu da dağıtmayacağını zaten biliyorduk.
Hatta, kolonyadan filan vazgeçtik, yardım kampanyası adı altında iban numarası verdi, üste para istedi!
65 yaşındakilere sokağa çıkma yasağı getirildi.
Dünyanın en saçma kararıydı.
Dünyada sadece Türkiye'de uygulanıyordu.
Belediye otobüsleri, vapurlar, metrolar, şehirlerarası otobüsler, uçaklar, trenler çalışıyordu, alışveriş merkezleri açıktı, herkes sokaktaydı, 65 yaşındakiler evde oturuyordu!

> *(İran sınır kapıları kapatılmıştı ama, İran sınırından kaçak mülteci girişi devam ediyordu, bunu köşemde yazdım, içişleri bakanı Süleyman Soylu ateş püskürdü, "ahlaksız gazeteci bu iddianı kanıtla" diye bağırdı. 24 saat geçmedi... Van'da minibüs devrildi. İçinden 55 kişi çıktı, hepsi kaçak göçmendi, hepsi karantinaya alındı.)*

30 büyükşehirde ve Zonguldak'ta sokağa çıkma yasağı getirildi.
Ama sadece iki günlük yasaktı. Sadece haftasonunda sokağa çıkmak yasaklanmıştı. Virüsle mesai saatleri içinde mücadele ediyorduk! Bizim virüs haftaiçinde bulaştırmıyor, haftasonunda bulaştırıyordu!

Geçmediğimiz köprüye, girmediğimiz tünele, uçmadığımız havalimanına, sokağa çıkma yasağı varken bile para ödemeye devam ediliyordu, dünya tarihinde görülmemiş kepazelikti.
Bu kepazelik ortaya çıkınca, yandaş müteahhitlerle yapılan sözleşmelerin, Türk hukukuna göre değil, İngiltere hukukuna göre imzalandığı ortaya çıktı. Herhangi bir uyuşmazlık olursa, Türk mahkemeleri değil, Londra Tahkim Kurulu karar verecekti.

AKP sonrasını garanti'ye almışlardı. AKP seçimi kaybetse bile, iktidar değişse bile, Türkiye Cumhuriyeti devleti bu sözleşmelerde garantisi verilen paraları tıkır tıkır ödemeye devam etmek zorundaydı.

Pandemi hastanesi yapacağız diyerek, İstanbul Atatürk Havalimanı'nın pistini yıktılar. İstanbul'da başka yer yokmuş gibi, hastane binasını tam pistlerin üstüne kurdular. Elbette hastane filan mazeretti... Yeni yaptıkları İstanbul Havalimanı'na yolcu garantisi verdikleri için, Atatürk Havalimanı'nın kullanılmaması gerekiyordu, Atatürk Havalimanı varken hiç kimse teee İstanbul Havalimanı'na gitmiyordu. Milletin milli serveti, milletin gözünün önünde imha edildi, milletin sesi çıkmadı.

Okulların hepsinin dezenfektanla sterilize edildiğini, öğrencilerimizin sağlığı konusunda hiç merak edilmemesi gerektiğini, derslerin devam edeceğini açıkladılar. Ertesi gün okulları kapattılar!

"Herkese yetecek kadar test kitimiz var" dediler. Olmadığı ortaya çıktı. Çin'den ithal ettiler. Getirmeleri bir ay sürdü. O arada kimseye test yapamadılar. Test yapmadıkları için "bizde vaka sayısı az" diyorlardı. Şahane fikirdi... Hiç test yapmayınca, hiç vaka çıkmıyordu!

20 yaş altındakilerin sokağa çıkmasını yasakladılar.
Ertesi gün, 20 yaş altındakiler çalışıyorsa işe gidebilir dediler.

Şehirlerde pandemi kurulları oluşturdular.
Tabip odalarını almadılar.

Tayyip Erdoğan açıkladı, "vatandaşa maske satışı yapacağız" dedi, ertesi gün çıktı, "parayla maske satışı yasaktır, kesinlikle ücretsizdir" dedi, bir hafta kimseye maske filan vermediler, bir hafta sonra "ücretsiz maskeleri PTT dağıtacak" dediler, ertesi gün "maskeleri eczaneler dağıtacak" dediler, "her hafta kişi başına beş adet maske verilecek" dediler, ertesi gün "her on günde kişi başına beş adet maske verilecek" dediler. Hepsi hikayeydi. Neticede, millet mecburen başının çaresine baktı, herkes kendi parasıyla satın aldı.

Dar gelirli iki milyon kişiye PTT aracılığıyla bin'er lira vereceğiz dediler. Millet PTT'ye koştu, izdiham oldu, PTT'leri kapattılar.

Büyükşehirlerde sadece haftasonunda uygulanan sokağa çıkma yasağı, dört gün sokağa çıkma yasağına dönüştürüldü. Ne yapacaklarını bilmedikleri için taksit taksit önlem uyguluyorlardı.

İtalya'da ölü sayısı 25 bini geçmişken, Almanya'da ölü sayısı 20 bini bulmuşken, Türkiye'de hala "iki bin" diyorlardı. Elbette yalandı. Bir önceki yılın ölüm istatistikleriyle kıyaslayınca, arada uçurum çıkıyordu, sırf İstanbul'da 5 binden fazla vefat görünüyordu.
Bu çelişkiyi sağlık bakanımıza sordular. "Geçen yılın toplam ölüm sayısını baz aldığımızda ortalama ölüm sayısı 156 binden 153 bine düştü, hani nerede artış? Biz salgını kontrol altına aldık" dedi.
Yani, bırakın ölüm sayısının artmasını filan, salgın başladığından beri Türkiye'de ölüm sayısının azaldığını söyledi. Üstelik verdiği rakamlar doğru değildi. Utanmasa, covid Türkiye'de ömür uzatıyor diyecekti!

Vaka sayısı sadece 300 kişiyken, futbol liglerini durdurmuşlardı, vaka sayısı 130 bini geçmişken, her gün 60 kişi ölürken, ligleri başlattılar.

Binlerce insanın aynı havalandırma sisteminden soluk alıp verdiği alışveriş merkezleri açıktı, açık havada yürüyüş yapmak yasaklandı.

Üniversite sınavını üç ay kala "erken" diye, bir ay ileri attılar. Aynı üniversite sınavını iki ay kala "geç" diye, bir ay öne çektiler.

Ramazan geldi.
Camileri kapattılar.
Cuma namazını bile yasakladılar.
Kabir ziyaretini yasakladılar.
İftar çadırlarını yasakladılar.
Umreyi yasakladılar.
Kadir Gecesi'nde sokağa çıkma yasağı ilan ettiler.
Bayram namazı kılınmasın diye, bayramlaşma yapılmasın diye, Ramazan Bayramı'nda bütün ülkede sokağa çıkma yasağı ilan ettiler.
Bu önlemler elbette kesinlikle doğruydu.
Ama, Allah'ın tokadı yok dedikleri işte tam olarak buydu.
Takdiri ilahiydi.
Yıllarca "camileri kapattılar, milletin ibadetine engel oldular" palavralarıyla oy isteyenler, bu söylediklerini bizzat yapmışlardı!

Türkiye'de neredeyse her meslek grubu teslim olmuşken, AKP'nin yanlış uygulamalarına sadece barolar direniyordu.
Baroları bölmek için "çoklu baro" yasası hazırladılar.
Aynı şehirde birden fazla baro kurulabilecekti.
"Yandaş baro" istiyorlardı.
Üstünlerin hukukunu değil, hukukun üstünlüğünü savunan baro başkanları, protesto yürüyüşü başlattı, Ankara'ya geldiler, Meclis önünde basın toplantısı yapacaklardı. Polis barikatlarıyla durduruldular, Başkent'e sokulmadılar. Sıradan vatandaştan vazgeçtik, baro başkanlarının bile anayasal hakları engellendi.
Çoklu baro yasası, AKP-MHP oylarıyla yasalaştı.

AKP milletvekili ve hukuk profesörü (!) Burhan Kuzu'nun, Kürt asıllı İranlı uyuşturucu baronu Zindaşti'nin tahliyesi için mahkeme hakimine telefon ettiği ortaya çıktı. Burhan Kuzu inkar etmedi, açık açık izah etti, "Türk siyasetinde mahkeme hakimini arayan ne ilk benim, ne de son benim, binlerce arayan siyasetçi var" dedi.
AKP dönemini özetleyen gayet pişkin bir itiraftı.

Sakarya'da havai fişek fabrikasında patlama oldu.
Yedi kişi hayatını kaybetti, 122 kişi yaralandı.
Gariban işçiler henüz morgdayken, toprağa bile verilmemişlerken, henüz cenazesi bile bulunmayan işçiler varken, Müsiad yöneticileri apar topar koştu, fabrikanın sahibine moral yemeği verdi.
Fabrika sahibi, Müsiad'ın şube başkanıydı. Bu fabrikanın son on yılda dört defa patladığı, daha önce üç kişinin öldüğü, 59 kişinin yaralandığı, güya her patlamadan sonra kapatıldığı, ancak her patlamadan sonra isim değiştirerek üretime devam ettiği anlaşıldı.

Vakıfbank yönetim kuruluna güreşçi getirildi, Hamza Yerlikaya.
Liyakat kavramının Türkiye'de tuş olduğunun kanıtıydı.

Başakşehir, Süperlig şampiyonu oldu.

> *(Aslına bakarsanız, Türkiye'de Başakşehir diye bir spor kulübü yoktu. Hatta, Başakşehir diye bir ilçe bile yoktu. AKP iktidara gelir gelmez, önce İstanbul Büyükşehir Belediyespor'u Süperlig'e çıkarmışlar, sonra Başakşehir ilçesini kurmuşlar, sonra da İstanbul Büyükşehir Belediyespor'un adını Başakşehir olarak değiştirmişlerdi. Tayyip Erdoğan gururla söylüyordu, "Başakşehir takımını ben kurdum" diyordu. 2019-2020 sezonu şampiyon oldu.*
> *Seyircisi yoktu.*
> *Tribün geliri yoktu.*
> *Forma satış geliri yoktu.*
> *Reytingi yoktu.*
> *Ama, Tayyip Erdoğan'ı vardı!)*

Ayasofya, 1934 yılında müze haline getirilmişti.
Danıştay bu kararı iptal etti.
Yeniden cami statüsüne dönüldü, diyanete devredildi.

> *(Güya hukuka saygı gösteriyorlardı, Danıştay kararını uyguluyorlardı. Halbuki, aynı Danıştay "Andımız okullarda okutulsun" kararı vermişti, onu asla uygulamıyorlardı. Sırf bu çifte standart bile, Ayasofya kararının hukuki değil, siyasi olduğunun kanıtıydı.)*

(Tayyip Erdoğan sanki hiçbir dahli yokmuş gibi davranıyordu.
Ben değil, hukuk böyle karar verdi demeye getiriyordu.
Çünkü... Sürekli Vakıflar Tarihi Eserlere ve Çevreye Hizmet Derneği diye bir dernek vardı, Ayasofya'nın yeniden camiye dönüştürülmesi için Danıştay'a başvuruyu bu dernek yapmıştı.
Ayasofya tapu kaydında cami görünüyordu.
Bu tapu, Fatih Sultan Mehmet Han Vakfı adına kayıtlıydı.
Fatih Sultan Mehmet Han Vakfı, Osmanlı dönemine ait bir vakıftı, Osmanlı devletinin hukukuna göre vakfedilmişti, dolayısıyla, "Osmanlı hukuku çerçevesinde ele alınmalı" diyorlardı.
Hukuk bu gerekçeyle eğildi büküldü.
Cumhuriyet'in müze kararı iptal edildi.
Osmanlı'nın vakıf kararı uygulandı.
Böylece, tarihimizde ilk kez, Cumhuriyet hukuku yerine, Osmanlı hukuku geçerli kabul edildi. Osmanlı hukuku, Danıştay tarafından içtihat haline getirildi.)

Tayyip Erdoğan sadece bir yıl önce açık açık itiraz ediyordu, Ayasofya'nın camiye dönüştürülmesine kesinlikle karşıydı. "Ayasofya'yı camiye çevirmenin faturası çok ağırdır, Ayasofya ibadete açılsın diyenler dünyayı tanımıyor, Ayasofya'nın açılmasını isteyenler yurtdışındaki camilerimizin başına ne gelir hiç düşünüyor mu, ben bir siyasi lider olarak bu oyuna gelecek kadar istikametimi kaybetmedim" diyordu.
Şimdi?
"Gayretlerimizle hamdolsun Ayasofya cami oldu" diyordu.
Ayasofya'nın camiye dönüştürülmesini kendisine kurulan bir tuzak olarak gören, bu oyuna gelecek kadar istikametimi kaybetmedim diyen Tayyip Erdoğan açısından ne değişmişti?
Niye böyle U dönüşü yapmıştı?
Muammaydı.

24 Temmuz 2020... Bizzat Tayyip Erdoğan, Kuran-ı Kerim okudu, 86 yıl sonra camiye dönüştürülen Ayasofya'da ilk cuma namazı kılındı.
Diyanet işleri başkanı Ali Erbaş, elinde kılıçla minbere çıktı.
Hutbe konuşmasında isim vermeden Atatürk'e lanet okudu.
"Fatih Sultan Mehmet Ayasofya'yı cami olması için vakfetti, bizim inancımızda vakıf malı dokunulmazdır, dokunanı yakar, vakfedenin şartını çiğneyen lanete uğrar" dedi.
Mustafa Kemal Atatürk'e tarih boyunca lanet okuyan üç devlet görevlisi vardı, ilk ikisi Vahdettin'in vatan haini şeyhülislamları Mustafa Sabri ve Dürrizade Abdullah'tı, sonuncusu ise Ali Erbaş'tı.
Bu memlekette ezan okunuyorsa, Mustafa Kemal Atatürk sayesinde okunuyor... Oturduğu koltuğu bile Atatürk'e borçlu olan Ali Erbaş, bu memleketin gördüğü en nankör diyanet işleri başkanıydı.
Tayyip Erdoğan en ön safta oturuyor, gıkını çıkarmıyordu.

(Atatürk, düşman işgalinden kurtardığı İstanbul'a "kılıç hakkı" olarak bakmıyordu, uygarlıklar şehri olarak bakıyordu. Ayasofya'yı dinsel fanatizmle değil, insanlığın ortak kültür mirası olarak görüyordu.
Anadolu'daki Hitit, Frig, Sümer uygarlıklarının eserlerini arkeoloji müzelerinde toplayan, etnografya müzesini kuran, Osmanlı eserlerini halkla buluşturmak için Topkapı Sarayı'nı müzeye dönüştüren Cumhuriyet vizyonu, aynı mantıkla Ayasofya Müzesi'ni kurmuştu.
Aslına bakarsanız, Ayasofya harap vaziyetteydi.

Avlusu kahvehane olarak kullanılıyordu.
Ayasofya'ya Cumhuriyet sahip çıktı.
1929'da Sultanahmet Camisi'yle birlikte restore edildi.
1931'de Amerikalı arkeolog Profesör Thomas Whittemore'a çalışma izni verildi, mimar Macit bey başkanlığındaki Türk ekibinin nezaretinde, sıvaların altında kalan eşsiz mozaikler ortaya çıkarıldı.
Ayasofya'nın çevresinde kazı çalışmaları yapıldı, taa 415 yılına ait, 1500 yıl öncesine ait kalıntılar gün yüzüne çıkarıldı.
Ve, müze haline getirildi.
11 kuruş giriş ücretiyle ziyarete açıldı.
Ayasofya'nın müze yapılması, müze olarak kalması Türk'ün ve İslamiyet'in hoşgörüsünü dünyaya adeta haykırıyordu, farklı inançlara saygımızın dünya çapında sembolüydü.)

CHP gene kurultay yaptı.
Kılıçdaroğlu gene tek adaydı.
10 defa seçim kaybetmişti.
6'ncı defa genel başkan seçildi.
Seçim kaybettikçe kazanan tarihteki tek genel başkandı!
"Dostlarımızla iktidar olacağız" dedi.
Kim bu dostlarınız diye sordular.
Ebelek gübelek dedi, net cevap vermedi.
Ama, Ankara kulislerinde herkes biliyordu.
Ali Babacan ve Ahmet Davutoğlu'yla masaya oturmuştu.
Açık açık "HDP" diyemiyordu ama, "dostlarımızla birlikte kayyum denilen ucubeye son vereceğiz" diyerek, açık açık eşkal veriyordu.

(Ayasofya'nın açılışından sadece bir gün sonraki kurultayda "dostlar" güzellemesi yaparken, Ayasofya'dan bir kelime bile bahsetmedi. Sessiz kalarak onay veriyordu.)

Ayasofya'nın açılışında 200 bin kişiyle namaz kılmak serbestti. Bir hafta sonra... 30 Ağustos Zafer Bayramı kutlamalarına "pandemi" nedeniyle yasak getirildi. 15 Temmuz'un yıldönümünde 15 Temmuz törenleri serbestken, Zafer Bayramı'nda koronavirüs bulaşıyordu!

Tayyip Erdoğan doğalgaz müjdesi verdi.
"Rabbim bize görülmemiş bir kapı açtı, Cumhuriyet tarihinin en büyük doğalgaz keşfini Karadeniz'de gerçekleştirdik" dedi.
2006
2007
2009
2010
2011
2012
2013 yıllarında aynı müjdeyi yedi defa vermişlerdi.
2013 yılından itibaren her nedense Karadeniz'de doğalgaz keşfetmeye ara vermişlerdi. 2020 yılında yeniden keşfettiler.
2021, 2022, 2023'de yine düzenli olarak keşfedecektik!

~

Türkiye peynir cennetiyken, Venezuela'dan sıfır gümrükle peynir ithalatına izin verildi. Venezuela'nın peynir konusunda hiçbir varlığı yoktu. Ama pek yakında Venezuela'dan Türkiye'ye gemilerle kokain getirildiğinin ortaya çıkacak olması, eminim tesadüftü!

~

Toprak Mahsulleri Ofisi'nin Yunanistan'dan pirinç ithal ettiği ortaya çıktı. Yerli ve milliyiz diyenler, millete Yunan pilavı yediriyordu.

~

Koronavirüs Bilim Kurulu oluşturulmuştu.
38 kişiydiler, profesör seviyesinde hekimdiler. Güya danışma kuruluydu. Güya diyorum, çünkü aslında her kararı Tayyip Erdoğan tek başına alıyordu ama, sanki Bilim Kurulu'na danışıyormuş gibi yapıyorlardı, Bilim Kurulu'nu figüran olarak kullanıyorlardı.
Televizyon televizyon dolaştırıyorlardı, sabah programları, kadın programları, ana haber bültenleri, haber kanalları, istisnasız hepsinde 24 saat ekrandaydılar, habire konuşuyorlar, habire "önlemlerin ne kadar başarılı olduğunu" anlatıyorlardı.
Hükümete kefil oluyorlardı. Bilimle alakası olmayan saçma sapan kararlara gıklarını çıkarmıyorlardı, gerçek ölüm sayılarının gizlenmesine bile ses çıkarmıyorlardı.
Sağlık bakanı "salgını kontrol altına aldık" dedi, sustular.
Tayyip Erdoğan "yerli aşı icat ettik" dedi, sustular.
Bilim bakanı "koronavirüse karşı ilaç icat ettik" dedi, sustular.

(Dayanamadım... Bilim Kurulu'nun, açılım dönemindeki akiller heyeti'nden hiçbir farkı olmadığını, milleti kandırmak ve oyalamak için alet olarak kullanıldıklarını yazdım. AKP medyası tarafından derhal linç edildim, hakkımda suç duyurularında bulunuldu. Fırsat bu fırsat diye düşündüler herhalde, Özgür Özel gibi CHP milletvekilleri bile aleyhime açıklama yaptı, bilim'e aykırı konuştuğum filan söylendi.)

Netice?
Kontrol altına aldık dedikleri salgın, patladı.
Ölüm sayıları patladı.
Sansüre rağmen mızrak çuvala sığmaz oldu.
Ve nihayet, Bilim Kurulu üyelerinden Profesör Tevfik Özlü çıkıp, ne dedi biliyor musunuz... "Bugüne kadar alınan kararları biz vermedik" dedi. "Maçlar seyircili oynansın ya da oynanmasın, şurası açılsın ya da açılmasın gibi kararları bugüne kadar hiç almadık" dedi. "Sosyal medyadan bana yazıyorlar, niye şöyle şöyle kararlar aldınız diye soruyorlar, biz karar filan almadık, yetkimiz yok" dedi.
Yani?
Bilim Kurulu denilen aslında "ne biliiim abi kurulu"ydu.

Dünyada eşi benzeri görülmemiş bir önlem daha alındı.
Restoran ve kafelerde müzik yasaklandı.
Kebapçıya pizzacıya suşiciye filan gitmende sakınca yoktu.
Ama, müzik dinleyerek yemek yersen, virüs bulaşıyordu!

Okullar kapatıldığı için internet ve televizyondan "uzaktan eğitim" başladı. Halbuki, dört milyon öğrencimizin evinde interneti yoktu. Bir milyon öğrencimizin evinde televizyon yoktu.

Sağlık bakanımız "her vaka hasta değildir" dedi.
Böylece... Koronavirüs testi pozitif çıktığı halde semptom göstermeyenleri "hasta" saymadıkları, hastaneye yatırmak yerine, evinde karantinaya almak yerine, sokağa saldıkları ortaya çıktı.
Bu kelime oyununu hasta sayısını az göstermek için icat etmişlerdi.
Hasta sayılmayıp "vaka" sayılan hastalar, elini kolunu sallaya sallaya sokakta dolaşıyor, şakır şakır bulaştırmaya devam ediyordu.
Tıbbi rezaletin daniskasıydı.

Sağlık bakanımız gayet pişkindi.
Tıbbi rezalete "vatan millet" maskesi giydirdi.
"Ulusal çıkarları korumak için böyle yaptık" dedi.

(Sağlık bakanımız tıpkı TÜİK gibiydi... Türkiye İstatistik Enstitüsü, işsiz sayısını hesaplarken "iş bulma umudunuz var mı?" diye soruyordu, "iş bulma umudumu kaybettiğim için artık iş aramaktan vazgeçtim" diyenleri, işsiz saymıyordu, böylece işsizlik azalıyordu.)

Sayın medyamız yalaka pozitif'ti.
Sağlık bakanını yere göğe sığdıramıyorlardı.
"Fahrettin Koca müslüman olduğu için hakkı yeniyor, eğer batılı bir ülkenin sağlık bakanı olsaydı, kesinlikle Nobel alırdı" diye yazan vardı.
"Şeffaf bilgi veriyor" deniyordu.
"Süreci çok iyi yönetiyor" deniyordu.
"Heykeli dikilmeli" diyen vardı.
"Liyakatın adı Fahrettin Koca" deniyordu.
"Tevazu profesörü" deniyordu.
"TBMM ödüllendirmeli" deniyordu.
"Üstün Hizmet Madalyası verilmeli" diyen vardı.
Yanlış anlaşılmasın, bunları sadece yandaş medya yazmıyordu...
Muhalif zannedilen medya da aynen böyle yazıyordu. Güya Fahrettin Koca'nın hakkını teslim ederek, objektif gazeteci pozlarına bürünüyorlardı.
Yeni moda bir yalakalık türeviydi.
AKP'ye karşıymış gibi görünüp, AKP'li bakanları alkışlıyorlardı.
"Parti ayrımı gözetmiyor" diyorlardı.
"Herkese eşit davrandığı için teşekkür borçluyuz" diyorlardı.
"Körü körüne her şeye karşı olmamak gerek" diyorlardı.
"Örnek devlet adamı" ilan eden bile vardı.
Kamuoyu araştırma şirketleri de sayın medyamızdan geri kalmıyordu, sağlık bakanımız "en beğenilen siyasetçi" seçildi, beğenilme oranında Tayyip Erdoğan'ı bile geride bıraktı.
"Korona salgınıyla mücadelede dünyanın en başarılı ülkesi olduk, bu başarıyı hiç şüphesiz Fahrettin Koca'nın vizyonuna borçluyuz" diyorlardı.
"Kusursuz hekim" diyorlardı.
"Sezar'ın hakkı Sezar'a, çok başarılı yönetiyor" diye yazdılar.

"Sırf AKP'yi eleştirmek için sağlık bakanına haksızlık edersek, Avrupa'nın en az zararla kurtulan ülkesine haksızlık etmiş oluruz" diyen muhalif (!) gazeteci vardı.
"Ciddi, güvenilir, duyarlı, babacan, titiz ve gerçekçi, partilerüstü biliminsanı, önyargılı bakmıştım ama, mükemmel yönetiyor" diye yazan duayen (!) gazeteci vardı.
"Sağlık sistemimizi çöküşten kurtardı" diyen vardı.

Netice?
Yere göğe sığdırılmayan sağlık bakanımız "salgını kontrol altına aldık" dediği için, gerçek vaka sayılarını gizlediği için, bitti zannedilen salgın kontrolden çıktı. Ölü sayısı 8 bin zannedilirken, o an itibarıyla aslında 38 bin vatandaşımızın öldüğü ortaya çıktı.
İstanbul'da her 10 testten 8'i pozitif çıkıyordu.
Hastanelerde yer kalmamıştı.
Torpilliler bile yoğun bakım yatağı bulamıyordu.
Aşı icat edilmişti ama, AKP siparişte geç kalmıştı. Avrupa'da aşılama başlamışken, biz hâlâ maskeyle hayata tutunmaya çalışıyorduk.
"Örnek devlet adamı" denilen işte buydu.
"En beğenilen siyasetçi"nin neticesiydi.
Koronavirüs tehlikeliydi ama, yalaka medya daha ölümcüldü!

(Fahrettin Koca, hidroksiklorokin ilacının koronavirüs tedavisinde çok etkili olduğunu, dünyada en yaygın kullanan ülkenin Türkiye olduğunu övüne övüne anlatıyordu. "Bütün dünya bu ilacın peşinde, ama biz en başından bir milyon kutuyu stokladık" diyordu. Bu ilacı Türk milletine kullandırdılar. Sayın medyamız alkışladı. Ama sonra, bizzat Dünya Sağlık Teşkilatı açıkladı, bu ilaç işe yaramıyordu, hatta aksine insanları daha çok öldürdüğü ortaya çıkmıştı. Bu ilacı gümbür gümbür kullandıran Fahrettin Koca, sessiz sedasız son verdi, Türkiye'de bu ilacın kullanılmasını durdurdu. Ama bu arada kaç vatandaşımız bu ilaçtan öldü, kaç kişi felç oldu, orasını açıklamadılar.)

"Salgını kontrol altına aldık" diyerek, bütün yasakları kaldırmışlardı, salgın memleketin üstüne çığ gibi düşmüştü. Virüsle mücadelede dünyanın en başarılı ülkesiyiz derken, milletin gözünün içine baka baka yalan söyledikleri, aslında günlük vaka sayısında Avrupa'da birinci, dünyada ikinci olduğumuz ortaya çıktı.

Apar topar abuk sabuk önlemler sıraladılar.
Camiler açıkken, okulları kapattılar.
Lokantalar kapalıyken, miting yaptılar.
Akşam saat 21'le sabah 5 arasına sokağa çıkma yasağı koydular.
Metrobüsler serbestken, kafeleri kapattılar.
Nobel'e aday gösterilen sağlık bakanımız, işte buydu.

Salgın başladığında "dut pekmezi" tavsiye eden Tayyip Erdoğan, yeni bir tavsiyede bulundu. "Köme yiyin, pestil yiyin, bunlara yiyene korona bulaşmaz" dedi. Liyakat kavramı da, işte buydu.

Millet canıyla uğraşırken, o toz duman arasında, İstanbul Borsası'nın yüzde 10'u Katar'a satıldı. İhale bile yapılmamıştı. Kaça satıldığı bile açıklanmadı.

Entarili hekim manşet oldu.
GATA'da başhekim yardımcısıydı.
Virüsle mücadele edeceğine, medeni kanun'la mücadele ediyordu, imam nikahlı çok eşliliği savunuyordu. Hastanede pantolon yerine entariyle dolaşmak istiyordu, kafasında takkeyle üstünde entariyle fotoğraflar çektiriyor, hekimden çok meczup görüntüsü veriyordu.
GATA işte bu zihniyete teslim edilmişti.
Ali Edizer adındaki entarili hekim, menzil tarikatı mensubuydu, Menzil şeyhinin vekiliydi. Sağlık eski bakanı Recep Akdağ'ın özel kalem müdürüydü, Recep Akdağ döneminde terfi üstüne terfi almıştı.
Recep Akdağ, AKP'nin iktidara gelmesinden itibaren 2002-2017 arasında 12 yıl sağlık bakanlığı yapmıştı. Elbette yalanlıyordu ama, sağlık bakanlığı onun döneminde menzil bakanlığı haline getirilmişti.
Millet canıyla uğraşıyordu, bunlar kadrolaşmayla uğraşıyordu.

Türkiye'de "seyitlik belgesi" satıldığı ortaya çıktı.
Kendi kendini şeyh/şıh ilan eden bazı din tüccarları, üç bin dolar ödeyen herkese "peygamber soyu"ndan geldiğini gösteren "seyitlik şecere belgesi" veriyordu.
Sahte şeyhlerden, sahte noter tasdikli sahte seyitlik belgesi alanlar, "ben peygamberin soyundan geliyorum" diyerek, ahaliyi dolandırmaya başlıyordu.

Özellikle Şanlıurfa merkezli faaliyet gösteriyorlardı. Mısır'dan getirilen Arapça sahte belgeler daha inandırıcıydı, dolayısıyla daha pahalıydı, 50 bin dolara bile alıcı buluyordu.
Türkiye'de 10 bin kadar sahte seyit olduğu tahmin ediliyordu.
Din tüccarlığında son trend'di!

Bekir Coşkun vefat etti.
Türkiye'nin gelmiş geçmiş en büyük köşe yazarıydı.
Mükemmel bir gazeteci, mükemmel bir aydın'dı.
Hastalandığında bile toplumu iyileştirmeye çalışmıştı.
Kanserden öldü deniyor. Emin olun değildi. Bu topraklara ve bu toprakların insanlarına, tüm canlılarına öylesine sevdayla bağlıydı ki, onların derdiyle kendini yiyip bitirmişti. Mustafa Kemal'e yapılan nankörlüklere, Atatürk Cumhuriyeti'ne yapılan saldırılara öylesine dip duygularla üzülüyordu ki, kendini kahretmiş, dizlerini döve döve kendini tüketmişti.
Son konuşmamızda, insanı sıcacık sarıp sarmalayan o her zamanki sevecen ses tonuyla "endişeliyim Yılmazım" demişti... "Çevremdeki herkes ben öleceğim diye korkuyor, ben ise inan ölümden değil, aklım burada kalacak diye korkuyorum."

Altı yıl önce "dombıra" şarkısını yazarak, Tayyip Erdoğan'a övgüler düzen, AKP milletvekili yapılan Uğur Işılak, boş süt şişesi gibi kapının önüne konulmuştu. U dönüşü yaptı. Bu defa AKP'yi eleştiren şarkı yazdı. "İliklere kadar girdi siyaset / fikir müflis, vizyonumuz hamaset / önyargının adı oldu feraset / tükettik her şeyi neyimiz kaldı, bozacının şahididir şıracı / nereye el atsan durum çok acı, ibadetler bile reklam aracı / tükettik her şeyi neyimiz kaldı" diyordu!
AKP zihniyetinin özeti gibiydi.
İşine gelince dombıra, işine gelmeyince müflis fikir'di.

İzmir'de deprem oldu, 7 büyüklüğündeydi.
117 insanımız hayatını kaybetti.
Kindar nesil sosyal medyada nefret kustu.
"Gavur İzmir'e ders olsun" diye yazanlar vardı.
"Allah zinanın başkentini uyardı" diye yazan bile vardı.

(Kandilli Rasathanesi depremin büyüklüğünü "7" olarak açıkladı. Amerikan Jeolojik Araştırma Merkezi kendi ölçümleriyle "7" diye açıkladı. Rusya ve Yunanistan da kendi ölçümleriyle "7" diye açıkladılar. AKP hükümeti ise "6.6 büyüklüğünde" diyordu!
Yandaş medya koro halinde "6.6 büyüklüğünde" diyordu.
Dünyada sadece AKP'ye göre 6.6 büyüklüğündeydi.
7'yi ısrarla ve kasten 6.6'ya indiriyorlardı.
Sadece Bayraklı'da 21 apartman yıkıldı diyerek, sadece o yıkılan apartmanların önünden yayın yaparak, depremin büyüklüğünü 21 apartmana indirgemek istiyorlardı.
Halbuki, ağır hasarlı olduğu için, mutlaka yıkılması gereken yüzlerce bina vardı. Bir yıl sonra net olarak ortaya çıkacağı gibi, aslında 15 bin kişi evsiz kalmıştı.
Sadece Bayraklı'da değil, Karşıyaka'da, Alsancak'ta ağır hasarlı binalar vardı. Tee Konak'taki İzmir Büyükşehir Belediyesi binası bile oturulamaz hale gelmişti.
Buna rağmen 6.6'ya küçültmek istiyorlardı.
Çünkü... Deprem 7 büyüklüğünde olursa, sayın hükümetimizin "kader" deyip geçiştirmesi mümkün olmayacaktı. Afet kapsamına almak zorunda kalacak, afet kapsamında yardım yapması gerekecekti. Depremi küçülterek, yardım yükünden, vergi muafiyeti, kredi borçlarının ertelenmesi gibi yüklerden kurtulmak istiyorlardı.
Utanmasalar "İzmir'de deprem olmadı" diyeceklerdi!
İzmir büyükşehir belediye başkanı Tunç Soyer ve yıllardır İzmir'i güle oynaya kazanan CHP, maalesef vahim bir hata yaptı.
Depremin büyüklüğünü 6.6 olarak kabullendiler.
İzmir'in başına gelen devasa felaketin AKP hükümeti tarafından kağıt üstünde küçültülmesine gözyumdular.
Netice?
Hükümet kendini tereyağı gibi sıyırdı.
Aradan dört yıl geçmesine rağmen, bu kitabın yayımlandığı 2023 yılının sonlarında bile hâlâ İzmir'deki deprem mağduriyeti çözülmüş değildi. Evleri o depremde ağır hasarla yıkılan, dört yıl geçmesine rağmen hâlâ evsiz durumda olan binlerce İzmirli vardı.)

Merkez Bankası başkanı gene değişti.
Murat Uysal uçtu, Naci Ağbal geldi.

Tayyip Erdoğan bir önceki başkan Murat Çetinkaya'yı "laf dinlemiyor" diye görevden alıp, Uysal'ını getirmişti, uysal davranan bile anca 16 ay dayanabildi.

Hazine ve maliye bakanı Berat Albayrak istifa etti.
Instagram'dan istifa etti.
Sosyal medyadan istifa, tarihte ilk kez görülüyordu.
Meğer... Kayınpeder, merkez bankası başkanını değiştirirken zahmet edip damadına haber vermemişti, damat darılmıştı.
Kayınpederin istifayı kabul edip etmeyeceği merak ediliyordu.
27 saat açıklama yapılmadı.
27 saat sonra sarayın iletişim başkanlığı mesaj yayınladı.
"Görevden af talebi kabul edilmiştir" denildi.
Koskoca Türkiye Cumhuriyeti devleti, aileiçi küslük yaşıyordu!

Trump seçimi kaybetti.
ABD'nin yeni başkanı Joe Biden oldu.
78 yaşındaydı.

Avrupa İnsan Hakları Mahkemesi, Selahattin Demirtaş'ın haklarının ihlal edildiğine ikinci defa hükmetti, ikinci defa derhal serbest bırakılmasını istedi. Tayyip Erdoğan "bizi bağlamaz" dedi.
Selahattin Demirtaş AKP hükümetine lazımken, yandaş ekrana çıkarıp bağlama çaldırıyorlardı, şimdi AKP'ye lazım değildi, bağlama'zdı!

İstanbul'da dokuz yıl aradan sonra Formula 1 yarışı yapıldı.
Mercedes pilotu Lewis Hamilton kazandı.
Formula pilotları her yarıştan sonra kupa töreninde podyuma çıkıyor, şampanya patlatıyordu, Formula geleneğiydi. Yine öyle olması bekleniyordu. Şampanya yerine gazoz patlattılar!
9 yıl önce şampanya patlatılan Türkiye, gazoz ülkesi olmuştu!

Cumhurbaşkanlığı danışmanı İsmail Cesur, gazozu savundu, "Formula organizasyonu Malezya, Birleşik Arap Emirlikleri, Bahreyn gibi müslüman ülkelerde de hassasiyet gözetiyor" dedi. Türkiye Cumhuriyeti'ni dini kurallarla yönetilen ülkelerle bir tutuyordu.

Alman şirketi Biontech, aşı geliştirdi.
Sahipleri Türk kökenliydi.
Profesör Uğur Şahin ve eşi Özlem Türeci'ydi.
Amerikan ilaç devi Pfizer'la ortaktılar.
Biontech'in yanısıra Amerikan şirketi Moderna, İngiliz-İsveç şirketi Astrazeneca da aşı geliştirmişti. Dünya bu aşıların peşinde koşarken, bizimkiler Çin aşısı aldı.
Niye?
Sağlık bakanımız izah etti. "İnaktif yöntemle üretilen aşılar daha güvenlidir, geleneksel ve doğal aşılardır, en iyi yöntem budur, virüsün genetik yoluyla geliştirilen mrna aşılarının etkisini bilmiyoruz, mrna aşıları sentetiktir, yapaydır, aslına bakarsanız inaktif aşılar pahalıdır, mrna aşılar ucuzdur, buna rağmen biz pahalı olanı tercih ettik, çünkü güvenilirdir, biz parayı değil, güvenliği tercih ettik, bu ülkenin güzide vatandaşlarına en iyiyi temin ettik" dedi.

(Yalaka pozitif medyamız bu açıklamayı da alkışladı. Ancak... Sayın hükümetimiz pek yakında direksiyonu kıracak, 90 milyon doz Biontech aşısı alacaktı. İnaktif aşıyı öve öve bitiremezken, neden aniden Çin aşısından vazgeçip, mrna'ya döndüklerini açıklamayacaklardı.)

(Halbuki, Amerikan medyası gümbür gümbür yazıyordu.
Çin aşısını üreten şirket, 2016 yılından beri yargılanıyordu.
Çünkü, ürettikleri aşılara klinik testler sonuçlanmadan onay almak için, Çin'in ilaç düzenleme kurumuna rüşvet verdikleri ortaya çıkmıştı. Rüşveti alan bürokrat 10 yıl hapis cezasına çarptırılmıştı. Rüşveti veren şirketin ceo'suydu, koltuğunda oturmaya devam ediyordu.
Peki, Amerikan medyası Çin şirketini niye bu kadar yakından takip ediyordu? Amerikan aşısına rakip oldukları için mi? Hayır... Çin aşısını üreten şirketin hisse senetleri, Amerikan teknoloji borsası Nasdaq'ta işlem görüyordu. "Koronavirüse aşı bulduk" dedikleri anda, hisse senetleri uçmuştu, acayip voliler vurulmuştu, ama sonra sipariş alamadıkları ortaya çıkınca, hisse senetlerinin fiyatı eski halinden bile geriye düşmüştü. Amerikan medyası işte bu yüzden Çin şirketini yakından takip ediyordu, Çin aşısı müjdesiyle kimlerin voli vurduğuna bakıyorlardı.)

(Sağlık bakanlığımız Çin aşısını direkt satın almıyor, aracı firma kullanıyordu. Keymen ilaç firması getiriyor, devlete fatura ediyordu.

Keymen ilaç firmasının sahibi 2023 seçiminde AKP milletvekili yapıldı.)

Türkiye 2021 yılbaşına tüm yurtta sokağa çıkma yasağıyla girdi.
Üç ay önce, kontrol altına aldık deyip, yasakları kaldırmışlardı.
Üç ay sonra tüm Türkiye'de tam kapanma ilan etmişlerdi.

Profesör Melih Bulu, Boğaziçi Üniversitesi rektörü yapıldı.
AKP ilçe başkanlığı, AKP il başkan yardımcılığı yapmıştı, AKP'den milletvekili aday adayı olmuştu, Boğaziçi Üniversitesi'nin içinden seçimle değil, cumhurbaşkanlığı kararnamesiyle tepeden atanmıştı.
"Kayyum rektör"dü.
Bilimin yerini biat almıştı.
Ege, Dokuz Eylül, Ankara, Erzurum, neredeyse bütün üniversitelerin başına AKP eski milletvekilleri rektör olarak atanıyordu.
Boğaziçi öğrencileri ayağa kalktı.
Protestocu öğrencilerin kampüse girmesini engellemek için Boğaziçi Üniversitesi'nin kapısına polis kelepçesi taktılar iyi mi... Dünya üniversite tarihinde görülmemiş utançtı.
Tayyip Erdoğan "öğrenci misiniz, terörist misiniz" diye bağırdı.
Türkiye'nin pırıl pırıl öğrencilerine biber gazı sıktılar, sürükleye sürükleye gözaltına aldılar, tutukladılar, ama başaramadılar.
Melih Bulu anca 195 gün oturabildi.
Tayyip Erdoğan tarafından mecburen görevden alındı.

Trump kaybetmeyi hazmedememişti.
Taraftarlarını tahrik etti.
Kafasına bizon boynuzlu şapka takan, suratını Amerikan bayrağına boyamış cahil cühela kalabalık, Kongre binasını bastı, işgal etti.
Washington'da sokağa çıkma yasağı ilan edildi.

(ABD icadı olan "küreselleşme"nin yarattığı toplumsal kutuplaşma, bumerang gibi dönmüş dolaşmış, ABD'yi vurmuştu. Önce, varoş-liboş oylarıyla, siyah tenli olmasından başka hiçbir özelliği bulunmayan Obama'yı seçtiler. Sonra tam aksi yöne savruldular, hıristiyan-beyaz hariç herkesi aşağılayan, ağzından çıkanı kulağı duymayan, magandalığıyla övünen Trump'ı seçtiler. Sadece dört yılda ülkeyi

allak bullak etmişti. Amerikan toplumunun 160 yıldan beri, Amerikan iç savaşından beri, böylesine bölündüğünü görmemiştik. Neticede, seçimi kaybedince pespaye kitlesini sokağa dökmüştü.)

Kongre binasını bastılar, yıkıp döktüler.
Darbe yapmaya kalkıştılar.
Washington'da iç savaşın kıyısından dönüldü.
Devletleri şirket gibi yönetmenin, vatandaşı müşteri gibi görmenin, ulus yerine para koymanın kaçınılmaz faturasıydı.
Koltuk için dini/milli duyguları istismar etmenin, niteliksizliğin, liyakatsizliğin, zırcahilliğin sırtını sıvazlamanın sonucuydu.
Trump iktidarı açıkça göstermişti ki...
Uzay mekikleri, uçak gemileri filan hikayeydi.
Cahilden daha yıkıcı bir kitle imha silahı, henüz icat edilmemişti!

Muharrem İnce, CHP'den istifa etti.
Memleket Partisi'ni kurdu.

Gara faciası yaşandı.
PKK tarafından kaçırılmış askerlerimiz, polislerimiz vardı.
Altı yıldır Irak topraklarında rehin tutuluyorlardı.
AKP medyası tarafından sınırötesi operasyon düzenleyeceğimiz duyuruldu, gizlice yürütülmesi gerekirken, adeta davul zurnayla "geliyoruz" denildi. Türkiye sınırına 40 kilometre uzaklıktaki Gara bölgesine helikopterle indirme yapıldı. Çatışma çıktı. Özel kuvvetler personeli üç askerimiz şehit oldu. 13 rehinenin tamamı mağaradaki teröristler tarafından öldürüldü.

(Rehineleri kurtarmak için mi operasyon yapmıştık, yoksa operasyon sırasında rehinelere mi denk gelmiştik, muammaydı. Sadece şurası kesindi... Askerlerimiz polislerimiz altı yıldır rehin tutuluyordu, AKP hükümeti bu evlatlarımız için altı yıldır kılını bile kıpırdatmamıştı, yok saymıştı. Dolayısıyla operasyon sırasında tesadüfen denk gelmiş olma ihtimali çok daha yüksek görünüyordu.)

(Gara faciası, açılım saçmalığının sonucuydu.
90'lı yıllarda, AKP iktidarından önce, yoğun şekilde sınırötesi harekatlar yapılıyor, PKK'nın bölgeye yerleşmesine izin verilmiyordu. Açılım

sırasında harekatlar durdurulmuş, saha tamamen PKK'ya terkedilmişti. Bölgeye rahatça gelip, mağara mağara yerleşmişlerdi.)

Kara Kuvvetleri Komutanlığı'na ait Cougar tipi helikopter, Bingöl'den Tatvan'a giderken düştü. Aralarında 8'inci kolordu komutanı Korgeneral Osman Erbaş'ın da bulunduğu 11 askerimiz şehit oldu.

(2017 yılında Cougar tipi helikopter Şırnak'ta düşmüş, biri tümgeneral 13 askerimiz şehit olmuştu. TBMM'de araştırma önergesi verilmişti. Aynı tip helikopterin 2003 yılında Isparta'da düştüğü hatırlatılmıştı. Ama, AKP tarafından gündeme bile alınmamış, cevap bile verilmemişti. Cougar tipi helikopterlerin denizde arama kurtarma için üretildiğini, silah taşımaya bile müsait olmadığını, hava yoğunluğunun azaldığı yüksek rakımlı coğrafyalarda yetersiz olduğunu herkes biliyordu. Araştırma önergesi kabul edilseydi, Şırnak'taki kazaya Meclis tarafından el konulsaydı, Bitlis'teki kaza yaşanmazdı. Sorunların üstünü örtüyorlar, facialar tekrar tekrar yaşanıyordu.)

Çorum valisi, AKP Çorum milletvekili, Çorum'un AKP'li belediye başkanı, Hitit Üniversitesi rektörü, ölüm yıldönümünde mezarı başında toplandılar, İskilipli Atıf'ı andılar.

(İskilipli Atıf, Teali İslam Cemiyeti'nin başkanıydı, Mustafa Kemal ve Kuvayı Milliye'ye "hain, şaki, yağmacı, mahluk, katil, canavar" diyen, "derhal öldürülmeleri gerektiğini" söyleyen, Anadolu halkını Kuvayı Milliye'ye karşı savaşmaya çağıran, bizzat kaleme aldığı bu utanç vesikası bildirisi Yunan uçakları tarafından Anadolu'ya atılan, düpedüz vatan hainiydi. Düpedüz casusluk teşkilatı olan İngiliz Muhipleri Cemiyeti'nin emri altında faaliyet gösteriyordu. İstiklal Mahkemesi'nde yargılanıp, asılmıştı. AKP protokolü, işte bu vatan haini için mezarı başında anma töreni düzenlemişti.)

Çin devleti bile henüz Çin aşısına resmi olarak onay vermemişken, Türkiye apar topar onay verdi, aşılama başladı.
Türkiye'deki aşılamaya siyasetçilerden başlandı.

İngiltere Astrazeneca aşısını icat etmişti, bütün vatandaşlarına yetecek kadar aşıları olmasına rağmen, İngiltere Kraliçesi aşı olmak için yaş grubunun sırasını bekledi, İngiltere başbakanı sırasını bekledi.
Almanya Biontech aşısını icat etmişti, bütün vatandaşlarına yetecek kadar aşıları olmasına rağmen, Almanya cumhurbaşkanı, Almanya başbakanı aşı olmak için sıralarını beklediler.
Alman yasaları, Biontech gibi ilaç-aşı araştırması yapan şirketlerin çalışanlarının klinik denemelere katılmasına izin vermiyordu, bu nedenle Biontech aşısını icat eden Profesör Uğur Şahin'le Özlem Türeci bile hemen aşı olamadılar, yaş sıralarını beklediler.
Rusya Sputnik aşısını icat etti, bütün vatandaşlarına yetecek kadar aşıları olmasına rağmen, Putin sırasını bekledi.
Fransa mesela, bütün vatandaşlarına yetecek kadar Biontech, Moderna ve Astrazeneca satın almıştı, Fransa cumhurbaşkanı yaş grubunun sırasını bekledi. Fransa sağlık bakanı, hekim olmasına rağmen, hekimlere öncelik tanınmasına rağmen, 50 yaş altında olduğu için, sıra 50 yaşındakilere gelene kadar aşı olmadı, sıradan vatandaşlar gibi sırasını bekledi.
Bizimkiler ise sıra mıra beklemedi.
Herkese yetecek kadar aşıya sahip olmadığımız halde, Tayyip Erdoğan, Devlet Bahçeli, AKP/MHP milletvekilleri, vatandaşlardan önce aşılarını oldular.
CHP örnek davranış sergileyeceğine, CHP milletvekilleri de koştura koştura vatandaşın önüne geçti, en önce aşılarını oldular.
Sıkıştıklarında "hepimiz aynı gemideyiz" diyorlardı ama, filikalara en önce siyasetçilerimiz binmişti, vatandaşı kaderine terketmişlerdi.

Bundan daha utanç verici bir hadise yaşandı.
Siyasetçilerle birlikte gazeteciler aşı oldu.
Güya vatandaşın haklarını savunmak için gazetecilik yapıyorlardı ama, can korkusuyla hemen "ayrıcalıklı sınıf" oluvermişlerdi, kendilerini vatandaşın önüne koymuşlardı.

(Kendi payıma bu utanca ortak olmadım, aşı olmak için sıramı bekledim, beklerken covid oldum, hafif atlattım, kendilerini uyanık zanneden, benim gibi sırasını bekleyen gazetecileri enayi gören ahlaksız gazetecilerden olmadığım için tarih huzurunda müsterihim.)

Tayyip Erdoğan aşısını oldu.
O güne kadar insan içine çıkmıyordu, rahatladı.

AKP kongrelerine katılmaya başladı.
"Salonlarımız lebaleb dolu" diye övünüyordu.
Maske takmayan, sosyal mesafeyi korumayan vatandaşlara para cezası kesilirken, lokantalar kafeler kapalıyken, virüsle boğuşan hekimlerimiz patır patır ölürken... AKP'liler lebaleb halay çekiyordu!

Merkez Bankası başkanı gene değişti.
Naci Ağbal uçtu, Şahap Kavcıoğlu geldi.
AKP eski milletvekiliydi, *Yeni Şafak* gazetesi yazarıydı.
Son 20 ayda dördüncü başkandı.
Merkez Bankası rezervi eksi 42 milyar dolara düşmüştü.
Kasadaki 128 milyar dolar buhar olmuştu.
Hangi kur'dan, kimlere satıldığı muammaydı.

Tarım ithalatında Cumhuriyet tarihinin rekoru kırıldı.
Tarihte ilk kez soğan ithal ettik.
O gün, Tayyip Erdoğan, Ay'a seyahat müjdesi verdi.
"2023 yılında milli roketimizle Ay'a gidiyoruz" dedi.

Sayın ahalimiz ak'tronot olarak Ay'a gitmenin hayallerini kurarken, Amerikan ordusu burnumuzun dibinde, Yunanistan Dedeağaç'ta üs kurdu, saldırı helikopterleri ve tanklar konuşlandırdı.

(2019 yılında biz Rusya'dan S-400 almak için anlaşma imzaladık, sadece bir ay sonra, ABD'yle Yunanistan arasında bu askeri üssün anlaşması imzalandı.
ABD-Yunanistan anlaşması sadece Dedeağaç'a askeri üs kurulmasıyla sınırlı değildi. Washington yönetimi bu anlaşma çerçevesinde, Girit adasındaki askeri üssü ve Larissa Havalimanı'nı modernize edeceğini, Stefanovikeio hava üssü'nü güçlendireceğini, Dedeağaç Limanı'nı büyüteceğini açıklamıştı.
Peki bunları niye yapıyorlardı?
Çünkü... Dedeağaç'ı Rus doğalgazına alternatif bir merkeze dönüştürüyorlardı. Dedeağaç Limanı'nın 18 kilometre açığında, denizin ortasında, adacık gibi, devasa bir yüzer depolama tesisi kuruyorlardı. Deniz tabanına döşenen boru hattıyla karaya bağlayacaklardı. Yılda altı milyar metreküp kapasiteye sahip olacaktı.

Yunanistan'la beraber Bulgaristan'ı da bu projeye ortak etmişlerdi. ABD'den çıkarılan sıvılaştırılmış doğalgazı, gemilerle, buz blokları halinde bu yüzer tesise taşıyacaklar, yeniden gaza dönüştürüp, Yunanistan'dan Bulgaristan'a, oradan Avrupa'ya basacaklardı. Dedeağaç'a kurulan ABD askeri üssü, işte bu sistemi koruyacaktı. Türkiye kötü yönetiliyor, Yunanistan avantaj sağlıyordu. Sayın ahalimiz Karadeniz'den çıkaracağımız doğalgazla zengin olacağımızı zannederken, Yunanistan doğalgaz aktörü oluyor, Avrupa'nın enerji kavşağına dönüşüyordu.)

Fransa'yla Libya'da gerilim yaşıyorduk.
Karşı grupları destekliyorduk.
Tayyip Erdoğan esti gürledi, "eyyy Fransa" diye bağırdı.
Fransa cumhurbaşkanı Macron'u halk arasındaki tabirle itin götüne soktu. "Eyyy Macron beyin ölümünü kontrol ettir" dedi. "Bu Macron denen zat zihinsel tedavi görmeli" dedi. "İslam düşmanı" dedi. "Irkçı" dedi. "Eyy Macron sen tarih bilmiyorsun, Fransa tarihini bilmiyorsun, Ruanda'da 800 bin insanı öldüren siz değil misiniz, Cezayir'de bir milyon insanı öldüren siz değil misiniz?" diye hesap sordu.
Boykot çağrısı yaptı.
"Milletime sesleniyorum, Fransız markalarını almayın" dedi.

Gel gör ki... Bunları söylediği Macron'a el altından mektup yazdığı, kırk yıllık kankasıymış gibi adıyla hitap ederek, "sevgili Emmanuel ilişkilerimizi görüşmek isterim, ortak hareket edelim" dediği ortaya çıktı.
NATO zirvesinde sarılıp sohbet ettiler.
Macron, Tayyip Erdoğan'ın sırtını sıvazladı.
Dış politikamız, yeni nesil iftar toplarına benziyordu.
Gümbür gümbür, at atabildiğin kadardı.

(Fransa devleti, Tayyip Erdoğan'ı çok iyi tanıyordu. Tayyip Erdoğan'ın davranış biçimlerini çok iyi analiz ediyorlardı. Fransa 2009 yılına kadar NATO'nun sadece siyasi üyesiydi, askeri üyesi değildi, 1966 yılında ülke savunmasında bağımsız kalalım diyerek, NATO'nun askeri kanadından çıkmışlardı. Ama... 2009 yılında, yani, Tunus, Mısır, Libya, Suriye patlamadan hemen önce, NATO'nun askeri kanadına geri dönmek istemişlerdi. Aslında gayet açık görülüyordu, Akdeniz'de çarşı karışacaktı, NATO şemsiyesi

altında petrol/doğalgaz pastasından pay kapmak isteyen Fransa, pozisyon değiştiriyordu. NATO zirvesinde karar verilecekti, Obama yönetimi Fransa'yı destekliyordu, elimize çok büyük fırsat geçmişti, Türkiye'nin veto hakkı vardı, Türkiye onay vermezse NATO'nun askeri kanadına dönemezlerdi, Washington'la pazarlık edip, istediğimiz her şeyi yaptırabilirdik, mesela patriot alabilirdik, ver patriotları al onayı diyebilirdik, kuzu kuzu vermek zorundaydılar, S-400 krizi yaşamak zorunda kalmazdık. Yapmadık... "Eyyy Fransa" diyebilirdik, soykırım yasanı derhal geri çek, Türkiye'nin haklı tezlerine destek verdiğini açıkla diyebilirdik. Yapmadık... Hiçbir şey talep etmedik, kuzu kuzu onay verdik. AKP hükümetinin bu vahim hatasıyla, Fransa en ufak bedel ödemeden NATO'nun askeri kanadına katılmıştı.)

(2011 yılında yasa çıkarmışlar, "soykırım yok" diyene hapis cezası getirmişlerdi. Esip gürlemiştik, siyasi ve ekonomik bütün ilişkilerimizi keseceğimizi söylemiştik, Fransa'yı pişman edeceğiz demiştik, TBMM'de misilleme yapacağız demiştik, Paris büyükelçimizi geri çekmiştik. Aradan az biraz geçince, Paris büyükelçimizi sessiz sedasız geri göndermiştik. İlişkilerimizi hiçbir şey olmamış gibi aynen devam ettirmiştik. Hatta üstüne, özür diler gibi, Fransa'dan 25 adet Airbus satın almıştık.)

(2019 yılında, 24 Nisan'ı soykırımı anma günü ilan etmişlerdi. Esip gürlemiştik, siyasi ve ekonomik bütün ilişkilerimizi keseceğimizi söylemiştik, Fransa'yı pişman edeceğiz demiştik, TBMM'de misilleme yapacağız demiştik, Paris büyükelçimizi geri çekmiştik. Aradan az biraz geçince, Paris büyükelçimizi sessiz sedasız geri göndermiştik. İlişkilerimizi hiçbir şey olmamış gibi aynen devam ettirmiştik. Hatta üstüne, özür diler gibi, Fransa'dan kırmızı et ithal etmiştik.
Fransa devleti, Tayyip Erdoğan'ı çok iyi tanıyordu.
"Eyyy" demesine alışıktı!)

Papa, Kuzey Irak'ı ziyaret etti.
Barzani, bu ziyaret şerefine hatıra pulu bastırdı.
AKP'nin onur konuğu olarak ağırladığı, Türkiye seninle gurur duyuyor diye alkışladığı Barzani'nin pulunda harita vardı, bu haritada Türkiye'nin üçte biri Kürdistan olarak gösteriliyordu!

(Bu puldaki harita aslında, Barzani'nin makam odasında duvarda asılıydı. Adıyaman, Şanlıurfa, Malatya, Elazığ, Erzincan, Mardin, Diyarbakır, Batman, Siirt, Şırnak, Bitlis, Van, Hakkari, Bingöl, Muş, Ağrı, Kars, Iğdır, Tunceli, Kilis, Hatay, Gaziantep, Sivas, Erzurum, Kahramanmaraş, o haritada Kürdistan sınırları içinde gösteriliyordu.)

(Zaten gizli saklı değildi, gizlemiyordu, Barzani'nin Rudaw Tv adında televizyon kanalı vardı, her akşam hava durumu yayınlıyordu, yukarda adı geçen şehirlerimiz o hava durumunda Kürdistan şehirleri olarak gösteriliyordu.)

(Barzani'nin sarayını biz yaptık.
Başbakanlık binasını biz yaptık.
İçişleri bakanlığı binasını, kültür bakanlığı binasını biz yaptık.
Merkez bankası binasını biz yaptık.
Erbil havalimanını, Süleymaniye havalimanını, Musul havalimanını biz yaptık, Kerkük havalimanını biz modernize ettik, rahat rahat gidip gelsinler diye Türk Hava Yolları'ndan tarifeli uçaklar koyduk.
Üniversitelerini, yurtlarını, kampuslarını biz yaptık.
İçme suyu şebekelerini biz kurduk.
Toplu konutlarını biz diktik.
Spor salonlarını biz yaptık.
Alışveriş merkezlerini biz inşa ettik.
Petrol tesislerini biz kurduk, petrollerini, doğalgazlarını bizim sırtımızdan satsınlar diye, kendi ellerimizle kendimize boru döşedik.
Beş yıldızlı otellerini biz yaptık.
Çatışmada yaralanan, dağda hastalanan PKK'lıların ücretsiz tedavi edildiği hastanelerini bile biz yaptık, tıbbi laboratuvarlarını biz kurduk.
Amerikalılar kafamıza çuval geçirdi, kelepçe taktı, subayımızın kaburgasını kırdılar, yerlerde sürüklediler, esir tuttular, adeta teşekkür mahiyetinde, Barzani bölgesindeki Amerikan üssünü biz yaptık, Barzani bölgesindeki Amerikan elçiliği binasını biz yaptık.
Barzani'ye kendi vatandaşımızın ödediğinin yarı fiyatına elektrik veriyoruz, kullandıkları ampul'ü de biz veriyoruz.
Kanalizasyonlarını, arıtma tesislerini, sulama kanallarını, enerji iletim hatlarını, köprülerini, viyadüklerini biz yaptık.

Duhok'la Zaho'yu dağın altından birbirine bağlayan tüneli biz yaptık, kendi memleketimizdeki tünelleri Japonlara, İtalyanlara filan yaptırıyoruz, Barzani'nin tünellerini biz yaptık.
Erbil-Kerkük yolunu, Erbil-Duhok yolunu, Erbil- Selahaddin yolunu, Divaniye- Samawa yolunu biz yaptık.
Köylerinin içme suyu şebekelerini biz yaptık.
Barzani'nin babasına anıtmezar yaptık, camisi var, müzesi var, konukevi var, 15 evladımızı şehit verdiğimiz Gara dağı var ya, işte o Gara dağının eteklerinde yeralıyor o anıt mezar, biz yaptık.
Polis akademisi binasını biz yaptık.
Banka binalarını biz yaptık.
Et entegre tesislerini biz yaptık.
Kapalı otoparklarını, altgeçitlerini, üstgeçitlerini biz yaptık.
Plazalarını biz yaptık.
Sosyal yaşam gelişsin diye sinemalarını, tiyatrolarını, kültür merkezlerini biz yaptık, çocukları mutlu olsun diye oyun parklarını biz yaptık, İstanbul'daki Tatilya'yı bile söktük, Barzani'ye gönderdik.
Erbil caddelerindeki okaliptüs ağaçları savaş sırasında kurumuştu, derhal biz devreye girdik, sosyal sorumluluk projesi kapsamında, para mara almadan, palmiye ağaçları diktik.
Barzani'nin çöpçülük işini bile biz yaptık, belediye binalarıyla beraber, caddelerinin, sokaklarının, meydanlarının temizlik ve çöp toplama işini biz yaptık, insanın koltukları kabarıyor!
AKP kongresine onur konuğu olarak davet ettik, "Türkiye seninle gurur duyuyor" diye ayakta alkışladık, Yıldız Sarayı Mabeyn Köşkü'nde ağırladık.
Paraya sıkışmıştı, memur maaşlarını ödeyemiyordu, Tayyip Erdoğan'dan istedi, aramızda paranın lafı mı olur, Barzani'yi kırar mıyız, tiko para iki milyar dolar gönderdik.
Topuyla tüfeğiyle uçaksavarlarıyla Kobani'ye geçebilsin diye topraklarımızı açtık, takvimde başka gün kalmamış gibi tam 29 Ekim'de Cumhuriyet Bayramımızda resmi geçit yaptırdık, bir dinlenme tesisinde mola verdiler, lahmacun yediler, ellerini ceplerine attırmadık, yedikleri lahmacunun parasını bile biz ödedik.)

Ve şimdi, pul bastırmıştı.
Türkiye'nin üçte birini Kürdistan olarak gösteriyordu.
Bana sorarsanız iyi yapmıştı.
Çünkü bi yalamadığımız kalmıştı.

Sanırım o yüzden pul bastırmıştı.
Yapıştırmadan önce kendisini yalayalım diye vesile yaratmıştı!

Gezi Parkı, İstanbul Büyükşehir Belediyesi'nin elinden alındı.
Sultan Beyazıt Hanı Veli Hazretleri Vakfı'na verildi.
Gezi Parkı'yla birlikte Şişli Etfal Hastanesi, Pera Palas Oteli, Vefa Lisesi, Sait Halim Paşa Yalısı da bu vakfa devredildi. Vakıflar Genel Müdürlüğü'ne bağlı olan bu vakfın yönetim kurulu yoktu, Cumhuriyet tarihi boyunca herhangi bir faaliyeti yoktu, adresi yoktu, tabelası bile yoktu, kağıt üstünde vakıftı. Gezi Parkı'nı Ekrem İmamoğlu'nun kontrolünden çıkarmak için böyle bir "hülle" icat etmişlerdi.

Türkiye, İstanbul Sözleşmesi'nden çıktı.
Kadınlara yönelik şiddet ve bu şiddetle mücadeleye ilişkin Avrupa Konseyi Sözleşmesi'ydi, uluslararası insan hakları sözleşmesiydi. 2011 yılında Türkiye'nin, İstanbul'un evsahipliğinde 45 ülke tarafından imzalandığı için, kısaca İstanbul Sözleşmesi olarak anılıyordu.
AKP hükümeti tarafından imzalanmıştı, peki, AKP hükümeti tarafından niye feshedilmişti. Çünkü... AKP'nin oyları azaldıkça tarikatlara olan ihtiyacı artıyordu. Tarikatlar "cinsiyet eşitliği"ne kesinlikle karşıydı. AKP de tarikatların güdümüne giriyordu.
İstanbul Sözleşmesi Tayyip Erdoğan tarafından feshedilince, tarikatlar/cemaatler teşekkür kuyruğuna girdi. Alkışlayanların başında Diyanet Vakfı Sendikası vardı.

(İstanbul Sözleşmesi'nin iptal edilmesi için AKP'yle aynı görüşlere sahip olan Fatih Erbakan'a "İstanbul sözleşmesine neden karşısınız?" diye sordular. "Toplumsal cinsiyet eşitliği kadına şiddeti engellemiyor, bir tane Fransız felsefeci var, Simone de Beauvoir, biseksüel bir adam, toplumsal cinsiyet teorisini ortaya atanlardan biri" dedi.
Halbuki, Simone de Beauvoir kadındı.
Kafayı gayliğe, lezbiyenliğe, biseksüelliğe, filan takmışlardı ama, aslında, İstanbul Sözleşmesi'nin hukuki önemine dair zerre fikirleri yoktu.)

"Tarikatçı amiral" manşet oldu.
Apoletli tören üniformasının üstüne cübbe giymiş, sarık takmıştı. Deniz ikmal komutanı tuğamiral Mehmet Sarı'ydı. İnternete düşen takkeli

sarıklı cübbeli fotoğrafları, makam otomobiliyle gittiği tarikat evinde çekilmişti. Harp Okulu mezunu değildi, sivil üniversite diplomasıyla mühendis kadrosuyla sözleşmeli subay olarak Deniz Kuvvetleri'ne alınmıştı, Harp Akademisi'ne gitmeden, kurmay olmadan amiral yapılmıştı. Kurdoğlu cemaati mensubuydu, nurcuydu. Aslında, sarıklı amiralin varlığını Deniz Kuvvetleri'nde herkes biliyordu. Kuvvet komutanı, genelkurmay başkanı biliyordu. Fotoğraflar internete düşene kadar kimse kılını kıpırdatmamıştı.

(Sarıklı amiral hakkında disiplin işlemi bile yapılmadı.
İlk askeri şura'da sessiz sedasız emekliye sevkedildi.)

Harp okulları ve astsubay okulları yönergesi değiştirildi. "İrticai ve bölücü görüşleri benimsememiş veya bu faaliyetlere karışmamış olmak" hükmü ortadan kaldırıldı. Yani... Artık askeri okullara öğrenci alınırken, irticaya bulaşıp bulaşmadığına bakılmayacaktı. Askeri okulların kapıları tarikatlara/cemaatlere ardına kadar açılmıştı.

TBMM başkanı Mustafa Şentop, gündeme adeta bomba fırlattı. "Cumhurbaşkanımız İstanbul Sözleşmesi'nden çekildiği gibi, Montrö gibi uluslararası antlaşmalardan da çekilebilir, buna yetkisi var" dedi.

TBMM başkanının bu tuhaf açıklaması üzerine "amiraller bildirisi" yayınlandı. 103 emekli amiral imzalamıştı. Montrö Antlaşması'nın önemine dikkat çekiyorlar, iptal edilmesini boşver, asla esnetilmemesi gerektiğini belirtiyorlardı.
Aslında "basın duyurusu" başlığıyla imzalamışlardı, pazartesi sabahı tüm basına iletilecekti. Ancak, iki gün önce cumartesi geceyarısı internete sızdırıldı. Üstelik "basın duyurusu" diye başlamıyor, "Yüce Türk Milletine" diye başlıyordu. Adeta "tehdit" havası verilmişti.
Bu değişiklikleri kimin yaptığı muamma olarak kalacaktı ama, Montrö hassasiyeti gösteren emekli amiraller tufaya getirilmişti!
AKP için bulunmaz fırsattı.
Derhal "darbe" çığlıkları atıldı.
Savcılık jet hızıyla soruşturma açtı.
Emekli amiralleri sabahın köründe evlerinde gözaltına aldılar.
Atilla Kezek, Cem Gürdeniz, Kadir Sağdıç, Mehmet Otuzbiroğlu, Atilla Kıyat, Can Erenoğlu, Deniz Cora, Türker Ertürk gibi, hem medyada

görüşlerini dile getirmekten çekinmeyen, hem de Balyoz/Ergenekon kumpaslarında bedel ödemiş subaylardı.
Ayaklarına elektronik kelepçe takıldı.
12 yıl hapisle yargılandılar.
Elbette beraatla sonuçlandı, ortada darbe marbe yoktu ama, şu gerçeği bir kez daha ortaya koymuştu... Türkiye Cumhuriyeti yerine İslam Devleti kurmak üzere anayasa hazırlayan Sadatçı emekli general, devletin zirvesine oturtulurken, takkeli sarıklı cübbeli amiral karargahta zikir çekerken, tarikatçılar harp okullarına doldurulurken, Atatürkçü subay olmak suç'tu!

---

28 Şubat davasında müebbet hapse çarptırılan 14 emekli general hapse tıkıldı. Bu davanın belgesi sahteydi, bu sahte belgeyi getiren yüzbaşı fetoculuktan ordudan atılmıştı, davanın dört savcısı vardı, iddianameyi yazan savcı fetoculuktan hapisteydi, sahte belgeyi teslim alan savcı feto'nun semt imamı çıkmıştı, diğer savcı yurtdışına kaçmıştı, ilk ifadeyi alan savcı fetoculuktan ihraç edilmişti, davanın üç hakimi vardı, biri fetoculuktan hapisteydi, biri yurtdışına kaçmıştı, biri fetocu olduğu için meslekten ihraç edilmişti.
Özetle, dava mava değildi.
İnsanlık suçuydu.
91 yaşında olan vardı.
87 yaşında olan vardı.
83, 84, 85 yaşındalardı.
En genci 75 yaşındaydı.
Kanser hastası olan vardı.
Sondayla yaşayan vardı.
Hepsi by-passlıydı.
Parkinson yüzünden, demans yüzünden kendi başına ihtiyaçlarını göremeyenler vardı, yürüyemeyenler vardı, fiziksel sorunları nedeniyle çorap giymek gibi basit hareketleri bile yapamayan vardı.
Bu millet, bu muameleyi düşman esirlerine bile yapmamıştı.

Yargıtay binası, diyanet işleri başkanının duasıyla açıldı.
"Bereketli eyle Allahım" dedi.
Mahkemelerde 45 milyon dava vardı.
23 milyon icra dosyası vardı.
Türkiye'de her sekiz kişiden biri mahkemelikti.

Yargıtay'da 3 milyon dosya vardı.
Daha nasıl bereketli olacaktı?

Devlet protokolünde değişiklik yapıldı, 52'nci sırada yeralan diyanet işleri başkanı, 40 sıra birden yükselerek, genelkurmay başkanı ve kuvvet komutanlarının önüne geçti.

Kokainci AKP'li afişe oldu.
AKP'li belediyede voliyi vurduktan sonra AKP genel merkezine yükselen Kürşat Ayvaoğlu, lise mezunuydu, henüz 27 yaşındaydı, lüks otomobil koleksiyonuna sahipti, kumar fişleriyle revü kızlarıyla jakuzide pozlar veriyordu, lüks sitede oturuyordu, bir yandan din-iman-rabia tweetleri atarken, beri yandan elektrikli süpürge hortumu gibi şakır şakır kokain çekiyordu. Arkadaşları gizlice videoya kaydedip, internete servis etmişti, kepazelik böyle anlaşılmıştı.
Kendisini savunurken "kokain değil pudraşekeriydi" dedi.
"Allah ile aldatma" ikliminin, kendisini "dindar nesil" diye tanıtanların, memleketi ne hale getirdiğinin sefil bir göstergesiydi.

Thodex isimli kripto para borsasının sahibi Faruk Fatih Özer, 400 bin kişiden 2 milyar dolar topladı, pırrrr, Arnavutluk'a kaçtı.
Seksi kıyafetler giydirilmiş mankenlerle reklam yapıyordu.
Müşterilerine çekilişle Porsche hediye ediyordu. Sayın medyamız kendisiyle röportaj üstüne röportaj yaparak şakşaklıyordu, finansal deha olarak manşet yapıyorlardı, örnek işadamı olarak dergilere kapak yapıyorlardı, televizyonlardaki ekonomi programlarına sponsor oluyordu. Eğitimi bilinmiyordu, yaşı bile bilinmiyordu, ikametgah adresi neresi bilinmiyordu, Kadıköy'de bir ofis kiralamıştı, hepsi buydu, şirketinin yönetiminde kendisinden başka kimse yoktu.
Sayın ahalimiz bu arkadaşa güvenip 2 milyar dolar yatırmıştı.

TSK içinde saadet zinciri kurulduğu ortaya çıktı, "Forex piyasasında acayip para kazanacağız, bir koyup on alacağız" denilmiş, özellikle jandarma teşkilatı içinde beş bin rütbeli asker oltaya takılmıştı, 450 milyon lira tokatlanmıştı. İşi organize eden uzman çavuş, Irak'a kaçtı.

Çok rezalet görmüştük ama, böylesine ilk kez tanık olduk. Ticaret bakanı Ruhsar Pekcan'ın, kocasının şirketinden ticaret bakanlığına milyonlarca liralık dezenfektan satın aldığı ortaya çıktı. Üstelik, piyasa fiyatının dört katı pahalısına aldığı anlaşıldı.

Lütfedip istifa bile etmedi.

Beş gün sonra mecburen görevden alındı.

AKP döneminde dezenfektanı bile kirletmeyi başarmışlardı!

Adana büyükşehir belediyesi şoför ve bekçi almak üzere 200 kişilik ilan verdi, 52 bin kişi başvurdu, 45 bini üniversite mezunuydu.

Adalet bakanlığı Adıyaman mahkemesine 9 temizlik işçisi alacağını duyurdu, 5 bin küsur kişi başvurdu, 2 bini üniversite mezunuydu.

Çaykur'a 210 mevsimlik işçi almak için duyuru yaptılar, 35 bin kişi başvurdu, başvuru şartı olarak ilkokul mezunu olmak yeterliydi ama, başvuranların yarısından fazlası üniversite mezunuydu.

Hal böyleyken, Tayyip Erdoğan izah etti.

"İşsizlikte iyi bir noktaya geldik" dedi. "Kalite ve kalifikasyon noktasında kendini ispatlayan genç rahatça iş bulur" dedi!

Tehcirin yıldönümü geldi.

ABD başkanı Biden "soykırım" tabirini kullandı.

Tayyip Erdoğan'ın gıkı çıkmadı.

Cılız bir tepki bile gösterilmedi.

Olmayan suç icat ettiler.

Ekrem İmamoğlu, İstanbul'un fethinin yıldönümünde Fatih Sultan Mehmet'in türbesindeki anma törenine katıldı, türbenin bahçesinde ellerini arkasına bağlamış şekilde yürürken fotoğrafını çektiler, "vaayyy türbeye saygısızlık yaptı" dediler, savcılık soruşturması açıldı, İmamoğlu'nun ifadesi alındı iyi mi!

> *(Türbeye saygısızlık diyorlardı ama, türbeye saygıdan bahsedenler, Çorum'da 700 yıllık Ergülü Baba türbesi'ne haciz koymuşlardı. Kahramanmaraş'ta camiyi haczetmişler, icra iflas müdürlüğü tarafından açık arttırmayla satmışlardı. Kanuni Sultan Süleyman tarafından yaptırılan Yavuz Sultan Selim Camisi'nin borcu var diye elektriğini kesmişlerdi. AKP'li Malatya belediyesi Hollandalı*

firmaya arazi satmıştı, Hollandalı firma alışveriş merkezi yapmak için o arazi üstündeki camiyi dozerle yıkmıştı. AKP'li Üsküdar belediyesiyle AKP'li Esenler belediyesi borçlarına karşılık cami satmışlardı. Minareden dombıra çalmışlardı, camide miting yapmışlardı, ramazan ayında mahyalara belediye başkanlarının ismini yazmışlardı, camide biber gazı sıkmışlardı... Türbeye saygıdan bahsedenler, Süleyman Şah türbesi'ni ve Süleyman Şah saygı karakolu'nu sırtlayıp, kaçmışlardı.)

İstanbul polisi, Sedat Peker'in evine baskın yaptı.
Sedat Peker yoktu, 1.5 yıldır yurtdışındaydı.
Eşi ve çocukları evdeydi.
Evde sadece eşinin ve 6 ila 10 yaşındaki çocuklarının olduğu bilinmesine rağmen, sabah 5'te kapıyı kırarak girmeye çalıştılar.
Çocuklar uyuyordu. Özel harekat polisleri çocukların odasına silahlarla girdiler. Sedat Peker'in en küçük kızı, burnuna dayanmış silahı görünce, o panikle teslim olur gibi ellerini havaya kaldırdı.
O an için Türkiye'de pek kimse farkında bile değildi ama, Sedat Peker açısından minik kızının yaşadıkları bardağı taşıran damlaydı.
Ailesini yurtdışına çıkardı, yanına aldı.

YouTube üzerinden videolar yayınlamaya başladı.
"Bir tripod, bir telefon kamerasına yenileceksiniz" diyordu.
"Kızımın gözyaşlarına yenileceksiniz" diyordu.
Yüzmilyonlarca kez izleniyordu, dünya çapında rekordu.

(Aslında, bir yıl önce, mayıs 2020'de altı adet video yayınlamıştı. O videolarda maliye bakanı Berat Albayrak'tan bahsediyordu. Tayyip Erdoğan'ın damadı Berat Albayrak'ın Fethullahçılar tarafından kandırıldığını, kendisi hakkında dosyalar hazırlattığını, müebbet hapse mahkum ettireceklerini, bu nedenle yurtdışına çıktığını, polis korumasının bile Berat Albayrak tarafından kaldırıldığını söylüyordu.
Bu altı videoyu yayınladıktan sonra uzuuun bir suskunluk dönemine girmişti. Aradan tam bir yıl geçtikten sonra, evine baskın yapıldıktan hemen sonra, yine mayıs ayında, mayıs 2021'de "bir tripod, bir telefon kamerasına yenileceksiniz" diyerek, dünya çapında ses getirecek olan, toplam 10 adetlik videolarına başladı.)

Türkiye'de yer yerinden oynadı.
▪ Küresel karaparacıların devletin zirvesine kadar sızdığı ortaya çıktı. ▪ İçişleri bakanımızın kriminal tiplerle organize işler çevirdiğini öne sürdü. ▪ Yandaş işadamına kamu bankasının parasıyla medya grubu satın aldırıldığını, bu kredinin geri ödenmediğini anlattı. ▪ Sayın hükümetimiz tarafından korunan kollanan Sadat'ın Suriye'deki köktendinci terör örgütlerine silah taşıdığını öne sürdü. ▪ Gariban evlatlarımız vatan/bayrak duygusuyla Suriye topraklarında takır takır şehit düşerken, Suriye'den yasadışı petrol ticareti yapıldığını, bu ticareti organize eden kişinin cumhurbaşkanımızın sarayı'nda görevli olduğunu iddia etti. ▪ Kolombiya'da yakalanan 4.9 ton kokainin Türkiye bağlantılı olduğunu, üstünün örtülmeye çalışıldığını anlattı, Venezuela'dan gelen uyuşturucu güzergahını anlattı, uyuşturucu parasının Kıbrıs'taki yasadışı bahis işiyle dağıtıldığını anlattı. ▪ Uğur Mumcu, Kutlu Adalı suikastlarıyla alakalı davaların yeniden açılmasını sağladı. ▪ Tecavüz cinayetleri işlendiğini, intihar süsü verildiğini isim isim anlattı. ▪ İşadamlarını iftirayla Fethullahçı diye hapse tıkıp, malına mülküne çöktüklerini, rüşvet karşılığında serbest bıraktıklarını isim isim anlattı. ▪ Bunları anlatmasın diye, susturulsun diye, kendisini öldürmek üzere Sırp, Arnavut, Rus tetikçiler kiralandığını anlattı. ▪ Orantısız servet sahibi olan bürokratları afişe etti. ▪ Çökülen otellere askeri zırhlı araçlarla girildiğini anlattı. ▪ Türkiye'nin tıpkı Man adası gibi, Panama gibi, karapara tabakhanesi haline getirildiğini anlattı. ▪ Servetinin kaynağı belirsiz oligarkların Türkiye'de cirit attığını ortaya çıkardı. ▪ Dünyanın her yerinde tutuklanmak üzere aranan uluslararası mafya liderlerine vatandaşlık verildiğini, yatırımcı ayağına yatan uyuşturucu baronlarının saygın işadamı muamelesi gördüğünü anlattı. ▪ Dindar nesiliz diyen arkadaşların organize suç örgütleriyle al takke ver külah olduklarını, etle tırnak olduklarını örnekleriyle anlattı. ▪ Uluslararası dolandırıcılar tarafından işgal edilen mübarek ülkemizin, hıristiyan Mormon tarikatına bile peşkeş çekildiğini ortaya çıkardı. ▪ Muhalefet partisine pezevenklik yapan bürokratın şu anda iktidar partisinde yönetici olduğunu öne sürdü. ▪ 100 sene manşet yapsan gene de bitmeyecek miktarda haber verdi, 15 Temmuz'da sivillere dağıtılan Kalaşnikofları anlattı. ▪ Sermaye Piyasası Kurulu ve İstanbul Borsası'ndaki yolsuzlukları anlattı. ▪ AKP milletvekillerinin, saraydaki danışmanların antin kuntin işlerini anlattı.

Mehmet Ağar'ın sahte suçlamayla Mübariz Mansimov'u hapse attırıp, Bodrum'daki marinasına çöktüğünü, derin devlet imkanlarıyla uyuşturucu piyasasını ele geçirdiğini, yönettiğini öne sürdü. Uğur Mumcu suikastinin arkasında Mehmet Ağar olduğunu iddia etti.

Kolombiya Limanı'nda kokain yakalanınca yeni bir rota ihtiyacı doğduğunu, bu yeni rotayı organize etmek üzere Binali Yıldırım'ın oğlu Erkam Yıldırım'ın Venezuela'ya gittiğini, Karakas limanından büyük gemilere yüklenen kokainin, Türkiye sularına girdikten sonra 30-35 metrelik yatlara aktarıldığını öne sürdü. Uyuşturucu para trafiğinin Kıbrıs'ta yasadışı bahis ve kumar işi yapan Halil Falyalı tarafından yönetildiğini, Erkam Yıldırım'ın Halil Falyalı'nın casinolarında/otellerinde ağırlandığını, gizli kamera şantajıyla uyuşturucu aparatı haline getirildiğini öne sürdü.

(Erkam Yıldırım'ın Venezuela'da çekilmiş fotoğrafları ortaya çıkmıştı. Erkam Yıldırım hiç konuşmadı, onun yerine babası Binali Yıldırım konuştu, "iftira" dedi. "Oğlum Venezuela'ya gitti ama, koronavirüsle mücadele kapsamında Venezuela'daki ihtiyaç sahiplerine test kiti, maske götürüp dağıtmak için gitti, ziyaret bundan ibarettir" dedi.)

Sedat Peker'in iddiaları arasında KKTC başbakanı Ersan Saner'in de adı geçiyordu. Halil Falyalı'nın elinde Ersan Saner'e ait müstehcen bir kaset olduğu, o kasetle KKTC başbakanına şantaj yapıldığı iddia ediliyordu. Demeye kalmadı, bir kadın tarafından gizlice kayda alınan o kaset internete sızdı. Ersan Saner başbakanlıktan istifa etti, siyasetten çekildi. Maalesef, KKTC'yi de kendimize benzetmiştik.

Sedat Peker izlenme oranıyla geleneksel medyayı ezip geçiyordu. Sayın medyamızın bir kısmı AKP tarafından bir kısmı CHP tarafından maaşa bağlanmıştı, AKP ve CHP yönetimleri öyle istediği için sayın medyamız Sedat Peker'i görmezden geliyor, sansürlüyordu. Medya güvenilirliğini kaybettiği için, Sedat Peker'e olan güven tavan yapıyordu.
Çarşıda pazarda evlerde, halkın ortak sohbet konusu oldu.
Popüler kültür ikonu oldu.
Sırtını devlete yaslayarak suç işleyenlerin korkulu rüyası oldu.
Suç örgütü lideri deniyordu, suçüstü lideri oldu.
Anlattıklarıyla halkın gözünü açtı, kitlesel farkındalık yarattı.

Uluslararası istifalara yolaçtı.
Uluslararası tutuklamalara yolaçtı.
Diplomatik krize bile yolaçtı.

Dubai'deydi.
AKP hükümeti Birleşik Arap Emirlikleri'ne baskı yaptı.
Teslim almayı başaramadılar ama, susturulmasını sağladılar.
Dijital tecrit uygulandı, bir tweet bile atarsa, sınırdışı edilecekti.
Videolar kesildi.

Sedat Peker'in gündeme getirdiği en önemli figürlerden biri, sayın medyamızda "hayırsever işadamı" olarak pohpohlanan, hatta Robin Hood'a benzetilen Sezgin Baran Korkmaz'dı.
Sedat Peker'in açıklamalarından bir ay kadar önce ABD tarafından tutuklanması talep edilmişti, Türkiye'den kaçmıştı, Viyana'daydı.
Sedat Peker işte bu kaçışın öyküsünü anlattı. Sezgin Baran Korkmaz'ı makamına davet eden içişleri bakanı Süleyman Soylu'nun "ülkeyi hemen terket" diye uyardığını, 45 milyon dolarlık alacağından vazgeçmesi ve sahibi olduğu Paramount Otel'i vermesi karşılığında, yurtdışına kaçmasına gözyumulduğunu öne sürdü.

> *(Jacob ve Isiah Kingston kardeşler, Utah'da Mormon tarikatının liderleriydi. Hem kendi müritlerini, hem de Amerikan hazinesi'ni dolandırarak, 511 milyon dolarlık servet yapmışlardı. Bu karaparayı aklayabilmek için ABD'deki Ermeni diasporasının mafya babası Lev Aslan Dermen'le ortak olmuşlardı. Karaparayı aklamak için gözlerine kestirdikleri ülkelerden biri Türkiye'ydi. Mafya babası Lev Aslan Dermen'in Türkiye bağlantısı Sezgin Baran Korkmaz'dı.)*

(Lev Aslan Dermen'in asıl adı, Levon Termendhzyan'dı. Adını ABD mahkemesi kararıyla değiştirmiş, sanki Türk vatandaşıymış gibi "Aslan Dermen" yapmıştı. Türk vatandaşlığına başvursaydı, başka sorunlara yolaçardı, deşifre olurdu, çünkü aynı zamanda Ermenistan vatandaşıydı, Türk vatandaşı olmak yerine adını Türkçeleştirmek, kamuflaj için, Türkiye'de rahat at koşturmak için daha pratikti!)

(Lev Aslan Dermen'in avukatı Mark Geragos'tu. Kim o derseniz... Türkiye'den peşinat olarak Ağrı Dağı'nı isteyen kişiydi! Ermeni kilisesini

temsil eden, Türkiye Cumhuriyeti Devleti'ne karşı ABD'de açılan soykırım davalarının diaspora avukatıydı. "Türkiye akıllı bir devlet olsa, topraklarının bir kısmını tazminat olarak Ermenistan'a verirdi, mesela Ağrı Dağı iyi bir peşinat olabilir" diyordu. Sözde soykırım tazminatı almak için Türkiye Cumhuriyet Merkez Bankası'na Ziraat Bankası'na Türk Hava Yolları'na dava açan, 1915'te Ermenilerin paralarına el konulduğunu ve bu paraların Merkez Bankası'na aktarıldığını iddia eden, milyar dolarlık tazminat isteyen, Adana İncirlik Üssü'nün arazisini bile isteyen, İstanbul'da araziler isteyen, müzelerdeki eserlerimizi isteyen avukattı.)

> *(Türkiye'de itibarlı işadamı kabul edilen, sarayda ağırlanan, çantacı gazeteciler tarafından yere göğe sığdırılamayan Sezgin Baran Korkmaz, işte bu tiplerin ortağıydı. Kingston Kardeşlerin 134 milyon dolarını Türkiye'ye getirmiş, bu parayla şirketler, oteller, yalılar, uçaklar satın almıştı. Utah Savcılığı federal ajanlarla iz sürmüş, İstanbul savcılığı aracılığıyla Sezgin Baran Korkmaz'ın malvarlığına el konulmasını sağlamıştı. Normalde derhal tutuklanması gereken Sezgin Baran Korkmaz, yurtdışına kaçmış, Avusturya'ya gitmişti.)*

(Peki, Sedat Peker'in iddiasında yeralan 45 milyon dolar meselesi neydi... Sezgin Baran Korkmaz, Jan Nahum'un hisselerini satın alarak, İnan Kıraç'ın şirketine ortak olmuştu, bu hisseler karşılığında İnan Kıraç'tan 45 milyon dolar istiyordu. İnan Kıraç da, Sezgin Baran Korkmaz'dan kurtulmak için Tayyip Erdoğan ve Süleyman Soylu'dan yardım istemişti. İnan Kıraç bunları yalanladı ama, iddia böyleydi.)

Sedat Peker, Habertürk televizyonunda ana haber bültenini sunan Veyis Ateş'in ipliğini pazara çıkarmıştı. Sezgin Baran Korkmaz'a ait Paramount Otel'de ağırlandığını, gecelik fiyatı 12 bin dolar olan odalarda bedava kaldığını, Süleyman Soylu'yla arasını yapmak için Sezgin Baran Korkmaz'dan para istediğini öne sürmüştü.
Sedat Peker'in bu iddiası bizzat Sezgin Baran Korkmaz tarafından doğrulandı, Veyis Ateş'in kendisinden 10 milyon euro istediğini anlattı. Hatta, Veyis Ateş'in kendisinden 10 milyon euro istediğini kanıtlayan telefon kaydını bile dinletti.
İlahiyat mezunu olan Veyis Ateş, AKP iktidarıyla birlikte medyada yer bulmuştu, "dindar nesil gazetecileri"nden biri olarak gösteriliyordu!

(Sezgin Baran Korkmaz, Avusturya'da tutuklandı, ABD'ye gönderildi, 225 yıl hapisle yargılanacaktı. Bir yıl sonra, tutuksuz yargılanmak üzere tahliye edildi. Rıza Sarraf gibi itirafçı olduğu iddia ediliyordu. AKP'nin kara kutularından biri daha artık ABD'nin elindeydi.)

Ali Fuat Taşkesenlioğlu, cemaatin bankası Bank Asya'da 16 yıl yöneticilik yapmasına rağmen, sihirli bir el tarafından Sermaye Piyasası Kurulu'nun başına getirilmişti, kızkardeşi Zehra Taşkesenlioğlu da AKP milletvekili yapılmıştı.

Sedat Peker bunların da ipliğini pazara çıkardı.

Ali Fuat Taşkesenlioğlu'nun 100'e yakın gayrimenkulü olduğunu, nakit 180 milyon doları olduğunu, bu paraları Bahçelievler'deki villasında ve Halkalı'daki iki dairesinde sakladığını iddia etti.

Zehra Taşkesenlioğlu ve eşi Ünsal Ban'la alakalı yolsuzluk iddialarında bulundu. Türk Hava Kurumu Üniversitesi rektörü olan Profesör Ünsal Ban, Yunanistan'a kaçarken yakalandı, tutuklandı.

Zehra Taşkesenlioğlu'nun üç milyon dolarlık yatı, Afrika'da bakır madeni olduğu ortaya çıktı. Yolsuzluk iddialarına cevap vereceğine, kendisini "türban"la savundu, "başım açık görüntülerim servis edildi, mahremiyetim hiçe sayıldı, gayriahlakidir, hayatımın mihengine 6666 ayet-i kerimeyi almaya gayret eden biriyim" falan dedi.

Sedat Peker'in afişe ettiği bir başka isim, Korkmaz Karaca'ydı.

Tayyip Erdoğan'ın danışmanıydı.

Siyaset sahnesinin özeti gibiydi.

Kariyerine ANAP'ta başlamıştı, gençlik kolları başkanıydı. Bilahare, Cem Boyner'in Yeni Demokrasi Hareketi'nde boy gösterdi. Şişli belediye başkanlığı döneminde Mustafa Sarıgül'ün en yakın isimlerinden biriydi. CHP'ye geçti, Deniz Baykal'ın etrafında pervane oldu, "prensiyim" diyordu. *Sözcü* gazetesinde yazar oldu, AKP yandaşı Hadi Özışık ve Süleyman Özışık kardeşlerin internet sitesinde yazar oldu, Fox Tv'de program yaptı. Evlendi, nikah şahitleri Deniz Baykal, Kemal Kılıçdaroğlu ve Ankara Ticaret Odası başkanı Sinan Aygün'dü. Bu nikah şahitlikleriyle birlikte CHP'deki konumu iyice sağlamlaşmıştı, televizyon televizyon dolaşıyor, ekranlara çıkıyor, CHP adına konuşuyordu. Kılıçdaroğlu genel başkan olur olmaz, CHP parti meclisine girdi, CHP'nin en genç parti meclisi üyesi oldu. Kılıçdaroğlu sayesinde CHP'de o kadar kıymetliydi ki, Engin Altay'dan, Berhan Şimşek'ten, Oya Araslı'dan, Necla Arat'tan, Gökhan Günaydın'dan, Haluk Koç'tan, Umut Oran'dan, Oğuz Oyan'dan, Faik Öztrak'tan, Gürsel Tekin'den, Önder Sav'dan bile fazla oy almıştı. Şak... AKP'ye geçti, muhalefet otobüsünden inip, iktidar otobüsüne bindi. Tayyip Erdoğan'ın danışmanı oldu, saray'ın ekonomi politikaları kurulu üyesi oldu. AKP merkez karar yürütme kurulu üyesi oldu. Binali Yıldırım, Bekir Bozdağ, Hayati Yazıcı, Numan Kurtulmuş, Ömer Çelik'le birlikte, AKP'nin en üst düzey karar organına girdi. Hem CHP'de hem AKP'de partinin en üst düzey karar organına giren, bu özelliğe sahip tarihteki ilk ve tek kişi oldu. Yetmedi, AKP yerel yönetimler başkan yardımcısı oldu. O kadar kıymetli bir devlet adamıydı ki, 41'inci doğumgünü şerefine, arkadaşları dostları, kendisine sürpriz bir kutlama videosu hazırladı, CHP'nin cumhurbaşkanı adayı Muharrem İnce, KKTC cumhurbaşkanı Ersin Tatar, AKP'nin ekonomi bakanı Nihat Zeybekçi, İyi Parti grup başkanvekili Lütfü Türkkan, AKP belediye başkanı Tevfik Göksu, ballandıra ballandıra doğumgününü kutladılar, kutlama videosu "happy birthday" şarkısıyla başlıyordu, neredeyse hepsi "sevgili kardeşim" diye hitap ediyordu, ferasetini, kabiliyetini, vizyonunu öve öve bitiremiyorlardı, AKP belediye başkanı "41 kere maşallah" diyordu, müteahhit Ali Ağaoğlu mesela, kendisini şahane şekilde tarif ediyordu, "boyu küçük, işlevi büyük kardeşim" diyordu. Aynı kutlama videosunda yeralan kişilerden biri, küresel karaparacı Sezgin Baran Korkmaz'dı, "çok kıymetli dostum, abim Korkmaz, iyi ki doğdun, iyi ki seni tanıdım kardeşim, bir hemşeri olarak bana gösterdiğin desteği hiç unutmayacağım, Allah sana her daim huzurlu günler nasip eylesin" diyordu. Ardahan milletvekili olacaktı. Talihsizlik işte... Sedat Peker tarafından yolsuzlukla suçlanınca, istifa etmek zorunda kaldı.

Türkiye'de iktidar kavramıyla muhalefet kavramının, aslında etle tırnak olduğunun kanıtıydı, al takke ver külah, al gülüm ver gülüm, şıracıyla bozacı, hacivatla karagöz, kavukluyla pişekar, aşukla maşuk olduğunun kanıtıydı. Biri iktidar öbürü muhalefetti ama, ruh ikiziydi, biri olmazsa öbürü olmazdı, tencere kapaktı. Düzen değişse bile, düzülenin aynı kalmasına özen gösteren sistemdi!

Taksim Camisi açıldı.
Ne zaman yolsuzluk fışkırsa, cami açılışı yapılıyordu.

Tayyip Erdoğan ilk cuma namazının ardından kurdeleyi kesti.
"Bu cami 1.5 asırdır hayalimizdi" dedi.

(Sayın medyamızda hiç kimse çıkıp "niye 1.5 asırlık hayal" diye sormadı. Taksim'deki Rum Ortodoks Kilisesi, 150 yıl önce yapılmıştı, belli ki onun rövanşı olarak pazarlanıyordu.)

(Taksim Camisi'nin mimari Şefik Birkiye'ydi.
Tayyip Erdoğan'ın hem kışlık hem yazlık sarayının mimarıydı.)

İstanbul'un fetih törenlerinde, imam Mustafa Demirkan'a Ayasofya'da vaaz verdirdiler. Atatürk'e küfretti. "Bu mabed müzeye çevrildi, ezan ve namaz yasaklandı, bunlardan daha zalim ve kafir kim olabilir, Yarabbi bir daha bu zihniyetin bu ümmetin başına gelmesini mukadder buyurma" dedi.
Bunları söylerken Tayyip Erdoğan en ön safta oturuyordu.
Hiç sesini çıkarmadan dinledi.
Bu imam, Tayyip Erdoğan'ın yakın arkadaşıydı.
Aynı zamanda, YÖK başkanı Yekta Saraç'ın kayınpederiydi.
Bitmedi...
Ayasofya'da Atatürk'e küfreden bu imama, Ayasofya'da Atatürk'e lanet okuyan diyanet işleri başkanı Ali Erbaş tarafından "Reisül Kurra" yani "Hafızların reisi" unvanı verildi!

Yazlık Saray'ın fotoğrafları ortaya çıktı.
Mimar Şefik Birkiye kendi internet sitesinde gururla paylaştı.
92 bin metrekare üstüne kuruluydu.
14 bin metrekare kapalı alana sahipti.
Hilal şeklinde plajı vardı.
İki iskelesi vardı.
Biri 50 metre, öbürü 170 metre uzunluğundaydı.
Helikopter pisti vardı.
Camisi vardı.

(Aslında burada, Marmaris Okluk Koyu'nda, Turgut Özal tarafından yaptırılan, dört oda bir salondan ibaret, 230 metrekare büyüklüğünde, tek katlı, cumhurbaşkanlığı konukevi vardı. 2017 yılında yıkıldı. Yerine bu mütevazı (!) saray yaptırıldı.)

Marmara Denizi'ni deniz salyası kapladı.
Aşırı kirliliğin sonucuydu.
Doğa artık suratımıza tükürüyordu.
Deniz salyası denilen, bence buydu.

Türkiye aşırı kirlilik yüzünden deniz salyası utancını yaşarken, memleketin ocağına incir ağacı dikmek istercesine, plastik atık ithalatı serbest bırakıldı.
Türkiye kendi plastik çöpüyle bile başa çıkamazken, geri dönüşüm yapıyoruz ayağıyla, elalemin plastik çöpünü memlekete yığıyorlardı.
Türkiye'yi resmen Avrupa'nın çöplüğü haline getirdiler.
Almanya, İngiltere, Fransa, Hollanda, İspanya, Belçika, plastik çöpünü kamyonlarla gemilerle bize gönderiyor, hem de üstüne para alıyordu!
Avrupa Birliği yılda 32 milyon ton plastik çöp ihraç ediyor, bunun 9 milyon tonunu Afrika kıtasına dağıtıyor, 9 milyon tonunu Hindistan, Endonezya, Malezya, Tayland, Vietnam gibi ülkelere dağıtıyor, 14 milyon tonunu tek başına bize yığıyordu.
Geri dönüşüm filan deniyordu ama, bunun düpedüz yalan olduğunu herkes biliyordu. Toprağımıza, akarsularımıza, denizlerimize, göllerimize atılıyor veya yakılıyor, soluduğumuz havaya karışıyordu.
Avrupa Birliği eskiden plastik çöplerini Çin'e atıyordu.
Çin yasa çıkarmış, plastik çöp ithalatını durdurmuştu.
Çin'e attıkları çöpü bize atmaya başlamışlardı.
Gelir adaletsizliği ve aşırı yoksulluk nedeniyle dünyanın en pis ülkelerinden biri olan Hindistan bile Türkiye'nin anca beşte biri kadar çöpü kabul ediyordu.
Yakında sadece Avrupa'nın değil dünyanın çöplüğü olacaktık, çünkü, artık çöp atılacak ülke bulamadıkları için ABD ve Japonya da çöpünü Türkiye'ye göndermeye başlamıştı.
Bu teslimiyetçi zihniyet, Türkiye'nin başına geçirilmiş poşetti!

14 şehirde 41 noktada aynı anda orman yangınları başladı.
Ege, Akdeniz alev alevdi.
Belli ki sabotajdı.
Ama daha hazin tarafı, sadece üç uçakla söndürmeye çalışıyorduk.
Onlar da kiralık uçaklardı.

Sayın hükümetimizin 12 tane makam uçağı vardı.
Yangın söndürme uçağımız yoktu.

(AKP iktidara gelir gelmez, Türk havacılığının gözbebeği Türk Hava Kurumu'nu sistematik olarak imha etmişlerdi, kurban derisi bağışı almasını bile yasaklamışlardı, yangın söndürme uçaklarının bakımları bile yaptırılmamış, yedek parçaları alınmamış, hangarda çürümeye terkedilmişti, pilotlarını bile işten atmışlardı.)

Tayyip Erdoğan yangın bölgelerini dolaştı. Güya moral vermek için, Marmaris'te evleri kül olan vatandaşların kafasına çay fırlattı. "Al keyif çayı iç" diye tembihledi.

(Elazığ'da evleri yıkılan depremzedelerin, Rize'de akrabaları boğulan selzedelerin, Malatya'da "eve ekmek götüremiyoruz" diye yakınan pandemizede esnafın kafasına keyif çayı fırlatmıştı, Marmaris'te yangınzedelerin suratına keyif çayı fırlatması şaşırtıcı değildi.)

Antalya Gündoğmuş'un AKP'li belediye başkan, orman yangınında evi yananlara müjde verdi. "TOKİ yirmi yıl ödemeli evler yapacak, evleri yanmayanlar keşke bizim evimiz de yansaydı diyecekler" dedi.
Evi barkı yanana ne mutluydu yani!
Bu arkadaş acaba kaç oyla başkan seçilmiş diye baktım.
Yüzde 60 oy almıştı.

Yangın söndürme uçaklarımız olmadığı için ormanlarımız bir türlü söndürülemiyordu, 15 gündür cayır cayır yanıyordu, 15'inci gün *Resmi Gazete*'de yayımlandı, cumhurbaşkanımız Tayyip Erdoğan'ın imzasıyla, Somali'ye 30 milyon dolar hibe ettiğimiz ortaya çıktı!
Türk Hava Kurumu'nun söndürme uçaklarını derhal devreye sokmak için sadece 4 milyon dolara ihtiyaç vardı, vermiyorlardı, Somali'ye tiko para 30 milyon dolar veriyorlardı.

17 gün çaresizce izledik.
250 bin futbol sahası büyüklüğünde ormanımız kül oldu.
Rüzgarın yardımıyla kendi kendine anca söndü.

Ziya Selçuk istifa etti.
AKP iktidarının yedinci milli eğitim bakanıydı.

(Eğitim sistemini 18 yılda 18 defa değiştirdiler, AKP iktidarında hiçbir öğrenci başladığı sistemle okulunu bitiremedi. Dindar nesil yaratalım filan derken "kayıp nesil" yarattılar. Dünya Ekonomik Forumu'nun eğitim kalitesi raporunda, Türkiye'yi 137 ülke arasında 99'unculuğa düşürdüler, AKP iktidara geldiğinde 54'üncüydük.)

ABD çekildi, Kabil düştü.
Afganistan, Taliban'ın eline geçti.
İran sınırımızdan yürüye yürüye Afganlar girmeye başladı.
Afganistan'dan çıkıp yürüye yürüye Türkiye'ye gelmek demek, Türkiye'den yola çıkıp yürüye yürüye Hollanda'ya gitmek demekti. Arada o kadar mesafe vardı. Dolayısıyla, Afganların İran'dan gizlice geçtiğini düşünmek için gerizekalı olmak gerekiyordu. Bu transit geçiş için Washington'la Tahran masa altından el sıkışmıştı. Aksi halde, İran'ın böyle tabur tabur geçişe izin vermesi mümkün değildi. Bu transit Afganlı geçişi İran'ın işine geliyordu, hem ülkesine kaçak girişi kontrol etmiş oluyor, hem haberi yokmuş gibi davranıyor, hem de Türkiye'nin başına bela etmiş oluyordu.

Türkiye'ye giren Afganların hepsi erkekti, hepsi eli silah tutacak yaştaydı. Savaştan kaçıyoruz diyorlardı ama, yanlarında hiç kadın yoktu, hiç çocuk yoktu, hiç yaşlı yoktu, gelenlerin arasında şişman adam bile yoktu, hepsi zımba gibiydi. Hemen hepsi Pakistan'da üretilen bir spor ayakkabıyı giyiyordu, bavulları yoktu, ellerinde donunu fanilasını veya yarım kuru ekmek koyacağı bir poşet bile yoktu. Güya dört bin kilometre uzaktan geliyorlardı ama, yanlarında küçük pet şişe su bile yoktu. Belli ki sınırı geçer geçmez, bu tür imkanların kendilerini hazır beklediğini biliyorlardı. Çünkü... Bizim sayın medyamızın haberi yoktu ama, Amerikan medyası gizlemiyor, şakır şakır yazıyordu, bu gelenler mazlum Afgan filan değildi, Amerikan ordusunun işbirlikçileriydi, Amerikan çıkarları için Taliban'a karşı savaşanlardı, bunları ABD'ye alamayacakları için, sanki mazlum mülteciymiş gibi Türkiye'ye sokuyorlardı.

Avusturya başbakanı lafı hiç eğip bükmeden söylüyordu, "hastalıklı Taliban ideolojisini Avrupa'ya ithal etmek istemiyoruz, en doğru adres Türkiye, Afganistan'dan kaçanlar oraya sığınsınlar" diyordu.
Putin açıkça söylüyordu, "Afganistan'dan kaçanları Rusya'ya kesinlikle almayacağız, Rusya'ya yakın komşu olan ülkelere gönderilmelerini de istemiyoruz, yanıbaşımızda mülteci kılığında terörist istemiyoruz" diyordu.
AKP sayesinde bizim sırtımıza yıkıyorlardı.

AKP hükümeti, Türk vatandaşlığını satmaya başladı.
Parayı bastıran, Türk vatandaşı oluyordu.
250 bin dolara ev almak yeterliydi.
Üstelik... Sadece üç yıl satması yasaktı, üç yıl sonra satabiliyordu, evi sattıktan sonra vatandaşlığı cebinde kalıyordu. Hem parasını geri alıyor, hem bedavadan vatandaş oluyordu.
Üstelik... 250 bin doları bastıran, ailesiyle birlikte vatandaş oluyordu. Sayın hükümetimiz aile indirimi yapıyordu, 250 bin dolarlık ev satın alan yabancının, kendisine, eşine, 18 yaşını doldurmamış üç çocuğuna vatandaşlık veriliyordu. Böylece, kişi başı 50 bin dolara geliyordu. Üç yıl sonra evi satıyorlar, hem parayı geri alıp ceplerine koyuyorlar, hem de beşi birden bedavadan vatandaş kalıyordu.
Üstelik... Tek parçada 250 bin dolarlık ev alman gerekmiyordu, beş tane 50 bin dolarlık ev aldığında da oluyordu. Bu yüzden, beş tane 50 bin dolarlık ev alıp, birinde oturup, dördünü kiraya veren Suriyeliler bile vardı. Böylece, üç yıl sonra evleri sattığında, hem bedavadan vatandaşlığı kalıyor, hem de üç yıllık kira geliri almış oluyordu.

Sadece ev değil, dükkan da alıyorlardı. İstanbul'da Ankara'da Hatay'da Gaziantep'te Mersin'de Kilis'te "Suriye çarşıları" oluşmuştu. Dükkanlar alıyorlar, dükkanlar karşılığında vatandaşlık alıyorlar, dükkanları Suriyeli emlakçılardan kiraya veriyorlar, Suriyeli mal sahiplerinin Suriyeli kiracıları oluyordu. Böylece, hem Türk vatandaşı oluyorlar, hem Türk vatandaşlarını çarşıdan tasfiye ediyorlardı.
İstanbul'da Suriyeli emlakçılar vardı, alenen ofisleri vardı, ama kayıtları kuyutları yoktu, kaçak emlakçılık yapıyorlardı. Ankara'da İzmir'de Hatay'da Adana'da vardı. Mersin emlakçılar odası başkanı haykırırcasına açıkladı, Mersin'de 400'den fazla Suriyeli emlakçı vardı. Tıpkı bizim gibi "hemşericilik" yapıyorlardı, kaçak Suriyeliler kendileri

gibi kaçak emlakçıları tercih ediyordu. İkinci el eşya sektörüne de girmişlerdi, eşyalı ev bile kiralıyorlardı.

Memleket dingonun ahırına döndüğü için, sadece Suriyeli değil, Iraklı, İranlı, Libyalı emlakçılar da vardı. Somalili emlakçılar vardı. Senegalli emlakçılar vardı. Hem İstanbul'da, hem Ankara'da vardı. Afrikalı kaçak mülteciler, barınmak ve iş bulmak için Afrikalı emlakçılara gidiyordu.

Karadeniz'de derelerin üstüne kısaca HES denilen, küçük ebatlı hidroelektrik santralları dikmeye başlamışlardı. Bir değil, üç değil, 200'ün üzerinde HES kurmuşlardı, 1700'den fazla HES lisansı dağıtmışlardı, peşpeşe inşaatları yapılıyordu.
Bu HES'lerle doğanın akışını bozdular.
Batı Karadeniz'de sel oldu.
Kastamonu, Sinop, Bartın'da 97 insanımızı kaybettik.
Aslında çok daha fazla kayıp olduğu biliniyordu ama, HES'lere karşı tepkiyi azaltmak için ölü sayısını da az açıklıyorlardı.

Tarihte bir ilk yaşandı.
Hamsi avı sezonunda hamsi avlamak yasaklandı.
Çünkü, yasal sınır vardı, avlanabilmesi için boyunun en az dokuz santimetre olması gerekiyordu ama, hamsiler altı santimi bile zor buluyordu.

> *(Hamsi, gündüzleri derine iner, 60-70 metrelerde dolaşır, geceleri yukarı çıkar, yüzeye yakın dolaşır, karnını doyurmak için kıyılara yanaşır, planktonla beslenir.*
> *Mikroskobik boyuttaki planktonları dereler doyurur. Sonbaharda ağaçların yaprakları dökülür, çürür, ormanlardan süzüle süzüle gelen derelerle denize taşınır, planktonlar da işte bunlarla beslenir.*
> *Ağaçtan dereye, dereden planktona, planktondan hamsiye, zincirin halkalarıdır. Doğanın kılcal damarları olan dereler yok edildiğinde, ekosistemin kan dolaşımı sekteye uğrar, besin zinciri kopar.*
> *İşte tam olarak böyle olmuştu.*
> *Hamsi HES'ler yüzünden büyümüyordu.*
> *HES tabir edilen setler, dereleri kurutmakla kalmıyor, derelerin taşıdığı organik yükü tutuyor, denize ulaşmasını engelliyor, planktonlar azalıyor, hamsi de yiyecek plankton bulamıyordu.)*

Yunanistan'ın saygın sanatçılarından Mikis Theodorakis öldü.
Yunanistan'da üç gün yas ilan ettiler.
Türkiye'nin saygın sanatçılarından Ferhan Şensoy öldü.
AKP medyasında "meyhaneci öldü" diye yazdılar.

Tarikat-cemaat-zırcahil atmosferinde, dünyanın ürpererek takip ettiği bir vahşet daha yaşandı. Antalya'da, Nakşibendi tarikatının Erenköy cemaati'ne ait öğrenci yurdunda aşçı olarak çalışan ruh hastası herif, yurtta kalan 18 yaşındaki gariban üniversite öğrencisinin kafasını satırla kesti, gövdesinden ayırdı, göğsünün üstüne koydu, deccali vurdum diye bağırdı.

"Hırsız çuvalı" bombası patladı.
17/25 Aralık yolsuzluk kepazeliği ortaya çıktığında "başbakandan habersiz iş yapmadım, benim istifamı isteyen başbakan da istifa etmeli" diyen Erdoğan Bayraktar, yine itiraflarda bulundu.
Sekiz yıldır sessizdi.
Sekiz yıl sonra zehir zemberek ortaya çıktı.
"Reis beni hırsız çuvalının içine koydu" dedi.
"Ben Rıza Zarrab'ı tanımam" dedi.
"Benim dosyamda hırsızlık yok, kahpe fetö'nün savcısı bile benim dosyama rüşvet ve yolsuzluk kelimelerini koyamadı, buna rağmen beni rüşvet ve yolsuzluk çuvalının içine koydular" dedi.
"Liderim beni aynı hırsız çuvalına koyunca, dört tane bakanla birlikte beni de hırsız diye tasvir ettiler, halbuki bende para yakalanmadı, benim çocuklarımdan tutuklanan olmadı, ben rüşvet almadım, aynı kefede bir insan değilim" dedi.
"Dosyamda ne varsa hepsi doğrudur, hem tapeler, hem teknik takip, hem de konuşmalarım, A'dan Z'ye kadar doğrudur" dedi.

Tarihi sözlerdi.
"17/25 Aralık tapelerinin hepsi doğru" diyordu.

Türkiye gri listeye alındı.
OECD tarafından karaparayla ve terörizm finansmanıyla mücadele için kurulan Mali Eylem Görev Gücü'nün kararıydı; Suriye, Pakistan, Uganda ve Sudan'ın bulunduğu gri listeye Türkiye'yi de dahil ettiler.
Türkiye'nin karapara ülkesi haline geldiğinin tesciliydi.
Sedat Peker'in anlattıklarının teyidiydi.
"Hırsız çuvalı" diyen bakanın teyidiydi.
"Hayırsever" denilen Rıza Sarrafların neticesiydi.
Türkiye için korkunç itibar kaybıydı.
20 yıllık AKP iktidarının Türkiye'yi getirdiği feci noktaydı.

Türkiye'den kaldırdığı paralarla ABD'ye giden, Halkbank davasında itirafçı olan, beraber iş tuttuğu sayın hükümetimizi gammazlayan Rıza Sarraf'ın gene ismini değiştirdiği ortaya çıktı. Bu defa Sarraf'ın İngilizcesiyle, Aaron Goldsmith olmuştu. Binicilik merkezi kurmuştu.

2021 yılında "dünyanın en fazla buğday ithal eden ülkesi" olduk.
Tarihimizde ilk kez ürettiğimizden fazla buğday ithal ediyorduk.
1.5 milyar nüfuslu Çin'den bile daha fazla buğday ithalatı yapıyorduk.
Üstelik, Konya Ovası'nın 60'ta 1'i kadar toprağa sahip olan kıç kadar Lüksemburg'tan bile buğday ithal ediyorduk.
Çiftçi mahvolmuştu.
Gübreye mesela son 16 ayda 35 defa zam gelmişti.
Tonu 1.800 liradan 11.700 liraya sıçramıştı.

Tayyip Erdoğan, dünya iktisat tarihinde görülmemiş/duyulmamış teorisini ortaya attı. "Faiz sebep, enflasyon sonuçtur" dedi.
Merkez Bankası faizini zorla indirmeye başladı.
Ekonomi yerlebir oldu.
Dolar 6 liradan 10 liraya fırladı.
"Faizi savunanlar kusura bakmasınlar, görevde olduğum sürece faizle mücadele edeceğim, bu konuda nas ortada, nas ortadayken sana bana ne oluyor" dedi. Ekonomi kurallarını Kuran'a, Sünnet'e bağladı.
Dolar 11 liraya çıktı.
"Ben ekonomistim" dedi.
Dolar 12 liraya çıktı.
"Bunların kafası basmaz" dedi.
Dolar 13 liraya çıktı.

"Ekonominin evelallah kitabını yazdık" dedi.
Ekmek 1.5 liradan 2.5 liraya zıpladı.
"Eğer ben ekonomi tahsili görmüşsem, ekonomi tahsilinden öte bazı değerler silsilesi içersinde bilgim varsa, faiz sebeptir, enflasyon neticedir" diye ısrar etti.
Dolar 14 liraya yükseldi.
Piyasa yanıyordu.
"Anırsalar da anırmasalar da biz doğru yoldayız" diyordu.

(Paramız öylesine hızlı eriyordu ki, 2021 yılında Angola'nın para birimi kwanza bile, Kolombiya pesosu bile, Bolivya scudosu bile, Libya dinarı bile, Türk Lirası kadar değer kaybetmedi. Yönetenler utanmıyordu ama insan yazarken bile utanıyor, on yıldır kan gövdeyi götüren Suriye'nin lirası bile Türk Lirası karşısında değer kazanmıştı.)

Vatandaşlar "açız" diye bağırıyordu.
AKP milletvekilleri akılalmaz savunmalar yapıyordu.
"Paranızın bittiği zamanlar olabilir, paranız kalmayabilir, başınızı şöyle bir kaldırın, şu yolların güzelliğine bakın, gözünüz gönlünüz açılır" diyen AKP milletvekili vardı.
"Ekonomik sıkıntı çekiyorsak, iki kilo yerine yarım kilo et alın, domatesi iki kilo almayın, iki tane alın, biber alacaksanız, bir kilo yerine üç tane alın, zaten kış günü turfanda sebze sağlığa faydalı değil" diyen AKP milletvekili vardı.
"Peygamber efendimiz midesinin üçte birini boş bırakırdı" diyerek, dini açıdan az yememiz gerektiğini tavsiye eden AKP milletvekili vardı.
"Zam yapılıyor ama mini mini yapılıyor" diyen, "elimizi vicdanımıza koyarsak, fiyatlarda çok artış yok" diyen, "hani kaleciye top gelince göğsünde yumuşatır ya, hükümetimiz şu an zamları öyle yapıyor, yumuşatıyor" diyen AKP milletvekilleri vardı. "Kuru ekmek yiyorlarsa, aç değillerdir" diyen AKP milletvekili vardı.
Enerji bakanımız "kombiyi kısın, tasarruf olur" diyordu.
Tarım bakanımız alenen alay ediyordu, "eskiden İngiltere gelir, bize sekiz gol atardı, rahat rahat golleri atıp giderlerdi, ama artık barajların en büyüğü bizde, havalimanlarının en büyüğü bizde, köprülerin en uzunu bizde" diyordu.

Faiz sebep, enflasyon sonuç değildi ama, AKP sebep, sonuç buydu.

Askıda ekmek başladı.
Derin yoksulluk göstergesiydi.
Şahlanıyoruz diyorlardı.
Askılar şahlanıyordu.

Bayat ekmek satışı başladı.
Bir gün önceki ekmekler yarı fiyatına kapışılıyordu.
Ayçiçek yağı bardakta satılmaya başlandı.
Yarım simit satılmaya başlandı.
Pazarlarda çeyrek lahana satılmaya başlandı.

Hazine ve maliye bakanı Lütfi Elvan istifa etti.
Nurettin Nebati atandı.
TRT'ye çıktı.
"Gözlerime bakar mısınız, ekonomi gözlerdeki ışıltıdır" dedi.
Dolar 18 liraya fırladı.

Tayyip Erdoğan 20 yıldır "şahlanma" edebiyatı yapıyordu.
"Şahlandıracağız, şahlandırdık, şaha kalktık, şahlanış arifesindeyiz, hamdolsun şahlanıyoruz, şahlanma sembolüyüz, yeniden şahlanıştayız, şahlanacağız, şahlanışa geçtik" diyordu.
Dolar 18 liraya fırlayınca, şahlanış rotamızı Bakara Suresi'nden ayet okuyarak izah etti... "Dünya hayatını imtihan olarak gören insanlarız, Rabbimiz Kuran'ı Kerim'de 'muhakkak ki sizi biraz korku ve açlıkla; mallardan, canlardan ve ürünlerden eksiltmekle deneriz, sabredenleri müjdele' şeklinde buyurmaktadır" dedi.
20 yıldır şahlanırken, 20 yılın sonunda "sabır" istiyordu.

Türk Doları icat edildi.
"Kur korumalı mevduat hesabı" deniyordu.
Türk Lirası'na dolar kuruyla devlet garantisi verildi.
Dolar bir gecede 12 liraya geriledi.
Yandaş medya manşetlerinden havai fişekler fırlatıldı.
Sevinçle halay çekenler vardı.
Halbuki, aklı başında olan herkes biliyordu ki, bu sistem dünyanın en yanlış sistemiydi. Ne kadar yanlış olduğu, Türkiye'de test edilmişti, 70'li yıllarda uygulanmıştı, Türk milletine korkunç fatura ödetmişti.

İktidara gelir gelmez bu sisteme son veren Turgut Özal "kendini uyanık zannedenler böyle bir yol bulmuştu, bilgisizliğin vesikasıdır" demişti, "inşallah sonraki hükümetler bundan ders alır" demişti.
Nafileydi.
AKP ders almamıştı.
Kendilerini uyanık zannederek, aynı faciaya yolaçtılar.
Dolar kısa sürede yeniden 18 liraya fırlayacak, hatta 30 liraya dayanacak, kur korumalı mevduat saçmalığı bir yılın sonunda taşınamaz hale gelecek, Hazine'den Merkez Bankası'na devredilecek, dolar kuru karşılığını ödeyebilmek için karşılıksız para basılacaktı.

Dolar 18 lirayken, benzin 11 liraydı.
Dolar 12 liraya düştü, benzin 14 liraydı.
Halay çektikleri manzara buydu.

"Şerefsiz" devlet töreniyle karşılandı!
Kim bu şerefsiz derseniz...
Birleşik Arap Emirlikleri'yle Libya'da, Mısır'da, Kıbrıs'ta, Doğu Akdeniz'de karşı karşıya gelmiştik, bizim açımızdan her kritik cephede ABD'yle birlikte karşı safta yeralıyordu.
O dönemde, AKP yandaşı medyamızda, Birleşik Arap Emirlikleri prensinin fotoğrafı basılıyor, "şerefsiz" diye manşet atılıyordu.
"Batı'nın casusu" deniyordu.
"15 Temmuz darbesini bu şerefsiz yaptı" deniyordu.
"Darbenin finansörü işte bu şerefsiz" deniyordu.
Peki şimdi?
"Şerefsiz" dedikleri Birleşik Arap Emirlikleri prensini beyaz atlı prens gibi karşıladılar, sarayda devlet töreniyle ağırladılar. Hatta Tayyip Erdoğan derhal iadeyi ziyarete gitti, "kardeşimizle görüştük hamdolsun" dedi, "kardeşimi muhabbetle selamlıyorum" dedi, "kardeşime nazik evsahipliği için teşekkür ediyorum" dedi.
Peki, bu hazin U dönüşünün sebebi neydi?
Elbette paraydı. "Şerefsiz"den para dilenmişlerdi. Rezervi eksi 55 milyar dolara düşen merkez bankamıza makyaj yapmak için, "şerefsiz"in Türkiye'yle 10 milyar dolarlık swap yapacağı ortaya çıktı.

(İsrail, Yunanistan ve Kıbrıs Rum Kesimi, Doğu Akdeniz doğalgazını Avrupa'ya taşımak üzere EastMed boru hattı anlaşması imzalamışlardı.

Kıbrıs-Girit-Yunanistan güzergahıyla gidecek olan boru hattı, yer yer üç kilometre derinliğe inecek, 2 bin 100 kilometre boyunda olacaktı.
İsrail, Yunanistan, Kıbrıs Rum Kesimi, Mısır, İtalya ve Ürdün biraraya geldiler, Doğu Akdeniz Gaz Forumu'nu kurdular.
İsrail'le Birleşik Arap Emirlikleri güya düşmandılar... Beyaz Saray'da masaya oturtuldular, ABD'nin nezaretinde sarıldılar, kucaklaştılar. Böylece, İsrail'le ilişkilerini normalleştiren ilk Körfez ülkesi oldu.
İsrail şak diye teklif sundu, Birleşik Arap Emirlikleri'nin Doğu Akdeniz Gaz Forumu'na katılmasını önerdi, şak diye kabul edildi.
Böylece, dünyanın en büyük altıncı doğalgaz rezervine sahip olan Birleşik Arap Emirlikleri, EastMed'e dahil edildi, Akdeniz'e kıyısı bile olmadığı halde, Doğu Akdeniz aktörü oldu.
İsrail'in Delek Drilling şirketi, Doğu Akdeniz'de yeralan Tamaz doğalgaz sahasındaki hissesini, 1.2 milyar dolara Birleşik Arap Emirlikleri'ne sattı. Böylece, Akdeniz'e kıyısı olmayan Birleşik Arap Emirlikleri'nin Doğu Akdeniz'de tapulu malı oldu.
Yetmedi, Birleşik Arap Emirlikleri'yle İsrail arasında petrol anlaşması imzalandı. ABD hazine bakanının nezaretinde imzalanan bu anlaşmaya göre, Birleşik Arap Emirlikleri'nin petrolü, Kızıldeniz'in en kuzey ucundaki Eliat şehrinden 250 kilometrelik boru hattıyla Aşkelon şehrine, yani Akdeniz kıyısına taşınacak, böylece, Birleşik Arap Emirlikleri petrolü hem daha kısa sürede, hem daha az maliyetle Avrupa pazarına ulaşacaktı.
Bir yandan bunlar olurken, beri yandan Birleşik Arap Emirlikleri genelkurmay başkanı Yunanistan'a gitti, Yunan genelkurmay başkanıyla birlikte, Birleşik Arap Emirlikleri'ne ait savaş gemisinde askeri işbirliği anlaşması imzaladılar.
Birleşik Arap Emirlikleri'ne ait F-16'lar, Girit adası'nın Souda askeri üssüne konuşlandı. Bu F-16'lar, Yunanistan'ın Ege Denizi'nde Türkiye'ye karşı düzenlediği Medousa Tatbikatı'na muharip güç olarak katıldılar. Tatbikattan sonra bir anlaşma daha imzalandı, Atina yakınlarındaki Avlona askeri üssü, Birleşik Arap Emirlikleri'ne tahsis edildi.
Bundan hemen sonra, Birleşik Arap Emirlikleri bu defa Kıbrıs Rum Yönetimi'yle askeri işbirliği anlaşması imzaladı.
Yunanistan donanmasının en önemli savaş gemilerinden olan Hydra fırkateyni, Birleşik Arap Emirlikleri'ne gitti, Birleşik Arap Emirlikleri'ni ziyaret eden tarihteki ilk Yunan deniz unsuru oldu, Abu Dabi'de gerçekleştirilen Uluslararası Savunma Fuarı'na katıldı.

Yunanistan başbakanı Miçotakis, Birleşik Arap Emirlikleri'ne gitti, Abu Dabi veliaht prensi Muhammed bin Zayid al Nahyan'la birlikte ortak deklarasyon yayınladılar, "Doğu Akdeniz'de Türkiye'ye karşı ortak hareket edeceklerini" açıkladılar.
Sayın hükümetimiz tarafından "beyaz atlı prens" gibi karşılanan, merkez bankamızı kurtaracak diye alkışlanan Abu Dabi veliahtı Muhammed bin Zayid al Nahyan, işte buydu.
Türkiye'nin düşürüldüğü durum utanç vericiydi.)

Tüm bu rezillikler peşpeşe yaşanırken, Tayyip Erdoğan ekonomi ve dış politikadaki hezimetleri yüzünden 2002'den bu yana en zayıf halindeyken, muhalefet için tarihi fırsat doğmuşken, Kılıçdaroğlu gündemi değiştiriverdi... Helalleşme kararı aldığını açıkladı.
Peki kimlerle helalleşecekti?
Tek tek saydı.
"28 Şubatçıların açtığı yaralarla helalleşeceğiz."
"Başörtülü kızlarla helalleşeceğiz."
"Roboski'yle helalleşeceğiz."
"Sivas, Maraş mağdurlarıyla helalleşeceğiz."
"Diyarbakır hapishanesi mağdurlarıyla helalleşeceğiz."
"6-7 Eylül mağdurlarıyla helalleşeceğiz."
"İnim inim inleyen azınlıklarla helalleşeceğiz."
"Ali İsmail Korkmaz'ın ailesiyle helalleşeceğiz."
"Soma'yla helalleşeceğiz."
"Darbeciler tarafından asılanlarla helalleşeceğiz."
"Ahmet Kaya'yla helalleşeceğiz" dedi.
CHP'yi işlemediği suçların sanık sandalyesine oturtuyordu.
AKP iktidarının ansiklopedi kalınlığında günah listesi varken, CHP kendi genel başkanı tarafından katliamcı/işkenceci/suçlu ilan ediliyordu.
"Partimizin geçmişte hataları oldu, bu yüzden helalleşme yolculuğuna çıkmaya karar verdim" diyor, helalleşme listesindeki suçların vebalini CHP'ye yıkıyordu.
"Kurucu" partiyi "yıkım"ın sorumlusuymuş gibi gösteriyordu.
Yeni CHP, helalleşme maskesiyle CHP'yi infaz ediyordu.

(2021 yılında herkes unutmuştu ama, CHP adına "helalleşme"den ilk bahseden, tee 2014 yılında Ekmeleddin İhsanoğlu'ydu. Muamma

bir şekilde tee Mısır'dan getirilerek CHP'nin cumhurbaşkanı adayı yapılan siyasal dinci Ekmeleddin İhsanoğlu'yla, onu tee Mısır'dan bulup getiren Kılıçdaroğlu'nun vizyonu tıpatıp aynıydı!)

Elektriğe yüzde 125 zam yapıldı.
Cumhuriyet tarihinde ilk defa üç haneli zam yapılmıştı.
Kılıçdaroğlu, fahiş elektrik zamlarını protesto etmek için "zamlar geri alınana kadar evinin elektrik faturasını ödemeyeceğini" duyurdu.
Üç ay ödemedi, üç ay alkışlandı.
Kanuni süre doldu, şırrak diye elektriği kestiler.
Karanlıkta kalınca tıpış tıpış gidip faturayı ödedi.
AKP medyasında alay konusu oldu.
Sonuç alınması mümkün olmayan protesto şovları yapıyor, gümbür gümbür başlıyor, süklüm püklüm bitiriyordu, neticede olan CHP seçmenine oluyordu. CHP eylemleri her defasında AKP'nin zaferine dönüşüyor, CHP seçmeninin morali bozuluyordu.

Eczanelerde her 100 ilaçtan 22'si bulunamıyordu.
Çünkü, sağlık bakanlığı varolmayan bir döviz kurunu esas alıyordu.
Euro 15 lirayken mesela, sağlık bakanlığı ilaç fiyatlandırılmasında bir euro karşılığında 6 lira ödüyordu. Hammaddeden ambalaja kadar her şeyi ithal olduğu için, ilaç sektörünün neredeyse üç misli kur farkını üstlenebilmesi mümkün olmuyordu, piyasaya ilaç vermiyorlardı.

Et ve Süt Kurumu'nda ucuz kıyma satılıyordu.
Kuyruklar uzadıkça uzuyordu.
Ete süte zam yapıldı.
Kuyruklar bıçak gibi kesildi.
Et ve Süt Kurumu genel müdürü izah etti, "bizde fiyatlar ucuzdu, çok kuyruk oluyordu, bu nedenle zam yaptık, kuyruk kalmadı" dedi!
Türkiye'yi işte bu kafalar yönetiyordu.

Çıkma sebze.
AKP sayesinde Türkçeye giren bir kavram oldu.
Görüntüyü bozduğu için pazar tezgahına konulmayan, hava karardıktan sonra çöp variline atılmak üzere şöyle bir kenarda tutulan, ezik, pörsümüş, ıskarta sebzeye deniyordu. Dünyanın en bereketli topraklarında yaşayan Türk vatandaşları, sebzenin anca "çıkma"sını

alabiliyordu. Varlık içinde yokluktu. Çaresiz vatandaşın, büzüle büzüle, pazar tezgahıyla çöp varili arasında sıkıştığı noktaydı.

(Yeni Şafak gazetesine anlatmıştı: "İlkokulda harçlığımı çıkarmak için kağıtlı şeker satardım, simit 10 kuruştu, Kasımpaşa'daki bir taş fırından akşamları 2.5 kuruşa bayat simit alırdım, annem onları file içinde buhara yatırırdı, ertesi gün top sahasında 5 kuruşa satardım."
Sabah gazetesi hayatını dizi yapmıştı: "Okula giderken soğuk günlerde dahi otobüse binmezdi, Kasımpaşa'dan sahile yürür, sandalla Balat'a geçer, Balat'tan okula kadar yürürdü, durumları müsait değildi, Eminönü'ne yürüyerek gider, limon satardı."
New York'ta Levin Enstitüsü'nde konuşmuştu: "Küçük Tayyip okula yaya giderdi, yoksul büyüdüm, otomobilimiz yoktu, ayakkabılarım delik deşikti, yağmurda kışta ayaklarımın kızardığını bilirim."
Açılım vesilesiyle Dolmabahçe'de topladığı sporculara konuşmuştu: "Spor ayakkabılarım yırtıktı, yenisini alacak gücümüz yoktu."
TRT'de "Ben Öğrenciyken" isimli programda anlatmıştı: "Okula yamalı ayakkabılarla gidiyordum, annem bakraçlara buz koyardı, su ve simit satardım, kağıt yumaklarından, bez parçalarından top yapardım."
Uluslararası Teknoloji Kongresi'nde anlatmıştı: "Yoksuldum, çocukken oyuncağım yoktu, uçurtma alamazdık, gazete kağıtlarından, undan yapıştırıcıyla uçurtma yapardık, bez parçalarını yumak haline getirir, bununla futbol oynardım, uzunca bir telin ucuna tahtadan teker takardım, tozlu sokaklarda araba diye onunla oynardım."
atv'de anlatmıştı: "Yeri geldi simit sattım, yeri geldi su sattım, yatılı arkadaşlarıma kartpostal satardım, lisedeyken arkadaşlarımın çoğu Anadolu çocuğuydu, evlerine kartpostal gönderiyorlardı, kartpostalı temin yoluna gittim, Cağaloğlu'ndan 100 tane kartpostal aldım, arkadaşlarıma sattım, bitince yürüyerek gidiyor, tekrar alıyordum, böylece harçlığımı çıkarıyordum."
Beyaz Tv'de "Usta'nın Hikayesi" belgeseli yayınlanmıştı: "Çocukken hiç bisikletim olmadı, bisiklet alabilecek durumda değildik."
Ve, son durumunu şimdi bizzat izah ediyordu: "Ben her akşam manda yoğurduna üç veya beş tane Medine hurması doğrarım, üstüne kestane balı dökerim, içine yulaf atarım, bu dörtlüyü karıştırarak yerim, öyle yatarım, bizim belediyelerden biri manda yoğurdumu bakraç içinde gönderiyor, tavsiye ederim, çok çok faydalıdır, şifadır."

AKP iktidarında en azından bir vatandaşımızın yoksulluktan kurtulmuş olması çok sevindiriciydi!)

AKP iktidara geldiğinde dünyanın en büyük 17'nci ekonomisiydik.
Şahlandık.
Şaha kalktık.
Şahlanışın sembolü olduk.
Ekonominin kitabını yazdık.
Uçuşa geçtik.
Pik yaptık.
Netice?
2019 yılında 18'inci sıraya düştük.
2020 yılında 20'nci sıraya düştük.
2022 verileri açıklandı, 21'inci sıraya düşmüştük. Üstelik, 2022 sonunda iki sıra birden gerileyerek, 23'üncü sıraya düşeceğimiz hemen hemen kesinleşmişti.
Hedef 2023.
Sıra anca 23'tü.

İğneden ipliğe zam yağarken, millet askıda ekmekle çıkma sebzeyle karnını doyurmaya çalışırken, domuz etinin gümrük vergisi düşürüldü. Sayın dinibütün hükümetimiz daha ucuza domuz eti ithal edilmesini sağladı.

Rusya'nın en büyük tarım ithalatçısı, Türkiye oldu.

(Nazilli Sümerbank, Türk tekstilinin temeliydi.
Ruslara yaptırdık. Kredisini Rusya'dan aldık. Makinelerini Rusya'dan aldık. Rus mühendisler kurdu. Tek kuruş ödemedik.
Domates, biber, portakal, mandalinayla ödedik!
Kayseri Sümerbank fabrikası.
Ruslara yaptırdık, tek kuruş ödemedik.
Para yerine, kuru üzüm, kabak, fındık verdik.
Ereğli Sümerbank fabrikası.
Ruslara yaptırdık, tek kuruş ödemedik.
Para yerine, buğday, zeytin, tütün verdik.

Çünkü... Cumhuriyet vizyonuydu. 1937 yılında Sovyetler Birliği'yle imzalanan Ticaret ve Tediye Anlaşması'nın eseriydi.)

(Cumhuriyet ilan edildiğinde ekmeklik unu bile ithal ediyorduk, ayçiçeği üretimi yoktu, şeker üretimi yoktu, pirinç ithal ediliyordu, yağmur yağmazsa sulama yoktu, dünyanın en bereketli topraklarında yem bile yoktu, hayvanlarımız bile açlıktan kırılıyordu. Tarım, milli ekonominin temeli olarak ele alındı. Beş yılda, tarımsal üretimde patlama yaşandı. 10 yılda, kendi kendine yeten ender ülkelerden biri haline geldik. İhraç etmeye başladık. Tarımsal üretimimiz öylesine büyümüştü ki, elaleme anahtar teslimi sanayi tesisleri yaptırıyor, para yerine sebze meyve, buğday, arpa, mercimek, fasulye ödüyorduk.
1937 yılında Sovyetler Birliği'nin tarımsal gıda ihtiyacının yüzde 35'ini tek başına Türkiye karşılıyordu, Türkiye'ye muhtaçtı.)

(Aynı Cumhuriyet vizyonuyla 1967 yılında Sovyetler Birliği'yle bir anlaşma daha imzalandı. İskenderun demir çelik kuruldu, domatesle ödedik. Seydişehir alüminyum kuruldu, patlıcanla ödedik. Aliağa Rafinerisi kuruldu, biberle ödedik. Oymapınar Barajı kuruldu, portakalla ödedik. Bandırma sülfürik asit fabrikası kuruldu, kabakla ödedik. Artvin lif levha fabrikası kuruldu, mandalinayla ödedik. Çayırova cam fabrikası kuruldu, zeytinle ödedik.
Ve şimdi?
Rusya'nın en büyük tarım ithalatçısı, Türkiye olmuştu!)

Rusya'dan en fazla tarım ithalatı yapan ülke Çin'di.
Türkiye, 1.5 milyar nüfuslu Çin'i bile geçmişti.
Rusya'dan en fazla "buğday" ithal eden ülke, Türkiye'ydi.
Rusya'dan en fazla "ayçiçek yağı" ithal eden ülke, Türkiye'ydi.
Rusya'dan en fazla "arpa" ithal eden ülke, Türkiye'ydi.
Rusya'dan en fazla "kepek" ithal eden ülke, Türkiye'ydi.
Rusya'dan nohut, bezelye, mısır, kanola, soya ithal ediyorduk.
Rusya'dan "saman" ithal ediyorduk!
Rusya'dan "sap" ithal ediyorduk!
Rusya'dan "kaba yem" ithal ediyorduk.
Türkiye 2022'de tarım ithalatı nedeniyle Rusya'ya yılda 5 milyar dolar ödüyordu, S-400 füzelerine 2.5 milyar dolar vermiştik. Yani, tarım ithalatına her yıl füzelerin iki misli para ödüyorduk!
1937'de Rusya bize muhtaçtı.

2000'lere kadar böyleydi.
2022'de Türkiye Rusya'ya muhtaç hale getirilmişti.

"Geri dönüşüm" adı altında İngiltere ve Almanya'dan ithal edilen plastik atıkların, Adana'ya getirildiği ve yasadışı olarak gizli gizli yakıldığı ortaya çıktı.
Greenpeace, bu atıkların yakıldığı bölgeden toprak, su, kül ve tortu örnekleri aldı, laboratuvarlarda inceletti, sonuçları açıkladı.
Korkunç ötesiydi.
Yüksek oranda toksik etkiye sahip 69 farklı kimyasal saptanmıştı. Dioksin ve furan tabir edilen kanserojenler, bugüne kadar bölgede görülen seviyenin 400.000 katıydı. Yanlış okumadınız, 400 değil, 400 bin katıydı. Hormonlarda bozulmaya sebep olan, anne karnındaki bebeğe bile ağır zarar veren poliklorlu bifeniller, 30.000 kat çıkmıştı. Çok yüksek oranda polisiklik aromatik hidrokarbonlar saptanmıştı, karaciğeri ve böbreği tahrip ediyordu. Bölgede bugüne kadar görülmüş en yüksek seviyenin 15 katı kurşun, 30 katı kadmiyum saptanmıştı. Plastik atıkların yakıldığı bu bölgeler, tarlaların ve sulama kanallarının içinde yeralıyordu, besin zinciriyle hayvanlara ve insanlara geçiyordu. Dünyanın en bereketli toprağı Çukurova'yı dünyanın en zehirli toprağı haline getirmişlerdi.
Adana'nın yanısıra İstanbul'a, İzmir'e, Mersin'e getiriyorlardı.
İtalya'dan tırlar dolusu plastik atık getirip şakır şakır İzmir'e dökmüşlerdi, geri dönüşümü filan mümkün olmayan "kırmızı kod" kategorisindeki kanserojen atıklardı.

Tarikat gerçeği bir kez daha Türkiye'nin suratına çarptı.
Elazığ Fırat Üniversitesi tıp fakültesi öğrencisi Enes, ailesi tarafından zorla Nur cemaatinin yurduna yerleştirilmişti. Orada kalmak istemiyordu. Ama, çıkış yolu bulamıyordu. Yurdun yedinci katından atlayarak canına kıydı.
İçinde bulunduğu açmazı bir videoya kaydedip, veda mektubu olarak bırakmıştı. "Şu an bir cemaat yurdunda kalıyorum, hiç istemememe rağmen, bunu aileme defalarca söylemiş olmama rağmen beni mecbur ettiler, burada yaşanması imkansız, içinde bulunduğum durumdan gerçekten tüm yaşama sevincimi kaybettim" diyordu.

Diyanet Sendikası Başkanı ve Yargıtay mescidi imamı Mehmet Ali Güldemir, trafikte alkollü yakalandı, memuriyetten atıldı.

(Bu arkadaş, keskin AKP militanıydı. Yandaş medyada baştacı ediliyordu. Cumhuriyet gazetesine, Sözcü gazetesine "haçlı zihniyeti" diyordu. CHP'ye ağır hakaretler ediyordu, "CHP zihniyetinin Kuran'a karşı olduğunu" söylüyordu, "CHP'nin ahlaklı nesiller yetişmesine karşı olduğunu" söylüyordu. Sık sık saray'a gidiyor, bağlılıklarını bildiriyor, Tayyip Erdoğan'a hediyeler filan sunuyordu. Yılbaşı'na karşıydı, hıristiyan tuzağı olduğunu belirtiyor, özellikle "içki içilmesine vesile olduğu için haram" olduğunu söylüyordu. Alkollü araç kullanırken yakalanınca imamlıktan atıldı. Allah'ın tokadı yok dedikleri olsa olsa buydu... Bence rakı içmesinde sorun yoktu ama, o kafayla direksiyona geçmesi hoş olmamıştı!)

Alt tarafı kar yağdı.
10 milyar euro'ya yaptıkları İstanbul Havalimanı felç oldu.
İstanbul Havalimanı kar yağışından kullanılmaz hale gelirken, Atatürk Havalimanı aynı kar yağışına rağmen gayet güzel çalışıyordu!
Ulaştırma bakanı bile İstanbul Havalimanı'na inemedi.
Atatürk Havalimanı olmasa İstanbul'a ulaşamayacaktı.
Normalde İstanbul'dan havalanıp, 9 saatte New York'a uçuyorsun. Bunlar insanları uçaklara bindirdiler, pisti temizlemeyi beceremedikleri için 10 saat uçakta oturttular. Apronu temizlemeyi beceremedikleri için, insanları uçaktan indirip terminale geri götüremediler. Anca 10 saat sonra uçaktan indirebildiler, bu sefer de otele götürmeyi beceremediler. Koli kartonları dağıttılar, alın bunları yere serin, üstünde uyuyun dediler. Yabancı turistler tatil için geldikleri Türkiye'de adeta homeless oldu! İnsanlar 24 saat boyunca çoluk çocuk yerlerde yattı. Kumanya dağıtmayı bile akıl edemediler. Dünya çapında rezillikti.

(İstanbul üç bin yıldır şehir olarak kullanılıyor. İnsanlar üç bin yıl önce bile İstanbul'un kuzeyine yerleşmemişlerdi, hava şartları kötüydü, yerleşime elverişli değildi. Roma imparatorluğunun şehre hakim olduğu dönemde, 300 yıl boyunca İstanbul'un kuzeyine yerleşmediler. Bizans imparatorluğu, bin 850 yıl boyunca İstanbul'un kuzeyine yerleşmedi. Osmanlı imparatorluğu

döneminde, 470 yıl boyunca bu şehirde yaşadık, İstanbul'un kuzeyine yerleşmedik. Cumhuriyet'i kurduk, 100 yıldır cumhuriyet vatandaşı olarak bu şehirde yaşıyoruz, İstanbul'un kuzeyine yerleşmedik. Çünkü, dünya varolduğundan beri İstanbul'un kuzeyinde hava şartları böyleydi.
Bunlar gidip, İstanbul'un kuzeyine havalimanı kurmuştu!)

Balıkesir Havalimanı'na iki yıldır bir tek uçağın bile inmediği ortaya çıktı. Pistin tamamen otlarla kaplandığı, yangın tehlikesine karşı otları temizlemek üzere ihaleye çıkıldığı anlaşıldı.

Rize Havalimanı açıldı. Milletin orasına koyacağını söyleyen Mehmet Cengiz'e yaptırmışlardı. Kaç yolcu garantisi verildiği açıklanmıyordu. Ancak... Açılışta konuşan Tayyip Erdoğan "uçaklar boş gidip geliyor, uçakları doldurun" dedi. Uçakları doldurmazsak ne olacağı belliydi!

Atatürk Havalimanı'nın pistleri iş makineleriyle imha edildi.
Dünya havacılık tarihinde bir ilk yaşandı. Gökyüzündeki gururumuz SoloTürk, imha edilen pistlerin üstünde gösteri uçuşu yaptı. Böylece... Türk Hava Kuvvetleri, bir havalimanının imha edilmesi şerefine (!) gösteri uçuşu yapan, dünya tarihindeki ilk hava kuvvetleri oldu.

Isparta'nın elekrik dağıtım işini, milletin orasına koyacağını söyleyen Mehmet Cengiz'e vermişlerdi. Alt tarafı kar yağdı, 450 bin nüfuslu Isparta şehrimiz bir hafta boyunca elektriksiz kaldı.

Çanakkale Köprüsü açıldı.
Her defasında çıkıp "devletin kasasından bir kuruş bile çıkmadan yapıyoruz" diyen Tayyip Erdoğan, bu defa çıktı, "biliyorsunuz bu köprüleri yap-işlet-devretle yapıyoruz, eğer buradan aldığı aylık bedel yüklenici firmanın aleyhineyse, aradaki farkı kim ödeyecek, onu devletin kasasından biz ödeyeceğiz" dedi.
"Bir kuruş bile ödemiyoruz" diyordu, alkışlıyorlardı.
"Biz ödeyeceğiz" diyordu, gene alkışlıyorlardı.
"Geçiş ücreti 200 liracık" dedi.
En büyük banknotumuz 200 liraydı.

En büyük banknotumuz düşe düşe "cık" seviyesine düşmüştü.
Gene alkışladılar.

(Çanakkale Köprüsü'nün müteahhidine günlük 45 bin araç garantisi verilmişti. Araç başına 15 euro artı KDV ödenecekti. Günlük 45 bin araç demek, bu köprüden her yıl 16 milyon 425 bin aracın geçmesi anlamına geliyordu. İmkansız olduğunu herkes biliyordu. Günlük ortalama 15 bini bile bulmuyordu. Bu para 11 yıl garanti ödenecekti.)

Hazine bakanı Nurettin Nebati adeta "meddah" seviyesindeydi, birbirinden tuhaf açıklamalar yapıyordu, ağlanacak halimize gülüyorduk.
"Bitersek hep beraber biteceğiz, sen maaş alıyorsun, en fazla neyini kaybedersin, en fazla enflasyonun altında ezilirsin, ama ben bütün varlığımı kaybederim, benim bin çalışanım var, babadan görme bir insanım, babamın bana bıraktıklarını kaybederim, bunu göze alır mıyım?" diyordu.
"Ekonomi modelimiz tutmazsa üzülürüm" diyordu.
"Büyük finansörler bu işi bilir, dolar düşünce çarpılan kim oldu, küçük yatırımcılar oldu, şimdi kara kara düşünüyorlar" diyordu.
"Farklı enstrümanları kullanmamızın sebebi insanları gıdıklamak, Türkiye'deki bir alışkanlığı gıdıklıyoruz, ben insanım, makine değilim, ben buraya sıkıntılı bir şekilde gelsem böyle enerjik bir şekilde konuşabilir miyim?" diyordu.
"Cumhuriyet tarihinde bizimki gibi bir başarı olmuş mu diye baktırdım, kendimizi muhteşem başarılı görüyoruz" diyordu.
"Sade vatandaşın dövizle ne alakası var?" diyordu.
"Ekonomi ile müktesebatım var, varlıklı bir ailenin çocuğuyum, benzin istasyonumuz vardı, akaryakıt işini bilirim, turizmi bilirim, çünkü babamın oteli vardı, otomobil işini bilirim, bir şirketin bayisi olmuştuk ben işletiyordum, sonra siyasete bulaştık" diyordu.
"İyi şeyler olacak, takmayın kafanıza" diyordu.
"Ortodoks politikaları bir kenara koyduk, heterodoks politikalar var, ortodoks düşünmek zorunda değiliz, eklektik olmayı sürdüreceğiz" diyordu.
Türkiye Cumhuriyeti'nin hazinesi ve maliyesi işte bu arkadaşa emanet edilmişti. Doların 18 lira olması bu şartlarda az bileydi!

Adalet bakanı Abdülhamit Gül istifa etti.
Bekir Bozdağ üçüncü defa adalet bakanı oldu.

(PKK tanık, TSK sanıkken, Bekir Bozdağ adalet bakanıydı. 17/25 Aralık kepazeliğinde, Bekir Bozdağ adalet bakanıydı. 15 Temmuz muammasında, Bekir Bozdağ adalet bakanıydı. CHP milletvekili Enis Berberoğlu tutuklanırken, Bekir Bozdağ adalet bakanıydı. PKK açılımı yapılırken, Bekir Bozdağ adalet bakanıydı. Şehit babasına hapis cezası verildi, Bekir Bozdağ adalet bakanıydı. Din eğitimleri olmadığı halde kendi kendilerini hoca ilan eden, Osmanlı'daki kadılar gibi racon kesen cahil cühela mollaları, kadrolu imam olarak devlette işe aldılar, bu çağdışı kararın altında Bekir Bozdağ'ın imzası vardı. 13-14 yaşındaki kız çocuklarını imam nikahıyla koynuna alan dedesi yaşındaki heriflere af çıkarmaya çalıştılar, Bekir Bozdağ adalet bakanıydı.)

AKP'den milletvekili aday adayı olan avukatı hakim yaptılar.
Gezi davasına hakim olarak verdiler.
Osman Kavala'ya müebbet hapis verdi.
Can Atalay, Mücella Yapıcı, Çiğdem Mater, Hakan Altınay, Mine Özerden, Tayfun Kahraman Yiğit Ali Ekmekçi'ye 18'er yıl hapis cezası verdi, tutuksuz yargılanıyorlardı, hepsini tutuklayıp içeri attı.

Tayyip Erdoğan, Trabzon'da miting yaptı. İçişleri bakanı Süleyman Soylu'nun organizasyonuyla henüz dokuz yaşındaki bir çocuğu kürsüye çıkardılar, önce oyuncak verdiler, sonra eline mikrofon tutuşturdular, Tayyip Erdoğan "mikrofona söyle" dedi, çocuk "Kılıçdaroğlu hain hain" diye bağırdı! Gevrek gevrek gülerek izlediler.

(O masum çocuğun babası 10 yıldır hapisteydi, cinayetten 22 yıla mahkumdu. Babasını kurtarmak için ağlaya ağlaya Tayyip Erdoğan'ın yanına gitmişti, yardım istemeye çalışırken, babasına olan hasreti sömürülmüştü. Bu hadiseyle aynı gün... Tayyip Erdoğan'a hakaret ettiği iddiasıyla 14 yaşındaki bir çocuğu İstanbul'da evinden polis ekibiyle aldılar, karakola çektiler, savcıya götürdüler, adli tıp'a götürdüler, dava açtılar, üç yıla kadar hapsini istediler. Kılıçdaroğlu'na hakaret ettirip kahkaha atanlar, kendilerine hakaret konusunda pek hassastı!)

Halil Falyalı öldürüldü.
Sedat Peker tarafından Türkiye'yle bağlantılı karanlık ilişkileri gündeme getirilmişti, Kıbrıs'ta yasadışı bahis sistemini yönetiyordu, siyasilerin karakutusuydu, evinin önünde infaz edildi. Susturulmuştu.

(Kıbrıs Rum Kesimi, 2010 yılından itibaren 10 yıl içinde, Amerikan petrol devi ExxonMobil'le anlaşma imzaladı, Fransız petrol devi Total'le anlaşma imzaladı, İtalyan petrol devi Eni'yle anlaşma imzaladı, İngiltere-Hollanda petrol devi Shell'le anlaşma imzaladı, Amerikan petrol devi Chevron'la anlaşma imzaladı, Katar Petroleum'la anlaşma imzaladı.
Aynı süre zarfında biz Kıbrıs'ta ne yaptık?
Casino ülkesi yaptık.
Kokain üssü yaptık.
Karapara üssü yaptık.
Yasadışı bahis üssü yaptık.
Halil Falyalı mesela, 20 yıl önce kumarhane kapısında bodyguarddı, 750 milyon dolarlık işadamı haline gelmişti. Öldürülmeden üç ay önce bizzat açıklamıştı... "Fly Oil adında Kıbrıs'ın üçüncü büyük petrol şirketine sahibim, bu petrol şirketi Cevdet Sunay'a aitti, 1974 yılından beri faaliyette olan bir şirkettir, satın aldım, yurtdışından deniz yoluyla doğalgaz getireceğim, bu doğalgazı Kuzey Kıbrıs Türk Cumhuriyeti'ndeki tüm evlere götürmek üzere hükümetten gerekli yasal izinleri aldım" demişti.
Bu sözleri, yargılanırken, mahkemede söylemişti.
Cevdet Sunay dediği, Türkiye Cumhuriyeti Devleti'nin hem genelkurmay başkanı, hem cumhurbaşkanıydı.
Türkiye'den çıt çıkmamıştı.
Kıbrıs Rum Kesimi, ExxonMobil'le, Total'le, Shell'le anlaşma imzalarken, biz Kuzey Kıbrıs Türk Cumhuriyeti'nin petrolünü doğalgazını kime teslim etmiştik yani... Halil Falyalı'ya!)

Altılı masa kuruldu.
Kılıçdaroğlu'nun emrivakisiydi.
Güçbirliği yapıyoruz ayaklarıyla, Millet İttifakı'na Ali Babacan'ı, Ahmet Davutoğlu'nu, Temel Karamollaoğlu'nu, Gültekin Uysal'ı eklemlendirdi.

Yüzde 1 bile oyu olmayan partilerdi. Yüzde 1 bile oyları yoktu ama, Kılıçdaroğlu'nun cumhurbaşkanlığını destekleme oranları yüzde 100'dü. Zaten Kılıçdaroğlu'na lazım olan da buydu!

Altılı masa kurulduğunda, seçime 15 ay vardı.
15 ay boyunca milleti oyalama süreci başlamıştı.

(Altılı masa kurulur kurulmaz, CHP yandaşı gazeteciler devreye girdi. Sanki gazetecilik merakıyla soruyorlarmış gibi, Kılıçdaroğlu'na çanak sorular yöneltiyorlardı. "Altılı masa sizi cumhurbaşkanı adayı olarak gösterirse kabul eder misiniz?" diye soruyorlardı. Kılıçdaroğlu da "elbette görev verilirse görevden kaçmam" filan diyordu.
O dönemde henüz kimsenin haberi yoktu.
CHP yönetimi bu tür gazetecileri maaşa bağlamıştı.
CHP'yle sözleşme imzalayan televizyon kanalları, gazeteler, internet siteleri vardı, direkt para alan gazeteciler vardı.
Parayı veren düdüğü çalıyordu. Parayı Kılıçdaroğlu yönetimi verdiği için, CHP medyası Kılıçdaroğlu'nun adaylığını pompalamaya başlamıştı. Emrivaki adaylığa zemin hazırlanıyordu. Namuslu ve muhalif görünen medya, kalemini satmıştı.)

Savaş patladı.
Rusya, Ukrayna'ya daldı.

(Sovyetler Birliği döneminde Karadeniz'in Türkiye dışındaki tüm kıyılarında Rus hakimiyeti vardı. Bugün artık böyle değildi. Rusya, 300 kilometrelik sahil bandına sıkışmıştı. Çünkü, Bulgaristan NATO üyesi olmuştu, Romanya NATO üyesi olmuştu, 2008 yılındaki NATO zirvesi'nde Ukrayna ve Gürcistan'a üyelik sözü verilmişti. Bardağı taşıran hamleydi. Rusya 2008 yılında derhal Gürcistan'a dalmış, hemen peşinden Kırım'ı ilhak etmişti. Ama, NATO'nun Ukrayna ısrarı devam ediyordu. Üstüne, Avrupa Birliği tarafından üyelik vaadinde bulunulmuş, Rusya adeta Batı tarafından bu savaşa teşvik edilmişti.)
(Türkiye açısından Montrö Anlaşması'nın önemi bir kez daha ortaya çıkmıştı. ABD savaş gemileri Karadeniz'e girseydi, bu savaşın Rusya-Ukrayna arasında sınırlı kalması mümkün değildi. Montrö'yü neden

esnetmeye çalıştıkları, bu konuda hassasiyet gösteren emekli amirallere niye öfkeyle saldırdıkları iyice açığa çıkmıştı.)

(Ukrayna cumhurbaşkanı Zelenski, aslında komedyendi.
2015 yılına kadar sahne şovları yapıyordu, Antalya'daki otellerde bile sahneye çıkıyordu. 2015 yılında televizyona transfer olmuş, böylece, hem kendisinin hem ülkesinin kaderi değişmişti.
"Halkın Hizmetkarı" isimli televizyon dizisinde başrol oynadı.
Siyasetle hiç alakası yokken, tesadüfen devlet başkanı seçilen namuslu bir tarih öğretmenini canlandırıyordu. Kokuşmuş politikacılara başkaldıran, yolsuzluklarla mücadele eden, rüşvetçileri teşhir eden, iktidar yandaşı yalaka medyayla dalga geçen, israftan kaçınan, makam aracı kullanmayan, bisikletle dolaşan, koruma bile kullanmayan "halkın başkanı"ydı.
İzlenme rekorları kırdı. Ukrayna nüfusu 40 milyon kişiydi, dizinin her bölümünü 20 milyon kişi izliyordu. Böylesine büyük ilgi görmesi şaşırtıcı değildi. Çünkü, Ukrayna gerçekten kokuşmuş politikacılar tarafından esir alınmıştı, gırtlağına kadar yolsuzluğa batmıştı. "Halkın Hizmetkarı" dizisi Ukrayna halkının hislerine tercüman oluyordu.
Senaryo tam damardan yazılmıştı.
2018 yılında Halkın Hizmetkarı ismiyle parti kuruldu!
Partinin resmi kuruluş dilekçesini, Halkın Hizmetkarı dizisinin prodüksiyon şirketi vermişti. Prodüksiyon şirketinin ceo'su Halkın Hizmetkarı Partisi'nin genel başkanı görünüyordu.
Niye böyle bir şey yaptınız diye sormuşlardı?
Komedyen izah etmişti.
"Bizim televizyon dizimizin ismini başkaları siyasi amaçlarla çalmasın diye yaptık, dizimizle aynı ismi taşıyan bir parti kurup, seçmenleri yanıltabilirler, bazı uyanıklar 2017 yılında böyle bir girişimde bulunmuştu, dizimizin ismini korumak için yaptık" demişti.
Bu izahat makul bulundu.
Kimse yadırgamadı.
2019 yılbaşı gecesi, saatler tam 24.00'ü gösterdiğinde, Ukrayna'daki bütün televizyon kanalları Ukrayna devlet başkanı Poroşenko'nun geleneksel yeni yıl kutlamasını yayınlayacaktı.
Bütün televizyon kanalları yayınladı.
Biri hariç.
Halkın Hizmetkarı dizisinin yayınlandığı 1+1 televizyon kanalı, saatler tam 24.00'ü gösterdiğinde komedyenin konuşmasını yayınladı.

Komedyen "gerçekten" devlet başkanlığına adaylığını açıkladı!
1+1 televizyon kanalının sahibi, Ukrayna'nın en karanlık oligarklarından İgor Kolomoyskiy'di. Banka, petrol, maden, havayolu, medya sahibiydi. Ukrayna'nın yanısıra İsrail ve Kıbrıs Rum Kesimi vatandaşıydı. İmparatorluğunu İsviçre'den yönetiyor, İsrail'de ve ABD'de yaşıyordu. Özel kuvvetlerden devşirdiği silahlı özel birlikleri vardı. Rakiplerine baskınlar düzenlediği, cinayetlerle suçlandığı biliniyordu. Misafirlerine gözdağı vermek için, ofisindeki dev akvaryumda köpekbalıkları beslediği biliniyordu. Beş milyar dolarlık hortumlama yaptığı için, Ukrayna'daki bankasına devlet tarafından el konulmuştu.
Turuncu Devrim'i gerçekleştiren kadroların hamisiydi.
Yuşçenko, Timoşenko gibi siyasilerin finansörüydü.
Kuklaların ipini elinde tutan kuklacıydı.
Şimdi de komedyenin finansörüydü.
Komedyenin seçim kampanyasını yürütüyor, lojistiğini, güvenliğini sağlıyordu. Kişisel avukatını komedyenin hukuk müşaviri yapmıştı.
Geçimini televizyon ekranlarından sağlayan, televizyon ekranları sayesinde devlet başkanlığına aday olan komedyen, seçim kampanyası boyunca televizyondan kaçtı. Habire televizyon reklamı veriliyor, habire sosyal medya reklamı veriliyor, habire caddelere afişleri asılıyordu ama, seçim kampanyası boyunca röportaj bile vermedi, asla basın toplantısı düzenlemedi, gazeteciler kendisine bir tek soru bile soramadılar. Habire tek taraflı olarak kendisi konuştu.
Bu monolog iletişim yöntemiyle, insanların algısında hep o dizideki başkan olarak kaldı, makyajı hiç bozulmadı.
Ve, hayaldi gerçek oldu.
Televizyon dizisi gerçek oldu.
Ukrayna halkı tarafından yüzde 74 oyla devlet başkanı seçildi.
Sadece üç ay önce komedi dizisinde devlet başkanıydı.
Sadece üç ay öncesine kadar, televizyon dizisindeki rolünden başka en ufak bir siyasi tecrübesi bile yoktu, herhangi bir partinin veya parlamentonun kapısının önünden bile geçmemişti.
Sadece üç ayda gerçekten devlet başkanı yapılmıştı.
Komedyen cumhurbaşkanı 1978 doğumluydu, 44 yaşındaydı.
Putin ise, 1978 yılında bu komedyen doğduğunda KGB subayı olarak Almanya'da casustu, komedyenin şu anki yaşındayken KGB'nin yerini alan istihbarat teşkilatı FSB'nin başkanıydı.

Komedi dizisi olarak alkışlanıyordu ama, demokrasi açısından, liyakat açısından "ibret dizisi"ydi.
Batı'nın sinsi planıydı.
Sizi NATO'ya alacağız, sizi AB'ye alacağız vaatleriyle Ukrayna halkını kandırmışlar, komedyenin peşine takıp, Rusya'yla savaşa sokmuşlardı. Olan Ukrayna halkına olacaktı.)

(Rusya'nın ana doğalgaz boru hattı olan Trans Sibirya Boru Hattı tee 1981 yılında açılmıştı. 4 bin 500 kilometre uzunluğundaydı. Sibirya'dan başlıyor, Rusya'yı komple geçiyor, Ukrayna'ya giriyor, oradan Avrupa ülkelerine ulaşıyordu. Almanya başta olmak üzere 18 Avrupa ülkesi bu hattan gelen doğalgazı kullanıyordu. Ukrayna hem uygun fiyat ödeyerek bu boru hattından gelen doğalgazı kullanıyor, hem de geçiş ücreti alıyordu.
Ama... 2004 yılındaki Turuncu Devrim'den itibaren Ukrayna'nın tavrında enteresan değişiklikler başladı. Rusya'ya 2 milyar dolardan fazla borcu birikmişti, doğalgazı kullanıyor, parasını ödemiyordu. "Bana mecburlar, nasıl olsa gaz vermeye devam edecekler, benim gazımı keserlerse Avrupa'nın da gazı kesilmiş olur" diye düşünüyordu. Bir yandan da Avrupa'ya mesaj gönderiyordu, "beni korumazsanız siz de gaz alamazsınız" diyordu.
ABD yönetimi, Rusya'nın Avrupa'ya doğalgaz vermesini istemediği için, Trans Sibirya Boru Hattı'na açıldığı günden beri karşı çıktığı için, Ukrayna'nın sırtını sıvazlıyordu.
2022'de patlak veren Rusya-Ukrayna savaşının temeli, işte böyle atılmıştı.
ABD tarafından sahip çıkılan Ukrayna, kendisini iyice güçlenmiş hissediyordu, NATO'ya alınacağını düşünüyordu, Rusya'ya rest çekerek Avrupa Birliği'ne gireceğini düşünüyordu. Sırtını ABD'ye yaslamanın özgüveniyle, borcunu ödemediği gibi, geçiş ücretine zam yapmaya kalkıyordu. Moskova'ya posta koyuyordu, "eşşek gibi hem gaz vereceksin, hem bize daha fazla para ödeyeceksin" demeye getiriyordu.
2009 yılbaşında, şak, Rusya vanayı kapattı, gazı kesti.
"Ukrayna hem doğalgazımı çalıyor, hem paramı çalıyor, bu böyle devam edemez, biraz da siz düşünün" dedi.
Avrupa tutuştu.
Avrupa Birliği acilen toplandı.
O güne kadar salağa yatıyorlardı, koştura koştura devreye girdiler, ABD'yi ve Ukrayna'yı ikna ettiler, Rusya'nın parası ödendi, Rusya'nın fiyatları kabul edildi. Rusya vanayı açtı.

Makarayı az ileri saralım...
Rusya, Ukrayna yüzünden bu tür krizler yaşayacağını tahmin ettiği için, Ukrayna'da turuncu devrim olur olmaz, 2005 yılında Kuzey Akım boru hattının temelini attı, 2011 yılında açıldı.
Kuzey Akım boru hattı Rusya'dan başlayarak, başka hiçbir ülkenin toprağına girmeden, Baltık Denizi üzerinden Almanya'ya bağlandı.
Ukrayna'yı devre dışında bırakan, Almanya üzerinden Avrupa'ya bağlanan bu boru hattına, Kuzey Akım 1 adı verildi.
Hemen peşinden, Kuzey Akım 2'nin inşaatı başladı.
Rusya'dan başlayarak, yine Baltık Denizi'nin altından ilerleyecek, Almanya'ya bağlanacaktı, bin 230 kilometre uzunluğundaydı.
Kuzey Akım 2'nin hayata geçirilmesi için Finlandiya ve İsveç'in izin vermesi gerekiyordu, Merkel'in çabalarıyla bu iki ülke izin verdi.
Almanya başbakanı Merkel'i, ne Obama ikna edebilmiş, ne Trump ikna edebilmiş, ne Biden ikna edebilmişti. Kuzey Akım 2 hattı Alman endüstrisi ve Alman halkının ısınma ihtiyaçları için hayati önemdeydi.
Merkel hem NATO ve AB'nin yanında duruyor, hem de doğal olarak kendi ülkesinin çıkarlarını gözetiyordu.
Amerikan istihbaratının Merkel'in telefonlarını dinlediği ortaya çıkmıştı, Merkel'in telefonlarının takip edilme sebebi, Putin'le temasıydı, Kuzey Akım 2 hattıydı.
Kuzey Akım 2 devreye girdiğinde, Rusya'nın artık Avrupa'ya doğalgaz iletmek için Ukrayna'ya asla ihtiyacı olmayacaktı.
Kuzey Akım 2 hattının son parçası Ekim 2021'de monte edildi.
Hatta gaz verildi, dolduruldu, henüz vana açılmamıştı.
Aralık 2021'de Merkel'in görev süresi doldu.
Merkel emekli edildi.
Sadece iki ay sonra, Ukrayna halkı ateşe sürüldü, savaş başlatıldı.
Şak... Almanya, Kuzey Akım 2'yi durdurdu.
Almanya'nın yeni başbakanı "bu hat asla açılamaz" dedi!)

> *(Kuzey Akım 2 hattının iki kritik kıyısı vardı.*
> *Finlandiya ve İsveç, ikisi de tarafsız ülkeydi.*
> *Savaş başlar başlamaz ikisi de NATO üyesi yapıldı.*
> *Rusya'nın doğalgaz hattı Baltık'tan kuşatılmış oldu.)*

AKP iktidara geldi.
2003'te TBMM'ye getirdiler.

Geri püskürtüldü.
2006'da tekrar getirdiler.
Geri püskürtüldü.
2008'de tekrar getirdiler.
2009'da tekrar getirdiler.
2010'da tekrar getirdiler.
2013'te tekrar getirdiler.
2014'te tekrar getirdiler.
Her defasında geri püskürtüldü.
2017'de tekrar getirdiler.
Gene başaramadılar, geri püskürtüldü.
Zeytinin idam fermanını AKP iktidara geldiğinden beri sekiz defa denediler, sekiz defasında da TBMM'yi geçemediler.
Sekiz defa... Bizzat Mustafa Kemal Atatürk'ün talimatıyla hazırlanan ve 1939'dan beri yürürlükte olan "zeytin yasası"nı değiştirmeye çalıştılar.
Tek başına iktidar olmalarına rağmen, sekiz defasında da bizzat Atatürk'ün kurduğu TBMM'yi aşamadılar.
Sonra?
Malum, bizzat sayın ahalimizin oylarıyla saray rejimine geçtik.
TBMM işlevsiz hale geldi.
Yasa çıkarmaya gerek kalmadı.
Sorun çözüldü!
Bütün dünya pürdikkat Rusya-Ukrayna savaşını takip ederken, o toz duman arasında Tayyip Erdoğan'ın imzasıyla maden yönetmeliği değiştirildi, *Resmi Gazete*'de yayınlandı.
Bu değişiklik ne anlama geliyordu?
Türkiye'de toplam 190 milyon zeytin ağacı var, maden şirketleri bunun 130 milyonunu kesebilecek anlamına geliyordu!
Elbette cart diye hepsini kesmeyeceklerdi ama, 130 milyon zeytin ağacının maden sahalarında olduğu biliniyordu, "maden şirketlerine isterlerse istedikleri kadar kesme yetkisi verildi" anlamına geliyordu.
Ege bölgesinde mesela, zeytin ağaçlarımız 200 yıllık, 300 yıllık, doğada kendi kendine yaşamını sürdüren 900 yaşında olanları var.
Ayvalık'ta 1.100 yaşında var.
Manisa Kırkağaç'ta 1659 yıllık zeytin ağacı var.
Biz Türkler daha Anadolu'ya bile gelmemiştik, o ağaç oradaydı.
İzmir Seferihisar'da 1.800 yıllık zeytin ağacı var.
Manisa Saruhanlı'da 2 bin yıllık zeytin ağacı var.
Soma'da 2 bin 90 yıllık zeytin ağacı var.

Muğla Milas'ta 3 bin 200 yıllık zeytin ağacı var.
Hepsi maden sahası kapsamına alındı.
Zeytindalı, mitolojiden beri evrensel kültürün barış simgesidir.
Barışta kesmeyi becerememişlerdi.
Savaş sayesinde, savaşın gölgesinde, savaş fırsatçılığıyla işi bitirdiler.

Tarım bakanı Bekir Pakdemirli istifa etti.
Yerine, AKP eski milletvekili Vahit Kirişçi atandı.
Artık bakanların seçilmiş kişi olmasının bir önemi yoktu.
Tek adam'ın iki dudağının arasındaydı.
Memur gibi atama yapıyordu.

Türkiye'den umudu kesen gençler, yurtdışına gitmenin yolunu arıyordu, bunların başında genç hekimler geliyordu. Diplomasını yakarak, kamyon şoförü kontenjanından Avrupa'ya giden hekimler bile vardı.
Tayyip Erdoğan kapıyı gösterdi.
"Gidiyorlarsa gitsinler" dedi.
Milletin huzuru üzerine TBMM'de yemin etmişti.
O milleti işte böylesine rahat kovabiliyordu.

Pırıl pırıl gençlerimiz ülkeyi terkederken, milyonlarca cahil cühela Suriyeli memlekete doluşmaya devam ediyordu, Hatay büyükşehir belediye başkanı Lütfü Savaş alarm verdi.
"Hatay elden gidiyor" dedi.
Tane tane anlattı.
"11 ayda bir doğum yapan, altı yılda altı çocuk doğuran Suriyeli kadınlar var. Suriyeli erkeklerin üç dört eşi var. Nüfus dengesi allak bullak oldu, azınlığa düşüyoruz. Acil önlem alınmazsa 12 yıl sonra Hatay'ın Suriyeli belediye başkanı olacak. Hatay'ın nüfusu 1 milyon 670 bin kişi, 800 binin üzerinde Suriyeli var. Reyhanlı'da Suriyeli aday olsa, açık farkla kazanır. Suriyelilere vatandaşlık verilmesi, seçme seçilme hakkı verilmesi büyük hata oldu. Güya toprak satın almaları kanunen yasak ama, Türk ortak ayarlıyorlar, toprak alıyorlar. Ablam mesela, müteahhitten ev aldı, sahibi Suriyeli çıktı. Hatay'da ithalat-ihracat, altın ticareti Suriyelilerin eline geçti. Bizim çiftçimiz maliyetler yüzünden ekip biçemiyor, bizim çiftçilerin tarlasını Suriyeliler alıyor. Uyarıyorum, Hatay elden gidiyor" dedi.
Daha ne desindi?

AKP Şanlıurfa milletvekili Ahmet Akay'ın oğlu, babasının TBMM araç kartını 48 bin dolara Suriyeli işadamı Muhammed Halebi'ye sattı. Mercedes S-400'le dolaşan Muhammed Halebi'nin TBMM araç kartıyla polis çevirmelerinde dokunulmazlık kazandığı anlaşıldı. Üstelik, bu Muhammed Halebi'nin parayı bastırıp Türk vatandaşlığı satın aldığı, adını da Muhammed Sabancı olarak değiştirdiği anlaşıldı.

Yandaş medyada ekranlara çıkan sunucu İkbal Gürpınar, kaçak Suriyelilere dua etti. "15 Temmuz'u kesinlikle Suriyeliler sayesinde kazandık, hatta feci bir kuraklık olacaktı, meteoroloji duyurmuştu, Suriyeliler geldi, yağmur üstüne yağmur yağdı" dedi.

Her şehit cenazesinde aynı hazin manzarayla karşı karşıya kalıyorduk, Suriye topraklarında şehit düşen evlatlarımız gecekondularda barınan garibanlardı... Bir milyon Suriyeli'ye Suriye'de ev yaptıracağımız açıklandı.

Afrin'e elektriği Türkiye veriyordu, elektriğe zam yapıldı.
Afrin ahalisi öfkelendi, bölgeye elektrik veren Türk şirketine saldırdılar, şirket binasını kökünden ateşe verdiler.
Milyonlarca Suriyeli'ye hampadan maaş veriyorduk, vatandaşlık veriyorduk, besliyorduk, Afrin başta olmak üzere Türk askeri tarafından korunan Suriye ilçelerine Türk milletinin ödediğinden çok daha ucuza elektrik veriyorduk, yine de yaranamıyorduk!
Afrin için 54 evladımız şehit olmuştu.
Afrin için 236 evladımız gazi olmuştu.
Afrin ahalisinin teşekkürü işte buydu!

Zafer Partisi genel başkanı Profesör Ümit Özdağ, kaçak mülteci sorununu gündemde tutuyordu. İçişleri bakanı Süleyman Soylu açık açık küfretti, "Soros çocuğudur, hayvandan aşağıdır" dedi.
Ümit Özdağ cevap verdi, "yarın sabah tek başıma ve silahsız olarak içişleri bakanlığına geleceğim, zerre kadar erkeklik onurun varsa beni kapıda bekle, erkeksen orada bekle" dedi.
Süleyman Soylu orada bekleyemedi.
Korkudan saklandı.

Ümit Özdağ'ın üstüne polis ordusu gönderdi.
TBMM'den içişleri bakanlığına yürümesi engellenen Ümit Özdağ kameralar önünde haykırdı. "Korkak Süleyman, sen kriminal bir adamsın, görevin bitince tutuklanacaksın, benden özür dileyeceksin, yoksa bu iş ikimizden biri ölene kadar devam eder" diye bağırdı.

Afganistan, narko-devlet'ti.
Dünya eroin pazarının yüzde 90'ı tek başına bu ülkede üretiliyordu.
Afganistan'dan çıkan eroinden her yıl 65 milyar dolar gelir elde ediliyor, bunun sadece üç milyar doları Afganistan'da dağıtılıyor, gerisini bu işi organize edenler kırışıyordu.
Afganistan'da fabrika yok, iş yok güç yok, bir milyon kişi uyuşturucu üretimiyle geçiniyor, Afyon hasadı nisan ayında yapılıyor, bir milyon kişi haşhaş tarlalarına koşuyor, çalışıyor, yevmiye alıyor, geriye kalan 11 ay yine işsiz kalıyor, hasat zamanının gelmesini bekliyordu.
ABD'deki eroin pazarını Meksika beslerken, Avrupa ve Asya pazarının tedarikçisi Afganistan'dı. Balkan rotası denilen bir karayolu güzergahıyla, İran ve Türkiye üzerinden Avrupa'ya gidiyordu.
Haşhaş Afganistan'da elbette hep vardı ama, bizzat ABD tarafından eroin üssü haline getirilmişti. Nasıl derseniz... 2000 yılında Taliban fetva çıkardı, haşhaş ekimini yasakladı. Şak, 2001 yılında ABD işgal etti. Uyuşturucu trafiğini yönetmeleri için feodal savaş lordlarını şehirlere 'vali' yaptılar. Böylece, 2002 yılından itibaren haşhaş ekimi tam gaz yeniden başladı, Afganistan eroin devleti haline getirildi.
2001 yılında haşhaş ekilen arazi sadece yedi bin hektarken, 2020 yılında 300 bin hektara çıkmıştı, yılda 150 ton uyuşturucu üretilirken, yedi bin tona çıkmıştı.
Afganistan sağlık bakanlığı verilerine göre, Afganistan'da her on kişiden biri uyuşturucu bağımlısı haline gelmişti, dört milyon kişi uyuşturucu kullanıyordu, bunların bir milyonu kadındı. Nüfusuna oranla, dünyada en fazla uyuşturucu bağımlısı olan ülkeydi.
Kabil'de eroin satın almak, bakkaldan ekmek almak kadar kolaydı.
Uyuşturucuya başlama yaşı altı'ya kadar düşmüştü. Cehalet öylesine feci boyutlardaydı ki, emzirme sırasında öksürüğünü kessin diye bebeğine afyon verip, çocukları doğuştan bağımlı yapanlar vardı.
Kırk yıldır bitmeyen savaş, bitmeyen terör, şiddet, yoksulluk ve kolayca ulaşabilme imkanı, uyuşturucu kullanımını arttırıyordu.

Ülke savaşla/terörle taş devrine döndükçe, uyuşturucu üretimi kolaylaşıyor, üretim kolaylaşınca kullanım ucuzluyor, yayılıyordu. Afganistan, eroinin yanısıra metamfetamin'in dünyadaki en önemli üreticisi konumuna gelmişti. Çünkü, doğada kendiliğinden yetişen efedra isimli bitkiden metamfetamin'in hammaddesini elde edebileceklerini keşfetmişler, pahalı kimyasallara gerek kalmamış, bir anda yüzlerce metamfetamin laboratuvarı kurulmuştu.
'Kristal meth' tabir edilen metamfetamine 'gariban kokaini' deniyordu, eroinden ucuzdu, eroinden çok daha kuvvetli bağımlılık yapıyordu. Kırılmış kristal, kırık cam, buz parçaları, limon tuzu gibi görünüyordu. Avrupa'da ergenlik çağındaki çocuklar arasında hızla yayılıyordu. Kristal meth, 2009 yılından beri Türkiye'de görülüyordu. Torbacıların sokak jargonunda, meth'ten yola çıkarak 'Metin amca' ismiyle satılıyordu.
Pakistan istihbarat teşkilatı, Sovyet işgali sırasında CIA tarafından maşa olarak kullanılmıştı, Afganistan'daki silahlı direniş, komşu Pakistan tarafından örgütlenmişti. Pakistan'dan Afganistan'a gizlice silah ve savaşçı götüren kamyonlar, dönüşte uyuşturucu balyalarını yükleyip getiriyordu. Örtülü askeri operasyon bu uyuşturucuyla finanse ediliyordu. Kaçınılmaz olarak Pakistan'a da sirayet etmişti... İşgalden önce Pakistan'da uyuşturucu kullanımı neredeyse sıfıra yakınken, 2020 yılının uluslararası raporlarına göre 10 milyon civarında Pakistan vatandaşının uyuşturucu kullandığı biliniyordu.
Pakistan'da üç milyondan fazla Afgan mülteci yaşıyordu. Bunlar resmi olarak bilinenlerdi. Pakistan'da kimliği bile olmayan, herhangi bir kaydı olmayan en az bir milyon Afganlı daha olduğu tahmin ediliyordu. Sıkı durun lütfen... Sovyet işgalinden beri, 40 yıldır Pakistan'da yaşayan Afganlar vardı! Geçici olarak sığınmışlardı, 40 yıldır orada yaşıyorlardı! Bir milyondan fazla Afganlının Pakistan'da dünyaya geldiği, çeşitli vatandaşlık yollarıyla Pakistanlı haline geldikleri tahmin ediliyordu. Taa en başında 340 mülteci kampı kurulmuştu, Afgan göçmenler buralara yerleştirilmişti, 2020 yılında sadece 54 kamp kalmıştı, göçmenlerin gerisi şehirlere dağılmıştı, Pakistan şehirlerinde Afgan ilçeleri oluşmuştu.

Afgan göçü, Suriyeli göçüne benzemiyordu.
Afgan göçüyle sadece kaçak göçmen gelmiyordu.
Uyuşturucu da geliyordu.
Hal böyleyken, AKP hükümeti feci bir hata yapmıştı.
İki milyon civarında kaçak Afgan'ı Türkiye'ye sokmuştu.

Sadece bir yıl sonra...
"Türkiye Uyuşturucu Raporu 2022" yayınlandı.
Metamfetamin'de patlama vardı!
Afgan göçünden önce Türkiye'de yılda bir ton yakalanıyordu.
2022'de 5.5 ton yakalanmıştı!
Yakalanan bile 5.5 kat arttığına göre, yakalanmayanı varın siz hesap edin. Sokaklarımızda orman yangını gibi yayılmıştı.
81 şehrimizin 81'inde de metamfetamin ele geçirildi. Edirne'den Hakkari'ye, Sinop'tan Burdur'a, Balıkesir'den Erzincan'a, kılcal damarlarımıza kadar girmiş vaziyetteydi.
Eroin ve kokainde de korkunç artış vardı ama, hiç olmazsa, eroin ve kokainde "transit ülke" konumundaydık, güzergahtık, giriyor çıkıyordu. Metamfetaminde ise "pazar ülke" olmuştuk.
Çok kolay üretiliyor, herhangi bir evde, oturma odası büyüklüğünde bir mekanda laboratuvar kurulabiliyordu, bu yüzden çok ucuzdu.
Bir tane alana, bir tane bedava veriyorlardı!
İnsan vücudunu içten içe çürütüyordu, en önemli belirtisi dişlerdi, dişleri adeta kesme şeker gibi dağıtıyordu, kilo kaybına, yara açacak seviyede kaşıntıya, unutkanlığa, halüsinasyona yolaçıyor, ölüme götürüyordu.
Türkiye'de metamfetamine başlama yaşı ortalama 21'di.
Her üç kullanıcıdan biri işsizdi.
Direkt gençleri hedef alan bir maddeydi.
Kaçak mülteci meselesine sessiz kalan herkes bu vebale ortaktı.

Ayasofya'nın imparatorluk kapısı'nı yediler!
Cami haline getirildikten sonra 1400 yıllık kapıda hasar oluşmuştu.
Sebebini bulmak için inceleme yapıldı. Meğer, sayın ahalimizin "kutsal" diyerek, kapıyı elleriyle sürte sürte aşındırdıkları, dökülen parçaları yuttukları ortaya çıktı.

(Bizans imparatoru Heraklius, Nuh'un gemisini arıyordu. 620 yılında Sasanilerle savaşmak için bölgeye gittiğinde, Cudi Dağı'na çıkmıştı, Nuh'un gemisini buldum diyerek, tahta parçaları getirmişti. Rivayete göre, impatorluk kapısını bu tahta parçalarıyla yaptırmıştı. Sayın ahalimizin "mübarek" diyerek yediği kapı işte buydu!)

Ayasofya'nın kapısını yemeleri pek şaşırtıcı değildi.
Sayın ahalimiz, Melikgazi'yi de yemişti.

Kayseri'deki türbeye giriyor, gizli gizli sandukayı açıyor, Danişmendliler hükümdarı Melikgazi'nin mumyasından küçük küçük parçalar tırtıklıyor, şifa niyetine çorba yapıyorlardı.
Çocuğu olmayan kadınların, rahmetli Melikgazi'nin çorbasından içer içmez hamile kaldıkları söyleniyordu. Dişlerini söküp, öğütüp, çay gibi kaynatarak içenler bile vardı. Sayın devletimiz durumu farkedip müdahale edene kadar, Melikgazi'nin sol kolunu -kemik dahil- komple bitirmişlerdi.

(Danişmend kelimesi "Bilgili Adam" anlamına geliyor.
Sayın ahalimiz o kadar bilgiliydi ki, Bilgili Adam'ı yemişlerdi.)

~

Aynı bilgi seviyesiyle, Çağbaba Türbesi'ne gidiyorlardı.
Adaklar adıyorlardı.
Arkeologlar inceledi.
Piramit şeklindeki mezar, Karyalı gladyatör Diagoras'ın mozolesi çıktı.
Meğer sayın ahalimiz, din alimi zannederek, 2300 yaşındaki gladyatöre hatim indiriyordu!

~

Bazı ilahiyatçılar "deve sidiği şifalı" dedi.
Deve sidiği içip, komaya girenler oldu.

~

New York'taki Turken gökdeleni gündeme oturdu.
Ensar Vakfı ve Türgev'in ortak kuruluşu Turken Vakfı'na aitti.
Dünyanın en pahalı emlak bölgesi Manhattan'daydı.
21 katlıydı, öğrenci yurduydu.
Türkiye'de yoksul çocuklar izbe tarikat yuvalarına terkedilirken, tecavüzlere uğrarken, diri diri yanarken, New York'taki mütevazı (!) öğrenci yurduna Türkiye'den kaç milyon dolar aktarıldığı, bu kulede kimlerin öğrenci olarak kalacağı, muammaydı.

~

Canan Kaftancıoğlu'na siyasi yasak getirildi.
2013-2014 yıllarında tweetler atmış, "katil devlet" demişti.
Bu tweetlere tee 9 yıl sonra dava açılmıştı.
4 yıl 11 ay hapis cezası aldı, Yargıtay onadı.
Denetimli serbestlikten faydalandı, hapse girmedi.

Ama, siyasi yasaklı haline gelmişti.
CHP üyeliği bile düşürüldü.
CHP İstanbul il başkanı'na bu yasak getirilince, CHP parti yönetimi derhal toplandı, Kılıçdaroğlu "bu karar asla kabul edilemez" dedi.

(Hep aynı teraneydi.
Olağanlaşan olağanüstüydü.
Gençlik kolları başkanı tutuklanıyor, ilçe başkanı tutuklanıyor, belediye meclis üyesi tutuklanıyor, belediye başkanı tutuklanıyor, CHP parti yönetimi derhal olağanüstü toplanıyor, Kılıçdaroğlu her defasında "bu karar asla kabul edilemez" diyordu.
CHP milletvekili tutuklanıyor, CHP yönetimi gene olağanüstü toplanıyor, Kılıçdaroğlu gene "bu karar asla kabul edilemez" diyordu.
CHP genel başkanı yumruklanıyor, öldüresiye linç ediliyor, sığındığı ev ateşe veriliyor, CHP yönetimi derhal olağanüstü toplanıyor, Kılıçdaroğlu "bu asla kabul edilemez" diyordu.
CHP'nin İstanbul'da kazandığı seçim ayak oyunuyla iptal ediliyor, CHP yönetimi olağanüstü toplanıyor, Kılıçdaroğlu "bu karar asla kabul edilemez" diyordu.
Olağanüstüler işte böyle olağanlaşıyordu.
Asla alışılmaması gerekenlere böyle böyle alışılıyordu.
CHP muhalefet"miş" gibi yapıyordu.
Seçmeninin gazını alıyor, unutturuyordu.)

Katar büyükelçisi Muhammed bin Al Sani, CHP genel merkezine geldi, Kılıçdaroğlu'nu ziyaret etti. Katar'da yapılacak olan Dünya Kupası'na davet etti. Sırtında "Kemal Kılıçdaroğlu" yazılı forma hediye etti.
Formayla poz verdiler.
O güne kadar habire "Türkiye Kataristan'a döndü, Türkiye'yi Katar'a sattılar, Türkiye'yi Katar'a peşkeş çektiler" diyen Kılıçdaroğlu'nun, Katar büyükelçisiyle, isminin yazılı olduğu Katar formasıyla hatıra fotoğrafı çektirmesi, AKP medyasında kahkahalarla manşet oldu!

Marmaris'te yine orman yangını çıktı.
Üç gün söndüremediler.
Çünkü, İspanya'dan güya yangın söndürme uçakları kiralamışlardı ama, bu uçaklar aslında zirai ilaçlama uçaklarıydı. Amfibik değildiler,

denize inip su alamıyorlardı, her sortide Dalaman Havalimanı'na geri dönüp, suyu anca karada yükleyebiliyorlardı.
Uçakların adı bile air tractor'dü.
Yani, bildiğin hava traktörüydü.
Çiftçinin havadaki traktörü, tarım uçağıydı.
Amfibik bir yangın söndürme uçağı en az beş ton su alabilirken, bunlar en fazla üç ton alabiliyordu, onu da denizden alamıyor, Dalaman'a git, in, doldur, gel, bir saatte anca bir sorti yapabiliyordu.
Orman bakanımız vaziyeti gayet nefis izah etti... "Orman yangınına müdahalede herhangi bir kontrolsüzlük yok, fakat, kontrol altına alınmış bir yangın da söz konusu değil" dedi!

Her seçim öncesinde mutlaka petrol bulan sayın hükümetimiz, Adana'da petrol bulunduğunu açıkladı. Bu müjde üzerine, *Sözcü* gazetesi yazarı Murat Muratoğlu tweet attı. "Adana'da bulunan petrolden sonra, Adıyaman'da arama çalışması yapılan iki kuyuda altı milyar dolarlık jelibon rezervlerine rastlandı" dedi.
Aradan birkaç saat geçti.
Melih Gökçek televizyona çıktı, Murat Muratoğlu'nun ironisini gerçek zannetmişti. "Bugünkü medyada okudum, yeraltında altı milyar dolarlık jelibon bulunmuş" dedi. Sunucu vaziyeti düzeltmeye çalıştı, "sahte olmasın" diye uyardı. Melih Gökçek emindi. "Hayır hayır sahte değil, resmi şey, arka arkaya bulunuyor" dedi.
Altı milyar dolarlık jelibon rezervine inanmakla kalmamış, izleyenleri de ikna etmek için "resmi" olduğunu ilave etmişti!
Çeyrek yüzyıl boyunca Başkent'i yönetmişti.
Algı seviyesi, buydu.

Aradan birkaç gün geçti.
Sosyal medyada, Beşiktaş'ın Kamerunlu golcüsü Aboubakar'ın photoshopla genelkurmay başkanı üniforması giydirilmiş fotoğrafı paylaşılıyordu. Melih Gökçek bunu da gerçek zannetti.
Bu montaj fotoğrafı twitter hesabından paylaştı. "Bak Türkiye, Somali'den gelip Türk vatandaşı olan, senin ülken ve senin inancın için savaşan Abu Bakeroğlu, PKK'lıların yaptığı karakol baskınında şehit oldu, mekanın cennet, Resulullah komşun olsun, yabancı düşmanlığı yapan hainlere de ibret olsun" diye yazdı!

Mansur Yavaş, Melih Gökçek'in başkanlığı döneminde yaptırılan Ankapark'ı basına açtı, gazetecilere gezdirdi. Çakma Disneyland soygunu bütün çıplaklığıyla ortaya saçıldı.
Dinozor maketlerine 19 milyon dolar ödenmişti.
Fıskiye, 15 milyon dolardı.
Tayyip Erdoğan burasının açılışını bizzat yaparken "Türkiye'nin gururu" demişti. Ankapark'ın sırf kapısına 14 milyon dolar harcadıkları anlaşıldı, ne kadar gurur duysak azdı!
Minyatür tren yapmışlardı, 34 milyon dolardı.
Uçan ada yapmışlardı, 8 milyon dolardı.
"Çevre dostu proje" demişlerdi, plastik ağaç dikmişlerdi.
Plastik ağaçların faturası 16 milyon dolardı.
Siz hiç 18 milyon dolarlık yürüyüş yolu duydunuz mu?
Yürüyüş yoluna 18 milyon dolar harcanmıştı.
Timsah maketi, Nuh'un gemisi maketi, fiberglastan fosil maketi, vahşi Batı dekoru, oyun çadırı, lazer sesi çıkaran robot, çarpışan arabalar, gondol filan almışlardı, 45 milyon dolardı.
Ankapark'a saçıp döktükleri toplam para, 801 milyon dolardı!

> *(50 milyon dolarımız yok diye tank fabrikamızı Katar'a vermişlerdi ama, buraya teleferik yapmışlardı, 50 milyon dolar ödemişlerdi.)*

(Aynı dönemden birkaç örnek vermek gerekirse... Tekel'in alkollü içecekler bölümünü 292 milyon dolara sattılar. Eti Bakır'ı 33 milyon dolara sattılar. Eti Gümüş'ü 41 milyon dolara sattılar. Eti Krom'u 58 milyon dolara sattılar. Kütahya şeker fabrikasını 23 milyon dolara sattılar. Adapazarı şeker fabrikasını 45 milyon dolara sattılar. Antalya Limanı'nı 140 milyon dolara sattılar. Türk Hava Yolları'nın yüzde 20'sini 175 milyon dolara sattılar.
Ne etti?
807 milyon dolar.
Bunları satıp, bu kadar paraya dinozor maketi almışlardı.)

> *(250 bin dolara Türkiye Cumhuriyeti vatandaşlığını satıyorlardı. Ankapark'a aldıkları plastik ağaç bile daha pahalıydı.)*

(Jurassic Park filmine ilham veren Deinonychuslardan biri, 2022 yılında, dünyaca ünlü müzayede şirketi Christie's tarafından Londra'da açık arttırmayla 12.4 milyon dolara satılmıştı.

115 milyon yaşındaki dinozorun orijinali 12.4 milyon dolarken, Ankara'ya aldıkları plastik dinozor maketleri 19 milyon dolardı. 110 milyon yaşındaki bir başka dinozor fosili, Paris'te Eyfel Kulesi'nde düzenlenen açık arttırmada satıldı, 2.4 milyon dolardı. Fransa Lyon'da dinozor satıldı, sadece 1.2 milyon dolardı. Orijinal dinozor fosilleriyle gerçek bir dinozor müzesi kurmaya kalksak, maliyeti en fazla 80 milyon dolardı. Bunlar plastik dinozor maketlerinden oluşan Ankapark'a on katını harcamışlardı. Dinozorlar varolduğundan beri, böyle soygun görülmemişti!)

"Tayyip Erdoğan'a aşık oldum, anam babam eşim çocuklarım Tayyip Erdoğan'a feda olsun" diyen Ethem Sancak, BMC'deki hisselerini Tosyalı Holding'e devretti. Ethem Sancak denklemden çıkınca, tank palet fabrikasındaki payı da, Tosyalı Holding'e geçmiş oldu.

(Ethem Sancak BMC'ye Katar Emiri'ni ortak etmişti. Güya yerli ve milli Altay tankını üreteceklerdi. Yerli denilen tankın motorunu Almanya'dan alacaklardı. Almanya motoru vermekten vazgeçti, proje daha başlamadan durdu. İddia o ki... Proje tıkanınca, BMC'ye yüklü sermaye koyan Katar Emiri öfkelenmişti, Tayyip Erdoğan'a şikayet etmişti, Erdoğan da Ethem Sancak'a BMC'yi satması için talimat vermişti. BMC el değiştirince, dışişleri bakanlığı devreye girdi, Güney Kore'yle anlaşma imzalandı. Yerli denilen tankın motoru Güney Kore'den alınacaktı. 2023 yılında ortada henüz tank mank yoktu.)

Ethem Sancak gözden düşüp, denklemden çıkarılınca, sürpriz bir hamle yaptı. Rus televizyon kanalı RBK'ya röportaj verdi. "Rusya düşerse, Türkiye bölünür, insansız hava araçları Bayraktar'ları Ukrayna'ya satarken, böyle kullanılacağını bilmiyorduk" dedi.
Yetmedi, Marmara Üniversitesi'nde konferansa katıldı.
"Biz Amerika'nın desteğiyle iktidara geldik" dedi.
"Türkiye aslında NATO'yla savaş halinde" dedi.
"Türkiye, Rusya ve İran bir olalım" dedi.
"Biz adam kesen birçok ülkeyle kardeşiz" dedi.
"İsrail'le barıştık, Esad'la da barışalım" dedi.
AKP yandaşı işadamı olarak, AKP adına konuşuyormuş gibiydi ama, AKP'nin bütün dengelerini altüst edecek açıklamalardı.

Şak...
AKP'den kesin ihraç talebiyle disipline sevkedildi.
AKP'den istifa etti.
Doğu Perinçek'in Vatan Partisi'ne geçti.

(Ethem Sancak çoook eskiden Doğu Perinçek'in genel başkan olduğu Türkiye İşçi Köylü Partisi'nin Diyarbakır il başkanıydı. AKP iktidara gelince AKP'li oldu. AKP'nin merkez karar yönetim kurulu üyesi oldu. Fethullah Gülen'i ABD'de ziyaret etti. "Kendimi hocaefendi'nin hareketine ait görüyorum" dedi. 2007 yılında TBMM'den "üstün hizmet onur ödülü" bile aldı. En son gene Perinçek'in yanına döndü. AKP döneminin enteresan ötesi kişiliklerinden biriydi. Aynı zamanda, 2002 seçiminden önce Deniz Baykal'a önererek, Kılıçdaroğlu'nun CHP'ye üye yapılmasını ve CHP milletvekili yapılmasını sağlayan kişiydi.)

Altılı masanın cumhurbaşkanı adayı kim olacak diye merak ediliyordu. Kılıçdaroğlu sürpriz bir açıklama yaptı. "Beşli müteahhit çetesi Türkiye'yi dizayn etmeye çalışıyor, cumhurbaşkanlığına aday olmamı istemiyorlar, bunu engellemek için çalışıyorlar" dedi.

(Aslında... CHP'nin maaşa bağladığı muhalif görünümlü sözleşmeli medyanın, Kılıçdaroğlu'yla birlikte yürüttüğü algı operasyonuydu. O günden itibaren, Kılıçdaroğlu aday olmasın diyenlere "beşli çetenin adamı" yaftası yapıştırılmaya başlandı. Kendileri kiralık kalemken, kendileri CHP'den para alırken, namuslu gazetecileri yandaş müteahhitlerden para almakla suçluyorlardı.
Bu damgayı yememek için herkes susuyordu.
Kılıçdaroğlu aday olmasın demek, suç haline getirilmişti.)

Kılıçdaroğlu "seyyid" ilan edildi!
CHP eski milletvekili Ensar Öğüt, uzmanlarla birlikte araştırdım diyerek, Kemal Kılıçdaroğlu'nun, Konya Akşehir'de türbesi olan Seyyid Mahmud Hayrani'nin akrabası olduğunu, Kureyşan Ocağı mensubu olduğunu, "Seyyid" soyundan geldiğini söyledi. Yani... Hazreti Muhammed'in soyundan olduğunu ilan etti.
"Seyyid Kemal" adıyla kitap bile yazıldı!

Bu kitaptaki bilgilere göre, Kılıçdaroğlu sadece Hazreti Muhammed'in soyundan gelmekle kalmıyordu, aynı zamanda Nasreddin Hoca'nın da akrabasıydı.

Konya'da İslami Dayanışma Oyunları düzenlendi.
Evlere şenlikti.
İslami Oyunlar'ın açılışını Yahudi cesaret madalyası olan Tayyip Erdoğan yaptı. Besmeleyle başlatıldı, Kuran'ı Kerim okunmasının ardından hıristiyan sporcular istavroz çıkardı!
Atletizmdeki tüm sonuçlar Dünya Atletizm Birliği tarafından iptal edildi. Çünkü, stadyumdaki kablo bağlantılarında sorun vardı, dijital sonuçların tamamının yanlış olduğu ortaya çıktı.
Minder, direk, kronometre, kablo gibi teknik ekipmanların, uluslararası yarışma standartlarına uymadığı belirlendi.
Beton yerine kum üzerine inşa edilen tartan pist, çöktü.
Stadyumun zemini açılış töreninde bozuldu, futbol oynanamaz hale geldi, Konyaspor-Başakşehir maçı mecburen Eskişehir'e kaydırıldı, Konya'daki maça bilet alanların paraları iade edildi.
Uluslararası federasyonlar İslami Dayanışma organizasyonunu tanımadığı için, hakemler maçları ve yarışmaları kokartsız yönetti.
Velodromun ses sistemi bozuldu.
Bisiklette madalya töreninin anonsları el megafonuyla yapıldı.
Güreş müsabakaları için gelen seyirciler, salona sokulmadı. Meğer, tesis müdürünün kafasına göre böyle bir karar aldığı anlaşıldı.
Ulaşım araçları yetersiz kaldı, sporcular otellerine dönemedi, saatlerce kafile otobüsünü beklemek zorunda kalanlar oldu.
Erkek voleybol milli takımımızın maçında, yani "Filenin Efeleri"nin maçında "Filenin Sultanları" marşı çalındı.
Halterde altın madalya kazandık, İstiklal Marşımızı çalmayı beceremediler, seyircilerimiz kendi kendine okudu.
Türkiye-Bangladeş kadın hentbol maçının hakemleri, Konya'yı gezerken maç saatini kaçırdı, maçı Türk hakemler yönetti.
Erkek hentbol milli takımımızın kaleci forması otelde unutuldu, antrenman tişörtüyle maça çıktı.
İslami Dayanışma Oyunları'nın sloganı, Mevlana'nın "gel, ne olursan ol gel" sözüydü ama, KKTC davet edilmedi.
Ne olursan ol gel, Kuzey Kıbrıs Türk Cumhuriyeti hariç!
Dünya spor tarihi böyle organizasyon görmedi.

Şarkıcı Gülşen bir konserde müzisyen arkadaşlarıyla şakalaşırken, "imam hatip'te okumuş, sapıklığı oradan geliyor" demişti. Bu video sosyal medyaya düştü. Şak... Adalet bakanı Bekir Bozdağ ve diyanet işleri başkanı Ali Erbaş tarafından hedef gösterildi, tutuklandı, Bakırköy kadın cezaevi'ne atıldı.

Albay Özlem Yılmaz tuğgeneralliğe terfi etti.
Türkiye'nin ilk kadın generali oldu.
AKP medyası bangır bangır manşet yaptı. Türkiye'de kadın özgürlüğünü ayaklar altına almaya çalışanlar, İstanbul Sözleşmesi'ne bile tahammül edemeyenler, güya kadınları yüceltiyordu.

Yassıada'ya beş yıldızlı otel yaptılar.
Adını "Katre Island" koydular.
Oteli güya TOBB yaptırmıştı. 140 milyon dolar harcanmıştı.
İşletemediler, ağır zarar ettiler, kamuya devrettiler. Yani, milletin sırtına yıktılar, Turizm Bakanlığı da işletemedi. Satmaya karar verdiler. Satamadılar. *Yeni Şafak* gazetesinin sahibi Albayrak Grubu'na kiraladılar. Yılda 4 milyon lira kiraya, 20 yıllığına verdiler.

Siz hiç "fakirlikten kurtulma duası" duydunuz mu?
Türkiye ekonomisi öylesine feci hale gelmişti ki, "fakirlikten kurtulma duası" pazarlayan binlerce internet sitesi peyda olmuştu.
"Borçtan kurtulma duası" vardı.
"Kredi kartı borcundan kurtulma duası" vardı.
"İcra takibinden kurtulma duası" vardı.
Direkt "zenginlik duası" satan internet siteleri vardı.
"Hemen para getiren dua" vardı.
"Acil para bulma duası" vardı.
"Cüzdan duası" vardı.
"Garantili" sloganıyla tanıtılıyordu.
"Yüzde 100 etkili" sloganıyla tanıtılanı var.

Yüzde 181'e yükselen enflasyon, aslında buydu.
İnsanların çaresizlik seviyesiydi.

Enflasyon böylesine arttığında, sadece fiyatlar artmış olmuyordu, çaresizlik de artıyordu, umutsuzluk da artıyordu, düpedüz yalan olduğunu bile bile, yalandan bile medet umma acizliği artıyordu. Olmayacak duaya amin diyenlerin sayısı artıyordu!

Avrasya Tüneli'ne Katarlı ortak geldi.
24 yıl boyunca yılda 25 milyon araç geçiş garantisi verilen Avrasya Tüneli'nin yüzde 50'si Güney Koreli şirkete aitti, Koreliler hisselerinin bir bölümünü Katar yatırım fonuna sattı.
Millet hâlâ "fakirlikten kurtulma duası" arıyordu!

Unesco Dünya Mirası Listesi'ne giren ilk evrensel değerimiz, 60 milyon yaşındaki Kapadokya, tek adam'ın tek imzasıyla, Tayyip Erdoğan'ın kararnamesiyle "milli park" olmaktan çıkarıldı!
Dünya mirası, hukuken arsa haline getirildi.
Resmen yapılaşmaya açıldı.

Eminönü'deki simitçi heykelinin bronz simitleri çalındı.
Hazin bir Türkiye gerçeğiydi.

(Seçimde oyları çalıyorlardı.
Sınavda soruları çalıyorlardı.
Kimlik bilgilerimizi çalıyorlardı.
Kredi kartı bilgilerimizi çalıyorlardı.
Zonguldak'ta madenci heykelinin kazmasını çaldılar.
Ankara'da oturan kadın heykeli bronzdu, komple götürdüler.
Habire liyakatsizlikten şikayet ediyorduk ama, hırsızlık konusunda dünyada hiçbir ülkede görülmemiş derecede liyakate sahiptik.
Saray'ı bile soydular...
Tayyip Erdoğan'ın çocuklara dağıttığı oyuncakları çaldılar.
TBMM lokantasındaki yemekleri çaldılar.
TBMM kafeteryasındaki Lösev bağış kutusunu çaldılar.
Hazine bakanımızın Mercedes S320 makam aracı çalındı.
Adliyenin direğindeki Türk Bayrağı'nı çaldılar.
Devlet arşivlerinden padişah fermanlarını çaldılar.
Patara plajı'nın kumlarını çaldılar.
Devlet Demiryolları'nın raylarını çaldılar.

Antalya'da Saat Kulesi'nin saatini çaldılar.
İzmir Kuş Cenneti'nde pelikanları çaldılar.
İstanbul'da deprem konteynerlerini çaldılar.
THY uçağının tuvaletindeki sabunluğu bile çaldılar.
Üsküdar'da Yeni Valide Camisi'nden Kabe örtüsünü çaldılar.
Beyoğlu'nda Ağa Cami'nin kapı tokmaklarını çaldılar.
Beşiktaş'ta Tuzbaba Camisi'nin şadırvan kapısını çaldılar.
İstanbul Türbeler Müdürlüğü'nden sakal-ı şerif çalındı.
Sivas'ta Ermeni kilisesinin 250 kiloluk çanını çaldılar.
İstanbul'da Rum ortodoks kilisesinin ikonasını çaldılar.
Gaziantep'te sinagogtan el yazması tevrat çaldılar.
İnsanlık tarihini değiştiren Göbeklitepe'de, 11 bin 600 yaşında, dünyanın en eski heykeli bulundu, bulunduğu gün çalındı, hâlâ yok.
Devlet Resim Heykel Müzesi'nden tabloları çaldılar.
Uşak'ta Karun Hazinesi'ni çaldılar, bizzat müze müdürü çaldı.
Aydın'da Nysa antik kentinden mermer kabartmaları çaldılar.
Çanakkale'de Namazgah Tabyası'nın mermi kovanlarını çaldılar.
Unesco Dünya Mirası Geçici Listesi'nde yeralan Mersin Anamur'daki Mamure Kalesi'nin kapısındaki 500 yıllık topu çaldılar.
Samsun'da emniyet müdürlüğü tarafından yol kenarına konulan maket trafik polisi aracının tepe lambasını çaldılar.
İzmir'de hastanenin önünden ambulansı çaldılar.
Sakarya'da cenaze arabasını çaldılar.
Bursa'da Zeki Müren'in ve babasının kabrini örten 150 kilogram ağırlığındaki bronz kubbeyi çaldılar.
Taksim Meydanı'nda engelli vatandaşların akülü sandalyelerini şarj etmeleri için konulan şarj istasyonunu çaldılar.
Bir sigorta şirketi hırsızlık vakalarına karşı reklamını yapmak için, şirket binasının duvarına "eve tırmanan hırsız mankeni" yerleştirdi, mankenin pantolonunu çaldılar.
Ankara'da Kirmir Çayı üzerindeki Gömleksiz Köprüsü'nü çaldılar, herifin biri alenen iş makinesiyle geldi, köprüyü kökünden söktü, 70 ton demiri kamyonlara yükledi, hurdacılar sitesinde sattı, sayın ahalimiz "karayolları çalışmasıdır" diye düşünerek, hiç huylanmadı!
Afyon'da DSİ köprüsünün demir korkuluklarını çaldılar.
Konya-Antalya yolundaki 10 kilometrelik bariyerleri çaldılar.
Tokat'ta biçerdöverle tarlalara girdiler, mahsulü çaldılar.
Karaman'da mazgalları çaldılar.
Bartın'da kaldırımları çaldılar.

CHP'nin CHP plakalı parti minibüsü çalındı.
Meral Akşener'e el işlemeli bıçak hediye edildi, bıçak çalıntı çıktı.
Muharrem İnce'nin evinden ruhsatlı tabancaları çalındı.
Binali Yıldırım'ın çiftlik evine kamyon yanaştırıp, taşınıyormuş gibi bütün eşyalarını çaldılar.
MHP milletvekilinin cenazede tabutu taşırken cüzdanı çalındı.
Sayfalarca hırsızlık örneği verebilirim ama, daha fazla uzatıp vaktinizi "çalmak" istemiyorum!)

Metin Feyzioğlu, Lefkoşa Büyükelçisi yapıldı.
Tarihin gördüğü en büyük dönüşlerden biriydi.
Türkiye Barolar Birliği başkanıyken bir numaralı AKP muhalifiydi, CHP genel başkanlığına bile aday gösteriliyordu, aniden dümeni Tayyip Erdoğan'a kırmış, adeta sarayın kapıkulu oluvermişti, hiç yüzü kızarmadan "çok şükür değiştim" diyordu!

Teğmen Mehmet Ali Çelebi, AKP'ye geçti.
Metin Feyzioğlu'nun dönüşü bile bunun yanında hafif kaldı.
Tarih böyle büyük dönüş görmedi.
Ergenekon kumpasıyla hapse tıkılmıştı, 41 ay yatırıldı, Hasdal Askeri Cezaevi'nde yatarken evlendi, nikah şahitliğini Kemal Kılıçdaroğlu ve Metin Feyzioğlu yaptı. Tahliye olunca Kılıçdaroğlu tarafından CHP parti meclisine sokuldu, parti rozetini Kılıçdaroğlu taktı, İzmir'den CHP milletvekili yapıldı. AKP'ye ağır sözlerle yükleniyordu, "iktidar çöplüğü" diyordu. Kılıçdaroğlu'nun manevi oğlu gibiydi, Kılıçdaroğlu hakkında "benim için baba yarısıdır" diyordu. 2021 yılında CHP'den istifa etti, Muharrem İnce'nin yanına gitti, Memleket Partisi'ne katıldı. 2022'de oradan da istifa etti, AKP'ye katıldı, parti rozetini Tayyip Erdoğan taktı, İzmir'den bu defa AKP milletvekili oldu!

Siyaset sahnemizin dönüş hızına yetişilemiyordu.
"AKP'nin ve saray rejiminin miadı doldu" diyen CHP milletvekili Mehmet Ali Çelebi, AKP rozeti takınca "ben devlet adamıyım" dedi.
AKP milletvekiliyken AKP'den ihraç edilip, hakkında yakalama kararı çıkarılınca İngiltere'ye iltica eden Turhan Çömez, İyi Parti rozeti taktı.
AKP'den istifa edip Saadet Partisi'ne geçen, sonra gene AKP'ye dönen AKP milletvekili Eşref Fakıbaba, "hırsızlık yapan var, onun bunun

malına el koyan var, adam öldüren var" diyerek, AKP'den gene istifa etti, İyi Parti'ye geçti, "başka yerlerden de teklif geldi" dedi.

"Ak parti yüzyıllarca devam edecek, inşallah kıyamete kadar durdurulamayacak" diyen AKP genel başkanı Ahmet Davutoğlu, AKP'nin kıyamete kadar yürüyüşünü durdurmak için yeni parti kurup, altılı masaya oturmuştu.

AKP kurucusu Ali Babacan, kendisi gibi AKP kurucusu AKP'li bakanlarla birlikte AKP'ye karşı parti kurmuş, AKP'nin başbakanı Ahmet Davutoğlu'nun yanına, altılı masaya oturmuştu.

Saadet Partisi'yle Demokrat Parti de altılı masada oturuyordu ama, Saadet partisi'nin eski genel başkanı Numan Kurtulmuş'la, Demokrat parti'nin eski genel başkanı Süleyman Soylu, o sırada AKP milletvekiliydi.

CHP'nin cumhurbaşkanı adayı Ekmeleddin İhsanoğlu, MHP milletvekili olmuştu, MHP'nin TBMM başkan adayı olmuştu, aynı seçimde HDP'nin TBMM başkanı adayı aslında AKP milletvekiliydi.

CHP'nin öbür cumhurbaşkanı adayı Muharrem İnce, CHP'den istifa edip, yeni parti kurmuştu.

CHP'nin genel sekreteri Ertuğrul Günay, CHP'den ihraç edilmiş, AKP'nin bakanı olmuştu.

"Bizans bile pek çok AKP'liden daha millidir, daha Türktür" diyen MHP milletvekili Tuğrul Türkeş, Akp milletvekili olmuştu.

"Senin yaptıklarına ancak iblis teşebbüs eder, başkanlık sistemi ihanet sürecidir, demokrasinin idam fermanıdır, Beştepe hanedanı aile boyu yolsuzluğa battı, hırsızlık çarkını döndürebilmek için diktatörlüğünü ilan etmek istiyor, Tayyip Erdoğan demek kutuplaşmadır, tümden karşıyız, Tayyip Erdoğan'dan cumhurbaşkanı olmaz" diyen Devlet Bahçeli, Tayyip Erdoğan'la ittifak kurmuştu.

Kılıçdaroğlu'na "çakma Gandi" diyen Saadet Partisi genel başkan yardımcısı Mehmet Bekaroğlu, CHP'ye geçmişti, Kılıçdaroğlu'nun genel başkan yardımcısıydı.

"Ak Parti'nin korunması lazım, hep sahiplenilmesi, sevilmesi, sayılması lazım, Ak Parti nezle bile olmasın, Ak Parti öksürürse Türkiye zatürree olur" diyen AKP'nin içişleri bakanı İdris Naim Şahin, Saadet Partisi'ne geçmiş, AKP'ye karşı belediye başkan adayı olmuş, bilahare İyi Parti'ye geçmiş, İyi Parti milletvekili adayı olmuştu.

(Kemal Kılıçdaroğlu'na ikizi kadar benzediği için gazetelere manşet olan, televizyona çıkarılan emekli Nusret Gümüşdal, AKP'ye üye oldu.

Tayyip Erdoğan'a ikizi kadar benzediği için gazetelere manşet olan, televizyona çıkarılan kasap Rafet Özdemir, CHP'ye üye oldu.)

2022 yılında, muhalefette AKP'den fazla AKP'li vardı.
İktidarda AKP'liden fazla muhalif vardı.
Muhalefet, Türkiye'yi AKP'den kurtarmak için AKP'lilerden medet umuyordu, AKP'ye oy vermeyen seçmenlerden AKP'lilere oy istiyordu.
İktidar ise, koltuğunu korumak için dönek muhaliflerden medet umuyordu, muhalefete oy vermeyen seçmenlerden dönek muhaliflerle güvenoyu istiyordu.
Bu siyasi mutasyonun kazanan bir partisi illa ki olacaktı.
Ama, vatandaşın kazanıyor olabilmesi mümkün müydü?

Seçime altı ay kalmıştı.
Kılıçdaroğlu durup dururken "türban" gündemi yarattı.
Türbanın kamuda serbest olması için kanun teklifi verdi.
"Helalleşmeye ant içtim" dedi.
Tayyip Erdoğan'ın canına minnetti. "Kılıçdaroğlu farkında olmadan bize gollük pas verdi, bizim de bu golü atmamız lazım, başörtüsü için anayasa değişikliği yapacağız" dedi.

(Peki, Kılıçdaroğlu'nun bu gollük pası "farkında olmadan" vermesi mümkün müydü? Elbette farkındaydı. AKP'yi iktidarda tutmak için çabalayan guguk kuşu operasyonu'nun, seçimi Tayyip Erdoğan'a hediye etmek için hesaplanmış hamlelerinden biriydi. Başörtüsü yasağını zaten fiilen kaldırmış olan Tayyip Erdoğan'ı AKP seçmenlerinin nazarında daha da güçlü hale getiriyordu.)

Kılıçdaroğlu bununla yetinmedi.
"Üniversitede başörtüsü yasağını bu kardeşiniz kaldırdı" dedi.
Detaylarını anlattı... "Yeni genel başkan olmuştum, YÖK başkanı Yusuf Ziya Özcan'dı, başörtülü kız öğrenciler üniversiteye alınmıyordu, Yusuf Ziya Özcan'a 'bu kız öğrencileri niye üniversitelere almıyorsunuz?' diye sordum, 'siz karşısınız' dedi, 'hayır biz karşı değiliz' dedim, 'tamam o zaman ben yarın sabah alıyorum' dedi ve aldılar. Böyle yaptığımı Abdullah Gül de yakından bilir" dedi.
Tarihi bir itiraftı.

Çünkü... Kılıçdaroğlu'nun böyle yaptığından YÖK başkanının haberi vardı, AKP'nin haberi vardı, Abdullah Gül'ün haberi vardı ama, CHP seçmenlerinin haberi yoktu!
Kılıçdaroğlu hep yaptığı gibi, o dönemde de AKP'yle kapalı kapılar ardından işbirliği yapmıştı, CHP'yi ve CHP seçmenini kelimenin tam manasıyla işte böyle sinsi sinsi güdüyordu.

Kaçak Suriyelilerin kendilerine ait olmayan ikametgah adreslerine monte edildikleri ortaya çıktı... AKP iktidarından önce ikametgah adresinizi değiştirmek isterseniz, muhtara gitmek zorundaydınız, taşınacağınız evin elektrik su faturalarını belge olarak sunmak zorundaydınız, bir muhtarlıktan kaydınız silinmeden, bir başka muhtarlığa kaydınız yapılamıyordu. Kaçak mülteci akını başlar başlamaz, AKP bu uygulamaya son verdi... Muhtarlar devre dışı bırakıldı, nüfus müdürlüğüne gidip "ben şu adreste oturuyorum" demeniz yeterli hale getirildi, o adreste oturup oturmadığınız kontrol edilmiyordu, seçmen kağıdınız direkt o adrese gönderiliyordu.
Kaçak mülteciler sınırdan yürüye yürüye girmişlerdi.
Şimdi artık kaçak olarak evlerimize giriyorlardı.

Kaçak mülteci sorunu sadece Suriyeliler ve Afganlarla sınırlı değildi, memleket kelimenin tam manasıyla dingonun ahırına dönmüştü, elalemin iti kopuğu Türkiye'ye doluşmuştu.
Bütün dünyada kırmızı bültenle aranan yabancı mafya babaları, Türkiye'yi adeta turistik tesis gibi kullanıyordu, kimisi Sarıyer'de villada oturuyor, kimisi Nişantaşı kafelerinde takılıyordu.
Bütün dünyada kırmızı bültenle aranan mafya babalarına rahat rahat fink atsınlar diye Türkiye Cumhuriyeti vatandaşlığı veriliyordu.
Sırp mafya lideri İstanbul'un göbeğinde öldürüldü. Gürcü mafya lideri Trabzon'da öldürüldü. Teee Avustralyalı uyuşturucu baronunun iki yıldır İstanbul'da yaşadığı ortaya çıktı. İtalyan uyuşturucu baronunun dört yıldır Antalya'da yaşadığı ortaya çıktı. Lübnan mafyasıyla İran mafyası karaparayı kırışamadı, İstanbul'da lüks restoranda buluştular, tee Almanya'dan bu iş için gelen Alman motosiklet çetesi buluşmayı bastı, herkes birbirine ateş etti, yaralananlar arasında Ukraynalı bile vardı. Balkan çeteleri memlekette cirit atıyordu. Azeri, İran, Gürcü mafya grupları İstanbul'daki alışveriş merkezinin restoranında çatışıyordu. Beşiktaş'ta çapraz ateşe alınan vardı, Şişli'de motosikletle

kafasına sıkılan vardı, Bağdat Caddesi'nde vurulan vardı, Yeşilköy'de taranan vardı. Yatıyla Boğaz'da tur atarken, sırf zevk için havaya otomatik silahlarla ateş açanlar vardı.
İranlı uyuşturucu baronları lüks rezidanslarda laboratuvarlar kurmuştu, şakır şakır metamfetamin üretiyorlardı, Afgan uyuşturucu baronlarıyla ortak çalışıyorlardı. İşkenceyle sorgulama yapılan rezidans katları vardı. Rus mafyası zaten ganiydi, artık tercüman kullanmalarına bile gerek kalmamıştı, burada yaşaya yaşaya Türkçe öğrenmişlerdi. Kendisine İstanbul'da anıt mezar yaptırılmış Rus mafya babası bile vardı. Bulgar mafyasıyla Gürcü mafyası Edirne'de çatışıyordu. Tacikistan çeteleri Fatih'te çatışıyordu. İstanbul'da insan kaçırıp fidye isteyen Pakistan çeteleri vardı, Ürdünlü çete Faslıları kaçırıyor, Suriyeli çete Filistinlileri kaçırıyordu.
Kolombiyalılar Şişli'de banka soydu!
Memleket öylesine suç cennetine dönüşmüştü ki, Türkiye'nin gangsterlik tarihi, AKP döneminin yanında romantik peri masalı gibi kalıyordu!

2022 itibarıyla, devletin resmi raporlarına göre, Türkiye'ye her yıl 300 binden fazla kaçak göçmen giriyordu. Çanakkale'de Myanmarlılar, Mersin'de Moritanyalılar, Karabük'te Bangladeşliler, Edirne'de Gabonlular, Sivas'ta Burkina Fasolular, Erzincan'da Eritreliler, Kırşehir'de Kongolular yakalanıyordu. İstanbul'da Somali sokağı oluşmuştu, Somalililerin yanısıra Ganalı, Nijeryalı, Etiyopyalı, Fildişi Sahilli, Ugandalı kaçaklar burada yaşıyordu, tek kelime öğrenmeden beş yıldır burada oturan vardı. Zeytinburnu'da Sultanbeyli'de Fatih'te Suriyeli çarşıları oluşmuştu.

Altılı masa ortaklarından Demokrat Parti genel başkanı Gültekin Uysal'ın Afgan evsahibi tarafından evden çıkartıldığı ortaya çıktı! Meğer, Ankara'da oturan Uysal Ailesi'nin kızı geçen yıl İstanbul'da Anadolu Lisesi'ni kazanınca, Zeytinburnu'da ev kiralamışlardı, evsahibi Afgan'dı, kira zamlarına yüzde 25 sınır getirilince, Afgan evsahibi Uysal Ailesi'nin evi boşaltmasını istemişti, "Afganistan'dan akrabalarım gelecek, ev bizim aileye lazım" demişti, Gültekin Uysal da mecburen evi boşaltmıştı. Afganlar bile artık dağdan gelip bağdaki kovuyordu.

Amasra'da grizu patladı.
Türkiye Taş Kömürü Kurumu'na ait madendi.
41 madenci hayatını kaybetti.

Tayyip Erdoğan 41 cenazeyi izah etti.
"Kader planına inanmış insanlarız" dedi.
Zonguldak Karadon'da 30 işçi öldüğünde "kader" demişti, Soma'da 301 işçi öldüğünde "fıtrat" demişti, şimdi "kader planı" diyordu.
Ne tutuklama vardı.
Ne gözaltı vardı.
Ne görevden alınan vardı.
İstifa eden zaten yoktu.
Kader planı dedikleri, buydu.

Amasra faciası nedeniyle Diyarbakır Festivali'nin konserlerini iptal ettiler, İstanbul Beyoğlu Festivali'nin konserlerini iptal ettiler, Fethiye Bağbozumu Festivali'ni iptal ettiler, Düzce Gençlik Günleri'nin konserlerini iptal ettiler... Sarayda konser dinlediler!
Asıl adı Cat Stevens olan İngiliz şarkıcı Yusuf İslam, sarayda Tayyip Erdoğan'a konser verdi, Moonshadow, Morning Has Broken, The Beloved, Wild World, Peace Train gibi şarkılarını söyledi, gitarını Tayyip Erdoğan'a hediye etti, Tayyip Erdoğan sahneye çıktı, gitar çalıyormuş gibi yaparak poz verdi.
Ertesi gün, Edip Akbayram'ın Zonguldak'ta Cumhuriyet Konseri vardı, Amasra matemini gerekçe gösterip, iptal ettiler!

Tarihte hazin bir ilk daha yaşandı.
Polis Akademisi mezuniyet töreni Tayyip Erdoğan'ın sarayında düzenlendi, Polis Akademisi bandosu, polis üniformalarıyla, Tayyip Erdoğan'ın protokolüne AKP'nin seçim şarkısını söyledi.
Polis hepimizin polisi değil miydi?
Sarayın kapıkulu muydu?
Onlarca farklı iktidar, onlarca farklı içişleri bakanı görmüştük ama, kutuplaştırmanın böylesini, ötekileştirmenin bu derecesini, polisimize bunu yapanı ilk defa görüyorduk.

İstiklal Caddesi'nde bomba patladı.
Suriyeli kaçak mülteci kadın, saat 16.15'te kalabalığın ortasındaki bir bankın üzerine bombalı çantayı bırakıp, uzaklaştı. Biri çocuk altı insanımız hayatını kaybetti, onlarca insan paramparça yaralandı.

Suriyeli terörist kadın sınırımızı kaçak geçmiş, tee 1150 kilometre uzaktaki Afrin'den Suriyeli taksiyle İstanbul'a gelmiş, Esenler'de kaçak bir Suriyeli'nin evine yerleşmiş, kaçak bir Suriyeli'nin yanında işe girmiş, kaçak tekstil atölyesinde çalışmıştı, dört aydır şehirde yaşıyor, elini kolunu sallaya sallaya dolaşıyordu, ne jandarma kontrolü, ne trafik kontrolü, hiç kimse çıkıp "sen kimsin, kimliğini göster" diye sormamıştı, bombalı çantayı kaçak bir Suriyeli'den almış, kaçak bir Suriyeli taksiciyle İstiklal Caddesi'ne gelmiş, havaya uçurmuş, yine taksiye binerek, bir başka kaçak Suriyeli'nin Küçükçekmece'deki evine saklanmıştı. Türkiye'deki kaçak mülteci meselesi, işte böylesine başıboştu.

Saldırıyı hiçbir terör örgütü üstlenmedi. PKK reddetti. Saldırgan maşaydı, kim tarafından kullanıldığını bile bilmiyordu. Suriyeli saldırgan kadının, MHP Şırnak Güçlükonak ilçe başkanının üzerine kayıtlı bir cep telefonu hattıyla görüşme yaptığı tespit edildi, bu hattın MHP ilçe başkanının haberi olmadan telefon bayisi tarafından çıkarıldığı belirlendi. Sırf bu telefon meselesi bile, terör örgütlerinin Türkiye'de ne kadar rahat at koşturduğunun kanıtıydı.

(Viktor Anatolyeviç Bout... Sovyetler Birliği döneminde, Tacikistan'da dünyaya geldi, Rus vatandaşıydı ama, Rus istihbaratı dışında dünyada hiçbir ülke etnik kökenini bilmiyordu, Ukraynalı olabileceği söyleniyordu. 1967 doğumlu görünüyordu ama, o tarih bile meçhuldü. Kelimenin tam manasıyla "hayalet"ti. Sovyet ordusunda Yabancı Diller Askeri Enstitüsü'nde eğitildi, İngilizce, Fransızca, Portekizce, Arapça ve Farsça biliyordu. Askeri istihbarat eğitim programından mezun oldu. Hava kuvvetlerinde yarbaydı, KGB casusuydu. 1991 yılında Sovyetler Birliği dağılınca, Angola'da hava taşımacılığı şirketi kurdu, güya Afrika ülkelerinde gıda nakliyesi yapıyordu. Halbuki, silah ticareti yapıyordu. Sovyet yapımı silahları Angola'ya, Liberya'ya, Sierra Leone'ye, Kongo'ya, Kenya'ya, Ruanda'ya, Güney Afrika'ya, Orta Afrika Cumhuriyeti'ne satıyor, Antonov tipi uçaklarıyla taşıyordu. Afganistan'da silah satıyor, karşılığında Taliban'ın, El Kaide'nin elindeki Rus esirleri takas ediyordu. Yugoslavya iç savaşında Bosna'ya silah sattı. Kaddafi'ye silah sattı. Lübnan'da Hizbullah'a silah sattı. Suriye'ye silah sattı. Filipinler'e silah sattı. Güney Amerika'ya silah sattı. Aynı zamanda, nakit karapara ve altın taşıyordu. Dört uçakla başlamıştı, 60 uçağı olmuştu. Angola'yı, Tacikistan'ı, Birleşik Arap Emirlikleri'ni ve

Bulgaristan'ı operasyonlarında hava üssü olarak kullanıyordu. Sürekli yer değiştiriyordu, Rusya'da, Belçika'da, Lübnan'da, Ruanda'da, Güney Afrika'da, Birleşik Arap Emirlikleri'nde, Suriye'de yaşıyordu.

Şirketleri sürekli açıyor kapıyor, uçakları sürekli başka ülkelere kaydediyor, sürekli rüşvet dağıtıyor, kendisine dava açılmasını engelliyor, bir türlü kıstırılamıyordu. 2008 yılında Tayland'daydı. Latince ve Rusça bilen iki CIA casusu, kendilerini Kolombiya'daki terör örgütü Farc'ın yöneticileri olarak tanıttılar, Viktor'la pazarlığa oturdular, 100 adet karadan havaya füze, beş ton plastik patlayıcı, 20 bin el bombası, 20 bin Kalaşnikof, 10 milyon mermi satın almak üzere el sıkıştılar. Anlaşma imzalanırken suçüstü yapıldı, Viktor tutuklandı. Rusya diplomatik olarak Tayland'a büyük baskı yaptı, vatandaşımızı veremezsin dedi ama, nafileydi, Viktor paketlendi, ABD'ye gönderildi.

ABD'de yargılandı, 25 yıl hapse mahkum edildi. En tehlikeli mahkumların tecrit edildiği, Illinois'deki Marion hapishanesine tıkıldı. Tutuklandığı günden bu yana, Rusya'daki bağlantılarıyla alakalı olarak tek kelime bilgi vermemişti. Viktor Bout'un hayatı, Hollywood'a ilham vermişti, "Lord of War-Savaş Tanrısı" adıyla filme çekilmiş, Viktor'ı Nicholas Cage canlandırmıştı.)

(Paul Whelan... Kanada'da dünyaya geldi. İrlanda kökenli İngiliz vatandaşı anne babanın çocuğuydu. Amerikan vatandaşı oldu. Aynı zamanda, hem İrlanda vatandaşı, hem İngiliz vatandaşıydı. Michigan'da polisti. Orduya katıldı, başçavuş rütbesiyle Irak'ta çarpıştı. Savaştan sonra, küresel bir otomotiv şirketinin güvenlik müdürü oldu, Rusya'ya sık sık gidip geliyordu. Yine böyle bir seyahatte, bir arkadaşının düğününe katılmak üzere Moskova'ya geldi, kaldığı otel odasına baskın yapıldı, 80 bin dolar ve usb bellek yakalandı, söz konusu bellekte, gizli bir Rus güvenlik teşkilatının personel listesi vardı, casusluktan tutuklandı. 16 yıl hapse mahkum edildi. Moskova'da Lefortovo hapishanesine tıkıldı.)

(Brittney Griner... ABD kadın basketbol milli takımının pivotuydu. Rio ve Tokyo'da iki defa olimpiyat altın madalyası kazanan kadrodaydı. ABD kadın basketbol liginde Phoenix Mercury forması giyiyordu. Lig şampiyonluğu kazandı, defalarca en değerli oyuncu seçildi. ABD kadın basketbol ligi sona erdiğinde, dört aylık ara tatil döneminde, Rusya'ya

gidiyor, Ekaterinburg takımında forma giyiyordu, üç defa Rusya ligi şampiyonluğu kazandı. 2022 yılı başında Ekaterinburg'a gitmek üzere, Moskova'ya, Sheremetyevo Havalimanı'na indi, bavulunda haşhaş yağı yakalandı, ağrılarının tedavisi için doktor reçetesiyle satın almıştı, ABD'de yasaldı ama, Rusya'da yasaktı, uyuşturucudan tutuklandı. Mahkemeye doktor raporunu sundu, reçetesini sundu, nafileydi, 9 yıl hapse mahkum edildi, çalışma kampı niteliğindeki ıslahevine tıkıldı.)

> *(Vadim Krasikov... Sovyetler Birliği döneminde, Kazakistan'da dünyaya geldi. Rus istihbarat teşkilatı FSB'nin, elit suikastçılardan oluşan özel kuvvetler birimi mensubuydu. Sahte kimlikle Paris'e geldi, Varşova'ya geçti, oradan Berlin'e geçti, camiden çıktıktan sonra parkta yürüyüş yapan Çeçen lider Zelimhan Khangoshvili'ye bisikletle yaklaştı, kafasına üç el ateş etti, Glock marka tabancasını, bisikletini ve tanınmamak için taktığı peruğunu Spree nehrine attı, oteline döndü, sakal tıraşı oldu, tam kaçmaya hazırlanıyordu ki, baskınla yakalandı, müebbet hapse mahkum edildi, Tegel hapishanesine tıkıldı. Rusya'ya karşı bağımsızlık mücadelesi veren Zelimhan Khangoshvili, kısa süre önce Gürcistan'da suikasta uğramış, ölümden kılpayı kurtulmuş, Almanya'dan siyasi sığınma talep etmiş, kabul edilmişti.)*

(Washington bu mahkumlarla alakalı olarak, Moskova'ya resmi takas teklifinde bulundu. Viktor Bout'u size verelim, karşılığında Brittney Griner ve Paul Whelan'ı bize verin dedi. Moskova bu takas teklifini görüşmeyi şartlı olarak kabul etti, Vadim Krasikov'u da isteriz dedi. CIA başkanıyla Rus dış istihbarat teşkilatı SVR başkanının, takas görüşmeleri için biraraya gelmesine karar verildi.
Aslında, takas vesileydi.
ABD ve Rusya, 2011 yılından beri Suriye'de, 2014 yılından beri Ukrayna'da örtülü şekilde birbirleriyle savaşıyordu. Bu iki savaşı neticeye bağlamak üzere, ilk kez bu seviyede masaya oturacaklardı. Aslında Ukrayna ve Suriye pazarlığı yapılacak, o arada takas konuşulacaktı.)

> *(William Burns, CIA başkanıydı.*
> *Sergey Narışkin, SVR başkanıydı.*
> *Türkiye'de, Ankara'da buluştular.*
> *Ve...*

CIA başkanıyla SVR başkanının Ankara'da masaya oturmasından sadece 24 saat önce, İstanbul'un göbeğinde, İstiklal Caddesi'nde bomba patladı!)

(Sayın hükümetimiz "CIA'yle SVR'ye evsahipliği yapıyoruz, küresel barışı sağlıyoruz, küresel aktörüz" diye böbürleniyordu ama, dünya barışını korumayı boşver, kendi ülkesinden bile haberi yoktu.
CIA'yle SVR'ye teşrifatçılık yapan MİT'in, burnunun ucundan bile, İstanbul'da bombayla dolaşan Suriyeli'den haberi yoktu.)

(Suriyeli kadın İstanbul'u havaya uçururken, tam o gün, "ben ömrümde bir tek güvenlik makalesi bile okumamış adamım" diyen içişleri bakanı Süleyman Soylu bir açılış töreni için Suriye'deydi. Suriye'de geziyordu, İstanbul'dan haberi yoktu.)

(ABD ve Rusya kendi vatandaşlarını kurtarmak için Ankara'da pazarlığa oturdu. Kim olduğunu bilmediğimiz terör örgütü, ABD ve Rusya'ya örtülü mesaj vermek için, masaya oturdukları ülkede bomba patlattı. Olan bizim vatandaşlarımıza oldu.)

Altılı masa toplantıları kabak tadı veriyordu.
Hep aynı teraneydi.
Her ay bir partinin genel merkezinde biraraya geliyorlar, evsahibi parti genel başkanı tek tek kapıda karşılıyor, poz veriyorlar, saatlerce toplanıyorlar, sonra evsahibi parti genel başkanı tek tek kapıdan uğurluyor, yine poz veriyorlardı, her toplantının sonunda ortak yazılı açıklama yapılıyor, "tam bir mutabakata varıldığı" açıklanıyordu.
10 ayda 10 defa toplanmışlar, toplam 40 saat sürmüştü.
Tüm Türkiye aday kim olacak sorusuna cevap arıyordu.
Tam bir mutabakata varıldı palavrasından başka sonuç yoktu.
Kılıçdaroğlu'nun planı tıkır tıkır işliyordu.
Yüzde bir bile oyu olmayan Ali Babacan, Ahmet Davutoğlu, Temel Karamollaoğlu ve Gültekin Uysal'la perde arkasında anlaşmıştı, ittifakın asıl büyük ortağı Meral Akşener'in haberi yoktu.

Kılıçdaroğlu "İkinci Yüzyıla Çağrı" buluşması yaptı.
Günlerce duyuruldu, merak yaratıldı.
"İktidar iktidar iktidar" sloganlarıyla kürsüye çıktı.

70 kişilik beyin takımını "şampiyonlar ligi" diye tanıttı. Daron Acemoğlu, Refet Gürkaynak, Jeremy Rifkin, Hakan Kara, Ufuk Akçiğit gibi dünyaca saygın uzmanlardan oluşuyordu.
Ama maalesef, heyecan verici bir toplantı olmaktan çok uzaktı. Somut öneriler getirmek yerine, ekonominin kötü gidişine dair genel tablolar çizildi. Profesörlerin sunumları akademikti, öğrencilerine ders verir gibi anlattılar, sıradan vatandaş açısından çok sıkıcıydı.
Jeremy Rifkin konuşurken, iletişim faciası yaşandı.
Kılıçdaroğlu'nun eşi Selvi Kılıçdaroğlu ekrana getirildi, naklen yayınlandığı için izleyen herkes gördü, Selvi hanım uyuyordu.
Sıkıcı toplantı yüzünden içi geçmişti.
Vizyon toplantısının özeti gibiydi, günlerce bangır bangır duyurusu yapılan, merak uyandırılan toplantı, gerçekten bu kadar sıkıcıydı.
Ve, düzelteyim derken, iletişim faciasını iyice büyüttüler.
Selvi hanımın covid pozitif olduğunu açıkladılar. Hasta olduğunu, ilaç aldığını, serum aldığını, o yüzden uyukladığını anlatmaya çalıştılar.
Halbuki, toplantı eşli toplantı değildi. Selvi hanım salona getirilmeseydi, dünyaca ünlü profesörlerin ekonomi sunumları, CHP'nin vizyon toplantısı "uyku"yla anılmamış olacaktı.

> *(Daron Acemoğlu, seçim kaybedildikten sonra Kılıçdaroğlu'nu ağır bir dille eleştirecekti, "Ben bu kadar seçim kaybeden ana muhalefet partisi genel başkanının hâlâ partinin başında kaldığı başka bir ülke bilmiyorum, kaybedilen seçim onbir mi oldu, oniki mi oldu, varsa bilen bir örnek versin" diyecekti. Halbuki... Onbir defa kaybedilmiş seçimden sonra Kılıçdaroğlu'nun "beyin takımı"na giren, kendisiydi!)*

(Kılıçdaroğlu'nun Daron Acemoğlu ve Jeremy Rifkin'le beraber 80 kadar danışmanı vardı. Seçimden sonra bunların görevine son verilecek, yeni bir danışman kadrosu kurulacaktı. Yeni danışmanlardan biri, kadından ve aileden sorumlu başdanışman yapılan, Perinaz Mahpeyker Yaman olacaktı, Atatürk'e "maymun" diyen biriydi! Atatürk'e "maymun" diyen biriydi, hem de öyle gizli saklı değil, sosyal medya hesabında yazmıştı. Atatürkçüleri CHP'den tasfiye edip, CHP'ye bunları dolduruyorlardı. Ve, Kılıçdaroğlu tarafından maaşa bağlanan sözde muhalif medya, Perinaz Mahpeyker Yaman gibi tipleri kamufle ediyor, CHP seçmenlerinin dikkatinden kaçırıyordu.)

Türk Tabipleri Birliği Başkanı Şebnem Korur Fincancı, PKK propagandası yaptığı gerekçesiyle tutuklandı. O hafta... Tekirdağ'da sahte doktor yakalandı, Çapa'yı birincilikle bitirdim diyerek, devlet hastanesinde ameliyata bile girdiği ortaya çıktı.
Tıp'tan o kadar iyi anlıyorduk ki, Türk Tabipleri Birliği başkanını hapse tıkarken, boynuna stetoskop takan cerrahlık yapıyordu!

Sahte'cilik Türkiye'de patlama yapmıştı.
Antalya'da mesela sahte hakim yakalandı. Cübbe giyerek yargılama yapan sahte hakim kadının, gerçek savcıyla evlendiği ortaya çıktı iyi mi... Savcı kocasını bile ayakta uyutmuştu, üç yıl evli kalmışlardı.
Ankara'da sahte savcı yakalandı. Adliyeye sahte kimlikle girerken yakalanan sahte savcının, gerçek polisle evli olduğu ortaya çıktı.
Siirt'te sahte avukat yakalandı. Cübbesiyle aile mahkemesi koridorlarında dolaşıyor, oralarda tanıştığı kadınların boşanma davalarını üstleniyordu, aslında inşaat işçisi olduğu ortaya çıktı.
Trabzon'da sahte öğretmen yakalandı. Ataması yapılmayan 700 bin öğretmen varken, bu arkadaşın 19 yıldır öğretmenlik yaptığı, 2005 yılında başbakanlık tarafından "yılın öğretmeni" seçildiği ortaya çıktı.
İstanbul'da sahte polis yakalandı. Emniyet amiri üniformasıyla, belinde tabancasıyla, çakarlı otomobiliyle dolaşıp, adliyelerde iş takipçiliği yaptığı ortaya çıktı, aslında manav olduğu anlaşıldı.
İzmir'de sahte general yakalandı. Sahte albay filan çok görmüştük ama, sahte tuğgenerali ilk defa gördük. Sahte general olmadan önce, Bursa ve Mersin'de sahte MİT'çi olduğu ortaya çıktı.
Adana'da sahte vali yakalandı. Devlet hastanesine cihaz alacağız diyerek, işadamlarından bağış topladığı, yakayı ele verene kadar Konya, Malatya ve Yozgat'ta da sahte valilik yaptığı ortaya çıktı.
Aydın'da sahte kaymakam yakalandı. Kuşadası kaymakamı izne çıkmıştı, onun yerine Söke kaymakamı vekalet ediyordu, sahte kaymakam Kuşadası'na geldi, içişleri bakanının yeğeniyim, stajyer kaymakam olarak atandım dedi, göreve başladı, Kuşadası'nı üç gün kaymakam olarak yönetti, neticede garson olduğu ortaya çıktı.
Kocaeli'de sahte müsteşar yakalandı, kendisini hazine müsteşarı olarak tanıtıp, eşiyle birlikte beş yıldızlı otellerde kaldığı, hallederim diyerek, maliyeyle sorunu olan işadamlarını tokatladığı ortaya çıktı.
İstanbul'da sahte müfettişler yakalandı. Kendilerini SGK müfettişi olarak tanıtıp, kuaförlerde, güzellik salonlarında filan denetim

yaptıkları, ceza tehdidiyle para kopardıkları ortaya çıktı, sahte müfettiş ekibinden birinin Suriyeli olduğu anlaşıldı.
Bartın'da sahte imam yakalandı.
Adana'da sahte muhtar yakalandı.
Aydın'da sahte bankacı yakalandı, kamu bankasından kredi ayarlayacağım diyerek, çiftçileri dolandırdığı ortaya çıktı.
Bursa'da sahte gümrük muhafaza memuru yakalandı.
Mersin'de sahte morg görevlisi bile yakalandı.
İstanbul'da sahte pilot yakalandı. Havalimanında pilot üniformasıyla dolaşarak, kendisini Türk Hava Yolları pilotu olarak tanıttığı, hostesleri dolandırdığı ortaya çıktı.
Memleket öyle bir hale gelmişti ki kardeşim, neredeyse resmi devlet görevlisinden daha fazla, sahte devlet görevlisi vardı.
Ama dikkat ediyorsanız...
Hiç sahte politikacı yakalanmıyordu.
Milletin gözünün içine baka baka "devlet adamı"ymış gibi davranan pek çok politikacının aslında düpedüz "sahte devlet adamı" oldukları hiç ortaya çıkmıyordu!

Türkiye maalesef, dünya sapıklık tarihine geçti... İsmailağa cemaatine bağlı Hiranur vakfı şeyhinin, henüz altı yaşındaki öz kızını, 29 yaşındaki müridiyle evlendirdiği ortaya çıktı.
Bebeğe gelinlik giydirmişlerdi.
Çocukluğu boyunca cinsel istismara maruz kalmıştı.
14 yaşına gelince gerdeğe sokmuşlardı.
16 yaşında hamile kalmış, doğum yapmıştı.
18 yaşına gelince resmi nikah kıyılmıştı.
Çocuk yaşta olduğu için doğumdan sonra savcılık işlemi başlatılmıştı ama, kemik testine tarikat mensubu 21 yaşındaki bir kadın sokulmuş, soruşturma bu hileyle kapatılmıştı.
Kızcağız büyüyüp 22 yaşına gelince boşanmış, bir kadın doktorun önerisiyle savcılığa şikayetçi olmuştu, tarihte görülmemiş sapıklık böyle anlaşılmıştı.
Üstelik aslında, iki yıl önce anlaşılmıştı.
Tarikat iki yıldır dava açılmasını engelliyordu.
Sayın yetkililerimizin gıkı çıkmıyordu.
Haber medyaya yansıdı, mecbur kaldılar, dava zoraki açıldı.
Sapık baba ve sapık mürid tutuklandı.

(Hiranur vakfı deniyordu, aslında düpedüz tarikattı. "Vakıf" etiketi kullanıyordu. AKP döneminde icat edilen bir kamuflajdı. Çünkü, tarikatlar hukuken yasaktı, Anayasa'ya aykırıydı. Tarikatları suç kabul eden yasalar yürürlükte olmasına rağmen, vakıf-dernek adı altında yasadışı faaliyetlerine devam edebiliyorlardı. Tarikat tabelası asamıyorlardı. Vakıf veya dernek tabelası asarlarsa, durmak yok yola devamdı!)

(Hepimizin gözünün önünde bir suç organizasyonuydu bu... Türkiye'de ana damar olarak 40 civarında tarikat var. Bunların ahtapot misali 400'den fazla kolu var. Neredeyse tamamı, vakıf veya dernek adı altında faaliyet yürütüyor. Dernek adı altında "kamu yararına dernek statüsü"ne sokuluyor, izin almadan para toplayabilme yetkisi veriliyor. Vakıf adı altında vergiden muaf tutuluyor. Çok uzakta aramaya gerek yok, İstanbul'un göbeğinde sarıklı şalvarlı cübbeli dolaştıkları tarikat gettoları var. Ama hiçbir yerde tarikat yazmıyor, her yerde "vakıf" ve "dernek" tabelaları var.)

(Vakıf ve dernek adı altındaki tarikatlar, milli eğitim bakanlığının izniyle, okullarımızda "değerler eğitimi" veriyor, bu başlıkla etkinlikler düzenleniyor. Milli eğitim bakanlığı "okul gezisi" adı altında çocukların tarikat yuvalarına götürülmesine izin veriyor, "tatil kampı" adı altında çocukların tarikat yuvalarının kamplarına götürülmesine izin veriyor.)

(Türkiye'de 4.500 özel öğrenci yurdu var.
Bunların 3.350'si vakıf ve derneklere ait!
Devletin kaynakları, belediyelerin kaynakları tarikatlara aktarılıyor. Tarikatlar bu kaynaklarla yoksul çocukları besliyor, yoksul aileler rızkımız kesilmesin diye tarikatlara köle oluyor. Devleti yönetenler özellikle öğrenci yurdu inşa etmiyor, yurt ihtiyacı arttıkça, tarikatların eline düşen çocukların sayısı artıyor.)

(Tarikat Erasmusu bile var. Yani, tarikatlar arasında uluslararası öğrenci değişim programı var. Türk çocuklarını Mısır, Irak, İran, Suriye'deki medreselere gönderiyorlar. Çocukların vatan aidiyetini yokediyorlar, mutant nesil yetiştiriyorlar.)

Altı yaşında evlendirilen bebeği, sapıklığın böylesini ilk defa görmüştük ama, Türkiye'deki "çocuk gelin" trajedisi yeni değildi, sayısız hazin örnek vardı.

(Bolu'da imam nikahıyla evlendirilen 11 yaşındaki kız çocuğu doğum yaptı. ▪ İzmir'de 12 yaşında evlendirilen kız çocuğu doğum yaptı. ▪ Ordu'da 13 yaşındayken evlendirilen kız çocuğu, sürekli dayak yediği 40 yaşındaki herifin evi terketmesi üzerine, kendi ailesi tarafından kabul edilmedi, henüz 17 yaşındayken üç çocuğuyla ortada kaldı. ▪ Samsun'da otomobil çarptı diye koma halinde hastaneye getirilen 14 yaşındaki kız çocuğunun, imam nikahlı eşi tarafından odunla dövüldüğü, sonra da kaza süsü vermek için motosikletle üzerinden geçildiği anlaşıldı. ▪ Tokat'ta evlendirilen 12 yaşındaki kız çocuğunun dört aylık hamile olduğu anlaşıldı. ▪ Ağrı'da 16 yaşında evlendirilen kız çocuğu, işkence yapılmış halde, tuvalette eli kolu bağlanmış halde bulundu. ▪ Adana'da imam nikahıyla evlendirilen 16 yaşındaki kız çocuğu, trenin önüne atladı. ▪ Kayseri'de evlendirildiği herif tarafından sokağa atılan, kamyonet kasasında yaşayan 15 yaşındaki kız çocuğu, av tüfeğiyle canına kıydı. ▪ Konya'da 16 yaşındayken evlendirilen kız çocuğu, yedinci kattan atladı. ▪ 11 yaşındayken 40 yaşındaki herifle evlendirilen kız çocuğu bulundu, hamile kalamıyor diye dövüldüğünü, üç yıldır kaynanasının koynunda yattığını anlattı.)

Hacettepe Üniversitesi son 25 yılda yapılan evlilikleri araştırdı. Türkiye'de her 100 çocuktan 15'inin çocukken evlendirildiği ortaya çıktı. Çocukken evlendirilen her 10 çocuktan 4'ü ikinci eş'ti.

2022 yılında, Türkiye bu utançta Avrupa şampiyonuydu. Afganistan, Uganda, Kongo ve Nijer'in arkasından dünya beşincisiydi.

(Bu utancın kök sebebi, dini nikahın suistimal edilmesiydi. Çünkü, bu insanlık suçu, sadece şerefsiz babalar, haysiyetsiz dünürler, sapık damatlarla işlenmiyor, nikahı kıyan imamların nezaretinde işleniyor.
AKP'den önce, resmi nikah kıyılmadan dini nikah kıymak suçtu.
Türk Medeni Kanunu'na göre, resmi nikahın ispatı olan "aile cüzdanı" gösterilmeden, dini nikah kıyılması yasadışıydı, cezası vardı.
AKP'nin Anayasa Mahkemesi bu kanun maddesini iptal etti.
"Sonradan resmi nikah kıydılarsa, sorun yok" dedi.
Böylece, çocukların evlendirilmesine yol verildi.

Bilahare, cinsel ilişkiye rıza yaşı 15'ten 12'ye indirildi.
Yani... 12 yaşında imam nikahıyla evlendirilen çocuklara "evlenmeye rızan var mı?" diye soruldu, "rızası var" denildi.
AKP'den önce, 15 yaşını tamamlamamış çocuklara yönelik her türlü cinsel davranış, hukuken "cinsel istismar" kabul ediliyordu.
Anayasa Mahkemesi bunu da iptal etti.
Netice?
Altı yaşındaki bebelere bile imam nikahı kıyılır hale geldi!)

Türkiye'nin çivisi çıkmıştı.
Televizyonlardaki kadın programları bu vahim tablonun aynasıydı.
Netflix'te filan yayınlanan marjinal kurgu diziler, marjinal yaşam biçimleri, Türkiye gerçeklerinin yanında solda sıfır kalıyordu!

Üç çocuk annesi kaynana mesela, damadıyla kaçıyordu. Üstelik, damadıyla kaçan kaynana, canlı yayına katılıp, kızıyla yüzleşiyor, rezilliğin detaylarını şakır şakır ekranda anlatıyorlardı.
Dört çocuk annesi kadın, kocasını ve en büyüğü beş yaşındaki çocuklarını terkedip, internette tanıştığı 15 yaşındaki çocuğa kaçıyordu. Yetmiyor, canlı yayına telefonla bağlanıyor, "15 yaşında ama ergenliğe girmiş durumda, kocamdan iyi" diye anlatıyordu.
İki elti beraber, yufkacıya kaçıyorlardı.
Senaristlerin yazmaya cesaret edemeyeceği tuhaf ötesi ilişkiler, her gün televizyonlarda yayınlanıyordu, ana haber bültenlerinden katbekat fazla izleniyor, haber kanallarının 10 misli izleniyordu.
Üç çocuk babası evli adam, kendisinden 15 yaş büyük, dört torun sahibi, evli anneanneyle kaçıyordu. Anneanne canlı yayına çıkıp "niye utanacakmışız, bizim aşkımız dünyadaki denizler kuruyana kadar bitmeyecek" diyordu.
Üç torun sahibi babaanne, dört torun sahibi dedeyle kaçıyordu, "aslında tanışmıyoruz, Tiktok'a video koydum, bu denk geldi" diyordu. Babaannenin okuma yazma bile bilmediği, WhatsApp'ten sesli aşk mesajları gönderdiği anlaşılıyordu.
18 yaşındaki kız, 70 yaşındaki adama kaçıyordu.
İki çocuk annesi kadın, 14 yaşındaki kızla kaçıyordu.
72 yaşındaki kadın türbeye gitmek için metrobüse biniyor, yan koltuğuna oturan 50 yaşındaki adamla tanışıyor, yıldırım aşkına tutuluyorlar, buluşmaya başlıyorlar, adam kadına teklifte bulunuyor,

"sana gençleştirme ameliyatı yaptıralım" diyor, kadın gençleşmek için senet imzalıyor, böylece, türbeye giderken evini kaptırıyordu.
60 yaşındaki kadın 30 yaşındaki emlakçıyla tanışıyor, anında aşık oluyorlar, emlakçı kadını öpmeye başlıyor, "abdestimi bozdun" diyor, e madem bozuldu tam bozulsun diyorlar, arka odaya geçiyorlar, kadın abdestini bozduğu emlakçıya ev alması için 200 bin lira veriyor, para buhar oluyordu.
Damat, gelinle kaçıyordu.
Diyeceksiniz ki, ne var bunda?
Damat, kendi eşiyle değil, kayınbiraderinin eşiyle kaçıyordu!
Üç çocuk babası evli adam, yabancı uyruklu bir kadınla yaşıyor, kadın hamile kalıyor, adam evli olduğu için yabancı uyruklu kadınla evlenemiyor, düşünüyor taşınıyor, kendi öz babasıyla kadına resmi nikah kıydırıyor, kayınpeder geliniyle evleniyor, torununun babası oluyordu.

20 yıldır tarikat-cemaat-zırcahil atmosferiyle basınç altında tutulan, güya muhafazakarlık dayatılan toplumun, vardığı nokta işte buydu.

"Dindar nesil" kisvesiyle normalleştirilen "günah işleme özgürlüğü" dalga dalga ahaliye sirayet etmişti. Utanma, sıkılma, ayıp gibi kavramlar tedavülden kalkmıştı. Ahlak, erdem, onur gibi kavramlar adeta sözlüklerden silinmişti. Yukardan aşağıya tepeden tırnağa silsile halinde, ar damarı çatlaması yaşanıyordu.
Türk aile yapısı, tarihte hiç olmadığı kadar zarar görmüştü.
"Sosyal enkaz" yaşanıyordu.

Ekrem İmamoğlu için kader günüydü.
Yüksek Seçim Kurulu üyelerine hakaret ettiği gerekçesiyle üç yıldır yargılanıyordu, bu davanın karar duruşması vardı.
2 yıl 7 ay hapis cezası verildi.
Yargıtay onaylarsa, siyasi yasak getirilecekti.

İmamoğlu derhal çağrı yaptı.
"Herkesi saat 16'da Saraçhane'ye davet ediyorum" dedi.
Meral Akşener derhal İstanbul'a koştu.
Onbinlerce vatandaş işini gücünü bırakıp Saraçhane'ye koştu.
Ekrem İmamoğlu, Meral Akşener'le birlikte otobüsün üstüne çıktı, vatandaşlara hitaben konuştular, kararı protesto ettiler.

Kılıçdaroğlu yoktu, Almanya'daydı.
Kader duruşmasının o gün yapılacağı iki aydır gününe saatine kadar belliydi ama, sanki takvimde başka gün yokmuş gibi, kararın açıklanacağını bile bile tam o sabah Berlin'e gitmişti.
Hangi gerekçeyle gitmişti?
"Yeni teknolojileri yerinde inceleyecek" denilmişti.
Yeni teknolojileri yerinde incelemek için başka gün mü yoktu?
Skandaldı.
Ekrem İmamoğlu'nu bile bile yalnız bırakmıştı.
Ama... Ekrem İmamoğlu'nun sürpriz miting düzenleyeceğini, Meral Akşener'in koşarak Ekrem İmamoğlu'na sahip çıkacağını hesap edememişlerdi. Kılıçdaroğlu ve CHP politbürosu fena yakalanmıştı.
Kılıçdaroğlu güya israfı sevmediği için tarifeli uçakla Almanya'ya gitmişti, apar topar özel uçakla geri döndü.

(Hapis cezası kararı, elbette düpedüz siyasi karardı. Çünkü... Kamuoyu araştırma anketleri açıkça gösteriyordu, Tayyip Erdoğan'ın karşısına Ekrem İmamoğlu veya Mansur Yavaş çıkarsa, Tayyip Erdoğan kesin kaybediyordu. Ama, rakip olarak Kılıçdaroğlu çıkarsa, Tayyip Erdoğan'ın rahat rahat kazanacağı görülüyordu.
Bunun böyle olduğunu gayet iyi bilen AKP medyası, açık açık Kılıçdaroğlu'nun aday olması gerektiğini yazıyordu!
Ekrem İmamoğlu'nu sansürleyip, Kılıçdaroğlu'nun bütün faaliyetlerini haber yapıyorlardı.
Ekrem İmamoğlu'nun siyasi yasaklı olup olmayacağına nihayetinde Yargıtay karar verecekti ama, en azından cumhurbaşkanlığı seçimine kadar kafasının üstüne Demokles'in kılıcı yerleştirilmişti.
CHP'den para alan sözde muhalif medya da zaten bu kararı bekliyordu... "Ekrem İmamoğlu cumhurbaşkanı adayı olursa, belediye meclisinde çoğunlukta oldukları için İstanbul belediye başkanlığı AKP'ye geçiyor, üstelik son saniyede Yargıtay'dan siyasi yasak kararı çıkarsa, adaysız kalırız" palavrasını yaymaya başladılar.
CHP seçmenini bu palavraya inandıracaklardı.
Ekrem İmamoğlu AKP sayesinde denklemden çıkarılmıştı.
Kılıçdaroğlu'nun önü iyice açılmıştı.)

Vural Avar hapiste son nefesini verdi.
28 Şubat'tan müebbete mahkumdu.
Emekli korgeneraldi, 85 yaşındaydı.
Kronik hastalıklarına rağmen tahliye edilmiyordu.
Demir parmaklıklar ardında can verene kadar bırakılmadı.
Rütbeleri sökülmüştü, er statüsüne düşürülmüştü.
Bu yüzden, askeri tören yapılmadan toprağa verildi.

(Aslına bakarsanız, Ergenekon/Balyoz davaları turnusol kağıdıydı.
Kim asit, kim baz, herkesin rengi ortaya çıkmıştı.
Toplumun bir kesiminin, toplumun bir başka kesiminden delicesine nefret ettiğini, bu vahşi kinle yanıp tutuştuğunu, kendisi gibi düşünmeyen insanların ölmesini istediğini, hatta, kendisi gibi düşünmeyen insanların aileleriyle birlikte ölmesini istediğini, bu korkunç duygusunu tatmin edebilmek için düpedüz yalan olduğunu bile bile en pespaye iftiraları alkışladığını göstermişti hepimize.
Milattı.
O güne kadar, emniyetiyle yargısıyla, kurumları sapasağlam bir devletimiz olduğunu sanıyorduk. Hollywood yapımı kovboy filmi dekoru olduğu ortaya çıktı. Önden bakınca, heybetli bina gibi görünüyordu, arkasına bakınca, meğer kalasla tutturulmuş, dandik kontrplaktı. İttirsen yıkılacaktı. İttirdiler. Yerlebir oldu.
Ergenekon/Balyoz davaları, bu milletin ulusal marşının neden "korkma" diye başladığını teyit etmişti. Korku'nun kayıtsız şartsız milli egemen olduğunu kanıtlamıştı.
Aynı zamanda... "Dahili ve harici bedhahların olacaktır, cebren ve hile ile aziz vatanın bütün kaleleri zaptedilmiş, bütün tersanelerine girilmiş, bütün orduları dağıtılmış ve memleketin her köşesi bilfiil işgal edilmiş olabilir, iktidara sahip olanlar gaflet ve dalalet ve hatta hıyanet içinde bulunabilirler"in ne kadar isabetli bir öngörü olduğunu kanıtlamıştı.
Sınavdı.
Sınıfta kalınmıştı.
Emperyalizm, yerli işbirlikçileriyle milleti denemişti.
Millet, millet olmayı becerememişti.
Çırpınan, mücadele eden bir avuç istisnayı elbette tenzih ederim...
Çoğunluk maalesef susmuştu. Gözünün önünde, göz göre göre yaşanan bu utancı sessizce seyretmişti. Bu vebale ortak olmuştu.
Sayın ahalimiz gibi, sayın medyamızın çoook çok önemli bölümü de tir tir titreyerek masanın altına saklanmıştı. Cesur, kahraman filan gibi

sıfatlara sahip koca koca gazeteciler, okka altına gitme korkusuyla suya sabuna dokunmamış, neme lazım demişti.
İhanet, üstümüzden silindir gibi geçmişti.
Dedim ya, milattı.
Hukuksuzluk o tarihten itibaren egemen oldu.
Adaletsizlik kurumsallaştı.
Yalakalık meziyet, doğruluk eziyet oldu.
Tarikat-cemaat-zırcahil atmosferi, Cumhuriyet'in üstüne karabasan gibi çöktü.
Çünkü... Milleti millet yapan, ne dindir, ne ırktır, ne tarihtir, ne kültürdür, ne coğrafyadır, ne ideolojidir, ne devlettir.
Milleti millet yapan, ruhtur.
Ergenekon/Balyoz turnusolu, o ruhun varolmadığını ortaya koymuştu.
Ergenekon/Balyoz geçip gitmişti ama, unutulmak istenen bu hazin gerçek, kalıcı hasar olmuştu.
Düşman esirlerine bile reva görülmeyen bir muameleyle, demans hastası olduğu halde, artık nerede bulunduğunu bile idrak edemez vaziyette olduğu halde, kaburgası bile kırık vaziyette hapiste tutulan 85 yaşındaki emekli korgeneral Vural Avar'ın vefatı, işte buydu.
Herkesin işleneceğini bildiği bir cinayetti.
Herkesin bile bile sustuğu, göre göre gözyumduğu, engellemek için kılını bile kıpırdatmadığı, vicdani yükü ortak bir cinayetti.
Helalleşilmesi imkansız bir cinayetti.
Hayat elbette devam edecekti. Tıpkı Ergenekon'dan, Balyoz'dan sonra olduğu gibi, hiçbir şey olmamış gibi devam edecekti.
Ama aslında herkes birbirinin yüzüne bakarken, bu vebale ortak olduğunu bilecekti.)

Milli savunma bakanı Hulusi Akar, Vural Avar'ın cenazesine gelmedi, çelenk bile göndermedi, ailesine taziye telefonu bile açmadı.
Aradan biraz geçti... Adalarımızı alenen işgal eden Yunanistan'ın milli savunma bakanı Nikolaos Panagiotopoulos'un 81 yaşındaki annesi vefat etti. Hulusi Akar derhal taziye telefonu açtı. "Sevgili Niko, sana ve ailene başsağlığı diliyorum, annen nur içinde yatsın" dedi, cenaze törenine çelenk gönderdi.

Tayyip Erdoğan her seçim arifesinde aragaz verirdi.
Bu defa gazı kökledi.

"Bir trilyon dolarlık doğalgaz bulduk" dedi!

(Bir trilyon dolar ne anlama geliyor derseniz... Shell, BP, ExxonMobil, Gazprom'u dünyadaki tüm varlıklarıyla komple satın alıyorsun, cebinde hâlâ 300 milyar dolar kalıyor demekti! Tayyip Erdoğan'ın "bulduk" dediği miktarda doğalgaz bulduysak, şu anda Suudi Arabistan'dan üç misli fazla gaza sahibiz demekti!)

TBMM başkanı Mustafa Şentop bizzat başvuru yaptı.
Tayyip Erdoğan'ı 2022 Nobel Barış Ödülü'ne aday gösterdi.
Sonra bir daha bu mevzudan hiç bahsedilmedi.
Çünkü, 2022 Nobel Barış Ödülü, Belaruslu insan hakları savunucusu Ales Bialiatski'yle beraber, Rusya ve Ukrayna'nın insan hakları örgütleri Memorial ve Center for Civil Liberties'e verildi.
Tayyip Erdoğan'ın esamisi bile okunmadı.

(2022 Nobel Barış Ödülü'nün Tayyip Erdoğan'la birlikte 342 adayı vardı. Bunlardan biri NBA'de forma giyen basketbolcu Enes Kanter'di. Fethullahçı sporcuydu. Türkiye tarafından kırmızı bültenle aranıyordu. Türk pasaportu iptal edilince, Amerikan vatandaşı olmuştu. Uygur müslümanları adına Çin'e karşı kampanya yürütüyordu, Norveçli bir milletvekili tarafından "insan hakları aktivisti" sıfatıyla aday gösterilmişti. Enes Kanter'in Nobel'e aday gösterilmesi, cemaat'in yurtdışında adeta diaspora şeklinde hareket ettiğinin, her alanda Tayyip Erdoğan'ın karşısına dikilmeye devam ettiğinin kanıtıydı.)

2023 yılbaşında "uçurum"un fotoğrafı çekildi. Dar gelirliler ucuz ekmek kuyruğunda bekleşirken, belediye ekmek büfesinin hemen bitişiğindeki İstinyepark'ta mücevher kuyruğu vardı.
Mücevher kuyruğunu mecazi manada söylemiyorum... Beş liralık ekmeği üç liraya alabilmek için yağmurda ayazda titreşerek üç saat beklenirken, öylesine büyük talep vardı ki, beş milyon liralık pırlantalı saatleri alabilmek için mağazanın kapısında ağaç gibi dikilerek en az bir saat sıra bekleniyordu.
Dior kuyruğu vardı.
Chanel kuyruğu vardı.
Prada kuyruğu vardı.

İnsanlarımız sardalya konservesi gibi dolaşan metrobüslerde sıkış tepiş istiflenirken, durağın hemen bitişiğindeki İstinyepark'ın valesinde Maserati, Bentley kuyruğu vardı, siyah VIP minibüsler sanırsın Topkapı-Bağcılar dolmuşudur, o kadar vızır vızır çalışıyordu.
Zorlu Center da böyleydi.
Kanyon da böyleydi.
Ya milyonerdin, ya zilyonerdin, artık ortası yoktu.
AKP'nin 20 yıllık iktidarında ortası yok edildi.
Türkiye'de daha önce de ekonomik krizler yaşandı, zengin de hep vardı, yoksul da hep vardı ama, orta gelir grubunun varolmadığı bir dönem hiç olmamıştı, AKP bunu yapmıştı.
Asgari maaş ve servet uçurumu, ucuz ekmek kuyruğuyla mücevher kuyruğu arasındaki oksimoron boşluk kadar derinleşmişti.

Tayyip Erdoğan metro açılışında konuştu. "Öyle metrolar yapıyoruz ki, Paris'te bile yok, Paris metrosunun çatısı akıyor, Paris'e gitmeyenlerin görmeyenlerin ne olduğundan haberi yok" dedi.

("Paris'e gitmeyenlerin görmeyenlerin ne olduğundan haberi yok" cümlesi, AKP iktidarının sihirli formülüydü. Şöyle dünya lideriyiz, böyle asrın ülkesiyiz filan diye atıp tutarken, buna güveniyorlardı. Çünkü... Türkiye'nin nüfusu 85 milyondu. Türkiye'de sadece 9 milyon kişide pasaport vardı. O pasaportların sadece 4 milyonu aktif kullanılıyordu. Yılda sadece 1 milyon pasaport sahibi yurtdışına çıkıyordu. Yani... 76 milyon kişi ömrü boyunca Edirne'den dışarıya adım atmış değildi! Pasaport sahibi olanların çok çok önemli bölümü, pasaportlarını sadece umreye gitmek için veya hacca gitmek için kullananlardı. Yurtdışına gittim diyenlerin çok çok önemli bölümü, sadece Almanya veya Irak'taki akrabalarını ziyarete gidip, başka ülke görmeyenlerdi. Hayatı boyunca doğup büyüdüğü şehirden başka şehir görmemiş milyonlarca insanımız vardı. Şehri boşver, İstanbul'da, Ankara'da, hayatı boyunca yaşadığı ilçeden başka ilçe görmemiş kadınlar vardı. Avrupa'yı görmesinden vazgeçtik, Trakya'yı kaç kişi gördü? E hal böyle olunca, Tayyip Erdoğan mitinglerde rahat rahat anlatıyordu. "Almanya'da market rafları boş" diyordu. "Fransa'da ekmek kuyrukları var" diyordu. "Avrupa yiyecek bulamıyor" diyordu. "İngiltere'de benzin yok" diyordu. "İskandinav ülkeleri iflas etti" diyordu. "Paris

metrosunun damı akıyor" diyebiliyordu. Pasaportu bile olmayan sayın ahalimizin dünyayı görmediğini gayet iyi biliyor, rahat rahat anlatıyordu. New York metrosuna çığ düşüyor dese, eyoo diye alkışlarlardı!)

Sinan Ateş öldürüldü.
Ülkü ocakları eski genel başkanıydı. MHP genel başkanlığı için potansiyeli bulunduğu için partiden uzaklaştırıldığı iddia ediliyordu.
Hacettepe Üniversitesi öğretim görevlisiydi.
Mersin Limanı'nda yürütülen uyuşturucu kaçakçılığına ülkü ocakları bağlantılı isimler karışmıştı, MHP milletvekillerinin bile adı geçiyordu, Sinan Ateş'in bu faaliyetlere karşı çıktığı, aktif şekilde müdahale ettiği, bu yüzden öldürüldüğü iddia edildi.
İyi Parti ve hatta CHP bu cinayetin aydınlatılması için çaba harcarken, Sinan Ateş'in ailesine sahip çıkarken, MHP taziyede bulunmadı.

Seçimin 24 Haziran 2022'de yapılması gerekiyordu.
Ancak, seçim normal tarihinde yapılırsa, Tayyip Erdoğan anayasa gereği üçüncü kez cumhurbaşkanı adayı olamıyordu. Tayyip Erdoğan'ın üçüncü kez aday olabilmesinin tek yolu, seçimin TBMM tarafından erkene alınmasıydı, anayasa gereği böyleydi.
Mecliste uzlaşma aradılar. Çoğunluğu sağlayamadılar.
Bunun üzerine, Tayyip Erdoğan kendi kendine erken seçim kararı aldı, "14 Mayıs'ta sandık başına gideceğiz" dedi.
Halbuki...
Yargıtay Onursal Cumhuriyet Başsavcısı Sabih Kanadoğlu mesela, gayet net izah ediyordu. "Eğer erken seçim kararını Türkiye Büyük Millet Meclisi alırsa, üçüncü kez aday olabilir, anayasada böyle yazıyor, bunun dışında bir seçenek yok, eğer erken seçim kararını Meclis almazsa, kesinlikle üçüncü kez aday olamaz" diyordu.
Profesör Süheyl Batum gayet net izah ediyordu. "Tayyip Erdoğan cumhurbaşkanı olarak erken seçim kararı alabilir mi, evet alabilir, yetkisi var mı, evet var, ama seçimi erkene aldı diye üçüncü kez aday olamaz, üçüncü kez aday olabilmesi için, erken seçim kararının mutlaka TBMM tarafından alınması gerekiyor, Anayasa gereği başka yolu yok" diyordu.
Duayen hukukçu Turgut Kazan gayet net izah ediyordu. "Anayasa'ya göre, cumhurbaşkanı iki kez seçilebilir, Tayyip Erdoğan iki kez seçildi,

bir daha seçilemez, Anayasa'da tek istisna var, eğer erken seçim kararını TBMM alırsa, üçüncü kez aday olabilir, bunun dışında imkansız" diyordu.

Profesör İbrahim Kaboğlu gayet net izah ediyordu. "Anayasa'ya göre, bir kişi en fazla iki kez cumhurbaşkanı seçilebilir, iki kez seçildi, Anayasa metninde 'Tayyip Erdoğan üç kere seçilebilir' diye bir madde bulunmadığına göre, kendisinin canı öyle istiyor diye üçüncü kez aday olamaz" diyordu.

Gel gör ki, kendi kendini üçüncü kez aday ilan etti.

Yüksek Seçim Kurulu da kabul etti.

Hukuk, bir kez daha guguk olmuştu.

Kılıçdaroğlu gıkını bile çıkarmadı, itiraz etmedi.

Göz göre göre Anayasa'nın çiğnenmesini kabullendi.

Muhalif seçmenler saçını başını yoluyor, dizlerini dövüyor, mücadele edilmesi için çırpınıyor, yeni CHP seyrediyordu, Tayyip Erdoğan'ın anayasayı yok saymasına gözyumuyordu.

"Üçüncü defa aday olmasına karşı çıkarsak mağduriyet yaratır, mağdur durumuna düşer" diye bir palavra bulmuşlardı, CHP seçmenini bu palavrayla uyutuyorlardı.

(Hep aynı palavraya sığınıyorlardı.

"Üçüncü defa aday olması Anayasa'ya aykırı ama, karşı çıkarsak mağduriyet yaratır, mağdur durumuna düşer, aman karşı çıkmayalım, gözyumalım, sesimizi çıkarmayalım" diyorlardı.

Tarikatlar örümcek ağı gibi devleti sararken, "aman tarikatlara karşı çıkmayalım, mağduriyet yaratır, vesayetçi durumuna düşeriz, aman dindarları mağdur ediyormuş gibi olmayalım" diyorlardı.

Milyonlarca kaçak Suriyeli hobaraa diye memlekete doldurulurken, Türkiye'nin demografik yapısı değiştirilirken, "aman bunlara itiraz etmeyelim, mağduriyet yaratır, maazallah bize ırkçı derler, görmezden gelelim, susalım" diyorlardı.

Diyanet işlerinin nankör başkanı hiç utanmadan Atatürk'e lanet okurken, "aman duymamış gibi yapalım, diyanete itiraz edersek, mağduriyet yaratır, maazallah bize dinsiz derler" diyorlardı.

Doğru'yu boşverip, algı'yı önemsiyorlardı.

Kendi değerlerini savunmuyorlardı.

Yanlışlara saygı duyuyorlardı.

CHP seçmeninin ne düşündüğü umurlarında bile değildi.

CHP'ye oy vermeyen seçmenden aferin almak için takla atıyorlardı.
Kılıçdaroğlu genel başkan olduğundan beri bu aciz bakış açısıyla, muhalefette kalıyorlardı, muhalefetmiş gibi yapıyorlardı.
Partiyi kimliksizleştiriyorlardı.
Etkisizleştiriyorlardı.
Guguk kuşunun planı tıkır tıkır işliyordu.)

Tüm zamanların yalakalık rekoru kırıldı. AKP Ordu milletvekili Şenel Yediyıldız, "Tayyip ağabeyin ayakkabısını elimizle yalamamız lazım" dedi. Ama, boşuna yalamıştı. Tekrar milletvekili adayı yapılmadı.

6 Şubat 2023.
Cumhuriyet tarihinin en yıkıcı depremleri meydana geldi.
Gaziantep Şehitkamil ve Kahramanmaraş Elbistan'da, dokuz saat arayla 7.8 ve 7.5 büyüklüğünde iki sarsıntı oldu. Devletin resmi rakamlarına göre 51 bin, bölgedeki vatandaşların tanıklığına göre 200 binden fazla insanımız hayatını kaybetti. Hatay, Kahramanmaraş, Malatya, Adıyaman, Şanlıurfa, Adana, Diyarbakır, Elazığ, Batman, Gaziantep, Kilis, Mardin ve Osmaniye'de can kaybı oldu.
156 bin bina yıkıldı.
Yedi günlük yas ilan edildi.

(Bu depremler AKP hükümeti tarafından ısrarla "Kahramanmaraş depremleri" olarak kayda geçirildi. Halbuki... Kandilli Rasathanesi'ne göre 7.8 büyüklüğündeki ilk depremin merkez üssü Gaziantep'in Şehitkamil ilçesiydi. ABD, İtalya ve Almanya'nın deprem araştırma merkezleri de tıpkı Kandilli Rasathanesi gibi, merkez üssünün Gaziantep Şehitkamil olduğunu tespit etti, böyle açıkladı.
AFAD ise Kahramanmaraş'ın Pazarcık ilçesi olarak açıkladı.
Arada 50 kilometre vardı.
Çünkü... Başkanlık sistemine geçtiğimiz 2014 yılına kadar Türkiye'de depremle ilgili tek otorite merkezi, Kandilli Rasathanesi'ydi. Başkanlık sistemine geçer geçmez, bu durum değiştirildi. Tayyip Erdoğan'ın kararnamesiyle Kandilli'nin yetkileri alındı, AKP tarafından 2009 yılında kurulan AFAD, deprem konusunda tek yetkili hale getirildi.
O tarihten itibaren, Türkiye'deki depremlerin merkez üssü ve büyüklüğü konusunda çelişkiler yaşanmaya başlandı. AFAD pek

çok depremin yerini ve büyüklüğünü hatalı açıklıyordu, muhalefet uyuduğu için üzerinde durulmuyor, önemi tartışılmıyordu.
Bu son depremler de bunun bir başka yansımasıydı.
AFAD'ın yönlendirmesiyle ilk müdahale Kahramanmaraş'a yapıldı.
Merkez üssünün hatalı açıklanması, acil müdahalenin hatalı noktaya yapılmasına sebep olmuştu, yüzlerce insanın kurtarılma şansı kaybedilmişti. Bilim yerine siyaset tercih edildi. Bedeli çok ağır oldu.)

Afet yönetimi beceriksizlik silsilesiydi.
Kurtarma çalışmaları neredeyse dört gün başlayamadı.
İlk beş gün ekmek bile dağıtamadılar.
Kurtulanlar eksi beş derecede sokakta kaldı.
İlk 15 gün çadır dağıtamadılar.
Çünkü sadece binalar çökmemişti...
Aslında devletin üstüne liyakatsizlik çökmüştü.
Afetle mücadelede yetkin yöneticilere ihtiyacımız varken, AFAD'ın afetlere müdahale genel müdürü imam hatip mezunuydu, ilahiyatçıydı, yüksek lisansı tasavvuftu, tüm kariyeri diyanet'ti.
Yeteneksiz tipler sırf partili oldukları için devletin hayati kurumlarına doldurulmuştu. Tecrübeli uzmanlar devredışı bırakılmış, donanımlı profesyoneller uzaklaştırılmış, onların yerine tarikatlar çöreklenmişti.
Orman yangınlarına söndürme uçağı gönderemeyen zihniyet, deprem bölgelerine kurtarma helikopteri gönderebilir miydi? Pandemide üç kuruşluk tırışkadan bez parçasını, alt tarafı maskeyi dağıtmayı beceremeyen zihniyet, çadır dağıtabilir miydi?
GATA'yı kapattıkları için sahra hastanesi bile kuramadılar. Tee İsrail'den gelen yardım ekipleri, tee İspanya'dan gelen yardım ekipleri bizden önce sahra hastaneleri kurdular.
Ay'a gideceğiz diyorlardı.
Kahramanmaraş'a bile gidemediler.
Üç saatte Şam'a gireriz diye atıp tutuyorlardı.
Üç günde Hatay'a bile giremediler.

Diyanet işleri başkanlığı, deprem günü yatsı namazından sonra yurt genelindeki tüm camilerimizden sela okuttu. Enkaz altında hâlâ sağ durumda olan ve yardım çığlıkları atan insanlarımız, kurtarma ekiplerinin sesini duyacağına, kendi selalarını duyuyorlardı.

Diyanet işleri bütçesi, bilim bakanlığı bütçesinin beş katıydı. İmamlara biliminsanlarının beş katı para ayrılıyordu. Canımızı kurtarmak yerine sela okumaları gayet normaldi!

Kızılay'ın çocuk tecavüzüyle gündeme gelen Ensar Vakfı'na 8 milyon dolar bağışladığı ortaya çıkmıştı, Kızılay'a yaptığımız bağışlarla New York'a gökdelen diktikleri ortaya çıkmıştı... Şimdi aynı Kızılay, kasasında para olmadığı için, hiç utanmadan, deprem bölgesine yardım olarak milletten 20'şer lira bağış istiyordu.
Kızılay'ın elindeki tüm çadırları acilen vatandaşa dağıtması gerekirken, hiç utanmadan, yardım kuruluşu Ahbap'a parayla çadır sattıkları ortaya çıktı.

İlk bir hafta, asker ortada yoktu. Kışladan çıkarılmadı, kurtarmaya dahil edilmedi. Bu hayati gecikme yüzünden, kurtarılması mümkün olan enkaz altındaki kaç insan hayatını kaybetti, belirsizdi.
1999 Marmara Depremi'nde Türk Silahlı Kuvvetleri derhal devreye sokulduğu için, kurtarmanın yanısıra, sahra hastanesi, çadır, yemek gibi yardım organizasyonları çok daha çabuk hayata geçirilmişti.

Medyamız utanç vericiydi.
İktidar yandaşı gazeteciler, deprem koordinasyonunda dünya çapında başarı gösterdiğimizi anlatıyorlardı. Hükümeti eleştiren depremzedelerin röportajları sansürleniyordu. Tıpkı pandemide yaptıkları gibi, can kaybını az göstermek için yalan söylüyorlardı. Muhalefet gazetecileri ise, günlerce sadece Antakya'dan yayın yaptılar. Sanki öbür şehirlere yardım gönderiliyormuş da, Alevi yurttaşların yoğun olarak yaşadığı Antakya'ya özellikle yardım gönderilmiyormuş gibi anlattılar. Yandaş medyadan bile daha kötü yayıncılıktı, ulusal yas'a bile mezhepçiliği sokuyorlardı. Halbuki, Antakya'daki durum, Maraş'tan, Urfa'dan, Adıyaman'dan farklı değildi. AFAD her yerde ne kadar başarısızsa, Antakya'da da o kadar başarısızdı.

2018 seçimlerinden önce kaçak binalara imar affı çıkarılmıştı, Türkiye genelinde 3.5 milyon yapı bu aftan yararlanmıştı. Affedilen kaçak binaların 300 bini bu son depremin bölgesindeydi. Deprem elbette korkunç boyutlardaydı ama, depremden fazla rant hırsı öldürmüştü. Ve, bu depremden hemen önce yeniden imar affı çıkarılması için kanun teklifi verilmişti, deprem biraz gecikseydi, 2023 seçimleri öncesinde ikinci af çıkacaktı.

Tayyip Erdoğan deprem bölgesini gezdi.

Gene "kader planı" dedi.

(2003 yılıydı... AKP iktidara gelir gelmez, Bingöl'de deprem olmuştu. Tayyip Erdoğan henüz üç aylık başbakandı, elbette Bingöl'deki yıkımın sorumlusu olarak gösterilemezdi. Çiçeği burnunda başbakan olarak, çok ağır bir konuşma yapmıştı. "Kırılan fay değildir, kırılan ar damarıdır, binaların yıkılmasının asıl sebebi, ahlak hırsızlığıdır, demokrasiden çalmaktır, hukuk kapkaççılığıdır, siyaset yankesiciliğidir, kamu yönetimi kalpazanlığıdır, Türkiye yıllarca kötü yönetildiği için bu sonuçlar yaşanıyor, deprem konusunda yıllardır hiçbir önlem alınmadı, çözüm üretilmedi, deprem felaketinin asıl sebebi yönetim sorunudur, kader diye geçiştirilemez" demişti.

Şimdi?

20 yıldır tek başına iktidardaydı.

"Kader" diyordu!)

(Türkiye yılda 20 milyon ton buğday üretiyordu.

Türkiye yılda 80 milyon ton çimento üretiyordu!

Türkiye yılda 55 milyon ton sebze ve meyve üretiyordu.

Sırf İstanbul'da yılda 60 milyon ton hafriyat çıkıyordu!

2023 itibarıyla, sırf İstanbul'daki moloz, bütün Türkiye'nin bir yıl boyunca ürettiği sebze meyvenin toplamından daha fazlaydı.

Tarlalara tohum yerine, beton dikiyorduk.

Netice?

Saman ithal ediyorduk, enkaz altında ölüyorduk.

Yiyecek buğdayımız bile olmadığı için askıda ekmek kuyruğunda bekleşip, üç oda bir tabut satın almaya devam ediyorduk.

"Kader planı" denilen, işte buydu.)

Deniz Baykal vefat etti.

84 yaşındaydı.

AKP döneminde başına gelmeyen kalmamıştı.

Her kurultay öncesinde iftira salvosu başlıyordu.

Ne yapıp edip, CHP'nin başından uzaklaştırmak istiyorlardı.

"Dört trilyon liralık hisse senedi var, mal beyanında göstermedi" demişlerdi, derhal belgeleri göstermişti, sadece dört bin liraydı, yalan haberi gümbür gümbür manşet yapan tetikçi gazeteciler pişkin pişkin sırıtıp "pardon" demişlerdi, "sıfır hatası yapmışız" demişlerdi.
"İsviçre'de kızının adına gizli hesabı var, milyonlarca dolar yatırıldı" demişlerdi. Deniz Baykal dava açmıştı, adalet bakanlığı resmi olarak İsviçre'ye sormuştu, İsviçre devleti resmi olarak "bütün kayıtları inceledik, iddialar yalan, böyle bir hesap yok" açıklaması yapmıştı.
Bülent Ersoy çıkıp, "sahne yasağımı kaldırmak için bugünün parasıyla bir trilyon lira istedi" demişti, hatta "sahne yasağını rüşvet dağıtarak kaldıracağı" iddia edilmişti. Deniz Baykal dava açmıştı, hepsi palavra çıkmıştı, Bülent Ersoy tazminat ödemeye mahkum edilmişti.
"Ankara'da oturduğu villa kaçak" demişlerdi.
Tapuyu göstermişti, bu iddia da yalandı.
"Antalya'da arazi aldı, CHP'li belediyeye imarı değiştirtti" demişlerdi.
Söz konusu araziyi taa 1987 yılında, CHP'nin darbe nedeniyle kapalı olduğu dönemde satın aldığı, bölgede yapılan imar değişikliklerinin CHP'yle, CHP'li belediyelerle alakasının olmadığı ortaya çıkmıştı.
Ergenekon'un sahte hahamını TRT'de canlı yayına çıkarmışlardı, "Deniz Baykal MİT ajanıdır" demişti. Deniz Baykal dava açmıştı, elbette yalandı, TRT kurumu tarihinin en büyük tazminatını ödemek zorunda kalmıştı.
"340 bin dolara yat aldı" demişlerdi. Yalan çıkmıştı.
Kılıçdaroğlu'yla yakın çalışan gazetecilerden Odatv muhabiri İklim Bayraktar, savcı Zekeriya Öz'e verdiği ifadede "Deniz Baykal'ın tacizine uğradığını" iddia etmişti, "Kılıçdaroğlu'na gittiğini, cihaz verirseniz tacizi ispat ederim dediğini, Kılıçdaroğlu'nun da kendin çek getir dediğini" anlatmıştı. Deniz Baykal dava açmıştı, elbette yalandı, tazminat kazanmıştı.
En son, kaset suikastı patlamıştı.
İtibarı yerden yere vurulmuş, linç edilmişti.
Silivri'ye gönderilemediği için, evine gönderilmişti.
CHP'den tamamen elini çekmesi sağlanmıştı.
Yerine, Kılıçdaroğlu oturtulmuştu.
Kahrından felç olmuştu.
O kahırla gitti.

(CHP seçmeni, muhalif medyadaki mutant gazeteciler tarafından yıllarca manipüle edildi. Deniz Baykal giderse, CHP'nin yüzde yüz iktidar olacağına inandırıldı.

Halbuki, guguk kuşu operasyonuydu.
CHP'yi CHP'sizleştirme operasyonuydu.
Deniz Baykal'a karşı Kılıçdaroğlu'nu parlatan gazeteciler, ikinci cumhuriyetçilerin CHP'ye monte edilmesini alkışlıyordu.
Ekmeleddin İhsanoğlu'nun kesinlikle kazanacağını söyleyen, 2023 yılındaki seçim öncesinde Meral Akşener'le Muharrem İnce aleyhine yayın yapanlar, sözde güvenilir/dürüst gazetecilerdi, hep aynı mutant kadroydu.
Birbirlerini, kendi televizyon programlarına konuk ediyor, köşe yazılarında birbirlerine övgülerde bulunuyor, birbirlerinin kitaplarını tanıtıyor, beraber imza günleri düzenliyor, beraber konferanslar düzenliyor, birbirlerine ödül veriyorlardı.
Böylece, muhalif medyayı komple ele geçiriyorlardı.
Kılıçdaroğlu medyası haline getiriyorlardı.)

Avrasya, ORC, Gezici, Aksoy, MAK, Yöneylem gibi kamuoyu araştırma şirketleri, Kılıçdaroğlu'nu açık ara önde gösteriyordu, aday olursa 10 puan farkla kazanacağını söylüyorlardı. Aynı anket şirketleri, Muharrem İnce'nin yüzde 1'den bile az oyu olduğunu anlatıyordu.

CHP'ye yön verenlerden biri "AKP anketçisi" olarak tanınan İbrahim Uslu'ydu. Kılıçdaroğlu'nun danışmanı olmuştu. Kamuoyu araştırma şirketi ANAR'ın eski genel müdürüydü. Bu seçime kadar AKP'yle çalışıyordu. Hatta, 15 yıldır AKP'nin kurumsal araştırma şirketi olarak faaliyet gösteriyordu. AKP'nin strateji grubu üyesiydi. Aniden CHP'ye çalışmaya başlamıştı. Eşi Zeynep Karahan Uslu da, hem AKP milletvekiliydi, hem Tayyip Erdoğan danışmanıydı. 15 yıldır AKP'nin anketçisi olan İbrahim Uslu, aniden muhalif medyanın da gözbebeği olmuştu. Her akşam Halk Tv'de, Tele1'de, Krt'de, Sözcü Tv'deydi.

MAK Araştırma'nın sahibi Mehmet Ali Kulat'tı, Kılıçdaroğlu'nu "kesin kazanacak" diye gösteriyordu. Her akşam Halk Tv, Tele1, Krt, Sözcü Tv ekranlarına çıkarılıyordu. Halbuki, bu seçime kadar aynı muhalif medyada "AKP yandaşı anketçi" olarak haber yapılıyordu! AKP'den milletvekili aday adayı bile olmuştu. Şimdi aniden Kılıçdaroğlucu olmuştu.

Avrasya araştırma'nın sahibi Kemal Özkiraz'dı, AKP'yi "çöktü" diye gösteriyordu. Muhalif medyada alkışlanıyor, tarafsız olduğu söyleniyordu. CHP milletvekili adayı oldu iyi mi... CHP milletvekili adayı olarak, Kılıçdaroğlu'nu "kazanacak aday" diye gösteriyordu! Muharrem İnce'ye seçim arifesinde sahte dekont ve sahte videolarla kumpas kurulmuştu. Muharrem İnce'nin suç duyurusu üzerine gözaltına alınanlardan biri "tarafsız" denilen Kemal Özkiraz'dı.

Aday belli olana kadar, toplum bu anketlerle yönlendirildi. Öyle olmadığı halde, Kılıçdaroğlu'nun 13 puan farkla, 20 puan farkla kazanacağı söylendi.
Halk tv, Tele1, Krt ve Sözcü Tv'de "Kılıçdaroğlu kesin kazanacak" diye anlatıldı. Tele1 yorumcusu Profesör Emre Kongar gibi aydınlar bile "makul olan Kılıçdaroğlu" diye basınç uyguluyordu.

> *(Bu televizyonlara çıkıp, "Kılıçdaroğlu yüzde 60'la kazanacak" diyenlerden biri, Hüsnü Mahalli'ydi. Aynı Hüsnü Mahalli seçimden hemen sonra itirafta bulunacaktı. "Öyle olmadığı halde, yüzde 60'la kazanıyoruz, yüzde 80'le kazanıyoruz falan diyorduk, aslında ben salak değilim, muhalefetin ne durumda olduğunu biliyorduk, fotoğrafı görüyorduk, ama milletin morali bozulmasın diye öyle diyorduk" diyecekti. Yani, iş işten geçtikten sonra, milletin gözünün içine baka baka, hep beraber yalan söylediklerini söyleyecekti.)*

(CHP yandaşı televizyonlar, bu anketlerin gerçeği yansıtmadığını söyleyen bağımsız gazetecilere "gizli AKP'li" diye saldırıyordu, "beşli çeteden para almışlar" iftirası atılıyordu. Halbuki... Seçimden hemen sonra CHP yönetimi Halk Tv'yle arasındaki "sözleşme"yi feshedecek, başta Halk Tv olmak üzere CHP yandaşı yayın yapan bazı televizyonlara, gazetecilere ve internet sitelerine CHP tarafından para ödendiği ortaya çıkacaktı. Parayı Kılıçdaroğlu ödüyordu, toplum, Kılıçdaroğlu'nun doğru aday olduğuna inandırılıyordu!)

Emrivaki krizi patladı.
Altılı masa 12'nci defa toplanmıştı.
Şak... Saadet Partisi genel başkanı Temel Karamollaoğlu "bizim cumhurbaşkanı adayımız Kılıçdaroğlu" dedi. Ali Babacan, Ahmet Davutoğlu ve Gültekin Uysal "bizim için de uygundur" dedi.
Bu beş lider toplantıdan önce konuşmuştu, uzlaşmıştı.
Milletvekili pazarlıkları yapılmıştı.

Saadet Partisi, Deva, Gelecek ve Demokrat Parti'nin milletvekili adayları CHP listelerinden seçime girecek, CHP seçmenlerinin oylarıyla milletvekili olacaktı, bu partilerin milletvekillerine bakanlıklar verilecekti, bu partilerin genel başkanları cumhurbaşkanı yardımcısı olacaktı, tüm bu tavizlerin karşılığında bu partiler Kılıçdaroğlu'nu cumhurbaşkanı adayı gösterecekti.
Sadece Meral Akşener'in haberi yoktu!
Meral Akşener her fırsatta dile getirdiği önerisini tekrar etti.
"Biz İyi Parti olarak sahada öyle görmüyoruz, vatandaşlar arasında Ekrem İmamoğlu ve Mansur Yavaş ismi öne çıkıyor, ben kesinlikle aday değilim, her parti anket yaptırsın, o anketlerin sonuçlarına göre kazanacak aday her kim görünüyorsa, onu aday gösterelim" dedi.
Kılıçdaroğlu itiraz etti.
"Onlar belediye başkanlığına devam edecek" dedi.
Hava buz kesmişti.
Meral Akşener "partimin yetkili kurullarına sormam lazım" dedi.
Kılıçdaroğlu kestirdi attı.
"Gerekirse beş partinin imzasıyla açıklama yapılır" dedi.
Açık açık "istesen de istemesen de ben aday olacağım" demek istiyordu, "İyi Parti olmasa da olur" demek istiyordu.
Meral Akşener "o halde ben kalkayım" dedi.
Bunun üzerine, diğer dört genel başkan devreye girdi, Akşener'i sakinleştirdiler. "Herkes partisiyle görüşsün, pazartesi tekrar toplanalım, kararı pazartesi günü verelim" dediler.
Bu uzlaşmayla toplantı sona erdi.

Ancaaaak...
Emrivaki sadece masada değildi.
Toplantı biter bitmez, CHP tarafından sözleşmeyle kiralanan medya devreye girdi. "Akşener masayı devirdi" yayınları başladı. "Akşener ittifakı bozdu" yayınları başladı.
Akşener alenen Kılıçdaroğlu tarafından masanın dışına ittirilmişti ama, CHP medyası tam tersini söylüyordu.
Akşener hedef gösteriliyor, linç ediliyordu.
CHP televizyonlarında "nankör" deniyordu.
"Gizli AKP'li" deniyordu.
"Tayyip Erdoğan'la anlaşarak bu işi tezgahladığı" söyleniyordu.

(O dönemde bu medyanın CHP tarafından adeta maaşa bağlandığı henüz afişe olmamıştı. CHP seçmenleri dürüst ve güvenilir zannettikleri gazetecilerin anlattıklarını doğru kabul ediyordu. Bu yayınlardan etkilenen İyi Parti seçmenleri bile Akşener'e ateş püskürüyordu.)

"13'üncü cumhurbaşkanı Kılıçdaroğlu" yayınları başladı. Henüz altılı masanın adayı resmi olarak açıklanmamıştı, güya pazartesi günü karar verilecekti ama, "13'üncü cumhurbaşkanı Kılıçdaroğlu" diye logo bile hazırlanmıştı. Halk Tv, Tele1, Krt ve Sözcü Tv'de ekrana getirildi. Halk Tv ana haber bülteni sunucusu İrfan Değirmenci "13'üncü Cumhurbaşkanı Kılıçdaroğlu" diye tweet bile attı. CHP gazetecileri, CHP milletvekillerini bile sollamıştı!

(AKP iktidara geldiğinden beri "yandaş gazetecilik"ten şikayet ediyorduk ama, "Kılıçdaroğlu yandaşı gazetecilik" neredeyse AKP yandaşı gazeteciliği bile gölgede bırakmıştı.)

(Çünkü... İktidar yandaşı tabir ettiğimiz gazetecilerin, doğru haber vermek, tarafsız yorum yapmak gibi bir tavırları zaten yoktu, dürüst gazetecilik, güvenilir gazetecilik gibi bir iddiaları yoktu, AKP adına faaliyet gösterdiklerini gizlemiyorlardı. Kılıçdaroğlu yandaşı gazeteciler ise, hem çalıştıkları medya kuruluşlarının CHP'den sözleşmeyle para aldığını gizliyor, hem de bunu bile bile "dürüst, güvenilir gazeteci" pozlarına bürünüyorlardı.)

(AKP yandaşı gazetecilerin, siyaseti, ekonomiyi, diplomasiyi yakından takip eden CHP seçmenlerini kandırabilmesi mümkün değildi. Kılıçdaroğlu yandaşı gazeteciler ise, dürüst ve güvenilir gazetecilik kavramını sömürerek, CHP seçmenlerini manipüle ediyordu.)

(Çalıştıkları medya kuruluşlarının sözleşmeleriyle dolaylı olarak maaşa bağlanmakla kalmıyorlar, CHP'li belediyelerin etkinliklerine para karşılığında davet ediliyorlardı. Konferans, kitap imzası, televizyon programı gibi etkinliklerle ceplerine para konuyordu. Gazetecilerle belediyelerin bağlantısını sağlayan, aracılık yapan halkla ilişkiler şirketleri bile türemişti, sanatçılar gibi "kaşe" ödeniyordu!)

(Hem CHP belediyelerinden para alıyorlar, hem CHP belediyeleri tarafından otellerde restoranlarda ağırlanıyorlar, hem de CHP etkinliklerinde çıkıp "AKP suistimallerini" anlatıyorlardı!)

(Tıpkı AKP'nin aktrolleri gibi, CHP'nin de halktrolleri vardı. Sanki sıradan vatandaşların görüşleriymiş gibi tweetler atıyor, sosyal medya atmosferini Kılıçdaroğlu lehine etkiliyorlardı.)

(CHP seçim için 376 milyon lira reklam bütçesi ayırmıştı. Televizyon kanallarıyla sözleşmeler, kiralık gazeteciler, halktroller, bu reklam bütçesinden finanse ediliyordu. Bu devasa paranın, Tuncay Özkan ve Bülent Kuşoğlu tarafından dağıtıldığı biliniyordu. Dürüst tanınan pek çok gazeteci, bu paradan pay alabilmek için adeta takla atıyordu.)

(Fethullahçılar CHP trolleriyle paralel hareket ediyordu. Yurtdışına kaçmış olan cemaatçi gazeteciler videolar dolduruyor, tweetler atıyor, Kılıçdaroğlu'nun desteklenmesini istiyorlardı, Kılıçdaroğlu'na karşı çıkanlara saldırıyorlardı. Kılıçdaroğlu kazanırsa, Türkiye'ye geri dönebiliriz diye düşünüyorlardı.)

Akşener zehir zemberek açıklama yaptı.
Çok öfkeliydi.
"Kendimi şeytan taşlamasında hissettim" dedi.
"İyi Parti kıskaca alınmış, dayatmaya mecbur bırakılmış, ölümle sıtma arasında bir tercihe zorlanmıştır. Kişisel hırslar, kuyruklu yalanlar, kirli pazarlıklar var, buna boyun eğmeyeceğiz. Biz ne kumar masasında olacağız, ne de noter masasında olacağız. Ben değil biz demeye devam edeceğiz, işte bu yüzden Mansur Yavaş'a ve Ekrem İmamoğlu'na çağrıda bulunmak istiyorum, milletimiz sizi göreve çağırıyor, milletimiz size ateşten gömlek giymeyi vazife kılmıştır, reddedilemez bir vazifedir, çünkü bu çağrının sahibi millettir" dedi.

Gel gör ki, Ekrem İmamoğlu ve Mansur Yavaş'ın "ateşten gömleği" giymeye niyetleri yoktu. Sokaktaki vatandaşın teveccühünü görmelerine rağmen, tüm anketlerde kendi isimlerinin çıktığını bilmelerine rağmen, Kılıçdaroğlu'nun kazanmasının mümkün olmadığını bilmelerine rağmen, Meral Akşener'in çağrısına kulak vermek yerine, Kılıçdaroğlu'nu tercih ettiler.

Mansur Yavaş tweet attı, "Kılıçdaroğlu'nun iradesi dışında hareket etmeyeceğiz" dedi. Hemen peşinden Ekrem İmamoğlu tweet attı, "irademizi Kılıçdaroğlu temsil ediyor" dedi.
Akşener ortada kalakaldı.

Guguk kuşu gülümsüyordu.

CHP tarafından Akşener'e teklif geldi. "Ekrem İmamoğlu ve Mansur Yavaş da cumhurbaşkanı yardımcısı olsun" denildi. Akşener bunalmıştı, mecburen ikna olmuş gibi davrandı, söylediği o zehir zemberek lafları yuttu, masaya geri döndü.
Kılıçdaroğlu'nun cumhurbaşkanlığı adaylığı Saadet Partisi genel merkezinde, Temel Karamollaoğlu tarafından açıklandı.
Meral Akşener, Ali Babacan, Ahmet Davutoğlu, Temel Karamollaoğlu, Gültekin Uysal, Ekrem İmamoğlu ve Mansur Yavaş cumhurbaşkanı yardımcısı olacaktı, daha seçilmeden yedi tane yardımcısı olmuştu.
Güya cumhurbaşkanının alacağı her karar ortaklaşa verilecekti, yüzde 1 bile oyu olmayan partiler, yüzde 25 oyu olan CHP'yle eşit konumdaydı.
Tek başına girdiği son seçimde sadece 69 bin oy alan Demokrat Parti mesela, 6.5 milyon oy alan Ekrem İmamoğlu ve Mansur Yavaş'la eşit ağırlıkta olacaktı. Komediydi.

(Aslına bakarsanız, Kılıçdaroğlu açısından sürpriz olmuştu, Akşener'in masaya geri döneceğini hiç tahmin etmiyordu. Çünkü, Akşener yanlışlıkla değil, bilinçli bir manevrayla masanın dışına itilmişti. Kılıçdaroğlu, HDP'ye anlaşmıştı, HDP cumhurbaşkanı adayı çıkarmayacak, Kılıçdaroğlu'nu destekleyecekti, muhtemelen HDP'yle yaptığı pazarlığın neticesi olarak İyi Parti'den kurtulmak istiyordu, CHP ve HDP oylarının seçilmesine yeterli olacağını hesaplıyordu. İyi Parti'nin cumhurbaşkanı yardımcısı olacağı bir hükümette, HDP'ye bakanlık verebilmesi veya HDP'nin isteklerine cevap verebilmesi mümkün değildi. Bu yüzden İyi Parti'den kurtulmak istemişti.)

CHP seçmeni "yüzde 60'la kazanıyoruz" palavrasına inandırılırken, Tayyip Erdoğan'ın keyfi yerindeydi, gülüyordu. "Biz mevcut cehape yönetiminden çok memnunuz" diyordu. "Cehape'nin başında bu beyefendi olduğu sürece, halimize hamdediyorum, işimiz çok kolay" diyordu. "Allah her iktidara böyle muhalefet versin" diyordu.
Daha ne desindi?

PKK'nın Cemil Bayık, Murat Karayılan, Bese Hozat, Duran Kalkan gibi elebaşları, Kılıçdaroğlu'na destek videoları yayınlamaya başladı.

Cumhur İttifakı'nın faşist olduğunu, onların karşısında yeralan Kılıçdaroğlu'na oy verilmesi gerektiğini söylüyorlardı.

Tuhaf ötesiydi.

Çünkü, PKK gibi bu kanlı coğrafyada 50 yıldır varolma mücadelesi veren bir terör örgütünün, Kılıçdaroğlu'na destek açıklamaları yaparak, destek değil köstek olduğunu bilmemesi mümkün değildi.

Peki neydi?

Bunun kanıtını veya belgesini ortaya koyabilmek elbette imkansızdı ama, belli ki, tıpkı açılım döneminde olduğu gibi, Kandil'le devletin bazı güçleri arasında örtülü temas vardı. Kılıçdaroğlu'na destek veriyormuş gibi yapılıyor, aslında AKP'nin ekmeğine yağ sürülüyordu.

Tayyip Erdoğan miting kürsülerinde PKK elebaşlarının Kılıçdaroğlu'yla montajlanmış videolarını gösteriyordu.

PKK seçime böylesine açıktan müdahale ederek, HDP'yi etkisizleştiriyordu. Bir süredir PKK'sız siyaset yürütmeye çabalayan HDP'ye patronun kim olduğunu gösteriyordu!

6.5 yıldır hapiste tutulan Selahattin Demirtaş basın açıklaması yaptı. "PKK'ya silah bıraktıracağız, bunun için çalışacağız" dedi. Hemen ertesi gün... Kobani davasında müebbet hapsi istendi! Adeta sihirli bir el devredeydi, HDP'nin PKK'sız siyaset yapması istenmiyordu.

Kılıçdaroğlu bu defa "Piro Kemal" olmuştu.

Alevi kültüründe "kurucu" ve "lider" anlamına geliyordu.

Saygı ifadesiydi, işinin ehli, işin piri demekti.

Karaoğlan Kemal'di.

Che Kemal'di.

Gandi Kemal'di.

Dersimli Kemal'di.

Şimdi, Piro Kemal'di.

Her seçimde kimlik değiştiriyordu.

CHP genel başkan yardımcısı Muharrem Erkek, adalet bakanı olacağını açıkladı. Kılıçdaroğlu, bir başka genel başkan yardımcısı Ahmet Akın'ın enerji bakanı olacağını açıkladı. CHP grup başkanvekili Engin Özkoç "içişleri bakanı olmayı arzu ederim" diyordu. Sanki çantada keklikmiş gibi, bakanlıkları paylaşıyorlardı.

AKP'nin seçim kozlarından biri TOGG'du.
Anadolu Grubu, BMC, Turkcell, Zorlu Holding ve TOBB'un ortak olduğu, elektrikli otomobil şirketiydi. Özel sektör ortaklığı olmasına rağmen, Tayyip Erdoğan sanki AKP'nin malıymış gibi sunuyordu. Yerli otomobil deniyordu ama, tasarımı İtalyan Pininfarina'ya aitti, elektrikli motoru Alman Bosch'undu, bataryasını Çin şirketi Farasis üretiyordu, şasi sistemlerini İngiliz şirketi Myra üretiyordu, entegrasyonunu Alman mühendislik şirketi EDAG yapıyordu. Gemlik'teki montaj fabrikası henüz devreye girmemişti. "Yerli ve milli otomobil ürettik" diye seçim kampanyasında kullandıkları otomobilleri, İtalya'dan gemiyle getirmişlerdi!

(Bu işin CHP açısından ekstra hazin tarafı vardı... Kılıçdaroğlu'nun seçim kampanyasını Akan Abdula yönetiyordu. Akan Abdula aynı zamanda Togg'un reklam kampanyasını yürüten kişiydi! Kılıçdaroğlu'na çalışırken, Tayyip Erdoğan'a çalışıyordu. CHP seçmeni maalesef işte böyle aldatılıyordu.)

Karadeniz doğalgazını devreye alma töreni yapıldı. Ama o törende kullanılan doğalgaz Türkiye'nin çıkardığı doğalgaz mıydı, yoksa Rusya'dan boru hattıyla gelen doğalgaz mıydı, muammaydı.

(Putin seçime sadece bir hafta kala, Türkiye'nin 600 milyon dolarlık doğalgaz borcunu bir yıl ertelemişti, gerekirse dört milyar dolara kadar olan borcumuzu bir yıl erteleyebileceğini açıklamıştı. Tayyip Erdoğan'ın iktidarda kalmasını istiyordu. Tayyip Erdoğan'ın kazanması için böylesine büyük bir maddi destek veriyordu.)

Tayyip Erdoğan bu bir yıl erteleme desteğini, bir yıllık müjde'ye çevirdi. "Evlerin mutfaklarında ve sıcak su tüketiminde kullanılan doğalgazı bir yıl süreyle ücretsiz vereceğiz" dedi. Yetmedi, "bir ay boyunca evlerde kullanılan doğalgazdan ücret almayacağız" dedi.

TCG Anadolu, uçak gemisi diye tanıtıldı.
Sarayburnu'na demirlendi, halkın ziyaretine açıldı.
AKP'nin seçim bürosu haline getirildi.
Güverteye savaş uçağı yerleştirilmişti, halbuki o uçağın güverteden iniş-kalkış yapabilmesi mümkün değildi, vinçle yerleştirilmişti.
Üstelik, emekli tuğamiral Türker Ertürk gayet net izah ediyordu, geminin motorunda sorun vardı, aşırı titreşim yaratıyor, silah sistemleri başta olmak üzere, diğer sistemlerde arıza yaratıyordu.
Yerli ve milli deniyordu ama, İspanyoldu, İspanya'nın Navantia Tersanesi'yle ortaklaşa yaptırıldı, mühendislik hizmetlerini İspanyollar verdi, İspanya donanmasındaki Juan Carlos çıkarma gemisinin birebir kopyasıydı, 650 milyon euroya malolmuştu.
İspanya medyası, Navantia Tersanesi'nin iflas etmek üzere olduğunu, Türkiye'den gelen bu projeyle kurtulduğunu yazıyordu.
Bu gemiyi aslında Koç Grubu yapacaktı, ihaleyi kazanmıştı, yüzde yüz yerli tasarımdı, projenin tasarımında görev alan mühendislerin çoğu, Deniz Kuvvetleri'nin MİLGEM-milli gemi projesinde çalışmış olan deniz subaylarımızdı. Ama, ihale sürpriz şekilde iptal edilmiş ve Tayyip Erdoğan bu projeyi Metin Kalkavan'a vermişti.

Altay tankı seçim malzemesi yapıldı.
Tayyip Erdoğan'ın katıldığı törenle TSK'ya teslim edildi.
Yerli ve milli deniyordu, motoru Güney Kore malıydı.
Üstelik çok ağır bir skandal vardı. Güney Kore bize bu motoru satıyordu ama, kendi tanklarına bu motoru takmıyorlardı, kendi tankları için Almanya'dan motor alıyorlardı.
Aslına bakarsanız, TCG Anadolu gibi Altay tankını da Koç Grubu üretecekti. İhaleyi kazanmışlar, prototipi geliştirmişlerdi. Altay tanklarında Güney Kore'nin tercih ettiği Alman motorları kullanılacaktı. Üstelik, bu Alman motorları ihraç lisanslı olarak Türkiye'de Otokar tarafından üretilecekti. Ama, ihale sürpriz şekilde iptal edilmiş, tank projesi Koç Grubu'nun elinden alınmış, Ethem Sancak ve Katar ortaklı BMC'ye verilmişti, Almanya da Alman motorlarını Türkiye'ye vermekten vazgeçmişti.

Milli savaş uçağı Kaan tanıtıldı.
Tayyip Erdoğan kürsüye geldi, "bugün havacılıkta tarihi bir gün yaşıyoruz, artık karada, denizde, havada, uzayda varız" dedi.
Telsizle pilotlara bağlanarak, hareket talimatı verdi.
Uçak pistte 50 metre kadar ilerledi, durdu.
Çünkü, milli savaş uçağımız henüz uçmuyordu!
Güler misin ağlar mısındı.

Gemi, tank, uçak... Ergenekon/Balyoz kumpaslarıyla mermi bile sıkmadan Türk Silahlı Kuvvetleri'ni adeta imha etmişlerdi, şimdi, Türk Silahlı Kuvvetleri'yle oy topluyorlardı.

Muhammed Yakut peyda oldu.
Diyarbakırlı işadamıydı, karanlık ilişkileri vardı, yağma, tehdit, şantaj, örgüt kurma, yaralama gibi çok sayıda sabıkası vardı.
YouTube videoları yayınlıyor, AKP aleyhine iddialarda bulunuyordu.
Almanya'da olduğu tahmin ediliyordu, derhal yakalanması için kırmızı bülten çıkarıldı. Uçankuş TV'nin sahibi gazeteci Can Tanrıyar, Muhammed Yakut'a bilgi belge aktardığı gerekçesiyle tutuklandı.

Ali Yeşildağ peyda oldu.
Tayyip Erdoğan'ın yakın adamlarından Hasan Yeşildağ'ın kardeşiydi. Ama, kardeşler görüşmüyordu. Adam öldürme, gasp, yağma, iftira gibi suçlardan hapis cezaları vardı, aranıyordu. Hayatının 17 yılını hapiste geçirmiş, yurtdışına kaçmıştı. YouTube videoları yayınlıyor, Tayyip Erdoğan aleyhine iddialarda bulunuyordu.

Muhammed Yakut ve Ali Yeşildağ'ın videolarını yurtdışına kaçmış olan Fethullahçı gazetecilerden Cevheri Güven yayıyordu. Tutuklanma korkusuyla Türkiye'de hiçbir gazeteci yayınlayamıyordu.

CHP medyasında "kaset" konuşulmaya başlandı.
Kılıçdaroğlu aleyhine yapay zeka teknolojisiyle, sahte ses kayıtları ve sahte görüntülerle sahte bir kaset hazırlandığı iddia ediliyordu.
Hatta Kılıçdaroğlu çıktı, cumhurbaşkanlığı iletişim başkanı Fahrettin Altun'un adını vererek, yurtdışından hackerlar kiralandığını söyledi.
"17/25 Aralık sürecinde de böyle şeyler yapmışlardı" dedi.

Kılıçdaroğlu'nun bu son cümlesi, AKP medyasına adeta bayram yaptırdı. Çünkü... "Kılıçdaroğlu 17/25 Aralık sürecinde yayınlanan tapelerin sahte olduğunu doğruladı" diye manşet yapıldı.
Kılıçdaroğlu'nun ortaya attığı sahte kaset yayınlanmadı.
Ama, AKP alacağını almıştı.
17/25 Aralık bizzat Kılıçdaroğlu tarafından aklanmıştı.

Muharrem İnce anketlerin sürpriziydi.
Yüzde 6 ila 9 arasında oy alabileceği görülüyordu.
Üstelik, bu oyların tamamını, ilk kez oy kullanacak olan gençlerden ve AKP'ye oy vermiş pişman seçmenden alıyordu. Yani aslında Tayyip Erdoğan'a en çok zarar veren adaydı. Kazanması imkansızdı ama, onun sayesinde seçimin ikinci tura kalacağı kesindi.

Seçimin bir diğer faktörü, Ümit Özdağ'ın Zafer Partisi'ydi.
Kaçak mülteci meselesini gündemde tutan tek liderdi.
MHP'den ve AKP'deki milliyetçi seçmenlerden koparıyordu.

"Halil İbrahim sofrası kurduk" diyen Kılıçdaroğlu, AKP eskileriyle ittifak kurarken, CHP'nin evladı, CHP'nin cumhurbaşkanı adayı Muharrem İnce'yi masaya oturtmuyordu.
Türkiye genelinde sadece 69 bin oy alan Demokrat Parti'ye cumhurbaşkanlığı yardımcılığı verirken, milletvekilliği verirken, Ümit Özdağ'ı masaya dahil etmiyordu.
CHP'nin kiraladığı medyada, doğma büyüme CHP'li Muharrem İnce'ye "gizli AKP'li" denirken, AKP'nin başbakanı Davutoğlu'na, AKP'nin bakanı Ali Babacan'a övgüler düzülüyordu!

Tayyip Erdoğan altılı masaya karşı altılı ittifak kurmuştu.
MHP ve BBP'nin yanına, Fatih Erbakan'ın Yeniden Refah Partisi'ni, Önder Aksakal'ın DSP'sini ve Hüdapar'ı oturtmuştu.
2012'de kurulan Hüdapar, Hizbullah'ın siyasi kanadıydı. Hüdapar genel başkanı Zekeriya Yapıcıoğlu açık açık "Hizbullah terör örgütü değildir" diyordu. Kobani olaylarında HDP'lilerle vuruşmuşlardı.

HDP/PKK'ya karşılık, Hüdapar/Hizbullah'tı.
Dehşet dengesi kurulmuştu.
Türkiye koltuk uğruna feci bir noktaya savrulmuştu.

Kılıçdaroğlu "Kürtler" başlığıyla video yayınladı.
"Şu anda milyonlarca Kürt'e terörist muamelesi yapılıyor" dedi.
"Alevi" başlığıyla video yayınladı.
"Ben Aleviyim" dedi.
"Mustafa Kemal Atatürk" başlığıyla video yayınladı.
"İlk yüzyıldaki gibi Atatürk'ü sadece ananlardan mı olacağız, yoksa bu yüzyılda anlayanlardan mı? Bu nesil anlayanlardan olacak" dedi.

Milletvekili aday listeleri açıklandı.
CHP listelerinde neredeyse CHP'liden fazla AKP'li vardı!
Deva Partisi'nden 25, Gelecek Partisi'nden 19, Saadet Partisi'nden 24, Demokrat Parti'den 3 aday gösterilmişti. Üstelik bunların tamamına yakını seçilebilecek yerlerden, seçilebilecek sıralardan gösterilmişti.
Kumpas davaları sırasında AKP'nin adalet bakanı olan Sadullah Ergin, İdris Şahin, Mustafa Yeneroğlu, AKP bakanı Selma Aliye Kavaf, AKP İstanbul il başkanı Selim Temurci, AKP genel başkan yardımcısı Selçuk Özdağ gibi isimler CHP listelerine monte edilirken, ömrü boyunca CHP için mücadele eden partililer liste dışına atılmıştı.
CHP'deki sıkıntı sadece AKP'lilerden ibaret değildi.
Kumpas davalarının tetikçi gazetesi *Taraf*'ın yazarı olan, Kemalizm ırkçılıktır diyen Yüksel Taşkın mesela, Kılıçdaroğlu'nun genel başkan yardımcısıydı, İzmir'de birinci sıraya yerleştirilmişti. Bir önceki seçimde İstanbul'dan aday gösterilmiş, seçilememişti, bu defa garanti seçilsin diye CHP'nin rekor oy aldığı İzmir'de birinci sıraya kondurulmuştu, İzmirli değildi, İzmir'de ikametgah adresi bile yoktu.

(CHP kadrolarının tarihi sorumluluğu vardı. Ancak, bir milletvekili bile sesini çıkarmadı, bir il başkanı bile itiraz etmedi, bir belediye başkanı bile olmaz diyemedi, bir ilçe başkanı bile protesto ederek istifa etme cesareti gösteremedi. Güya tek adamdan kurtulmaya çalışıyorduk ama, CHP'de alenen tek adam diktası yaşanıyordu. Koltuk sevdasına düşen CHP kadroları, Kılıçdaroğlu'na biat etmişti. Aman beni bir daha aday göstermez diye sessiz kalıyorlardı. Cumhuriyet'i kuran parti, Cumhuriyet'in 100'üncü yılında işgal altındaydı, Atatürk ve Atatürk ilkeleri, şahsi çıkar uğruna hiçe sayılmıştı.)

AKP döneminin yandaşlık sembolü gazetecilerinden biri, cemaat kumpaslarını alkışlayan, Cumhuriyet devrimlerine açıkça saldıran Nagehan Alçı'ydı. Kemal Kılıçdaroğlu destekçisiydi.
Kemalizm ırkçılıktır diyen *Taraf* yazarı Yüksel Taşkın'ın CHP milletvekili adayı olmasına pek sevinmişti. Habertürk'te "Aradığınız CHP'ye artık ulaşılamıyor" başlığıyla makale yazmıştı.
"Zannediyorum Kılıçdaroğlu CHP'sini Recep Peker'in CHP'si sanmak gibi şizofreni içindeler... Yüksel Taşkın kıymetli bir entelektüel, *Birikim* dergisi ekolünden özgürlükçü-sol akademisyen. Yüksel Taşkın'ın milletvekili adaylığını duyunca çıldıranlar şunu bilmeli: Aradığınız CHP'ye artık ulaşılamıyor. Genel başkan olduğu tarihten beri CHP'yi ulusalcı-laikçi çizgiden çıkarıp, özgürlükçü-sol bir parti haline getirmek isteyen Kemal Kılıçdaroğlu'nun fikirdaşlarından ve omuzdaşlarından biri Yüksel Taşkın... 'Aa nerden çıktı bu' diyenler derin bir politik körlük içinde olduklarını farketmeliler" diyordu.

Gayet iyi özetlemişti.
Kılıçdaroğlu genel başkan olduğu günden beri CHP'yi ulusalcı-laik çizgisinden çıkarmak için uğraşıyordu. CHP artık Kılıçdaroğlu'nun fikirdaşları Yüksel Taşkınların, Nagehan Alçıların partisiydi.

Muharrem İnce'yi imha operasyonu başladı.
CHP tarafından sözleşmeyle kiralanan medyanın, halktrollerin ve Fethullahçı gazetecilerin ortak linç kampanyasıydı. Meral Akşener'e saldıran kadronun aynısıydı. Muharrem İnce'nin Tayyip Erdoğan'dan para aldığını yayıyorlardı, bir önceki cumhurbaşkanlığı seçiminde yine para alarak kasten kaybettiğini yayıyorlardı.
Bu iftiralar yetmedi, montaj ses kasetleri, montaj videolar yaydılar.
İsrail askerlerine ait pornografik görüntüleri "işte Muharrem İnce'nin seks kaseti" diye yaydılar. Şahsi banka hesabına 10 milyon lira yatırılmış gibi gösteren sahte dekont yaydılar.
Bu iftiralar da yetmedi...
"Muharrem İnce adaylıktan çekilsin" kampanyası başlatıldı.
Medyadaki ahlaksızlık sınırları aşılmıştı.
"Adaylıktan çekilmesin diye para aldı" diye yazanlar vardı.
"CHP'yi bölmek için görevlendirildi" diye yorum yapanlar vardı.

Bu kampanya başlayana kadar, CHP medyasında Muharrem İnce ambargosu vardı. Bütün partilerin liderleri konuk olarak davet ediliyor, Muharrem İnce asla çağırılmıyordu. Muharrem İnce'nin yaptığı açıklamalara bir saniye bile yer verilmiyordu.
"Muharrem İnce adaylıktan çekilsin" kampanyası başlatılınca, ambargo aniden sona erdi, aniden CHP medyası tarafından davet edilmeye başlandı. Çünkü... Güya konuk olarak davet edip, dövmekten beter ediyorlardı, kasten sinirlendiriyor, ağzından yanlış cümleler çıkmasını sağlıyorlardı. Suratına açıkça "adaylıktan çekilmeyecek misiniz, çekilin artık" diyorlardı. "Demokrasilerde muhalefete muhalefet edilmez" diyerek, Muharrem İnce'nin AKP'ye değil, CHP'ye muhalefet ettiğini ima ediyorlardı. "Seçimden sonra insan içine çıkamayacaksınız" diye tehdit ediyorlardı.
Muharrem İnce bu korkunç suçlamalar üzerine kalp spazmı geçirdi, ölümden döndü. Kılıçdaroğlu medyası "rol yapıyor" diye yazdı.

Ve... Muharrem İnce adaylıktan çekildi.
Seçime sadece üç gün kala pes etmişti.
Bu itibar suikastına karşı başka çaresi kalmamıştı.
Çünkü maalesef, CHP seçmeni CHP medyası tarafından kandırılmıştı, Muharrem İnce'nin CHP'li olduğu unutturulmuştu, sarayın adamı olduğuna inandırılmıştı.

> *(2002 yılıydı. Seçime gidiliyordu, AKP'nin katılacağı ilk seçimdi. İsmail Cem parti kurdu. Bülent Ecevit'in dışişleri bakanıydı. CHP tabanının Ecevit'ten sonra en beğendiği kişiydi. Ecevit'in boşluğunu doldurmak için, laik ve sosyal demokrat kitlelerin umudu olmuştu. O da ne? ABD'den paraşütle memlekete indirilen Kemal Derviş "ben de varım" dedi, İsmail Cem'in partisinin kuruluş çalışmalarına katıldı, noluyor demeye kalmadan "ben artık yokum" dedi, CHP'ye geçti, Kemal Derviş'in gidişiyle birlikte peşpeşe istifalar geldi, İsmail Cem'in meclise girmesine kesin gözüyle bakılan partisi ölü doğdu, başbakan olması beklenen İsmail Cem bertaraf oldu. Böylece, Meclis'e sadece AKP ve CHP girmiş oldu, AKP tek başına iktidar oldu.)*

(Yine aynı 2002 seçimine gidilirken, Cem Uzan parti kurdu. Merkez sağda yeni simalara öylesine ihtiyaç vardı ki, sadece üç aylık kampanyayla yüzde 7'yi geçti. Siyasette faktör olmuştu, Meclis dışındaki ana muhalefet olmuştu. 2004 yerel seçiminde belediyeleri kazanacağına

kesin gözüyle bakılıyordu. Sihirli bir el devreye girdi, görünmez hızar çalıştı, Cem Uzan'ı biçti. Hukuksuz yöntemlerle malına mülküne el konuldu, tamamen imha edilmek üzere hapse atılacağını anlayınca, yurtdışına kaçmak zorunda kaldı.)

> *(2007 seçimine gidiliyordu. Seçime sadece iki ay kala, DYP genel başkanı Mehmet Ağar ile ANAP genel başkanı Erkan Mumcu ortaklık kurdu. Merkez sağda çekim alanı yaratılmıştı, barajı rahat rahat aşıyorlardı, Meclis'te dört parti olacaktı, tarih başka türlü akacaktı. Seçime sadece 10 gün kala, perde arkasında bi katakulli, darmadağın oldular, ikisi de imha oldu, merkez sağ boşluğunu dolduran iki parti de tarihten silindi. AKP gene tek başına iktidar oldu.)*

(2009 seçimine gidiliyordu. Açılım sürecinin arifesiydi. Muhsin Yazıcıoğlu'nun helikopteri düştü, herkesin telefonu dinleniyordu, herkesin o anda nerede olduğu biliniyordu, kokpitteki gazeteci 155 Polis İmdat'ı aramış, saatlerce sinyal yayınlamıştı ama, nafile, iş işten geçene kadar bulunamadı. Muhsin Yazıcıoğlu yaşıyor olsaydı, milliyetçi seçmen açılım kepazeliğine bu kadar kolay ikna edilebilir miydi? İmralı'yla Kandil'le bu kadar kolay masaya oturulabilir miydi?)

> *(2010 referandumuna gidiliyordu, Türkiye'nin kaderi oylanacaktı. Habur rezaleti patlamış, PKK'lı teröristler davul zurnayla karşılanmış, AKP oyları yüzde 32'ye düşmüştü, CHP yüzde 28'e tırmanmıştı, MHP yüzde 18'e fırlamıştı, referandumdan hemen sonra yapılacak olan genel seçimde CHP'nin tek başına veya MHP koalisyonuyla iktidara geleceğine kesin gözüyle bakılıyordu. 2011 genel seçim kadrosunun şekilleneceği CHP kongresine sadece bir hafta kala, manevi suikast işlendi, kaset patladı, Silivri'ye gönderilemeyen Deniz Baykal, evine gönderildi. AKP, referandumdan rahat rahat evet çıkardı.)*

(2011 seçimine gidiliyordu. CHP infaz edilmiş, sıra MHP'ye gelmişti, MHP'yi hedef alan faili meçhul belaltı kasetleri patladı. Anketlere göre oy patlaması beklenirken, koalisyon kesin gibi görünürken, kurmay kadroları imha edildi, partinin vatandaş nazarında itibarı yerlebir oldu. AKP gene tek başına iktidar oldu.)

(2014 seçimine gidiliyordu, rejim değişiyordu, cumhurbaşkanı tarihte ilk kez halk tarafından seçilecekti. CHP'de parti içinde anket yapıldı, milletvekillerine, il başkanlarına, belediye başkanlarına sordular, Profesör Yılmaz Büyükerşen çıktı, bütün CHP kadroları Profesör Yılmaz Büyükerşen'in cumhurbaşkanı adayı yapılmasını istedi, bu ortak karar bütün medyaya duyuruldu, "yarın açıklanacak, cumhurbaşkanı adayımız Büyükerşen oluyor" denildi, hatta genel başkan yardımcıları tarafından Yılmaz Büyükerşen'e bile bildirildi. Yarın oldu... Kılıçdaroğlu çıktı, "adayımız Ekmeleddin İhsanoğlu" dedi. Tayyip Erdoğan'a kazandırıldı.)

(2023 seçimine gidiliyordu. Tayyip Erdoğan ilk kez kaybediyordu. AKP oyları ilk kez 2002'deki oy oranlarına kadar gerilemişti. Bütün anketlere göre Ekrem İmamoğlu veya Mansur Yavaş kazanıyordu. Meral Akşener bu isimden birinin aday olması gerektiğini söyledi, bizzat CHP medyası tarafından linç edildi, yüzde 17'lere kadar yükselmiş olan İyi Parti oyları çakıldı. Anketlerin bir başka sürprizi Muharrem İnce'ydi, ilk kez oy kullanacak olan gençlerden ve AKP'den pişman olmuş seçmenlerden oy alıyordu, Tayyip Erdoğan'a en çok zarar veren adaydı. İtibar suikastına uğradı, AKP'den para aldığı söylendi, sahte seks kaseti yayınlandı, banka hesabına 10 milyon lira yatırılmış gibi gösteren sahte dekont yayınlandı, CHP medyası tarafından "adaylıktan çekil" kampanyası başlatıldı. Seçime üç gün kala baskı öylesine arttı ki, sıkıntıdan kalp spazmı geçirdi, adaylıktan çekildi. Tayyip Erdoğan rahat rahat kazandı.)

(AKP'nin seçim kaybetme ihtimali doğduğu anlarda, mucizevi olaylar meydana geliyor, kilit isimler muamma şekilde imha ediliyordu. 20 yıldır farklı farklı siyasi aktörlerle yaşanan tesadüfler (!) silsilesiydi.)

(20 yıldır her yaşanan mucizevi siyaset olayında, hemen hemen hep aynı "iliştirilmiş" gazeteciler rol alıyordu. Ekmeleddin İhsanoğlu'nu parlatanlar kimlerse, Muharrem İnce'ye "çekil" diyenler onlardı. Kemal Derviş'i alkışlayanlar kimlerse, Cem Uzan aleyhine yayın yapanlar onlardı. Deniz Baykal aleyhine yayın yapanlar kimlerse, Meral Akşener'e "masayı dağıttı" diyenler onlardı. Bunların ortak paydası, Kılıçdaroğlu'ydu. Kalemi herkese acımasızca saplıyor, 11 defa seçim kaybeden Kılıçdaroğlu'nu umut olarak sunuyorlardı. AKP muhalifiymiş gibi görünüp, Ali Babacan'a Ahmet Davutoğlu'na toz kondurmayanlar,

hep aynı gazetecilerdi. İktidardan muhalefete, guguk kuşu operasyonu sadece siyasilerle yürütülmüyordu, başrolde hep dürüst ve güvenilir bilinen mutant gazeteciler vardı.)

(Süleyman Demirel, bizzat Adnan Menderes'in devlete monte ettiği bürokrattı, Menderes'ten sonra iktidara Demirel oturdu. Kenan Evren, bizzat Demirel'in monte ettiği genelkurmay başkanıydı, kara kuvvetleri komutanını şak diye görevden almış, ordu komutanlarını emekliye sevketmiş, adı bile geçmeyen Evren'in önünü açmıştı. Kenan Evren'in başbakan yardımcısı olan Turgut Özal, aslında Demirel'in müsteşarıydı, Demirel tarafından devlete monte edilmişti, aynı zamanda Erbakan'ın milletvekili adayıydı. Erbakan ise, Demirel'in milletvekili aday adayıydı, Özal'ın genel başkanıydı. Abdullah Gül, Erbakan'ın yardımcısıydı, Tayyip Erdoğan, Erbakan'ın belediye başkanıydı, Tayyip Erdoğan aynı zamanda Özal'ın özel kalem müdürü yapmak istediği kişiydi, bizzat Özal tarafından teklif edilmişti. Bazen darbe oldu, bazen seçim oldu filan zannederiz ama, aslında iktidar hep aynı'dır. Peşpeşe dizilen tespihin taneleridir.)

(CHP ise, bu ülkeye TBMM'yi kuran, Cumhuriyet'i kuran partiydi, Hatay'ı topraklarımıza katan partiydi, Türk sanayisini kuran, Türk tarımını yeşerten partiydi, diplomatik mucize gerçekleştirerek, tereyağından kıl çeker gibi İkinci Dünya Savaşı'ndan sıyrılmamızı sağlayan partiydi, Türkiye'yi çok partili demokrasiye geçiren partiydi, ambargolara rağmen Kıbrıs'a çıkan, KKTC'yi kuran partiydi, Öcalan'ı yakalayıp getiren partiydi, CHP ne zaman iktidara gelse, emperyalizmin aleyhine, Türkiye'nin lehine gelişmeler yaşanıyordu. Hatta, muhalefetteyken bile Batı'nın başına dert oluyordu, Irak işgalinin hemen öncesinde 1 Mart Tezkeresi'nin CHP tarafından engellenmesi buna çarpıcı bir örnekti. Yukarıda sıraladığım Demokrat Parti, Adalet Partisi, Refah Partisi, Anavatan Partisi, AKP zincirinin sorunsuz şekilde devam edebilmesi için CHP'nin mutlaka denklem dışına çıkması gerekiyordu. Çünkü, CHP ne zaman güçlense, bu zincir kopuyordu. İşte bu yüzden, ne yapıp edip CHP'den kurtulmak gerekiyordu. Tarih boyunca dışardan yıkım çalışmalarına defalarca muhatap olunmuştu ama, CHP tarihte ilk kez içerden imha ediliyordu. Guguk kuşu operasyonu bu işe yarıyordu!)

Seçime 24 saat kala, Kılıçdaroğlu sürpriz ötesi bir tweet attı. Muharrem İnce'yi hedef alan montaj videoların Rusya tarafından hazırladığını iddia etti. "Sevgili Rus dostlarımız, dün bu ülkede ortaya saçılan montajlar, kumpaslar, Deep Fake içerikler, kasetlerin arkasında siz varsınız, eğer 15 Mayıs sonrası dostluğumuzun devamını istiyorsanız, elinizi Türk'ün devletinden çekin" dedi.

CHP medyasında iki aydır bangır bangır "Muharrem İnce çekilsin" diye bağırıyorlardı, sahte olduğunu bildikleri halde montaj kasetlerin haberini yapıyorlardı, daha geniş kitlelere yayıyorlardı... Muharrem İnce çekilince "biz yapmadık, Ruslar yaptı" diyorlardı!

(Aslında bir taşla iki kuş vuruluyordu. Hem "Ruslar yaptı" diyerek, bu montaj videoları piyasaya süren CHP'li ve cemaatçi sosyal medya hesapları korunuyordu, hem de CHP iktidara gelirse, Türkiye-Rusya ilişkilerinin ne olacağı ilan ediliyordu. ABD ve AB'ye göz kırpılıyordu.)

---

14 Mayıs 2023.
Tarihi seçim için sandığa gittik.
Tayyip Erdoğan yüzde 49.5 aldı.
Kılıçdaroğlu yüzde 44.8'de kaldı.
Sinan Oğan sadece yüzde 5.1'di.
Cumhurbaşkanlığı seçimi ikinci tura kaldı.

AKP yine birinci partiydi, yüzde 35.6 aldı.
CHP yine yine yine yüzde 25.3'de kaldı.
MHP yüzde 10, İyi Parti yüzde 9.6'du.
HDP'nin başı çektiği Yeşil Sol Parti yüzde 8.8 çıktı.
Millet İttifakı mecliste çoğunluğu almıştı.

(CHP yönetimi her seçim gecesinde olduğu gibi Anadolu Ajansı'nın yalan bilgiler açıkladığını, seçim sonucunu manipüle ettiğini, Anka ajansının doğru sonuçları verdiğini söyledi. Ama tüm sandıklar açıldığında, Anadolu Ajansı'yla Anka ajansının rakamları aynıydı. Kılıçdaroğlu yönetimi her zaman olduğu gibi kaybettiği seçimi aslında kazanmış gibi anlatıyordu, kaybedildiği kesinleştiğinde bile hâlâ "yüzde 51.5'la Kılıçdaroğlu kazandı" diye tweet atan

CHP milletvekilleri vardı. CHP'den sözleşmeyle para alan medya, Yüksek Seçim Kurulu kesin sonuçları açıkladığında bile hâlâ "aslında kaybetmedik, AKP hile yapıyor" diye yayın yapıyordu. CHP seçmenlerine 15 gün boyunca bu yalan söylendi. İnandırmaya, kandırmaya 15 gün daha devam edildi.)

Onursal Adıgüzel kovuldu.
CHP'nin seçim verilerini organize eden bilgi teknolojilerinden sorumlu genel başkan yardımcısıydı. Kılıçdaroğlu genel başkan olur olmaz CHP'ye monte edilmişti, Kılıçdaroğlu genel başkan olduğundan beri parti yönetimindeydi, üç dönemdir milletvekiliydi.
Ve, hep aynı teraneydi.
Onursal Adıgüzel her seçimde şahane sistem kurduklarını anlatıyor, her seçimde sandıklarda müşahit eksiği oluyor, ıslak imzalı sandık sonuçları doğru düzgün bilgisayarlara aktarılamıyor, geceyarısına doğru kurdukları sistem mutlaka çöküyor ve AKP kazanıyordu!
Son üç seçim tıpatıp böyle kaybedilmişti. Buna rağmen Onursal Adıgüzel ısrarla genel başkan yardımcısı olarak tutuluyor, ısrarla seçimin yönetimi Onursal Adıgüzel'e bırakılıyordu.
Ama bu defa daha vahimdi. Verileri yanlış girmişlerdi, yanlış girdikleri verilerle sandık sonuçlarına itiraz etmişlerdi, Yüksek Seçim Kurulu ıslak imzalı sandık sonuçlarını belgeleyince, rezillik olmuştu.
Günah keçisi lazımdı.
Onursal Adıgüzel kurban edildi.

Kılıçdaroğlu video yayınladı.
Yumruğunu masaya vura vura konuştu.
"Buradayım be buradayım, bur-da-yım" dedi.

Sonra 180 derece dönüş yaptı, Ümit Özdağ'la masaya oturdu.
HDP ortaklı siyasal dinci ittifaktan, milliyetçiliğe geçivermişti.
Dünya basını bile alay ediyordu.
"Kılıçdaroğlu'na kimlik nakli yapıldı" diye yazıyorlardı.

(Kılıçdaroğlu, Ümit Özdağ'la özel bir protokol yapmıştı. İçişleri bakanlığı ve MİT müsteşarlığı sözü vermişti. Ancak, bu protokolden ne millet ittifakı ortaklarının, ne de CHP'nin haberi vardı. "Tek

adam diktasını yıkacağım" diyen Kılıçdaroğlu, tek başına karar veriyor, tek başına paye dağıtıyordu.)

Ümit Özdağ seçimin ilk turunda "Kılıçdaroğlu kazanırsa iç savaş çıkar" diyordu. Seçimin ikinci turunda 180 derece dönüş yaptı, Kılıçdaroğlu'nu destekleyeceğini açıkladı. Zafer Partisi binalarına Kılıçdaroğlu'nun dev posterleri asıldı. Türkiye'de "ilkeli" denilen siyaset böyle yapılıyordu!

İlk turda Ümit Özdağ tarafından cumhurbaşkanı adayı gösterilen Sinan Oğan ise, ikinci turda Tayyip Erdoğan'ı destekleyeceğini açıkladı. Muhalefet adayı olarak oy isteyip, iktidara biat etmişti. Ülkücülerin umudu olarak başlayıp, Hüdapar'ın ortağı olarak tamamlamıştı. Dedim ya, Türkiye'de "ilkeli" denilen siyaset böyle yapılıyordu!

İkinci tur için sandığa gidildi.
Tayyip Erdoğan yüzde 52.18 aldı.
Kılıçdaroğlu yüzde 47.82'de kaldı.

Tayyip Erdoğan 2002'den bu yana 14'üncü defa birinci çıkmıştı.
Kılıçdaroğlu 2009'dan bu yana 11'nci defa kaybetmişti.

(2009 yerel seçiminde İstanbul büyükşehir belediye başkanlığına aday olmuş, Kadir Topbaş'a karşı kaybetmişti. "Başarısızlık olarak yorumlanmamalı, bizim açımızdan güzel bir gelişme" demişti.
2010 referandumunda seçmen kağıdı çıkarmayı unuttuğu için oy kullanamamıştı. "İstanbul'da kayıtlı olduğumu sanıyordum, talihsizlik oldu, her şeye rağmen olumlu sonuç aldık, AKP çöküyor" demişti.
2011 genel seçimi öncesinde açık açık "yüzde 30'un altında alırsam çeker giderim" demişti. Yüzde 26 almıştı. Gayet pişkindi. "12 Eylül'den bu yana en başarılı dönemimizdeyiz, AKP eriyor, bir sonraki seçimde kesinlikle iktidarız" demişti.
2014 yerel seçiminde cemaatçileri, liboşları, özerkçileri, milli görüşçüleri, hatta AKP'den kovalananları aday göstermiş, yine kaybetmişti. "Bu sonucu başarısızlık olarak görmüyorum, sevindirici bir çizgimiz var, kararlılıkla yukarıya gidiyor" demişti.
2014 cumhurbaşkanlığı seçiminde Ekmeleddin İhsanoğlu'nu aday göstermiş, kaybetmişti. "Bu seçimin galibi Tayyip Erdoğan değildir,

Ekmeleddin İhsanoğlu'dur, siyaset dünyamız çok önemli bir aktör kazandı, bugün seçim olsa yine Ekmeleddin İhsanoğlu'nu aday gösterirdim" demişti.
Haziran 2015 seçimi öncesinde "oylarımız düşerse istifa ederim, bu seçimde oy kaybeden genel başkan gider" demişti. Oyları düşmüştü. Buna rağmen zafer konuşması yapmıştı. "Bizim açımızdan sorun yok, istifamı gerektirecek bir sonuç değil, memnunum, iktidara yürüyoruz" demişti.
Kasım 2015 seçimini kaybetmişti, "durumumuz olumlu" demişti, "istifa edecek misiniz?" diye sormuşlardı, "açıkçası istifa etmeyi aklımdan bile geçirmedim, yenilendik, iktidara yürüyoruz" demişti.
2017 referandumunu kaybetmişti. Sanki yıllardır kaybeden kendisi değilmiş gibi "bugünden itibaren yeni strateji kuracağız, yarın seçim olacakmış gibi hazırlanmaya başlıyoruz, herkes görecek, çok güzel şeyler olacak" demişti.
2018 cumhurbaşkanlığı seçiminde Muharrem İnce'yi aday göstermiş, kaybetmişti. "Bu seçimin tek kaybedeni AKP'dir, koltuk sevdasına tutulanların bizim partimizde yeri yok" demişti.
2019 yerel seçiminde Ekrem İmamoğlu'nun, Mansur Yavaş'ın, Zeydan Karalar'ın, Muhittin Böcek'in, Lütfü Savaş'ın, Vahap Seçer'in büyük başarısına rağmen, ülke genelinde AKP'nin gerisinde kalmayı başarmıştı.
2023 cumhurbaşkanlığı seçiminde kendisini zorla dayatmış, yine kaybetmişti. Hâlâ "burdayım be burdayım, gitmiyorum" diyordu.)

Muhalif seçmenler bir beş yıl daha kaybedildiğini düşünüyordu.
Halbuki bu defa, bir seçimden çok çok daha fazlası kaybedilmişti.
1923 yılında Türkiye Büyük Millet Meclisi'nin tamamı Kuvayı Milliyecilerden oluşurken, aynı Türkiye Büyük Millet Meclisi, cumhuriyetin yüzüncü yılında tanınmaz haldeydi.
Yüz yıldır ilk kez, karşıdevrimcilerin, tarikatların, cemaatlerin, bölücülerin, hatta, terör örgütleriyle bağlantısını inkar etmeyen partilerin çoğunlukta olduğu bir meclis tablosu oluşmuştu.

"Kemalizm ırkçılıktır" diyen CHP milletvekili vardı.
Makalelerinde Fethullah Gülen'e övgüler yağdıran, kumpas tetikçisi *Taraf* gazetesinin yazarı, Atatürk'ün kurduğu CHP'den milletvekili seçilmiş, Atatürk'ün kurduğu Meclis'e girmişti.

Sözde soykırımı savunan CHP milletvekili vardı.
PKK'nın kurulduğu köyden seçim mesajı yayınlayarak, aklınca terör örgütüne ve HDP'ye selam gönderen CHP milletvekili vardı.
CIA'in gölge kuruluşlarından biri olan Stratfor'un istihbarat kaynağı olarak resmen kod numarası verdiği CHP milletvekili vardı.
"Dersim katliamını unutmadık" diyerek, Atatürk'ü, İsmet İnönü'yü, Celal Bayar'ı katliamcı ilan eden CHP milletvekili vardı.
Öcalan'a sempati tweetleri atan CHP milletvekili vardı.
İnanılması gerçekten güçtü ama, Türk ordusuna savaş açan Ergenekon/Balyoz kumpaslarının AKP'li adalet bakanı, CHP listesinden CHP oylarıyla milletvekili seçilmişti.
"Eşcinsellik hastalıktır, tedavi edilmelidir" diyen AKP'nin aile bakanı, CHP listesinden, CHP seçmenlerinin oylarıyla Meclis'e taşınmıştı.
Tayyip Erdoğan'ın danışmanı, CHP milletvekili yapılmıştı.
Fethullah Gülen'e övgüler yağdırıp, "Türkiye'nin en büyük şanssızlığı CHP'dir" diyen AKP milletvekili, CHP listesinden milletvekili olmuştu.
"Cemaatle dün de irtibat kurduk, bugün de kuracağız, bizim içimizde cemaatle irtibat kurmayan bir Allah'ın kulunu gösteremezsiniz" diyen AKP milletvekili, CHP listesinden milletvekili olmuştu.
CHP'yi şeytan'la özdeşleştiren AKP genel başkan yardımcısı, CHP listesinden, CHP seçmenlerinin oylarıyla milletvekili olmuştu.
Ensar Vakfı il başkanı, CHP listesinden milletvekili olmuştu.
AKP gençlik kolları başkanı, CHP listesinden milletvekili olmuştu.
AKP'nin Ankara ve İstanbul il başkanları, CHP listesinden milletvekili olmuştu. Bizzat Kılıçdaroğlu hakkında suç duyurusunda bulunan AKP il başkanı, bizzat Kılıçdaroğlu tarafından CHP listesine yerleştirilmiş, CHP oylarıyla milletvekili yapılmıştı.
2023 CHP'si, 2003 AKP'sine dönüştürülmüştü!
Toplumun omurgasını oluşturan büyük kitleler seçeneksiz bırakılmış, marjinal görüşler bizzat CHP tarafından Meclis'e taşınmıştı.
Millet ittifakı'na "zillet ittifakı" diyen, CHP'ye "ülkücü katilleri" diyen, "CHP denilen parti Türkiye Cumhuriyeti'nin partisi değildir" diyen, "CHP aslında PKK sevicisidir" diyen, CHP'ye "dinsizler" diyen MHP milletvekili, CHP listesinden, CHP oylarıyla Meclis'e sokulmuştu.
Milli görüşçüler, CHP listesinden Meclis'e taşınmıştı.
Anayasaya aykırı olduğu için kapatılan Milli Selamet Partisi'nde, Refah Partisi'nde, Fazilet Partisi'nde yöneticilik yapanlar, Saadet Partisi'nin Ankara, İzmir, Kocaeli ve Kayseri büyükşehir belediye başkan adayları, CHP listesinden milletvekili yapılmıştı.

Milli Gazete yazarı, CHP listesinden Meclis'e sokulmuştu.
Milli Gençlik Vakfı başkanı, CHP listesinden milletvekili yapılmıştı.
AKP'nin tarım bakanı, İyi Parti milletvekili olmuştu.
PKK'ya genel af öneren kişi, İyi Parti milletvekili olmuştu.
AKP'den milletvekili adayı olan, AKP'den belediye başkan adayı olan, AKP'den belediye meclis üyesi olan, İyi Parti milletvekili vardı.
Kılıçdaroğlu'nun "Halil İbrahim sofrası" dediği, işte buydu.
Tarikat mensubu milletvekilleri vardı.
PKK bağlantılı milletvekili vardı.
Hizbullah bağlantılı milletvekili vardı.
"Hizbullah terör örgütü değildir" diyen, "Türklük anayasadan çıkarılmalı" diyen, Şeyh Sait'in "şehit" olduğunu söyleyen, "karma eğitim kaldırılmalı" diyen Hüdapar genel başkanı, AKP listesinden, AKP oylarıyla, MHP ittifakıyla Meclis'e girmişti.
Hizbullah terör örgütünün avukatı, AKP milletvekili olmuştu.
Hizbullah sanığı olarak hapis yatan kişi, AKP milletvekiliydi.
"Türk bayrağının ismi bana problemli geliyor, neden Türkiye bayrağı denmiyor da, Türk bayrağı deniyor" diyen kişi, AKP listesinden MHP ittifakıyla Meclis'e girmişti.
"Daha ne kadar şeriatsız kalacağız" diyen milletvekili vardı.
"Şeriat için referandum yapılsın" diyen milletvekili vardı.
"Medreselere resmi statü verilmeli" diyen milletvekili vardı.
"İmam nikahı resmi nikah olmalı" diyen milletvekili vardı.
"İçki yasaklansın" diyen milletvekili vardı.
PKK'lıların cenazesine taziyeye giden AKP milletvekili vardı.
"Türk diye bir ırk yok" diyen AKP milletvekili vardı.
Andımız'ı hedef alarak "varlığımızı Türk varlığına, milliyete adarsak darmadağın oluruz" diyen AKP milletvekili vardı.
Güya Fethullah Gülen'le mücadele ediliyordu ama, taa Pensilvanya'ya giderek Fethullah Gülen'i ziyaret eden, bağlılıklarını bildiren AKP milletvekilleri vardı.
Zihinler öylesine bulanık hale gelmişti ki, AKP ve cemaat işbirliğiyle Ergenekon'dan hapse atılan, tahliye edilince CHP milletvekili yapılan subay, bu defa AKP milletvekili olarak meclise girmişti.
12 Eylül darbesinde Dev-Sol davasından beş yıl hapis yatan DSP genel başkanı, AKP listesinden, siyasal dincilerin desteğiyle milletvekili olmuştu.
Rahşan Ecevit'le birlikte sol parti kurup, o partinin genel başkanlığını yapan gazeteci, AKP milletvekili olmuştu.

"Aşı olursanız yarı insan yarı maymun çocuklar doğabilir, üç kulaklı kuyruklu yaratıklar doğabilir" diyen milletvekili vardı.
Fethullah Gülen'i öve öve bitiremeyen, Fethullah Gülen'i Mevlana'ya, Yunus Emre'ye benzeten AKP yandaşı gazeteci, bu defa HDP listesinden Meclis'e girmişti.
Mustafa Kemal'in askerleriyiz diyenlere küfrederek, "generali olsanız ne yazar, it sürüleri" diyen milletvekili vardı.
"Zindanların kapılarını açacağız, Abdullah Öcalan'ı özgürlüğüne kavuşturacağız" diyen milletvekili vardı.
"PKK'sız çözüm olmaz" diyen milletvekili vardı.
PKK'lı cenazelerini kaçırmayan milletvekilleri vardı.
Bölücü örgüt faaliyetinden tutuklanmış milletvekilleri vardı.
Terör örgütüne üye olmaktan hapis yatmış milletvekilleri vardı.
Özerklik isteyen milletvekili vardı.
Kürdistan isteyen milletvekili vardı.
"TBMM aslında yaşlı, zengin, heteroseksüel erkekler kulübü, zengin heteroseksüel olmayanlar oraya giremiyor" diyen kadın milletvekili vardı.
"Kanun hükmünde kararname çıkaracağız, herkes oturduğu evin mülkiyetine sahip olacak" diyen milletvekili vardı.

İstiklal Madalyalı gazi Meclis, mutasyona uğramıştı.
Genetiği değiştirilmişti.

Huninin ağzına yaklaştıkça hızlanan girdap misali, Türkiye'nin döne döne sürüklendiği yer, işte burasıydı.

(▪ Yüz yıl önce saraydan alınıp halk'a verilen egemenlik, bizzat halk eliyle saray'a geri verilmişti. ▪ Yüz yıl önce fikri hür, vicdanı hür, irfanı hür vizyonuyla özgür bireyler hedeflenirken, gönüllü kulluğa geri dönülmüştü. ▪ Yüz yıl önce akıl, bilim, kültür sanat, hukuk, emek, sevgi saygı, hoşgörü temelleri üstüne inşa edilen rejim, zevksizlik, sakillik, kabalık, görgüsüzlük, arsızlıktan ibaret, sosyolojik enkaza dönüşmüştü. ▪ Yüz yıl önce yabancılardan alınarak millileştirilen madenlerimiz, limanlarımız, fabrikalarımız, enerji işletmelerimiz, babalar gibi satılarak, yeniden sebil gibi dağıtılmıştı. ▪ Yüz yıl önceki tarım hamlesiyle kendi kendine yeten yedi ülkeden biri olurken, yüz yıl sonra ithal ineği ithal samanla besler hale getirilmiştik. ▪ Yüz yıl önce Duyun-u Umumiye'yi lağvedip, Osmanlı'nın bugünkü döviz kuruyla 500

milyar dolar borcunu ödemişken, yüz yıl sonra yeniden 500 milyar dolar borca batırılmıştık. Merkez Bankamızın kasası adeta silahsız soygunla boşaltılmıştı, bir cent bile yoktu, eksi 62 milyar dolara düşürülmüştü. ▪ *Yüz yıl önce yabancılara toprak satışı durdurulmuşken, yüz yıl sonra Arap emlakçılar memleketimizi pazarlıyordu, parayı bastırana tapusuyla beraber vatandaşlık satılıyordu.* ▪ *Ordinaryüs yüzyılından, Suriyeli Afgan yüzyılına savrulmuştuk. Cumhuriyet ilan edildiğinde Alman ordinaryüsler, profesörler Türkiye'yi yüz yıl ileriye sıçratan bir kariyer birikimiyle gelmişlerdi, üniversitelerimizin kuruluşunda görev yapmışlardı. Cumhuriyet'in yüzüncü yılında ise, okuma yazma bile bilmeyen, mesleksiz, ne idiği belirsiz milyonlarca Suriyeli kaçak olarak Türkiye'ye sokulmuştu, yürüye yürüye sınırımızı geçen kaçak Afgan taburları, kamyon kasalarına yükleniyor, şehirlerimize boşaltılıyordu, kaçak Afrikalılar, kaçak Asyalılar, karanlık oligarklar, karaparacılar, uyuşturucu baronları, "demografik bomba" olarak Türkiye'ye yerleştirilmişti.)*

Tarikat-cemaat-zırcahil atmosferinin, emperyalizm maşası siyasal dincilerin, empati pozlarına bürünen sömürge solcularının, yabancı fonlardan beslenen ikinci cumhuriyetçilerin, çakma aydınların, sivil toplum kisvesi altında faaliyet gösteren kukla derneklerin, parayı verenin düdüğünü çalan satılık medyamızın, devlete ve siyasi partilere yerleştirilen guguk kuşlarının eseriydi.

Son 20 yılda birbiriyle alakasız gibi görünen peşpeşe olaylar, sanki tesadüfler silsilesi gibi yaşanmıştı. Ama aslında, tesadüf olan hiçbir şey yoktu. Planlıydı.
Devlette, iktidarda, muhalefette, adım adımdı.
Senkronizeydi.

Cumhuriyet, en savunmasız olduğu yerden vurulmuştu.
İçerden işgal edilmişti.

Gaslighting.
Cumhuriyetimiz 100'üncü yılına girerken, dünyada yılın kelimesiydi.
Türkçe karşılığı yoktu.
Ama aslında, Türkiye'nin özetiydi.

Kişilerin kendi çıkarı için başkalarını manipüle etmesine, yanıltıcı telkinlerde bulunmasına, insanı kendi aklından şüphe eder hale getirmesine, duyguları istismar ederek, gerçekle bağını koparmasına, hiç yaşanmamış bir olayı yaşanmış gibi göstermesine, yaşanmış bir olayı hiç yaşanmamış gibi kabul ettirmesine, kurbanını yalnızlaştırıp, aciz hissettirip, körü körüne kendine bağımlı hale getirmesine deniyordu. İnsan zihninde somut gerçeğin yerine, gerçek olmayanı koymaya, yanlışı doğruymuş gibi inandırmaya deniyordu. Hayaller nehrinde karşı konulması imkansız bir debi oluşturuluyor, herkes ister istemez sele kapılıyor, istedikleri yöne sürükleniyordu.

1923'te kurulan pırıl pırıl Atatürk Cumhuriyeti'nin yerine, hepimizin gözünün içine baka baka, usul usul, sinsi sinsi, bambaşka bir cumhuriyeti işte böyle monte etmişlerdi.